Les Sillonneurs

Baptiste Derouin

Les Sillonneurs

Roman

LE LYS BLEU
ÉDITIONS

ISBN : 979-10-377-4717-4

Un pas.
C'est tout ce qui nous sépare de notre but.

Prologue

Le jour se levait à peine, et pourtant la charrette progressait le long du sentier rocailleux depuis de nombreuses heures déjà. Tirée par un mülé, elle avançait lentement bien qu'avec régularité. Au-dessus d'elle, le voile de nuages d'un gris uniforme obscurcissait l'ensemble du ciel, ne laissant traverser qu'une lumière tamisée.

Moua, la femme aux yeux d'acier qui marchait aux côtés de l'animal, jeta un coup d'œil en arrière. La charrette contenait tous les biens du groupe, soit à peine de quoi les maintenir en vie au quotidien. La longue bâche qui leur permettait de s'abriter en cas de tempête avait été roulée dans le fond, tandis qu'à côté se trouvaient une marmite cabossée, un petit tas d'herbes médicinales cueillies quelques jours auparavant ainsi que les cadavres de deux liévrs chassés d'un habile coup de fronde par Arn.

Celui-ci marchait derrière, avec les autres membres du groupe. Ils étaient six au total, quatre hommes et deux femmes, et se connaissaient depuis maintenant un an, voyageant ensemble au gré des aléas que le monde leur infligeait.

Moua se remémora avec tristesse leur dernier campement, attaqué par trois hommes rendus fous par le manque de nourriture. L'attaque avait été si soudaine et brutale que les sauvages avaient eu le temps de tuer deux des leurs avant que les autres ne parviennent à les repousser. Le premier, un paysan acharné du nom de Pierik, n'avait abandonné ses terres qu'après la perte de sa femme et de ses deux filles lors d'une énième attaque de pillards. Il démontrait une telle habileté avec ses doigts qu'il avait réussi à se tailler une flûte, et égaillait de ses mélodies légères comme l'air les soirées autour du feu, auparavant bien mornes. Le second se nommait Nils. Son mari. Elle se souviendrait toujours de son sourire, qui avait l'incroyable faculté d'illuminer ses journées, pourtant aussi moroses que le ciel gris les surplombant. Jamais Moua n'aurait pu imaginer meilleur compagnon. À sa mort, elle avait dû faire preuve d'une force de caractère stupéfiante pour ne pas sombrer dans le désespoir, et continuer à avancer aux côtés des autres coûte que coûte.

C'était deux hommes courageux.

Leur mort avait brutalement rappelé aux survivants une vérité qu'ils n'oublieraient plus : quelle que soit la forêt, la montagne ou la communauté vers laquelle leurs pas les mèneraient, jamais ils ne seraient à l'abri. Aucun endroit ne pouvait à la fois les protéger des pillards, des tempêtes et des animaux sauvages. La vie était dure, la mort omniprésente.

Deux semaines s'étaient écoulées depuis ces tristes évènements. Ils avaient dû reprendre la route, malgré le chagrin. Chaque nouveau pas semblait vouloir douloureusement rappeler à Moua l'absence de Nils à ses côtés. Dlaah merci, elle pouvait encore s'appuyer sur son fils.

Egan était encore très jeune, à peine quinze ans, mais la vie n'avait pas attendu qu'il atteigne l'âge adulte pour l'éprouver. Il était né alors que ses parents avançaient déjà à grande peine le long des interminables sentiers, en quête d'un abri ou au moins d'un peu de nourriture pour survivre jusqu'au jour suivant. Pour lui, l'existence se résumait donc à une succession permanente de campements miteux, de journées de marche par tous les temps, que ce soit sous une chaleur étouffante ou une pluie battante, et de compagnons aussi temporaires que les étendues traversées. Pouvait en témoigner sa peau tannée par les années de voyage. Plutôt grand pour son âge, il faisait déjà preuve de force, aussi aidait-il autant que les adultes pour couper du bois à la hache ou pousser la charrette lorsqu'elle se retrouvait embourbée. Sa touffe de cheveux noirs ébouriffés, qu'il n'avait pas coupée depuis plusieurs mois, semblait vivante, animée par les rafales de vent régulières.

Tof, le plus grand du groupe, brisa la monotonie du voyage en poussant un long soupir, sans raison apparente. Chacun avançait perdu dans ses pensées et le remarqua à peine. Il avait dû se remémorer l'espace d'un instant le souvenir d'une époque meilleure.

— On s'arrête pour manger ? proposa Egan alors que son ventre criait famine.

Moua hocha la tête et s'apprêtait à détacher le mülé pour le soulager de son fardeau quand Igma, la deuxième femme du groupe, aperçut une colonne de poussière à l'horizon. Elle se dirigeait droit vers eux à vive allure, empruntant le même chemin que le groupe plusieurs heures auparavant.

— Des cavaliers ! cria-t-elle d'une voix teintée de peur. Ils viennent vers nous !

En une fraction de seconde, tout le monde se mit à pousser la charrette pour aider la bête de somme. La situation était hélas beaucoup trop familière pour que les voyageurs se laissent le temps d'hésiter. Pendant cinq minutes, ils pressèrent le pas. Le front trempé de sueur, Moua ne cessait de scruter autour d'elle mais ne repérait aucune cachette digne de ce nom. Le sentier, parsemé de rochers, montait en pente douce jusqu'au sommet de la colline, mais les montagnes qu'ils voulaient rejoindre depuis maintenant une semaine n'étaient encore que de vagues silhouettes au loin. Aucun bois, aucune grotte, aucune ruine pour se cacher.

Jérév arrêta soudain de pousser et se redressa.

— Ça ne sert à rien de vouloir leur échapper, ils sont à kval, déclara-t-il dans un soupir. On va leur donner nos deux lâpïns, ça devrait nous éviter des ennuis. Nous n'avons rien d'autre de toute façon…

Les autres se redressèrent à leur tour, avant d'acquiescer en silence, la tête basse.

Quelques instants plus tard, les cavaliers arrivaient à leur niveau dans un vacarme assourdissant. Ils étaient une dizaine, montés sur des kvals adultes. Ces bêtes, plus grandes au garrot qu'un homme de taille moyenne, impressionnaient par leur puissance et leur robustesse, capables de supporter de longs trajets comme d'atteindre des pointes de vitesse aussi rapides que le vent. Une fois lancées au galop, rien ne pouvait plus les arrêter.

Aucun des cavaliers n'avait encore dégainé d'arme. Moua se rassura : il s'agissait non pas de pillards, mais juste d'un autre groupe de voyageurs, amené par hasard à emprunter le même chemin qu'eux pour regagner leur camp ou poursuivre leur route. Peut-être même qu'avec de la chance, les cavaliers les accepteraient parmi eux si ses compagnons parvenaient à se montrer assez convaincants. Pour l'instant, la femme ne distinguait des hommes et de leurs montures que quelques habits rapiécés sous des gilets de cuir usés.

Jérév avança de quelques pas dans leur direction en levant les bras pour montrer qu'il ne possédait aucune arme, avant de crier, assez fort pour couvrir le bruit des sabots sur les cailloux :

— Messieurs ! Sachez que je…

C’est alors que Moua voit le reflet métallique dans la main du cavalier de tête.

— Attention ! hurla-t-elle le plus fort possible.

Jérév n’eut pas le temps de réagir, déjà sa tête roulait par terre tandis que l’épée se relevait dans les airs en une gerbe sanglante. Elle s’abattit à nouveau et Arn s’écroula, le crâne fendu.

Moua, retenant un cri d’horreur, chercha Egan du regard. Sans succès. Celui-ci n’avait pas attendu d’en voir plus pour bondir se tapir derrière un rocher. Il retenait maintenant sa respiration, dans la crainte que les lourds battements de son cœur le signalent à ses assaillants, tandis que sa mère se mettait à courir avec l’énergie du désespoir vers le sommet de la colline.

Elle crut que personne ne la suivait et osa se retourner un bref instant. Moua n’eut que le temps d’apercevoir Igma s’écrouler de tout son long sur le sentier, transpercée d’une lance dans le dos et la bouche pleine de sang.

À la limite de son champ de vision, un cavalier galopait droit dans sa direction.

Elle accéléra encore. Le sommet de la colline ne se trouvait désormais plus qu’à quelques enjambées.

Pendant ce temps, les autres pillards commençaient déjà à dépecer la charrette tels des charognards. Ils détachèrent le mülé une fois qu’ils eurent découvert les maigres possessions du groupe. La prise ne s’avérait pas aussi mauvaise qu’ils l’avaient d’abord jugée, car la bête de somme servirait de repas pour toute la troupe pendant plusieurs jours.

Egan, toujours dissimulé derrière un rocher, n’osait pas encore relever la tête de sa cache.

Moua réussit enfin à atteindre le sommet de la colline avant que le cavalier ne la rattrape… pour constater qu’il n’y avait absolument aucun endroit où se cacher. La plaine, à peine recouverte de quelques arbustes, s’étendait jusqu’aux montagnes que son groupe aurait tant voulu atteindre, soit encore de longs jours de voyage. La femme était prise au piège malgré l'immensité du panorama.

Elle se résolut donc à se retourner pour tomber à genoux, et s'apprêta à implorer pitié.

Le gourdin heurta son crâne de plein fouet et sa vue s'obscurcit soudain.

Ocre

Chapitre 1

— Qu'est-ce que tu vois Seff ?

Le sillonneur plissa les yeux. De tout le groupe il possédait la vue la plus affûtée, capable de repérer du petit gibier à plusieurs centaines de mètres.

— Un groupe, avec des kvals ! J'en compte une dizaine. Ils sont arrêtés autour d'une charrette.

— Pillards ou pas ?

— Je sais pas ! J'arrive pas encore à voir s'ils ont des armes.

— Allez, dis-nous qu'c'est des pillards… grommela Gamo, un gaillard au visage bagarreur et à la carrure large. Qu'on envoie ces salauds six pieds sous terre !

Les sens aux aguets, les cavaliers continuèrent d'avancer, quoique plus lentement, le long du sentier qui s'élevait en pente douce jusqu'en haut de la colline. Ils gardaient les yeux rivés sur les silhouettes qu'ils discernaient au loin, agitées dans un grouillement trouble.

— Je vois des armes, lâcha soudain Seff.

Cette simple phrase eut sur le groupe l'effet d'un coup de tonnerre. Aussitôt, les hommes se crispèrent et leurs mains vinrent d'instinct se poser sur la garde de leurs armes.

— Tout le monde est armé de nos jours. Pillards ou pas ? répéta Rolon d'un ton glacial.

Les silhouettes avaient maintenant repéré les sillonneurs et remontaient déjà toutes en selle.

— Je crois que… oui ! Cadavres ! Je vois des cadavres !

Seff ne fit que confirmer ce que tout le monde avait déjà compris en criant :

— Pillards !

Rolon n'eut besoin que de quelques instants pour évaluer la situation, alors que les pillards se dirigeaient désormais vers eux à vive allure. L'affrontement était inévitable.

— Formation de combat en pique ! ordonna-t-il sans cesser un seul instant de fixer les pillards. Jona, Gamo et Alek à ma gauche, Pol, Seff et Fao à ma droite ! Les filles, vous nous suivez avec vos arcs. Vous avez pas intérêt à m'en planter une dans le cul ! Et Orelo, quand tu auras appris à te battre, tu m'appelleras.

En un instant, la formation se créa : Rolon à la pointe du V, suivi de chaque côté par les autres sillonneurs. Derrière, Sara et Némï avaient déjà encoché une flèche. Et encore un rang après, Orelo, le conteur, se tenait droit sur sa selle, tel un seigneur déchu commandant ses troupes, avec son chapeau de paille troué, qu'une plume rouge perçait sur le côté.

Tout le monde avait sorti de ses sacoches son équipement de combat, à savoir de solides plaques de bois leur servant d'armure, ainsi que des protections aux avant-bras et aux mollets. Juste à gauche de Rolon, Jona le colosse avait serré la sangle de son casque à cornes. Il évoquait désormais plus un tőro qu'un homme.

Cent mètres.

Rolon sonna la charge. Il avait saisi sa lance, son épée encore à sa ceinture pour l'instant. Le V filait au galop, et les pillards se rapprochaient à toute vitesse. La collision était imminente.

Cinquante mètres.

Jona raffermit sa prise sur sa hache à double tranchant et la leva, faisant scintiller la lame à la lumière du jour.

Vingt mètres.

Alek pouvait maintenant voir distinctement la tête des pillards. Il se concentra sur celui que son kval avait pris pour cible, un homme au visage sali par la poussière, les traits déformés par la rage du combat. Le jeune homme sentait son cœur pulser au rythme du martèlement des sabots.

Dix mètres.

Cinq mètres…

La formation de combat des sillonneurs fit voler en éclat la ligne éparse des pillards. Rolon en empala un avec sa lance, l'arrachant sans pitié de sa selle. Jona décapita le pillard le plus proche qui, bien que parant le coup avec son épée, ne put arrêter la force titanesque du colosse. D'une brusque torsion du cou, une des cornes de son casque se planta dans le visage d'un autre lui déchirant la joue. Une flèche siffla à quelques centimètres à peine de l'oreille de Seff, qui dans la frénésie meurtrière n'en sentit même pas le souffle sur sa joue, avant de se ficher dans la poitrine d'un brigand. Surpris, celui-ci ne put pas empêcher le sillonneur de lui enfoncer son épée dans les entrailles.

Rolon ordonna à son kval de ralentir une fois la ligne adverse dépassée, avant de se retourner. La plupart des pillards gisaient déjà au sol, tandis que les montures des hommes morts se cabraient au milieu des combats restants, paniquées par leur violence.

Un pillard donnait du fil à retordre à Alek, mais la petite lame de ce dernier, virevoltant dans les airs comme un feu follet, parvint à se frayer un chemin à travers la garde adverse. Le brigand s'écroula de sa selle, mortellement atteint à la gorge.

Il ne restait désormais plus que deux pillards debout et, voyant leur groupe aussi vite terrassé, ceux-ci firent aussitôt volte-face au triple galop. Sara et Némï encochèrent chacune une flèche, calmement, avant de bander leurs arcs, amenant la corde jusqu'à leurs joues dans un geste harmonieux. Elles cherchèrent le point de visée parfait, avec l'application des plus grands archers. Rolon se mit à craindre que les cavaliers deviennent hors de portée avant qu'elles n'aient tiré.

— Vite ! Il ne faut p…

Les deux arcs claquèrent à l'unisson. Les flèches filèrent sans un bruit à travers le ciel. Une seule trouva sa cible, se plantant dans le dos d'un des deux fuyards. L'autre trait se ficha dans le sol à quelques pas sur la droite de son objectif. Le pillard touché parvint à rester sur sa selle, mais il ne tarderait sans doute pas à succomber sous la gravité de sa blessure. Seff estima que la flèche avait traversé le poumon, alors que les deux cavaliers disparaissaient derrière la colline.

Aussitôt, les muscles se relâchèrent et les armes se baissèrent. Un silence pesant succéda alors au vacarme des combats.

Rolon parcourut son groupe d'un regard : tous les sillonneurs étaient encore debout. À ce moment-là seulement sa gorge se dénoua et sa poitrine se remit à battre avec sérénité. Seul Gamo se tenait l'avant-bras, du sang s'écoulant d'une longue entaille en dents de scie.

— Il m'a touché l'enfoiré ! maugréa-t-il dans un regard noir pour l'un des cadavres. Qu'les vers bouffent sa carcasse jusqu'à la moelle !

Sara courut avec sa trousse de soins le faire descendre de sa selle pour l'asseoir et le soigner, tandis que Seff gardait un œil attentif sur les environs, craignant une riposte de survivants cachés. Non loin, Jona essuyait sur la dépouille d'un pillard les lames de sa lourde hache de guerre, ainsi que la corne de son casque maculée de sang. Chacun de ses gestes s'effectuait dans un silence méticuleux.

— Ce n'étaient pas des durs à cuire ceux-là ! s'exclama Pol en sautant de son kval. À peine plus solides que des brindilles !

— Estime-toi heureux, lui glissa Alek avant que Rolon n'ait le temps de lui décocher la même remarque, de façon beaucoup plus cinglante. On n'aura peut-être pas la même chance la prochaine fois…

Rolon laissa le reste du groupe calmer les kvals encore affolés par le combat et soigner les blessures légères. Que ce soient les hommes ou les montures, personne n'avait échappé à quelques estafilades ou hématomes lors de l'affrontement. Le vieux guerrier raccrocha sa lance à sa selle et passa sa main dans ses cheveux grisonnants. Il connaissait parfaitement la retombée d'adrénaline qui succède aux combats : les mains tremblantes, la sueur qui colle les vêtements au corps, les yeux affolés à la recherche d'un nouvel ennemi à éliminer… Il avait depuis longtemps arrêté de compter le nombre de combats auxquels il avait survécu, et combien d'hommes avaient péri sous sa lame. Rolon en gardait néanmoins un souvenir indélébile : du milieu du front jusqu'au bas de sa joue courait une cicatrice mal résorbée. Le vieux guerrier se souvenait très bien du visage du barbare qui d'un coup de hache avait brisé son épée, fragilisée après une journée entière passée à combattre. La hache était alors passée à un cheveu de lui fendre le crâne, mais par pur réflexe Rolon avait balancé sa tête en arrière. Le fait qu'il possède encore ses deux yeux tenait du miracle.

D'un coup de talon, il fit avancer son kval vers la charrette abandonnée. Les corps étendus tout autour montraient avec quelle violence ils avaient été surpris par les pillards et s'étaient fait abattre, sans la moindre chance de survie.

Soudain des rochers surgit un jeune homme. Rolon dégaina aussitôt son épée, redoutant un pillard survivant. Mais ce n'était qu'un adolescent, qui courut à travers la colline pour se jeter sur l'un des cadavres, sans le moindre regard vers les sillonneurs.

Le vieux guerrier descendit de selle et s'approcha lentement, tandis qu'Egan demeurait penché sur la dépouille de sa mère, le corps secoué de terribles sanglots. Rolon retint un rictus de dégoût face au visage méconnaissable qu'il découvrit. Le gourdin avait enfoncé le nez dans le crâne et brisé l'arcade sourcilière, crevant un œil. Le sang encore frais s'écoulait des blessures mortelles et commençait à se répandre sur les vêtements du jeune homme, qui tenait Moua dans ses bras tremblants de désespoir.

— Allez gamin, viens, dit Rolon d'une voix qu'il voulait la moins rude possible. C'est fini.

L'adolescent ne semblait même pas l'avoir entendu.

— Gamin… répéta le vieux guerrier en lui posant une main paternelle sur l'épaule. C'est fini.

Egan releva la tête, mais la baissa aussitôt le regard de l'homme croisé. Celui-ci le força alors à se relever pour le regarder droit dans les yeux.

— Je sais que ce n'est pas facile à entendre. Elle est morte, gamin. Allez, viens avec moi maintenant.

— Non ! cria Egan en se débattant.

Il voulut échapper à l'étreinte de Rolon et se jeter de nouveau sur le corps de sa mère, mais le vieux guerrier le tenait d'une poigne de fer. Pourtant, il emmena l'adolescent vers les sillonneurs avec une grande douceur.

— Non, ne lève pas la tête, murmura-t-il alors qu'ils marchaient juste à côté d'un cadavre sans tête.

Le jeune homme avançait piteusement, traînant les pieds et le regard vide d'émotion. Il semblait porter sur ses épaules avachies tout le malheur du monde. Personne n'aurait été surpris de le voir s'écrouler à la première bourrasque venue. Rolon le laissa aux soins de Sara et Némï. Avant de s'éloigner, il lui demanda seulement :

— C'était ta mère ?

La seule réponse d'Egan fut un regard, celui des hommes qui viennent de perdre tout ce qui a jamais compté à leurs yeux.

Chapitre 2

Egan n'avait cessé de trembler que plusieurs heures plus tard. Il n'arrivait pas à se débarrasser de l'image atroce du corps de sa mère, qu'il avait longtemps tenu entre ses bras comme pouvait en témoigner le sang séché qui maculait sa tunique. La vision revenait sans cesse se superposer à la moindre de ses pensées.

Tous les morts furent enterrés, les pillards d'un côté et le groupe d'Egan d'un autre. Jona, Pol et Gamo s'occupèrent de creuser les nombreuses tombes à grands coups de pelle.

— Dlaah, nous t'amenons en ce jour des âmes troublées qui ne demandent que le repos, récita Rolon d'un ton solennel. Puisses-Tu les accepter à tes côtés.

C'était la prière rituelle pour enterrer un inconnu.

Les sillonneurs remontèrent ensuite à kval, afin de trouver une position plus propice pour un campement avant la tombée de la nuit. Egan n'avait pas souhaité s'exprimer devant la tombe de son groupe, encore trop sonné par le choc pour appréhender pleinement la situation et honorer la mémoire de ses défunts.

Pendant le court trajet jusqu'à la position la plus élevée de la zone, l'adolescent, juché sur un kval des pillards, prit enfin le temps d'observer le groupe qui venait de le recueillir. Il eut tout de suite la confirmation de ce qu'il avait aperçu depuis sa cache lors du combat : c'étaient tous d'excellents cavaliers. Ils devaient être sur les routes depuis longtemps. Très longtemps. Leur chef ne prononçait aucun ordre superflu, chacun savait parfaitement ce qu'il avait à faire, en permanence.

Rolon était le plus impressionnant de tous. D'un guerrier implacable, l'homme pouvait sans crier gare se transformer en un chef de groupe attentionné auprès de ses hommes. Egan l'avait vu se pencher vers chacun des sillonneurs pour savoir précisément comment ils se portaient. L'adolescent s'était tout de suite senti en sécurité une fois dans ses bras, lui permettant presque d'oublier la mort de sa mère et de tout son groupe. Il ne parvenait pas à définir ce qui donnait à Rolon ce charisme naturel de meneur d'hommes. Malgré la cinquantaine proche et ses cheveux grisonnants, il se tenait droit sur sa selle, ses yeux perçants qu'il gardait froncés en permanence semblant étudier en profondeur chaque chose sur laquelle il portait son regard. Une barbe entretenue avec soin finissait de compléter ce tableau intimidant.

Egan reporta ensuite son attention sur le sillonneur qui chevauchait à côté de lui.

Alek avait depuis quelques années dépassé la vingtaine. Il ne retenait pas l'attention par sa taille, mais grâce à sa carrure athlétique. Des muscles ciselés se cachaient sous les manches de sa tunique. Ses cheveux blond paille qu'il laissait pousser dans tous les sens comme de la mauvaise herbe retombaient jusqu'à ses yeux bleu clair. Alek portait en travers du dos une épée dont la poignée ressortait au niveau de son épaule droite, placée au millimètre près pour pouvoir la dégainer en une fraction de seconde. La lame, plus courte que celle des épées habituelles, la rendait plus facile à manier, ce qui correspondait parfaitement à son style de combat tout en vitesse et en feintes. Il cherchait en permanence à déborder l'ennemi et l'assaillait de toutes parts, pour le pousser à la faute en multipliant les attaques et leurs angles.

Les cavaliers atteignirent le haut d'une colline qui surplombait la plaine alentour, alors que les nuages gris recouvrant le ciel s'assombrissaient peu à peu. Rolon déclara qu'ils dormiraient ici pour la nuit. Egan se retrouva tout à coup seul sur son kval. Tout le monde en était déjà descendu et entamait les tâches qu'il devait réaliser, en une chorégraphie huilée et maintes fois répétée.

Orelo, encore à proximité, nourrissait les kvals et défaisait les couchages des selles de chacun avant de les étaler au sol. Un peu plus loin, Sara et Némï commençaient à préparer du ragoût, tandis qu'Alek les aidait en dépeçant un des liévrs récupérés dans la charrette d'Egan. Pol et le gigantesque Jona étaient descendus de la colline chercher du bois pour le feu. Fao et Seff avaient disparu, partis chasser une dernière proie avant que la nuit tombe. Gamo, assis sur une pierre, nettoyait la lame de son épée, encore recouverte du sang des pillards, en continuant de couvrir d'insultes celui qui avait réussi à l'atteindre au bras. La plaie, désormais recouverte d'un bandage serré, ne le ferait bientôt plus souffrir.

Pourtant au cœur de cette agitation rigoureuse un sillonneur ne bougeait pas : Rolon, immobile face à l'horizon. Le vieux guerrier semblait fixer au loin un point dont lui seul détenait le secret.

Un point plein ouest.

Dès que les premières cuillères de ragoût furent portées à la bouche, Orelo se leva d'un bond théâtral et se porta au centre du cercle, tournoyant autour du feu tel un fauve en cage. L'ombre des flammes dansait sur la peau brune de ses bras nus.

— Mesdames et messieurs, votre attention ! commença-t-il d'une voix de cirque.

— Et moi qui pensais pouvoir me coucher tôt ce soir… grommela Gamo sans parvenir à dissimuler un sourire en coin.

Le conteur continua sans paraître importuné. Il savait le plaisir que prenait son auditoire à l'écouter.

— Ce soir, nous accueillons un vaillant jeune homme, qui saura nous prouver sa valeur, j'en suis persuadé ! Il s'appelle Egan, tâchez de vous en souvenir !

Le conteur fit un clin d'œil au jeune homme avant de s'incliner devant lui en enlevant son chapeau de paille troué, avec autant de déférence qu'il en aurait eu pour un empereur, déclenchant l'hilarité générale. Même la plume rouge qui s'accrochait à son couvre-chef semblait amusée par son attitude désinvolte. Il reprit aussitôt :

— Mais ce courageux garçon doit bien se demander : *« Où est-ce que j'ai bien pu débarquer ? Sont-ils donc tous aussi fous que leur porte-parole ? »* Point ! Qui sommes-nous ? Les sillonneurs pardi ! Et où allons-nous ? En plein vers les Ruines pardi ! Rien ne saura détourner notre inoxydable chef de ce but ! Ni les pillards ni les tempêtes ne sont capables de le ralentir. Le monstre assez puissant pour le faire vaciller n'est pas encore né ! Jamais il ne regarde derrière lui, son avenir se trouve droit devant.

Egan peinait à suivre toutes les paroles d'Orelo. Il parlait avec un tel entrain que le jeune homme ne parvenait pas à démêler le vrai du faux, la présentation véritable de la prestation théâtrale. Dans tous les cas, l'ensemble des informations ne pouvait être véridique, car de ce qu'on avait raconté à Egan, les Ruines n'étaient qu'un lieu légendaire, excellent cadre pour les histoires autour du feu, comme celle de ce soir.

— Je te présente l'artisan de toute cette folie, le capitaine, le commodore, le chef suprême. Autrefois commandant des forces de Niu-Jok, bras droit du légendaire Jez, c'est un as de l'épée, le guerrier parmi les guerriers. J'ai nommé… Rolon !

Celui-ci ne bougeait pas, un regard noir braqué sur le conteur. Si les yeux du sillonneur avaient été d'acier, Orelo serait depuis longtemps déjà étendu la gorge tranchée et le cœur transpercé. Il n'appréciait guère de se voir présenter ainsi, sur le ton de la blague, malgré tous les superlatifs à son avantage.

— Levez-vous, s'empressa d'ajouter le conteur. Que le brave Egan puisse vous voir et inscrire une bonne fois pour toutes votre image dans le fond de sa pupille !

Les sillonneurs applaudirent la présentation alors que le vieux guerrier se levait contre son gré, adressant tout de même un léger hochement de tête à l'adolescent. Les lueurs du feu, qui l'illuminaient de bas en haut, lui procuraient l'aspect d'une créature démoniaque tout droit sortie de la nuit noire qui entourait désormais le groupe. Rolon se rassit et Orelo reprit :

— Mais qui sont les fous qui ont bien pu accepter de le rejoindre dans sa quête du paradis ? Au nombre de neuf, ils ont tous une histoire différente, mais sont pourtant partis ensemble du même lieu. Commençons par le début, le deuxième. Bras droit de notre chef, il n'a pas son pareil pour rester calme et évaluer la situation, aussi terrible soit-elle. Auparavant sillonneur à Niu-Jok, toujours virtuose de la lame, je vous présente Alek !

Celui-ci se leva et vint serrer la main d'Egan en lui souhaitant la bienvenue.

— Mais que vois-je ? Serait-ce un rocher ? Une montagne, vous dites ? Non, c'est une bête ! Un homme ? Impossible ! Et si ! Tout droit sorti des entrailles d'un tőro, je n'ai jamais vu de toute ma vagabonde de vie une créature capable de lui faire mordre la poussière. Je ne suis même pas sûr qu'un Oürz des Montagnes Blanches arriverait à le faire trembler. Sa force est légendaire, tout comme sa hache à double tranchant, dont la tête de mort nargue le fou qui viendrait mourir sous ses lames. Vous ne l'entendrez jamais parler, ça non ! Il préfère garder sa salive pour le prochain combat à venir. Qui est-ce ? C'est Jona bien sûr !

Le colosse n'adressa qu'un hochement de tête, à peine perceptible, au jeune homme. Celui-ci se rendit alors compte d'à quel point sa carrure massive ravalait celle des autres au rang de brindille. Debout, il devait être aussi grand qu'un kval. Ses bras, aussi larges que des troncs d'arbre, se terminaient par deux énormes mains, qui auraient chacune pu tenir le crâne de l'adolescent dans leurs paumes, avant de l'écraser comme une noisette sans même se fatiguer. Le crâne rasé, sa tête semblait minuscule, enfoncée entre ses épaules. Egan ne comprenait pas comment quelqu'un aurait pu choisir de l'affronter plutôt que de prendre ses jambes à son cou en l'apercevant au loin.

— Continuons par un autre grand bavard. Celui-là, tu ne le verras pas souvent manger avec toi. Il a fait du premier et du dernier tour de garde sa religion. Là seulement il peut s'isoler et parler aux nuages, comme il aime à le dire. Les arcs n'ont aucun secret pour lui. En une seconde il l'a sorti et la deuxième deux flèches sont déjà parties. Et elles atteindront leurs cibles, tu peux en être sûr ! L'épée n'est pas pour lui. Trop longue, trop lourde. Il préfère ses fidèles poignards. Plus courts, plus légers. Tu m'entends depuis ta retraite, mystérieux Fao ?

Egan regarda autour de lui, mais rien ne bougea. Fao avait déjà commencé à prendre la garde alors que le jour se couchait à peine. Il devait se trouver en haut d'un des quelques arbres solitaires de la colline, à une petite centaine de mètres du feu, en train de jongler avec ses poignards effilés.

— Ensuite, nous avons un cavalier ! Et quel cavalier ! Le vent qui lui caresse les cuisses alors que galope son kval n'est rien de plus que sa raison de vivre. S'il venait à cesser d'agiter les feuilles, notre ami en mourrait ! Il connaît aussi bien que sa poche la moindre plaine, colline ou montagne à moins d'un mois de Niu-Jok. On ne compte plus le nombre de voyageurs esseulés qu'il a sauvé, aidé et ramené vers la civilisation. Son regard est aussi affûté qu'une lame. Ses parents auraient dû l'appeler Œil-de-Fökon ! Son nom souffle comme la bourrasque. Voici Seff !

Un homme d'une trentaine d'années, les cheveux clairs presque blancs, vint à son tour serrer la main d'Egan. Il lui plut tout de suite, inspirant confiance dès le premier regard.

— Le suivant fut le fils du forgeron le plus prisé de Niu-Jok. Mais plutôt que celle de l'enclume et du marteau, c'est la voie du vent qu'il a choisie ! Sillonneur il fut, sillonneur il sera toujours. Il ne rechigne jamais à la tâche. Donnez-lui un arbre à abattre ou un trou à creuser, il le fera ! Avec le sourire ! Mais ne commencez pas à lui parler de malédiction, de superstition ou que sais-je, il s'enfuirait en courant ! Je vois qu'il me regarde comme s'il voulait me tuer. Peut-être le veut-il vraiment… Allons, je rigole, Pol !

Alek sourit à la vue de son meilleur ami faisant mine de frapper le conteur, avant d'adresser un grand sourire à l'adolescent.

— Bienvenue Egan ! s'exclama Pol, les bras grands ouverts. Tu vas voir, tu vas vite prendre tes marques. Tu fais partie de notre famille maintenant !

L'adolescent répondit d'un sourire timide, tandis que le conteur semblait animé par le feu lui-même, alors qu'il se mouvait au rythme du crépitement des flammes.

— Poursuivons ! lança Orelo sans attendre que Pol se soit rassis. Vient alors notre couple adoré. D'un côté le soldat, ferme et fier, quoique parfois vulgaire, de l'autre la femme, belle et généreuse, tout aussi courageuse. Mariés sous le chêne ils ont été, mariés sous le chêne ils seront toujours. Où est le bébé ? Chuuut ! N'en parlons pas, ils se fâcheraient ! Regardez comment ils rougissent, mignons qu'ils sont. Allez, applaudissons pour les encourager. Gamo et Némï !

Le couple finit par se lever, surpris d'être soudain au centre de l'attention. Mais Némï éclata de rire et sous les ovations exécuta une courbette. Ses traits avaient dû être harmonieux durant sa jeunesse, mais ils portaient désormais les marques du temps, burinés par les jours passés sur la route. Gamo lui demanda très vite de se rasseoir, gêné et désireux de mettre fin au spectacle dont il faisait l'objet contre son gré.

— Enfin ! Il ne nous en reste plus qu'un ! Ou plutôt devrais-je dire une ! Ce ne serait pas mentir que de dire qu'elle est aussi importante que notre chef bien-aimé. Car qui va nous recoudre, nous panser et nous choyer, une fois la poussière du combat retombée ? La guérisseuse pardi ! Mon cœur chavire quand je la vois sourire. Elle attise mieux que quiconque le feu qui nous brûle les entrailles jusque dans l'entrejambe. Aurait-elle un amant parmi l'assistance ?

Tout à coup Orelo se tut et se pencha vers les sillonneurs, plus que jamais accrochés à ses paroles. Son regard pétillant s'arrêta sur Alek, survola Seff, passa sur Pol, négligea Jona et Rolon, feinta vers Némï. Egan n'était pas sûr de comprendre le manège du conteur. Qu'insinuait-il par-là ? Qui ciblait-il sous ses insinuations ? Quelle que soit son identité, le mystérieux amant ne se manifesta pas et personne n'aida l'adolescent à le démasquer.

— Voici la belle, la douce, Sara ! s'exclama le conteur en papillonnant des yeux tel un amoureux transi.

La jeune femme se trouvait assise juste à côté de l'adolescent et put ainsi lui adresser un sourire étincelant joint d'un murmure :

— Ne prends pas tout ce qu'il dit au pied de la lettre, il aime bien exagérer. Mais il peut bien raconter ce que bon lui chante, ce moment lui appartient. Une fois le conte lancé il devient le roi de la nuit et nous réchauffe le cœur. Profite comme nous de cet instant, car nous voudrions qu'il ne finisse jamais…

— Bien, voici tout le monde maintenant présenté à notre nouvelle et jeune recrue. Il ne me reste plus qu'à…

— Et toi alors Orelo ? le coupa Pol, un air de défi dans le regard. Tu ne te présentes pas ?

Le conteur cessa soudain tout mouvement.

Ses traits se figèrent, toute chaleur en disparut, et les spectateurs tressaillirent face à sa réaction inattendue. Puis, peu à peu, son visage s'illumina, d'un sourire qui monta bientôt jusqu'à ses oreilles, comme si l'artiste en lui savourait le rappel alors que la dernière chanson venait tout juste de se terminer, et que les cordes des instruments vibraient encore. En réalité, il n'attendait que ça.

Alors Orelo déclama avec une diction parfaite :

— Je croyais que c'était pourtant clair, limpide comme de l'eau de roche. Qui suis-je, sinon une voix dans la nuit ? Un conteur autour du feu le soir, un troubadour traînant ses mélodies à travers le pays, un chanteur d'histoires toutes plus véridiques les unes que les autres, un musicien virtuose jouant de sa langue et de ses dents pour répandre ses sons dans l'air ? Tout ça, et rien du tout ! Je suis le dernier seigneur d'une longue lignée, celle du Mot, vieille de plusieurs millénaires mais ne trouvant désormais plus que moi-même pour seul survivant. Avec mon chapeau de paille percé pour seul artifice, je répands, là où les gens veulent bien la cultiver, la vérité, celle d'hier, d'aujourd'hui et de demain. Mais attention, rien de ce que je raconte n'est vrai pour qui ne sait pas écouter. Moi, premier du nom, comte conteur, prince de la Belle Note, roi de l'absurde, empereur voyageur, divinité déchue, je me présente, en trois syllabes. Attention, c'est très court ! Orelo ! Voilà, je l'ai déjà dit.

Un tonnerre d'applaudissements salua la tirade du conteur. Egan, estomaqué, n'avait jamais entendu quelqu'un parler avec à la fois une telle rapidité et autant d'aplomb. Il avait cessé de rêver à des jours meilleurs depuis bien longtemps, et pourtant Orelo avait su, l'espace d'un instant, l'emmener avec lui dans un endroit lointain, composé de belle poésie et de voix envoûtantes, où le chemin du possible traversait les champs de l'impossible.

Le conteur s'approcha ensuite de l'adolescent et lui dit, d'une voix redevenue calme sans cesser d'être chaleureuse :

— Bienvenue parmi les sillonneurs, courageux Egan !

Chapitre 3

Les structures métalliques étaient immenses. Elles s'élevaient, encore aujourd'hui majestueuses, comme un défi au ciel. Il n'y en avait pas une, pas dix, mais des centaines, à perte de vue. Réparties dans toute la plaine de façon à ce qu'elles ne puissent pas se toucher malgré leurs longues pales, elles témoignaient de l'existence d'une civilisation désormais disparue. Les constructions avaient dû auparavant être d'un blanc resplendissant, mais le temps allié aux intempéries en avait eu raison, et elles ne reflétaient maintenant plus qu'un gris passé. Leurs trois gigantesques lames avaient autrefois tourné au bout de ces poteaux colossaux, mais elles ne bougeaient plus depuis des centaines d'années, à jamais immobiles. Les individus possédant le savoir nécessaire pour les faire fonctionner étaient morts depuis bien longtemps.

Même Orelo, qui aurait d'habitude émis un commentaire imagé, restait bouche bée face à cet impressionnant spectacle. Les onze voyageurs avaient beau être chacun sur un kval, ils restaient minuscules au pied de la structure qu'ils admiraient.

— À quoi cela pouvait bien leur servir ? se demanda Alek à voix haute, les yeux rivés sur le sommet de la construction métallique.

— Sûrement un système de défense, avança Rolon. Mais je n'ose même pas imaginer la puissance de celui-ci.

— Moi j'pense qu'ça pouvait arracher en un éclair les montagnes qu'on voit là-bas, proposa Gamo en désignant les hauteurs qu'ils apercevaient au loin. Peut-être même plus loin encore…

— C'est quand même incroyable que les Anciens aient pu disparaître alors qu'ils étaient capables de fabriquer des choses pareilles… souffla Seff, comme s'il craignait d'être entendu.

— Comment ont-ils disparu ? demanda Egan avec curiosité.

— Ça gamin, personne ne le sait.

Orelo profita d'un instant de flottement dans la conversation pour soudain s'exclamer, abandonnant sa tenue de sillonneur pour revêtir celle, plus confortable, de conteur :

— Où ? Quand ? Comment ? Pourquoi ? À cause de qui ? En voilà de bonnes questions… Disparus les Anciens ? Vous êtes sûrs ? Il est vrai qu'ils ne sont pas nombreux à être venus toquer à la porte ces dernières années. Qui les a mangés ? Faites vos jeux, les paris sont ouverts !

Il fit d'un regard le tour des sillonneurs, laissant à leurs esprits le temps de tourbillonner d'idées, avant de désigner sa première victime :

— Gamo ! À ton avis ?

— J'sais pas… Ils devaient plus rien avoir à manger, ou un truc comme ça. De tout'façon, ça sert à rien d'le savoir, ils sont morts depuis belle lurette !

Orelo ne releva pas la mauvaise volonté apparente et poursuivit.

— Sara ! Selon toi ?

La jeune femme réfléchit quelques instants, prenant la question beaucoup plus au sérieux que les autres.

— La maladie je dirais. Une épidémie terrible, qu'ils n'auraient pas été capables de soigner. Ça les a décimés, je pense.

— Ils ont tous attrapé la kïâss en même temps oui ! Et ils s'en sont pas remis les idiots ! explosa de rire Gamo, la bouche grande ouv…

— La guerre, intervint Rolon avant que le rire ne se répande. Ils se sont entre-tués, c'est sûr.

L'avis du chef et la façon sèche avec laquelle il l'avait exprimé glaça aussitôt le sang de l'ensemble du groupe, qui se regardait désormais sans parler, toujours au pied de la structure métallique. Ce fut Pol qui rompit le silence :

— Sortons vite de cet endroit, il ne me dit rien qui vaille. La malédiction des Anciens va nous poursuivre…

Il ne manquait jamais une occasion de rappeler à quel point les superstitions l'obsédaient. Le jeune homme avait beau être grand et bien bâti, si on lui avait dit qu'un malheur pouvait lui arriver s'il montait sur son kval tous les jours, il aurait sans hésiter poursuivi sa route à pied un jour sur deux.

— Tu crois encore à ces histoires de malédiction ? lui lança Alek, moqueur. Ça fait longtemps que les Anciens sont morts et enterrés, aucune chance qu'ils reviennent te hanter.

— Tu verras quand un matin tu te réveilleras sans cheveu, la peau ridée et tes dents dans le creux de la main, si les esprits des Anciens sont partis…

— Qu'ils essaient un peu de s'approcher de moi les fantômes, que j'leur casse la gueule ! s'exclama Gamo en levant un poing déterminé.

Rolon indiqua alors qu'il leur fallait partir. Non pas à cause de la malédiction des Anciens, mais parce que les cavaliers avaient passé bien assez de temps devant ces structures dont ils ne pourraient jamais connaître la véritable fonction. Ils devaient reprendre la route sans plus tarder s'ils voulaient trouver un endroit approprié où dormir avant que la nuit tombe. En effet, plusieurs heures s'écoulèrent avant que les sillonneurs sortent du vaste champ de poteaux gris, éternels gardiens d'un secret à jamais oublié.

Les nuages gris et monotones tapissant l'ensemble du ciel laissaient de moins en moins filtrer de lumière, et l'obscurité envahissait peu à peu le monde quand ils trouvèrent une dépression dans laquelle établir leur campement. Rolon voulait à tout prix éviter de se retrouver en plein cœur de la plaine pendant la nuit, car leur feu aurait été visible à des lieues à la ronde. Mieux valait éviter de tenter le courage d'une quelconque bande de pillards… Les structures métalliques apparaissaient encore à l'horizon, tels de gigantesques fantômes immobiles dans les ténèbres grandissantes. Une journée de voyage supplémentaire serait nécessaire pour les faire à tout jamais disparaître derrière eux.

Une fois descendu de kval, Egan, qui ne savait pas encore très bien comment aider la mécanique déjà huilée du groupe, vint proposer son aide pour préparer le repas autour du feu.

— Qu'est-ce que tu nous prépares ce soir, mon amour ? demanda Alek à Sara, alors que les flammes commençaient à s'élever dans l'air frais de la nuit.

— Du ragoût, lui sourit-elle.

— Ah… Comme les trois derniers jours…

— Et tu n'aimes pas ça ? répliqua Sara en feignant d'être vexée.

Le sillonneur rougit et bafouilla une réponse inaudible. Il appréciait les moments où la jeune femme ne se laissait pas impressionner, rappelant à tous qu'elle avait parfaitement sa place dans ce groupe composé en grande partie d'hommes.

Comme Orelo l'avait souligné, son rôle de guérisseuse était essentiel, vital même, pour la survie du groupe. Combien de fois les avait-elle recousus ? Remis leurs épaules déboîtées en place ? Leur avait évité l'empoisonnement devant des fruits alléchants ? Elle pouvait soigner tous types de blessures, de l'entaille à la fracture, de l'infection à la brûlure. L'ensemble de ses connaissances lui avaient été transmises par sa mère, qui elle-même les tenait de sa propre mère. Son immense savoir lui avait permis de diriger les soigneurs de l'hospice de Niu-Jok alors qu'elle était encore très jeune, la vingtaine tout juste passée. La guérisseuse possédait dans sa besace une quantité impressionnante d'herbes médicinales, chacune possédant sa propre couleur, odeur et texture. Les effluves qui en émanaient embaumaient l'air tout autour, comme si un champ entier de fleurs y était contenu. Sara avait déjà essayé d'expliquer à Alek ce que chacune de ses plantes accomplissait, mais il s'était révélé incapable d'en retenir ne serait-ce que la moitié.

En vidant les entrailles d'un nouveau liévr, le jeune homme la regardait dans la pénombre et parvenait tout juste à distinguer les traits de son visage magnifique. Alek aurait pu se noyer dans ses yeux bleus qui avaient fait chavirer son cœur des années auparavant. Sa longue queue de kval blonde qu'elle n'avait jamais coupée lui descendait maintenant jusqu'au bas du dos. Brillante par son savoir plus que par sa taille, la jeune femme dégageait autour d'elle une puissante aura de calme et d'apaisement. Les hommes du groupe, et même Némï parfois, n'hésitaient pas à venir lui parler seul à seul pour guérir les blessures plus personnelles, celles mentales. Sara savait obéir aux ordres de Rolon, mais devenait intraitable quand les décisions relevaient du domaine médical. Dans ces moments-là rien ne pouvait plus la faire changer d'avis, devenue aussi inamovible qu'un roc. L'esprit dérivant petit à petit, son amant commença à revivre sa rencontre avec elle, lorsqu'il lui avait…

— Il ne parle jamais Jona ? demanda soudain Egan, brisant le fil de pensées d'Alek.

Sara et Némï secouèrent aussitôt la tête, comme s'il venait de prononcer un mot interdit.

— Pourquoi ? ajouta l'adolescent, surpris par la réaction des deux femmes.

Mais les sillonneurs présents ne voulaient pas en parler, chacun les yeux rivés sur le liévr dans ses mains. Ce fut Sara qui finit par répondre, face au regard insistant de l'adolescent.

— Personne n'est au courant de l'histoire exacte, pas même Rolon, qui le connaît pourtant depuis très longtemps. C'est sa femme et sa fille. Elles sont mortes. Tuées par des pillards, je pense. Depuis il n'a plus prononcé le moindre son.

Egan se tut, comprenant pourquoi personne ne souhaitait évoquer ce sujet sensible au sein du groupe. Alek ajouta néanmoins :

— N'en parle jamais devant lui. Jamais. Il te tuerait.

Une fois prêt le ragoût lui-même sembla les appeler et les sillonneurs se placèrent en cercle sur de vieux troncs que Jona et Pol avaient ramenés. La chaleur réconfortante du feu faisait doucement fondre en eux les désagréments de la journée, tandis que les visages s'apaisaient peu à peu. Fao avait, comme à son habitude, déjà commencé à prendre la garde. Aucun mouvement ou bruit ne troublait la nuit et il finit par se détendre, perché sur un rocher en jouant avec ses poignards. Personne ne l'avait jamais vu se couper en les rattrapant. Fao profita de la quiétude ambiante pour tendre une oreille curieuse vers l'histoire quotidienne d'Orelo.

Cette fois-ci, le conteur avait adopté une voix plus calme, bien que mystérieuse. Il se penchait vers son auditoire, la plume rouge de son chapeau de paille frôlant les visages captivés, pour murmurer et délivrer ses secrets dans la confidence :

— On raconte qu'autrefois, les Anciens étaient si puissants qu'ils n'avaient pas besoin de kval pour voyager. Ils avaient fabriqué des machines montées sur des roues et crachant de la fumée, capables de dépasser le meilleur des cavaliers au galop ! Mieux encore, ils auraient réussi à construire des oiseaux de métal pouvant se rendre au-dessus des nuages et les emmener à l'autre bout du monde, par-delà l'Océan sans Fin ! Un seul de ces oiseaux pouvait, raconte-t-on, contenir plusieurs centaines d'Anciens !

— Pfff… souffla Rolon en secouant la tête de scepticisme. Impossible… Il n'y a rien après l'Océan sans Fin, juste de l'eau à perte de vue. La dernière fois, tu nous racontais qu'ils étaient allés explorer jusqu'au fond des océans. Arrête donc avec tes histoires tirées par les cheveux, et raconte-nous plutôt des récits de batailles, de guerriers et de héros. De vraies histoires quoi !

— Rolon ! s'indigna Pol en fronçant les sourcils de colère. Laisse-le raconter son histoire ! Tu n'as qu'à aller te coucher si ça ne te va pas.

Le vieux guerrier bougonna quelque chose dans sa barbe et, pour ne pas perdre la face, finit en effet par aller se coucher, dos au cercle des sillonneurs. Alek partageait l'avis de Rolon selon lequel ces contes paraissaient invraisemblables, que voler n'était possible que dans les rêves, mais il fallait aussi admettre que chaque légende possédait sa part de vérité, aussi infime soit-elle. Le monde des Anciens se révélait à chaque conte si différent du leur qu'il ne fallait pas chercher à rationaliser le moindre détail des histoires d'Orelo.

Celui-ci reprit son conte avec le même enthousiasme, comme s'il n'avait jamais été interrompu.

— Certains disent qu'auparavant le ciel se parait d'un bleu resplendissant dans lequel venaient se baigner des nuées entières d'oiseaux, et que les nuages ne le recouvraient qu'en de rares occasions. Le monde n'avait alors rien du gris morose que nous lui connaissons aujourd'hui, et les arbres, et les fleurs, et l'herbe rayonnaient de vie. Imaginez…

Et le conteur continua ainsi, faisant naître dans l'esprit des sillonneurs des images paradisiaques, celles de champs de fleurs aux couleurs éclatantes s'étalant jusqu'à l'infini, ou de pâturages à l'herbe grasse dans lesquels paissaient d'immenses troupeaux.

Orelo n'était pas un grand guerrier – à vrai dire le voir manier une arme relevait du pitoyable, Némï se servait mieux d'une épée que lui -, mais ses talents de conteur n'avaient aucune commune mesure. Il parvenait à faire vivre des batailles héroïques comme des histoires d'amour intimes avec une passion qui transportait son auditoire jusqu'aux lointaines contrées de l'imaginaire. Le conteur aimait se lever brusquement en plein récit pour accentuer son propos, quand le chevalier de l'histoire pourfendait le dragon ou que les brigands jaillissaient des fourrés pour prendre la caravane en embuscade. L'effet était imparable, et les autres sursautaient à chaque fois.

Les cheveux crépus d'un noir de jais et le teint sombre, Orelo avait passé toute son enfance au bord de l'océan. Il tenait sa fougue et ses récits de son père pêcheur, également conteur une fois la nuit tombée sur leur petite communauté précaire. Les aléas de sa vie l'avaient néanmoins mené jusqu'à Niu-Jok, où il s'était taillé une réputation de virtuose à grands coups de performances toutes plus mémorables les unes que les autres.

Orelo conclut son histoire par une brève courbette, laissant ainsi le silence reprendre ses droits sur le campement. Seul crépitait le feu. Chacun rejoignit sa couche et, après une prière silencieuse à Dlaah, s'endormit.

Chapitre 4

Fao remercia d'un hochement de tête Sara, qui venait de lui ramener un peu du ragoût de la veille. Une fois que tout le monde fut levé, il quitta le rocher sur lequel il avait passé le dernier tour de garde et rejoignit les autres, qui sellaient leurs kvals.

Lorsqu'il passa devant lui, Egan remarqua en croisant son regard qu'un seul de ses deux yeux était bridé, et les iris de couleurs différentes, l'une brune et l'autre verte. Ce contraste rendait son regard très étrange, mettant mal à l'aise celui qui croyait observer deux personnalités dans le même visage. L'adolescent détourna très vite les yeux en faisant mine d'avoir un problème avec sa sacoche.

— Egan, j'ai quelque chose pour toi, déclara soudain une voix dans son dos.

L'adolescent sursauta. Il n'avait pas entendu Alek approcher.

— Tu m'as fait peur… rougit-il, les yeux rivés avec curiosité sur l'objet que tenait le sillonneur.

Soulevant une tunique maculée de sang séché, le jeune homme révéla une épée à la poignée patinée par l'usage et le temps. Conçue pour le combat et non pour l'apparat, elle n'avait rien de remarquable, mais tout de fonctionnel. Par-dessus une épaisse garde droite, la lame rétrécissait progressivement jusqu'à sa pointe et son tranchant semblait aussi aiguisé que celui d'un rasoir. Sans la moindre fioriture, pas même la marque de son forgeron, il était impossible de se méprendre sur sa fonction : on l'avait conçue pour ôter la vie.

— Tiens, elle est pour toi, dit simplement Alek en la lui tendant. Tu pourrais en avoir besoin.

Il vit qu'Egan hésitait à s'en saisir, aussi le sillonneur crut bon d'ajouter :

— Je l'ai trouvée sur le cadavre d'un des pillards que nous avons combattus. Je n'ai pas réussi à trouver de lame plus courte, mais elle devrait te convenir.

L'adolescent finit par la prendre, et faillit la faire tomber, surpris par son poids. Presque malgré lui son esprit fut projeté l'espace d'un instant à travers les champs de bataille : il s'imagina avec l'arme taillant et tranchant tout autour de lui dans une profonde rage, des gerbes sanglantes jaillissant de ses ennemis abattus jusque sur son visage. Egan pouvait sentir rien qu'en tenant la poignée froide que l'épée avait déjà tué, souillée par la mort d'innombrables personnes.

— Merci, mais… je ne sais pas m'en servir, avoua-t-il après avoir manipulé avec vigilance l'arme quelques secondes. Personne ne m'a jamais appris.

— Ne t'inquiète pas, tu auras largement le temps d'apprendre, le voyage est encore long et les occasions ne manqueront pas ! sourit Alek. Je t'enseignerai avec plaisir ce que je connais du combat à l'épée, et je suis sûr que même Rolon voudra bien te donner quelques leçons. Tu as de la chance, tout le monde ne peut pas se vanter d'apprendre auprès d'un des meilleurs escrimeurs que le monde connaisse !

— Il est si fort que ça ? demanda Egan, des étoiles d'émerveillement dans les yeux.

— C'était le meilleur à Niu-Jok, et rares sont ceux pouvant se targuer d'avoir survécu à un combat contre lui !

Suivant les conseils expérimentés d'Alek, l'adolescent accrocha l'épée à sa ceinture de la manière qu'il lui indiquait. Le regard pétillant, il prenait encore les sillonneurs pour des héros providentiels, envoyés par Dlaah lui-même afin de le sauver et le recueillir. Egan se devait donc d'être digne de la chance qui lui était ainsi donnée.

— Merci beaucoup, dit-il alors avec une profonde sincérité.

— N'hésite pas à me demander si tu as le moindre problème, répondit le jeune homme dans un clin d'œil avant de s'éloigner.

Rolon allait sonner le départ d'un instant à l'autre, pourtant Alek prenait le temps d'admirer Zef, son kval, et de noter avec quelle fierté il aimait le monter. La monture, bien que docile, galopait sans peur quand la situation l'exigeait. Jamais il ne rechignait au moment de charger, pas même face à des pillards armés jusqu'aux dents. Le kval filait aussi vite que le vent, et Alek battait à chaque fois ceux qui osaient le défier à la course. La lumière se reflétait sur sa robe qu'il brossait au quotidien pour conserver ce blanc immaculé que jalousaient les autres cavaliers.

Le jeune homme mit un pied à l'étrier et grimpa sur Zef d'un mouvement fluide. Juste à côté Pol se hissa à son tour en haut de sa monture, devenant aussi haut qu'un colosse qui arpenterait le monde des hommes.

Alek n'avait pas de meilleur ami que Pol, d'un courage et d'une honnêteté à toute épreuve. C'était en quelque sorte grâce à lui qu'Alek avait rencontré Sara, alors que celle-ci soignait Pol qui s'était brisé un bras en tombant de kval, quelques années auparavant. Alek s'était empressé de rendre visite à son ami dans l'hospice, pour aussitôt tomber sous le charme de la jeune femme. Les deux amants ne s'étaient plus séparés depuis.

Le sillonneur aurait pu placer jusqu'à sa dernière once de confiance en Pol. Alek n'avait pas hésité une seule seconde à le suivre quand il lui avait proposé de quitter la ville avec Rolon et le reste du groupe. Le jeune homme regrettait cependant son ancienne vie de sillonneur, passée à parcourir le monde au galop sur le dos de Zef, cherchant toute personne en quête d'un abri pour l'inviter à rejoindre la ville. Alek apparaissait alors comme un messie pour beaucoup de groupes qui vivaient depuis trop longtemps dans la peur et l'insécurité. Hélas ce passé était à tout jamais révolu. Les individus se trouvaient toujours là, perdus, cachés au fond d'une grotte ou tapis dans les profondeurs d'une forêt, mais il n'y avait plus rien pour les accueillir. Niu-Jok avait été rayée de la carte.

D'un revers de la main Alek balaya ses cheveux, que le vent ramenait sans cesse sur ses yeux. Du haut de son kval, il surplombait toute la plaine environnante. Entre elle et la couche permanente de nuages, où que portait son regard, seuls se tenaient les sillonneurs, minuscules particules coincées au creux d'un étau aussi naturel qu'éternel.

D'un claquement de langue Rolon fit avancer sa monture et le reste du groupe le suivit, laissant les structures métalliques de la veille pour toujours derrière eux.

— Vous ne trouvez pas qu'il fait chaud ? demanda Orelo en sentant les gouttes de sueur commencer à s'accumuler anormalement sur son front.

— Arrête de te plaindre et avance, répliqua aussitôt Pol.

Il n'était pas rare d'entendre le conteur se plaindre, parfois juste pour déclencher une conversation sans fin qu'il prendrait plaisir à animer avec sa fantaisie habituelle, aussi les autres se donnaient rarement la peine de répondre. Mais force fut de constater, une heure plus tard, que la température s'avérait en effet très élevée. Chacun sentait désormais la sueur lui couler le long du dos et les vêtements coller à sa peau. Le vent avait disparu, emportant avec lui les agréables courants d'air qui rafraîchissaient encore le groupe. La chaleur ne laissait plus aucun répit aux voyageurs.

— Accélérons, j'ai un mauvais pressentiment… souffla Rolon dont les battements de cœur devenaient de plus en plus insistants.

Bien que la période fut propice aux fortes chaleurs, de telles températures restaient anormales. Inquiétantes même. Le groupe fit presser le pas aux kvals.

Et la chaleur augmentait toujours.

Tout le monde buvait sans compter l'eau de sa gourde pour éviter que leurs bouches deviennent aussi sèches que la terre qu'ils foulaient. Les kvals commençaient à montrer des premiers signes de fatigue, leurs robes trempées comme après avoir plongé dans un cours d'eau, et une halte rapide fut décrétée pour les désaltérer. Alek croyait sentir la chaleur lui caresser le visage d'une main brûlante.

— Ne soyez pas surpris si je prends feu tout à coup, je le sens impatient à l'idée de courir le long de ma peau, lança Orelo, soudain inspiré. Serions-nous allés trop loin, atteignant par mégarde les enfers ? Ne paniquez pas si vous ne m'entendez plus clamer mes sottises, cela indiquera seulement que la source de ma salive s'est tarie.

Personne ne trouva la force pour lui intimer de se taire une bonne fois pour toutes, leurs yeux rivés devant eux, sur la plaine aride qui n'en finissait pas. Rolon leva les yeux au ciel et…

Son cœur manque un battement.

Son pressentiment se révélait exact. La couche de nuage au-dessus d'eux, d'ordinaire gris uniforme, devenait d'une clarté éblouissante. Le vieux guerrier pouvait à peine la fixer. Soleï allait apparaître d'un instant à l'autre…

— Oh put… commença Gamo, la mâchoire pendante de stupéfaction.

— Galopez aussi vite que vous pouvez ! hurla Rolon de toutes ses forces.

L'évidence perça aussitôt l'esprit embrumé des sillonneurs qui se mirent à éperonner leurs montures. Les kvals, peu sollicités ces derniers jours, demeuraient vigoureux malgré la chaleur. Ils bondirent à l'unisson, leurs sabots claquant sur les cailloux.

À peine une minute s'était écoulée lorsque les nuages finirent par s'écarter. Un rayon de Soleï traversa alors le ciel, pour former une titanesque colonne de lumière. La plaine se retrouva soudain illuminée d'une clarté aveuglante, comme si quelqu'un venait d'arracher le drap recouvrant le monde.

Le rayon de lumière percuta le sol à pleine vitesse, dans un vacarme assourdissant de fin du monde. Les cavaliers furent frappés par l'onde de choc, qui les plaqua violemment contre leurs selles, avant que n'arrive à son tour la vague de chaleur. Ils se retrouvèrent tout à coup au cœur d'une fournaise infernale. Le choc thermique acheva de leur couper le souffle. Sonnés, les sillonneurs parvenaient tout juste à distinguer où leurs montures affolées posaient les sabots. Garder les yeux ouverts dans de telles conditions revenait à prendre le risque de devenir à jamais aveugle.

Le rayon grossissait à mesure que les nuages s'écartaient. En quelques minutes, il avait déjà triplé de diamètre. L'herbe se transformait instantanément en poussière, et même les pierres se tordaient de douleur sous l'intensité de la chaleur. Toute vie, même minérale, était réduite à néant. Et la colonne de lumière continuait de s'élargir, de se rapprocher du groupe.

Inexorablement.

Jona se situait le plus à l'arrière du groupe. Son kval peinait à rester au niveau des autres, handicapé par la masse imposante de son cavalier. Le rayon allait l'engloutir d'un instant à l'autre. Le colosse sentit la chaleur commencer à lui lécher le dos, au point de traverser sa tunique et former des cloques sur sa peau.

Il réprima un cri de douleur et donna un nouveau coup dans les flancs de son kval pour le faire une fois de plus accélérer. Mais celui-ci subissait aussi les effets de la chaleur intense et sa croupe brûlait, fondait presque, laissant apparaître un large morceau de chair à vif. Il cavalait déjà au maximum de ses capacités. La monture hennit mais maintint l'allure.

C'était une question de vie ou de mort.

Devant lui, les autres sillonneurs galopaient sans autant éprouver la puissance de Soleï. Alek parvint à se retourner l'espace d'une seconde, sans toutefois distinguer la moindre chose. La luminosité comme la chaleur devenaient beaucoup plus fortes dans la direction de leur source, et il fut aussitôt obligé de tourner la tête. Le jeune homme n'avait distingué de Jona qu'un microscopique point noir, sur le point de se faire à jamais engloutir par la lumière vorace. Ce n'était d'ailleurs plus de la lumière, mais un voile opaque d'un blanc vif qui comblait l'intégralité de son champ de vision, faisant oublier jusqu'au souvenir du paysage qui existait encore quelques instants plus tôt.

Soleï allait les submerger avec autant de conviction que le tsunami qui dévore la frêle embarcation sur son passage. Jona devait avoir déjà péri, happé et aussitôt réduit à l'état de poussière, tandis que les autres ne tarderaient pas à le suivre, encore en équilibre sur le seuil séparant le monde des vivants de celui des morts. Alors que le sang d'Alek était sur le point de bouillir sous l'effet de la fournaise, il ne pouvait même plus réfléchir, l'ébauche de ses pensées fondant avant même de s'être formulées dans son esprit.

Arriva ensuite la certitude de mourir.

Alek ne parvenait désormais plus à respirer. Chacune des respirations qu'il tentait venait lui brûler gravement l'intérieur du corps jusqu'au cœur de ses cellules. Ce n'était plus de l'air qui y rentrait, mais sans détour l'intolérable chaleur, qui gravait sur la paroi de ses poumons la douleur d'un fer chauffé à blanc. Il suffoquait, perdait peu à peu connaissance, manquait de tomber du haut de sa selle pour se faire à jamais engloutir par la lumière…

C'est à ce moment qu'un nouveau nuage apparaît.

L'être céleste coupa de son flegme caractéristique la trajectoire du rayon de Soleï, dans un geste altruiste qui ferait cesser les atrocités se déroulant sous ses yeux. Le monstre de lumière fut aussitôt stoppé, comme s'il venait de heurter sans le moindre bruit un mur invisible mais infranchissable. Inversant brutalement sa course il reculait maintenant loin des sillonneurs, et son diamètre se réduisait à la vitesse du vent.

La chaleur chutait à pic à mesure que la luminosité diminuait. Les cavaliers purent bientôt rouvrir les yeux, quoiqu'avec difficulté, puis inspirer une grande bouffée d'air sans se brûler les poumons, avec l'impression que la vie même remplissait leurs corps et recommençait à l'irriguer. Leurs montures, la robe luisante de sueur, éprouvaient une joie identique, qu'elles exprimaient par des hennissements répétés. Une fois la capacité de penser retrouvée, le groupe se retourna pour voir au loin la colonne de lumière rétrécir. Devenue plus fine que le fil d'une épée, elle résista un instant à la pression des nuages, mais finit par céder et la dernière raie disparut. Les géants gris retrouvaient leur hégémonie sur les cieux.

Il ne restait derrière les sillonneurs qu'une vaste terre désolée, où toute trace de vie avait disparu. Les pierres fondues reprenaient lentement forme solide, s'assemblant en rochers aux formes improbables. La végétation mettrait des dizaines d'années avant de reconquérir cet espace où le moindre nutriment du sol avait été carbonisé.

— L'Œil de Dlaah… souffla Pol, encore dégoulinant d'une sueur autant due à la chaleur qu'à l'angoisse intense face à la perspective de sa mort.

Tout à coup Jona s'écroula de sa selle, le dos effroyablement brûlé.

Chapitre 5

Sara se précipita aussitôt sur Jona.

Il avait perdu connaissance. Le colosse avait roulé sur le dos et pesait si lourd que la soigneuse dut demander l'aide de Pol et de Gamo pour le mettre sur le ventre, avant de constater l'étendue des dégâts. Ils faillirent retirer leurs mains tant son corps était chaud, presque bouillant. La jeune femme grimaça devant l'ampleur des blessures.

Tout le dos avait brûlé, des épaules jusqu'au haut des fesses. Sa tunique, dérisoire morceau de tissu maintenant réduit en lambeaux, ne l'avait absolument pas protégé. La chair à vif, son dos ne consistait plus qu'en une succession de crevasses et de cloques suintantes. Il ne restait rien de l'épiderme, à l'exception de quelques morceaux de peau noircie, que Sara devrait retirer. Hélas, en tombant au sol, du sable et des dizaines de petits cailloux s'étaient glissés dans les plaies, rendant le risque d'infection extrêmement élevé. Une odeur nauséabonde de chair calcinée flottait dans l'air. Le colosse ne possédait cependant aucune blessure grave de l'autre côté, car dans un réflexe salutaire il s'était plaqué contre son kval alors que celui-ci fuyait désespérément. Jona n'avait pas encore repris connaissance, mais cela valait mieux pour lui car il aurait souffert le martyre sinon.

— C’est une punition de Dlaah ! s’écria Pol, affolé. Son Œil a déversé Sa colère sur nous ! Il veut notre mort à tous !

— Calme-toi, calme-toi… tempéra Rolon, bien que secoué par le rare phénomène qui avait failli les anéantir.

Dlaah punissait ceux qui l’avaient offensé en commettant un acte indigne, mais Pol peinait à comprendre quel crime le groupe avait pu commettre pour attirer pareille colère. Ses interventions ressemblaient à des énigmes d’une frustrante complexité.

Sara avait commencé à verser le peu d’eau qui restait dans sa gourde sur le dos de Jona pour le débarrasser du sable pris dans les plaies, ainsi qu’à sortir des herbes médicinales et des bandages, mais Rolon l’interrompit.

— Il faut que l’on quitte la zone tout de suite. Soleï pourrait réapparaître n’importe quand, mieux vaut quitter au plus vite tout endroit où Dlaah vient d’exprimer sa colère, expliqua-t-il. Seff a repéré une forêt au loin. On va s’y installer et tu pourras le soigner convenablement.

— Mais pour les créatures dans la forêt ? s’enquit Pol. Elles vont nous tomber dessus et nous dévorer si on reste trop longtemps à côté !

— Je préfère affronter un millier de créatures démoniaques qu’une nouvelle fois Dlaah, répliqua Rolon sans même le regarder.

Sara comprit la nécessité de quitter les lieux au plus vite et n’objecta pas, bien qu’elle aurait aimé guérir Jona sans tarder. Chaque seconde perdue équivalait à autant de risques qu’il succombe. Le sillonneur avait beau être le plus résistant du groupe, rien n’indiquait que son corps supporterait les affreuses blessures, surtout avec le choc thermique qui les accompagnait.

Mais il fallait de toute façon attendre que Jona redescende en température, rien que le toucher étant difficile tant son dos brûlait encore. Avec l'aide de plusieurs hommes, Sara souleva tant bien que mal le colosse pour le placer sur le kval d'Alek. En effet le kval de Jona était blessé et boitait, avec une patte arrière brûlée du sabot à la croupe. Alek le prit par la longe et trottina à côté de lui jusqu'au bois pour ne pas lui infliger le poids d'un cavalier. À l'aide d'une corde, les sillonneurs attachèrent Jona à la selle par des nœuds fermes pour qu'il ne tombe pas de la monture et aggrave bêtement ses blessures.

Hélas la forêt se situait à plus d'une heure de marche. Les cavaliers redoutaient de sentir à nouveau la chaleur augmenter et le ciel s'éclaircir. Ils avançaient donc aussi vite que leur permettaient les montures épuisées. Énorme masse ballottée par le kval, Jona, encore inconscient, gémissait par plaintes lancinantes sans rien émettre d'intelligible. Même endormi il ne prononçait pas le moindre mot. Sara versait régulièrement de l'eau sur ses plaies, au point de presque épuiser toutes les réserves du groupe.

La nuit tombait déjà lorsque le groupe atteignit la lisière du bois. Aussitôt, Jona fut descendu de sa monture et allongé face contre le sol sur son couchage, tandis que Gamo et Pol partaient en vitesse chercher du bois pour le feu, afin que la guérisseuse ne se retrouve pas dans l'obscurité alors qu'elle procurait ses soins vitaux.

Impatiente de se mettre à l'œuvre, Sara put enfin ressortir ses herbes médicinales et ses bandages, avant de constater sans ciller que de la poussière s'était mêlée au sable des blessures pendant le trajet. Elle s'empressa de nettoyer avec précision les plaies à l'eau, veillant à ne pas oublier le moindre grain de sable, et finit de baisser la température du corps à un niveau acceptable. La jeune femme posa la gourde de Némï par terre, à son tour vidée.

C'était la cinquième qu'elle finissait et celles restantes ne contenaient presque plus rien. Il leur faudrait absolument trouver un point d'eau dès le lendemain si les sillonneurs ne voulaient pas mourir de soif.

Pendant ce temps, Rolon s'occupait du kval de Jona. Après l'avoir allongé, il recouvrit la blessure d'une des pommades de Sara, afin d'aider la peau à se régénérer au mieux. La monture garderait néanmoins une trace de brûlure à vie, et ses poils ne repousseraient peut-être jamais si les dégâts dans la chair s'avéraient trop profonds.

— Il pourra de nouveau porter quelqu'un ? demanda Seff en voyant les naseaux du kval frémir de douleur.

— Oui, mais pas avant quelques jours au moins. Il n'arrive même pas à poser le sabot par terre pour l'instant. Mais c'est une bête robuste, il s'en remettra.

Sara enleva avec une pince les petits cailloux collés à la chair, puis appliqua ses herbes sur toute la surface du dos, avant de placer des bandages pour le protéger des corps étrangers, notamment la poussière qui voletait en quantité autour d'eux.

La jeune femme se souvint de l'opération qu'elle avait dû prodiguer à un soldat blessé d'un grand coup d'épée. Sa plaie traçait une profonde ligne de feu qui partait de son épaule, traversait sa poitrine et son ventre avant de finir au niveau de sa cuisse. Les soins s'étaient révélés particulièrement délicats car l'homme n'avait pas perdu conscience et hurlait en se débattant de toutes ses forces chaque fois que l'aiguille venait une fois de plus percer sa peau pour un énième point de suture. Des dizaines et des dizaines avaient été nécessaires.

Ici, même si Jona était inconscient, sa blessure s'étendait sur une zone beaucoup plus vaste, et la recoudre ne suffisait pas. Il fallait crever la moindre cloque, refermer le moindre endroit où la peau craquelée s'était ouverte et laissait échapper du sang, retirer le moindre caillou encore présent, avant de couvrir le tout d'une poudre d'un bleu pâle qui accélérait le processus de guérison. Une seule erreur et l'infection deviendrait inévitable.

Heureusement Sara possédait une grande quantité de cette poudre, issue des pétales écrasés d'une fleur bleue qu'elle trouvait parfois en montagne, à haute altitude.

La nuit recouvrait depuis longtemps le monde quand elle finit de placer le dernier bandage. Jona ne se réveilla qu'une seule fois pendant les soins. Il essaya de se retourner pour l'interroger du regard et comprendre la gravité de ses blessures, mais la guérisseuse lui intima de rester immobile d'une douce main sur le bras. Caressant avec tendresse son crâne chauve encore brûlant de fièvre, elle lui murmura au creux de l'oreille :

— Tout va bien, on est en sécurité. Tu peux dormir en paix.

Sur ces mots, Jona reposa sa tête, et sa poitrine recommença bientôt à se soulever avec un rythme régulier. Son dos brûlé ne devrait pas le faire souffrir tant qu'il demeurerait allongé ainsi. Sara s'émerveillait une nouvelle fois devant l'incroyable constitution du colosse. Pareil à un roc, rien ne semblait pouvoir l'abattre et avoir raison de lui une bonne fois pour toutes. Elle était persuadée que si n'importe quel autre membre du groupe avait subi les mêmes blessures, celui-ci serait mort depuis longtemps, avant même d'atteindre la forêt.

— Il va s'en sortir ? demanda Egan, resté en retrait tout au long des soins.

L'adolescent n'avait rien perdu des gestes expérimentés et précis de la guérisseuse, autant par curiosité que pour l'aider en cas de besoin. Sara semblait gênée par la question, incertaine de l'angle à adopter.

— Il est encore trop tôt pour le dire. Jona est fort et possède les armes pour combattre, mais une blessure, surtout grave comme la sienne, n'est pas un duel à l'épée. C'est tout sauf une science exacte. J'ai déjà vu des hommes condamnés à une mort certaine se relever par miracle comme après une bonne nuit de sommeil, et d'autres emportés par la plus bénigne des estafilades…

Egan hocha la tête, sans savoir si la réponse était de bonne ou de mauvais augure.

— Il y a besoin que quelqu'un reste à son chevet ? Je peux dormir à côté de lui si tu veux, se proposa l'adolescent avec générosité.

— Non merci, c'est gentil, sourit Sara face à sa spontanéité. Je vais m'en occuper, n'aie crainte. Va plutôt te reposer, tu dois être mort de fatigue.

La guérisseuse avait raison, avec l'adrénaline Egan ne s'était même pas rendu compte que son corps tout entier le faisait souffrir, accusant durement le contrecoup après une journée aussi éprouvante. Bien qu'ayant frôlé la mort par deux fois en quelques jours à peine, jamais il ne pourrait s'habituer à de telles épreuves. L'adolescent se hâta de déplier son couchage et de s'y allonger. Ses paupières se fermaient à peine qu'il dormait déjà.

Après le repas, tout le monde alla très vite se coucher. Orelo, encore sonné d'avoir failli mourir sans crier gare, ne se trouva pas le cœur à raconter son histoire quotidienne. Personne n'aurait de toute façon trouvé la force de l'écouter. À peine quelques mots avaient été prononcés entre les sillonneurs. Fao prit néanmoins le premier tour de garde, même si pour une fois, il aurait volontiers cédé sa place à quelqu'un d'autre. Ses yeux se fermaient tout seuls, rendus plus lourds que le roc par la fatigue.

Pol, allongé sur un des rares carrés d'herbe, guettait avec attention le ciel noir, espérant voir les nuages s'écarter pour distinguer les serviteurs de Dlaah. Pendant la nuit, quand Il dormait et refermait Soleï, Son œil céleste, Ses serviteurs venaient surveiller les agissements des hommes sur terre. Ils ne les punissaient pas comme Dlaah pouvait le faire, mais Pol était persuadé qu'ils rapportaient à Ses oreilles le moindre comportement mauvais qu'ils percevaient. Cette perspective n'empêchait pas le jeune homme d'admirer ce rare spectacle. La multitude de points brillant dans le ciel n'était visible que très peu de fois dans la vie d'un homme. Le sillonneur aimait le sentiment de contempler des êtres supérieurs, qui l'observaient tout autant en retour. Ainsi il se sentait à la fois terriblement petit et particulièrement important. Il se demandait ce qu'ils pouvaient penser de lui en ce moment précis. La réponse importait pourtant peu, car le jeune homme n'avait rien à se reprocher et ne craignait pas la punition de Dlaah, qu'il savait juste.

Pol s'endormit après une brève prière, dans laquelle il demandait toutefois pardon pour les actes offensants qu'il aurait pu commettre malgré sa bonne volonté.

Deux grands yeux fixaient Fao depuis l'intérieur de la forêt. Leurs pupilles étaient de couleurs différentes : l'une d'un vert clair, l'autre beaucoup plus foncée, presque marron. La créature observait les humains depuis qu'ils avaient installé leur campement à proximité du bois, et attendait le moment où elle pourrait s'en approcher d'un peu plus près. La nuit devint d'un noir impénétrable et elle se mit à s'avancer d'une démarche feutrée, dans le silence le plus total, vers la sentinelle qui gardait le camp endormi. Celle-ci semblait également léthargique, aussi immobile que le tronc de l'arbre contre lequel elle s'adossait. Pas après pas la créature s'approchait avec grande précaution, guettant le moindre geste de l'homme. Plus que quelques pas et elle serait assez proche pour le toucher, plus que quelques pas et elle serait assez proche pour le…

Fao fut sorti de sa torpeur par un mouvement qu'il crut distinguer dans l'obscurité, à travers les méandres de la fatigue. Il bondit soudain sur ses pieds, dégainant ses deux couteaux dans le même souffle.

L'ombre de la taille d'un homme, à tout juste quelques pas de lui, détala à la vitesse de l'éclair rejoindre la lisière et la protection des arbres.

Jamais le sillonneur n'aurait pu rattraper la créature vu la vitesse à laquelle elle venait de fuir. Fao se rassura en se disant que la bête ne devait pas être hostile, sinon elle aurait depuis longtemps profité de sa proximité pour l'attaquer plutôt que fuir. Le sillonneur avait toutefois du mal à digérer le fait que sa vie, l'espace de quelques instants, n'ait tenu qu'à la bonne volonté d'une créature dont il ignorait tout, de son apparence à ses intentions.

Fao rengaina ses armes et se rassit lentement, presque au ralenti, gardant désormais tous ses sens en alerte.

Chapitre 6

Sans surprise, Jona était encore très mal en point le lendemain. La fièvre n'avait presque pas diminué, son front toujours aussi brûlant qu'une flamme. Mais son corps tout entier trempé de sueur indiquait qu'il se battait avec la ténacité qui le caractérisait. Il ne se réveilla que deux fois, pour boire une gorgée d'eau à la gourde qu'on lui tenait, avant d'aussitôt retomber dans un sommeil réparateur. Le choc l'avait bouleversé jusqu'au plus profond de son être, mais il l'encaissait, le digérait, lentement. Quand Sara changea les bandages, elle fut heureuse de constater que l'odeur nauséabonde de la veille avait disparu. La chair restait encore à vif, mais les herbes médicinales montraient leurs premiers effets et les plaies apparaissaient maintenant beaucoup plus propres, les plus petites commençant même à se refermer. La guérisseuse refit les bandages puis laissa le colosse se reposer.

Rolon décréta une unique journée de repos.

— Une seule journée ? s'exclama Sara, aussi surprise qu'énervée.

— Tu me diras demain matin s'il peut reprendre la route à kval. Avec le dos bandé, il devrait en être capable, c'est un costaud. On n'a pas de temps à perdre, expliqua calmement le vieux guerrier.

— Mais enfin, Rolon… souffla la jeune femme en fronçant les sourcils. Jona a failli mourir, il a besoin de plusieurs jours pour se rétablir un minimum. Une semaine peut-être même ! Ne compte pas sur moi pour reprendre la route demain matin. Tu peux partir avec les fous que tu réussiras à convaincre, mais pour ma part je reste là avec Jona. Je ne bougerai pas tant qu'il n'ira pas mieux !

— On n'a pas tout ce temps ! rugit Rolon comme le líion dont le pouvoir est remis en question.

Le ton était monté très vite entre les deux sillonneurs, et tout autour les autres observaient désormais le débat avec anxiété, ne sachant pas encore s'ils devaient intervenir pour les calmer et leur faire chacun entendre raison. Sara répliqua de plus belle :

— Mais qu'est-ce que tu pourchasses à la fin ? Les Ruines peuvent attendre une semaine. Une année même ! Elles ne vont pas s'envoler, si tant est qu'elles existent !

— Elles existent ! tonna le sillonneur, le visage rouge de colère. Et plus vite nous y arriverons, plus vite nous serons à l'abri !

— Rolon, écouta-la, intervint Alek d'un ton qu'il voulait le plus conciliant possible. C'est elle la guérisseuse, pas toi. On veut atteindre les Ruines, oui, mais tous ensemble.

— Oui, tous ensemble, répéta Pol pour ancrer ses paroles dans l'esprit du vieux guerrier.

— À ce rythme-là, nous ne serons bientôt guère plus que des squelettes, ajouta Sara de façon beaucoup plus agressive. Réfléchis bien, es-tu prêt à perdre un homme pour avoir négligé sa santé ? Réfléchis bien Rolon !

Voyant tous les sillonneurs partager le même avis, même Egan qui avait malgré lui dû prendre parti, leur chef ne répondit pas et tourna les talons, bouillant de voir son autorité ainsi discutée. Il s'éloigna très vite du campement et en resta à l'écart toute la journée, tandis qu'Alek prenait Sara dans ses bras pour lui dire qu'elle avait eu raison de manifester son désaccord.

Si Rolon s'emportait très vite sur les sujets qui lui tenaient à cœur, il restait un meneur d'hommes censé, qui savait se remettre en question. En début de soirée il revint près du feu, calmé, et informa le groupe que Sara déciderait du nombre de jours de repos que le groupe passerait sur place, avant de reprendre la route. La décision fut saluée à l'unanimité. Personne n'était vraiment heureux du rythme infernal que Rolon avait instauré depuis leur départ de Niu-Jok, il y a bien longtemps déjà. Le nombre de jours où les sillonneurs n'avaient pas repris la route pour avancer, toujours plus loin, se comptait sur les doigts d'une main.

Le lendemain matin, tandis qu'Orelo et Gamo cherchaient un point d'eau pour se laver et remplir les gourdes presque sèches du groupe, la plupart des hommes partirent chasser afin de reconstituer leurs provisions et montrer à Egan différentes techniques. Avide de connaissances, l'adolescent n'hésitait pas à les assommer de questions, au risque de faire fuir le gibier. Sara veillait sur Jona, qui somnolait après une mauvaise nuit passée à gémir. Elle laissait son regard se perdre au loin, vers leurs kvals en train de paître en liberté, et bientôt plus loin encore, vers l'horizon brûlé, dépouillé de toute vie.

Profitant que le reste du groupe soit éparpillé à leurs différentes occupations, Némï se glissa aux côtés de Rolon, sur le tronc renversé qui leur servait de banc.

— Raconte-moi encore une fois comment tu as rencontré Jez, demanda-t-elle d'une voix de petite fille.

Elle espérait ainsi arracher le vieux guerrier à sa morosité, lisible sur ses traits et jusque dans ses gestes. Rolon soupira, par principe. Mais tout le monde savait qu'il ne refusait jamais de parler de Jez quand on le lui demandait. Rien d'autre ne pouvait vraiment lui délier la langue, car il refusait d'aligner plus de quelques mots sur son passé, par volonté de le laisser loin derrière lui, pour qu'il ne le rattrape pas et vienne perturber son esprit, fragiliser sa volonté. Rolon prenait autant de plaisir à raconter sa propre histoire que Némï à l'écouter, aussi commença-t-il :

— C'était il y a plus de quinze ans maintenant. Ça commence à remonter, qu'est-ce que le temps passe vite… Mais je m'en souviens très clairement, comme si c'était hier. À l'époque, je menais une petite communauté de quinze personnes. Ma femme nous avait déjà…

Sa voix se brisa sans crier gare.

— Quittés… Elle venait de mourir en couches. Dlaah l'avait accueillie, tout comme notre enfant. Nous n'avions même pas eu le temps de donner un nom au petit…

Rolon leva brièvement les yeux au ciel, mais se reprit très vite et continua :

— Enfin… passons. Nous étions pourchassés depuis plusieurs jours par une bande de pillards tenaces, mais nous avions trouvé refuge dans un bâtiment en ruines à flanc de falaise. Il datait du temps des Anciens. On aurait dit une auberge gigantesque, avec sur de nombreux étages des dizaines et des dizaines de pièces identiques. Heureusement pour nous, un mur d'enceinte qui en faisait le tour tenait encore debout et nous servait de rempart pour enfin stopper l'avancée des pillards. Nous sommes restés coincés quatre jours entiers à l'intérieur. Quatre longues journées… Ces maudits brigands nous empêchaient de sortir, un véritable siège ! Plusieurs fois, il a fallu les repousser alors qu'ils tentaient d'escalader les murs ou de briser la porte principale avec un bélier de fortune. Je me souviens qu'on a perdu Cortin le deuxième jour. Il observait le campement adverse depuis l'un des toits, hélas un des pillards a été assez habile pour le repérer et l'avoir d'une flèche dans l'œil. Il ne l'a pas vu venir, il est mort sur le coup. La troisième nuit, ils ont même essayé de s'infiltrer à l'intérieur du bâtiment, mais dans l'obscurité l'un d'entre eux est tombé à la renverse en prenant pied sur la muraille, et s'est brisé le cou dix mètres plus bas. Après ça, ces salauds ne nous attaquaient même plus. Ils attendaient simplement qu'on sorte tous seuls, affamés au point de vouloir mourir. Pour eux, manger n'était pas un problème, ils avaient un bois rempli de gibier juste à côté de leur camp. Au soir du quatrième jour, nous n'avions presque plus de nourriture. J'avais donné ma part à un enfant squelettique, et nous prévoyions de sortir en force le lendemain. Tout était prêt : nous avions aiguisé nos armes, revêtu nos armures de fortune en bois et je les avais harangués une dernière fois. Personne n'était dupe, tous savaient qu'il n'y avait aucune chance de survivre, que pour l'un d'entre eux se tenaient deux pillards avides de sang, et que parmi nous se trouvaient des femmes ainsi que des enfants qui se feraient violer puis égorger par ces barbares. J'avais donné à la doyenne un poignard pour leur éviter des souffrances atroces, et je savais qu'elle ferait le nécessaire lorsque les pillards pénètreraient dans le bâtiment. Mes hommes et moi ne cherchions alors plus qu'une seule chose : mourir vaillamment l'épée à la main, dans un ultime combat où notre honneur serait sauf. Nous avons ouvert les lourds battants de la porte en bois, et là, à quelques pas à peine…

Rolon sourit au souvenir de la seule personne qui l'ait jamais impressionné.

— Il était là… Jez… Il avait un peu plus de trente ans, mais toujours le visage d'un enfant. Ses traits étaient d'une finesse provenant d'un autre monde, sa peau d'une clarté comme si elle n'avait jamais connu le grand jour, et ses cheveux d'un blond si pâle qu'ils tiraient sur le blanc. Il portait une armure métallique complète, comme il n'en existe presque plus de nos jours. Elle brillait de mille feux à la lumière du matin, sa multitude de pièces finement ouvragées pareille à une seconde peau. On aurait dit qu'elle n'avait jamais connu le moindre combat, pourtant les litres de sang à avoir coulé dessus se comptaient par dizaines, oh ça oui ! La longue épée qu'il portait accrochée à sa ceinture aurait pu en témoigner ! Jez tenait sous son bras un heaume orné d'un ègl dont il avait fait son emblème. L'oiseau, sculpté avec la minutie des grands forgerons d'autrefois, me scrutait avec une telle intensité que je craignais qu'il sonde jusqu'à mon âme. Et Jez me tendait la main. Ce qu'il m'a dit à ce moment précis, je ne l'oublierai jamais : *« Ta bravoure t'honore, mon ami. Le monde a besoin d'hommes comme toi. J'ai besoin d'hommes comme toi. Te joindras-tu à moi ? »* Là, honnêtement, j'ai cru que j'hallucinais. J'avais une épée à la main, j'étais prêt à lui sauter dessus pour le tuer, et pourtant il me parlait comme si nous étions des amis de longue date autour d'un feu. Par réflexe, j'ai tout de même cherché les pillards du regard, mais ils avaient tous disparu. Comme si la magie les avait emportés durant la nuit. À leur place se tenaient désormais les hommes de Jez. Leur apparence n'avait rien à voir avec celle des brigands : propres, soigneusement rasés, avec les mêmes protections en bois pour tous. Et ils étaient plusieurs dizaines, l'arme encore à la main. C'est là que j'ai remarqué que du sang recouvrait certaines lames. Pendant un court instant, je me suis demandé si c'était un piège. Mais où était le piège ? J'ai dû retourner une bonne dizaine de fois le problème dans mon crâne pendant la minute où je suis resté immobile face à lui. L'homme qui se tenait devant moi devait être un mirage tout droit sorti de mon imagination, alimenté par la faim me tordant les entrailles, il ne pouvait en être autrement. Pourtant j'ai rengainé mon épée, je me suis avancé, et je lui ai serré la main.

Orelo et Gamo étaient revenus, lavés et les gourdes pleines, mais n'interrompirent pas le récit. Personne n'interrompait Rolon une fois commencée l'histoire. Son histoire.

— Une fois que j'ai rejoint Jez, je me suis très vite rendu compte qu'il ne ressemblait en aucun point au chef d'un groupe banal, qui survit plus qu'il ne vit. Non, lui voulait changer le monde, durablement. C'était le plus grand meneur d'hommes que j'ai jamais vu, et que le monde a dû connaître depuis des centaines d'années. Il a rassemblé jusqu'à dix mille personnes sous sa bannière ! Dix mille ! Vous vous rendez compte ? Le campement est devenu une ville, à mesure que la pierre remplaçait le tissu et que les tentes se transformaient en maisons : Niu-Jok était née. Jez tenait particulièrement à ce nom, je m'en souviens. *« Comme au temps des Anciens ! »* il m'a dit, mais je n'ai pas compris à quoi il faisait référence. Une fois les premières pierres de la ville posées, les sillonneurs apparurent. Ça, Alek, Pol et Seff t'en parleront mieux que moi. Ils partaient chercher des personnes esseulées aux quatre coins du monde, traversant le continent à toute allure sur leurs kvals, et leur proposaient de nous rejoindre. Les gens arrivaient par dizaines chaque jour, y voyant une échappatoire, presque un paradis. On a commencé à avoir des problèmes logistiques auxquels je n'aurais jamais pensé, comme les incendies occasionnels qui menaçaient de réduire tout Niu-Jok en cendres, ou le manque de latrines. Moi ça me faisait bien rigoler, car j'avais vécu toute ma vie en mouvement, sans jamais m'installer à un endroit plus de quelques jours, je ne m'étais jamais posé la question de savoir où j'avais le droit de pisser ! Ce n'était pas nouveau pour moi seul, en fait tout le monde découvrait au quotidien cette nouvelle forme de communauté. Auparavant, personne n'avait connu la sécurité, la certitude absolue de ne pas se réveiller au beau milieu de la nuit, une lame sous la gorge ou entre les crocs d'une bête féroce. Chacun arrivait à trouver sa place, quelque chose à accomplir pour faire partie de l'engrenage de la ville. L'humanité était en train de renaître ! Niu-Jok avait tout du sanctuaire rêvé ! Hélas, il y avait du sable dans cet engrenage…

La voix de Rolon s'assombrit.

— À l'époque, je pensais que nous avions déjà commencé à changer le monde, et que nous allions continuer à le faire sans aucun problème. Quelle naïveté… Car c'était sans compter les pillards. Quelle plaie pour l'humanité… De nombreux groupes avaient refusé de nous rejoindre. Ça devait leur faire peur, je pense, leur donner l'impression de tomber dans un piège subtil et de ne plus être maîtres de leur destin. Les grosses bandes qui vivaient dans la région étaient coriaces. Je les ai combattues pendant des années. J'en ai gardé un désagréable souvenir – glissa-t-il en montrant la cicatrice sur son visage –. Mais elles étaient pareilles à de la mauvaise herbe, elles finissaient toujours par réapparaître… Les pillards se retranchaient dans les montagnes voisines, et nous n'arrivions jamais à les en déloger. J'en ai perdu des hommes dans ces cols… Un jour, alors que Niu-Jok était plus vaste que jamais et continuait de croître, inexorablement, les brigands ont fini par se rassembler en une seule et même horde pour éliminer leur ennemi commun : Jez. Et ils ont lancé une attaque.

Rolon s'arrêta un instant, le regard perdu dans le vide.

— Je me souviendrai toute ma vie de cette nuit. Un véritable cauchemar… L'attaque en elle-même était du pur suicide, les pillards ne comptaient pas vaincre nos forces, beaucoup plus nombreuses qu'eux. Ils cherchaient seulement à rentrer dans la ville, et quelques-uns y sont hélas parvenus. Ensuite les pillards ont trouvé la maison de Jez… Ils l'ont assassiné dans son lit !

Rolon cracha par terre de colère.

— Même Jona, qui assurait sa protection, s'est fait surprendre, dit-il en regardant la masse endormie à quelques pas de lui. Le pauvre, il ne s'en remettra jamais. Jona ne parlait déjà quasiment plus à l'époque. Il venait de perdre sa femme et sa fille… Après cela, vous savez ce qui s'est passé. Jez était un meneur d'hommes sans pareil, et personne n'avait la carrure pour le remplacer. Une fois la douleur du deuil passée, l'ego de chacun a très vite repris le dessus sur le bien commun. Plusieurs hommes voulaient diriger Niu-Jok, et les dialogues interminables pour savoir qui était le plus à même de reprendre le flambeau ne menaient à rien. C'est quand on a retrouvé Mikel – le plus proche conseiller de Jez – assassiné que j'ai compris que la déchéance de la ville avait débuté. Sa destruction, par ses propres habitants, était désormais inéluctable. On m'a demandé de prendre parti, mais cela me semblait impossible en tant que chef des forces armées. Qu'est-ce que j'aurais dû faire ? Prendre mes soldats, aller avec Gamo massacrer tous ceux que je n'estimais pas dignes de succéder à Jez ? Personne n'était digne ! Aurais-je dû me placer à la tête de Niu-Jok ? Je ne me croyais pas non plus digne de telles responsabilités. J'ai choisi de fuir. Certains m'ont blâmé pour ça, mais je ne pense pas avoir eu tort. Les affrontements ouverts n'ont pas tardé à éclater et nous sommes partis, à la recherche d'un meilleur endroit pour vivre. La ville s'était écroulée. D'elle-même. Les pillards avaient juste soufflé sur les braises avant qu'elles soient complètement éteintes. Mais j'ai compris depuis que ce sont des braises qui ne s'éteindront jamais. L'homme voudra toujours diriger, penser à lui avant de penser aux autres, c'est dans sa nature… Tant que ce sera ainsi, jamais nous ne pourrons nous unir durablement, et changer une bonne fois pour toutes notre destin d'éternels survivants, au sein de ce monde qui ne veut plus de nous.

Les chasseurs étaient à leur tour revenus, quelques lâpïns sous le bras. Tous les sillonneurs se trouvaient maintenant rassemblés autour de leur chef. Rolon conclut avec dans sa voix une émotion palpable :

— Heureusement vous m'avez tous fait confiance, et avez choisi de fuir avec moi. Je vous en suis reconnaissant. Mais les Ruines sont encore loin et la route si longue…

Chapitre 7

Les sillonneurs demeurèrent au total une semaine sur leur campement. À mesure que le temps s'écoulait, Jona parvint progressivement à rester éveillé, sa température corporelle diminuant enfin, avant de réussir à se relever pour effectuer avec hésitation quelques pas, tel un nouveau-né dans sa découverte de l'équilibre. Pour cela il revêtait parfois son casque à cornes, comme si celui-ci lui apportait par son aspect animal l'énergie et l'assurance dont il manquait. Refusant toutefois de se laisser abattre par sa faible condition physique et à force d'efforts titanesques, il finit par retrouver sa démarche habituelle.

Un soir, le colosse estima qu'il serait capable de reprendre la route le lendemain. La douleur restait toujours présente, mais de façon beaucoup plus diffuse alors que les plaies commençaient à se refermer. La nouvelle de sa guérison fut accueillie avec grande joie par l'ensemble du groupe.

Les sillonneurs profitèrent pleinement de ces jours de repos inattendus, et se ressourcèrent aussi bien le corps que l'esprit. Les kvals non plus ne furent pas oubliés, surtout après l'épreuve traumatisante qu'ils avaient également traversée, et dont beaucoup gardaient encore les séquelles. Chacun s'isola du reste du groupe à sa manière, pour le simple et rare plaisir d'être seul ou à deux.

Gamo et Némï appréciaient rester des heures assis ensemble sur un rocher face à l'étendue désertique. Le point d'impact de Soleï, gigantesque cratère à la circonférence monstrueuse, apparaissait encore à l'horizon. Ils parlaient des sillonneurs, de leur couple, du passé, du futur.

— J'crois qu'une fois qu'on aura atteint les Ruines, j'nous construirai une maison… disait Gamo les yeux remplis d'espoir. Elle sera peut-être pas très grande, mais on s'y sentira bien. Ce sera notre chez nous. Notre véritable chez nous.

— Mais les Ruines sont déjà remplies de maisons, on aura juste à choisir celle que l'on veut, faisait doucement remarquer Némï. On n'aura que l'embarras du choix.

— J'ai pas envie de vivre dans un d'ces bâtiments à moitié démolis sous lesquels on s'abrite des fois. C'que j'veux c'est une ptite maison en bois, avec des rondins que j'aurais moi-même coupés. On aura un grand jardin, tu pourras y faire pousser toutes les fleurs qu'tu voudras !

— Des rôzs ! Je ferai pousser des rôzs !

— S'tu veux. Et puis on sera peut-être plus de deux à la maison…

Le regard de Gamo s'arrêta sur le ventre de sa femme. Celle-ci sourit avec tendresse.

— Tu y penses trop Gamo. Pas tout de suite… Je ne veux pas que notre enfant naisse sur la route, qu'il ait à subir ce que nous avons vécu toute notre vie, la peur, la faim, la soif…

— J'comprends, t'as raison…

Ce fut au cours de cette semaine qu'Egan s'intégra définitivement au groupe. D'un simple spectateur il devint un véritable acteur du quotidien des sillonneurs : l'adolescent partait couper du bois avec Pol dans la forêt, apprenait le tir à l'arc sur des troncs servant de cibles aux côtés de Sara, et chassait en compagnie de Fao. Celui-ci se révéla être un mentor très expérimenté. Il savait tout faire : rester immobile des heures durant, allongé sous un tapis de feuilles pour bondir subitement sur sa proie, poser des collets ramenant tous les matins une prise chacun, décocher des flèches mortelles à plusieurs centaines de mètres… Fao parlait très peu, expliquait encore moins, mais il suffisait à Egan de le regarder poser sans bruit les pieds sur des brindilles, bouger tel un fantôme dans les sous-bois ou humer l'air à la recherche d'un animal en fuite pour assimiler d'innombrables savoirs.

— Tu as vécu longtemps dans la forêt ? demanda innocemment l'adolescent.

Le sillonneur ne répondit pas, mais l'adolescent comprit que son silence équivalait à un hochement de tête. Il ne voulait sans doute pas se remémorer cette période de sa vie.

Egan apprenait tous les jours de nouvelles choses et ne voyait pas les journées défiler. Être ainsi occupé lui permettait de repousser de plus en plus loin le triste souvenir de sa mère. Son visage revenait seulement le hanter lorsqu'il se couchait le soir, et que son esprit commençait à dériver dans l'obscurité vers le royaume des rêves.

Le matin du départ, Sara appliqua une grande quantité d'argile sur les blessures de Jona avant de placer les bandages. Elle espérait que dans une semaine au plus tard il n'y aurait plus que des cicatrices, enchevêtrement tortueux de fines lignes blanches et de cratères boursouflés. Elles resteraient néanmoins marquées à jamais au fer rouge sur son dos. Jona enfila sa tunique par-dessus sans paraître gêné, et d'un regard à Rolon indiqua qu'il était prêt.

Les sillonneurs n'avaient pas encore eu besoin de pénétrer le cœur de la forêt grâce au gibier présent à profusion dès la lisière, mais tous avaient ressenti l'étrange impression d'être par moment observés, que ce soit en chassant, en allant chercher de l'eau ou même depuis leur campement. Chacun avait, à un instant ou à un autre, fixé les bois à la recherche d'une créature qui les espionnait, tapie dans la pénombre, hélas sans succès. Tous les soirs Fao avait posé des pièges autour du camp, au cas où la chose qui s'était approchée de lui reviendrait, mais elle ne s'était plus manifestée, comme envolée.

Dès que les cavaliers commencèrent à s'enfoncer dans les entrailles de la forêt, l'impression d'être épiés redoubla jusqu'à devenir permanente, et se manifester physiquement chez ceux qui voyaient leurs poils se hérisser. Ils hésitèrent une minute à rebrousser chemin pour contourner le bois, mais celui-ci, particulièrement vaste, s'étendait sur des lieux et le groupe perdrait encore de nombreux jours à en faire le tour. Les arbres étaient immenses, bloquant de leur ramure la lumière du jour pour faire avancer les sillonneurs dans une pénombre inquiétante. Leurs troncs, dont la blancheur rappelait des fantômes immobiles qui s'apprêtaient à leur bondir dessus, se dressaient tordus, comme si une tempête les avait malmenés au point de les déformer : ils partaient dans une direction, avant de repiquer dans une autre, aléatoire, formant jusqu'à des angles droits. Et cela sur des dizaines de mètres de hauteur. Alek se demanda comment ils pouvaient encore tenir debout, alors que la logique voulait que les arbres se soient écroulés par manque d'équilibre depuis longtemps déjà. Le phénomène était inexplicable. Des bruits leur parvenaient de toutes parts, mais les cavaliers auraient été incapables de leur donner une origine. Cela ne ressemblait ni à des bruits de branches ou de feuilles, ni à des animaux ou des oiseaux. Tout dans cette forêt respirait le mystère.

— Restez attentif, intima Rolon sans même se retourner vers la colonne. Le danger peut surgir à tout instant…

Le sentier sur lequel le groupe avançait serpentait entre les troncs et les taillis, pas plus large qu'une flèche. Aucun être humain ne devait l'avoir emprunté depuis plusieurs années. La végétation l'avait quasiment effacé, et les sillonneurs devaient souvent se frayer un chemin à grands coups d'épée pour traverser les ronces qui leur barraient le chemin. Fréquemment, celui-ci s'effaçait sous leurs pieds et il leur devenait difficile d'en retrouver la suite. Par deux fois ils furent contraints de faire demi-tour pour retrouver leur itinéraire.

— Vous avez déjà été attaqués par des créatures ? demanda soudain Egan, brisant le lourd silence qui régnait sur la colonne alors que l'angoisse devenait de plus en plus oppressante.

Alek s'apprêtait à lui répondre lorsque Rolon le coupa d'un ton qui ne souffrait aucune réponse :

— La ferme ! Ouvrez grands les yeux plutôt que de jacasser !

Egan s'exécuta et remit à plus tard les nombreuses questions qui se bousculaient dans son esprit.

Tandis qu'à l'avant Rolon et Fao s'occupaient de l'itinéraire, les autres sillonneurs restaient attentifs au moindre bruit ou mouvement suspect, prêts en cas d'alerte à dégainer leurs armes dans la seconde. Des créatures se dissimulaient sans nul doute parmi les fourrés, tapies dans la pénombre, n'attendant qu'un infime relâchement de leur part pour bondir. Alors qu'il tournait la tête sur sa gauche, Egan distingua l'espace d'un instant une forme à quelques mètres de lui…

L'être se tenait aussi droit qu'une lame d'épée, plus grand que n'importe quel humain, et dévisageait l'adolescent. Ses longs membres, étonnamment fins, donnaient l'impression de pouvoir se briser comme une brindille au moindre choc. Sa peau se composait d'une infinité de nuances vertes, d'un vert pâle presque translucide à un très foncé tirant sur le marron, qu'étaient venus tapisser de l'herbe, des feuilles et de petits branchages. Egan réalisa que son corps n'était pas recouvert de végétation : son corps *était* végétation, à mi-chemin entre un abri sûr pour la faune et un sol fertile pour la flore. Un rongeur au pelage roux se glissait au creux de son cou pour s'y frotter, reconnaissant en l'être le doux refuge tant recherché, tandis qu'une petite fleur aux pétales jaunes grandissait sur son épaule comme elle aurait poussé au cœur d'un charmant jardin. Le jeune homme eut tout à coup la certitude que c'était une femme. Ses traits fins et harmonieux, ses deux grands yeux, l'un vert clair, l'autre vert foncé, ainsi que sa longue chevelure de lianes l'en persuadaient.

La créature le fixait, mais le temps de cligner des yeux elle avait disparu. Envolée. Egan ne l'avait même pas vu bouger. Il aurait par contre juré que les branches s'étaient rétractées sur son passage…

— Rolon ! J'ai vu quelque chose ! cria-t-il, sans savoir qui de la peur ou de la curiosité prévalait.

Le groupe tout entier sursauta et leurs mains se posèrent d'instinct sur l'arme la plus proche à la vitesse de l'éclair.

— Qu'est-ce que c'était ? demanda aussitôt le chef en croyant à une menace imminente.

Lui n'avait pas attendu pour dégainer son épée.

— Je ne sais pas vraiment… Elle était juste là, dit Egan, le doigt pointé vers l'endroit où l'être se tenait quelques instants auparavant.

— Comment ça, elle ?

— C’était une femme… enfin, je crois. Elle était grande, mais également très fine. Et elle avait la peau verte.

Rolon n’eut pas besoin de réfléchir longtemps.

— Un Être de la Forêt, annonça-t-il en relâchant ses épaules. Tu as de la chance d’en avoir vu un, ils ne se montrent quasiment jamais. Mais ne t’inquiète pas, si tu ne lui veux aucun mal, à lui ou à sa forêt, il te laissera passer sans encombre.

Le vieux guerrier rengaina son arme et Orelo enchaîna aussitôt, détendant l’atmosphère d’une de ses histoires qu’il gardait précieusement en réserve. Il choisit d’adopter le ton d’un érudit qui déroulait son savoir devant ses élèves et mima une longue barbe blanche qu’il caressait.

— On raconte qu’à l’origine le Peuple de la Forêt était des humains, comme nous, mais qui, déçus de ce que les hommes infligeaient à la nature, se sont rapprochés de celle-ci, avant tout pour la protéger. Ils s’en sont tant rapprochés qu’ils ont fini par se mélanger à elle, la laissant pénétrer l’intérieur de leurs corps, jusqu’au plus profond de leurs êtres. Je pense que c’était pour eux une façon de soustraire la nature au mal dont elle était victime. Depuis ils ne font plus qu’un avec elle : les Êtres de la Forêt ne vivent que dans les bois, n’en sortent quasiment jamais et n’ont aucun contact avec les humains. La légende voudrait qu’ils soient capables de commander aux arbres ainsi qu’aux animaux, et que leur sang ait été remplacé par de la sève. D’une certaine façon, ils obéissent à la nature, et celle-ci satisfait leurs souhaits en retour. Les histoires de caravanes entières massacrées en traversant une forêt ne manquent pas, et je vous en livrerai bientôt une avec plaisir, si toutefois nous sortons de ces bois sordides… Mais si vous voulez mon avis, je ne pense pas que ces êtres soient bien méchants. Comme Rolon vient de le dire, si vous ne vous en prenez pas à eux ou à la forêt, que vous restez bien sagement le long du sentier, sans tintamarre ou torche à la main, ils devraient vous laisser traverser leur territoire. Normalement…

Au moment où Orelo concluait son histoire, Alek sentit un filet de matière gluante lui couler sur l'épaule. Surpris, il se rendit compte que c'était de la bave, d'un aspect verdâtre répugnant. Le jeune homme leva les yeux, se demandant d'où elle suintait…

Il se retrouve nez à nez avec les énormes mandibules d'une aréknaé géante.

Chapitre 8

Alek eut le miraculeux réflexe de se jeter du haut de son kval. Le dard, long comme une épée, ne transperça que l'air à l'endroit où le sillonneur se tenait un instant plus tôt.

Il tomba durement sur le dos, lui coupant le souffle.

Et au-dessus de lui, l'aréknaé.

Elle était gigantesque. Longue comme cinq kvals mis bout à bout, la créature dépassait Jona par sa taille. Son énorme abdomen noir tacheté de rouge se terminait en un dard de la taille d'un long poignard, et semblait tout aussi affûté. Mais le plus effrayant restait sa tête. Ses innombrables yeux, chacun aussi gros qu'un poing fermé, lui permettaient de repérer toute proie autour d'elle sans même bouger le cou. Deux mandibules plus acérées que des couteaux complétaient la vision d'horreur qui se tenait à moins d'un pas d'Alek, la gueule dégoulinante de bave. L'aréknaé se tenait sur huit pattes velues terminées par de petites griffes lui permettant de saisir ses victimes pour les emmener dans sa toile. Celle-ci se trouvait au-dessus des sillonneurs, immense mais entièrement dissimulée parmi la frondaison des arbres. Une dizaine de bêtes capturées y était déjà réduite à l'état de cocon, pendant inanimées face au vide. Le groupe venait de pénétrer dans son territoire et la créature n'avait désormais plus qu'une seule envie : l'ajouter à sa toile.

Ensuite, tout se passa très vite.

L'aréknaé avait déjà relevé son dard et s'apprêtait une nouvelle fois à embrocher Alek. Jona, situé derrière elle, chargea aussitôt et brandit sa hache à double tranchant en pensant être dans son angle mort.

Mais la bête le voyait parfaitement.

Elle avait visuel sur tous les sillonneurs à la fois grâce à ses dizaines d'yeux globuleux. D'un violent coup de patte aussi rapide que l'éclair elle éjecta Jona de sa selle. Réduit à l'état de vulgaire fétu de paille, le colosse s'écrasa dans les ronces dix mètres plus loin avec l'impression de heurter une avalanche. Du sang coulant abondamment dans le bas de son dos lui confirma que ses blessures, à peine refermées, s'étaient déjà rouvertes. Il voulut se relever pour retourner combattre, mais le choc, brutal, résonnait encore dans son crâne et ses jambes refusaient de le porter. Ses forces lui faisaient cruellement défaut au moment où elles s'avéraient plus que jamais vitales.

Fao lança un de ses poignards vers la tête de la créature pour la distraire, afin de permettre à Alek de s'extraire et de se relever. Avec Egan et Sara il fit ensuite reculer leurs montures et se mit à tirer sur l'aréknaé sans discontinuer. Hélas le cuir de sa peau était trop épais, et elle ne souffrait pas plus des flèches que de simples cure-dents.

Orelo saisit Némï pour la mettre à l'abri derrière un arbre avant que la bête ne parvienne à les saisir. Ils restèrent ainsi spectateurs de l'affrontement, incapables de venir en aide aux guerriers sans les gêner.

Gamo se jeta à son tour sur l'aréknaé dans un puissant cri guerrier et saisit une de ses pattes pour grimper sur son dos, mais elle rua brutalement et en secouant ses membres l'envoya voler jusque dans la toile qui surplombait la scène. In extremis, il parvint à saisir un des fils et s'y agrippa de toutes ses forces, car une chute de cette hauteur aurait été mortelle.

Pendant ce temps Rolon, armé de sa lance, ainsi que Pol et Seff, leurs épées fermement tenues au creux de leurs poings, faisaient face à l'aréknaé du haut de leurs kvals. Les montures, bien qu'habituées depuis toujours aux dangers, ne pouvaient s'empêcher de frémir à la vue de la créature gigantesque, et les cavaliers devaient donc s'employer pour les faire réagir à la moindre sollicitation.

En même temps ils firent bondir les kvals d'un coup de talon. Rolon changea sa prise sur sa lance en la prenant par dessous, comme un javelot. L'aréknaé leva alors une patte, amorçant une puissante frappe, mais au moment de l'abattre le vieux guerrier et sa monture changèrent brusquement de direction pour esquiver – de justesse – le coup. Il en profita pour jeter de toutes ses forces sa lance dans la gueule du monstre, tandis que les deux autres sillonneurs abattaient leurs lames sur une patte sans défense, la tranchant presque. Un liquide verdâtre en jaillit et les éclaboussa.

La lance pénétra par la gueule grande ouverte et se ficha dans la gorge de l'aréknaé, qui rugit de douleur et agita soudain ses pattes dans tous les sens avec frénésie. Pol et Seff n'avaient pas réussi à dégager leurs armes du membre à moitié coupé. Ils furent percutés de plein fouet et projetés à travers les bois. La tête du premier heurta brutalement un tronc et il perdit connaissance sous la violence du choc, tandis que le deuxième roulait encore plus loin à travers les épineux. Rolon fut lui assez rapide pour faire bondir sa monture en arrière, et attendre à distance une nouvelle ouverture pour achever la créature.

Conscient de la confusion chez la bête, Alek se glissa sous son ventre en se plaquant au sol pour esquiver les mandibules qui cinglaient l'air. Il commença alors à lui taillader le corps à grands coups d'épée, mais il peinait à lui infliger une réelle blessure à cause de l'épais cuir qui recouvrait sa peau noire.

Et l'aréknaé sentait le petit être la piquer sous son ventre. Elle ramena son dard en arrière. Cette fois, absorbé comme il était, l'homme ne pourrait pas le voir et manquer d'être embroché. Elle contracta ses muscles de l'abdomen, projetant son dard à la vitesse d'une flèche…

Dans un rugissement sauvage Jona abat de toutes ses forces sa hache sur la créature.

À bout de souffle après sa chute, il avait juste eu le temps de se ressaisir et de se relever difficilement, malgré les étoiles qui dansaient par dizaines devant ses yeux, avant de bondir sauver Alek. Le coup fut si puissant que tout l'arrière du corps fut tranché, dans un éclaboussement de sang vert. Jona en reçut dans les yeux, ce qui l'aveugla l'espace d'un instant.

Mais l'aréknaé agonisait. La blessure infligée à l'abdomen était mortelle, et elle sentait ses forces la quitter telle une cascade bouillonnante s'écoulant de son corps béant. Ces moucherons qui lui tournaient toujours autour lui causaient tant de mal… Dans un élan d'orgueil elle tenta d'atteindre celui qui se tenait toujours sur la selle de son kval, mais il l'esquiva sans difficulté et riposta d'un coup d'épée, lui arrachant un nouveau cri de douleur. Le hurlement strident, à la limite du supportable, obligea tous les sillonneurs, pour ne pas devenir sourd, à se boucher les oreilles.

Sauf Alek.

Sans se rendre compte que Jona venait de lui sauver la vie, le jeune homme, toujours sous le ventre de la créature, continuait machinalement de la taillader et avait maintenant réussi à percer sa peau. Bien qu'englué dans le sang vert qui le ralentissait dans ses mouvements, il put enfin plonger son épée tout entière à travers le corps de l'aréknaé. Alek fit alors tourner sa lame à l'intérieur du corps, lui ravageant l'ensemble des organes sans qu'elle puisse y opposer la moindre résistance.

Et il finit par embrocher le cœur.

La créature s'immobilisa aussitôt, foudroyée. L'aréknaé, coupée de toute force, poussa un ultime râle avant de s'abattre au sol.

Chapitre 9

Les cavaliers ne s'attardèrent pas sur les lieux du combat. Après avoir soulevé le corps encore chaud de l'aréknaé pour dégager Alek, coincé dessous et commençant sérieusement à suffoquer, il fallut descendre Gamo, perché à une dizaine de mètres du sol. Le soldat réussit à se défaire de la toile collante à l'aide de son couteau et se laissa tomber sur les autres sillonneurs, qui le réceptionnèrent tous ensemble.

— La prochaine fois qu'j'croise une de ces saloperies… maugréa-t-il une fois la terre retrouvée.

— Essayons plutôt de ne plus jamais en rencontrer une… souffla Pol, déjà en selle et prêt à repartir.

Malgré la mort, le corps de l'aréknaé demeurait impressionnant et le sillonneur n'aurait pas été surpris de le voir soudain se relever pour se ruer de nouveau sur eux, animé par le désir de vengeance. La bête réveillait chez lui toutes les peurs qu'il essayait de faire taire, aussi fut-il soulagé lorsque Rolon ordonna à la colonne de repartir. Les chances que le groupe soit attaqué par une nouvelle aréknaé, voire pire, étaient fortes, et il pressa donc l'allure pour atteindre la lisière au plus vite. Les sillonneurs devaient à tout prix s'extirper de la forêt avant la tombée de la nuit, ou ils risquaient de ne jamais en sortir. Si les cavaliers établissaient un campement à l'intérieur des bois, toutes les créatures nocturnes ne manqueraient pas de venir les assaillir, dans le noir et sur leur terrain de chasse. Revoir l'aube se lever relèverait alors du miracle. Et s'ils continuaient à avancer sans repère, ils se perdraient dans la minute, pour toujours. Les sillonneurs laissaient donc les kvals piétiner les enchevêtrements de ronces et de branches qui leur barraient le chemin plutôt que de descendre les abattre à l'épée, au risque que les montures se blessent, afin de gagner le plus de temps possible. Après de longues heures et alors que la luminosité diminuait dangereusement, le groupe parvint enfin à quitter les bois sombres et tortueux, avant de continuer sa route, sans cesse plein ouest.

L'Être de la Forêt les regardait s'éloigner, perplexe. Elle n'avait rien manqué de leur affrontement contre la créature et avait été impressionnée de voir avec quel courage ils l'avaient combattue. Rares étaient les personnes ayant survécu à un combat contre une aréknaé adulte. Même elle n'osait pas s'approcher de ces bêtes-là. Par curiosité, elle les avait ensuite suivis tout le long de leur traversée de la Forêt, mais ne comprenait désormais pas pourquoi ils prenaient cette direction. Ces hommes ne sentaient donc pas la tempête qui se préparait ?

Il était compliqué d'appeler Kravas un village. Seules cinq maisons bientôt emportées par le temps et la terre désertique voisine tentaient de tenir debout. Elles n'étaient même pas alignées ou implantées à intervalles réguliers, seulement éparpillées selon le bon vouloir aléatoire de leurs constructeurs. Une seule disposait d'un toit digne de ce nom, et aucune ne possédait encore ses quatre murs. Ces derniers n'existaient plus que sous la forme de gravats laissés à l'abandon. Les murs piquetés d'impacts de toutes tailles avaient depuis longtemps pris la couleur orangée du sable. Éparpillés sur le sol où se mêlaient sable et cailloux, plusieurs bols et autres ustensiles abîmés gisaient renversés le long des habitations, indiquant que les personnes qui y vivaient, ou y avaient vécu récemment, étaient parties dans la précipitation. Le hameau n'inspirait que pauvreté et déclin. Malgré le ciel recouvert de nuages, la température qui régnait sur Kravas tombait avec un tel poids sur les épaules des sillonneurs qu'elle leur faisait craindre une nouvelle apparition de Soleï.

— C'est désert ? demanda Egan, sans être sûr de la réponse qu'il souhaitait obtenir.

Il exprimait à voix haute la question que tous les cavaliers se posaient en leur for intérieur. Pourtant aucun d'entre eux ne se donna la peine de répondre. Les sillonneurs passèrent la ligne des deux premières maisons sans apercevoir le moindre habitant ou signe de vie. Néanmoins, Seff distingua très vite un mouvement furtif derrière un volet de bois moisi.

— On n'est pas seuls, indiqua-t-il au reste du groupe d'une voix sans émotion.

Rolon prit alors une profonde inspiration et cria à travers le village :

— Vous pouvez sortir ! Nous ne vous voulons aucun mal ! Nous ne sommes pas des pillards ! Nous sommes des sillonneurs !

Sur ce dernier mot l'atmosphère sembla se modifier de façon imperceptible. Le sentiment de peur que Sara ressentait à travers les habitations se transforma soudain en un éclat d'espoir. Il fallut toutefois plusieurs minutes avant que quelqu'un n'apparaisse.

Poussant tout doucement la porte branlante d'une des maisons, en sortit un homme sans âge. Il pouvait avoir trente comme soixante-dix ans. La fatigue et la poussière rendaient impossible toute évaluation. Les traces de terre qui lui traversaient le visage montraient qu'il ne s'était pas lavé depuis beaucoup trop longtemps. L'homme ne portait qu'un pagne troué et usé jusqu'à la corde, laissant visible son corps d'une maigreur squelettique. Un enfant aurait pu de ses doigts faire le tour de ses bras. Ses côtes saillantes menaçaient de percer sa peau. Némï retint un cri de frayeur en voyant le pauvre homme apparaître. Elle se demanda même comment il pouvait être encore debout et avancer, plutôt qu'étendu au sol, mort de faim.

Et derrière lui suivait un groupe d'hommes, de femmes, mais aussi d'enfants, un peu plus d'une quinzaine au total, aussi démunis que le premier. Les femmes, à la poitrine aussi sèche que la pierre, ne possédaient pas toutes de quoi couvrir l'ensemble de leurs corps. Les plus jeunes enfants vivaient encore nus. Certains portaient des sandales de fortune constituées d'une mince plaque de bois et de cordelette. Sara remarqua, parmi la foule qui sortait progressivement à la lumière du jour, un homme amputé d'une main. La couleur verdâtre de la blessure, mal cicatrisée et sans doute jamais soignée, laissait peu de doute quant à son avenir. La guérisseuse faillit se détourner à la vue de cette pauvreté extrême, qu'elle découvrait pour la première fois à ce point exacerbée. Ces gens ne possédaient rien, pas même de quoi s'habiller et se nourrir convenablement.

La jeune femme saisit la main famélique que lui tendait une petite fille. Son sourire ébahi, où manquait déjà plusieurs dents, prouvait qu'elle n'avait pas vu de personnes en bonne santé comme les sillonneurs depuis très longtemps, peut-être jamais.

Les cavaliers apparaissaient à ses yeux comme des divinités tout droit venues de contrées aussi lointaines que fabuleuses.

Le premier homme à être sorti des maisons tomba à genoux devant le kval de Rolon, et s'écria d'une voix ponctuée de violentes quintes de toux :

— Dlaah soit loué ! Vous n'êtes pas des pillards ! *Keuf* Quelle chance qu'Il vous ait mis sur notre route. Cela fait bien longtemps que l'on n'a pas vu quelqu'un qui ne souhaite pas nous voler et violer nos femmes. *Keuf* Excusez-moi, je parle trop, c'est la joie, vous comprenez… On n'a rien à vous offrir, si ce n'est un peu d'ombre.

Les sillonneurs étaient en sueur sous la lourde chaleur qui les suivait depuis qu'ils avaient mis le pied à l'étrier, plusieurs heures auparavant.

— C'est déjà beaucoup, sourit Rolon en descendant de kval.

— Tu disais que vous avez été attaqués par des pillards ?

Les sillonneurs formaient un cercle avec Bartlèm, le chef de Kravas, à l'abri de la seule maison possédant encore un toit. Les interstices entre les planches laissaient entrer des rais de lumière tamisée dans l'unique pièce. Celle-ci était vide, à l'exception de quelques paillasses miteuses qu'on avait poussées dans un coin. Les voyageurs constatèrent une nouvelle fois que ces gens ne possédaient rien. Absolument rien. Seuls quelques-uns avaient choisi de rester debout à l'extérieur du cercle, pour écouter la conversation tandis que les autres retournaient à leurs maigres occupations. Du groupe de cavaliers, seul Jona était resté dehors affronter la fournaise afin de garder un œil attentif sur les kvals, placés dans les rares carrés d'ombre que possédait le village.

Bartlèm secoua la tête en fixant le sol, comme s'il voulait se débarrasser de terribles souvenirs.

— Si seulement nous n'avions été attaqués qu'une seule fois…

L'homme se mit soudain à tousser et plaqua ses deux mains sur sa bouche. Alek crut y voir du sang lorsqu'il les retira.

— Ils viennent régulièrement. *Keuf* Tous les deux mois environ. La dernière fois c'était il y a tout juste deux semaines. Ils ont pris les quelques réserves qu'on avait réussi à accumuler entre temps. *Keuf* Rem et Yul ont voulu s'opposer…

Son visage s'assombrit, la douleur du passé perceptible jusque sur ses traits.

— Yul s'est fait trancher la main, comme votre guérisseuse l'a remarqué. Mais Rem… *Keuf* Il s'est jeté sur eux, mais le malheureux n'avait aucune chance… Il a réussi à en blesser un au visage avec une pierre. La vengeance a été immédiate… Les pillards l'ont attaché par les pieds à l'arrière d'un kval, face contre terre, et ont fait partir la bête au galop… J'espère que Dlaah les regarde lors de telles atrocités, et les punira de toute Sa colère une fois Son jugement rendu. Ça a été horrible… *Keuf* Rem a hurlé comme un kochö que l'on écorche vif, pendant les cinq minutes que le supplice a duré. Et quand le kval est revenu au village, Rem était encore vivant…

Une nouvelle quinte de toux lui déchira les poumons, alors que son récit terrifiant continuait. Même Orelo n'aurait pu imaginer une histoire aussi horrible.

— Il avait à moitié perdu connaissance, mais je voyais sa poitrine se soulever, très faiblement, alors qu'un long râle s'échappait encore de sa gorge. Son visage… *Keuf* Son visage… Ce n'était plus un visage…

Sa voix se brisa. L'homme voulut continuer, mais Rolon posa la main sur son bras.

— C'est bon. On a compris.

Bartlèm hocha la tête, comme s'il le remerciait de ne pas avoir à terminer.

— Merci de m'écouter. Je ne pensais pas que ça ferait autant de bien d'en parler.

— Mais pourquoi est-ce que vous ne fuyez pas une bonne fois pour toutes ? demanda alors Alek, les sourcils froncés de perplexité. Ils finiront par tous vous tuer si ça continue !

— Nous allons tous mourir, c'est une certitude, déclara le chef de Kravas avec l'énergie de la conviction. Mais nous mourrons ici même. Ces maisons ont été bâties par la sueur de nos ancêtres, il nous est inconcevable d'en partir. *Keuf* Que resterait-il d'eux après ? Rien. Je sais que nous vous faisons pitié dans nos haillons, que vous voudriez quitter ces murs au plus vite…

Rolon se mit à secouer la tête, mais Bartlèm l'interrompit.

— Ne vous formalisez pas, rien n'est plus normal. Je ne peux pas vous en vouloir, c'est dans la nature même de l'homme que de fuir ce qui est différent de lui. *Keuf* Nous ne restons pas ainsi, dans notre souffrance permanente, parce que nous avons abandonné tout espoir. Non. Au contraire, nous sommes pleins d'espoir. Dlaah est attentif, Il voit tout ce que nous endurons ici-bas avant de Le rejoindre. Sa miséricorde saura en tenir compte une fois là-haut.

Ses yeux montèrent au ciel et ses lèvres formulèrent une prière silencieuse. Bartlèm remarqua avec clarté que la foi n'habitait pas ses invités avec la même puissance. Alors que certains comme Pol ne cessaient de hocher la tête, indiquant leur soutien tacite, d'autres tels que Rolon paraissaient plus sceptiques.

— Vous ne semblez pas convaincu, je me trompe ? demanda Bartlèm avec une subtile pointe d'arrogance.

Le vieux guerrier ne releva pas le défi que lançait la voix de son interlocuteur.

— J'ai du mal à croire que Dlaah puisse en permanence porter un regard absolu sur chacun d'entre nous, répondit-il avec calme et franchise. C'est avant tout l'humanité dans son ensemble qu'il observe et punit lorsqu'il le juge nécessaire. Que ce soit dans ce monde ou dans un autre, je préfère me voir maître de mon destin, plutôt que de le laisser entre les mains d'un vieillard dont j'ignore tout.

— Prenez garde aux images que vous employez ! gronda aussitôt le chef du village, pour la première fois menaçant. Vous vous trompez, *Keuf* Dlaah est omnipotent. Ses pouvoirs dépassent tout ce que vous pourriez jamais imaginer.

— Tu ne peux quand même pas nier qu'Il existe et que Ses manifestations sont l'expression de Sa colère envers nous ! ajouta soudain Pol en direction du sillonneur.

Il avait haussé le ton et Rolon se tourna vers lui, surpris par sa réaction virulente. Le jeune homme n'hésitait pas à basculer dans le camp de son hôte devant ses compagnons pour défendre ses croyances. La puissance des convictions de Pol et la force avec laquelle il s'y accrochait étonnaient sans cesse le vieux guerrier.

— Tu déformes mes propos, tempéra le vieux guerrier, qui ne voulait pas s'emporter devant autant de personnes. L'existence de Dlaah ne fait aucun doute, ses manifestations sont beaucoup trop nombreuses pour en douter, mais je questionne tout de même cette notion d'omnipotence.

Le sillonneur interrompit Pol d'un geste de la main alors que celui-ci s'apprêtait à répliquer. Rolon commençait à perdre patience et ses mots claquèrent dans la pièce.

— Ça suffit. Je ne suis pas là pour un débat théologique. Une autre fois.

— Vous avez raison, concéda Bartlèm d'un sourire conciliant. Parlons plutôt de vous, *Keuf* qui avez la chance de posséder un avenir sur cette terre.

Le chef du village souffla intérieurement de soulagement. Au moins, les voyageurs étaient convaincus de l'existence du Tout-Puissant. Dans le cas contraire il n'aurait guère supporté de les héberger plus longtemps, et se serait vu obligé de leur demander de partir. En effet, ceux qui ne croyaient pas en sa foi possédaient dans l'au-delà un sort peu enviable, et Bartlèm n'avait aucune envie de partager le même en les côtoyant.

— Nous n'allons pas rester longtemps, enchaîna Rolon avec un calme retrouvé. Nous partagerons avec plaisir notre repas ce soir, et demain matin nous serons partis.

— Vous ne m'avez pas dit où vous alliez.

— Les Ruines.

Bartlèm fut pris d'un rire sec et nerveux, mais s'arrêta très vite lorsqu'il croisa le regard fixe et sans l'ombre d'un doute sérieux de Rolon.

— Mais enfin, vous n'êtes pas sérieux ? *Keuf* Les Ruines n'existent pas, c'est un mythe !

— Elles existent, répliqua aussitôt le vieux guerrier d'un ton qui ne tolérait aucune réponse. Et c'est là-bas que nous allons. Le voyage est encore long, nous ne resterons donc pas longtemps ici.

Le chef de Kravas ne continua pas tout de suite la conversation, un sourire sibyllin dessiné sur les lèvres. Son esprit se perdit pendant un bref instant parmi les méandres du temps : il s'imagina par flashs successifs aussi bien un autre passé qu'un nouveau futur. Il se vit comme ses invités parcourir le monde, à kval ou à pied, à travers plaines, montagnes et forêts, affronter pillards, bêtes et tempêtes. Pendant une seconde il les envia, avant de se rendre compte qu'il convenait plutôt de les plaindre. Une fois leurs corps étendus sans vie, abandonnés dans l'oubli ou enterrés sous terre, leurs âmes seraient encore soumises à de nombreuses épreuves avant de trouver la paix ainsi qu'un refuge pour l'éternité qui leur resterait alors à vivre. Bartlèm finit par déclarer :

— N'allez pas là-bas. *Keuf* Vous en mourrez.

— Peut-être, répliqua Rolon sur un ton suggérant plutôt l'inverse. Mais on a tous besoin de croire en quelque chose, n'est-ce pas ?

Bartlèm était une personne très intéressante. Il se révéla intelligent et capable d'une grande profondeur d'esprit, comme si l'absence de bien matériel lui avait permis de s'élever dans le spirituel. L'homme, qu'Alek devina avoir une trentaine d'années tout juste, pouvait exprimer un avis sur tous les sujets, mais agaçait à les ramener en permanence au bon vouloir de Dlaah.

Autour du repas qu'Egan et Pol avaient préparé pour l'ensemble du village, Rolon et Bartlèm en vinrent à parler des sillonneurs, assis en tailleur à même le sable :

— Nous avons reçu la visite de l'un des vôtres, il y a quelques années de cela. *Keuf* Je me souviens de son allure fière et déterminée du haut de son kval. J'ai trouvé admirables la nature de sa quête et sa volonté de nous emmener avec lui.

— Tu te souviendrais de son nom, par hasard ?

— Hélas non, ça remonte à beaucoup trop longtemps, et il est très vite reparti. Il a dit comprendre notre intention de rester ici, et a fait demi-tour après avoir passé une nuit en notre compagnie. Il avait une longue route à faire pour retourner jusqu'à votre ville.

Keuf Je crois me souvenir que Kravas était à la limite de sa zone d'exploration.

Rolon se remémora l'ensemble du voyage effectué depuis Niu-Jok. Un cavalier avait beau être plus rapide seul, le périple n'en restait pas moins long et ardu. Le vieux guerrier se demanda qui avait pu se rendre jusqu'à ce hameau perdu, s'il l'avait connu, et où cet homme mystérieux pouvait à présent se trouver. Hélas il n'aurait jamais la moindre réponse à ses questions. Le sillonneur changea donc de sujet :

— Ainsi vous avez passé votre vie entière dans ce village ?

— Oui, j'y suis né, et y mourrai. *Keuf* Mais la vie n'a pas toujours été aussi dure. Il y a plus de dix ans, les pillards n'existaient pas encore dans la région. C'était une époque bénite, la vie s'écoulait, simplement, paisiblement. Je n'avais pas encore voué ma vie à Dlaah. Le village était alors beaucoup plus grand que la pâle copie qu'il reste maintenant, avec de nombreuses maisons et des champs tout autour. Hélas les pillages et les incendies qui se sont succédé ont réduit la grande majorité en cendres… Beaucoup d'habitants de Kravas ont fui, abandonnant ces bâtiments remplis d'histoire. *Keuf* Je suis persuadé qu'ils auraient dû rester ici, faire face à nos côtés. Aujourd'hui ils sont sans doute morts, leurs corps perdus dans l'immensité du monde, là où personne ne s'en souviendra jamais. Pendant ce temps, nous restons là et nous luttons. Les épreuves de Dlaah sont dures, mais la récompense en vaut la peine…

Sara venait de passer l'après-midi entière à soigner les diverses blessures dont souffraient les habitants du village. La jeune femme s'était d'elle-même précipitée sur eux, en particulier Yul, l'amputé de la main.

Il ne lui avait pas fallu longtemps pour se rendre compte qu'il était condamné. Plus d'une semaine avait passé sans que la blessure soit traitée, exposée jour et nuit à la poussière qui voletait en abondance dans l'air. L'infection avait rapidement envahi la plaie et celle-ci présentait désormais une teinte verdâtre sur tout le pourtour. Une odeur nauséabonde commençait à apparaître et rendait difficile la compagnie du malade. Son bras pourrissait.

Le regard désespéré de l'homme, que la parole semblait avoir quitté, avait touché Sara, qui s'était promis de l'aider du mieux possible. Elle avait alors appliqué un cataplasme à base d'herbes, pour soulager la douleur. C'était la seule chose qu'elle pouvait encore réaliser, car le mal avait déjà trop profondément pénétré son organisme pour espérer le sauver.

La guérisseuse avait failli pleurer quand le regard transfiguré de l'homme s'était posé sur elle après que la pâte a commencé à agir. Rarement elle avait vu une personne aussi heureuse qu'en cet instant. Sara venait de lui offrir un îlot de répit providentiel au cœur de la tempête de souffrance dont il ne sortirait jamais, en marin naufragé condamné à se noyer.

— Mer… ci… parvint à murmurer Yul.

— Ça va aller, ça va aller… répondit-elle dans un souffle en lui posant une main maternelle sur l'épaule. Ça va aller…

Le mensonge était évident pour quiconque assistait à la scène, mais personne ne se serait permis d'émettre le moindre reproche.

Gamo et Némï s'étaient éloignés du village, préférant rester seuls plutôt qu'au milieu de l'étrange ambiance qui régnait entre les sillonneurs et les habitants de Kravas. Deux enfants avaient voulu les suivre, mais le couple leur avait fait signe qu'il souhaitait être tranquille.

— Ces gens ne sont pas méchants, mais ils me font peur, dit la femme une fois dans les bras de son mari. Quand ils sont tous sortis des maisons, j'ai cru qu'ils allaient nous sauter dessus et dévorer nos kvals ! Et quand Egan a tendu le premier bol ce soir, ils ont bien failli s'entre-tuer…

Le rire de Gamo retentit dans le silence de la nuit.

— T'as vu comment ils sont aussi ? T'aurais qu'à les pousser du bout du doigt pour qu'ils tombent. Mais j'suis d'accord, personne a envie d'rester ici. On peut pas leur faire confiance, on les connaît pas. J'ai entendu Rolon demander à Fao d'mettre en place un tour d'garde ce soir. Au cas où ils essaieraient d'nous voler…

— Vivement demain, que l'on s'éloigne de cet endroit…

— Oui, vivment demain…

Chapitre 10

— Que trouverons-nous dans les Ruines, sinon… sinon une maison aussi vaste que l'univers lui-même, des richesses par charriots entiers ou la paix, l'unique, celle qui vous laisse béat de bonheur ? Je sais que nous les apercevrons d'abord de loin, dépasser par-dessus la mille et unième montagne que nous franchirons, alors que nos muscles seront atrophiés par l'âge, alors que nos os menaceront d'être réduits en poussière et emportés par la première bourrasque venue. Mais la joie de les atteindre après tant d'années, d'épreuves et de souffrances nous guérira de la vieillesse en moins de temps qu'il n'en faut pour le dire. Nous galoperons une dernière fois, ultime cavalcade pour nos fidèles montures tout aussi euphoriques, jusqu'à arriver face aux Ruines… Les Ruines ! Véritable cité d'or étincelante, objet de fascination des conquistadors que nous sommes, succession à perte de vue d'immenses bâtiments rutilants, s'élançant sans peur à l'assaut des cieux jusqu'à des hauteurs dont l'être humain n'aurait même pas l'audace de rêver. La pointe de ses tours dorées effleurera les nuages au risque de déclencher les foudres célestes. L'or éblouira nos visages, ébahis comme le furent ceux des pillards, qui ont depuis longtemps abandonné l'idée d'y pénétrer, la pensée d'en souiller la pureté à jamais disparue des tréfonds ténébreux de leurs esprits. Ce scintillement, les Ruines le conserveront jusqu'au plus profond de la nuit, au point de devenir un phare radieux guidant les âmes égarées qui seraient par miracle parvenues jusque dans son sillage. En pénétrant dans la cité nous serons d'abord subjugués par ses fresques guerrières colossales qui recouvriront les murs où que le regard puisse porter, édifiées en l'honneur de batailles mythiques, dont les combattants étaient déjà réduits en poussière depuis des lustres lorsque le plus ancien des anciens hommes vit le jour. Tandis que d'un côté des soldats montés sur des èlèfants gigantesques feront pleuvoir de toutes parts flèches et lances, de l'autre une armada entière de navires de guerre crachera le tonnerre sur une créature abyssale dont les tentacules engloutiront dans les flots les bateaux qui auront l'audace de trop s'approcher d'elle. Aux pieds de ces peintures épargnées par les effets du temps se prélassera l'ensemble des animaux imaginables, tous ceux que la création a pu imaginer, venu comme nous chercher un abri alors que dehors ne régnaient que chaos et désespoir. Puûls et liévrs, tőros et kvals, kiens et kats, tigrrs et lĩions, tous auront parfaitement trouvé leur place dans l'équilibre naturel qui se sera instauré. D'ailleurs, ils tourneront la tête à notre passage, un air curieux et amusé sur leurs gueules. Mais pas d'inquiétude, aucun ne risquera de bondir pour nous dévorer vivant, alors que la notion de danger aura déserté leurs esprits. Pendant que nous avancerons sur l'avenue pavée de bijoux et de pierres précieuses, ce sera d'abord le silence qui nous frappera. Aucun son ne viendra troubler le silence d'or qui nous entourera, pas même le bruit de nos pas, étouffé par tant de solennité. Puis ce sera l'odeur. Un puissant parfum de sève, vert et boisé, de celui qui s'écoule des arbres millénaires et vous transporte avec lui par sa grâce et son élégance. Nous aurons l'impression de pénétrer dans une forêt majestueuse, à la fois construite et épargnée par l'homme.

Ensuite, après que notre cœur aura plus de mille fois manqué de s'arrêter face au spectacle grandiose qui s'offrira devant nos yeux ébahis, nous arriverons aux berges d'un fleuve traversant la cité, telle une artère de vie. Ses eaux turquoise s'écraseront paisiblement sur le rivage à nos pieds, tandis que nous ne rêverons plus qu'à une seule chose : s'y jeter pour se baigner, et ainsi laver la poussière d'un voyage long comme personne ne devrait jamais en connaître. Sauf que nous n'exprimerons aucune hâte. Nous aurons toute la vie devant nous pour nous y baigner ! Car ce sera à partir de ce moment très précis que nous deviendrons les rois et reines des Ruines, que nous nous assoirons, enfin, sur les trônes d'or qui nous attendaient depuis une éternité, si ce n'est plus. Notre règne sera le règne de la paix, de la joie et de la sobriété, car nous saurons d'où nous venons, nous saurons différencier le vital du futile, la décence de l'opulence. Nulle catastrophe, nulle tempête, nulle inondation, ne dérangera notre dynastie, la dynastie des sillonneurs, car telles sont les Ruines, véritable oasis épargnée, perdue dans le désert qu'est le monde. Et lorsque, au dernier moment, étendus sur notre lit de mort, un linceul prêt à nous recouvrir jusqu'à la fin des temps, nous repenserons à notre voyage, à ses moments difficiles, qui paraissent si lointains qu'ils auraient pu être vécus par une autre personne, un léger sourire illuminera notre visage. Ce sourire, ce sera celui de ceux qui sont tombés, mais qui ont persévéré et se sont relevés, et qui comprennent désormais que la récompense avait valu la peine d'endurer pareilles souffrances. Alors seulement, nous nous laisserons partir, pour notre ultime voyage…

Chapitre 11

Les sillonneurs souhaitèrent bonne chance aux habitants de Kravas avant de s'engager dans la plaine rocailleuse qui marquait la limite du village. Ils savaient pourtant pertinemment qu'aucun d'entre eux ne survivrait encore plus de quelques années, voire quelques mois, à l'image de leur chef crachant ses poumons jusqu'au sang, atteint d'un mal incurable à force de privations mortelles. Les pauvres êtres regardèrent avec tristesse les cavaliers s'éloigner, eux qui avaient apporté un souffle frais de bonheur dans leur morne et douloureuse existence.

La plaine n'était qu'une étendue de sable et de pierre, battue par un souffle de vent constant. Les cavaliers s'entourèrent la tête d'un chèche pour lutter contre les grains de sable qui les assaillaient de toutes parts. Le sol meuble rendait la progression plus lente, alors que la lourde chaleur revenait les assaillir une fois la matinée dépassée.

En milieu de journée, les sillonneurs n'avaient toujours pas trouvé le moindre centimètre d'ombre, et ils se résolurent donc à s'arrêter manger au plus fort de la fournaise. Les cavaliers jetaient sans cesse des coups d'œil inquiets au ciel couvert de nuages, redoutant une nouvelle apparition de Soleï. Le voile gris qui les surplombait affichait des nuances plus claires que d'ordinaire, mais pas au point de les alarmer. Le groupe repartit en regrettant de ne pas s'être reposé à Kravas plus longtemps.

Ce fut en milieu d'après-midi, alors que tout le monde ne souhaitait plus qu'une seule chose, s'installer pour la nuit, que les sillonneurs dépassèrent un mouvement de terrain et découvrirent un étrange paysage.

En contrebas de la dune, de monumentaux blocs de pierre trônaient avec fierté, disséminés à travers la vaste étendue. Les rochers étaient immenses. Ils auraient pu chacun contenir au moins un chêne centenaire, et se dressaient, parfaitement droits, face à l'horizon. Ces blocs d'un noir absolu contrastaient avec le sable rougeâtre sur lequel ils reposaient. Leurs parois avaient dû être lisses autrefois, mais elles étaient maintenant criblées d'impacts, de petits trous de la taille d'une noix à des pans de murs entiers manquants. Une méfiance indéfinissable sourdait de ces rochers. Ils semblaient totalement étrangers à la plaine environnante, comme si des rocs provenant d'un autre monde s'étaient écrasés du ciel en des temps reculés.

Alors qu'il avançait entre les monolithes, colossaux gardiens d'un passé à jamais révolu, dont la connaissance de son dénouement s'était effacée au fil du temps, Alek entendit des voix l'appeler. Le jeune homme se retourna aussitôt, avant de se rendre compte que ce n'était que le vent qui, en s'engouffrant à travers les blocs de roche, formait des sons fluides semblables à des mots. Chacun pouvait alors leur imaginer une signification différente. Chez Orelo par exemple, le souffle créait une musique naturelle à la finesse remarquable, mêlant les harmonieux sifflements aigus d'une flûte au ton plus grave d'un tambour imaginaire. Le concerto du vent, joué par son compositeur lui-même. Pour Alek par contre, les courants d'air apportaient une mise en garde, et le jeune homme aurait voulu leur demander contre quoi.

Les sillonneurs s'enfoncèrent dans le vaste labyrinthe de pierre, minuscules insectes aux pieds de ces géants rocheux. Le vent avait redoublé d'intensité depuis leur entrée dans le dédale.

— Quelqu'un a déjà vu des choses pareilles ? demanda Némï, impressionnée par la hauteur des blocs.

Elle s'adressait surtout à Alek, Pol et Seff, qui avaient exploré le monde de long en large, du temps où ils le sillonnaient depuis Niu-Jok.

— Non, répondit Alek en secouant la tête. Je…

Le vent disparut subitement, comme aspiré par le sol.

Le silence brutal qui lui succéda frappa les cavaliers par sa soudaineté. Il en devint assourdissant. Les sillonneurs se regardèrent, interloqués, cherchèrent une explication, sans la trouver.

— Qu'est-ce que… balbutia Pol.

— Là-bas ! s'écria Seff en pointant son doigt vers l'horizon.

Tout le monde se tourna dans la direction qu'il indiquait, alors qu'une angoisse sourde se formait peu à peu au creux de leurs estomacs. Les sillonneurs durent au début plisser des yeux. C'était à peine perceptible au loin, mais cela grossissait à vue d'œil.

Un véritable mur de sable se formait.

Le vent, qui apportait avec lui sable et cailloux, était arrêté par la muraille et venait la grossir. Celle-ci grimpait vers les nuages à la vitesse d'un troupeau de kvals au galop à mesure que le vent s'agglomérait, bloquant l'horizon de sa couleur rougeâtre. Le mur semblait animé d'une vie propre, devenu maelström dont la rare fureur s'apprêtait à se répandre sur le monde. Alek regardait bouche bée l'incroyable phénomène dont il devenait témoin. Il avait déjà entendu parler de ces falaises de vent qui ravageaient des régions entières, mais avait toujours cru qu'elles n'appartenaient qu'aux légendes.

Jusqu'à maintenant.

— Le Souffle de Dlaah… murmura Pol, incrédule.

En moins d'une minute le monstre naturel avait atteint les nuages. L'horizon n'était désormais plus qu'une titanesque muraille de sable et de pierre, qui tourbillonnaient avec rage sur des dizaines de kilomètres.

Alors le monde sembla se figer. En l'absence de vent, un silence parfait régnait. Alek n'entendait plus que son cœur tambouriner désespérément contre sa poitrine.

Puis le mur s'écroula.

D'abord de façon imperceptible, puis de plus en plus vite.

Vers les sillonneurs.

Avec horreur ils l'observèrent peu à peu basculer, comme déséquilibré par un coup porté durant son affrontement contre la voûte grise du monde.

Le mur ne fit pas de bruit lorsqu'il s'écrasa au sol.

Mais poursuivit sa route à toute vitesse, sans le moindre obstacle pour le gêner.

C'était maintenant un tsunami.

Un tsunami de vent.

— Derrière le rocher ! cria Rolon face à la vague d'une violence inouïe qui s'apprêtait à les frapper.

Mais les autres restaient pantois, comme pétrifiés, fixant le monstre naturel sans y croire.

— Derrière le rocher ! répéta leur chef à s'en briser la voix.

Tous semblèrent alors se réveiller, arrachés à la terrifiante vision de fin du monde, avant de se précipiter derrière le monolithe le plus proche.

« Pourquoi briser cet instant magique d'émerveillement et se soustraire à la contemplation de cet éblouissant spectacle, dont on ne peut être témoin qu'une seule fois lors de sa vie, alors que le trépas est désormais inévitable ? » pensait toutefois Orelo, en paix avec lui-même et la Mort qui se profilait à l'horizon, alors qu'il plaçait son chapeau de paille dans sa sacoche pour ne pas le voir s'envoler.

— On allonge les kvals et on les attache ensemble ! rugit Rolon tandis qu'un grondement sourd commençait à recouvrir sa voix. On ne doit pas en perdre un seul !

Les montures sentaient le danger autant que les humains, qui durent s'employer pour les retenir et les allonger, leurs hennissements mêlés en un cri de terreur collectif. Si quelqu'un avait lâché les longes à ce moment-là, les kvals seraient aussitôt partis au triple galop. Fao les attacha tous ensemble à l'aide d'une corde en essayant de les calmer, sans y parvenir un seul instant. Le grondement recouvrait désormais le son du moindre de ses gestes. La terre se mit à trembler, comme si une furieuse créature souterraine s'apprêtait à en sortir.

Ensuite les sillonneurs s'adossèrent au pilier de roche, le tsunami invisible dans leurs dos, avant de se prendre la main pour former une chaîne humaine aussi soudée que possible. Le bloc était à peine assez large pour abriter tout le groupe. Gamo et Pol, à une extrémité chacun, dépassaient presque de l'abri de fortune. Sara voulut dire à Gamo, dont elle serrait fort la main, qu'il était trop exposé, mais constata qu'il lui serait impossible de mieux se protéger du vent mortel.

— Fermez les yeux ! hurla Rolon aussi fort que possible. Ou le sable vous les crèvera !

Il ne savait même pas si les autres pouvaient l'entendre, alors qu'ils se trouvaient pourtant côte à côte, tant le grondement assourdissant envahissait ses oreilles jusqu'au dernier décibel.

Le groupe attendait dans une nervosité exacerbée que la vague l'atteigne.

Gamo, sentant l'air de plus en plus vif claquer contre son bras droit qu'il tentait de garder plaqué contre lui, voulut croiser le regard de sa femme assise un peu plus loin pour se réconforter mutuellement. Mais celle-ci avait déjà fermé les yeux.

Alek ne parvenait plus à savoir si ce qu'il entendait taper dans ses oreilles était le galop furieux de la vague ou les battements affolés de son cœur. Les martèlements redoublèrent quand le bruit du vent recouvrit celui de son cœur. Il n'avait même pas conscience qu'il serrait les mains d'Egan et Sara de toutes ses forces, à les réduire en morceaux.

Des cailloux jaillissaient entre les blocs de roche, annonciateurs du Souffle de Dlaah. À chaque fois qu'Alek croyait la vague enfin sur eux, le grondement ne faisait qu'augmenter encore plus. Même les colossaux blocs de roche vibraient, comme s'ils voulaient également fuir face à la menace imminente. La pierre irrégulière blessait le dos des sillonneurs alors que le sol continuait d'être pris de violents tremblements. Alek ne pouvait plus se fier à ses sens, seulement à son instinct, car les yeux fermés il n'entendait rien à part l'énorme bourdonnement continu, qui se rapprochait, se rapprochait, se rapprochait…

Il adressa une rapide prière à Dlaah, se demandant pourquoi, après Soleï et l'aréknaé, Il leur faisait subir toutes ces épreuves. Le jeune homme voul…

Le choc.

D'une rapidité extrême.

D'une violence insoutenable.

Tout se passa en un très bref instant.

Le tsunami de vent percuta le monumental pilier de pierre si fort que l'onde de choc qu'Alek reçut dans le dos sembla lui briser les vertèbres. Il crut un instant que le pilier venait d'être arraché, et lui avec.

Gamo fut emporté.

Comme une feuille que le vent prend sur son passage.

Sara, qui lui tenait la main, n'eut pas le temps de réagir.

Gamo était là, à côté d'elle…

Et un battement de cœur plus tard avait disparu.

Un énorme morceau de roche fut arraché du bloc par la violence du choc. Il se fracassa aux pieds du groupe et projeta des éclats tranchants dans toutes les directions. Pol en reçut dans le visage, ce qui lui entailla profondément la joue. Avec l'adrénaline il ne le sentit pas, mais aurait hurlé de douleur sinon.

Le fracas s'arrête.

Le tsunami était passé, continuant implacablement sa course mortelle.

Les sillonneurs se laissèrent tomber par terre, étonnés d'être encore en vie alors qu'ils retrouvaient peu à peu la perception de leurs sens. Pendant de longues minutes ils restèrent allongés, heureux d'avoir survécu, mais le corps tout entier douloureux. L'onde de choc venait d'éprouver durement le moindre os, la moindre articulation, le moindre muscle de leurs êtres. Se faire piétiner par un troupeau de kvals l'aurait laissé dans le même état. Heureusement Sara ne manquerait pas de les remettre d'aplomb une fois debout.

Rolon retrouvait ses esprits et se relevait avec difficulté. Il devait s'aider de la paroi pour garder son équilibre. Ses jambes étaient courbatues comme s'il venait de courir une journée entière. Sans s'en rendre compte, il les avait gardées contractées de peur pendant l'interminable attente. Puis le vieux guerrier se redressa, ce qui fit craquer son dos de la première à la dernière vertèbre. Une onde de plaisir lui traversa le corps avec la rapidité d'une flèche. Rolon parcourut alors le reste du groupe d'un regard. Sa voix se brisa au moment de poser la question.

— Mais… où est Gamo ?

Chapitre 12

— TU L'AS LÂCHÉ ?

— Rolon, je…

— Réponds à ma question, est-ce que oui ou non tu l'as lâché ? répéta-t-il, rouge de colère.

Némï, qui après le choc reprenait tout juste conscience de ce qui l'entourait, ne comprenait pas encore la situation.

— Que… que… quoi ? Qu'est-ce qui se passe ? balbutia-t-elle en se relevant avec peine.

— Rolon, calme-toi, tentait de se défendre Sara. Tu es sous le choc, on est tous sous le…

Le vieux guerrier l'interrompit d'un geste de la main, avant de demander, plus lentement, mais toujours avec la même colère :

— Sara. Je ne te pose qu'une seule question. Une seule. Et elle est simple. Est-ce que, oui ou non…

Il accentuait chaque mot, détachait chaque syllabe, comme s'il parlait à un enfant qui venait de commettre une bêtise. Puis il finit par hurler :

— **… TU AS LÂCHÉ GAMO ?**

— Quoi ? s'écria Némï, alarmée par la voix de Rolon et le nom de son mari.

Elle tourna soudain la tête dans tous les sens, désespérément à la recherche de sa moitié, tandis que Rolon levait le poing pour frapper Sara si elle ne répondait pas.

— Ça suffit ! Parle-lui sur un autre ton ! répliqua Alek en s'interposant entre les deux sillonneurs. Tu aurais voulu qu'elle fasse quoi, hein ? Qu'elle se fasse emporter avec Gamo ? Je ne sais pas ce qui vient de nous tomber dessus, mais on peut s'estimer chanceux qu'un seul d'entre nous en ai payé le prix ! Et baisse le bras, tu veux te battre c'est ça ?

Les deux hommes s'affrontèrent un instant du regard, et le jeune homme comprit dans ses yeux remplis de rage que Rolon pensait sérieusement à lui décocher une droite, avant de finir par desserrer le poing.

Némï, elle, peinait à réaliser la mort de son mari. Elle s'attendait à le trouver derrière les kvals, les sillonneurs encore assis ou bien l'énorme rocher. La femme fit le tour du monolithe en l'appelant, la terrible vérité pas encore parvenue à se frayer un chemin à travers les méandres embrumés de son esprit.

— Gamo ! Gamo, tu es où ? Viens, tu peux sortir, c'est passé !

L'évidence la traversa alors de part en part, aussi implacable que le Souffle de Dlaah. Mais plutôt que de s'effondrer à genoux dans le sable en pleurant, elle se mit sans même hésiter une seule seconde à avancer d'un pas décidé vers Sara, qui lui tournait le dos. L'esprit de Némï n'était plus que chaos, toute capacité à raisonner balayée par la tempête en même temps que son mari. La guérisseuse ne se retourna en l'entendant approcher qu'au dernier moment.

La violence de la gifle la projeta au sol. Sa tête s'écrasa dans le sable, à quelques pouces d'une pierre.

— Tu as lâché Gamo, salope ! lança la veuve d'un ton mêlant colère et désespoir.

Sara ne se releva pas tout de suite alors que Némï, le visage déformé par la rage, lui crachait dessus et qu'Alek bondissait, l'épée déjà à moitié dégainée. Ce fut Egan qui courut s'intercaler entre eux avant que la dispute ne tourne au drame.

— Arrêtez ! cria-t-il d'une voix que l'adolescent aurait voulu plus assurée.

Alek se stoppa dans son geste, tandis que la veuve continuait de mépriser de tout son être la guérisseuse, toujours allongée au sol. Celle-ci releva la tête, à moitié couverte de sable, un filet de sang coulant de sa lèvre fendue.

Les deux femmes se dévisagèrent pendant quelques secondes d'un regard d'une noirceur absolue, toutes deux folles de colère. Sara dut se contenir pour ne pas bondir et la frapper à son tour. Au lieu de cela elle se releva lentement, en essuyant de sa manche le sang qui coulait le long de sa gorge. Mais Némï n'en démordait pas.

— Sois maudite Sara, cracha-t-elle comme si le diable en personne se tenait face à elle. Je tenais à Gamo !

— On tenait TOUS à Gamo ! rugit Pol en se dressant d'un bond. Si tu continues avec tes conneries, c'est moi qui t'en colle une ! Et je peux te dire que tu te relèveras pas tout de suite !

Il n'aurait pas hésité un seul instant. Mais son visage dégoulinait de sang, un éclat de roche toujours enfoncé dans la joue. Sa tunique s'imbibait de pourpre à vue d'œil. Dès qu'elle vit sa blessure Sara se précipita sur lui, coupant court à toute réponse cinglante de Némï. La guérisseuse l'écarta de son esprit le temps des soins, désormais tout entière tournée vers Pol.

La jeune femme le fit s'asseoir et, après avoir récupéré sa sacoche contenant son matériel, entreprit d'enlever le morceau profondément ancré dans la chair. Le visage de Pol se tordit de douleur, mais resta silencieux. Puis elle nettoya la plaie du sable qui avait pu s'y glisser, avant de poser des points de suture. Quelques minutes plus tard, elle recouvrait la blessure d'une compresse. Pol en garderait une cicatrice disgracieuse.

— Tu me trouves comment maintenant ? osa-t-il pour détendre l'atmosphère délétère.

Sara ne releva même pas la tête.

Pendant ce temps, Némï s'était effondrée de l'autre côté du monolithe, le corps secoué de violents sanglots. Elle avait hurlé ne vouloir voir personne. Les autres sillonneurs restaient donc immobiles et silencieux, chacun faisant au fond de lui le deuil de leur ami. Rolon aussi avait pris ses distances avec le reste du groupe et ruminait l'altercation. Il reprenait peu à peu possession de ses moyens, évacuant tant bien que mal sa colère, qu'il avait voulu déverser tout entière sur la première personne venue. Sara avait été la cible parfaite pour sa rage, et elle en avait subi les conséquences. Heureusement qu'Alek, Egan et Pol s'étaient interposés, car le vieux guerrier ne savait pas jusqu'où la dispute aurait pu basculer sinon…

Au fond, Rolon s'en voulait surtout de ne pas avoir pu protéger Gamo. C'était le premier compagnon qu'il perdait depuis que les sillonneurs avaient quitté Niu-Jok. Le vieux guerrier avait toujours su que la route jusqu'aux Ruines serait aussi longue que dangereuse, et pensait être prêt à voir mourir quelqu'un avant de les atteindre. Mais il se trompait. Une douleur terrible, qu'il n'avait connue que lorsque sa femme et Jez avaient péri, lui déchirait le cœur. Rolon attendit que ses larmes soient à jamais refoulées avant de revenir vers le groupe.

Les sillonneurs n'avaient pas bougé d'un iota, toujours prostrés dans leur tristesse.

— Il faut que l'on creuse une tombe pour Gamo, dit Fao. Que son esprit ait un endroit où aller.

Ses interventions frappaient par leur rareté, mais s'avéraient chaque fois pertinentes et empreintes de sagesse. Rolon approuva d'un hochement de la tête. Jona et Fao s'y attelèrent, à l'endroit même où leur ami avait été emporté. Pol voulut les aider, mais Sara lui intima de rester assis. Pendant ce temps Seff partit calmer les kvals, encore attachés et frémissants de peur. Il murmura à l'oreille de chacun d'entre eux des paroles sincères et apaisantes, en les caressant jusqu'à ce qu'ils cessent de trembler.

Soudain Némï surgit, des sillons de larmes courant le long de ses joues couvertes de poussière. Elle arracha sans ménagement les pelles des mains de Fao et Jona.

— Lâchez ça ! C'est à moi de le faire ! Vous entendez ? À moi !

Les deux sillonneurs reculèrent sous les cris hystériques de la femme, surpris par sa brusque détermination. La veuve commença alors à pelleter, seule, avec entêtement. Plusieurs fois les autres tentèrent de l'aider, ou de juste lui expliquer qu'il n'y avait pas vraiment besoin de creuser, que ce n'était qu'une tombe symbolique en l'absence de corps, néanmoins elle refusait d'entendre raison et leur hurlait dessus en les menaçant de ses poings.

Mais Némï n'avançait pas. Le sol se révélait rocailleux une fois passée la première couche de sable, et la pelle heurtait sans cesse une nouvelle pierre. La femme continuait pourtant, inlassablement, essayant en vain de se défaire du désespoir qui l'habitait, de l'emprisonner au fond de la tombe. Les sillonneurs déplièrent leurs couchages au moment où ils comprirent qu'elle ne comptait pas être arrêtée par l'obscurité.

— Arrête, regarde tes mains ! voulut la raisonner Sara alors que sang, larmes et sable se mêlaient aux pieds de la veuve en une tristesse infinie.

Le regard que lança Némï à cet instant, la jeune femme ne l'oublierait jamais de sa vie. Il contenait à la fois une haine d'une noirceur effrayante et une souffrance insondable. La veuve venait de tout perdre, et ne s'en remettrait jamais.

Sara se dépêcha de rejoindre son couchage près d'Alek avant que Némï ne lui saute à la gorge. Hélas le sommeil tarda cruellement à venir, tandis que le tsunami de vent tourbillonnait encore dans son esprit. Cris étouffés, flashs de lumière et secousses assourdissantes formaient alors un maelström cauchemardesque dont elle ne parvenait pas à se défaire. Il lui était impossible d'effacer cette journée de sa mémoire et de s'abandonner à la nuit.

Le jour n'allait pas tarder à se lever quand elle parvint enfin à s'endormir, au rythme des coups de pelle contre la roche.

Némï ne s'écroula qu'à l'aube, une fois la tombe achevée. Le trou était aussi petit que sa tristesse profonde. Egan aurait à peine tenu dedans. Mais la femme avait réalisé ce qu'elle estimait de son devoir intime. La lame de la pelle était tordue à force de cogner contre la pierre, et les mains de la femme, atrocement mutilées, rappelaient les brûlures de Jona.

Seff plaça au fond du trou une tunique de Gamo trouvée dans la besace du défunt. Il ne restait rien de plus du soldat. Puis la tombe fut rebouchée, faute de corps.

Egan releva la veuve et la soutint pour qu'elle ne s'écroule pas de fatigue, tandis que les autres se plaçaient en cercle autour du monticule. Rolon brisa le silence et prononça d'une voix solennelle, en regardant un à un les sillonneurs dans les yeux :

— Je crois que Dlaah veut nous tester en nous infligeant pareilles épreuves. Il détermine si nous sommes dignes, dignes d'atteindre les Ruines et d'y construire notre foyer. Je prends cela comme un signe, malgré tout le chagrin que cela implique. Son interprétation est simple : notre direction est la bonne ! Je ne serais hélas pas étonné de voir les obstacles se multiplier à mesure que nous approcherons. Il nous faudra rester forts et unis, si nous voulons garder le cap jusqu'à notre destination finale.

Il baissa alors la tête vers la tombe et murmura à Gamo :

— Repose-toi désormais. Tu l'as bien mérité.

Puis Rolon marcha d'un pas décidé jusqu'à son kval avant de remonter en selle, son esprit de nouveau dirigé tout droit vers les Ruines. Son rôle de chef l'obligeait à laisser de côté les émotions qui pourraient lui nuire, pour ne pas risquer de perdre de vue son objectif.

Egan demeura quelques instants de plus les yeux rivés sur la tombe que le vent commençait déjà à effacer, laissant remonter à la surface des souvenirs qu'il conservait d'habitude enfouis au fond de lui. Il avait très peu connu Gamo par rapport à sa mère, et pourtant cette mort, d'une brutalité et d'une brièveté horrifiante, semblait l'affecter encore plus. Bien qu'Egan ne possédât pas encore l'expérience et l'assurance des autres, il faisait sans l'ombre d'un doute désormais partie des sillonneurs et comme eux venait de perdre un compagnon. Il se promit de ne jamais oublier Gamo, lui et son caractère, de ses remarques vulgaires à ses blagues hasardeuses, en passant par son dévouement pour le groupe et sa femme.

Némï monta avec peine sur sa monture. Ses blessures aux mains la handicapaient gravement. Elle insista néanmoins pour tenir la longe du kval de son défunt mari, alors que la file de cavaliers reprenait sa route. Ses yeux blâmaient sans discontinuer Sara.

La blâmaient d'un regard noir.

Chapitre 13

Un silence pesant régnait désormais au sein du groupe. Le moral était au plus bas depuis leur départ de Niu-Jok, et tout le monde subissait l'ambiance délétère. Les sillonneurs ne mangeaient maintenant plus ensemble, mais par petits groupes d'affinité. La source du mal qui rongeait les cavaliers provenait selon Rolon de Némï. Celle-ci n'avait pas prononcé plus de trois phrases depuis la mort de Gamo, et continuait à s'emmurer dans le silence. Sa simple présence empêchait ses compagnons de tourner définitivement la page, et d'enfin laisser derrière eux la perte de leur ami. Le chef des sillonneurs avait tenté de s'entretenir avec elle en la prenant à l'écart, mais le ton était très vite devenu grondant et Rolon avait rejoint le groupe en secouant la tête. Chacun avait tenté de lui parler, au cas où elle voudrait sans le dire se confier à quelqu'un en particulier, et même Fao s'était efforcé de glisser quelques mots bienveillants à la veuve.

Mais le résultat restait identique.

Les cavaliers, plutôt que de continuer vers l'ouest et risquer d'affronter un nouveau tsunami de vent, avaient obliqué au sud pendant quelques jours, le temps de franchir plusieurs mouvements de terrain, avant de reprendre leur progression plein ouest.

Jona chevauchait désormais le kval de Gamo, afin de préserver le sien qui subissait encore les séquelles de ses brûlures. Il n'avait pas été simple de faire entendre raison à Némï et de lui faire lâcher la longe qu'elle semblait prête à protéger de sa vie, comme si la monture la reliait tout droit à l'âme de Gamo. Une violente crise l'avait saisie sans crier gare, griffant et mordant de toutes ses forces les sillonneurs qui tentaient de la calmer. Ils avaient dû la saisir à quatre pour l'immobiliser le temps qu'elle se calme. Et une fois que Némï avait cessé de se débattre avec frénésie, elle n'avait fait que se réfugier plus profondément encore dans le silence.

Les cavaliers se retrouvèrent alors dans une steppe où l'herbe atteignait leurs épaules alors qu'ils chevauchaient pourtant leurs grandes montures. Seuls quelques maigres arbres sans feuille dépassaient de la surface ondulante que formaient les hautes herbes sous le souffle du vent. Les sillonneurs s'engouffrèrent dans la steppe le long d'un petit sentier qui serait sans doute effacé dans moins d'une année. Heureusement qu'ils ne progressaient pas à pied, car déceler le moindre animal à plus de trois mètres d'eux aurait été impossible. Alek n'osait même pas imaginer le nombre de créatures que devait renfermer cet océan vert, pourtant si paisible d'apparence. Il se sentait de plus en plus vulnérable à mesure que le groupe s'enfonçait au cœur de la steppe.

— Est-ce que ce sont les Ruines qu'on voit là-bas ? demanda candidement Egan en pointant le doigt vers l'horizon.

En effet il pouvait apercevoir au loin des formes sombres et irrégulières qui surplombaient les hautes herbes. Rolon eut un bref rire ironique.

— Pas du tout gamin, c'est qu'une chaîne de montagnes en plus à traverser… soupira-t-il avec un soupçon de sarcasme.

La conversation s'arrêta aussitôt, les cavaliers comprenant avec amertume que le voyage serait encore long et les obstacles nombreux.

Alors que le mince sentier qu'ils suivaient formait une courbe, les sillonneurs tombèrent nez à nez avec une vieille construction de bois. Le fait qu'elle puisse encore tenir debout tenait du miracle. La cabane ne possédait presque plus de toit, à peine quelques planches moisies et clouées en travers qui faisaient office de charpente. Un de ses murs avait mystérieusement disparu et le trou béant n'avait pas été comblé. La masure survivait depuis de nombreuses années, mais le temps et les hautes herbes auraient bientôt raison de sa ténacité.

« Quel architecte fou a bien pu décider de construire en pareil endroit ? » s'interrogea Orelo en contemplant la steppe alentour, aussi impénétrable qu'angoissante.

Devant la cau abane se tenait un vieil homme, qui protégeait d'un bras paternel deux adolescents restés en retrait. Il ne devait pas avoir plus de cinquante ans et pourtant ses traits contenaient toute la fatigue du monde, alors que ses cheveux déjà d'un blanc de neige commençaient à se clairsemer. D'énormes poches sous les yeux indiquaient qu'il manquait cruellement de sommeil, et ses joues pendantes qu'il ne mangeait pas à sa faim. De nombreuses blessures parsemaient son corps voûté : d'anciens bleus sur ses jambes peinaient à disparaître, et de multiples entailles légères recouvraient le haut de son corps, certaines sur le point de se remettre à saigner. L'homme portait des haillons et ne possédait pas d'arme, juste un bout de bois pour l'aider à marcher sur une jambe boiteuse.

Derrière, les deux adolescents qui devaient être ses enfants n'avaient pas encore vingt ans. Le garçon comme la fille étaient aussi maigres que leur père, quoique plus robustes. Ils avaient depuis longtemps, peut-être même toujours, l'habitude de manger peu. Leurs corps recouverts de poussière révélaient que leur dernière toilette remontait à de nombreux jours. Ils marchaient pieds nus, ne possédant même pas de sandale. De plus, un bandage de fortune recouvrait la cheville droite de la fille. Il devint aussitôt évident aux yeux des sillonneurs que le trio voyageait depuis des mois dans des conditions précaires. Leurs regards emplis de haine à l'égard des cavaliers prouvaient une furieuse envie de vivre.

Aucun des trois n'avait eu le temps de se cacher dans la cabane à l'approche du groupe. Le vieil homme tomba à genoux aux pieds du kval de Rolon, aussi rapidement que lui permettait sa jambe blessée.

— Pitié, pitié… implora-t-il d'une voix tremblante. Nous ne sommes que de pauvres voyageurs, nous ne possédons rien. Nous ne demandons que la vie.

Le chef des sillonneurs sauta du haut de sa selle avant de prendre l'homme par les épaules, et de le relever pour le regarder droit dans les yeux. Le voyageur tremblait de peur.

— Je vous en sup…

— On ne vous veut aucun mal, le coupa Rolon en souriant avec bienveillance. Nous ne sommes pas des pillards, seulement des voyageurs, comme vous.

Le visage du vieil homme se figea, se demandant si ces hommes en armes ne seraient pas en train de lui jouer un mauvais tour, avant de soudain s'illuminer. L'espace d'un instant, la joie le rajeunit de plusieurs dizaines d'années.

— Dlaah merci… souffla-t-il de soulagement. Avec vos kvals et toutes ces armes, comprenez, j'ai bien cru notre dernière heure arrivée, à mes enfants et moi.

Ceux-là restaient muets, dans les bras l'un de l'autre près de la porte vacillante du cabanon.

— Rentrons donc, déclara Rolon en désignant ce dernier. Je sens que le voyage a été long pour tous, et qu'un peu de repos ne fera pas de mal.

— Et le chemin sera encore là demain ! plaisanta Pol en sautant de sa selle.

— Ma femme, leur mère, nous a quittés il y a maintenant plusieurs années de cela. Le Mal… À l'époque déjà on ne vivait qu'entre nous. Je n'ai jamais fait assez confiance aux autres groupes pour rester plus de quelques jours avec eux. Quand Ama a disparu, on s'est retrouvés plus que tous les trois. Sans elle j'étais perdu, je ne savais pas quoi faire. J'ai même pensé mettre fin à mes jours, mais j'y ai renoncé, en pensant à mes enfants. Ils s'appellent Mak et Zia. Vous ne devriez pas beaucoup les entendre, on parle déjà très peu entre nous, et s'il y a bien quelque chose que je leur ai transmis, c'est la peur des étrangers. Il faut dire que rares sont ceux qui ne nous veulent pas de mal. Et on peut dire que vous nous avez fait forte impression en apparaissant comme par magie du haut de vos kvals !

Le vieil homme s'interrompit quelques instants, le temps de boire quelques gorgées à la gourde que Rolon lui tendait. Tout le monde n'avait pas pu rentrer dans la cabane, aussi Jona, Fao et Seff étaient restés dehors pour s'occuper des kvals en les libérant de leurs selles. Les montures en profitèrent pour s'éloigner un peu, sans toutefois disparaître de la vue des cavaliers. Les bêtes finissaient toujours par revenir, car elles se savaient dépendantes des hommes qui les chevauchaient, en particulier alors que la steppe les entourait, silencieuse mais inquiétante.

Némï disparut sans prévenir à travers le rideau d'herbe, faisant fi de toute notion de sécurité élémentaire. Une créature lui aurait sautée dessus pour la dévorer que les autres ne l'auraient même pas entendue.

— Du coup on a survécu comme on pouvait, reprit le vieil homme, ravi d'être écouté avec attention. Et puis un jour un sillonneur nous a trouvés. J'ignore comment il a réussi à nous repérer, caché comme on était au fin fond d'une tourbière. Ce gars devait avoir un sixième sens pour détecter les personnes sans défense comme nous…

Alek et Pol sourirent à l'évocation d'un autre sillonneur. Tous leurs voyages à travers le monde leur revinrent en tête, alors que le vieil homme décrivait son sauveur. Il fallait en effet être un excellent pisteur pour parvenir à débusquer des voyageurs dans le besoin, qui se cachaient de peur d'être attrapés par des pillards. Alek s'était une fois rendu jusqu'au fond d'une grotte perdue dans la montagne pour découvrir un groupe de dix individus, dont il suivait les traces depuis deux jours.

— Il nous a parlé d'une ville, continua l'homme avec entrain. Je ne sais plus comment il l'appelait. Niu… Niu quelque chose… Niu-Jok ! Oui c'est ça, Niu-Jok.

Soudain Rolon releva la tête, son regard brillant d'intérêt.

— Il nous a expliqué comment nous y rendre, en nous promettant que l'on y serait très bien accueilli. Là-bas, plus de bête sauvage, plus de tempête alors que l'on dort dehors, et surtout, plus de pillards ! Il a parlé d'un certain Jez, qui souhaitait rassembler le plus d'hommes possible autour de lui, afin de les unir comme ils l'étaient avant la disparition des Anciens.

Rolon secouait peu à peu la tête, mais le vieil homme reprit sans le remarquer :

— Ensuite le sillonneur a poursuit son chemin, à la recherche d'autres groupes. Depuis c'est là-bas que nous nous rendons !

Le vieux guerrier secouait la tête avec une sévérité grandissante.

— Ça fait combien de temps que vous vous dirigez vers Niu-Jok ? demanda-t-il en redoutant la réponse.

— Hum… On prend notre temps, vous savez. Il est arrivé qu'on se perde, d'autres fois qu'on fasse quelques détours. Je ne sais même plus si on avance toujours dans la bonne direction… En somme, on traîne. Et puis mes jambes ne me portent plus comme avant. Je m'en suis cassé une et malheureusement elle a mal guéri… Bref, ça doit faire… un an environ.

Les sillonneurs réalisèrent que le trio poursuivait depuis longtemps un rêve qui n'existait plus. Depuis très longtemps. Rolon se devait de leur annoncer, mais retardait l'échéance autant qu'il le pouvait. Après de longues secondes d'un silence embarrassé, les regards insistants de ses compagnons eurent cependant raison de lui.

— Niu-Jok a été détruite, avoua-t-il sans détour. Je suis désolé de vous dire cela de la sorte, mais c'est la vérité.

— Que… Mais… Comment ça ?

Le visage du voyageur avait brusquement pâli.

— Jez est mort et la ville n'a pas survécu aux conflits de succession, expliqua Rolon d'un ton plus froid qu'il l'aurait souhaité. Vous ne trouverez là-bas que des bâtiments détruits et quelques survivants qui refusent de partir. Ils refusent de partir parce qu'ils n'ont pas le courage d'admettre qu'il n'y a plus aucun espoir là-bas.

Le vieil homme ferma alors les yeux et pencha la tête en arrière. Il resta ainsi pendant plus d'une minute, encaissant le choc de la nouvelle. Sa vie prenait encore une nouvelle direction, hélas vers l'inconnu. L'homme rouvrit les yeux. Sa voix avait perdu toute la joie qu'elle contenait depuis la rencontre avec les sillonneurs.

— Bien… souffla-t-il, indécis.

— Qu'est-ce que vous comptez faire désormais ? demanda Alek, navré de le voir aussi soudainement privé de but.

Sara lui lança un regard noir tant la question frappait par son indélicatesse. Pourtant l'homme ne tarda pas à répondre, l'ombre d'un sourire nerveux sur les lèvres.

— Je ne sais pas encore, je vais prendre le temps d'y réfléchir. Mais au fond, on a de la chance d'être tombés sur vous. Aller jusqu'à Niu-Jok pour se rendre compte que la ville n'existe plus… Cela aurait été terrible… Je n'ose même pas y penser… Après tout, si on veut relativiser, ce n'est qu'un problème de plus à résoudre. On trouvera bien une solution n'est-ce pas ?

Il releva les yeux un bref instant vers les sillonneurs, sans attendre de réponse toutefois.

— Bon, assez parlé de moi et de mes malheurs. Vous, qui n'êtes pas des pillards sans âme, vers où mène donc votre chemin ?

— Les Ruines, répondit aussitôt Rolon.

Le visage du vieil homme s'assombrit à nouveau.

— Si elles existent, il n'y a aucun espoir là-bas, dit-il mélancoliquement. Je…

— Elles existent, trancha le vieux guerrier avec la même efficacité qu'un sabre.

— Qu'est-ce qui vous fait dire ça ? demanda l'homme, surpris par la certitude de son interlocuteur. Vous les avez déjà vues ? Les légendes racontent qu'elles sont impressionnantes à en couper le souffle.

— Non, je ne les ai jamais vues. Mais elles existent, nul besoin d'en douter. Et elles n'attendent qu'un groupe assez courageux pour les atteindre et les habiter.

— Vous semblez tellement sûrs de vous, ça fait froid dans le dos… dit le vieil homme en mimant un frisson amusé. Vous ne remettez donc jamais votre objectif en question ? Pas même lorsque le désespoir s'abat sur vous avec le poids d'un rocher et que la Mort se profile à l'horizon ?

— Un chef se doit de garder le cap quoi qu'il en coûte, même au beau milieu de la tempête, répondit Rolon en voyant du coin de l'œil le sourire d'Orelo face aux images qui se multipliaient. Cela fait longtemps que la direction a été choisie, et jamais elle ne changera.

— Jamais ?

— Jamais.

Le regard que posait le sillonneur sur son interlocuteur le toisait avec une intensité à peine soutenable. Si ses yeux avaient été des couteaux, le vieil homme serait gisant au sol dans une mare de sang, poignardé de toutes parts. Le voyageur comprit ainsi qu'il lui était inutile d'imaginer faire changer l'homme d'avis sur ce sujet.

— Vous ne semblez pas manquer de courage, j'en conviens, admit le vieil homme, qui observait un à un les sillonneurs, en bien meilleure santé que lui. Si nous parlons des Ruines, alors il faut que je vous raconte une histoire L'histoire d'une rencontre très étrange…

Orelo se pencha vers le voyageur sans même s'en rendre compte, la plume rouge de son chapeau de paille soudain dressée, tout aussi attentive.

— C'était il y a cinq ans environ, ma femme vivait encore. Nous traversions une forêt extrêmement dense. Après une journée entière passée à tailler notre chemin à travers les ronces et les taillis, nous sommes enfin tombés sur une clairière où nous allions pouvoir passer la nuit. Et il était là, debout sur une souche, en train de parler. Seul. Après coup, on l'a appelé le Fou…

Chapitre 14

— … pourfendre le cœur. Tu aurais dû pourfendre le cœur…

Jak s'approcha avec précaution de l'homme qui lui tournait le dos, gardant sa femme et ses deux enfants derrière lui. L'inconnu ne les avait pas encore entendus. Le vieil homme leva son gourdin, au cas où l'inconnu s'avérerait hostile.

— Qu'est-ce que tu peux être bête parfois… poursuivait l'homme en s'adressant à un interlocuteur caché, ou bien imaginaire. Pourquoi est-ce que tu essayais de trancher les têtes ? Tu savais qu'elles allaient repousser, encore et encore !

— Eh toi ! lança Jak d'une voix qu'il aurait voulu plus intimidante.

Le Fou se retourna d'un bloc. Le vieil homme faillit bondir en arrière à la vue de son visage dévasté. Une large entaille aux bords irréguliers traversait une orbite vide. Du même côté que celui de son œil manquant, sa peau souffrait d'atroces brûlures, jusque derrière le crâne. Ses longs cheveux noir et gras n'en recouvraient donc qu'une partie. Pourtant il souriait, avec les rares dents jaunies qui tenaient encore dans ses gencives boursouflées. Le Fou portait un gilet de cuir caractéristique des combattants, ainsi qu'une longue cape sombre, qui tombait jusqu'au sol avec le peu d'élégance ayant survécu aux nombreuses déchirures qui la constellaient.

— On dirait que les invités viennent d'arriver, dit-il à la vue de Jak et sa famille sans marquer la moindre surprise. Si vous voulez bien me suivre, je vais vous montrer votre suite. De là-haut, vous verrez, on a une vue imprenable sur les Ruines.

Le Fou se leva et s'avança. Ce mouvement révéla une épée ainsi que de nombreux couteaux de toutes tailles et formes à sa ceinture. Le vieil homme s'apprêtait à partir en courant pour tenter de sauver sa vie, mais étonnamment l'inconnu vint seulement lui tendre la main, que Jak serra sans avoir le temps de réfléchir. Puis le Fou, avec une courtoisie véritable, fit de même à l'égard d'Ama, Mak et Zia, mettant un point d'honneur à effectuer une révérence parfaite suivie d'un baisemain aux femmes.

— Sur les Ruines ? répéta Jak, incrédule.

— Vous ne les avez pas encore vues ? Vous allez voir, elles sont magnifiques. On pourrait même s'y croire en sécurité ! Ne faites juste pas attention aux créatures que vous verrez depuis le balcon. Celles-là ne sont pas les pires.

— Vous étiez dans les Ruines ? demanda le vieil homme, qui tentait de comprendre les propos de son interlocuteur, savoir s'il parlait d'un moment présent ou passé.

— Si j'étais dans les Ruines ? s'étonna le Fou, comme si la question relevait du stupide et sa réponse de l'évidence. Laissez-moi rire… Les Ruines sont ma maison ! Je m'en suis juste éloigné quelque temps. Des vacances, vous comprenez… Il faut dire que les voisins ne sont pas toujours faciles à vivre. Regardez ce qu'ils m'ont fait !

L'homme désigna du doigt son orbite vide, ce qui décupla le malaise de Jak. Son unique œil bougeait en permanence, passait d'un point à un autre et ne marquait chaque fois qu'un bref arrêt, le temps de cligner, comme s'il était animé d'une volonté propre.

Le vieil homme voulut se retourner et sans un mot de plus quitter la clairière, mais le Fou lui saisit le bras d'une main gantée de noir.

Sa poigne se révéla ferme.

Très ferme.

— Attendez ! Restez un peu ! Nous n'avons même pas discuté. Nous pourrions partager un repas, faire connaissance. La nuit ne va pas tarder, et je suis mort de faim !

Jak resta immobile quelques instants, sans savoir comment réagir face à ce singulier personnage, qui ne semblait toutefois pas nourrir de mauvaises intentions. Les yeux du vieil homme se posèrent un instant sur le gant noir, mais il ne tenta pas d'imaginer les chairs dévastées qui se cachaient dessous. Alors il interrogea du regard sa femme, qui perplexe haussa les épaules, et choisit de suivre l'inconnu vers ses maigres possessions posées un peu plus loin.

— La nuit a été longue ce jour-là. Le Fou parlait en permanence et j'arrivais tout juste à glisser quelques mots. De toute façon il ne répondait pas à mes questions, ou alors de façon trop étrange pour être compris. Le Fou nous décrivait les créatures qu'il avait vues, voire combattues. C'était de la pure folie, un bestiaire digne des enfers ! Il évoquait des créatures tentaculaires capables de voler, des kiens à trois têtes crachant du feu, des bêtes difformes aussi grosses que des montagnes… J'ai essayé de faire le tri parmi ses paroles, de séparer la réalité de l'imaginaire… Je vais vous dire ce qui m'a semblé le plus crédible. Les Ruines ressembleraient à une gigantesque forteresse, qui s'étendrait jusqu'à l'horizon. Il faudrait plusieurs jours pour les traverser à pied. Certaines de ses tours seraient si hautes que leurs sommets se perdraient dans les nuages. Mais surtout, d'effroyables créatures, elles-mêmes possédées par les esprits des Anciens, y auraient élu domicile. Le Fou disait avoir passé beaucoup de temps dans les Ruines, mais il n'avait clairement plus toute sa tête. Je ne sais pas s'il les a vraiment découvertes, ou s'il n'a pas juste tout inventé dans sa folie.

Les sillonneurs écoutaient avec attention le récit de Jak, tandis qu'un sentiment étrange les envahissait. Peut-être que le Fou n'était pas aussi fou qu'il en avait l'air, et que les Ruines existaient bel et bien, contrairement à ce que tout le monde croyait. Mais si des créatures sanguinaires l'habitaient bel et bien ? S'y rendre en valait-il encore la peine ?

— Je vais vous poser une question, continua le vieil homme sur le ton du défi. Que les Ruines existent ou pas, qu'elles soient vides ou remplies de bêtes féroces, comment cet endroit pourrait être sûr alors que même les Anciens, avec leur technologie et leurs savoir-faire, n'ont pas survécu là-bas ? Ce lieu doit être maudit, et leurs esprits tourmentés encore en train de rôder dans les rues à la recherche d'hôtes à hanter…

— Je ne crois pas aux fantômes, répliqua Rolon. Si personne ne croit en l'existence des Ruines, et donc que personne ne les cherche, alors c'est l'endroit le plus sûr au monde.

— Mais que cherchez-vous à la fin, pour être prêt à affronter un tel périple ?

— La sécurité. Un sanctuaire épargné de tout danger, où il est possible chaque nuit de dormir sur ses deux oreilles. Nous avons réussi à Niu-Jok, pendant un temps. Et peut-être qu'une fois installés là-bas, qui sait, nous pourrions reprendre le flambeau de Jez…

— Une tâche honorable, mais c'est à mon humble avis impossible. La nature humaine n'est plus à l'entraide. Elle est à la survie. La chute de Niu-Jok n'en est qu'une preuve de plus…

— J'ai peur que tu aies raison. Aujourd'hui l'homme ne vit plus, il ne fait que survivre à chaque nouveau jour qui se lève, admit Rolon. Le monde même nous est hostile, et pourtant nous nous entre-tuons. Mais un jour il faudra bien quelqu'un ou quelque chose pour briser ce cercle vicieux de violences. Sinon nous courons à notre perte.

Le vieil homme ne semblait pas convaincu. Selon lui il était déjà trop tard, le mal devenu incurable, trop profondément ancré dans la chair des hommes.

— Messieurs… et madame, commença-t-il en se rappelant la présence de Sara. Je me fais vieux, et la journée a été longue. J'espère sincèrement que vous réussirez ce grand défi dans lequel vous vous êtes lancés, mais je doute être encore en vie le jour où vous y parviendrez. Vous m'avez l'air sains d'esprit, vous, et je ne doute pas que votre décision d'atteindre les Ruines à tout prix ait été mûrement réfléchie. En soi ça m'importe peu que vous alliez au nord, au sud, à l'ouest, à l'est… Nous ne nous reverrons sans doute jamais.

Un bref sourire éclaira le visage de Rolon.

— Je suppose qu'il n'est donc pas nécessaire de te proposer de vous joindre à nous ?

— Ce n'est pas nécessaire, en effet, dit Jak en souriant à son tour. J'ai l'impression qu'il ne nous reste maintenant plus qu'à partager le repas, une bonne nuit de sommeil, et à nous dire adieu demain matin, quand nos chemins se sépareront.

Après cette conversation ils ne bavardèrent plus que de choses sans importance, autour d'un liévr que Fao venait de cueillir d'une flèche. Le chef des sillonneurs aurait voulu continuer à parler des Ruines, prévoir le voyage jusqu'à elles, se préparer aux difficultés qu'ils devraient affronter, mais il avait bien compris que Jak ne souhaitait plus aborder le sujet.

Sara soigna le pied de Zia, qui s'était tordu la cheville entre deux blocs de pierre, alors qu'elle descendait des montagnes aperçues par les sillonneurs plus tôt dans la journée. La guérisseuse lui confectionna une attelle en lui conseillant de ne pas trop s'appuyer sur son pied le plus longtemps possible. Zia ne prononça pas le moindre mot, hocha à peine la tête et ne la remercia même pas. Elle retourna se blottir dans les bras de son frère aussitôt les soins finis. Un goût amer s'immisça dans la bouche de la jeune femme, qui n'avait jamais connu une telle indifférence de la part d'un blessé.

Du même âge que les deux jumeaux, Egan tenta à son tour de leur parler, mais il fut accueilli avec tout autant de froideur que Sara. À peine parvint-il à leur soutirer un regard. Déçu par leur réaction, l'adolescent s'empressa de rejoindre dans la cabane les sillonneurs, beaucoup plus bavards.

Puis chacun formula de son côté une prière silencieuse à Dlaah, avant de s'endormir sur le plancher de la vieille masure.

Némï n'était toujours pas revenue.

Chapitre 15

Alek était solidement ligoté, incapable du moindre mouvement. La chaleur des flammes qui lui léchaient le dos dans des gémissements de douleur le forçait à se plaquer contre les barreaux brûlants de la cage le retenant prisonnier. La souffrance devenait si forte qu'il crut ses joues en train de fondre sous l'effet de la fournaise. Le corps supplicié comme dans un étau, Alek se rendit alors compte que la prison était constituée d'ossements humains, des morceaux de chair sanglante encore accrochés dessus.

À quelques mètres de lui, mais de l'autre côté de la cage, Sara se faisait agresser par des dizaines d'individus au visage animé par la folie. Le torse nu couvert de peintures guerrières rouges sur lesquelles se reflétaient les flammes dansantes du brasier, ils s'amusaient à jouer avec la jeune femme, lui laissant croire qu'elle avait une chance de s'échapper du cercle qui ne cessait de rétrécir tout autour d'elle. À la façon dont leurs ornements tribaux semblaient couler, Alek se demanda si le rouge sur leurs corps n'était pas du véritable sang, avant de soudain apercevoir l'éclat d'une lame dans la main d'un des hommes.

Le sillonneur voulut hurler de toutes ses forces pour alerter sa compagne, mais son cri ne dépassa jamais le bord de ses lèvres.

Celles-ci avaient été cousues d'un épais fil blanc, qui transperçait sa peau en lui causant d'effroyables souffrances.

Incapable de l'avertir, il vit impuissant le long poignard se planter jusqu'à la garde dans le ventre de Sara. Alek frémit à la vue du corps se pliant en deux sous le choc. Il ressentait tout autant la douleur qu'elle. Aussitôt un autre individu armé s'approcha, et enfonça son couteau entre les omoplates de la jeune femme.

Puis un troisième, qui planta sa lame dans une des cuisses.

Sara se retrouva bientôt submergée sous les coups qui pleuvaient de toutes parts, incapable de les éviter. Alors qu'elle venait à peine de rendre son dernier souffle, les hommes, penchés autour du corps comme des vôtourrs sur un cadavre, se mirent à la dévorer sans la moindre hésitation, mordant dans la chair fraîche à pleines dents.

Après une attente interminable durant laquelle Alek aurait préféré se trancher la gorge plutôt que d'assister à ce spectacle macabre, les barbares finirent par s'écarter. Il ne restait de Sara plus que des ossements sanglants, rongés jusqu'à la moelle.

Les individus se tournèrent alors vers le jeune homme. Des crocs de bêtes démoniaques dépassaient de leurs lèvres couvertes de sang. Ils se jetèrent sur lui…

Alek se réveille en sursaut.

Ce fut au petit matin, alors que le jeune homme brossait avec soin la croupe de Zef, que réapparut Némï, pleine de nonchalance, comme si l'idée que les sillonneurs aient pu s'inquiéter pour elle lui paraissait invraisemblable. La veuve ne prononça même pas un mot en passant devant Rolon pour aller chercher de quoi manger dans sa sacoche. Le chef hésita alors entre lui faire comprendre avec sévérité qu'elle devait sans plus tarder changer d'attitude, pour le bien du groupe, ou se taire, et la laisser passer pour éviter de déclencher une nouvelle crise.

Il ne lui fallut qu'une seconde pour se décider.

Rolon saisit fermement le bras de la femme, l'empêchant d'aller plus loin. Némï lui décocha aussitôt un regard noir. Celui-ci n'aurait pas été différent pour un étranger en travers de son chemin.

— Tu étais où ? demanda le vieux guerrier sans une once de gentillesse.

— Lâche-moi.

Au contraire, Rolon affermit sa prise sur le bras de la femme.

— Tu étais où ? répéta-t-il.

— Lâche-moi ! Tu me fais mal !

— Ça suffit Némï ! Tu ne te rends pas compte qu'à cause de toi tout le groupe n'avance plus ? On est tous tristes d'avoir perdu Gamo, moi le premier, mais il faut que tu passes à autre chose !

— Tu voudrais que je l'oublie ? hurla la veuve, des larmes perlant au coin de ses yeux.

Les traits du sillonneur s'adoucirent d'un iota.

— Non, tu ne dois surtout pas l'oublier, tempéra-t-il d'une voix plus conciliante. Mais parvenir à vivre avec.

— C'est facile à dire, pour toi il n'a jamais été qu'un soldat parmi d'autres, un homme de main de plus venu grossir ta troupe, cracha-t-elle avec plus de venin qu'une viperr.

La gifle fut si rapide que Némï ne la vit même pas venir. Sa tête partit en arrière sous la violence du coup.

— Si tu redis quelque chose comme ça, je t'arrache la langue ! rugit Rolon avec le poing levé. Allez, tous en selle, avant que je m'énerve pour de bon !

Il bondit sur son kval, le sang bouillonnant dans ses veines, tandis que Némï, la tête basse et la joue rougie, montait avec lenteur sur le sien en queue de colonne. Rolon s'adressa ensuite au vieil homme, en tentant de retrouver son calme :

— Adieu. Que la chance soit avec vous.

— Que Dlaah vous protège, ajouta pieusement Pol.

— Merci. J'espère de tout mon cœur que vous parviendrez à les trouver.

Jak leur adressa un signe chaleureux de la main, debout devant la cabane avec ses deux enfants, tandis que les cavaliers s'éloignaient. Le trio avait prévu de rester encore un jour ou deux sur place, le temps de redéfinir la direction vers laquelle il se dirigerait ensuite. Le vieil homme hésitait encore entre revenir sur ses pas et continuer vers des régions qui lui étaient inconnues.

Les sillonneurs disparurent très vite entre les hautes herbes, comme s'ils n'avaient été rien de plus qu'un rêve.

Chapitre 16

À peine quelques heures après leur départ, enfoncés au plus profond de l'océan vert, les sillonneurs entendirent un long hurlement animal au loin. Sur leur droite. Ils s'interrogèrent aussitôt du regard, mais personne ne sut deviner de quelle bête il s'agissait. Puis un nouveau hurlement retentit. Sur leur gauche. Bientôt un troisième leur répondit. Derrière eux.

— Rolon ! s'écria Alek. On va se faire encercler !

— Je sais, je sais… pesta le chef qui réfléchissait à une solution tout en dégainant son épée.

Ils ne pouvaient pas s'échapper. Les cavaliers ne le voyaient pas encore, mais ils étaient déjà encerclés. Les kvals ne pourraient pas forcer le passage et semer les bêtes qui les avaient pris pour cibles, encore moins sur leur terrain de chasse. Sans céder à la panique, les montures avaient également senti le danger et gardaient tous leurs sens en alerte, leur poil court d'instinct hérissé sur leurs muscles saillants.

— Position de combat ! hurla soudain Rolon, le regard balayant sans relâche la steppe. Orelo, Némï, Sara et Fao au centre, vous sortez les arcs. Les autres, en cercle autour d'eux ! Mettez toutes les protections que vous avez, ça risque de mordre ! Tu vas y arriver gamin ? ajouta-t-il à Egan, qui se retrouvait de façon inattendue en première ligne.

— Je… je crois, oui, balbutia-t-il en dégainant avec précaution l'épée offerte par Alek.

Les occasions où l'adolescent s'était exercé avec ne se comptaient que sur les doigts d'une main, aussi manquait-il encore cruellement de confiance au moment de s'en servir pour la première fois. Egan s'aperçut qu'il tremblait de tout son corps et que de grosses gouttes de sueur lui coulaient jusque dans les yeux. Comment les autres pouvaient donc rester aussi impassibles et sûrs d'eux face à une mort probable ?

Les cavaliers obéirent à leur chef. Ils se placèrent tout autour des archers qui avaient déjà empoigné leurs arcs et encoché une flèche, puis ils sortirent de leurs sacs des protections en bois pour les placer sur les mollets et les avant-bras, avant d'abattre à grands coups de lame l'herbe alentour, de façon à se tailler une clairière d'un diamètre de quelques dizaines de mètres. Ainsi ils ne verraient pas les bêtes surgir au dernier moment. Jona attacha les lanières de son casque à cornes sous son menton, retrouvant son apparence bestiale des combats. L'arme dégainée, les sillonneurs ne pouvaient désormais plus qu'attendre l'apparition de la meute.

Les minutes se succédèrent, sans que rien ne vienne troubler la surface de la steppe, à l'exception du vent qui faisait onduler le sommet de l'herbe. Les hurlements s'étaient tus, ce qui rendait l'attente d'autant plus angoissante. Immobiles, les sillonneurs sentaient la désagréable sueur froide du combat à venir leur couler dans le creux du dos avec une irritante lenteur. L'océan de verdure bruissait paisiblement, bientôt témoin d'un sanglant déchaînement de violence. Soudain Alek crut apercevoir une tache noire dépasser un bref instant.

Le dos recouvert de fourrure d'un lüu.

— Ils sont là, déclara le jeune homme avec gravité.

Le sillonneur réalisa avec un frisson que s'il parvenait à voir son dos au-dessus de l'herbe haute, la bête devait être sur ses pattes aussi grande qu'un homme debout… Les cavaliers comptèrent environ une dizaine de lüus, en mouvement permanent autour d'eux.

— Une meute entière, à l'exception des petits, observa Fao d'un ton glacial.

— Qu'est-ce qu'ils attendent pour nous attaquer ? demanda Pol, impatient d'en découdre.

Il peinait à rester calme du haut de sa selle, et sa nervosité menaçait de contaminer le reste du groupe.

— Chut ! intima Rolon avec fermeté. Ils attendent de trouver une ouverture…

En effet, les lüus continuaient de jouer avec les nerfs des sillonneurs, leur tournant inlassablement autour sans faire mine de vouloir déclencher l'assaut.

— Bon ! pesta Pol. Si c'est p…

Le rideau d'herbe se déchire.

Une forme noire bondit sur Pol. Par réflexe il parvient à bloquer avec son épée des griffes longues comme des couteaux. D'autres griffes se fichent dans son bouclier, le lui arrachant presque des mains. Il n'a pas le temps de riposter. La bête a déjà replongé dans la steppe.

L'action n'avait duré qu'un instant, mais Seff était parvenu à distinguer la bête. Il avait même cru que l'œil jaune à l'iris fendu s'était posé sur lui une fraction de seconde. Aussi grand qu'un kval, le lüu était recouvert d'une fourrure noire hirsute et traînait derrière lui une longue queue en mouvement permanent. Son crâne de carnassier n'inspirait que terreur et fatalité chez ses malheureuses proies. Les muscles de la bête lui accordaient à la fois la capacité de bondir en un battement de cœur et celle de soutenir de longs efforts, afin de traquer ses cibles sur d'importantes distances si nécessaire. Ses longs crocs dépassaient de sa gueule alors qu'elle était pourtant fermée. Cependant le plus impressionnant restait ses griffes. Seff ne les avait pas vues distinctement, mais à en juger par les profonds sillons sabrant le bouclier de Pol, elles devaient être gigantesques et acérées comme de véritables lames.

L'attente reprit.

— Restez attentifs, ordonna Rolon alors que son regard ne cessait de balayer la steppe. Ils nous testent.

Un nouveau lüu surgit.

Se rua sur Egan.

L'adolescent resta toutefois figé, fixant la gueule garnie de crocs qui s'apprêtait à le dévorer sans être capable de réagir…

Soudain Jona s'interposa, parvenant à repousser la bête par de grands gestes avec sa hache. Le lüu retourna aussitôt se dissimuler parmi la steppe.

L'adolescent aurait voulu remercier le colosse qui venait de lui sauver la vie, mais quand il ouvrit la bouche aucun son n'en sortit, comme si la peur avait absorbé jusqu'à sa capacité de parler. Ses jambes flageolantes martelaient douloureusement la selle sans qu'il puisse les contrôler. Egan voulut raffermir sa prise sur la poignée de son épée tout en conservant un œil attentif vers les hautes herbes, mais ses mains moites la rendaient glissante. Le sillonneur se maudit pour sa propre faiblesse.

Les assauts se succédèrent ainsi. Les lüus bondissaient sur les cavaliers sans crier garde, essayant de les prendre par surprise pour les éliminer sans leur donner la moindre chance de riposter. Heureusement les hommes, sur leur garde, réagissaient avec vivacité, et les lüus ne trouvèrent pas de faille dans leur défense. Même Egan parvint à se ressaisir et à repousser une des bêtes en improvisant une parade in extremis, avec un courage qu'il s'ignorait. Néanmoins les sillonneurs n'eurent jamais l'occasion de riposter et blesser le moindre animal.

Nouveau bruissement de l'herbe.

Sara le perçoit du coin de l'œil et décoche sa flèche par pur réflexe.

Le lüu allait arracher de ses crocs la gorge de Pol mais le trait se ficha dans son œil, atteignant presque le cerveau. La bête rugit de douleur et tenta de battre en retraite. Le jeune homme ne lui en laissa pas le temps. Il fit bondir son kval en avant pour se jeter du haut de sa selle avant qu'elle disparaisse. Son épée tenue à deux mains dans un grand cri guerrier, il la planta en travers du crâne de l'animal, le clouant au sol.

Alors que les cavaliers s'apprêtaient à féliciter Pol et lui dire de remonter au plus vite sur sa monture, les lüus lancèrent l'assaut.

La meute tout entière.

En même temps.

Ils jaillirent sur les sillonneurs qui formaient le cercle de défense dans un rugissement assourdissant, les griffes tirées et la gueule bavant de rage.

Une ombre gigantesque bondit sur Alek. Le jeune homme crut d'abord qu'il s'agissait de deux lüus, avant de comprendre que ce n'en était en fait qu'un seul, énorme. Celui-là dépassait largement la taille d'un kval. Une vieille entaille lui barrait le visage en passant par l'œil. Alek comprit à sa sombre et puissante aura que le chef de la meute se tenait devant lui.

Soudain Zef se cabra et décocha de grands coups de sabot vers la bête. Le lüu fut repoussé d'une frappe dans le crâne, mais il reprit très vite ses appuis et bondit à nouveau. Trompant la garde du kval il sauta sur Alek, toutes griffes dehors. Le jeune homme brandit son épée à deux mains devant lui, tout droit pointée vers la poitrine de la bête. Il esquiva d'un cheveu la patte qui l'aurait décapité en penchant brutalement la tête à s'en briser le cou.

Le lüu le percuta néanmoins et l'arracha de sa selle.

Rolon affrontait deux bêtes en même temps. Son kval peinait de plus en plus à les tenir en respect et une sérieuse entaille lui balafrait le poitrail. Le guerrier parvint à se pencher assez pour atteindre un des lüus à la patte de la pointe de son épée, mais le deuxième bondit en représailles sur la monture, qui se dressa dans un hennissement de peur. Surpris le cavalier lâcha la longe et fut éjecté de sa selle.

Rolon parvint cependant à se réceptionner sans se blesser, et une fois debout attaqua aussitôt la bête la plus proche. Celle-ci balança sa patte à la vitesse de l'éclair mais Rolon fut assez vif pour se plaquer au sol. Les griffes ne firent qu'effleurer son crâne. Le sillonneur profita de l'ouverture pour plonger son épée dans le flanc du lüu, l'enfonçant sans difficulté jusqu'au cœur. La bête tenta tout de même de le mordre dans un ultime effort. Heureusement le vieux guerrier s'était déjà relevé et les crocs ne mordirent que le vide. Les dernières forces de l'animal blessé à mort le quittèrent et il s'abattit au sol.

Mais le deuxième venait de passer sous le kval et bondit sur le guerrier. Celui-ci n'eut que le temps de mettre son épée devant lui pour ne pas avoir la tête arrachée. Il se retrouva par terre, le lüu au-dessus de lui et la lame entre ses crocs. La bête tenta de lui arracher l'arme des mains en secouant violemment la tête, mais Rolon tenait la poignée de toutes ses forces, les doigts blanchis par l'effort. Le lüu leva alors une patte hérissée de griffes. Le sillonneur était incapable de se défendre.

Une flèche décochée par Fao se planta dans le flanc de la bête, mais elle ne sembla même pas la sentir. Le lüu abattit sa patte.

Jona faisait aussi face à deux bêtes mais, descendu de son kval pour plus d'aisance, il parvenait à les tenir à distance. De grands mouvements avec sa hache à double tranchant empêchaient les lüus de se rapprocher, tandis les cornes de son casque les surplombant semblaient leur intimer l'ordre de fuir pour sauver leur vie. Les prédateurs montraient les crocs en grognant mais avaient compris que si la lame les atteignait, avec la vitesse à laquelle elle sifflait, ils seraient gravement blessés, voire tués sur le coup. Indécis ils attendaient pour bondir mais Jona lui n'hésitait pas à avancer, afin de les faire toujours plus reculer.

L'un des deux finit par s'élancer alors que la hache se stoppait l'espace d'un instant. Aussitôt le colosse ramena son arme de toutes ses forces devant lui avant que le lüu ne l'atteigne. La lame effilée lui traversa le crâne comme s'il n'était constitué que de vent et s'arrêta seulement une fois de l'autre côté, en une gerbe sanglante. Le corps sans vie s'écroula au sol et la deuxième bête, qui s'apprêtait aussi à attaquer, se stoppa net. Elle continua de grogner, plaquée au sol et les muscles tendus, mais avait compris qu'il lui serait impossible de vaincre cette proie-là.

Egan crut voir la Mort elle-même se diriger vers lui pour l'emporter. La bête qui bondissait le dominait de toute se taille, presque deux fois plus grosse que lui. L'adolescent brandit une épée tremblante mais le lüu le frappa violemment au sternum, projetant Egan en l'air, avant de continuer sa course. Vers les archers.

— Attention ! cria le jeune homme avant de s'écraser au sol, le souffle durement coupé.

Némï l'avait vue, la trajectoire de la bête dirigée droit vers elle. Pourtant la femme ne bougeait pas. Seul un mystérieux sourire, d'apaisement peut-être, éclairait son visage. Le lüu se rua sur elle, et la veuve ferma les yeux…

Deux traits se fichèrent entre les côtes de la bête, transperçant le cœur, bientôt suivis de deux couteaux. À la vitesse de l'éclair Fao se jeta sous elle et d'un geste aussi rapide que précis l'éventra de son long poignard. Le lüu s'écroula avant d'atteindre Némï. Le sillonneur en profita pour sauter sur le dos de l'animal, lui tirer la tête en arrière et l'égorger dans le même mouvement sans marquer la moindre hésitation. Il tint avec fermeté la bête qui se débattait en vain, le temps que la vie finisse de s'écouler par la plaie béante.

Les regards de Némï et Fao se croisèrent. Il avait tout vu de son comportement face au lüu.

Alek percuta lourdement le sol du haut de son kval. Pris en tenaille entre le sol et le chef de la meute, il sentit son dos exploser sous l'impact. Un tonnerre de douleur manqua de lui faire perdre connaissance. Les crocs du lüu ne se situaient plus qu'à quelques centimètres à peine de sa tête. Incapable de bouger ni de respirer sous la lourde masse, le sillonneur s'apprêtait à se faire arracher le visage d'un instant à l'autre. Il sentit sur son front un souffle chaud s'échapper de la gueule entrouverte, annonciateur d'une mort imminente.

Quelques secondes s'écoulèrent sans que les longs crocs se plantent dans sa gorge ni son crâne. Le jeune homme discerna alors le liquide chaud qui lui coulait sur le torse, et se demanda s'il provenait d'une de ses blessures. Mais c'était celui du lüu.

Empalé sur l'épée d'Alek, le chef de la meute venait de rendre son dernier souffle.

Rolon vit impuissant les griffes filer vers son visage.

Dans un puissant rugissement Pol percuta de l'épaule le lüu. Les griffes ne labourèrent que l'oreille de Rolon et le sol à côté.

Avec le choc l'épée de Pol s'enfonça dans la bête jusqu'à la garde. Sa pointe ressortait même de l'autre côté du corps. Le lüu se remit avec difficulté sur ses pattes mais Pol, qui avait lâché son arme, lui infligea un puissant coup de botte dans les côtes. La bête laissa échapper un hurlement de douleur avant de le dévisager d'un regard à la noirceur sans fond, promesse absolue de mort, mais sans tenter de se redresser une nouvelle fois. Elle finit après quelques secondes par s'écrouler, et sa poitrine ne se souleva bientôt plus.

Les quelques lüus survivants avaient désormais compris que le vent venait de tourner en leur défaveur, qu'ils étaient passés du statut de chasseurs à celui de proies. Ils devraient se tourner vers des créatures plus faibles pour espérer se nourrir aujourd'hui. Sans un bruit les bêtes disparurent dans la steppe aussi vite qu'elles étaient apparues.

— Satanées bêtes ! cria Pol en lançant au hasard une pierre ramassée par terre.

Rolon se releva lentement, puis tâta son oreille, avant d'en retirer sa main pleine de sang. Le coup de griffe avait tranché le lobe en deux, et un morceau de peau menaçait de s'arracher. De plus le sang lui remplissait l'oreille et il entendait donc mal les bruits alentour. Rolon sentait le sang tambouriner dans son crâne, comme si un tremblement de terre grondait à l'intérieur. Le sol se mit soudain à tanguer sous ses pieds. Le vieux guerrier s'écroula avant que Sara n'ait eu le temps d'accourir.

Pol et Jona se hâtèrent d'aider Alek, qui commençait à suffoquer sous le lüu qu'il venait de tuer. Ils soulevèrent le lourd cadavre et les trois hommes purent bientôt se laisser tomber dans l'herbe avec un profond soupir de soulagement. Tandis que Fao ramassait ses flèches et ses couteaux sur les corps encore chauds, Seff guettait les alentours du haut de son kval, au cas où la meute reviendrait.

Ou qu'une autre bête, plus féroce encore, ne les attaque…

Chapitre 17

Alek souffrait d'une côte cassée, et retenait un gémissement à chaque fois que Zef posait un sabot par terre. Il avait déjà essayé toutes les positions possibles pour se soulager de la douleur, mais aucune ne l'aidait plus de quelques instants. Le jeune homme continuait donc de serrer les dents alors que les sillonneurs poursuivaient leur traversée de la steppe.

Il manquait désormais à Rolon un large morceau d'oreille. Sara avait pris la décision d'enlever le lobe tranché, qui pendait misérablement sans espoir de pouvoir être recousu. Le visage très pâle, presque cadavérique, le chef du groupe souffrait de fortes migraines, et avait de ce fait laissé Fao prendre la tête de la colonne. Il espérait retrouver des forces dès le lendemain, mais la guérisseuse l'estimait beaucoup trop optimiste.

Le troisième blessé était le kval de Rolon, qui possédait une sérieuse entaille en travers du poitrail. Sara avait pris le temps de recoudre la plaie avant de repartir, lui posant des points de suture pendant que son propriétaire le caressait afin de le calmer.

Fao avait profité des soins pour découper de beaux et grands morceaux de viande sur les corps des lüus. Les sillonneurs n'auraient ainsi plus besoin de chasser pendant de nombreux jours. Si le combat avait éprouvé les organismes jusqu'au sang, la récompense en valait toutefois la peine.

Le groupe était reparti aussitôt les blessés soignés. Il devait absolument dénicher un endroit où dormir avant la tombée de la nuit, car rester en plein milieu des hautes herbes aurait été beaucoup trop dangereux. Une sentinelle se serait avérée incapable d'assurer seule la sécurité d'un campement, obligeant les cavaliers à en placer plusieurs, au détriment d'un repos précieux.

Les lüus avaient dû passer le message aux autres animaux de la steppe, car les sillonneurs rencontrèrent à peine quelques liévrs en train de traverser le sentier. Fao fut assez rapide pour en abattre un du haut de son kval d'un lancer de couteau ajusté à la perfection.

— Tu n'as jamais peur de mourir ? demanda discrètement Egan à Alek en rapprochant sa monture de la sienne.

— Si bien sûr, s'exclama le sillonneur, surpris par la question mais oubliant quelques instants sa douleur. Pourquoi est-ce que tu me demandes ça ?

— J'ai bien cru que j'allais mourir de terreur face aux lüus. J'étais effrayé rien qu'à les voir. Si Jona ne s'était pas interposé quand l'un d'eux s'est jeté sur moi…

— C'est tout à fait normal d'avoir peur, le rassura Alek d'un sourire réconfortant. Moi aussi j'ai peur. Peur d'abandonner les sillonneurs, peur de laisser Sara seule… Je dirais même que c'est une bonne chose d'avoir peur, cela veut dire que tu as un cœur qui bat pour quelqu'un, pour les personnes qui comptent sur toi. Mais ça fait longtemps maintenant que j'ai appris à maîtriser cette éternelle boule au ventre, ce monstre tapi au fond de moi. Il m'a par contre fallu l'affronter et le dominer pour le réduire au silence, à mesure que je traversais les combats et les dangers.

— J’aimerais tellement avoir autant de courage… J’ai l’impression que jamais je ne serais capable de faire, comme toi, abstraction de la mort.

— Ça viendra avec le temps, tu es encore jeune, indiqua Alek avec sagesse. Toi aussi tu affronteras des épreuves qui te feront avancer. Ce n’est pas le genre d’évènement auquel on commande. Et il ne faut surtout pas souhaiter affronter la Mort, elle sait nous rappeler sa présence bien assez souvent déjà.

L’adolescent hocha lentement la tête, intégrant avec attention les paroles du sillonneur, avant d’enchaîner sur une nouvelle question :

— Rolon aussi a toujours cette boule au ventre dont tu parles ?

— Absolument. Sauf que maintenant elle fait entièrement partie de lui, ce n’est plus un corps étranger comme tu peux le ressentir aujourd’hui. Il sait désormais en tirer profit.

— Profit ? s’étonna Egan, pour qui ce monstre silencieux semblait invincible.

— Oui, elle peut l’aider à se surpasser pour vaincre une difficulté, comme l’avertir d’une menace plus grande qu’elle n’y paraîtrait. Tu devrais aller le voir une fois qu’il sera rétabli, je suis sûr qu’il se fera un plaisir de t’en parler avec plus de détails.

L’adolescent était fasciné.

— Si tu devais me donner un conseil pour devenir comme lui ?

Alek réfléchit un instant, avant de perdre son sourire et de déclarer sombrement, avec sur l’esprit d’Egan la violence d’un coup de poing :

— Survivre aussi longtemps que tu le peux…

En début d’après-midi les cavaliers atteignirent une rivière, qui traversait sans prévenir l’océan de verdure. La largeur du cours d’eau, son courant tumultueux et sa surface trouble rendaient impossible sa traversée à cet endroit. Les sillonneurs devraient trouver un point de passage où la profondeur leur permettrait au moins d'avoir pied s'ils voulaient le franchir.

Le groupe se désaltéra, et Fao s'apprêtait à faire repartir la colonne quand Sara proposa :

— Et si on s'arrêtait pour la journée ? On pourrait dormir ici sans problème.

— Excellente idée ! s'exclama Pol en sautant de selle sans même attendre l'avis des autres. Ça doit faire au moins une semaine que je ne me suis pas lavé !

Habitué à voir Rolon prendre les décisions, Fao se tourna vers lui, mais le vieux guerrier, affalé sur son kval, était aussi pâle qu'un fantôme et ses yeux entrouverts ne portaient sur l'environnement qu'un regard à moitié conscient. Il n'entendait même pas ce qui se disait autour de lui.

Temporairement chef du groupe, Fao hocha la tête en direction de Sara. Il ne voyait pas d'inconvénient à s'arrêter : tout le monde était épuisé après l'attaque des lüus, lui le premier, et rien ne leur promettait de trouver un meilleur endroit avant la tombée de la nuit. Avec la rivière comme barrière naturelle dans leurs dos, les sillonneurs concentreraient leur attention sur le seul côté d'où les attaques pourraient provenir.

Pol se déshabilla en lançant un cri de joie, bientôt suivi par Egan. Les deux hommes s'apprêtaient à se jeter dans l'eau quand Seff les interrompit.

— N'y allez pas, l'eau est trop trouble. Vous vous feriez arracher la jambe aussitôt le pied dedans. Sans le voir venir. Je n'ose même pas imaginer le nombre de créatures carnivores que ces eaux renferment. Une fois, le croirez-vous, j'ai vu un rekîn remonter une rivière comme celle-ci.

Toute envie de se baigner quitta soudain les deux sillonneurs. À la place d'un plongeon, ils s'agenouillèrent au bord de la rivière, déçus, et s'aspergèrent juste le corps en guise de toilette.

Rolon, aussitôt son couchage déplié, s'écroula dessus, livide. Saisie d'inquiétude Sara se précipita sur lui. Sa poitrine se soulevait avec régularité, il dormait paisiblement. Aussi replaça-t-elle sa couverture avec application, comme une mère soulagée qui couche son fils. Il était rare de voir le chef des sillonneurs aussi faible, lui qui incarnait d'ordinaire le roc inébranlable face à la tempête, alors que les autres pliaient sous les coups du découragement.

— Je pars chercher un passage, indiqua Fao à Alek en remontant sur sa selle.

— Fais attention, répondit le jeune homme avec un sérieux inhabituel.

Il ne prononçait pas ces paroles en l'air. En bêtes rancunières les lüus pouvaient revenir se venger, et une cible solitaire serait parfaite pour eux. Fao aurait alors très peu de chances de survivre à une nouvelle attaque. Le sillonneur s'éloigna en longeant la rivière.

Alek le regarda disparaître à travers le rideau d'herbe. Il savait bien qu'en plus de rechercher un gué, Fao en profitait surtout pour être seul.

Alek, Pol et Seff étaient tranquillement assis face au cours d'eau qu'ils regardaient s'écouler, sans fin. Débarrassés de leurs chaussures, ils se laissaient aller à la nostalgie, leurs esprits tourbillonnant vers un passé désormais lointain.

— Qu'est-ce que j'aimerais redevenir le sillonneur que j'étais à Niu-Jok… soufflait Seff avec mélancolie. On était invincibles, les maîtres du monde ! J'aurais tellement aimé que Jez réussisse le pari fou qu'il avait si bien entamé, qu'il parvienne à répandre sa vision dans le monde entier et que l'on puisse galoper pour toujours à travers des terres inexplorées, vierges de toute trace humaine…

— Je croyais que rien ne pouvait arrêter Jez, continua Alek, ses souvenirs nostalgiques remontés à fleur de peau. Il était comme une lumière dans la nuit, un point d'ancrage auquel on pouvait, et devait, se raccrocher. Cette lumière nous illuminait, nous éblouissait même parfois, et je pensais qu'elle illuminerait l'ensemble des hommes… Jez avait si bien commencé, Niu-Jok était une des merveilles de notre temps. Qui sait jusqu'où il serait allé si ces maudits pillards avaient compris ce qu'il comptait accomplir ?

— Entendre parler Jez était incroyable, c'est vrai, renchérit Pol en jouant du bout des doigts avec les pétales d'une fleur. Il possédait une telle force de persuasion… Il aurait pu nous convaincre que le sol était bleu et les nuages verts. Ça va peut-être paraître égoïste ce que je vais dire, mais moi ce que je préférais du temps de Niu-Jok, c'étaient les cavalcades. Seul sur le dos de mon kval, pouvoir filer avec le vent dans le dos sans que rien d'autre n'ait d'importance… J'aurais pu être le seul homme restant sur terre que je ne m'en serais pas aperçu !

— Moi aussi j'aimerais bien remonter le temps, confia Alek, désormais allongé et les yeux égarés dans les nuages impassibles qui le surplombaient, sourds aux malheurs résonnant dans le monde. Galoper de nouveau à travers les plaines, quel plaisir ce serait…

Et ils continuèrent ainsi à converser, l'esprit perdu dans de doux souvenirs, à faire le récit de jours meilleurs aux autres, mais avant tout à eux-mêmes.

Fao venait de trouver un passage où l'eau était peu profonde, mais il restait pourtant au bord de la rivière, immobile. Il ne comptait pas rejoindre les autres tout de suite. Son regard se perdit dans les remous, et son esprit fut propulsé dix ans en arrière.

Perdus au beau milieu d'une immense forêt, des pillards les avaient capturés, sa sœur et lui. Ils étaient chacun attachés à un arbre, les bras durement plaqués en arrière contre le tronc. À quelques dizaines de mètres plus loin, les pillards avaient allumé un feu avant la tombée de la nuit, et ne leur prêtaient plus aucune attention. Mais Fao savait qu'au cœur de l'obscurité, une fois rongés jusqu'à l'os par l'alcool, ils viendraient s'amuser avec eux, et que ni lui ni sa sœur ne verraient à nouveau le jour se lever.

Alors que la lumière du jour diminuait peu à peu, le jeune homme parvint à faire glisser ses bras le long du tronc jusqu'à ce que ses mains touchent le sol, derrière lui. Mais les liens enserraient très fort ses poignets et l'écorce le blessa jusqu'au sang, lui arrachant un rictus de douleur. Heureusement, à force de tâter la terre autour de l'arbre, ses mains finirent par tomber sur une pierre assez coupante pour qu'il puisse limer ses liens avec.

Un peu plus loin les pillards rigolaient fort en mangeant un sânglïé chassé au cours de la journée. Un des hommes venait de brandir la première flasque d'alcool de la soirée.

Pendant de longues minutes Fao s'employa à cisailler la corde grâce au tranchant de la pierre. Il appuyait de toutes ses forces avec l'énergie du désespoir pour y parvenir avant que les pillards viennent les torturer. Sa sœur, Soa, le regardait se démener en silence, mais les yeux remplis d'espoir.

Soudain les liens se rompirent. Surpris d'y être arrivé si vite Fao tomba à la renverse et heurta violemment le sol. Il se releva aussitôt, mais les pillards avaient entendu le choc sourd. Plusieurs se levèrent pour aller voir. Le jeune homme attaquait néanmoins les liens de sa sœur.

— Fao ! Ils arrivent ! Va-t'en ! lui souffla-t-elle d'une voix terrifiée. Va-t'en !

Toujours en train de limer la corde, le grand frère jeta un bref coup d'œil vers le campement et comprit qu'il n'aurait pas le temps d'en finir avant l'arrivée des pillards. Il s'arrêta à contrecœur.

— Je reviens te chercher cette nuit. Promis ! lui glissa-t-il avec un baiser sur le front. Sois forte !

Et Fao courut se tapir dans le premier taillis assez épais pour le dissimuler. L'obscurité grandissante jouait en sa faveur. Il n'aurait qu'à attendre que les soûlards s'écroulent de fatigue pour retourner délivrer sa sœur.

Un instant plus tard les pillards parvinrent aux arbres des prisonniers et constatèrent que l'un d'eux s'était échappé, les liens tranchés au sol comme preuve de son évasion.

— Il est passé où ton frère ? demanda leur chef, plus agacé qu'énervé.

Il n'impressionnait pas grâce à sa carrure, mais son visage couvert de cicatrices et ses deux épées à la ceinture suffisaient à inspirer la crainte.

— Je sais pas… répondit Soa, la tête basse.

— Ne fais pas la maligne avec moi, répliqua le pillard alors que son irritation se muait en colère. Crois-moi, tu ferais mieux de me répondre… Il est passé où ?

— Je sais pas… Je me suis endormie et il n'était plus là quand je me suis réveillée, mentit la sœur de Fao avec courage. Je crois qu'il m'a abandonnée…

Le pillard dégaina alors une de ses épées en explosant de rage :

— Arrête de me mentir, salope ! Dis-moi où il est, ou je vais vite te faire passer l'envie de me raconter des conneries !

— Je sais pas… s'obstina une dernière fois Soa.

Soudain le chef des pillards leva son épée et de fureur l'abattit dans le même geste. Le corps de la fille, attaché, ne bougea pas d'un iota. Sa tête, par contre, roula jusqu'aux pieds d'un des hommes qui assistaient à la scène. Fao, qui avait depuis sa cachette observé l'intégralité de la scène dans ses moindres détails, se mordait les lèvres jusqu'au sang pour ne pas hurler de désespoir. Pendant ce temps les pillards rigolaient devant la tête tranchée, son expression figée en un rictus de terreur.

— Bon, maintenant débarrassez-moi du corps, ordonna le chef en essuyant sa lame sur les vêtements de la victime. Je veux pas que ça attire les charognards cette nuit. Et allez me chercher son frère, que je lui montre de quel bois se chauffe Rak, le Grand Pillard de l'Est ! Il va danser au bout de ma lame cet enfoiré, je vous le dis !

Fao, les yeux submergés par les larmes, se détourna du spectacle macabre et s'enfuit, la mort dans l'âme, à travers les bois avant que les brigands envoyés à sa poursuite ne l'attrapent et le torturent.

Le sillonneur essuya ses larmes et remonta sur son kval, avant de rejoindre le reste du groupe.

« Au moins celui-là ne fera plus jamais de mal à quiconque... » pensa-t-il en se remémorant les deux yeux écarquillés de surprise du pillard, quand Fao était venu lui trancher la gorge dans son sommeil trois nuits plus tard.

Sara tapa sur la gamelle pour prévenir que la viande de lüu était prête. Fao revint à ce moment en annonçant qu'il avait trouvé un passage assez peu profond pour permettre au groupe de traverser la rivière.

— Parfait, dit Alek en le remerciant d'un hochement de tête. Je pense que nous pourrons le franchir quand Rolon se sentira mieux. Repose-toi maintenant, tu l'as bien mérité.

— Je peux juste te parler un instant, avant qu'on mange ?

Alek fronça les sourcils. L'air sérieux de Fao l'alarmait. Ce devait être grave, car il ne perdait jamais son temps avec des problèmes secondaires. Il désigna la rivière et les deux hommes s'en approchèrent. Dès qu'ils furent assez loin du groupe pour que personne ne les entende, Fao confia sans détour :

— C'est Némï. Elle ne va vraiment pas bien. Pas bien du tout. Et ce n'est pas juste passager. Lors de l'attaque un des lüus allait la dévorer vivante, mais elle n'a même pas bougé le petit doigt. Pire, elle souriait en pensant rejoindre son mari. Elle voulait mourir !

Alek acquiesça tristement.

— On sait tous qu'elle traverse une épreuve terrible… Gamo était tout pour elle. Mais il faut qu'on continue à la soutenir. Je sais que c'est dur car elle nous rejette tous, mais on peut encore lui faire reprendre goût à la vie. Il faudra qu'on en parle à Rolon. En tout cas, merci de me l'avoir dit.

Les sillonneurs mangèrent en silence la viande, qui s'avéra particulièrement goûteuse. Ils n'avaient pas dégusté un plat aussi délicieux depuis très longtemps. Depuis des années en fait. Alek remarqua Orelo prêt à bondir pour déclamer son conte, mais il lui fit comprendre d'un geste de la main que tous les sillonneurs avaient besoin de repos.

— Quelle déception… souffla le conteur à la peau d'ébène en feignant de bouder comme un enfant. L'histoire de ce soir aurait pourtant été époustouflante, à la mesure de l'affrontement titanesque auquel nous venons de survivre…

Mais il n'insista pas, et rangea précieusement le récit dans sa bibliothèque mentale, dont les rayons débordaient d'ouvrages aussi denses que bigarrés. Certains titres s'effaçaient, menaçant de sombrer à jamais dans l'oubli, tandis que d'autres livres se délitaient, perdant leurs pages par chapitres entiers à mesure que leur propriétaire en acquérait de nouveaux.

Alek regarda tout autour de lui. Fao était assis le long de la rivière, ses poignards sur les genoux. Les autres venaient tous de se coucher, enveloppés dans leurs couchages telles des chrysalides. Il secoua Sara.

— Viens, lui murmura-t-il sans plus d'explication.

Elle se leva, perplexe, mais le suivit néanmoins à travers les hautes herbes.

— Qu'est-ce qu'il y a ? Où est-ce que tu m'emmènes ? On ne voit plus les autres, on pourrait se faire attaquer !

Le couple s'était en effet éloigné du campement au point de ne plus apercevoir la lueur du feu, pourtant nourri.

— Ne t'inquiète pas, lui sourit son amant. Et sache que si jamais je dois mourir à tes côtés, je serais pour toujours le plus heureux des hommes !

Soudain Alek se mit à l'embrasser tout en l'allongeant dans l'herbe. La simple présence de sa moitié suffisait à lui faire oublier toute blessure. Il commença à déboutonner la tunique de Sara, qui ne put retenir un frisson de plaisir…

Chapitre 18

Rolon se réveilla en sursaut.

Il se demanda s'il venait de rêver ou si… Les cris retentirent de nouveau au loin, éliminant tout doute de son esprit. Il bondit de son lit et s'habilla aussi vite que possible. Le guerrier saisissait son épée quand Gamo fit soudain irruption dans sa chambre. Le soldat portait son équipement complet : un casque artisanal vissé sur le crâne, son armure en bois revêtue, l'épée à la ceinture, ainsi qu'un bouclier et une lance dans les mains.

— Rolon… commença le soldat, essoufflé comme s'il courait pour sa vie. Les pillards ! Ils attaquent la ville !

— Quoi ? Comment…

Mais Gamo lui faisait signe de sortir au plus vite, coupant court à toute question. Rolon le suivit dans la rue, habillé d'une simple tunique malgré le froid mordant de l'hiver, et son épée pour seule arme. Il se sentait nu sans le reste de son attirail.

Dehors la panique était totale.

Éclairés par plusieurs maisons en flammes, de nombreux habitants paniqués couraient en tous sens à l'instar d'une fürmilière menacée par l'extérieur. Certains portaient des seaux d'eau, d'autres fuyaient avec leurs enfants dans les bras, tandis que quelques-uns erraient sans but, arrachés à leurs rêves sans toutefois parvenir à rejoindre la réalité. La fumée des incendies se répandait haut dans le ciel nocturne, jusqu'à recouvrir Niu-Jok d'un voile de cendre funeste. Des bruits de combats retentissaient depuis la porte principale, fracas des lames s'entrechoquant et cris d'hommes mourants. Un vacarme de fin du monde régnait sans partage sur la ville.

Rolon, tout juste réveillé, peinait à comprendre pleinement la situation, ralenti par son esprit encore embrumé.

— Qu'est-ce qu'il se passe ? cria-t-il à Gamo alors qu'un enfant hurlait à quelques mètres de lui, seul au milieu de la rue.

— Ils ont profité d'la nuit pour nous attaquer par surprise, ces salauds. D'la chance qu'nos sentinelles veillaient au grain ! On est beaucoup plus nombreux qu'eux, on devrait pas tarder à les repousser. Y en a que deux ou trois qui ont réussi à rentrer dans la ville. Ils ont foutu le feu à des baraques, mais les gens ont commencé à ram'ner des seaux d'eau pour les éteindre. J'sais pas c'qui leur a pris d'vouloir lancer une attaque-suicide…

Rolon comprit aussitôt.

— Jez ! Est-ce que quelqu'un est allé le réveiller ?

— Je… non, balbutia Gamo en fronçant les sourcils. J'suis d'abord venu chez t…

Rolon ne lui laissa même pas le temps de finir sa phrase et se précipita vers la maison de Jez. Un mauvais pressentiment l'envahissait alors qu'il courait à en perdre haleine à travers la ville. Plus il s'y enfonçait moins l'agitation s'était répandue. De nombreuses familles dormaient encore dans ce quartier, ignorant tout des évènements dramatiques qui se déroulaient au même moment. À chaque croisement le guerrier croyait apercevoir l'ombre fuyante d'un pillard, qui se révélait n'être que le fruit de son imagination. La maison du fondateur de Niu-Jok se situait à tout juste quelques minutes de la sienne, pourtant il crut courir pendant une éternité.

Enfin Rolon atteignit la maison de Jez. Malgré l'angoisse qui lui tiraillait les entrailles, le guerrier ne put s'empêcher d'admirer la bâtisse. C'était un bijou de construction moderne. Point central de la ville, elle dominait les bâtiments alentour du haut de ses trois étages. Constitué de robustes rondins d'un bois clair descendus des montagnes voisines, le bâtiment paraissait inébranlable. Symbole de sa puissance, un imposant blason d'or représentant un ègl ornait fièrement sa façade. Ses longues ailes déployées semblaient interdire l'entrée à toute personne qui n'y serait pas la bienvenue, tandis que ses yeux perçants sondaient jusqu'aux tréfonds de l'âme des visiteurs. Plus qu'une maison, la bâtisse servait aussi de lieu de rencontre entre les principaux acteurs du fonctionnement de Niu-Jok, et voyait se dérouler les plus importantes décisions concernant la ville et ses habitants. Rolon s'approcha de la porte et…

Son cœur manqua un battement. La porte était déjà entrouverte. Le guerrier bondit à l'intérieur.

Pourtant, dedans rien ne bougeait. Une bougie qui finissait de se consumer projetait une faible lueur à travers la pièce principale, laissant à peine deviner les nombreux trophées de chasse dont les murs étaient recouverts. Avec la pénombre, de nombreuses secondes furent nécessaires à Rolon avant d'apercevoir le pillard, de dos et la tête recouverte d'une capuche. Ses habits, tout de noir, le mélangeaient aux ombres. Et dans sa main reposait la lame ensanglantée de son crime.

Rolon distingua avec horreur le corps immobile derrière l'assassin, un bras inerte pendant mollement en dehors du lit. Ses traits fins et sa peau claire contrastaient avec la plaie béante qui lui barrait le cou. Une flaque poisseuse commençait à se former au sol, alimentée par un filet de sang régulier.

Le guerrier sentit ses poils se dresser sur sa peau tandis qu'une rage d'une profondeur inégalable envahissait chaque parcelle de son corps. Il éprouvait le besoin primitif de tuer jusqu'au bout de ses doigts. Rolon s'apprêtait à se jeter sur l'assassin quand celui-ci se retourna, révélant son visage.

Il était jeune, très jeune, presque un adolescent. Et il souriait.

— Je crois que vous allez devoir élire un nouveau chef… susurra le pillard d'une voix nasillarde.

Rolon bondit sur sa proie comme un fauve affamé, ses traits déformés par un rictus de haine absolue. Son épée jaillit à la vitesse de l'éclair. L'assassin tenta de la parer avec son poignard, mais le coup était aussi fort que précis. La lame lui trancha trois doigts et il tomba à genoux dans un cri qui mêlait surprise et douleur. Rolon leva alors son épée à deux mains, s'apprêtant à lui fendre le crâne de toutes ses forces, décuplées par la fureur qu'il laissait ressurgir sans la moindre retenue.

À ce moment entrèrent en courant Jona, Gamo et quelques gardes. Certains, le visage noirci par la cendre, quittaient à peine le portail principal, où s'étaient déroulés les combats les plus âpres. Ils se figèrent avec stupeur devant la scène irréelle qui se déroulait sous leurs yeux. Personne n'émit le moindre son, le souffle coupé par l'horreur de la situation.

Le pillard, bien que blessé, se mit à rire, les yeux rivés sur ceux de Rolon. Ce gloussement, ultime moquerie de l'homme face une mort certaine, se transforma en une exclamation, scandée avec l'énergie de la folie.

— Plus de chef ! Plus de chef ! Plus de chef !

— Tais-toi ! hurla le guerrier.

— Plus de chef ! Plus de chef ! Plus de chef !

— Ta gueule !

— Plus de chef ! Plus de…

Rolon lâcha son épée et saisit le jeune homme par le col. Les pieds du pillard ne touchaient plus le sol. Le guerrier lui décocha en plein visage une puissante droite qui fit disparaître son sourire narquois. Il le frappa à nouveau, plus durement. Le nez se brisa sous l'impact dans un craquement sinistre. Nouveau coup. La lèvre inférieure éclata, maculant de sang le bourreau comme sa victime.

Rolon pilonnait le pillard de coups à faire trembler les murs. Il ne s'apercevait pas que son poignet s'était brisé en heurtant le front du pillard, et continuait de frapper, encore et encore, inlassablement. Les larmes se mêlèrent bientôt au sang qui le recouvrait désormais de la tête aux pieds. Le visage bombardé n'avait d'humain que le souvenir, véritables ruines d'os brisés baignant dans l'hémoglobine.

Jona et Gamo assistaient immobiles à l'exécution. Ils laissaient libre cours à la rage sans fin de leur chef, qui n'en finissait plus de frapper le pillard sans défense. Aucun n'aurait hésité une seule seconde à faire de même s'ils avaient découvert l'assassin en premiers.

Enfin Rolon s'arrêta, épuisé, et laissa le corps depuis longtemps sans vie s'écrouler au sol tel un pantin désarticulé. Le corps secoué de sanglots irrépressibles, il tomba à genoux devant le cadavre de Jez. Comment avait-il pu devenir assez négligent pour laisser l'homme qui comptait le plus à ses yeux se faire tuer par une maudite vermine de pillard ? Rolon ne se le pardonnerait jamais. L'énorme main de Jona, qui se voulait à la fois compatissant et réconfortant, se posa sur son épaule, sans un mot.

— Pourquoi lui ? Pourquoi ! Le meilleur d'entre nous… hoquetait le guerrier, le cœur poignardé par le désespoir.

Soudain Rolon ouvre les yeux, le front trempé de sueur. À la nuit noire de Niu-Jok succède sans crier gare celle des steppes.

Pourtant un amer goût de sang subsiste au fond de sa gorge…

Chapitre 19

Les cavaliers se trouvaient au bord de l'eau, et regardaient avec inquiétude le courant furieux qui les attendait. Rolon coupa court à leur hésitation et s'engagea le premier dans l'eau d'un coup de talon dans les flancs de son kval.

— Suivez-moi, il ne faut pas perdre de temps ! cria-t-il par-dessus le bruit des remous alors que le reste des cavaliers semblaient prendre racine sur la rive. On ne sait pas ce qui vit dans ces eaux !

Le chef avait refusé d'écouter les conseils de Sara et de s'accorder une journée de repos supplémentaire. Malgré son visage pâle, il se disait assez en forme pour continuer. La guérisseuse le soupçonnait pourtant d'encore souffrir de maux de tête qu'il refusait d'admettre, trop têtu pour ménager son corps.

Seff s'engagea à son tour dans la rivière, bientôt suivi par les autres. Elle était glacée, et le courant plus fort qu'ils l'avaient imaginé. Jona, descendu de kval pour guider le sien et celui de Gamo avec une meilleure efficacité, pénétra dans l'eau le dernier. Fao restait près de Némï, redoutant qu'elle se jette dans l'eau vive à la première occasion pour se laisser emporter par la vitesse des flots. Les montures avançaient lentement, luttant contre le courant tout en veillant à ne pas glisser sur les galets qui composaient le lit de la rivière. Elles la bravèrent pendant de longues minutes avant d'atteindre l'autre rive. Sara commençait à avoir les jambes, qui trempaient dans l'eau, gelée au point de ne plus sentir ses pieds. Rolon, Seff et la jeune femme gagnèrent la berge avec soulagement, tandis que le reste des sillonneurs s'apprêtait à les rejoindre.

La guérisseuse crut alors apercevoir une ombre à la surface de la rivière, mais se persuada que sa vue lui jouait des tours à cause des remous. Néanmoins un instant plus tard elle distingua sans doute possible une forme sombre se ruer en direction des cavaliers.

— Jona ! Attention ! hurla-t-elle.

Le colosse se retourna aussitôt. L'ombre creva la surface des flots en un énorme geyser.

Surgit un gigantesque kroko, la gueule grande ouverte. Il aurait pu engloutir Jona d'une seule bouchée tant sa mâchoire inspirait l'effroi. Et la bête comptait bien mettre cette menace à exécution. Le colosse se trouvait face à une gueule remplie par des centaines de crocs prévus pour déchiqueter ses victimes, une longue langue fourchue serpentant en son centre. Il ne pouvait pas le voir, mais derrière la gueule et le petit crâne du kroko se cachait un corps recouvert d'écailles verdâtres plus gros que plusieurs tonneaux de vin mis bout à bout. Seul le dessous de sa panse possédait des nuances plus claires. De petites pattes griffues, ridicules comparées au corps, lui permettaient de se déplacer une fois sur terre.

Jona lâcha la longe des kvals mais n'eut pas le temps de dégainer sa hache avant de se faire engloutir. Le kroko avait déjà bondi.

Un bref instant Jona aperçut la Mort au fond de la gueule, devenue un sombre conduit menant droit aux enfers…

Contractant l'ensemble de ses muscles le colosse saisit un croc de chaque côté de la mâchoire. La gueule se referma, mais dans un effort surhumain il parvint à stopper la charge de l'énorme bête.

L'espace d'une seconde le temps sembla se figer, l'image de l'affrontement surnaturel entre deux forces de la nature qui luttaient pour leur survie se figeant sur la rétine des sillonneurs abasourdis.

Rolon savait son ami d'une puissance sans pareille, toutefois il ne l'aurait jamais cru capable d'arrêter un kroko à mains nues. Le combat était cependant loin d'être gagné. Un combat titanesque avait commencé. Le kroko continuait d'appliquer une pression terrifiante avec sa gueule tandis que Jona, les mains en sang et les muscles contractés au maximum de leurs capacités, parvenait encore à l'empêcher de le dévorer.

— Tiens bon ! s'époumona Seff, les mains en porte-voix.

Avec de l'eau jusqu'à la poitrine, le colosse ne vit pas la bête balancer une de ses petites pattes et tracer un sillon sanglant sur son ventre. Même s'il parvenait à réprimer la douleur, il commençait à trembler, les bras tétanisés. De plus le fort courant menaçait de le déséquilibrer à tout instant. S'il glissait sur le lit instable de la rivière, les sillonneurs ne pourraient qu'être spectateurs de son inévitable mise à mort.

Fao avait eu le temps de se hisser sur son kval, et il se tenait maintenant debout sur la selle, un couteau à la main. À la vue de son compagnon en sérieuse difficulté, il sauta sans hésiter vers lui et le kroko. Juste avant de heurter la surface de l'eau Fao lança son poignard aussi fort que possible. Sara retint son souffle : elle croyait qu'il l'avait lancé sur Jona. Mais l'arme lui passa entre l'épaule et le cou, à deux doigts de lui trancher la gorge par-derrière. Le couteau se planta au fond de la gueule du kroko, qui brusquement bondit en arrière dans un rugissement de douleur. Jona fut libéré de l'étau mortel et en profita pour dégainer sa hache. Sa poitrine se soulevait à un rythme effréné alors qu'il tentait de reprendre son souffle après l'effort démesuré.

C'est à ce moment qu'un deuxième kroko jaillit hors de l'eau.

Absorbés par l'affrontement qui se déroulait juste sous leurs yeux, les sillonneurs n'avaient prêté aucune attention aux alentours.

— Fao ! hurl...

Celui-ci n'eut même pas le temps de se retourner.

La bête referma ses crocs sur sa proie dans un craquement sinistre et disparut sous l'eau l'instant d'après, ne laissant derrière elle qu'une traînée sanglante à la surface de la rivière. L'action n'avait pas duré plus d'une seconde.

Le cœur des sillonneurs sur la berge se contracta de douleur, le visage figé de stupeur.

Par chance le kroko n'avait pas pris pour cible l'humain, mais une plus grosse prise, le kval de Gamo. La monture, complètement désorientée entre le fort courant glacé et le kroko, fut emportée entre les puissantes mâchoires de la bête dans un hennissement de terreur.

Profitant de la blessure du premier kroko, le groupe avait continué de traverser le cours d'eau au plus vite, incapable d'aider le colosse à cause du courant. Les montures, galvanisées par la température de la rivière et les créatures qui la peuplaient, n'avaient pas attendu l'ordre de leurs cavaliers pour en sortir, galopant presque à travers les flots. Seuls Fao et Jona se trouvaient encore dans l'eau. Ce dernier avançait à reculons, sa hache prise à deux mains pour tenir en respect le kroko estropié, tandis que son compagnon l'agrippait par la ceinture pour qu'il ne perde pas l'équilibre à cause du courant. La bête se montrait patiente et attendait avant de charger une nouvelle fois, enfoncée dans l'eau jusqu'au niveau de ses yeux situés sur le haut de son crâne. Il était difficile d'imaginer le monstre qui se cachait derrière de si petits yeux globuleux.

Alek et Pol aidèrent Fao à se hisser sur la terre ferme.

— Jona, à toi ! cria Pol en lui tendant la main.

Le colosse commença à se retourner. Le kroko guettait ce moment exact. Il bondit à une vitesse que sa taille ne laissait pas présager, la gueule de nouveau grande ouverte. Mais Jona l'attendait de pied ferme et, tout en armant son bras au maximum, fit brusquement volte-face.

Sa lame siffla avec une telle pureté que même les remous semblèrent se taire pour écouter l'harmonie fragile du son.

La hache à double tranchant traversa le crâne de la bête sans la moindre difficulté. Ne restait attachée au corps plus que la mâchoire inférieure. Le corps inanimé s'écroula de tout son long dans la rivière en une énorme gerbe où se mêlaient eau et sang. Puis le courant l'emporta très vite.

Jona ne perdit pas un instant pour enfin monter sur la rive et retrouver la terre ferme.

— Ça va ? s'enquit Sara en voyant ses mains en sang et sa blessure au ventre.

Le colosse hocha la tête sans un bruit. Fidèle à sa réputation il ne semblait pas souffrir, comme s'il lui suffisait de serrer les dents pour vaincre la douleur. Sara arrêta tout de même le saignement, et très vite les sillonneurs purent à nouveau s'enfoncer dans la steppe, laissant derrière eux les eaux troubles de la rivière.

Chapitre 20

La steppe était immense. Elle n'en finissait pas. La traverser représentait un effort constant, car cela nécessitait de rester en permanence sur ses gardes au cas où des bêtes sauvages surgiraient. Les repérer relevait de l'impossible : les herbes s'agitaient sans cesse sous l'effet du vent, qui soufflait aux oreilles des voyageurs et les empêchait d'entendre un potentiel prédateur.

Les sillonneurs furent plusieurs fois obligés de passer la nuit au beau milieu de la steppe, ne rencontrant rien d'autre que de l'herbe pendant des journées entières. Ils délimitaient alors un large cercle à coups d'épée et se divisaient en trois groupes, qui se relayaient pour monter la garde tout au long de la nuit. Celle-ci, par conséquent moins longue et à la fois plus fragmentée, devenait aussi harassante que la journée qui la précédait, mais pas autant que celle qui la suivait. La fatigue semblait en effet plus grande que jamais au moment de reprendre la route le lendemain. La pointe de l'herbe leur fouettant sans cesse le visage finissait ensuite de les user jusqu'à la moelle.

Les cavaliers avaient depuis longtemps perdu la trace du chemin qu'ils empruntaient au début. La piste s'était peu à peu effacée sous leurs pieds jusqu'à complètement disparaître, comme si celui qui l'avait créée s'était évaporé avant d'achever son tracé. Rolon suivait donc une direction approximative, qu'il corrigerait une fois sorti de la steppe. Si le vieux guerrier ne doutait pas de revoir un jour le monde gris, le reste des sillonneurs commençait à se demander si l'océan vert n'était pas en passe de devenir leur tombe. Chaque jour un linceul d'herbe les recouvrait un peu plus à mesure que leurs dos ployaient sous la fatigue.

Pendant une journée le groupe crut qu'une meute de lüus les prenait de nouveau pour cible. Ils entendirent de nombreux hurlements se répondre au loin, mais heureusement ils ne se rapprochèrent pas et les voyageurs purent relâcher la pression sur leurs armes. Un peu. Fao émit l'hypothèse que la meute chassait un gros gibier qui se défendait avec hargne, ou qu'un affrontement avait lieu entre deux groupes de lüus.

Un soir, alors que les cavaliers venaient de manger et que chacun se dirigeait vers sa couche, Alek trouva Pol à l'écart de la protection toute relative du cercle, perdu dans ses pensées et le regard tourné vers le ciel. Il semblait chercher des réponses dans les volutes obscures des nuages.

— Tu penses que Dlaah m'entendrait si je Lui demandais de nous aider à atteindre les Ruines ? demanda naïvement Pol à l'approche de son ami. En rendant le voyage moins long, ou juste plus tranquille… Il doit bien pouvoir faire quelque chose, Il sait où elles sont, non ?

Alek lui sourit alors avec la même candeur qu'à un enfant.

— Ça ne coûte rien d'essayer…

Le visage de Pol s'illumina. En quête de réconfort, la moindre parole rassurante lui apparaissait comme un puissant phare le guidant à travers les ténèbres.

— Ça te dérange si je te demande de prier avec moi ? demanda-t-il, bien que gêné. Seul j'ai l'impression que mes pensées ne parviennent même pas à quitter mon crâne.

Son compagnon acquiesça sans arrière-pensée et vint s'asseoir à côté de lui. À la manière dont il s'exprimait, Alek pouvait sentir qu'un profond trouble tourmentait son ami, aussi murmura-t-il, assez bas pour que même une oreille attentive ne puisse pas l'entendre :

— Je vois bien que quelque chose ne va pas. Qu'est-ce qui te tracasse ?

Le sourire qu'Alek affichait quelques instants auparavant avait disparu. Toutefois Pol était heureux d'exprimer à quelqu'un l'écoutant attentivement des pensées qu'il mûrissait depuis longtemps. Après quelques secondes d'hésitations, il finit par se confier :

— Des fois je me dis que le monde est devenu trop hostile pour nous… Des fois je me dis que notre but ne mérite pas toute la souffrance que l'on subit… Que le jeu n'en vaut pas forcément la chandelle… Des fois je me dis que… que j'aurais peut-être dû rester à Niu-Jok…

Quitter la steppe fut pour les sillonneurs un soulagement immense. Les cavaliers retrouvèrent avec plaisir le gris morne du monde – même si cette couleur ne tarderait pas à leur peser de nouveau sur le moral –, ainsi qu'un environnement qu'ils pouvaient appréhender au-delà de la portée de leurs lames.

Les cavaliers s'accordèrent une journée de repos avant de poursuivre vers les montagnes qu'ils distinguaient au loin. Cependant Némï ne cessait de s'emmurer dans son silence. Le groupe l'oubliait progressivement, comme si elle s'effaçait peu à peu de leurs existences. La veuve mangeait désormais seule à l'écart du groupe, et la seule présence qu'elle tolérait près d'elle devint celle de Fao, à condition qu'il ne parle pas. Rolon aurait aimé rentrer dans son esprit pour y lire ses pensées, deviner ce qui lui permettrait de l'arracher enfin à sa torpeur. Hélas il ne savait plus quoi faire pour l'aider, et finit par ne plus y réfléchir, espérant que Némï arriverait à se sortir de cet état seule.

À la steppe succédait une chaîne de montagnes de faible altitude, mais qui s'étendait d'un côté comme de l'autre aussi loin que le regard pouvait porter. De menaçants nuages noirs semblaient vouloir en interdire l'accès.

Les sillonneurs atteignirent les contreforts, et les respirations des kvals se firent plus profondes alors que le sol commençait à s'élever. Pol et Seff débattaient avec entrain de la distance que les sillonneurs avaient déjà parcourue depuis Niu-Jok, lorsque Alek sentit une goutte lui tomber sur la joue.

Son cœur manqua un battement quand la morsure de l'acide lui brûla la peau. Il réagit aussitôt, effrayé comme s'il venait de voir apparaître juste devant lui la Mort en personne.

— Les Larmes de Dlaah ! cria Alek avec une peur communicative.

Les autres n'avaient encore rien senti, mais après une seconde de flottement ils réagirent tout aussi vite. Leur vie était soudain en grand danger, alors qu'un destin peu clément les frappait de nouveau. Ils firent accélérer leurs kvals tandis que Rolon s'écriait :

— Il faut trouver un abri au plus vite ! Sinon on est tous morts !

Les cavaliers galopaient désormais à toute vitesse sur le sentier rocailleux. Les montures, malgré les sollicitations de leurs propriétaires, ralentirent très vite alors que la pente devenait de plus en plus raide. Dix minutes s'écoulèrent sans qu'ils aient trouvé le moindre abri.

Et l'averse s'intensifiait.

Les gouttes s'écrasaient autour d'eux avec une force grandissante. L'inquiétude augmenta instantanément lorsque le groupe franchit un nouveau virage sans que la moindre grotte, ou même dépression dans la paroi apparaisse. Le chemin continuait de serpenter le long de grandes falaises à pic sans offrir le moindre refuge aux voyageurs.

Alek, la tête enfouie entre les épaules, sentait ses vêtements lui coller à la peau à mesure que l'averse se transformait en déluge. Il vit une goutte plus grosse que les autres s'écraser sur sa manche et y découper un cercle net, avant d'atteindre son bras. Le sillonneur serra les dents face à la douleur de l'acide rongeant sa peau.

— Couvrez-vous ! hurla Rolon assez fort pour que toute la colonne l'entende. Et les kvals ! Il ne faut pas qu'un seul centimètre de peau reste visible !

Les sillonneurs sortirent très vite tous les gilets de laine et autres couvertures qu'ils possédaient pour s'en couvrir de la tête aux pieds du mieux possible, bien que ballottés du haut de leurs selles. Il était cependant plus délicat de protéger les kvals, déchaînés sous les brûlures des gouttes. La pluie acide se mit à attaquer les couches de vêtements. Ces protections ne faisaient que retarder l'inévitable…

Nouveau virage.

Rien…

Si !

À tout juste cent mètres, un bâtiment à flanc de montagne.

Rolon encouragea sa monture pour traverser dans un dernier effort l'espace qui les en séparait. Il avisa une entrée dont la porte, autrefois en bois, avait depuis longtemps disparu. Les cavaliers firent irruption dans la maison sans même descendre de leurs kvals. Bien qu'allongés sur leurs selles, ils manquèrent de heurter le cadre de la porte. Dans la précipitation la sangle d'une sacoche de Pol se défit, libérant une couverture qui roula le long de la pente jusqu'à se retrouver bloquée contre un rocher. Gorgée d'eau en quelques secondes, elle vit apparaître de toutes parts des trous de la taille d'un pouce.

Une minute plus tard, la couverture n'existait plus.

Tout à coup le kval de Némï, dernier de la colonne, trébucha sur une pierre glissante et s'abattit au sol dans un hennissement strident. La femme fut durement écrasée entre le sol et sa monture alors que celle-ci roulait sur le dos. Le kval se redressa avec rapidité et galopa se réfugier sous l'abri, la pluie plus forte que jamais. Toutefois il laissait derrière lui sa cavalière à terre, le souffle coupé, à plus de cinquante mètres de la maison. Le chandail dans lequel elle s'était enroulée glissa, laissant apparaître un bras nu.

La pluie sembla se précipiter dessus.

Le cri strident qu'elle poussa lorsque l'acide pénétra sa peau avertit les sillonneurs déjà abrités. Dans l'agitation ils n'avaient même pas remarqué sa chute. Seff se précipita dehors sans réfléchir, une simple couverture sur la tête comme protection contre la pluie mortelle.

— Seff ! cria Rolon à s'en déchirer les cordes vocales. Laisse-la ! Tu ne peux rien pour elle, Némï est perdue !

Mais le sillonneur ne l'entendait pas. Il courait déjà de toutes ses forces vers la blessée étendue au sol, ignorant les brûlures qui le piquaient aux bras et aux jambes telles des aiguilles chauffées à blanc. Seff ne put retenir une grimace écœurée en découvrant le bras de Némï rongé jusqu'à l'os. Certains doigts semblaient également trop attaqués pour espérer être sauvés, même avec le savoir de Sara. Très peu de sang recouvrait les blessures, aussitôt lavées par la pluie dès qu'il commençait à couler.

Le sillonneur hissa avec difficulté la femme inconsciente sur son dos avant d'aussitôt reprendre sa course en sens inverse. Il distinguait à peine ses compagnons qui l'encourageaient, les trombes d'eau à présent dressées en un mur naturel qui devenait de plus en plus compliqué à franchir, à mesure que la douleur grandissait et ses forces le quittaient.

Seff s'écroula à peine le seuil franchi, laissant tomber Némï avec lui. Les sillonneurs s'empressèrent de les tirer au centre de la pièce, alors qu'à l'extérieur le déluge redoublait. Sara se précipita sur les deux blessés.

L'état de Seff n'était pas le plus préoccupant. En effet, la pluie acide n'avait pas eu le temps de pénétrer profondément ses bras ni ses jambes, et une fois la bonne pommade appliquée, il n'en garderait que de multiples mais légères cicatrices, en forme de cercles superposés aux contours irréguliers.

Le cas de Némï était beaucoup plus complexe. L'acide lui avait profondément rongé l'avant-bras, et fait apparaître un radius piqueté à plusieurs endroits. Nombre de ses phalanges avaient disparu, emportées par la pluie mortelle. Sara, agenouillée près d'elle, l'examinait et réfléchissait à la meilleure façon d'intervenir, lorsque Némï reprit connaissance. À la vue de la guérisseuse elle écarquilla les yeux, et devint soudain folle de colère.

La veuve se débattit soudain, faisant sursauter Sara qui reçut un puissant coup de pied en pleine poitrine. Némï hurlait avec plus d'énergie qu'une possédée :

— Pas elle ! Non, pas elle !

Alerté par les cris Rolon se retourna, et découvrit sans comprendre Sara étendue par terre, le souffle coupé.

— Qu'est-ce qui se passe ? s'écria-t-il étonné.

— Pas elle ! répétait Némï en pointant la guérisseuse du doigt comme s'il s'agissait d'une créature démoniaque. Je ne veux pas qu'elle me touche ! Si elle recommence, je la tue ! Meurtrière ! ajouta-t-elle en crachant dans sa direction.

— Mais enfin ! Tu as vu ton bras ? tenta de la raisonner Rolon. Comment elle va te soigner si elle ne peut même pas te toucher ?

La femme baissa les yeux vers ses blessures, et manqua de s'évanouir en découvrant l'étendue des dégâts, la colère parvenue l'espace d'une minute à balayer la douleur. Néanmoins elle parvint à se ressaisir, pour seulement répéter :

— Pas elle ! Pas elle !

Bien qu'abasourdie par la souffrance, Némï resta immobile à regarder Sara avec méchanceté, tandis que Rolon réfléchissait au plus vite à une solution. La guérisseuse, sidérée par le comportement de la mutilée, ne parvenait pas à se relever après s'être fait frapper. Alek vint l'aider et dans un souffle murmura :

— On n'a qu'à la balancer dehors, cette pauvre folle…

Le chef des sillonneurs s'approcha alors de la guérisseuse en veillant à se placer entre les deux femmes.

— C'est grave à quel point ? Qu'est-ce qu'on peut faire ?

— Il faut l'amputer, l'avant-bras ne peut pas être sauvé, déclara Sara sans la moindre émotion, avant de s'emporter l'instant d'après. Mais si cette folle n'arrête pas très vite son délire, elle va devoir se débrouiller toute seule pour se soigner !

Elle avait volontairement élevé la voix pour être sûre que Némï entende chacun de ses mots.

— On s’occupera de ce problème plus tard, dit Rolon, l’esprit déjà tourné vers l’amputation. Occupe-toi de Seff. Jona, passe-moi ta hache !

— Tu vas y arriver tout seul ?

— J’ai une certaine expérience quand il s’agit de découper des membres… souffla le vieux guerrier sans le moindre sourire.

La suite s’enchaîna très vite. Orelo dénicha un bout de bois qu’il fit mordre à Némï. Pol et Jona la tinrent avec fermeté. Fao plaça un garrot au niveau de l’épaule avec une corde qu’il serra de toutes ses forces. Rolon affûta la lame de la lourde hache avec la méticulosité d’un bourreau chevronné.

— Ferme les yeux, ordonna-t-il à la blessée en fixant l’endroit qu’il visait, juste au-dessus du coude.

À peine Némï eut fermé les yeux que la lame s’abattit. Il n’y eut pas de cri, à peine du sang. La hache sectionna la peau et l’os sans la moindre difficulté. Après une seconde de flottement, la veuve émit soudain un gémissement sourd en voulant se tordre de douleur, mais Jona la tint sans broncher. Sans écouter les supplications de la blessée Rolon recouvrit aussitôt le moignon de bandages que Sara venait d’apporter, avant de délicatement poser le bras amputé au sol. Avec une tendresse qui tranchait après sa sombre besogne, il caressa les cheveux de la femme en murmurant :

— C’est bon, c’est fini. Repose-toi maintenant.

Mais Némï ne l’entendit pas. Elle avait déjà sombré dans une inconscience apaisante. Pol la recouvrit d’une couverture et les sillonneurs la laissèrent se reposer.

Seff, de son côté, serrait les dents alors que Sara appliquait une pommade verdâtre sur ses bras et ses jambes. Le lendemain les brûlures auraient disparu et dans quelques jours les boursouflements rougis se changeraient en cicatrices.

Les sillonneurs se laissèrent alors tomber au sol en poussant de profonds soupirs de soulagement. Tous ne sortaient pas indemnes de la pluie délétère, mais au moins aucun mort ne serait à déplorer. Ils se regardèrent en silence, avec le simple fait d'être encore en vie comme raison suffisante pour apprécier l'instant présent.

— Et on fait quoi maintenant ? demanda Egan les yeux fixés au-dehors, comme hypnotisés, sur l'averse qui se prolongeait avec toujours la même intensité.

— On attend juste que ça passe, répondit Orelo en jouant à faire tourner son chapeau de paille troué au bout de son index.

La pluie tomba sans discontinuer pendant quatre jours.

Chapitre 21

La vieille bâtisse datait du temps des Anciens. Jamais il n'aurait été possible de construire un bâtiment sur plusieurs étages et à flanc de falaise avec un tel raffinement maintenant. Sa façade constituée de nombreuses sculptures devait être l'œuvre d'un artiste de renom, dont la notoriété n'avait hélas pas traversé les âges, alors que la pierre ouvragée s'écaillait autant qu'elle perdait de son charme. La maison frappait par ses pièces vides, jusqu'aux portes et volets emportés par les années. Les murs désormais gris se constituaient d'une matière agréable à toucher, aussi douce qu'une peau d'orange. Les sillonneurs n'étaient pas le premier groupe à s'y abriter, comme pouvait en témoigner un vieux reste de feu au centre d'une pièce. Par une prière silencieuse Alek remercia les Anciens d'avoir construit une maison à cet endroit, comme s'il leur devait la vie.

La seule chose intéressante qu'ils trouvèrent à l'intérieur fut un compartiment encastré dans le mur, qu'une petite porte métallique munie d'une molette permettait autrefois de fermer. Sur celle-ci étaient inscrits de petits sigles incompréhensibles à leurs yeux. Faisant délicatement tourner les gonds rouillés dans un couinement strident, les voyageurs constatèrent avec déception que le compartiment ne contenait plus que de la poussière. Ils ne purent donc que s'interroger sur ce que les

Anciens avaient l'habitude d'y déposer. Pour pallier leur désillusion, Orelo s'empressa d'imaginer les trésors autrefois entreposés, que venaient garder des dragons cracheurs de feu et de glace. Les sillonneurs rirent de bon cœur à son exagération poétique.

Rolon choisit de s'établir au premier étage, sur les trois que comportait le bâtiment, car le niveau ne se composait que de deux grandes pièces. Le vieux guerrier gardait à l'esprit que Némï serait sans doute incapable de supporter la présence de Sara dans la même pièce qu'elle durant sa convalescence, et cet étage lui permettait de séparer les deux femmes sans isoler quelqu'un dans les petites pièces des niveaux supérieurs.

La guérisseuse prépara un repas chaud en allumant un feu avec la petite réserve de bois qui avait échappé à la pluie acide lors de la cavalcade. Néanmoins la plupart des provisions avaient été touchées. Il ne restait de la viande de lüu que de petits morceaux informes juste bons à jeter. Puis Sara appliqua une épaisse pâte rougeâtre sur le torse d'Alek, dont la côte cassée le faisait de nouveau souffrir. La chevauchée dans les contreforts s'était transformée en cauchemar pour lui, la douleur qu'il pensait vaincue ravivée de plus belle.

Sara réalisa que rares demeuraient les sillonneurs ayant échappé à la dureté du voyage. Les blessures se multipliaient au sein du groupe, de l'estafilade bénigne à de beaucoup plus graves, comme le bras amputé de Némï. Son rôle importait plus que jamais, mais la jeune femme savait également qu'elle ne pourrait pas empêcher indéfiniment un nouveau drame, après celui de Gamo, si les obstacles s'enchaînaient avec la même difficulté. Dans son esprit, atteindre les Ruines sans perdre un nouveau compagnon relevait du miracle…

Alors que la tempête se déchaînait toujours dehors, Némï guérissait vite, démontrant une force de caractère colossale autant qu'une profonde envie de vivre, surprenante pour les sillonneurs qui savaient maintenant tous qu'elle avait voulu se faire tuer lors de l'attaque des lüus. D'abord le front couvert de sueurs froides et rarement consciente les premiers jours, elle avait ensuite regagné des forces à mesure que son bras digérait le choc subi, lente et formidable mastication du corps. Sara ne cessait de s'étonner au quotidien des prodigieuses capacités de régénération qu'offrait l'organisme.

La veuve surprit tout le monde en recommençant à parler avec ses compagnons, comme si la douleur endurée et les soins prodigués avaient fait renaître de leurs cendres les liens qui la raccrochaient au groupe. Cela n'avait d'abord été que de brèves paroles, quelques faibles remerciements, avant de formuler des phrases complètes, poser de nombreuses questions et mettre enfin des mots sur sa douleur. Puis Némï avait ouvert les vannes, libérant le flot de paroles qu'elle avait si longtemps retenu enfermé au plus profond de son esprit, abattant les murs de silence dans lesquels elle s'était emprisonnée depuis la mort de Gamo. Elle parlait des heures durant à qui voulait bien l'écouter, enchaînant les monologues alors que l'averse se poursuivait inlassablement. La source de ses mots semblait intarissable. Némï se laissait aller à la nostalgie, évoquait son passé jusqu'à sa lointaine enfance, Gamo, éternel amour de sa vie, l'enfant qu'ils voulaient avoir une fois les Ruines découvertes et qui ne verrait jamais le jour, le nom qu'elle lui aurait donné, la maison que son mari aurait construite et le jardin qu'elle aurait planté…

Les sillonneurs se ravissaient de la voir s'épanouir à nouveau, telle une fleur qui écarterait ses pétales pour récolter la lumière du monde. Némï avait retrouvé son sourire, ce qui ne s'était pas produit depuis la mort de Gamo, et tous se faisaient un plaisir d'échanger avec elle. La veuve parlait de nouveau avec l'ensemble du groupe.

Sauf Sara.

Cette haine aveugle n'avait pas disparu. Elle restait constante malgré le temps qui s'écoulait et le changement de comportement qui s'opérait. Il suffisait que la jeune femme fasse un pas dans la pièce où elle se trouvait pour que Némï soit reprise d'une de ses violentes crises de folie. La guérisseuse, qui ne pouvait donc pas observer l'évolution de son bras amputé, conseillait Rolon d'après ce qu'il lui décrivait. Néanmoins la plaie ne s'infecta pas et ils purent se déclarer optimistes.

Cavaliers comme montures finirent par souffrir de l'immobilité forcée, aussi n'importe quelle idée devint la bienvenue pour s'occuper. Tandis que certains saisissaient l'occasion de dormir plus qu'ils ne l'avaient jamais fait, Egan profita de l'averse qui les isolait du reste du monde pour enfin apprendre à manier l'épée, avec Rolon, Alek et Jona comme professeurs. Alors que d'ordinaire ils se montraient agréables et souriants avec lui, les sillonneurs se révélèrent des instructeurs durs et impartiaux, comme si l'adolescent se tenait devant des étrangers. Le trio était sans pitié au moment d'enseigner le combat et le maniement des armes.

— Ce n'est pas comme ça que tu survivras à un combat ! lui criaient Alek et Rolon. Ta garde ! Plus haut ta garde ! Tes pieds ! Bouge tes pieds ! On dirait un infirme qui se déplace avec une canne !

Afin d'éviter de se blesser avec de vraies armes, ils utilisaient des bouts de bois taillés comme épées, et aucun des trois n'hésitait à frapper sèchement Egan du plat de la lame pour lui faire remarquer une ouverture dans sa garde ou une erreur de placement.

Alors qu'Alek et Rolon lui inculquaient la maîtrise de l'épée, de son maniement à la stratégie en combat, Jona entraînait physiquement l'adolescent. Tous les matins les deux enchaînaient sans repos de nombreuses séries d'exercices musculaires, qui laissaient Egan hors d'haleine tandis que le colosse restait de marbre, infatigable. Ces séances poussaient à chaque fois le jeune sillonneur jusqu'à la limite de ses capacités, voire au-delà.

Mais les résultats ne se firent pas attendre.

Egan tenait de mieux en mieux tête à ses professeurs, ce qui les ravit. Il se sentait définitivement à sa place, dans un groupe qui l'avait depuis longtemps accepté comme partie intégrante. Jamais l'adolescent n'avait autant ressenti la certitude de se trouver à l'endroit où il devait être. Dans sa famille. La mort de sa mère ne représentait désormais plus qu'une triste page de son histoire, qu'il finissait de tourner. Il entamait maintenant une nouvelle, plus palpitante, sur laquelle les mots se traçaient d'une encre puisée dans le voyage, l'imprévu, et surtout la camaraderie.

La page des sillonneurs.

— Imaginez-vous ! Une fumée permanente, opaque, plus noire que noire, entourant le monde dans une gangue aussi dure que la pierre ! Vous vous pensez malheureux, à affronter les dangers que Mère Nature et Papa Dlaah déposent sans cesse sur votre chemin ? Pensez un peu à eux, chevaliers oubliés, ne serait-ce qu'un instant. Comment faites-vous pour avancer si vous ne voyez pas le sol sur lequel vous posez le pied ? Comment faites-vous pour manger si la bête la plus proche se trouve à plusieurs jours de marche ? Comment faites-vous pour respirer si l'air vous brûle les poumons jusqu'à vous transformer en statues de cendres ? Eh bien vous ne pouvez pas ! Impossible ! Vous vous en doutez, ils n'ont pas attendu que la Mort vienne gentiment les prendre par la main, malgré la mauvaise météo qui ne permettait guère les baignades en famille ou les promenades à kval. Sinon je ne serais pas là pour raconter mes histoires, et vous ne seriez pas là pour les écouter.

— Mais qu'est-ce qui a provoqué tout ça ? demanda quelqu'un plongé dans le récit.

— Ah ça ! Beaucoup se sont posés la question, mais trop peu ont trouvé la réponse…

Le conteur reprit son monologue avec un rythme grandissant :

— Mais où sont-ils donc allés ensuite, s'il n'existait plus aucun endroit où se cacher, alors que l'horizon tout autour d'eux n'était plus que noirceur chaotique, sans la moindre porte de sortie ou petit interstice où se faufiler, et que le ciel menaçant s'apprêtait à les écraser ? Dessous pardi ! Courez sous terre ! Creusez, piochez, pelletez, sans vous arrêter ! Du jour au lendemain… les Cités étaient nées ! Ultimes refuges pour les derniers représentants de l'humanité ! J'espère que vous n'êtes pas claustrophobes, car vous ne pouvez plus sortir ! Ne faites pas attention aux montagnes de roche au-dessus de vos têtes, ce sont elles qui nous protègent. Et surtout ne vous inquiétez pas, attendez une petite centaine d'années, et vous pourrez remonter ! Prenez vos aises, creusez-vous un bout de chambre par-ci, un bout de cuisine par-là, faites comme chez vous ! Mais qu'allons-nous manger, je suis sur le point de mourir de faim… Les lombrïks ! Prenez-en sans hésiter et croquez dedans, goulûment, à pleines dents, vous verrez, c'est excellent ! Vous vous sentirez repus comme vous ne l'avez jamais été. Et que l'on trouve quelqu'un pour me coordonner tout ça, j'ai déjà un voisin qui veut me gratter un mètre de terre ! Si ça continue, je vais aller lui en toucher deux mots à celui-là ! Ah c'est bon, je crois qu'il fait meilleur dehors maintenant, oui, regardez ces nuages ! Gris, doux, monotones, ils ne feraient pas de mal à une fûrmï. Sentez le vent qui souffle sur la peau, nous caresse les bras, lèche notre visage… Regardez ces arbres… Ces arbres ? Je n'en vois nulle part ! Ah oui, bien vu ! Reviens dans une centaine d'années de plus, ils devraient repousser d'ici là. Et maintenant, on peut remonter ? Oui, ça devrait être bon à présent. Tiens, les voilà ! Tout beaux, tout verts, tout grands. Ils n'étaient pas aussi grands avant, non ? On dirait qu'eux aussi en ont profité pour bien manger ! Tiens, une étrange créature. Ah non, c'est un homme, comme nous. Comme nous, vraiment ? Celui-là sait à peine parler, on dirait des grognements. Pourtant je comprends à peu près ce qu'il dit, étrange non ? Attention, il a une arme ! Enfin… un bout de bois. Mais il n'a pas l'air commode. Et voilà un de leurs shamans, chiromanciens, sorciers ou je ne sais quel magicien. C'est quoi ses histoires de Flu ? Un conte pour enfants ? Mais comment est-ce qu'il arrive à déplacer cette pierre sans la toucher ? Viens ça me fait peur, on retourne chez nous, en bas. Laissons ces animaux là où ils se trouvent, puant qu'ils sont à se baigner dans leurs excréments… Mais que fait-on de nos vieilles maisons, tu ne veux pas y retourner, comme au bon vieux temps ? Tu veux parler de ces Ruines ? Aucune chance que je remette un jour les pieds là-dedans ! Ce que c'est glauque…

Sur ces mots Orelo se tut brutalement, laissant des sillonneurs captivés mais perdus rattraper le fil de ses paroles jusqu'à leur dénouement. Il s'inclina alors avec dramatique, en conclusion de la prestation du soir. Tout le monde s'empressa de l'applaudir, bien qu'encore égaré dans les méandres du récit tortueux.

— Comment est-ce que tu fais pour connaître toutes ces histoires ? lui demanda Egan alors que les autres regagnaient leurs couches. Et pour les raconter aussi bien ? On dirait qu'elles viennent d'un autre monde !

— Peut-être parce que je viens justement d'un autre monde… murmura le conteur avec un clin d'œil mystérieux.

Le lendemain l'adolescent se réveilla avec la sensation que quelque chose avait changé, sans toutefois être capable de déterminer quoi. Il tendit l'oreille, mais n'entendit rien. Rien, pas même les clapotis devenus habituels de la pluie. Egan bondit aussitôt sur ses pieds, réveillant tous les sillonneurs à côté de lui, et cria à tue-tête, comme un enfant qui découvre la neige pour la première fois :

— Debout ! Debout ! L'averse est finie !

Chapitre 22

Alek crut pendant quelques jours que le voyage des sillonneurs se finirait dans cette vieille maison à flanc de falaise. La vie y était confortable, avec une source d'eau située à seulement quelques minutes de marche et du gibier en abondance dans les bois alentour. Leur demeure ne se situait pas très haut dans les montagnes, et la saison chaude apporta des nuits d'une agréable fraîcheur. Personne ne souhaitait repartir. Les conversations à propos d'une vie sédentaire commençaient à naître, pleines d'espoirs. Même Rolon se laissait peu à peu convaincre par les autres, pourtant éternel rempart sceptique face à la décision d'enfin poser ses bagages.

Néanmoins la nature ne manqua pas de venir leur rappeler avec rapidité, et surtout violence, la dureté du monde dans lequel les sillonneurs vivaient.

Loin d'avoir perdu l'habitude de monter la garde pendant la nuit, Fao, assis les pieds dans le vide, se trouvait au bord d'un balcon dont la rambarde avait presque disparu. Son regard s'égarait vers l'horizon, dans la steppe qu'il pouvait encore deviner. La pluie s'était arrêtée depuis quelques jours, laissant les rochers blanchis, lavés de toute saleté avant que la poussière ne vienne lentement regagner son territoire.

Perdu dans ses pensées, le sillonneur n'avait pas remarqué la paire d'yeux jaunes qui le fixait depuis de longues minutes à partir du toit.

La créature se laissa tomber.

Droit sur lui.

Suivie par deux autres ombres.

Quand Fao perçut un mouvement au-dessus de lui, il était déjà trop tard. La créature le saisit de ses serres et le souleva dans les airs dans la seconde qui suivit sans qu'il puisse lui opposer la moindre résistance. En un grand battement d'ailes, elle avait déjà regagné trois mètres de hauteur. L'homme se débattit mais les griffes en étau autour de sa poitrine le retenaient avec fermeté. Il fallait à tout prix que la créature le lâche avant qu'ils ne soient trop haut. Car toute chute deviendrait alors mortelle.

Le sillonneur parvint à saisir un de ses poignards à la ceinture et dans le même mouvement l'enfonça de toutes ses forces en travers d'une des pattes. La créature laissa échapper un puissant cri strident en le lâchant par réflexe, alors que le couteau restait planté dans sa patte.

Libéré de l'étreinte, Fao se mit à chuter sans parvenir à distinguer dans l'obscurité depuis quelle hauteur. Il sentit son cœur se soulever alors que la chute durait de longues secondes, comme si le temps ralentissait à mesure que le sol se rapprochait. Il poussa un cri retentissant, autant pour se donner du courage que pour avertir le groupe endormi. Fao battait frénétiquement des bras, essayant de rester droit en l'air pour ne pas se briser en mille morceaux au moment de l'impa…

Il percute le sol.

Très vite.

Trop vite.

Il tente de rouler pour amortir la chute.

Mais le choc est très fort.

Trop fort.

Il entend le craquement sinistre de sa cheville qui se brise.

Il sent l'éclair de douleur fuser dans tout son corps.

Fao parvint malgré tout à s'enrouler sur lui-même in extremis, réduisant d'un peu la chute, mais une pierre pointue s'enfonça dans son omoplate et lui lacéra le dos. Après un bref instant d'inconscience, le sillonneur trouva la force de se relever, quoiqu'avec difficulté, alors qu'il sentait le sang couler le long de son dos jusque sur sa jambe. Il distinguait péniblement les créatures qui se ruaient vers lui à travers les brumes de la souffrance.

Le groupe, réveillé en sursaut, fut aussitôt sur pied. Les sillonneurs avaient depuis toujours l'habitude de ne dormir que d'un œil pour être prêt dans la seconde en cas de danger. Ils coururent au balcon identifier l'origine de la menace, et découvrirent avec horreur trois grandes créatures ailées assaillant Fao pour le saisir et le dévorer dans leur antre. La nuit empêchait de les distinguer clairement, pourtant Rolon les reconnut et s'exclama :

— Des kov'sřis !

Leurs corps étaient aussi grands que celui d'un humain, mais leurs ailes à la fine membrane mesuraient le triple, immenses voiles annonciatrices de mort. Une tête aux courtes oreilles pointues reposait sur un corps dépourvu de poil, terminé par deux pattes armées de puissantes serres capables de saisir n'importe quelle proie avant de l'emporter dans les airs. Elles émettaient d'innombrables cris stridents qui leur permettaient de se repérer par rapport à leur environnement.

Fao tentait de se défendre contre leurs attaques, pluie cinglante de griffes, mais les kov'sřis étaient trop nombreuses.

Seul face à trois, il pouvait à peine esquiver les serres acérées, et encore moins riposter avec le poignard qui lui restait pour unique arme. Le corps labouré de plaies et la cheville cassée, le sillonneur tenait à peine debout. Mais il ne devait en aucun cas s'effondrer, car les kov'sřis se précipiteraient alors sur lui et l'emporteraient avec elles vers une mort certaine.

Néanmoins Fao sentait ses forces le quitter, inexorablement, tandis qu'une griffe venait tracer un nouveau sillon sanglant sur son torse. À la limite de son champ de vision, il perçut un mouvement subit à moitié effacé par l'obscurité.

Fao voulut se baisser, ne fut pas assez rapide…

Soudain une douleur intolérable envahit son œil.

Sara avait saisi son arc et Alek celui de Fao pendant que les autres descendaient quatre à quatre les escaliers. Ils commencèrent à harceler les créatures par des tirs imprécis, la nuit et le risque de toucher Fao jouant en leur défaveur. Alek et Sara n'avaient néanmoins aucun autre moyen de l'aider et Fao était condamné s'ils ne tentaient rien.

Une flèche atteignit tout de même une des ailes, traversant la fine membrane de peau aussi fragile qu'une feuille. Déséquilibrée la kov'sři dut se poser au sol et Fao, juste à côté, en profita pour lui sauter dessus dans un cri de rage. La créature voulut le mordre mais il lui trancha la gorge avant de lui en laisser le temps. Puis il…

Une flèche transperce sa main.

Fao hurla autant de surprise que de douleur, mais eut le réflexe de se jeter derrière la bête agonisante pour s'en servir dans l'urgence comme d'un bouclier de fortune. Protégé pendant quelques instants des assauts de plus en plus furieux des deux kov’sřis restantes, il gagna ainsi les précieuses secondes nécessaires aux sillonneurs pour accourir.

Rolon cria à pleins poumons afin d’attirer l’attention des créatures avant de jeter sa lance de toutes ses forces. Une des bêtes détourna en effet le regard de sa proie. Ce fut le temps qu’il fallut au javelot pour l’atteindre.

Transpercée de part en part la kov’sři s’abattit par terre et Pol bondit dessus pour la décapiter d’un coup d’épée circulaire.

La créature survivante tenta une dernière fois de se jeter sur Fao mais Alek décocha une flèche qui, bien que mal ajustée, se planta dans sa cuisse en traversant le muscle. Avec un cri de douleur qui raisonna dans toute la montagne, elle se mit à battre frénétiquement des ailes et en quelques battements se trouvait déjà haut dans le ciel, trop haut pour être atteint par un quelconque tir. Puis la kov’sři disparut dans la nuit, violent cauchemar en quête de vengeance.

Fao, sauvé mais mourant, s’accorda un sourire éphémère avant de se laisser tomber au sol, vidé de son énergie comme de son sang. Sara lâcha son arc et descendit du balcon à toute vitesse après l’avoir entendu s’écrouler.

— Ramène-moi une torche ! cria-t-elle alors qu’elle atteignait déjà le rez-de-chaussée.

Alek acquiesça, saisit un bâton dans le feu puis la suivit aussi vite que possible pour éclairer la scène.

Fao souffrait d’innombrables et profondes entailles sur toute la surface du corps. Une des plaies lui barrait le visage et semblait avoir atteint l’œil. La guérisseuse remarqua à peine la flèche qui lui transperçait la main, blessure dérisoire à côté des longs sillons sanglants. Le groupe le remonta en urgence à l’étage et l’allongea sur une couverture, à la lumière du feu ravivé. Il perdait énormément de sang, qui commença aussitôt à former sous lui une inquiétante flaque poisseuse.

Son état était critique.

— Bats-toi ! lui intima Rolon comme un ordre en tenant sa main, les yeux embués de rage, alors que Sara tentait d'arrêter les hémorragies les plus importantes. Bats-toi !

Mais Fao ne l'entendait pas.

La guérisseuse se démenait comme une possédée pour le sauver. Fao oscillait entre la vie et la mort, et Sara craignait de le perdre à tout instant. Elle redoutait le moment où soudain le corps se contracterait une ultime fois, tel un adieu au monde qu'il quittait, avant de se relâcher, à jamais vidé de toute force vitale.

Avec minutie Sara appliquait ses onguents les plus puissants pour faire rapidement coaguler le sang qui s'écoulait sans relâche, avant de recoudre les entailles au plus vite. Mais il en était recouvert de la tête aux pieds, son corps devenu un véritable champ de bataille dévasté par une guerre aveugle.

Ses doigts de fée maculés de sang noirâtre dessinaient avec une précision experte un ballet aussi gracieux que fluide autour du mourant, ultimes remparts face à la Mort venue réclamer son dû. Si celle-ci avait eu un souffle, Sara l'aurait senti jusque dans le creux de sa nuque.

La guérisseuse arrêta de compter après le centième point de suture.

Et le sang coulait toujours.

Elle avait beau avoir refermé toutes les blessures conséquentes, le saignement ne s'arrêtait pas, comme si le corps de Fao n'était plus qu'une source intarissable d'hémoglobine. Tout autour d'eux s'étendait désormais une immense mare poisseuse. Le sillonneur gémissait de plus en plus faiblement, le visage tordu malgré l'inconscience dans une indicible expression de souffrance. Envahie d'une terrible inquiétude, Sara ne pouvait empêcher son regard de tourbillonner à toute allure sur le corps du sillonneur, cherchant avec désespoir l'entaille responsable de l'hémorragie. L'angoisse lui broyait les entrailles alors qu'elle entrevoyait pour la première fois la mort d'un de ses compagnons entre ses propres mains.

Ce fut en palpant Fao sous les hanches que la guérisseuse comprit son erreur. Elle venait d'en retirer ses mains pleines de sang. Sans ménagement Sara le retourna sur le ventre.

Son cœur manqua alors de s'arrêter.

La pierre pointue avait déchiré le dos du mourant en diagonale, la plaie courant du haut de l'épaule droite au bas de la hanche gauche. Le trait, esquissé par un piètre peintre tremblant, formait une vaste chaîne de volcans en éruption, qui crachait avec rage leur liquide mortel. La chair lacérée sembla hurler aux oreilles de Sara alors qu'elle se jetait sur ses onguents.

Elle se maudit à voix haute pour sa négligence. Absorbée par la gravité des blessures que présentait Fao à l'avant du corps, Sara avait complètement oublié d'effectuer des palpations dorsales, pourtant évidentes dans cette situation.

« Pathétique... » se méprisa la guérisseuse.

Hélas il était beaucoup trop tard pour arrêter cette hémorragie. Même si elle appliquait ses pommades le plus vite possible, Sara savait que la mort de Fao allait survenir d'un instant à l'autre, bientôt vidé de son ultime goutte de sang. Le choc de ce terrible constat s'abattit alors sur ses épaules tel un couperet à l'annonce du châtiment, son corps comme son esprit accusant péniblement le coup. Ses bras manquèrent de retomber sans vie le long de son corps sous la puissance du découragement.

Sara continuait toutefois de badigeonner le dos de Fao, tout en cherchant à se convaincre qu'elle avait accompli tout ce qui était en son pouvoir pour le sauver avant qu'il meure. Elle parvenait tant bien que mal à contenir le désespoir qui menaçait de détruire son fragile barrage mental, avant de se répandre en un tsunami dévastateur dans son esprit.

C'est au moment où Sara s'apprête à abandonner le combat, la tête basse tandis qu'elle sent disparaître les derniers battements de cœur de Fao, que ses mains sont tout à coup prises de picotements.

Incapable de les réfréner, ils s'intensifièrent en un instant au point de rendre ses mains brûlantes.

Brûlantes de vie.

La miraculeuse énergie se déversa en un flot abrupt depuis Sara droit dans le corps de Fao, y ramenant force et espoir, puissance et vie. Le flux ne possédait pas de volonté propre, instinctivement guidé par la guérisseuse, mais il jaillissait avec une telle intensité qu'elle ne réussissait pas à le maîtriser. Ébahie, Sara croyait à une hallucination, s'imaginant en train de rêver prostrée sur le cadavre encore chaud de Fao, alors qu'elle prenait soudain conscience de sa profonde fatigue. Mais au-delà de cet épuisement, la jeune femme pouvait sentir au plus profond d'elle-même la source de ce torrent de vitalité, invisible quoique bien présente. L'esprit tout entier accaparé, elle restait focalisée sur le lien invisible qui l'unissait mystérieusement à Fao, par peur qu'il ne se brise si elle venait à rompre sa concentration. Tandis que l'énergie continuait de se répandre avec fracas dans les entrailles du mourant, la guérisseuse contempla avec stupéfaction les bords des plaies sanglantes se rapprocher à vue d'œil, au point de presque se refermer, ne laissant bientôt plus qu'un fin sillon rouge visible. Le sillonneur revenait à la vie sous ses yeux. L'inexplicable phénomène aurait pu durer une seconde comme une année entière, Sara n'aurait pas vu la différence.

Puis elle vint à cligner des yeux, et le charme fut rompu.

Toute la chaleur que contenaient ses mains disparut subitement, laissant derrière elle un froid qui lui parut glacial. Mais Fao respirait de nouveau, et la guérisseuse sut alors que son rêve était devenu réalité.

L'aube commençait à poindre quand Sara retourna son compagnon sur le dos. Elle ne pouvait désormais plus l'aider à combattre ses blessures, celles-ci soignées, recousues et pansées. Seul le temps en était encore capable. Sans chercher à comprendre l'intervention divine dont elle venait d'être témoin, Sara s'affala sur sa couche, les mains tremblantes après une si longue intervention.

Et près d'elle Fao respirait toujours, encore accroché au maigre fil de la vie.

Chapitre 23

Fao survécut à la première journée suivant l'attaque des kov'sřis.

Sara ne se montra optimiste qu'après. Cela indiquait que Fao, même inconscient, se battait pour survivre et guérir. À partir du moment où son corps résistait à l'énorme perte de sang subie, la situation ne pouvait selon elle que s'améliorer. En revanche son œil était perdu, la griffe l'ayant atteint trop profondément pour espérer le sauver. Fao n'avait pas encore repris connaissance, et enchaînait des phases où il se mettait à répéter des paroles incompréhensibles, encore et encore, jusqu'à ce que le sommeil le regagne. Seul un mot émergeait de ses paroles chaotiques : *« Soa »*.

Sara ne s'en inquiéta pas plus que nécessaire, attendant avec espoir le moment où il redeviendrait lucide.

— Je sais que tu as toujours su guérir la moindre de nos blessures, mais honnêtement, cette fois, je ne te pensais pas capable de le sauver… confia Pol avec dans sa voix une émotion qu'il ne cherchait pas à dissimuler. Je ne sais même pas comment il peut être encore en train de respirer à l'heure qu'il est. C'était pourtant horrible, un vrai massacre…

— Moi non plus je ne sais pas comment j'ai fait… souffla Sara, le regard perdu dans les souvenirs de la récente nuit d'horreur.

Sara s'interrogea longuement sur le phénomène inexplicable qui était apparu pour sauver Fao. Bien qu'elle se le soit remémoré plusieurs dizaines de fois, la jeune femme ne parvenait pas à le rationaliser, son esprit dépassé par sa portée. Incapable de le garder pour elle plus longtemps, Sara finit par en parler à Alek.

Elle le conduisit à l'écart du groupe. Alors qu'ils se trouvaient tous les deux assis sur un énorme rocher surplombant leur refuge, les jambes pendues dans le vide, le sillonneur pouvait sentir le trouble de sa compagne.

— Qu'est-ce qu'il y a ? lui demanda-t-il dans un sourire attentionné. Quelque chose de grave s'est passé ?

Sara hésita un instant, redoutant la réaction d'Alek face au récit invraisemblable qu'elle s'apprêtait à livrer, avant de se lancer, en quête de réconfort.

— Il s'est passé quelque chose d'étrange pendant que je soignais Fao, la nuit où il a été attaqué. Quelque chose de vraiment étrange. J'étais sur le point de le perdre pour de bon, il n'y avait plus d'espoir. Absolument aucun. Et là, c'est comme si Dlaah lui-même est intervenu. Un étrange flux d'énergie est apparu dans mes mains, et ses plaies mortelles se sont refermées toutes seules. Comme par magie !

La jeune femme se tut. Elle ne disposait d'aucune hypothèse ou interprétation plausible à avancer pour expliquer le phénomène. Sara s'attendait à voir Alek sidéré, tout aussi choqué qu'elle, mais au contraire, il souriait de toutes ses dents.

— J'ai toujours su que tu étais une sorcière ! s'exclama-t-il sans se retenir de rire.

— Ça n'a rien de drôle… soupira Sara, déçue par la remarque amusée de son compagnon. C'est même très sérieux !

Alek retrouva une certaine gravité, le regard appuyé de la jeune femme posé sur lui.

— Écoute… commença-t-il en se voulant le plus rassurant possible. L'opération de Fao a été très longue, tu étais extrêmement fatiguée. Le lendemain encore tu tenais à peine debout. C'est normal que tu ne te rappelles plus tout à fait ce qui s'est passé. Quand l'esprit n'arrive plus à suivre, le corps prend le relais. Ça peut arriver à tout le monde. C'est aussi simple que ça.

Mais la guérisseuse secouait lentement la tête. Elle refusait l'explication apportée.

— Tu n'as pas besoin de te tracasser pour ça, reprit Alek. Tu as sauvé Fao, c'est l'essentiel. On t'est tous reconnaissants du fond du cœur pour les prouesses que tu as accomplies. Que tu t'en souviennes ou non, conclut-il d'un clin d'œil taquin.

Puis le sillonneur l'embrassa sans lui laisser le temps de répondre. Cependant Sara ne pouvait se résoudre à ses paroles.

Les sillonneurs décidèrent naturellement de rester sur place le temps que Fao se rétablisse, même si cela devait durer plusieurs semaines. Repartir avec lui dans cet état aurait relevé du suicide : il n'aurait pas survécu jusqu'à la tombée de la nuit.

Rolon restait près du blessé à longueur de journée, sa main serrée dans la sienne en espérant ainsi lui transmettre des forces. Sans se l'avouer, il refusait de voir mourir un nouvel ami après Gamo.

Il ne l'aurait pas supporté.

L'espoir de s'installer définitivement dans la maison quitta l'esprit des sillonneurs aussitôt l'angoisse autour de Fao dissipée. Une zone infestée par des créatures n'hésitant pas à s'attaquer aux humains était hélas beaucoup trop éloignée du sanctuaire à l'abri de tout danger qu'ils avaient cru atteindre. De plus, selon Rolon, le lieu servait de point de passage important pour traverser la montagne et les pillards l'empruntaient régulièrement. Il prit les restes du feu retrouvé en arrivant comme preuve de ce qu'il avançait. Comme pour le contredire, les voyageurs ne rencontrèrent aucune âme humaine au cours de leur séjour dans la maison. Mais une seule aurait suffi pour que leur sécurité soit menacée. Ils devraient donc repartir, plus loin.

Toujours plus loin.

La première chose que firent les sillonneurs en attendant que Fao se rétablisse fut de barricader la maison avec du bois et des rochers qu'ils trouvèrent dans les forêts alentour, en plus d'éviter de sortir la nuit. Cela empêcherait les kov'sřis ou autres créatures nocturnes de les attaquer.

Alek ne sentit bientôt plus du tout sa côte cassée, et défia Rolon en duel amical après qu'Egan lui en ait donné l'idée. Pol, Jona, Seff et Egan restèrent spectateurs en retrait, admirant le spectacle des deux meilleurs épéistes du groupe.

Rolon utilisait un style très académique. Celui-ci consistait en un système de parade-riposte très basique, mais qu'il avait su perfectionner au fil des années et des combats. Il savait néanmoins apporter des variations dans les moments opportuns, comme passer d'une garde haute à une garde basse pour déstabiliser l'adversaire qui pensait avoir compris sa façon de combattre, ou se fendre soudain d'une feinte à la façon d'un escrimeur. Rolon s'appuyait autant sur son épée que sur son bouclier, et rares étaient ceux qui comprenaient à quel point un simple rond de bois cerclé de fer pouvait se révéler une arme redoutable.

Alek, à l'inverse, n'avait rien d'académique. Il combattait avec une épée pour seule arme, volontairement plus courte que la normale de quelques centimètres. Ainsi elle correspondait mieux à son style tout en esquives, feintes et vitesse. Il maîtrisait à la perfection l'art d'attaquer son adversaire à contre-pied, et n'hésitait pas à se déséquilibrer pour l'atteindre en un point où il ne s'y attendait pas. Ce style pouvait se révéler très physique dans la durée si l'ennemi ne se laissait pas déborder, mais Alek était capable de combattre ainsi pendant des heures, et l'autre finissait toujours par commettre une erreur fatale face à ce feu follet d'acier.

Les deux hommes conclurent leur entraînement par une rapide passe d'arme où Rolon commença en parant la lame d'Alek à l'aide de son bouclier, avant de riposter d'un cinglant coup d'estoc au ventre. Alek sembla s'enrouler autour de l'épée tel un serpent pour se décaler et faire jaillir sa lame vers le cou de son adversaire, du côté que son bouclier ne protégeait pas. À ce moment Rolon dévia la trajectoire de sa propre épée pour atteindre aussi le cou d'Alek. Celui-ci vit le coup se dessiner et tenta de plier les genoux pour l'esquiver tout en atteignant son adversaire. Mais Rolon fut trop rapide et les deux hommes se retrouvèrent avec une lame sur la gorge.

De l'action les spectateurs n'avaient distingué qu'un ballet d'acier flou de vélocité.

— En réalité nous serions tous les deux morts, commenta froidement le vieux guerrier, pour qui le match nul équivalait à une défaite.

Alek rengaina son épée le premier et serra la main de son partenaire d'entraînement en éclatant de rire face à sa mine déconfite.

— Excellent combat ! Mais la prochaine fois il n'y aura pas d'égalité, tu verras ! C'est moi qui gagnerai !

— Rolon ! Je peux te parler ? demanda Sara alors qu'il aiguisait sa lame avec attention, les yeux rivés sur son fil pourtant déjà acéré.

— Qu'est-ce qu'il y a ? s'écria le vieux guerrier en relevant brusquement la tête. C'est Fao ? C'est grave ?

Il était déjà debout, prêt à accourir au chevet de son ami.

— Non, il va très bien, ne t'inquiète pas, rassura la guérisseuse sans toutefois perdre de son sérieux. Viens, éloignons-nous un peu.

Les épaules de Rolon se relâchèrent dans un soupir de soulagement et il la suivit le long du sentier rocailleux, prenant quelques distances avec la maison et le reste du groupe. Rolon ne parvenait pas à déchiffrer l'expression de Sara, où se mêlaient gravité et sincérité.

— Je sais que tu vas mal le prendre… commença-t-elle sans le quitter du regard. Mais le jour où il va falloir s'arrêter approche. S'arrêter une bonne fois pour toutes je veux dire. Et j'ai peur que ce soit avant d'atteindre les Ruines.

— Pourquoi ? demanda Rolon, surpris. Qu'est-ce qui te fait dire ça maintenant ?

— Les blessures ! s'exclama Sara. Tout le monde est à bout, ça ne te saute pas aux yeux ? Et je ne te parle pas que de Némï et Fao, qui représentent seulement la face visible du problème.

— Mais les autres vont très bien, non ?

La guérisseuse secoua la tête, son agacement presque palpable.

— Qu'est-ce que tu peux être focalisé sur ton objectif et ne rien voir à part le chemin qui t'y mène… souffla-t-elle. Non Rolon, les autres ne vont pas *très* bien, déclara Sara en haussant le ton. Pol ne sent plus la moitié de son visage depuis qu'il a reçu un éclat de roche lors du Souffle de Dlaah, Seff serre les dents dès que le vent passe sur ses bras touchés par l'acide, et il y a encore quelques jours Alek avait une côte cassée. Et je ne te parle pas de Fao qui ne tirera plus jamais à l'arc maintenant qu'il est borgne, ou de Némï qui est devenue un poids encore plus lourd pour le groupe. Encore ce matin Egan s'est entaillé le doigt en coupant du bois. Et toi, tu n'as jamais été blessé ? Tu ne t'es pas fait trancher la moitié de l'oreille ? Alors non, tout le monde ne va pas *très* bien. Au contraire, les sillonneurs sont à bout, et ça ne peut qu'empirer. Inévitablement.

— C'est pour cela que nous restons quelque temps ici, répondit le vieux guerrier avec calme, avant que ses émotions n'effacent sa raison et ne transforment la discussion en altercation stérile. Le temps de se reposer et de retrouver des forces. Lorsque nous repartirons, nous serons en pleine forme pour reprendre la route.

— Tu ne comprends pas… Nous sommes tous épuisés, même toi, que tu veuilles l'admettre ou non, et s'arrêter ici une semaine, un mois ou même un an ne changera rien. Tu sais, ça épuise d'être sur ses gardes en permanence…

— J'entends ce que tu dis Sara, sincèrement. Mais on doit continuer, les Ruines ont toujours été notre unique objectif. Notre unique solution. Aucun autre endroit n'est sûr, regarde ce qui vient d'arriver à Fao… Perdre un ami est terrible, j'en suis le premier concerné, mais on ne peut pas s'arrêter à la première difficulté, aussi horrible soit-elle. Les Ruines exigent de tels sacrifices. Et elles se rapprochent, je le sens…

— Je ne porterai pas les prochains morts avec ma conscience…

— Je les porterai, si ça peut nous permettre de les atteindre, déclara Rolon. Mais ne sous-estime pas les sillonneurs. Nous sommes aussi durs que le monde qui nous a forgé. Nous tiendrons.

Sara put reconstituer un stock conséquent d'herbes médicinales avec les plantes qu'elle trouva lors de ses promenades dans la montagne. Elle en profitait souvent pour aller se baigner sous une magnifique cascade qu'elle avait découverte, attirée par le son cristallin de l'eau contre la roche. L'endroit forçait l'émerveillement, lieu d'apaisement inespéré.

La cascade se déversait sur plusieurs mètres dans une petite crique où l'eau transparente permettait de suivre du regard les quelques poissons qui venaient également s'y réfugier. Tout autour la roche puis les arbres formaient un rempart naturel contre le monde extérieur. La baignade y était fraîche, mais vivifiante. Sara n'hésitait pas à passer plusieurs heures par jour dans ce véritable havre de paix, avec la sensation de changer brusquement d'univers pour un nouveau, silencieux et reposant.

La jeune femme se lavait au pied de la cascade à l'aide de mousse récoltée sur les parois, quand apparut Alek sur la petite plage de galets, qui semblait servir de frontière entre les deux mondes. Le jeune homme ne put s'empêcher d'admirer, pour la millième fois au moins, le corps gracieux de Sara.

L'eau coulait de ses longs cheveux blonds, aspergeait son visage radieux, passait la courbe de sa délicieuse poitrine, glissait sur ses hanches fines jusqu'à frôler l'arrondi de ses fesses, avant de caresser ses jambes douces comme la soie. Sa délicate silhouette élancée formait une véritable invitation au plaisir. La jeune femme paraissait si vulnérable ainsi, petite fée perdue au cœur d'un monde noir et cruel. Seules ombres à ce tableau de maître, de nombreuses cicatrices lui recouvraient le dos, certaines fines et presque effacées, d'autres larges et irrégulières. Le voyage n'épargnait personne.

En cet instant d'une fragilité émouvante, Alek se promit d'être toujours présent pour la protéger. Sara représentait tout pour lui. Cette phrase fit irruption dans son esprit avec fracas, alors qu'il se déshabillait pour la rejoindre. Il fut bientôt près d'elle sous la cascade, ses bras autour de sa taille, sa poitrine contre ses seins.

— Je voudrais figer le temps… lui souffla la jeune femme avec sensualité. Rester dans cette crique avec toi pour toujours…

— Moi aussi… répondit-il en l'embrassant tendrement.

Leurs lèvres se cherchèrent un instant avant de se trouver, se joindre, et ensemble sceller leur passion du sceau de l'amour.

Rien ne pouvait être mieux en ce moment parfait, comme figé hors du temps. Alek aurait voulu qu'il ne se termine jam…

— Ah, vous êtes là ! cria une voix dans leurs dos.

Le couple se retourna soudain, regrettant d'instinct de ne pas avoir d'arme à portée de main. Mais la menace s'appelait Pol, déjà en train d'enlever ses vêtements.

— Désolé de vous déranger les amoureux, mais j'ai besoin d'un bon bain en urgence !

Il avait à peine terminé sa phrase qu'il plongeait gauchement dans l'eau, éclaboussant ses compagnons, qui après un regard complice se mirent à rire aux éclats.

Les sillonneurs n'avaient aucun mal à s'approvisionner en nourriture dans les montagnes qui les entouraient. Quelques heures passées à parcourir les bois suffisaient aux chasseurs, seuls ou en groupe, pour ramener une ou deux bêtes, le plus souvent des liévrs ou des oiseaux qui n'avaient pas su déceler à temps la présence des hommes.

Ce fut au cours d'une de ces sorties, dans une partie de la forêt qu'il n'avait jusque-là jamais explorée, qu'Alek découvrit une caverne. Sans raison apparente elle retint son attention. Le sillonneur éprouvait des difficultés à définir ce troublant sentiment de malaise qu'il sentait se dégager du trou béant d'obscurité. Puis l'évidence se fraya un chemin à travers son esprit alors que ses yeux s'écarquillaient de surprise.

L'entrée de la caverne, bien que composée de terre et de roche, formait un cercle.

Un cercle parfait.

Sans le moindre défaut.

« C'est impossible... pensa Alek, dans un soupçon d'inquiétude instillant un grain de curiosité. *Je veux bien être pendu si ce trou est naturel... »*

Il s'empressa d'appeler Pol et Seff, qui se trouvaient encore à portée de voix. Les deux sillonneurs le rejoignirent et le jeune homme leur désigna l'étrange entrée de la grotte, qui s'enfonçait ensuite dans le sol sans qu'ils puissent en voir le fond.

— Vous avez une idée de ce que c'est ?

Seff secoua la tête en s'approchant avec intérêt. Ses doigts suivirent le contour délicat du rebord, les traces de la main humaine aussi invisibles qu'indéniables.

— Sûrement l'antre d'un génie maléfique, suggéra Pol alors qu'il reculait inconsciemment d'un pas. Jamais de la vie je ne mettrai les pieds là-dedans.

— Dans ce cas tu n'auras qu'à prévenir les autres que nous sommes morts, massacrés par un de tes esprits ! s'exclama Alek en s'engageant dans la caverne, bientôt suivi par Seff, qui retenait un sourire moqueur. Et n'oublie pas de leur préciser que tu n'as pas eu le courage de nous porter secours !

Pol maudit son ami à voix basse, alors que celui-ci disparaissait dans l'obscurité. Une minute s'écoula sans qu'il parvienne à prendre de décision, son cœur oscillant entre croyance et raison. Puis, après une courte prière à Dlaah, le sillonneur grogna une injure de mécontentement et finit par suivre ses deux compagnons, alors que dans son esprit défilaient d'innombrables représentations de créatures maléfiques susceptibles de lui arracher son âme une fois l'entrée de la caverne franchie.

Chapitre 24

C'était en fait un tunnel.

Un tunnel immense.

Il semblait s'enfoncer en pente douce jusque dans les entrailles de la terre. Les trois hommes avançaient lentement, l'arme à la main, redoutant à chaque pas de tomber dans un piège. Bientôt le rond étincelant de l'entrée ne fut plus qu'un lointain souvenir, sans que l'obscurité n'envahisse le tunnel pour autant. Aucune source de lumière n'était visible, et pourtant les sillonneurs voyaient très bien où ils marchaient, comme si les murs eux-mêmes émettaient une douce lueur blanche. À leurs pieds la terre céda la place à une surface parfaitement lisse, mélange de marbre et de verre, qui glissait lorsque l'inclinaison devenait plus forte. Malgré la noirceur du sol, Alek avait l'impression qu'à se concentrer dessus assez longtemps, il pourrait y voir à travers.

Et ils continuaient de descendre, inlassablement. Alek pensait à l'incroyable volume de roche qui se trouvait maintenant au-dessus de sa tête, peu rassuré malgré l'apparente solidité du tunnel. Constatant que le fond du tunnel ne semblait toujours pas se rapprocher, les sillonneurs finirent par baisser leurs armes et marcher plus vite.

Personne ne prononçait le moindre mot, comme s'ils craignaient qu'un simple murmure puisse réveiller le maître des lieux. Celui-ci prenait de multiples formes selon l'esprit qui se l'imaginait. Chez Pol il possédait l'apparence d'une titanesque créature millénaire enfermée dans la pierre, sur le point d'engloutir les malheureux visiteurs dans un flot de magma jaillissant tout droit de sa gueule, tandis que chez Seff, il ressemblait à un vieil homme, sa canne depuis longtemps pour seul compagnon, mais prêt à déchaîner toute sa colère sur l'effronté qui viendrait troubler sa retraite éternelle.

Alek perdit la notion du temps. Il descendait le long de ce boyau de roche depuis dix minutes.

Ou bien une heure.

À moins qu'une journée entière se soit écoulée.

Le sol ne redevint plat qu'une fois que les hommes commencèrent à se demander s'ils auraient la force nécessaire pour regagner la surface. Puis ils arrivèrent enfin au bout du tunnel.

Devant une porte.

Elle occupait la totalité du souterrain, interdisant quiconque d'avancer plus loin dans les entrailles de la terre. La lourde porte était constituée d'un acier gris étincelant, sans la moindre rayure ou quelconque trace de l'empreinte du temps, comme si on l'avait installée la veille. Elle comportait des inscriptions incompréhensibles pour les trois hommes, que surmontait un imposant symbole de métal noir.

— Ce sont les Anciens qui ont construit ça ? demanda Pol, que la crainte d'un châtiment mystique n'avait pas quitté.

— Aucun doute, répondit Alek sans quitter le symbole des yeux. Ces inscriptions sont la langue des Anciens, ajouta-t-il en les pointant du doigt. Hélas plus personne n'est capable de les déchiffrer aujourd'hui.

— Et ce symbole ? Qu'est-ce que c'est ? Une mise en garde ?

— Non, je pense plutôt que c'est juste une indication. Je ne vois pas ce qu'ils auraient pu cacher…

Alek s'avança alors en tendant le bras vers la porte.

— Attends ! s'écria Pol, figé de stupeur. Qu'est-ce que tu fais ?

Mais il avait déjà posé la main dessus. Aussitôt des rayons de lumière verts apparurent du plafond et du sol, pointés sur son torse et son visage en dessinant des circonvolutions comme s'ils voulaient y pénétrer.

— Attention ! cria Pol, à deux doigts de prendre ses jambes à son cou.

Alek s'immobilisa. Les rayons aussi. Au bout de quelques secondes, le faisceau s'éteignit et une voix féminine retentit soudain dans le tunnel :

— Échec identification. Veuillez réessayer.

Les trois hommes bondirent de surprise et levèrent d'instinct leurs armes en cherchant l'origine de la voix. Après une minute à tourner la tête dans tous les sens, à tâter les parois pour y déceler une faille ou une cavité secrète, ils constatèrent qu'ils étaient bel et bien seuls sous terre. Ce fut Alek qui le premier réalisa ce que la voix venait de dire.

— Vas-y Pol, à toi d'essayer. Ça marchera peut-être avec toi.

— Je… Mais… Tu es sûr ? Je risque d'attraper la malédiction des Anciens si ces trucs me touchent…

— Mais non… Allez vas-y, soit un peu courageux.

Dans un élan de fierté Pol s'avança, plus effrayé que jamais, jusqu'à la porte métallique, et après une éternité finit par poser la main dessus. Les rayons de lumière réapparurent tout aussi vite. Le jeune homme fermait les yeux et grimaçait sous la torture qu'il s'imaginait. Et la voix finit par déclarer, sur un ton identique :

— Échec identification. Veuillez réessayer.

Seff essaya à son tour, sans succès.

— On n'a qu'à appeler Jona pour qu'il détruise la porte avec sa hache, si vous voulez vraiment voir ce qu'il y a de l'autre côté, proposa Pol.

— Je doute qu'un simple coup de hache puisse en venir à bout. Et puis on ne sait pas de quel genre de défense il s'agit, rétorqua Alek tout en réfléchissant à la situation. Imagine si elle est piégée et qu'une fosse remplie de pieux s'ouvre sous nos pieds au moment de l'impact…

— Ça m'étonnerait que les Anciens utilisaient des fosses et des pieux comme moyens de défense alors qu'ils étaient capables de faire apparaître des voix par magie… fit remarquer Seff, sceptique.

— C'est une image… souffla Alek dans un regard noir. Crois-moi que si la porte est piégée, ce sera bien pire que de finir empalé sur un pieu…

Le sillonneur fixa la porte pendant quelques instants, immobile et silencieux, avant de déclarer avec déception :

— Les Anciens ont emporté le secret de ce lieu avec eux… Qui sait ce qui peut encore se cacher derrière cette porte ?

Chapitre 25

Fao reprit progressivement des forces. D'abord aussi livide qu'un fantôme, il retrouva des couleurs à mesure que son corps se remettait du choc subi et se remplissait d'un sang nouveau. Trois jours après son combat, il parla enfin. Sa voix était alors faible et peu assurée, mais compréhensible.

— Sara… Sara…

Celle-ci se trouvait à deux pas de lui, en train d'écraser des feuilles qu'elle venait de cueillir pour les réduire en poudre. À ces mots elle releva brusquement la tête, comme foudroyée de surprise, avant de bondir sur ses pieds et de se précipiter sur lui.

— Fao ! Ça va ? Tu m'entends ?

Au comble de l'affolement, elle perdait son sang-froid, mais comprit très vite qu'il n'y avait aucune raison de s'inquiéter. Le réveil de Fao constituait au contraire une excellente nouvelle.

— J'ai vraiment faim… souffla-t-il, le visage néanmoins crispé.

— Oui, bien sûr, sourit-elle en allant aussitôt lui chercher quelque chose à manger.

Sara ramena une bouillie de légumes pour qu'il n'ait pas besoin de mâcher.

Après que Fao eut repris connaissance, les sillonneurs le placèrent aux côtés de Némï, afin qu'ils puissent parler ensemble et panser leurs plaies mentales mutuellement. Ainsi il occupait des journées terrifiantes d'immobilité, lui qui aimait tant être seul dehors. Les murs de pierre devinrent très vite un horizon insoutenable.

Némï l'abandonnait quelques heures par jour pour se promener à l'extérieur et s'habituer à l'absence de son bras. Elle essaya plusieurs fois de monter à cheval seule, mais la hauteur des montures transformait la tâche délicate en véritable épreuve d'équilibre et de force. De plus, elle peinait à retrouver de l'assurance une fois juchée sur la selle.

Placer les deux blessés ensemble attrista Sara, qui se sentit tout à coup inutile, la présence de Némï la contraignant à ne pas voir Fao aussi souvent qu'elle l'aurait souhaité. Mais cela n'empêcha pas celui-ci de recommencer peu à peu à bouger les bras, puis les jambes, avant d'essayer de se relever. Il échoua de nombreuses fois, tel un enfant en plein apprentissage. Fao en avait les larmes aux yeux de rage, surtout à cause des encouragements de ses compagnons, qu'il ressentait comme une humiliation. Il ne parvenait toutefois pas à leur demander d'arrêter. Un soir il confia en chuchotant à Rolon, assez bas pour que les autres n'entendent rien de ses tourments :

— Tu sais Rolon, j'ai compris que plus rien ne sera comme avant pour moi. Maintenant je suis borgne, et je ne sais pas si je remarcherai droit un jour. Alors, tirer à l'arc ou me battre ? Pfff… Je suis devenu un poids mort… J'ai beaucoup réfléchi ces derniers jours, et des fois je me dis qu'il faudrait que je parte tant qu'il me reste encore un peu de dignité…

— Ne dis pas ça Fao… murmura Rolon dans un regard où la compassion pouvait se lire avec une intensité palpable. On sait tous les risques que comporte le voyage dans lequel nous nous sommes lancés. Hélas le destin a décidé que cela devait tomber sur toi… J'en suis le premier navré. Mais tu peux compter sur nous pour te soutenir. Nous ne t'abandonnerons jamais. Tu m'entends ? Jamais.

Un éclat d'espoir sembla se raviver au fond des yeux de Fao alors que les paroles du vieux guerrier venaient s'ancrer dans son esprit.

— Merci Rolon.

Le blessé finit par réussir à se lever, puis doucement enchaîner quelques pas, avant de parvenir à descendre les marches tout seul. Ainsi le matin il rejoignait Sara pour qu'elle lui enlève les quelques points de suture cicatrisés. Après cela il aimait quitter le bâtiment, appuyé sur une canne à la façon d'un vieillard, pour s'asseoir sur un rocher et profiter du souffle frais de la brise sur ses plaies encore douloureuses. Sans arme à la ceinture. Il n'aurait pas été capable de s'en servir.

Un jour il demanda innocemment au groupe rassemblé devant lui :

— Vous savez qui m'a tiré dessus pendant l'attaque ?

Il fixait la trace de la flèche lui ayant traversé la main, qu'il n'arrivait désormais plus à refermer totalement. Aussi surpris que gênés Alek et Sara rougirent en échangeant un regard rempli de nervosité.

— Euh… Non, on l'ignore… balbutia le jeune homme alors qu'apparaissait une tension sourde et insaisissable. Il faisait noir, on ne voyait pas grand-chose…

Fao hocha la tête comme si la réponse n'avait que peu d'importance, pourtant Rolon comprit à son expression que cette question faisait partie de celles qu'il avait eu le temps de ruminer pendant sa convalescence.

Le chef des sillonneurs profita de ces semaines pour aller reconnaître le chemin que les cavaliers emprunteraient au moment du départ. Il partit sur son kval un matin à l'aube et ne revint que tard dans la nuit, inquiétant tout le groupe qui ne le voyait pas rentrer malgré la tombée du jour. Le vieux guerrier avait poussé aussi loin que possible en une seule journée avant de rebrousser chemin. Il avait atteint un col de faible altitude qui leur permettrait de basculer sur l'autre versant de la montagne sans encombre. Mais derrière reprenaient des paysages comme ils en avaient déjà vu mille fois : des plaines, des forêts, et des plaines encore, qui se succédaient, inlassablement.

Rolon commença à se demander, plus touché qu'il ne voulait l'admettre par cette expédition, s'il ne chassait pas depuis le début une chimère, invention tout droit sortie de sa folle imagination. Les Ruines existaient-elles vraiment, malgré l'aplomb avec lequel il l'affirmait ? Était-il possible de les atteindre autre part que dans ses rêves ?

Le vieux guerrier tentait de balayer ces pensées parasites de son esprit, mais elles revenaient sans cesse le harceler, toujours plus fortes, alors que l'immobilité pesait sur lui chaque jour davantage. Au moins le voyage, fuite en avant permanente, empêchait la naissance de telles idées.

Un matin les sillonneurs furent réveillés par la sueur sur leurs fronts. La chaleur soudaine les inquiéta aussitôt, car la saison chaude touchait à sa fin et ils n'avaient plus connu pareille température depuis très longtemps. Un souvenir terrible leur revint en mémoire, alors que Jona sentait un frisson lui parcourir l'échine.

Anxieux, ils s'empressèrent de sortir.

La confirmation de leurs craintes fut immédiate.

D'un instant à l'autre, Soleï comptait de nouveau apparaître. Les nuages d'ordinaire gris étaient d'une blancheur absolue, s'apprêtant à laisser passer le monstre de lumière.

— On a de la chance de pas être en dessous… observa niaisement Pol en fixant l'endroit au-dessus de la steppe où les nuages commençaient à s'écarter.

Personne ne répondit, absorbé par le spectacle de la colonne lumineuse qui vint s'écraser contre le sol avec autant de vitesse que de force, faisant trembler la terre jusque sous leurs pieds. Les secousses furent bientôt suivies par la vague de chaleur que les sillonneurs connaissaient déjà. Ils ne coururent pas se mettre à l'abri dans la maison, et affrontèrent la fournaise supportable depuis leur position. Il leur était de toute façon vain de penser à fuir. Si par malheur Soleï avançait jusqu'à eux, ils n'auraient pas le temps de s'éloigner assez loin à travers les pentes escarpées de la montagne pour se soustraire à la colère de Dlaah.

Au lieu de cela le groupe admira, immobile, ce spectacle de destruction aveugle, impressionnante démonstration du pouvoir de la nature, les yeux plissés par l'intense luminosité qui menaçait de recouvrir l'horizon. Devant eux la steppe était réduite en cendre à une allure stupéfiante, Soleï progressant plus vite que le feu qui se serait emparé de l'herbe.

Le phénomène dura beaucoup plus longtemps que dans leurs souvenirs, mais ne se rapprocha jamais suffisamment des montagnes pour inquiéter les sillonneurs.

De la steppe verdoyante aux centaines d'années de croissance que les sillonneurs avaient traversée ne subsista bientôt plus qu'un désert. Inutile de rechercher une quelconque trace de vie au cœur de ce néant.

Le message, évident aux yeux de tous, apparaissait aussi simple que brutal : le danger restait omniprésent. Il pouvait surgir à tout instant sans prévenir, et tuer avant même que l'on ait le temps de réciter une dernière prière.

Une fois que Soleï eut disparu derrière les nuages reprenant tranquillement leur place dans le ciel, insensibles à la catastrophe qui venait de se produire sous leurs yeux, Pol murmura, les vêtements collés à sa peau par la sueur :

— J'espère que Jak et ses enfants étaient déjà loin…

Chapitre 26

Seff s'étonna de trouver Orelo assis seul sur un rocher, le regard errant sans but sur la steppe, son chapeau de paille percé au supplice dans le creux de ses poings. Menaçant de s'élargir, les bords des trous se tordaient de douleur, écartelés par la pression subie, tandis que la plume rouge, qui luttait pour ne pas choir de son logement, semblait pousser des hurlements de souffrance sous les doigts crispés qui la torturaient. Son visage n'affichait aucune expression, apparence inhabituelle pour le conteur qui aimait à se couvrir d'une attitude constamment exagérée, que ce soit dans la joie ou la tristesse, à la façon d'un masque de cirque le protégeant du monde extérieur.

— Tu as l'air perdu dans de sombres pensées, souffla Seff en s'approchant.

Orelo releva alors sur lui un regard empreint d'une tristesse que son compagnon ne lui avait jamais connue.

— Il est vrai qu'on peut parfois me retrouver tourmenté par mes propres démons, depuis longtemps hélas devenus comme de vieux ennemis aussi acerbes que rancuniers, déclara le conteur sans la moindre intonation.

Même un cadavre aurait été plus chaleureux.

— Qu'est-ce qui te trouble ? Encore au repas il y a quelques heures tout allait bien…

— On ne commande pas à ce genre d'attaque mentale… Celles-ci te prennent par surprise, au moment où tu t'y attends le moins, et frappent sans merci dans la fragile ouverture que tu as laissée par mégarde entrouverte, jusqu'à te laisser harassé, pantelant, psychiquement éreinté. Elles s'engouffrent alors dans la brèche et plus rien ne peut stopper leur carnage cérébral, pillant, violant et tuant tout sur leur passage, de tes souvenirs heureux au cœur de ton identité.

Seff vint s'asseoir à côté de lui tandis qu'il découvrait Orelo dans un état beaucoup plus grave que celui imaginé de prime abord.

— Mais de quoi parles-tu enfin ? Qu'est-ce qui t…

— Je suis inutile.

La phrase avait été décochée avec une simplicité effroyable, pourtant elle trahissait un tourment d'une complexité immense.

— Le monde n'a plus besoin de conteur, reprit Orelo avant que son compagnon stupéfait n'ait pu réagir. Je suis sûrement le dernier représentant d'une lignée vouée à disparaître…

— Mais enfin… s'indigna Seff face à son défaitisme. Tu es notre conteur ! Si tu n'étais pas là, qui nous remonterait le moral après une énième journée passée à avancer ? Qui nous ferait découvrir les Anciens, leur quotidien comme leurs secrets ? Qui ?

Le conteur regarda alors le sillonneur d'un air navré, comme s'il s'apprêtait à lui révéler une terrible vérité.

— Tout le monde… ou personne. Peu importe. Notre monde nécessite de nombreuses choses, mais pas de frivole troubadour brassant du vent à longueur de journée. Il a besoin de meneurs comme Rolon, de soigneurs comme Sara, de chasseurs comme Fao, de guerriers comme Jona, de sillonneurs comme toi… mais pas de troubadour comme moi.

Sidéré, Seff peinait à trouver les mots justes pour le convaincre de son rôle essentiel, tant les paroles d'Orelo s'abattaient avec un aplomb redoutable.

— Les mots… Les mots… soufflait le conteur sans prêter attention à son compagnon. À quoi servent les mots aujourd'hui, dans ce monde de barbares ? Peut-être les miens arrivent-ils à vous faire rêver l'espace d'un instant, mais ils ne serviront jamais à ce que nous mangions jusqu'à satiété ou échappions aussi bien aux pillards qu'aux tempêtes. Les mots sont désormais aussi futiles que l'air autour de nous, ils glissent sur les choses avec autant de légèreté qu'un doux alizé. Ainsi mes contes ne deviennent que du vent voué à disparaître.

À côté de lui le sillonneur secouait la tête de plus en plus fermement. Avant qu'Orelo ne reprenne son monologue, il s'écria :

— Comment peux-tu tout à coup renier jusqu'à ton essence même ? Tu as un don, tu es né pour ça ! C'est à toi de prouver au monde que tu es là pour une bonne raison. Éblouis-le de tes histoires spectaculaires !

Le conteur ne réagissait pas à ses paroles et énumérait désormais, les yeux perdus dans l'immensité de la steppe et l'esprit coupé de son environnement :

— Je n'ai rien fait face aux pillards. Je n'ai rien fait face à l'aréknaé. Je n'ai rien fait face aux lüus. Je n'ai rien fait face aux krokos. Je n'ai rien fait face aux kov'sřis. Je ne fais jamais rien quand on a vraiment besoin de moi. Je suis inutile. Ce n'est pas Gamo que le Souffle de Dlaah aurait dû emporter, mais moi…

— Tu vas trop loin ! rugit Seff. Ressaisis-toi, tu es en train de complètement perdre la tête !

Le sillonneur se retenait avec difficulté de se lever pour le secouer et lui faire entendre raison par la force.

— Bien au contraire, tu nous es indispensable ! s'exclama Seff en levant les bras au ciel pour accentuer son propos. Tu réchauffes nos cœurs ! Tu nous fais avancer ! Sans toi nous ne serions qu'une colonne de fantômes, sillonnant le monde sans le moindre rêve ou étincelle de vie ! Une simple bourrasque suffirait à nous faire basculer dans le pays des morts !

Le sillonneur crut alors apercevoir un éclat d'orgueil dans les yeux de son compagnon.

— Tu fais partie des nôtres, reprit-il avec vigueur. Tu as peur que l'on te rejette parce que tu n'es pas un grand guerrier ? Voyons… Arrête donc de penser à de telles idioties et viens plutôt nous rejoindre dans la maison.

— Non, trancha le conteur comme si la proposition lui paraissait déplacée. Ce simple constat de mon incapacité est personnel, les autres n'ont pas besoin que je les importune avec. Chacun ses problèmes, non ? J'ai conscience que mes nuages noirs ne resteront qu'un temps et que le ciel de mon esprit finira par se dégager, libérant ainsi des contes par vagues entières, mais dans l'immédiat j'ai besoin d'un peu de temps. Je vais rester seul encore quelques instants, et je vous rejoindrai ensuite.

Le sourire froid d'Orelo fit comprendre à Seff qu'il était temps pour lui de s'en aller. Répéter ses arguments afin de lui remonter le moral et l'arracher à son état de doute aurait été inutile, le conteur possédait désormais toutes les armes nécessaires pour vaincre sa mélancolie.

Alors que Seff s'éloignait, il perçut, à la limite de l'audible, le souffle d'Orelo, qui avec sincérité disait :

— Merci pour tes mots. Vraiment.

Chapitre 27

Egan pistait sa proie sans relâche.

Il suivait depuis maintenant deux heures le mince sentier qui serpentait entre les buissons et les rochers. Pour la première fois il s'aventurait à la chasse seul, après que les sillonneurs lui aient souhaité bonne chance en constatant avec fierté les progrès qu'il avait réalisés en seulement quelques mois. Une main tenant l'arc et l'autre la flèche déjà encochée, l'adolescent avançait à pas silencieux le long du chemin couvert de feuilles, reproduction parfaite des mouvements enseignés par Fao. Il pressentait que la fin de la traque se rapprochait, que sa proie ne se trouvait plus très loin…

Le sentier s'éleva sur quelques mètres jusqu'à une petite crête, d'où lui parvenait le bruit caractéristique de l'eau qui effleure la roche. Egan en déduisit que l'animal s'abreuvait à la rivière traversant la forêt, véritable veine porteuse de vie pour la végétation luxuriante qui l'entourait. Il descendit lentement le mouvement de terrain jusqu'au cours d'eau, en veillant à ne pas faire rouler la moindre pierre pour rester silencieux. En quelques minutes le sillonneur atteignit la rivière, mais resta caché derrière le rideau d'arbres.

La proie n'était toujours pas visible. Egan choisit alors d'avancer de trois pas, quittant la protection de la végétation dans l'espoir de l'apercevoir, elle ou au moins la piste qu'elle venait d'emprunter.

C'est alors qu'il le voit.

L'homme.

Qui le fixe.

Aussi étonné que lui.

Torse nu, l'inconnu se tenait debout au bord du cours d'eau, une tunique élimée séchant juste à côté de lui sur la roche. Avec les traits sales taillés à la hache et la barbe de plusieurs jours qui lui rongeait le visage, il semblait avoir au moins quarante ans, mais devait en réalité seulement approcher de la trentaine. Son buste décharné était recouvert de scarifications représentant une multitude de créatures démoniaques et de symboles ésotériques, qui courraient jusqu'à ses épaules puis son dos. Sur sa joue avaient été tracés sept traits parfaitement alignés, qui semblaient attendre que d'autres viennent s'ajouter au décompte. Son pantalon et ses bottes maculés de boue indiquaient que l'individu ne provenait pas du même versant de la montagne qu'Egan, sec depuis plusieurs jours. À côté de sa tunique reposait une épée, dans un fourreau que l'adolescent estima de mauvaise facture.

L'homme se figea en voyant l'inconnu armé apparaître soudain de la lisière, à une dizaine de mètres de lui, mais son visage s'illumina quand il comprit qu'il ne s'agissait que d'un simple adolescent. Egan remarqua que son regard balayait tout de même les alentours pour s'assurer que personne d'autre ne s'apprêtait à le rejoindre.

— Hé garçon ! s'exclama l'homme avec un sourire excessif. Qu'est-ce que tu fais là ? Tu as perdu tes parents ?

Il en avait profité pour avancer d'un pas vers son épée. Egan, son arc toujours en main, recula d'instinct d'un pas.

— Je… je… Qui êtes-vous ? balbutia l'adolescent alors qu'il réalisait que de toute sa vie il ne s'était jamais retrouvé seul face à un étranger.

Il sentait ses mains se mettre à trembler à mesure que la tension et l'angoisse l'envahissaient, et se maudit pour cette faiblesse.

— Un simple voyageur, sourit l'inconnu en avançant d'un nouveau pas. Je redescendais juste dans la vallée, j'ai…

La flèche jaillit d'elle-même.

Egan, le corps parcouru de soubresauts d'inquiétude, avait laissé la corde claquer entre ses doigts. Le projectile passa à plusieurs mètres de l'homme. Celui-ci bondit aussitôt sur son épée et la dégaina en se ruant sur l'adolescent comme un fauve sur sa proie. Egan avait également tiré la sienne et lui faisait face, mais il devait la tenir à deux mains pour cacher la vague de stress qui l'envahissait, balayant sur son passage toute la volonté et la confiance accumulée en lui.

— C'est mon jour de chance aujourd'hui, déclara le pillard, les yeux envahis par la soif de sang. On dirait que je vais pouvoir ajouter un nouveau trait à ma collection…

Egan tentait vainement de calmer les furieux battements de son cœur, qui résonnaient jusque dans ses tempes comme deux gongs martelés de coups, son esprit à la recherche des leçons de combat enseignées par les sillonneurs.

Mais rien n'apparaissait.

Le vide absolu !

Comme si ses nombreux entraînements n'avaient jamais existé autre part que dans ses rêves ! Il n'avait jamais combattu un homme, à peine une bête, alors comment pouvait-il survivre face à un combattant expérimenté ? Les centaines d'heures passées à suer jusqu'à la dernière goutte de son corps ne représentaient donc rien une fois le véritable danger face à lui ?

Egan réalisa très vite que, sans s'en apercevoir, les leçons avaient en réalité parfaitement porté leurs fruits.

Soudain le pillard lança une attaque sournoise que l'adolescent para d'un geste fluide, réflexe qui le surprit autant que son adversaire. Celui-ci ne s'attendait pas à rencontrer la moindre résistance.

— On dirait que tu sais te battre petit ! s'exclama-t-il sans se départir de son sourire. C'est ton père qui t'a appris ?

Le brigand saisit alors la poignée de son arme à deux mains et l'abattit de toutes ses forces sur le garçon, qui bondit en arrière pour l'esquiver. Egan comprit à ses dépens que son adversaire l'avait anticipé lorsqu'il reçut un violent coup de poing en plein visage. Alek et Rolon ne lui enseignaient pas ce genre de coups…

L'adolescent manqua de tomber en arrière, mais se ressaisit au dernier instant. La vue brouillée par le choc, il sentait le sang chaud couler de son nez jusque dans son cou.

Déjà le pillard repassait à l'attaque.

Egan bloqua le coup in extremis, mais la lourde lame vint tout de même lui entailler le haut du bras, mal protégé. Il lâcha un cri de douleur, néanmoins se remit aussitôt en garde, voulut…

Le coup de pied le percuta en pleine poitrine.

Le souffle coupé il s'écrasa durement contre la roche froide qui bordait la rivière. Son dos explosa sous l'impact dans un déferlement de douleur. Alors qu'il cherchait désespérément à faire rentrer de l'air dans ses poumons, Egan vit l'ombre du pillard le surplomber, son sourire toujours aux lèvres. L'adolescent serra les poings, se préparant avec fatalité au coup mortel qui ne tarderait pas à suivre.

Sa main se referma sur la poignée de son épée.

Il ne l'avait pas lâchée en tombant.

— Alors, une dernière parole, pet…

La lame fend les airs à la vitesse de l'éclair.

Le pillard lâcha son épée comme si elle était soudain devenue brûlante, avant de regarder avec stupéfaction sa main ensanglantée où manquaient deux doigts.

— Enfoiré… proféra-t-il la voix emplie d'une haine palpable.

Encore allongé, Egan pouvait maintenant respirer, et enfin se releva.

Tenta de se relever.

La botte du pillard s'abattit brutalement sur son poignet et le tordit avec méchanceté, forçant l'adolescent à aussitôt lâcher son arme. L'homme se laissa ensuite tomber sur Egan pour l'écraser de tout son poids, sans lui laisser la moindre chance de s'échapper. Bien qu'à nouveau incapable de respirer, l'adolescent pouvait sentir sur sa joue l'haleine fétide de l'étranger plaqué contre lui, leurs corps dessinant ensemble un acte primitif d'une rare violence.

Deux mains se refermèrent sauvagement sur le cou du sillonneur, avant de serrer.

Fort.

Très fort.

Le visage de l'homme, tordu par l'effort et la rage, ne fut bientôt plus qu'une ombre floue, à mesure qu'Egan perdait connaissance. Il ne parvenait même pas à crier, la bouche grande ouverte dans un cri muet, avec pour seules sensations l'étau brûlant autour de son cou, le corps plus lourd qu'un roc l'empêchant de se débattre, ses forces le quittant progressivement…

Dans un ultime effort de volonté, presque un spasme de moribond, il dégagea ses bras de l'étreinte mortelle et les tendit vers la tête de son agresseur. Le hasard guida ses doigts vers les yeux du pillard. Alors il serra.

Fort.

Très fort.

L'étau disparut aussitôt tandis que retentissait un hurlement atroce. Egan, étonné de ne pas être encore mort, aspira une grande bouffée d'air.

Ainsi il revint à la vie.

Il put ensuite se redresser, aussi rapidement que ses maigres forces restantes le lui permettaient. L'adolescent dut attendre de longues secondes avant que la terre arrête de tanguer sous ses pieds. Pendant ce temps le pillard se trouvait à quelques mètres de lui à peine, les mains plaquées contre ses yeux.

— Tu m'as fait quoi putain ? Je vois plus rien !

Egan se jeta sur l'homme sans défense dans un rugissement animal et le projeta à son tour au sol, manquant de plonger dans la rivière à portée de main. La tête du pillard heurta la roche dans un craquement écœurant. Une main tenta de saisir l'adolescent à la gorge, mais déjà celui-ci attrapait le crâne de son ennemi pour l'écraser contre la pierre.

Une première fois.

Le brigand laissa échapper un grognement sourd, alors que sa tête heurtait de nouveau le sol.

Une deuxième fois.

Egan ne sut jamais combien de fois il abattit méthodiquement le crâne contre la roche. Après la troisième fois le pillard ne bougeait sans doute déjà plus mais, aveuglé par la puissance euphorique qu'il sentait envahir son corps au point de perdre jusqu'à sa raison, le sillonneur ne cessa qu'une fois ses bras lourds d'épuisement.

Quand il laissa enfin retomber la tête pour reprendre son souffle, ses membres résonnaient encore des coups contre la roche. Egan remarqua que le crâne fracassé laissait échapper quelques morceaux de cervelle, tandis que le visage difforme de l'homme était à jamais figé en une expression de souffrance absolue. Son sang s'écoulait, imitant les nombreuses racines d'un arbre, jusque dans la rivière où il se mélangeait alors à l'eau pour y dessiner d'éphémères arabesques pourpres.

Egan s'écarta subitement du corps, dégoûté par sa propre sauvagerie. Il s'empressa de récupérer son arc et son épée, avant de se mettre à courir à en perdre haleine afin de rejoindre le reste du groupe. L'adolescent ne tentait même pas d'éviter les branches qui lui fouettaient sèchement le visage, alors que d'innombrables questions se bousculaient dans son esprit :

« Est-ce que l'homme était seul ? Est-ce que son groupe va s'apercevoir de sa disparition ? Est-ce que les pillards vont venir se venger ? Est-ce que Rolon me pardonnera cette terrible erreur ? Est-ce qu'il va me bannir des sillonneurs ? Est-ce que… »

Les arbres défilaient à toute vitesse sans qu'il soit sûr d'emprunter le bon chemin pour regagner la maison à flanc de falaise. L'ivresse du combat finit par se dissiper, et le garçon sentit ses jambes flageoler alors qu'il manquait de percuter un tronc de plein fouet. Pris de violentes nausées, Egan croyait avancer au cœur d'une hallucination, incapable de digérer le meurtre de l'homme. En avait-il vraiment été capable, ou bien l'avait-il imaginé depuis le début ? Allait-il se réveiller un jour de ce cauchemar, ou était-il condamné à errer dans ces bois pour l'éternité ?

Alek vit en premier l'adolescent surgir de l'ombre des arbres et courir à toute vitesse dans sa direction. Ce ne fut que lorsqu'il distingua son visage effrayé qu'il se précipita vers lui. Les deux hommes faillirent se percuter alors qu'Egan ne semblait pas avoir pleinement conscience de sa présence. Le cou violacé et le nez en sang du garçon ne l'inquiétaient pas autant que son regard terrifié.

— Qu'est-ce qui t'est arrivé ? Tu t'es fait attaquer ?

L'adolescent leva sur le jeune homme des yeux remplis de larmes, avant de se mettre à débiter des paroles inintelligibles. Alek le fit répéter plusieurs fois, mais Egan recommençait sans cesse avec le même affolement.

— Calme-toi ! Il faut que tu te calmes ! Tout va bien ! Tu m'entends ? Tout va bien !

Les mots n'eurent aucun effet et il continua d'enchaîner les propos incompréhensibles, le regard perdu dans le vide et le corps agité de soubresauts.

Chapitre 28

— Tu es sûr que c'était un pillard ? lui demandait Rolon pour la troisième fois au moins.

Egan était peu à peu parvenu à redevenir calme, et parlait à nouveau de façon compréhensible.

— Oui ! cria l'adolescent dont les larmes ne quittaient toujours pas le visage. Il a essayé de me tuer !

Le vieux guerrier, désormais certain de la décision à prendre, se redressa et déclara sombrement aux sillonneurs rassemblés autour d'Egan :

— On part. Nous ne pouvons pas prendre le risque de rester dans la même zone qu'une bande de pillards qui voudrait se venger. Faites vos affaires. On a une heure, pas plus.

Le ton ne souffrait aucune réponse, aussi le groupe ne répliqua pas, et personne ne tenta de s'opposer à ce verdict abrupt. Les sillonneurs coururent dans la maison empaqueter leurs affaires pour les accrocher à la selle de leurs kvals, l'esprit rempli de pensées contradictoires qui tourbillonnaient avec la force d'une tornade. Alors que la décision de leur chef se comprenait parfaitement, ils ne pouvaient néanmoins s'empêcher de songer que le danger n'était malgré tout peut-être pas si élevé en restant ici…

Rolon se rendit auprès de Fao et Némï, restés à l'intérieur lorsque Egan avait surgi en trombe de la forêt.

— Est-ce que vous pensez pouvoir tenir en selle ?

Il posait la question pour la forme, car même une réponse négative n'aurait pas changé sa décision. Némï hocha la tête après un bref coup d'œil vers son bras mutilé, tandis que Fao répondait laconiquement :

— Ça ira.

— Parfait, dit Rolon avant de tourner les talons, l'esprit déjà focalisé sur la suite du voyage – non sans une certaine satisfaction.

Les sillonneurs furent prêts en une demi-heure. Ils partirent sur le chemin rocailleux qui s'élevait jusqu'au col, non sans un dernier regard pour la maison qui les avait abrités pendant plusieurs semaines.

De telles circonstances rappelaient à Alek combien il aimait avoir Rolon pour chef. Personne d'autre que lui n'aurait été capable de prononcer ce choix aussi froidement et sans attendre. Et il avait choisi le bon, à n'en pas douter. Pour l'heure, la priorité allait à la survie. Ce ne serait qu'une fois les sillonneurs loin de là, quand ils affronteraient de nouveau les intempéries, les animaux sauvages et le froid, qu'ils se mettraient à regretter avec nostalgie les semaines de relative tranquillité dans la maison…

— Je me sens sali… soupira Egan à peine quelques heures après le départ.

— Comment ça ? demanda Alek, qui chevauchait à côté de lui.

— Je… Je prends conscience que je viens de tuer un homme, admit l'adolescent, la tête basse. Et c'est terrible…

— Tu n'as rien à te reprocher, tenta de le réconforter son compagnon. C'était lui ou toi.

Egan secoua lentement la tête.

— Non… J'aurais pu fuir, courir plus vite que lui et le distancer dans la forêt. Je suis sûr que j'aurais été plus rapide…

— Il faut que tu arrêtes d'y penser. Ce que tu as fait est tout à fait normal, personne ne te le reprochera jamais. Les temps sont durs, ça, tu le sais très bien, mais tu en fais maintenant les frais. Ça ira, crois-moi.

— En fait, c'est surtout que…

L'adolescent hésitait à poursuivre et confier les maux qui étreignaient son cœur.

— Tu peux me le dire, dit doucement Alek en posant sur lui un regard fraternel. N'aie pas peur.

Egan garda le silence pendant presque une minute, tiraillé par sa conscience. Il n'osait même pas se l'avouer, et redoutait le jugement qu'Alek porterait sur lui après s'être confié. Mais l'adolescent finit néanmoins par laisser parler ses sentiments, cédant sous le regard insistant du sillonneur.

— J'ai aimé ça, lâcha-t-il abruptement, comme s'il regrettait déjà ses paroles. J'ai aimé le tuer. J'ai aimé sentir son crâne se briser sur la pierre et voir sa cervelle se répandre…

Egan regarda aussitôt autour de lui pour voir si quelqu'un d'autre l'avait entendu. Heureusement personne ne l'écoutait, le reste des sillonneurs absorbé par d'autres conversations.

— Ne t'inquiète pas, tu ne seras pas jugé pour cela, affirma Alek dont l'attitude n'avait pas changé d'un iota. Je devine à quel point c'est un moment très dur à passer, moi aussi je l'ai déjà vécu, tu sais. À vrai dire… tout le monde ici l'a déjà vécu.

Le regard de l'adolescent s'illumina lentement, semblable à la lueur du jour se levant sur le monde, à mesure qu'il prenait conscience de la portée des paroles du jeune homme. Il n'était pas le premier à ressentir cette sensation de puissance en tenant la vie d'un homme entre ses mains. Les autres l'avaient également éprouvée, et il ne serait pas jugé pour ce sentiment qui selon lui transformait un homme en monstre. La boule d'anxiété qui le rongeait avec plus d'efficacité que l'acide fut balayée par une bourrasque de soulagement.

— Même Sara ?

— Même Sara…

Egan se tut un instant, avant d'à nouveau demander, son flot habituel de questions retrouvé.

— Tu avais quel âge quand tu as tué pour la première fois toi ?

Alek sourit et n'hésita pas à raconter son souvenir à l'adolescent, qui ne pourrait y trouver que réconfort et apaisement.

— J'étais un peu plus âgé que toi. J'effectuais mon premier voyage en tant que sillonneur, et j'ai eu la peur de ma vie. En traversant une forêt, j'ai croisé le chemin de deux pillards. Je ne sais pas vraiment d'où ils sortaient, sans doute des survivants d'un affrontement entre deux bandes rivales, car l'un d'eux avait un bras en sang. Ils voulaient mon kval, mon épée et ma nourriture. J'ai refusé. Les pillards ont sorti leurs armes et m'ont conseillé d'être raisonnable. En voyant leurs lames se rapprocher, j'ai pris peur. Zef est parti au galop et a écrasé le plus proche, alors que j'ouvrais la gorge du second d'un rapide coup d'épée de haut en bas. Mon arme a semblé jaillir d'elle-même, attirée par le sang comme un serpent se jette sur le cou de sa victime. Ce n'est que plusieurs jours plus tard que j'ai réalisé ce que je venais de faire, et il m'a fallu attendre de retourner à Niu-Jok pour en parler avec des amis qui l'avaient déjà vécu. Entre-temps, ces quelques journées passées seul avec mes pensées chaotiques pour uniques compagnons ont été horribles. Je voulais mourir. Et même une fois rentré, j'ai encore eu besoin d'un long moment avant de comprendre que je n'avais rien fait de mal, que c'était seulement l'ordre naturel des choses.

Alek posa alors une main bienveillante sur l'épaule d'Egan.

— Tu ne dois jamais garder pour toi seul des préoccupations pareilles. Elles te détruiraient de façon irrémédiable.

Némï n'éprouva pas autant de difficultés qu'elle redoutait pour monter à kval. Elle parvenait, avec la longe tenue d'une seule main, à guider sa monture. La veuve restait en queue de colonne, bavardant avec Seff sur le paysage alentour, tandis que Sara prenait soin de se placer en tête, aux côtés d'Alek et Rolon. La guérisseuse préférait attendre le plus longtemps possible avant d'avoir avec elle une véritable discussion, un dialogue civilisé et non un échange de cris sauvages, pour enfin lui faire comprendre son obstination insensée.

Fao était de loin celui qui souffrait le plus de leur départ précipité. Encore mal remis de ses blessures, il restait tout au long de la journée prostré sur la selle de son kval, avec l'impression que le vent froid pénétrait jusque dans son cœur à travers les cicatrices qui recouvraient son corps. À la vue des plaies, pour la plupart refermées, il devint vite évident aux yeux de Sara que sa douleur mentale égalait celle physique. L'idée de se savoir à jamais incapable de se battre, ou juste de chasser, lui devint insupportable, tel un boulet d'acier le réduisant à la condition de prisonnier dans son propre corps. Le sillonneur gémissait doucement, plainte lancinante contre son état dont il s'estimait responsable. Bien que Rolon lui répétât qu'il n'avait rien à se reprocher, Fao ne voulait rien entendre et partait souvent s'isoler de ses compagnons pour faire cesser ce genre de commentaire. Un soir la guérisseuse crut même l'entendre pleurer, mais elle parvint à se convaincre que le puissant souffle du vent devait lui jouer des tours.

Pendant les trois jours durant lesquels le groupe chemina pour traverser le col et redescendre dans la vallée au-delà, les cavaliers ne décelèrent pas la moindre trace d'une quelconque bande de pillards. Rolon avait beau balayer en permanence le décor du regard, il ne distingua rien, pas même un mouvement suspect qui aurait pu indiquer une éventuelle sentinelle parmi les rochers ou les arbres. Plusieurs fois il fut redemandé à Egan, par le biais de personnes différentes, si l'inconnu qu'il avait rencontré n'était pas finalement qu'un simple voyageur, sous-entendant avec insistance qu'à cause du garçon les sillonneurs avaient dû quitter la maison à la hâte, plutôt que d'y passer d'agréables journées supplémentaires. L'adolescent se défendait alors avec véhémence :

— Je vous dis qu'après m'avoir tué il se serait taillé une marque de plus sur le visage ! Quel genre de voyageur tient le compte de ses meurtres ? Hein, quel genre ?

Alek n'hésitait pas à le soutenir face aux autres sillonneurs, qui en réalité plaçaient leur frustration sur Egan sans vraiment lui reprocher ses actes. Celui-ci ne se laissait de toute façon pas abattre, ayant après la conversation avec Alek très vite chassé de son esprit la possibilité que l'inconnu ait pu être un simple voyageur. Les deux hommes s'appréciaient de plus en plus, unis par un lien qui devenait peu à peu celui de frères.

Le village se situait à un emplacement parfait. À mi-chemin entre une vaste forêt resplendissante et un lac à l'eau claire, entouré de champs fertiles où travaillaient des paysans, il détonnait aux yeux des sillonneurs après les si nombreux paysages dévastés et inhospitaliers qu'ils avaient traversés. Dressés face au ciel en guise d'avertissements, de hauts murs de bois taillés en piques le ceignaient, plusieurs dizaines de maisons placées sous leur protection. Quelques-unes étaient bâties en pierre, mais la majorité se composait de troncs, probablement issus de la forêt voisine. Une profonde fosse garnie de pieux, enjambée par un petit pont-levis, complétait le système de défense du village.

Alek fut frappé par les sentiments de quiétude et de prospérité qui s'en dégageaient. N'était-ce pas à cela que ressemblait le havre de paix dont tous rêvaient depuis l'enfance ? Épargné par les pillards, les bêtes sauvages et les catastrophes du monde extérieur, le village paraissait reposer au creux d'une bulle protectrice, véritable diamant égaré en plein cœur d'une mine de charbon.

— C'est… c'est beau ! s'exclama Egan, ému par le charme du panorama. Il en existe beaucoup, des villages comme ça ?

— Peu, répondit Rolon dont le regard calculateur fixait les remparts qui semblaient le dévisager. Trop peu.

En voyant le groupe approcher au loin, les paysans qui labouraient la terre disparurent avec la rapidité de l'habitude s'abriter à l'intérieur de l'enceinte protégée. Alors que les sillonneurs rejoignaient calmement le village, une vingtaine de cavaliers ne tarda pas à en sortir pour se diriger au trot vers eux.

— Qu'est-ce qu'on fait ? s'enquit Pol, la main déjà posée sur son épée.

— Rien, ordonna Rolon sans quitter des yeux la colonne de combattants. On attend qu'ils se rapprochent et qu'ils parlent en premier.

— Mais s'ils ne veulent pas discuter ? S'ils veulent juste nous charger pour nous faire fuir ?

— Patience… On ne bouge pas et on observe. Jusqu'à preuve du contraire, ils n'ont aucune raison de nous vouloir du mal.

Les cavaliers stoppèrent leurs montures à quelques foulées des sillonneurs. Aussitôt ils examinèrent avec attention les étrangers d'un regard froid et méfiant. Cette méfiance devint étonnement quand leurs yeux s'arrêtèrent l'espace d'une seconde sur le casque à cornes que Jona arborait fièrement, mais ils tâchèrent de ne pas manifester leur surprise et demeurèrent de marbre tandis que leurs poings se resserraient autour de leurs armes.

Équipés d'épées, de lances et de boucliers, les hommes du village portaient tous une veste de cuir matelassée caractéristique des guerriers. Leurs kvals, aussi grands que musculeux, obéissaient à la moindre de leurs injonctions. Le chef, un homme aux cheveux poivre sel dont le regard d'un profond sérieux semblait transpercer tout ce qu'il observait, s'avança d'un pas.

— Vous êtes sur les terres de Dôm ! déclara-t-il d'une voix forte, parfaitement audible de tous. Je suis Mark, capitaine de la garde. Qui êtes-vous et que faites-vous là ? Parlez, ou faites demi-tour sur le champ !

Sa prestance et la troupe située derrière lui laissaient facilement entendre que si les sillonneurs ne choisissaient aucune des deux options, Mark prendrait la décision à leur place, par la force et sans la moindre hésitation.

— Nous ne vous voulons aucun mal, commença Rolon d'une voix qu'il voulait aussi forte que celle de son interlocuteur. Nous ne sommes que de simples voyageurs. Nous n'avons jamais traversé la région ou entendu parler de Dôm auparavant. Notre apparence vous évoque peut-être celle de pillards, mais vous pouvez me croire, nous les combattons aussi âprement que vous.

Un hochement de tête à peine perceptible de Mark permit au vieux guerrier de comprendre qu'il avait visé juste en mentionnant la lutte contre les brigands. Le village avait dû connaître des affrontements sanglants contre eux pour se bâtir et tenir fièrement debout jusqu'à maintenant.

— Nous nous dirigeons vers l'ouest et ne sommes que de passage, reprit Rolon. Serait-il déplacé de vous demander l'hospitalité pour quelques jours seulement ?

Le chef des sillonneurs n'était pas en situation de force, et il le savait. Les cavaliers du village auraient pu, s'ils le souhaitaient, ne faire qu'une bouchée d'eux. Il usait donc de toute la politesse et la déférence possibles à l'égard de son interlocuteur, quitte à en devenir pompeux.

— Vers l'ouest, vous dites ? Mais il n'y a rien à l'ouest, à part le Désert Blanc ! s'exclama Mark, plein de dédain envers le vieux guerrier. Vous faites donc partie de ces hordes d'illuminés qui veulent y mourir en cherchant le royaume de Dlaah ?

Rolon tenta de cacher sa surprise à l'évocation de ce lieu inconnu, et reprit contenance le plus vite possible.

— Je crains de n'avoir jamais entendu parler d'un tel endroit, répondit-il avec sincérité. Mais peut-être pourrions-nous en parler une fois dans votre village…

Le chef des cavaliers réfléchit un long moment, dévisageant Rolon comme s'il voulait lire directement dans son esprit et y déceler une ruse, un mensonge. Soudain sa décision fut prise.

— Très bien. Mais vous devez nous laisser vos armes. Nous n'en accepterons aucune à l'intérieur du village.

Un frisson de panique parcourut Rolon, qui sentit les sillonneurs proches se crisper en même temps que lui. Aussi loin que ses souvenirs remontaient, il ne s'était jamais séparé de son arme, et cela lui avait sauvé la vie à de nombreuses reprises. Sans elle il se sentait sans défense, nu comme un nouveau-né à peine venu au monde, ignorant tout de la terre sur laquelle il posait les pieds. Mais le vieux guerrier comprenait également le point de vue de l'homme face à lui, qui ne souhaitait pas faire courir le moindre risque à son village. Il finit par desserrer sa ceinture, la tendre devant lui en pointant un regard fier vers les yeux attentifs de Mark, avant de la lâcher. Au cliquetis de métal succéda un silence pesant.

— Rolon ? prononça Pol, partagé entre la question et l'indignation.

Le chef des sillonneurs ne lui adressa qu'un simple hochement de tête pour toute réponse. Un à un les voyageurs finirent par abandonner leur armement, et ressentir très vite la même nudité que Rolon. Le cavalier de Dôm qui s'empara de l'énorme hache tendue par Jona manqua de se trancher la jambe avec, surpris par son poids.

— Vous pouvez nous suivre à présent, déclara Mark une fois que la dernière épée fut déposée. Cependant je préfère vous prévenir dès maintenant, vous ne resterez pas longtemps parmi nous. Si ça ne tenait qu'à moi, vous seriez déjà repartis d'où vous venez. Mais Xiomy tiendra à vous parler, pour savoir ce qui se passe au-delà de nos frontières. Et ne soyez pas surpris par le regard des gens si vous veniez à être conduits à l'intérieur de Dôm. Le village tout entier hait les étrangers.

Chapitre 29

— Ils ont même laissé des gardes autour de la maison ! s'indigna Pol. On est de vrais prisonniers !

— Il faut les comprendre, tempéra Rolon. Pour eux nous ne sommes que des étrangers qui n'ont rien à leur apporter, à part des problèmes.

— Estimons-nous plutôt heureux qu'ils ne nous aient pas jetés dans un cachot, comme de *vrais* prisonniers, ajouta Seff pour relativiser.

Pol se renfonça dans son siège avec un regard noir en murmurant, obstiné, qu'il aurait quand même voulu garder un couteau avec lui. Après les avoir délestés de leur armement, les cavaliers de Dôm avaient installé les sillonneurs dans une petite maison bordant le mur, mais du côté extérieur.

Alors que la nuit approchait, Mark leur avait donné comme seule consigne d'attendre à l'intérieur jusqu'au lendemain.

— Xiomy devrait vous recevoir dans la matinée. Ne tentez rien de stupide entre temps, avait-il ajouté en les dévisageant tour à tour avec le plus grand sérieux, comme s'il tentait de deviner lequel risquait le plus de désobéir à ses ordres.

Ce ne fut que quelques heures plus tard, alors qu'ils envisageaient de sortir pour profiter de l'air frais du soir, que les sillonneurs remarquèrent plusieurs gardes autour de la maison.

Ceux-ci assuraient autant leur protection que leur surveillance. Par peur de s'attirer les foudres de leurs hôtes, ils se rabattirent sur un repas froid à l'intérieur, plutôt que d'allumer un feu à l'extérieur.

— Et si Dôm était l'endroit que nous cherchons depuis toujours ? s'interrogea soudain Sara, alors que tout le monde était rassemblé en cercle. Ce ne sont pas les Ruines, certes, mais est-ce que cela a une véritable importance ? C'est bien d'un sanctuaire épargné par la violence de la nature et des hommes dont nous sommes à la recherche, non ?

Les sillonneurs restèrent silencieux, les yeux baissés vers leurs gamelles. La jeune femme exposait à voix haute ce que beaucoup pensaient très fort, sans vouloir l'avouer. Même Rolon, bien que d'ordinaire têtu, réalisait le miracle que représentait Dôm, avec ses combattants aguerris et ses remparts le protégeant sans faillir des dangers du monde extérieur, et ce depuis plusieurs dizaines d'années sans doute. À l'exception de Niu-Jok, jamais il n'avait vu pareille merveille de civilisation moderne. Il avait juste entendu évoquer l'existence de quelques communautés similaires, qui finissaient invariablement par disparaître, une à une, à mesure que le temps étendait ses griffes et répandait ses ravages.

Le village avait aussitôt réveillé chez le vieux guerrier le souvenir du fief de Jez, qui pendant un temps avait ressemblé à Dôm, avant de continuer à se développer, jusqu'à atteindre une taille démesurée pour son époque. Il ne pouvait s'empêcher d'y projeter le même espoir, le même rêve de paix et d'abondance qui avait su régner sur la ville, dans ce qui lui semblait maintenant une autre vie.

— Notre voyage a été long, et nos blessures sont profondes, déclara alors Rolon en se levant, une pensée toute particulière pour Fao. Nous ne pouvons pas continuer comme ça, à ce rythme effréné que nous maintenons tant bien que mal depuis trop longtemps. Nous risquerions de revivre le drame de Gamo, ce qui m'est intolérable – Sur ces mots Némï se redressa brusquement, la flamme de ses yeux ravivée, mais ne formula aucun commentaire. Si vous n'y voyez pas d'inconvénient, je parlerai demain avec ce Xiomy et lui demanderai la permission de nous installer à Dôm. Je saurai mettre en valeur nos talents, je ne vois pas comment il pourrait refuser.

Les sillonneurs regardaient leur chef avec admiration, conscients du chemin mental parcouru et du coût que cette décision représentait pour lui. Jamais il n'avait envisagé autre chose que d'atteindre les Ruines et de s'y installer pour le restant de sa vie. Mais le village et la sensation de tranquillité qui s'en dégageait l'avaient comme eux subjugué, parvenant en une après-midi à briser le mur de détermination qu'il avait passé des années à bâtir. Tous souriaient pour exprimer leur approbation.

— À Dôm ! s'écria Pol en débouchant une flasque d'alcool avant de la tendre à son voisin.

— À Dôm ! reprirent les autres en cœur.

Mark tint promesse, et dès l'aube conduisit les sillonneurs à l'intérieur de Dôm jusqu'à la maison de leur chef, une des rares construites en pierre. Aussitôt passé le pont-levis, ils furent assaillis par le regard insistant des villageois qui les fixaient jusqu'à ce qu'ils aient disparu au coin d'un bâtiment, à mi-chemin entre la curiosité et le dégoût. Chaque habitant paraissait occupé à une tâche bien précise : quand par exemple les chasseurs déposaient leurs premières prises de la journée, celles-ci étaient aussitôt récupérées par d'autres pour les dépecer, avant d'être données à cuire. Alek aperçut un groupe d'enfants assis sur des bancs écouter attentivement un professeur leur enseigner la vie en collectivité et les règles régissant le village, tandis qu'un peu plus loin, sur une étendue d'herbe, des adolescents apprenaient à se battre à mains nues sous l'œil sévère d'un aîné, qui n'hésitait pas à les punir d'un vif coup de bâton dans les côtes à la moindre faute. Peu de paroles et de rires parvenaient aux oreilles des sillonneurs, comme si les villageois, pleinement concentrés sur leur tâche à accomplir, en oubliaient de communiquer et de vivre.

Mark s'arrêta devant la maison de pierres.

— Un seul entre, ordonna-t-il sèchement. Les autres attendent dehors.

Rolon obtempéra et avec une légère hésitation poussa la porte, alors qu'il sentait peser sur ses épaules le lourd regard du capitaine de la garde. Au moindre geste suspect, celui-ci n'hésiterait pas à dégainer son épée et à les tuer, lui puis ses compagnons. Pendant ce temps Fao et Némï s'assirent sur un banc de bois non loin de là, poussant en concert un soupir de soulagement. Leurs blessures ne cessaient de leur rappeler leur faiblesse physique alors que le simple fait de se tenir debout les épuisait.

Le vieux guerrier pénétra dans une vaste pièce, à l'intérieur de laquelle la lumière du jour se déversait par un large trou percé dans le plafond, telle une cheminée menant droit au ciel. Un habile système de poulies permettait à une trappe de la refermer en cas d'intempéries. Devant Rolon se dressait une grande table ronde, entourée d'une dizaine de chaises à dossier élégamment ouvragées. Toutes étaient vides.

Sauf une.

Xiomy était le représentant de Dôm. Ou plutôt la représentante. La femme d'une soixantaine d'années se tenait droite sur son siège, son visage au teint hâlé encadré de longues tresses blanches. Un sourire sibyllin sur les lèvres, elle regardait Rolon avec des yeux pétillants de curiosité. Malgré les rides de la vieillesse, Xiomy dégageait toute la chaleur et l'énergie nécessaires pour diriger une communauté de cette taille. Une tunique usée et couverte de terre indiquait qu'elle rentrait à l'instant des champs, la table dissimulant un corps rompu au travail de la terre.

Sans parler elle lui désigna une chaise, sur laquelle il prit place, quoiqu'avec un certain inconfort. S'était-il déjà assis sur une chaise dans sa vie ? Rolon en doutait. Il y en avait quelques-unes à Niu-Jok, mais il se rappelait toujours préférer rester debout et surplomber les débats.

— Bonjour, commença-t-elle sur un ton amical. Je suis Xiomy, représentante de Dôm. Et vous êtes…

— Rolon. Chef des sillonneurs.

— Des sillonneurs ? C'est ainsi que vous appelez votre groupe ?

— Pas exactement. C'était avant tout le nom des cavaliers qui gravitaient autour de Niu-Jok. Ils secouraient les voyageurs isolés pour les inviter à rejoindre les murs protecteurs de notre ville. Nous sommes en quelque sorte leurs successeurs.

Rolon comprit à son air perplexe qu'elle n'avait également jamais entendu parler de la cité. Toutefois cela n'étonnait pas le vieux guerrier, car il se trouvait désormais très éloigné du champ d'action des sillonneurs d'autrefois, qui ne dépassaient pas Kravas, déjà presque hors d'atteinte de Niu-Jok.

— Vous parlez au passé. Qu'est-ce qui est arrivé ? demanda Xiomy, fronçant les sourcils de curiosité.

— La ville a été détruite.

La réponse sèche fit naître chez la femme un léger sourire de supériorité, preuve selon elle que Dôm était le seul village capable de résister à l'épreuve du temps.

— Comment ?

— Notre chef s'est fait assassiner par des pillards, et nous avons été incapables de survivre aux troubles qui lui ont succédé, raconta Rolon, chassant l'image du corps de Jez qui se formait malgré lui dans son esprit.

— Ces brigands sont une véritable plaie pour l'humanité, opina Xiomy d'une moue compatissante.

Le vieux guerrier hocha la tête. Au moins avaient-ils la haine des pillards en point commun.

— Donc vous avez fui, devina la femme. Mais pour aller où ? Pourquoi traverser cette région, alors qu'il n'y a rien après ? Peut-être que je vous l'apprends, Mark m'a dit que vous ne connaissiez pas le Désert Blanc.

— Nous nous dirigeons vers les Ruines.

— Ah ! s'exclama la représentante de Dôm en éclatant de rire. Un nouveau groupe de rêveurs…

— Qu'est-ce qui vous fait rire ? répliqua Rolon en haussant le ton, offensé par l'attitude de son interlocutrice. Vous non plus pensez qu'elles n'existent pas ?

— Non, pas du tout, sourit-elle devant tant d'impétuosité. Je ne vous traite pas de fou pour cela, moi aussi j'aimerais beaucoup les voir un jour. Toutefois ce que je sais, c'est que pour atteindre ces légendaires ruines, il vous faudra traverser le Désert Blanc. Et pour penser y arriver, là il faut être fou, ou accepter de le devenir. Beaucoup comme vous, quittant ce monde terrible persuadés de trouver le paradis au-delà, ont tenté la traversée. Aucun n'a survécu. On ne traverse pas le Désert. On ne traverse pas une étendue plate à perte de vue, sans le moindre animal à chasser, sans la moindre source d'eau, et ce sur des centaines de kilomètres. Des milliers peut-être, qui sait… Certaines personnes prétendent même que c'est la limite du monde, que le Désert s'étendrait jusqu'à l'infinie…

— Vous ne pensez pas comme elles ?

— Ces gens ne connaissent pas, ou ont oublié, un détail important. Quelqu'un est parvenu à le traverser dans l'autre sens.

— Qui ça ?

Rolon avait presque crié, tout entier absorbé par le récit de la vieille femme.

— Des chasseurs ont retrouvé l'homme inconscient, à quelques jours de marche du village, affamé et déshydraté au point que sa vie ne tenait plus qu'à un fil. Il avait perdu un œil, et toute une partie de son crâne était atrocement brûlée. On l'a recueilli le temps qu'il se réveille et nous raconte son histoire. Hélas il hallucinait. Il croyait revenir des Ruines et avoir combattu des créatures toutes plus invraisemblables les unes que les autres. Il parlait de créatures tentaculaires capables de voler, de kiens à trois têtes crachant du feu, de bêtes difformes aussi grosses que des montagnes… L'homme est très vite reparti, du jour au lendemain. Le Désert l'avait rendu Fou.

Le vieux guerrier resta quelques instants silencieux, prenant le temps d'assimiler les nombreuses informations que Xiomy avait continué de lui fournir. Néanmoins celles-ci n'avaient que peu d'importance. Les sillonneurs n'iraient pas se perdre dans le Désert Blanc une fois accepté à Dôm. Le voyage s'arrêtait ici.

— Ce que je vais vous demander va peut-être vous surprendre, commença Rolon en paraissant lui-même amusé par sa demande. Hier, alors que nous découvrions Dôm, mes hommes et moi… eh bien… la vue de votre village nous a fait comme l'effet d'un coup de foudre. Pourquoi chercher à atteindre les Ruines quand un endroit aussi sûr que le vôtre existe, là, juste sous nos yeux ? Je voudrais, au nom de tous les sillonneurs, vous demander de pouvoir rester ici. Devenir habitants de Dôm.

Xiomy rit, d'un rire aussi cristallin que bref. Elle avait depuis longtemps deviné la nature de sa question. Rolon était désormais suspendu à ses lèvres, attendant avec impatience la réponse positive qui sonnerait la fin du voyage. Cette fin du voyage tant rêvée…

— Vous n'êtes pas les premiers à venir chercher refuge ici…

La fin du voyage se trouvait à portée de main, Rolon aurait pu tendre le bras pour l'attraper…

— Néanmoins c'est impossible.

La représentante de Dôm venait de prononcer cette simple phrase sans se départir du léger sourire qu'elle affichait depuis le début de la conversation. Le vieux guerrier se figea. Une furieuse tornade de questions apparut soudain dans son esprit, alors que le choc l'atteignait de plein fouet. Les sillonneurs étaient trop nombreux ? Ou on les soupçonnait encore d'être des pillards ? Le village n'avait pas la capacité de les accueillir dans ses murs ?

— Que… je ne comprends pas… pourquoi…

— En fait, c'est très simple. Depuis toujours nous n'acceptons aucun étranger.

Chapitre 30

Dehors, les sillonneurs peinaient à contenir leur impatience, pressés que Rolon sorte annoncer leur entrée au sein du village. À quelques dizaines de mètres d'eux, des hommes bâtissaient une maison, assemblant des troncs entiers taillés un peu plus loin. Ils semblaient ignorer les étrangers, toutefois Alek avait décelé plusieurs regards noirs dans leur direction.

Tout à coup une corde enroulée autour d'un gigantesque tronc rompit dans un claquement assourdissant.

Pol vit avec horreur l'arbre s'abattre sur l'homme situé juste en dessous. Le sillonneur s'était précipité avant même que les premiers cris de l'homme retentissent. En quelques secondes le jeune homme commençait déjà à pousser de toutes ses forces le tronc qui écrasait les deux jambes du villageois.

Il s'apprêtait à tourner la tête pour appeler à l'aide, lorsque deux puissantes mains le saisirent par le col et le tirèrent violemment en arrière. Pol fut projeté au sol, manquant dans sa chute de se fracasser le crâne contre une pierre. Au moment de se redresser, confus, il tomba nez à nez avec un homme barbu au visage rouge de colère qui aboya :

— Le touche pas, étranger !

L'habitant de Dôm se retourna aussitôt pour secourir son ami qui gémissait, les deux jambes brisées, laissant Pol pétrifié, incapable de saisir ce qui venait de se passer. Il n'y avait aucune colère en lui, juste une profonde incompréhension. Qu'avait-il fait de mal ? Egan et Sara accoururent pour le ramener auprès d'eux alors qu'il répétait à voix haute, incrédule :

— Qu'est-ce que j'ai fait de mal ?

— Dôm s'est construit autour d'un principe de rigueur. De rigueur permanente. Et avec la rigueur viennent les règles. La première qui fut établie, par mon grand-père lorsqu'il entreprit la construction de ce village, s'énonce ainsi : *« La confiance, avant tout et pour toujours. »*. En effet, la confiance est le fondement de toute relation. Or, nous ne vous faisons pas confiance. Pourquoi ? Parce qu'on ne peut pas faire confiance à des étrangers. Très simple, vous ne trouvez pas ?

— Mais…

— Non, répliqua-t-elle aussitôt avant même qu'il ait pu penser à des arguments.

Son sourire avait disparu. Xiomy affichait maintenant un sérieux impitoyable, sans pour autant perdre de son calme.

— Nul besoin d'en discuter. Cela fait partie de la rigueur qui nous maintient en vie depuis de nombreuses années. Nous vous accordons jusqu'à demain matin pour vous reposer à Dôm. Nous ne vous fournirons pas de nourriture. Et à l'aube, vous devrez avoir quitté nos terres. Cette décision est définitive et sans appel. Si cela peut vous soulager, sachez que ça n'a rien de personnel. Comme je vous l'ai déjà dit, vous n'êtes pas les premiers à venir toquer aux portes de ce village. Je ne fais ici qu'appliquer la mesure habituelle.

Sur sa chaise Rolon s'était transformé en statue, incapable du moindre mouvement. Même ses pensées peinaient à se former dans son esprit, en chute libre depuis la déclaration aux allures de sentence de la vieille femme. Rien ne pouvait stopper sa descente à travers le gouffre de la déception. Son acceptation dans le village lui avait semblé si évidente qu'à aucun moment il n'avait ne serait-ce qu'imaginé un obstacle ou un refus. Encore moins de façon aussi catégorique. Avec lenteur et difficulté, le vieux guerrier parvint à démêler mentalement les arguments de Xiomy, mélangés dans la brume sombre de son esprit en un labyrinthe inextricable, avant de les saisir un à un pour les déchiffrer.

Le raisonnement était implacable.

— Je comprends, souffla alors Rolon tel un condamné à mort.

Une minute de silence absolu s'écoula sans que la représentante de Dôm lui indique que la rencontre touchait à sa fin. Pour chasser de son esprit le refus encore brûlant, Rolon profita de l'occasion pour en apprendre plus sur Dôm, attiré par une saine curiosité. Il souhaitait également repousser de quelques minutes encore le pénible moment où il devrait annoncer son échec à ses compagnons.

— Dôm me fait beaucoup penser à Niu-Jok. Des maisons, des soldats, des tâches bien définies pour chacun… Mais comment avez-vous fait pour ne pas vous effondrer de la même façon ? Personne ne souhaite vous évincer, devenir le chef de Dôm à votre place ? Par exemple, que se passera-t-il quand vous mourrez ?

Xiomy retrouva son sourire. Son interlocuteur avait rapidement compris que discuter sa décision ne la changerait pas, et elle n'aurait pas à élever le ton comme la plupart des fois. Mark, qu'elle savait juste derrière la porte, prêt à bondir au moindre bruit, ne comptait plus le nombre de voyageurs qu'il avait dû raisonner par la force, devenus fous face à son refus.

— Vous demandez cela comme si ma position était enviable, comme si j'avais les pleins pouvoirs sur Dôm. Je n'ai jamais dit que j'en étais le chef. Seulement la représentante. Nous n'avons pas de meneur, tout le monde a la possibilité de décider de son sort. Du plus jeune au plus vieux, que ce soit un homme ou une femme. Quand le village doit prendre une décision, nous nous réunissons, discutons, puis votons. Ceux qui ont moins de vingt ans auront une voix, puis passé cet âge deux, et au-delà de cinquante ans trois.

— Avec l'âge vient la sagesse, commenta Rolon.

— Absolument. C'est ce que nous croyons avec conviction. Mais chaque villageois ne participe pas à tous les votes. Lorsque les bûcherons doivent décider de la prochaine parcelle d'arbres à abattre, ce sont les bûcherons qui se rassemblent et votent. Lorsque les paysans doivent déterminer le jour de la récolte, ce sont les paysans qui se rassemblent et votent. Ainsi de suite. Et quand cela concerne l'ensemble du village, tous les habitants sont appelés à voter. Mais rien ne les y oblige, ils peuvent s'abstenir et laisser le choix aux autres. Pour ma part, en tant que représentante de Dôm, j'en suis la voix, celle qui parle à des voyageurs comme vous. Ce n'est qu'en cas d'extrême urgence, lorsque la tenue d'un vote est impossible, que je décide pour le village entier, devenant ainsi le roi impitoyable que vous imaginiez.

Xiomy gloussa d'un rire limpide et spontané, ce qui arracha malgré lui un léger sourire au sillonneur.

— C'est ma parenté avec le fondateur de notre village qui me donne ce droit, en souvenir et remerciement pour mon grand-père. Mon mari prendra le relais à ma mort, en attendant que notre fils atteigne ses vingt ans. Mais être la représentante de Dôm signifie à peine plus qu'une fonction honorifique. Dès cet après-midi je retournerai travailler dans les champs avec les autres.

— Et personne ne cherche à devenir ce roi impitoyable que vous évoquez ? Il doit tout de même être tentant pour certains de s'emparer des pleins pouvoirs, surtout sur une communauté aussi prospère et ordonnée que la vôtre.

— La rigueur. Tout est une question de rigueur. Quand quelque chose de simple et clair est défini, et que l'on vous inculque cette chose dès votre plus jeune âge, vous y croyez dur comme fer et vous vous y tenez. Point. Nous enseignons à nos enfants la nécessité de travailler en équipe, le plaisir de l'entraide, le goût de l'effort… Une fois adultes, ils n'ont pas le temps de se poser ces questions absurdes, et n'œuvrent alors que pour le bien commun.

— Votre système ne souffre donc d'aucune faille ? demanda Rolon, de plus en plus intéressé par la conversation.

— Notre système, je ne sais pas. J'aime à croire que Dôm vivra encore mille ans si nous continuons à fonctionner ainsi. Ce sont surtout les éléments extérieurs qui m'effraient. Nous combattons en permanence les bandes de pillards que cache la forêt voisine. Du jour au lendemain, ils pourraient s'entre-tuer et disparaître comme s'allier et marcher sur Dôm, qui serait incapable de tous les contenir. Et il y a la météo aussi. La région est favorable, le village n'a jamais connu de véritable cataclysme, mais rien ne nous garantit qu'il n'y aura jamais une énorme tempête pour nous emporter, ou que Soleï n'apparaîtra pas un beau jour juste au-dessus de nos têtes pour nous effacer de la carte.

— Oui, je connais ça…

— Vous l'avez déjà vu ? demanda Xiomy en se penchant soudain vers Rolon, comme une petite fille émerveillée.

— Oui, deux fois. De beaucoup trop prêt à mon goût…

— J'aimerais tellement le voir un jour… On dit que c'est un spectacle que l'on n'oublie jamais. Comment était-ce ?

— Chaud. Très chaud. Et non, je ne suis pas près de l'oublier…

La vieille femme laissa quelques instants son imagination dessiner de sublimes colonnes de lumière, avant d'aborder un autre sujet.

— Et que comptez-vous faire maintenant ? Allez-vous revenir sur vos pas, ou tenterez-vous de traverser le Désert Blanc ?

— Le Désert Blanc.

La réponse avait fusé, simple d'évidence. Elle se ficha dans l'esprit de Xiomy avec l'efficacité d'une flèche.

— D'où nous venons, il n'y a rien. Sinon nous ne serions pas là. Le choix devient aussitôt plus simple, non ?

— Mais vous savez que vous allez mourir là-bas ? Plusieurs habitants de Dôm ont déjà tenté la traversée. Ceux qui ont été assez intelligents pour faire demi-tour à temps et revenir en vie m'ont raconté qu'à première vue, cela semble plutôt simple : avancer tout droit au travers d'une terre plate, sans aspérité, sans vent, sans grande chaleur. Et c'est au moment où vous pensez pouvoir triompher du Désert… que celui-ci vous ramène à la dure réalité. On ne triomphe pas du Désert. Mais lui triomphe de vous, inévitablement. Car petit à petit vous finissez par vous perdre, sans le moindre repère auquel vous raccrocher. Comment savoir si vous marchez tout droit alors qu'il n'y a aucun relief, seulement un horizon aussi lisse que narquois ? Si par malheur vous vous apercevez que vous venez de tourner en rond, vous perdez toute capacité à raisonner, et vous devenez fous. En parlant de ça, avant de partir soyez sûrs que tous vos hommes tiendront le choc. Soyez-en sûrs et certains. Car une fois qu'un esprit vrille et perd définitivement pied dans le réel, il devient dangereux pour lui-même, mais surtout pour les autres. Avant de mourir, vous verrez vos hommes partir à la dérive, divaguer, puis délirer, avant d'halluciner, et c'est probablement cela le plus dur. D'ailleurs, revenons à l'essentiel, comment allez-vous faire pour manger ? Pour boire ? Il est impossible d'emporter assez pour effectuer la traversée. Les hommes dont je vous parle ont fait demi-tour au bout de deux semaines, après avoir retrouvé les restes de voyageurs ayant comme vous tenté le périple, et ils n'avaient déjà quasiment plus rien à se mettre sous la dent. Ils ont perdu plusieurs compagnons sur le retour. Avant même de survivre, comment allez-vous faire pour ne pas mourir, ambitieux sillonneur ?

— Quelqu'un a déjà réussi.

— Mais il en est devenu fou…

— Nous réussirons.

Xiomy se renfonça alors dans son siège. La conversation était terminée.

— Si tel est votre désir, tous mes vœux de réussite vous accompagnent. Puisse Dlaah vous accorder une mort à la hauteur de votre détermination…

— Alors, ça a donné quoi ? s'écria Egan, déjà souriant, en voyant Rolon ressortir.

— Le voyage ne fait que commencer…

Blanc

Chapitre 31

Le Désert Blanc était… blanc. À en perdre la tête. Il s'étendait, plat et parfaitement uniforme, tel qu'un humain ne pouvait le concevoir qu'avec difficulté. Devant, du blanc. À droite, du blanc. À gauche, du blanc. Derrière, les collines de Dôm se profilaient encore à l'horizon, mais ne tarderaient pas à disparaître complètement de leur champ de vision, à mesure que les sillonneurs s'éloignaient de toute trace de vie. Ils marchaient sur une terre très claire et compacte, dans laquelle creuser se révéla presque impossible. Aucune roche, pierre ou caillou ne venait rompre la monotonie terrifiante du paysage. Les pas ne laissaient derrière eux qu'une légère trace, que même les années peineraient à effacer, mais qui disparaissait très vite à leurs yeux, comme si le souvenir d'y avoir un jour posé le pied n'était qu'une illusion. Au loin la blancheur du sol courait se mélanger au gris des nuages pour former une gangue morne s'apprêtant à les engloutir.

Pas même un léger souffle de vent n'effleurait les cavaliers et leur permettait de se raccrocher à quelque chose de vivant, ou au moins de mouvant. Seul le claquement des sabots contre la surface du Désert brisait le silence absolu.

Un silence de mort.

— Donc on va tenter de traverser un dés…

— Pas tenter. On va traverser.

— Si tu veux. Donc on va traverser un désert absolument vide de toute vie, que ce soit animale ou végétale, sans cours d'eau, dans lequel on ne peut pas se repérer, avec le risque de tourner en rond à tout moment… Qu'est-ce que j'oublie déjà ? Ah oui ! Et une seule personne y a survécu ! C'est bien ça, ou j'oublie autre chose ?

— Justement, quelqu'un a déjà réussi. Pourquoi pas nous ?

— Je ne sais pas, peut-être parce qu'il a dû y en avoir des centaines avant lui, et sûrement une autre centaine après. De tous les arguments que je viens de citer, aucun ne semble te choquer. Tu ne penses pas qu'il serait enfin temps de revoir notre destination ?

— Non. C'est les Ruines ou rien du tout. Ça l'a toujours été. On va y arriver. On va trouver un moyen.

Au troisième jour, les sillonneurs sentaient encore la motivation guider leurs pas. La progression s'avérait très simple, plus que ce qu'ils avaient imaginé en contemplant l'étendue blanche pendant la semaine passée en bordure à se préparer. Depuis leur départ de Niu-Jok, ils n'avaient jamais parcouru de telles distances au cours d'une seule journée. S'il n'y avait pas de vent pour les pousser dans le dos, il n'y en avait pas non plus pour les ralentir en soufflant de face. Seul leur manquait un repère physique pour vraiment percevoir la distance effectuée.

À cette vitesse, les cavaliers s'imaginaient mal échouer à traverser le Désert avant que leurs provisions soient épuisées et leurs gourdes asséchées. Alek et Rolon discutaient de Dôm et de son système rigoureux qui surmontait plus solidement les années qu'aucun autre village avant lui, tandis que le reste des cavaliers riait entre eux, imaginant les mille et une merveilles qu'ils découvriraient une fois l'étendue blanche franchie.

— Un festin sur une table dressée à notre honneur pour fêter notre traversée du Désert ! commença Orelo.

— Le royaume de Dlaah ? proposa Fao.

— Des femmes et des enfants souriants avec de riches victuailles dans les bras ! continua Sara.

— Le bord du monde, ouvert sur l'infinie, rêva Seff.

— Des créatures sanguinaires ravalant les lüus et les tigrr au rang d'animaux de compagnie ! imagina Pol.

— Gamo, m'attendant… sourit Némï.

— Les Ruines, tout simplement ? avança Egan.

Ce fut Seff qui conçut un procédé astucieux pour progresser de façon rectiligne sans point de repère à l'horizon, et ainsi éviter de se perdre et de tourner en rond jusqu'à ce que mort s'ensuive. L'idée consistait à disposer des cailloux en ligne droite à mesure que le groupe s'enfonçait dans l'inconnu. Une fois les deux premiers placés, il suffisait de prolonger leur alignement par de nouvelles pierres avant de les perdre de vue, formant de la sorte une gigantesque ligne droite.

Rolon s'avoua aussitôt charmé par la proposition. Il désigna Egan et Pol :

— Pendant les prochains jours, votre unique mission sera de ramasser des pierres. Il ne faut pas qu'elles soient trop petites, on risquerait de les perdre rapidement de vue. Et pour celles trop grosses, Jona s'occupera de les retailler.

— Mais ça va représenter une charge énorme pour les kvals ! s'exclama Egan.

— On répartira sur tous les kvals, répondit Rolon avant d'ajouter, plus fort pour que tous les sillonneurs l'entendent : On va devoir voyager au plus léger, autant pour la place que pour le poids. La réserve de bois, on peut la jeter, nous mangerons froid. Pareil pour les habits chauds, il fait bon dans le Désert, nous n'en aurons pas besoin. Chaque gramme en trop est un jour de voyage en moins !

Alors que le vieux guerrier reprenait avec énergie les préparatifs, Seff murmura discrètement à Alek :

— Il pense qu'on peut y arriver ? Je veux dire, il pense vraiment qu'on peut arriver à traverser ce désert ?

De sa voix transparaissait une profonde inquiétude face à l'inconnu.

— Je crains que oui… souffla Alek, navré par sa propre réponse. Cette fois, j'ai peur que son obsession nous conduise droit vers la Mort…

Puis les premiers doutes s'insinuèrent dans l'esprit des sillonneurs. Ils avançaient depuis maintenant une semaine à travers le Désert Blanc, et le paysage n'avait pas changé d'un iota. Dôm avait depuis longtemps disparu dans leurs dos.

À quel point était-il grand ? Se pouvait-il donc qu'il n'ait vraiment pas de fin ? Non, impossible, quelqu'un avait déjà accompli la traversée. Mais alors, combien de temps leur restait-il avant d'apercevoir ne serait-ce qu'une colline, ou même une simple butte ? Et combien de temps avant d'atteindre les confins du Désert ?

Ces questions tourbillonnaient avec toujours plus de force dans l'esprit des sillonneurs, à mesure que les conversations se tarissaient, faute d'évènement pour les raviver. Ils eurent la soudaine impression de s'être tout dit, tout raconté. Les paroles qui venaient rompre le silence du Désert devenaient de moins en moins fréquentes, jusqu'à frôler l'inhabituel. L'isolement n'était pas physique, mais mental.

— Tu as posé combien de cailloux aujourd'hui ? demanda Rolon une fois la nuit levée et le campement établi.

— Cent quatre-vingt-douze, répondit Egan, qui prononçait ses premiers mots de la journée.

— Il en reste encore beaucoup ?

— Ça diminue vite. À ce rythme-là, dans une semaine on n'en aura plus du tout.

La nourriture et l'eau apparurent aussitôt comme le problème principal. Rolon et Sara y réfléchissaient, assis face à la paisible majesté du Désert Blanc.

— On ne pourra jamais emmener assez pour la traversée que tu nous décris, affirmait la jeune femme avec certitude.

— On va emporter le maximum avec nous, expliquait le vieux guerrier, sa conviction intacte, voire renforcée. J'ai déjà envoyé Alek et Seff à la chasse. Pendant une semaine, on va accumuler le plus de gibier possible, quitte à en accrocher sur le dos des kvals au moment de partir. La viande ne restera pas comestible longtemps, on la mangera en priorité. Après on passera aux racines. Pour ça je te laisse t'en occuper. J'ai repéré un petit bois à une heure de marche d'ici, dans lequel tu ne devrais avoir aucun mal à en dénicher. Comme pour les autres, ce sera ton unique tâche pendant la semaine à venir. De son côté, Némï s'occupera de la nourriture des montures.

— Mais enfin, on est dix ! On ne tiendra pas deux semaines !

— Environ un mois, d'après mes estimations. En se serrant la ceinture bien sûr. Il faut d'ailleurs commencer à se limiter dès ce soir, autant pour économiser nos ressources que pour s'y habituer.

— Et pour l'eau ? Tu ne comptes quand même pas nous faire boire notre urine j'espère ? ironisa Sara d'un rire noir.

— Je n'hésiterais pas si cela pouvait nous permettre de survivre, répondit Rolon sans la moindre émotion. Avec les gourdes pleines et en buvant une gorgée par demi-journée, on devrait pouvoir tenir un mois aussi.

— Une gorgée ! s'exclama la jeune femme en levant les yeux au ciel. Mais on va se transformer en squelettes avec ça !

— Peu importe l'état dans lequel nous atteindrons l'autre côté, tant qu'on y arrive. Nous avancerons de l'aube au crépuscule, chaque seconde est précieuse. Au moment de partir, il faudra s'imaginer retourner un sablier et débuter une course contre le temps.

— Très bien, tu sembles si sûr de toi… Mais après un mois, si on est toujours au cœur de cet enfer ? Tu as pensé au fait que la taille de ce Désert pourrait véritablement dépasser l'entendement ? Que toutes les histoires que tu as entendues à Dôm n'étaient peut-être pas que des inventions ?

— J'ai une solution. Mais je ne peux pas encore en parler. Certains refuseraient de partir si je vous le disais.

Sara fronça les sourcils, et fit peser sur le chef des sillonneurs un lourd regard inquisiteur. Pourtant elle demeura silencieuse, se sachant incapable de le forcer à parler.

— Mais une fois en plein milieu du Désert, ils n'auront plus le choix… murmura Rolon dans un souffle.

— On peut encore faire demi-tour… marmonna tout à coup Némï.

Dans un tel environnement, la phrase la plus simple pouvait aussitôt prendre des proportions titanesques, et insinuer un lent poison, aussi fatal qu'incurable. Avant que Rolon ait pu répliquer l'idée s'ancrait déjà contre leur gré dans l'esprit de chaque sillonneur, profitant des germes de lâcheté qu'ils possédaient tous en eux, situés dans les parties les plus friables de leurs âmes. Au sein du mur de détermination s'ouvrait soudain une faille.

— La ferme ! rugit le vieux guerrier comme s'il voulait effacer les paroles de la femme. Tais-toi et avance, plutôt que de sortir des conneries comme ça !

Depuis plusieurs jours Rolon réagissait au quart de tour à la moindre action ou remarque qu'il estimait négative pour la traversée. Il avait conscience que le mental formait un des piliers de leur réussite, et voulait ainsi empêcher tout commentaire pessimiste qui mettrait à l'épreuve la volonté de chacun. Le chef des sillonneurs s'estimait suffisamment résolu pour sortir vainqueur du combat intérieur qui s'engageait au sein de son esprit, mais redoutait que les autres ne cèdent avant, et l'entraînent malgré lui dans une spirale de défaitisme dont il n'arriverait dès lors plus à s'extirper.

Là où d'autres avaient choisi de s'enfermer dans le silence pour mener cette âpre bataille, lui préférait exprimer sa hargne et, plutôt que de l'endurer, se débarrasser du poids qui pesait sur ses épaules lorsqu'il contemplait l'horizon sans fin.

— C'est devant que ça se passe ! ne put s'empêcher d'ajouter Rolon, seul en tête, vociférant face à l'étendue infinie. Derrière on connaît ! On mourra dans ce satané Désert plutôt que de faire demi-tour !

— Le conte qui va suivre est une histoire de pirates. Mais pas celle de n'importe quel pirate ! L'histoire du plus grand des pirates, le roi des pirates ! Meilleur marin de notre temps, il avait déjà tout vu, tout connu : tous les ports de la terre, tous les trésors de ce monde, toutes les eaux de tous les océans, toutes les tempêtes aussi, toutes les créatures que Dlaah avait pu imaginer dans sa folie créatrice… Tout ! Sauf l'Océan sans Fin ! Ce fut donc tout naturellement que son ultime quête le mena par-delà les confins du monde connu. Assemblant un équipage de marins chevronnés, experts du vent, as de la houle, ne craignant ni la souffrance ni la Mort, le pirate fit ses adieux à sa terre natale, qu'il ne reverrait jamais. Puis son navire, l'Intrépide, se détourna, aussi gonflé d'espoir que vide de remords, et partit à la conquête des frontières du monde. Le voyage fut terrible. Ils traversèrent les pires tempêtes que le monde ait jamais connues, combattirent les plus horribles créatures que les abysses aient laissées s'échapper, affrontèrent la faim, la soif, la maladie, la souffrance, comme rarement l'homme a l'opportunité de les rencontrer… Tous les jours il fallait jeter un nouveau corps à la mer, victime de l'océan impitoyable. Les marins, désespérés, ne savaient plus comment lutter. Faire demi-tour ? Se donner la mort pour enfin ne plus subir le supplice devenu habitude ? Se laisser emporter par les flots, corps et âmes ? Mais le pirate, lui, ne perdit jamais espoir. Pas une seule fois il ne se retourna pour penser aux terres qu'il avait connues autrefois, dans ce qui lui apparaissait désormais comme une autre vie. Un à un les marins moururent, et le pirate devint bientôt le seul survivant. Mais il ne perdait toujours pas espoir. Au contraire, celui-ci macérait, mûrissait, grandissait. Puis un beau jour l'Intrépide finit par s'échouer, faute de fond. Il crut un instant son voyage terminé. Pourtant l'océan d'un bleu infini s'étendait toujours jusqu'à l'horizon. Le pirate, plutôt que de marcher l'eau jusqu'à la taille, poursuivit dans la chaloupe. Alors il rama. Longtemps. Très longtemps. Depuis combien de temps était-il parti déjà ? Un mois ? Un an ? Dix ans ? Il ne s'en souvenait pas, mais cela n'avait plus aucune importance. Le pirate rama une année de plus, se nourrissant des algues qui s'accrochaient à sa barque, des poissons curieux qu'il parvenait à saisir de ses mains nues avant de les dévorer crus. Et puis, par une chaude matinée, enfin, il accosta sur une plage. Le pirate cligna dix fois des yeux, avant de comprendre qu'il ne s'était pas échoué sur les rivages du royaume des morts, mais bien par-delà l'Océan sans Fin. Pour la première fois de sa vie, une larme coula le long de sa joue. Une deuxième tomba bientôt, puis une troisième, et le torrent qui suivit ne se tarit pas avant d'avoir remercié chacun de ses compagnons morts en mer. Marcher sur la terre ferme le laissa flageolant et pantelant, habitué qu'il était à la houle permanente, aussi dut-il attendre de longues heures avant de pouvoir se redresser et admirer le spectacle qui s'offrait à lui. À la plage de sable fin succédait une forêt luxuriante, regorgeant de fruits tous plus succulents les uns que les autres, où la viande des animaux fondait sous la langue aussitôt mise en bouche. Il n'y avait pas le moindre prédateur, pas la moindre tempête, pas le moindre danger. Était-ce le royaume de Dlaah ? Ou bien une contrée y menant ? Ça, je l'ignore. Le pirate l'ignorait également, mais s'en moquait : jamais il ne quitterait ce lieu paradisiaque, où la vie ne pouvait être plus simple. Il planta alors dans le sable l'épée qui n'avait jamais quitté sa ceinture de toute la traversée, fixa longuement l'horizon en direction de sa terre natale, avant de s'enfoncer pour toujours dans la forêt en murmurant : *« Si les hommes savaient... ».*

Orelo laissa sa voix s'éteindre, le temps que ses paroles imprègnent l'esprit des sillonneurs. Mais le conte n'était pas tout à fait terminé.

— Souvenez-vous de cette histoire. Souvenez-vous de ces paroles lorsque vous aurez envie de vous allonger par terre, épuisés, à bout de force, et de vous laisser aller à la Mort. Souvenez-vous que ce qui vous attend après le Désert est magnifique, au-delà de tout ce que vous pouvez imaginer.

Souvenez-vous que cela vaut la peine de souffrir comme vous allez souffrir. Vous ne pouvez désormais plus dire que vous n'étiez pas avertis ! Comme le pirate, vous savez. Il vous suffit de le rejoindre ! Embarquez dans le navire ! Larguez les amarres ! Nous partons !

— Mais comment s'appelle notre bateau ?

— Le Sillonneur pardi !

Chapitre 32

Les jours se succédaient, inlassablement, tandis que les réserves diminuaient, inexorablement…

Les sillonneurs et leurs montures avançaient désormais la tête basse, comme honteux d'avoir pu un jour penser atteindre l'autre rive du Désert. Ils n'avaient pas encore passé le mois de traversée, mais s'en rapprochaient très vite. Plusieurs fois quelqu'un avait demandé comment ils se nourriraient lorsque les dernières ressources seraient écoulées, mais Rolon avait sans cesse écarté le sujet d'un revers de la main :

— On n'y est pas encore. On sortira peut-être du Désert avant…

Néanmoins la question revenait avec toujours plus de force et de régularité, et le vieux guerrier ne pourrait bientôt plus l'éluder.

Les cavaliers devinrent des fantômes dont le fil qui les retenait au monde des vivants s'effilochait dangereusement. Plus rien ne semblait pouvoir réchauffer et faire battre leurs cœurs, qui cessaient peu à peu de battre. Il leur arrivait maintenant d'avancer pendant une journée entière sans qu'une seule parole soit prononcée. Bien qu'il sût ses hommes forts, Rolon sentait approcher le point de rupture, inéluctable. À tout moment un des dix sillonneurs lâcherait prise et entraînerait dans sa chute beaucoup d'autres, voire l'ensemble du groupe.

Les signes de cette fracture imminente ne manquaient pas, bien qu'insignifiants à première vue. Le matin Némï montait toujours en selle la dernière, retardant le départ du groupe de quelques instants, et pas sans avoir regardé en arrière, vers ce qu'elle appelait son chemin de repli. Elle souffrait à nouveau de son bras mutilé, ses douleurs fantômes réapparues avec insistance à leur entrée dans le Désert. La veuve n'hésitait pas à le gémir devant ses compagnons pour justifier son manque d'entrain quand ceux-ci le lui reprochaient. Alek et Sara ne se parlaient plus, n'échangeaient plus les regards qui forgeaient leur profonde complicité, et ne prenaient même plus le temps de s'allonger aux côtés de l'autre le soir. Réduit à un mutisme sans précédent, Orelo avait depuis longtemps arrêté de raconter des histoires le soir, par manque de public autant que d'envie. La plume rouge de son chapeau de paille pendait piteusement face au sol, attirée par le repos éternel qu'il lui suggérait. Une fois Seff fut attrapé en train de fouiller la sacoche d'un autre, sans doute dans l'intention d'y voler un des derniers morceaux de viande séchée. Et la liste continuait, aussi longue que le bras.

Même Rolon se découvrait plus fragile que jamais, retenant ses larmes à la tombée de la nuit, quand se dressait le campement et que l'horizon restait parfaitement identique à celui du matin. Il savait qu'un soir les retenir serait impossible, et qu'elles causeraient sur l'esprit des autres l'effet d'un raz-de-marée.

À la surprise générale, c'était Egan qui affichait la plus grande ténacité. Il parvenait, malgré l'apathie ambiante capable de basculer sans crier gare dans le désespoir, à conserver son sourire en permanence, n'hésitant pas à lancer des encouragements comme autant de compresses sur l'esprit des sillonneurs.

— On savait que ça allait être dur, non ? s'exclamait-il avec ferveur. Souvenez-vous du pirate ! Souvenez-vous du bonheur qui nous attend de l'autre côté. N'est-ce pas Orelo ?

Mais celui-ci trouvait à peine la force de hocher la tête pour montrer qu'il avait entendu.

Même si aucun meneur n'était nécessaire pour décider du chemin à prendre, Egan prenait de plus en plus souvent la place symbolique de Rolon à la tête de la colonne. Être responsable du balisage le long de leur progression lui donnait quelque chose auquel penser, se raccrocher, contrairement aux autres qui ne pouvaient que se laisser ballotter du haut de leurs kvals, en proie à la peur et au doute.

La réserve de pierres s'était épuisée, aussi l'adolescent les remplaçait désormais par de grandes flèches qu'il traçait avec la pointe de son épée. Puisqu'elles disparaissaient beaucoup plus vite de son champ de vision, il devait chaque jour en tracer plusieurs centaines. Néanmoins Egan pourrait ainsi guider le groupe sur des milliers de kilomètres sans dévier de sa trajectoire initiale.

La gorge sèche et le ventre criant famine, les sillonneurs continuaient d'avancer. Le dernier morceau de viande avait été mangé la veille, et ils entamaient donc la réserve de racines. Insipides, elles provoquaient des ravages sur le moral des voyageurs, déjà au plus bas. L'eau des gourdes s'épuisait toujours plus, jusqu'à atteindre des quantités dérisoires, surtout depuis que le kval de Fao en avait renversé une par terre, hennissant de frustration après la faible quantité octroyée par son propriétaire.

Les lèvres fendues à leur arracher des gémissements, plus sèches que le sol qu'il foulait, Alek n'avait plus assez de salive pour les humidifier. Il fermait les yeux et essayait de s'oublier, de s'extraire de son corps et de ne plus ressentir la faim qui lui tordait le ventre, mais ses pensées finissaient invariablement par revenir sur l'étendue plate face à lui, qui s'étirait jusqu'au bout du monde, il en était désormais persuadé.

— Regardez ! Là-bas ! s'exclama soudain Pol.

Le cri brisa avec difficulté la résistante cage de torpeur dans laquelle les sillonneurs étaient enfermés. Rolon se redressa néanmoins sur sa selle.

— Qu'est-ce qu'il y a ? demanda-t-il d'une voix faible, à peine un murmure.

— Vous ne voyez pas ? Là-bas, la petite fille ! Comment est-ce qu'on a pu ne pas la voir arriver ?

Pol tendait le bras devant lui et désignait du doigt un point qu'il était le seul à distinguer, cherchant la surprise dans le regard de ses compagnons. Mais Alek avait beau plisser les yeux, regarder tout autour de lui, il ne voyait rien qui rompait avec la monotonie mortelle du Désert Blanc.

— Juste là, à cent mètres ! reprit Pol sans en démordre. La petite fille avec la robe rouge ! Vous ne la voyez pas, il faut que j'aille vous la chercher ?

— Pol... souffla son ami en secouant la tête. Il n'y a rien…

— Voyons Alek, tu vas pas me dire que toi non plus tu n'as pas les yeux en face des trous ? Regarde, elle est juste là !

La petite fille à la robe rouge vif le regardait avec un visage souriant, les traits encadrés par de soyeux cheveux bruns ondulés.

— Pol… Arrête, s'il te plaît…

— Mais enfin, je…

— Pol ! rugit Rolon, exaspéré. Tu hallucines, réveille-toi !

Le vieux guerrier n'avait pas autant élevé la voix depuis des jours, des semaines peut-être, comme si crier lui coûtait trop de forces, lui retirait une énergie dont il avait cruellement besoin. Pol le braqua d'un regard noir, avant de se retourner vers la petite fille.

Mais elle avait disparu.

— Je… Je… bredouilla le jeune homme avec incrédulité. Désolé…

— J'arrête !

Le cri avait jailli, brutalement, sans aucune raison apparente. Némï stoppa son kval, alors que tous les sillonneurs se tournaient vers elle.

— J'arrête ! C'est fini, j'arrête ! Je fais demi-tour, je retourne à Dôm !

Alek voulut lui dire de se taire et de continuer à avancer avant que Rolon ne s'énerve, mais celui-ci répliquait déjà, sans même se retourner :

— La ferme ! Tais-toi et avance, surtout si c'est pour sortir des conneries comme ça !

— Je l'ai déjà entendu ce refrain ! répliqua Némï, envahie d'une détermination aussi inattendue qu'implacable. Je ne ferai pas un pas de plus dans cette direction, ajouta-t-elle en désignant l'infinie face aux sillonneurs. Tu devras me tirer par les cheveux si tu veux me faire avancer !

Rolon s'arrêta. Dans son esprit les secondes à rester immobile s'écoulaient, douloureuses, tandis que le sablier du temps continuait de s'égrener, infatigable. Chaque seconde ainsi perdue représentait un mètre de plus à parcourir avant que la faim ne les terrasse.

— Ne me tente pas… souffla-t-il entre ses dents.

Le vieux guerrier se tourna alors vers la veuve, le regard brûlant de colère. Bien qu'à bout de force, il semblait sur le point de dégainer son épée pour trancher la femme en deux et reprendre la progression sans plus tarder. Il bouillait intérieurement, son point d'explosion proche.

Très proche.

— Némï, tu retardes tout le groupe. C'est notre mort à tous que tu veux ? demanda-t-il d'un ton glacial.

— Je n'en ai rien à foutre que vous réussissiez à traverser ce satané Désert ou que vous creviez demain ! s'emporta la femme, profitant de l'attention générale pour exprimer chaque pan de sa frustration. Qu'est-ce qu'on cherche depuis tout ce temps ? Les Ruines ? De simples ruines ? Mais enfin Rolon, il va être temps de te rendre compte que tu ne pourchasses que des chimères ! Tout ça c'est que des légendes, du vent ! Tu m'entends ? Du vent ! Les Ruines n'existent p…

— Elles existent ! aboya-t-il avant même qu'elle ait fini sa phrase.

— Si tu veux, si tu veux… Ce refrain-là aussi je le connais bien… Mais est-ce que tu continueras à le répéter dans un mois, dans un an, dans dix ans, quand vous avancerez toujours droit devant, plein ouest, sans rien trouver d'autre que le néant ? Je n'en reviens toujours pas d'avoir été assez stupide pour t'accompagner, toi et tes valeureux sillonneurs…

La voix de Némï frappait par son ironie, assénant ses mots pareils à des giclées de venin.

— Tout ce voyage sans espoir car tu es lâche…

— Quoi ? manqua de s'étrangler Rolon. Moi, lâche ?

— Oui Rolon, tu es *lâche*, déclara la femme sans le quitter un instant du regard, ses yeux plantés dans ceux du sillonneur dans un affrontement dont un des deux combattants ne ressortirait pas indemne. Tu es lâche car tu as fui Niu-Jok, et préféré voir ta ville détruite plutôt que de succéder à Jez. Mais de quoi avais-tu donc si peur ? De prendre des décisions importantes, que tout le monde n'apprécierait pas ? C'est pitoyable, tu me dégoûtes…

Le vieux guerrier resta stupéfait, le souffle coupé, l'attaque beaucoup trop perfide et imprévisible pour qu'il puisse y répliquer. Némï enchaînait déjà alors qu'il la fixait, muet, la bouche entrouverte sans qu'aucun son n'en sorte.

— J'en ai marre ! J'en ai marre de ce Désert, j'en ai marre de ce sol blanc qui nous nargue, j'en ai marre de ces nuages gris qui nous regardent en riant ! J'en ai marre de toi, Rolon, j'en ai marre de vous, les sillonneurs, qui n'avaient pas le courage d'arrêter votre chef chéri, de lui avouer qu'il se trompe. Car il se trompe ! Et vous le savez ! Rien ne nous attend de l'autre côté, et ça fait longtemps qu'on aurait pu s'arrêter dans un endroit sûr, sans continuer à attendre chaque jour la prochaine créature qui nous tombera dessus, la prochaine tempête qui nous laissera grelottants, trempés jusqu'aux os. Pourquoi est-ce qu'on ne s'est pas arrêté, enfin, dans la maison face à la steppe ? Hein, pourquoi ? Le paysage n'était pas à votre goût ? Je vais vous dire pourquoi ! Parce que vous avez peur de rester immobile, peur de vous installer, peur de vivre !

Sur ces mots elle se tut, et dévisagea tour à tour chaque sillonneur, qui la regardait, consterné. Personne ne trouvait les mots pour la calmer, pour lui redonner l'envie d'avancer qu'elle avait maintes fois manifestée depuis qu'ils avaient quitté Niu-Jok. Malgré leur fatigue extrême, ils ne comprenaient pas pourquoi Némï cédait aussi subitement, de façon nette et définitive. Sara demeurait silencieuse, consciente de déchaîner la fureur de la veuve et de renforcer sa volonté à quitter le groupe si elle lui adressait la parole.

— Némï, calme-toi… finit par murmurer Alek.

— Tu oublies que Gamo t'attend de l'autre côté… osa Orelo.

La veuve fut prise d'un grand éclat de rire, comme si le conteur venait de lui raconter une plaisanterie dont il avait le secret.

— Bien essayé, bien essayé… Tu pensais vraiment que j'allais m'écrouler par terre en pleurs, vous demander pardon et continuer avec vous de plus belle, comme si de rien n'était ? Toi, le petit troubadour, l'éternel couard qui a trop peur d'apprendre à se servir d'une arme car il redoute le jour où il devra la dégainer, tu es lâche au point d'invoquer le souvenir de Gamo pour me faire changer d'avis ?

Les paroles de Némï s'enfonçaient profondément dans le cœur de ses victimes telles des flèches empoisonnées.

— Je penserai à vous une fois revenue à Dôm. Je lèverai mon verre en l'honneur des sillonneurs, ces hommes parcourant le monde sans raison, si ce n'est celle de combler les jours en attendant que la Mort vienne les saisir. Heureusement pour vous le moment est bientôt venu, plus que quelques semaines droit devant et vous devriez la trouver. Impossible que vous la ratiez ! Bon courage, braves condamnés !

Puis sur ces mots elle fit volte-face et repartit sur son kval, le long des flèches dessinées par Egan. Aucun cavalier ne tenta de la rattraper, de la convaincre une dernière fois de revenir, encore abasourdi par sa décision. Espérait-elle vraiment ressortir du Désert Blanc qu'ils arpentaient depuis des semaines, ou bien voulait-elle seulement quitter le groupe alors qu'elle en avait encore la force, et pouvoir enfin lâcher prise, seule, sans devoir affronter le regard des autres ?

— Mais… mais… balbutia Egan en secouant la tête pour se débarrasser de la réalité qu'il refusait d'admettre. Elle va revenir, c'est ça ? Elle va revenir, hein ? Pourquoi est-ce qu'elle ne revient pas ? Hein, pourquoi elle ne revient pas ?

— Elle a fait son choix, déclara Rolon, le regard rivé sur le dos de Némï, qui s'éloignait petit à petit sans un regard en arrière.

La femme ne fut bientôt plus qu'une minuscule tâche au loin, brisant un temps seulement la monotonie parfaite du Désert, avant de disparaître, engloutie par l'horizon.

— Mais quelqu'un lui a donné de quoi boire et manger ? s'exclama Egan en se tournant vers ses compagnons. Hier soir elle m'a dit qu'il ne lui restait plus rien…

Chapitre 33

Les sillonneurs ne trouvaient même pas la force de pleurer Némï. À quoi bon ? Pour la faire revenir sous forme de souvenirs ? Ils préféraient conserver cette énergie pour continuer à avancer, encore et toujours. Le départ d'un des leurs avait étrangement créé chez eux une nouvelle détermination, froide et désespérée. Personne ne voulait être le prochain à s'arrêter, et chacun puisait dans cet objectif la force de repousser ses limites. Avec son départ Némï avait démontré que l'abandon pouvait surgir à tout instant, sans crier gare, et amenait à se demander qui serait le prochain, un beau matin, à ne plus vouloir repartir, ne s'en sentant pas la force physique ou mentale. Tous se regardaient du coin de l'œil à longueur de journée : ils guettaient sur le mur de volonté des autres l'apparition d'une brèche trop importante pour pouvoir être comblée. Ils se puisaient mutuellement le courage de ne pas se décevoir, au risque d'entraîner le reste du groupe dans les abîmes en cas de rupture.

Leur état les terrifiait. Les cavaliers n'avançaient plus que prostrés sur leurs selles, oscillants à moitié conscients, et remettaient leurs vies entre les mains de leurs kvals, toutefois guère plus en forme. Aux yeux d'Alek, Zef, sa monture à la robe immaculée, paraissait sur le point de se fondre dans le blanc du sol et d'y disparaître à jamais. Heureusement pour eux, les kvals étaient des animaux capables d'une rare résistance aux éléments comme à la fatigue, qui affrontaient sans broncher l'interminable périple. Jamais les sillonneurs n'auraient pu traverser le Désert à pied. Néanmoins l'allure avait grandement diminué. Le nombre de flèches tracées chaque jour fondait à vue d'œil, en même temps que la motivation du groupe.

Seul Egan continuait d'affronter l'effrayant horizon blanc. Il trouvait encore la force de se tenir droit, fidèle à sa mission de flécher l'itinéraire. Son sourire avait progressivement disparu, mais le garçon impressionnait ses compagnons par son opiniâtreté d'acier. C'était lui le matin qui s'assurait que tout le monde se réveillait et ne s'enroulait pas à nouveau dans sa couverture pour prolonger la nuit. Puis il aidait chacun à trouver la force de monter en selle, avant une nouvelle journée de souffrance. C'était lui encore qui stoppait la colonne au crépuscule, une fois que les précédentes flèches se fondaient dans l'obscurité. Personne d'autre n'aurait été assez lucide pour le remplacer.

Rolon se serait tranché la main pour voir du relief, distinguer une colline au loin ou ne serait-ce que heurter du pied un caillou. Le seul fait de parcourir en permanence ce paysage d'un plat à donner le vertige l'épuisait. Désormais, dans son esprit ne tourbillonnait plus qu'une seule question, n'étant plus assez objectif pour s'en arracher et penser à autre chose : *« Pourquoi est-ce que je nous ai tous précipités dans cet enfer blanc déjà, au lieu de faire demi-tour quand on me le proposait dans le village ? »*. Le village, comment s'appelait-il déjà ? Le vieux guerrier ne s'en souvenait plus, cela remontait à si longtemps…

— Ça y est, on n'a plus rien à manger… indiqua Seff en voyant avec amertume la dernière racine finalement avalée par

Fao, lors d'une énième journée. On aura tenu combien de temps dans ce maudit Désert ?

Il effectua du regard le tour des sillonneurs placés en cercle, mais aucun ne sut lui dire quand la traversée avait débuté. Les jours s'étaient progressivement mélangés dans leurs esprits, tous plus identiques les uns que les autres, au point de n'en former à présent qu'un seul, unique, le jour Désert. Mais la nuit allait bientôt se lever sur cette journée et la recouvrir d'un sombre linceul, avant de laisser les sillonneurs étendus au sol, morts de faim.

— Les kvals ont encore de quoi manger… murmura Egan, à peine audible. Mais si on commence à prendre dedans, on ne fera pas long feu…

— Alors Rolon, tu avais vraiment tout prévu ? s'emporta Sara, d'une voix faible qu'elle aurait voulue plus tranchante. C'est quoi ton plan magique maintenant ? Nous changer en oiseau pour atteindre plus vite l'autre côté ?

— Non… souffla le vieux guerrier en secouant lentement la tête. Ça n'a rien de magique. Vous l'avez même déjà tous deviné, sans vouloir l'admettre.

— De quoi ? Qu'est-ce qu'on a déjà deviné ? s'écria Pol, les nerfs à fleur de peau. Tu as caché de la bouffe ? Tu nous as laissé tomber au plus mal sans rien dire ?

Le jeune homme se leva sans attendre la réponse. Il semblait prêt à bondir pour se battre. Pourtant Rolon restait silencieux.

— Bon, elle est où ta cachette ? exigea Pol en commençant à fouiller les sacoches.

— Juste sous tes yeux…

Tous les sillonneurs froncèrent les sourcils, sans comprendre.

— Tu as passé ta journée dessus…

Il y eut un instant de flottement, avant que l'incompréhension ne cède la place à la colère.

— Non ! cria Pol. On ne touche pas aux kvals !

— Tu avais prévu dès le début de les sacrifier ? s'exclama Sara.

— On n'a pas le choix… répondit Rolon, qui les regardait sans la moindre émotion, juste une profonde fatigue.

— Mais ils font autant partie du groupe que nous ! On ne va quand même pas les abattre comme de vulgaires bêtes !

— Pol, ce sont des bêtes…

Le vieux guerrier était seul face au reste du groupe, défendant une solution que les autres ne parvenaient pas encore à admettre. Pourtant la situation leur apparut avec une clarté grandissante à mesure que les arguments devenaient de moins en moins nombreux, et que Rolon continuait d'y répondre avec le même fatalisme.

Les sillonneurs restaient maintenant silencieux, rappelés à la raison par leurs gorges asséchées et leurs ventres toujours vides. Chacun attendait qu'un autre prenne la parole pour décider de ce qui allait suivre. Rolon s'y résigna, une fois qu'il comprit que le groupe n'émettrait plus de réserve.

— Nous devons choisir le kval maintenant.

Tout le monde demeura muet, chacun menant un combat intérieur entre la faim qui la tenaillait et l'amour pour sa monture, avec laquelle elle avait traversé tant de paysages, vécu tant d'aventures.

Ce fut Fao qui libéra le groupe de soulagement.

— C'est bon. On prendra le mien.

Sa voix n'exprimait pas de tristesse, mais une profonde volonté de permettre la survie du groupe, à n'importe quel prix.

— Merci… gémit Sara, soulagée alors qu'elle caressait son kval et sentait les battements de son cœur sous sa paume. Merci pour ton sacrifice.

Fao se leva et sans hésiter saisit un des poignards dans sa sacoche.

— Tu veux qu'on le fasse pour toi ? proposa Rolon alors que son compagnon affûtait la lame de son couteau avec la minutie des meilleurs bourreaux.

— Non, ça va aller. Je vais le faire seul.

Et Fao se dirigea vers sa monture, avant de la prendre par la longe et de l'emmener à l'écart pour ne pas effrayer les autres bêtes. Tout en la caressant et lui murmurant des paroles apaisantes, il lui trancha la gorge sans trembler, d'un geste rapide et sûr. Une gerbe écarlate mais muette macula sa douce robe brune. Sans jamais cesser de la rassurer, le sillonneur la tint serrée contre lui, jusqu'à ce que ses jambes cèdent et qu'elle s'effondre sans un bruit.

Rapidement son sang se répandit, formant une flaque d'un rouge sombre qui tranchait d'autant plus sur le sol blanc.

— Une gourde ! ordonna Fao sans même se retourner vers le groupe.

Malgré la gravité de la situation, la torpeur de l'épuisement avait repris les voyageurs, aussi près d'une minute passa avant qu'Egan apporte un récipient et récupère le précieux liquide.

Les sillonneurs mangèrent en silence, savourant malgré eux le petit morceau de viande crue qu'ils avaient chacun eu. Le kval avait été entièrement découpé par la main experte de Fao, qui n'avait à aucun moment exprimé de remords. Quand Sara lui demanda s'il allait bien, sa seule réponse s'avéra laconique :

— Comme Rolon a dit, on n'avait pas le choix.

Certains emballèrent et répartirent dans les sacoches les grands morceaux de viande, afin de les transporter et les conserver le plus longtemps possible, tandis que d'autres remplirent les gourdes du sang de la bête. Tels des charognards, les sillonneurs s'étaient d'abord abreuvés directement sur le cadavre, économisant ainsi leurs précieuses réserves pour la suite du voyage.

Sara estima cela répugnant, mais Alek insista pour la convaincre de les imiter, et elle finit à son tour par se pencher sur le corps du kval. Aussitôt après la jeune femme essuya d'un geste rageur le sang qui lui recouvrait le visage à la façon de peintures tribales. Elle ne s'empêcha pas non plus d'exprimer son dégoût lorsqu'il fallut faire boire les autres kvals. À l'aide de sa gourde, chaque cavalier désaltéra sa monture, avant de la remplir encore une fois à ras bord pour reprendre la traversée. Rolon réduit très vite au silence les plaintes de la guérisseuse.

— Sara, ça suffit. La situation actuelle n'a aucune commune mesure avec ce que nous avons déjà vécu. Dans ce Désert, une seule chose importe : survivre. Par n'importe quel moyen.

Les sillonneurs reprirent alors la route, une énergie nouvelle coulant dans leurs veines. L'énergie de l'espoir.

Pour pallier la perte de sa monture, Fao devait maintenant chevaucher aux côtés d'un autre, et alternait avec les différents cavaliers tout au long de la journée. Sans moyen de mesurer le temps qui s'écoulait, il attendait qu'Egan trace cent flèches au sol avant de changer.

Depuis plusieurs jours désormais le groupe avait retrouvé une bonne allure, mais surtout un véritable dynamisme. Les cavaliers ne possédaient pas plus d'énergie qu'auparavant, continuant à manger et boire très peu, mais ils étaient mentalement en pleine possession de leurs moyens. Pouvoir repartir alors que les réserves s'épuisaient pour de bon, la Mort en apparence inévitable, avait été pour eux une véritable victoire. Un sentiment d'immortalité avait même un moment envahi l'esprit de certains, s'ils considéraient les montures restantes comme autant de futures provisions.

Les paroles étaient revenues en même temps que l'espoir de voir un jour l'autre côté du Désert. Alek et Sara se tenaient désormais la main du haut de leurs kvals, scellant la promesse tacite de survivre ensemble à cet enfer. Le groupe tout entier ne formait plus qu'un énorme bloc de cohésion, conscient d'être uni dans la souffrance autant que dans la détermination. Les sillonneurs croyaient être capables d'avancer ainsi encore une vie entière si nécessaire.

Et puis un matin, il y eut la brume.

Chapitre 34

La brume apparut peu à peu, comme si elle hésitait longuement avant de se manifester. L'air ambiant se troubla, devint plus clair, la blancheur du sol s'élevant avec lenteur jusqu'à envelopper les sillonneurs dans une nuée cotonneuse. Les cavaliers observaient l'étrange phénomène naître alors qu'une sourde inquiétude germait au creux de leurs ventres. Ils continuèrent néanmoins d'avancer encore quelques heures, jusqu'à ce que le brouillard soit trop épais pour distinguer à plus de dix mètres les flèches tracées par Egan. Rolon ordonna alors une halte.

Mais le temps de poser pied à terre la brume s'était soudain épaissie, plus véloce qu'un assassin attendant le moment parfait pour frapper. Il ne discernait déjà plus sa monture, pourtant à tout juste quelques mètres de lui. Le vieux guerrier fit aussitôt volte-face, chercha ses compagnons du regard…

Tous avaient disparu.

Pire, *tout* avait disparu.

Un mur ouaté le coupait du monde, l'enfermait dans une cage sans barreau. Pris de panique Rolon se mit à tourner sur lui-même, affolé, tentant de retrouver un signe de vie, aussi petit soit-il. Mais il était seul, enfermé au cœur d'une boule de brume à la blancheur parfaite. Il tendit le bras…

Son cœur manqua un battement lorsqu'il s'aperçut que sa main s'effaçait, incapable de dissiper la brume. Son coude disparaissait dans le brouillard, aussi inconsistant que l'air, aussi opaque que la pierre.

Le monde n'était plus que blancheur.

Blancheur absolue.

Complètement isolé des autres sillonneurs, qui devaient pourtant se trouver à quelques pas de lui à peine, tout aussi immobiles, Rolon ne pouvait pas empêcher la panique et la terreur d'envahir chaque parcelle de son corps.

— Il y a quelqu'un ? cria-t-il les mains en porte-voix, sans parvenir à masquer son inquiétude toujours plus grandissante.

Mais sa voix lui apparut faible, étouffée comme si quelqu'un d'autre l'appelait au loin. Et personne ne répondit.

— Il y a quelqu'un ? répéta Rolon sans vraiment y croire, ses espoirs déjà vacillants.

Toujours aucune réponse.

Un brutal sentiment de solitude s'empara de lui alors que les questions fusaient dans son esprit. Comment allait-il rassembler l'ensemble du groupe en attendant que la brume disparaisse ? Combien de temps allait-elle se maintenir avant de se dissoudre dans le sol qui l'avait fait jaillir ? Et que faire si elle persistait ?

Vide de solution, il insulta d'abord la brume, puis le Désert Blanc, avant de maudire Dlaah lui-même. Sa quête était-elle à ce point indigne ? Ne méritait-il pas la paix qu'il recherchait avec tant d'acharnement ? Que lui restait-il désormais, à part la certitude de mourir ? La brume venait de lui enlever la seule chose que le Désert ne lui avait pas encore arrachée : ses compagnons.

Rolon décida alors d'avancer dans la direction où il pensait avoir laissé son kval. Rester immobile était hors de question. Le vieux guerrier devait absolument rejoindre les autres, car il risquait de devenir fou sinon, seul au milieu de cette prison nuageuse. Les deux bras balayant l'air devant lui, il marcha quelques pas, lentement, sans savoir sur quoi se posait son pied. Mais le sol demeurait celui du Désert Blanc, parfaitement lisse.

Soudain sa main rencontra une peau recouverte de poils ras. Son kval ! Rolon ne put retenir un soupir de soulagement. Même s'il lui fallait encore retrouver les autres sillonneurs, toucher sa monture – tout aussi déboussolée – lui procura un plaisir immense : il renouait le contact avec un être vivant au cœur de cet univers d'un blanc mortel.

Collé à l'oreille du kval, il lui glissa avec tendresse de nombreuses paroles apaisantes, avant de le prendre par la longe et de se diriger dans la direction où il avait vu le groupe pour la dernière fois. Rolon priait pour que ses compagnons soient restés immobiles, ou il devrait attendre seul que la brume se dissipe.

Le vieux guerrier crut alors entendre un son au loin, à peine perceptible, écho mourant d'une voix perdue. Il se dirigea en hâte vers elle, tandis qu'il sentait la flamme de l'espoir se raviver au fond de lui. Les voix devinrent de plus en plus nettes à mesure qu'il approchait.

Rolon faillit manquer Alek. Marchant à un pas de lui, le vieux guerrier serait passé à côté sans s'en rendre compte si le jeune homme n'avait pas de nouveau crié à ce moment précis, dans l'espoir vacillant de se faire entendre des autres sillonneurs perdus dans la brume. Rolon le toucha avant de le voir et approcha son visage suffisamment près pour discerner le sien. Bien qu'à portée de main, les traits d'Alek demeuraient flous, absorbés par le brouillard flottant entre eux.

Les traits des deux hommes s'illuminèrent alors d'un sourire radieux. Jamais ils n'avaient été aussi heureux de revoir un visage familier.

— Tu sais où sont les autres ? cria Rolon.

— Quoi ?

— Est-ce que tu sais où sont les autres ? répéta-t-il plus fort.

Alek colla sa bouche à l'oreille du vieux guerrier pour lui répondre.

— Sara est juste à côté de moi. Elle tient nos deux kvals, qu'on a attachés ensemble.

— Vous avez entendu quelqu'un d'autre ?

— Non, personne, répondit sombrement Alek. Et toi ?

Rolon secoua la tête, mais le jeune homme ne pouvait même pas le voir.

Alek, Rolon et Sara formaient une chaîne humaine et dessinaient des cercles approximatifs, s'éloignant petit à petit de leur point de départ. Ils hurlaient de toutes leurs forces, à l'unisson pour espérer percer la gangue de brume. Si les autres n'avaient pas bougé, le trio pensait pouvoir les rassembler rapidement.

Ils s'y employèrent pendant une journée entière.

La peur permanente de ne pas tous les retrouver leur serrait le cœur, craignant que quelqu'un, plus que jamais isolé et affamé, ait dans la panique pris la pire décision possible : continuer d'avancer dans la brume, pour s'y perdre à jamais. Être attiré par des voix sorties tout droit de l'imagination frôlait le probable, comme l'avait démontré l'hallucination de Pol.

Un à un les sillonneurs récupérés furent ajoutés à la chaîne, ce qui permettait de ratisser à chaque fois plus largement. Assez vite ils furent huit. Tout le monde était resté immobile et n'avait bougé qu'à l'approche du groupe, de plus en plus audible à travers la brume à mesure qu'il grossissait.

Sauf Pol.

Aussitôt perdu lors de l'apparition du brouillard, le jeune homme n'avait pas su écouter sa raison et du haut de son kval était aussitôt parti à la recherche des autres, très vite dans une mauvaise direction. Hurlant à en mourir tant l'horreur de la situation lui étrennait douloureusement le cœur, il lui avait fallu de longues minutes dans la brume avant de réaliser son erreur.

— Rolon, qu'est-ce qu'on fait pour Pol ? finit par demander Alek au bout de plusieurs heures, redoutant sa réponse. S'il est vraiment parti devant ?

— Oublie ça ! On ne peut pas l'abandonner ! s'écria le vieux guerrier, les yeux désespérément braqués devant lui, à la recherche du moindre éclat de couleur. Il faut continuer à le chercher, au moins jusqu'à la nuit. Après… On avisera…

Mais les minutes, puis bientôt les heures passèrent, interminables, sans trace de Pol. Les sillonneurs auraient tout donné pour soudain sentir un de leurs pieds heurter leur ami, avant de découvrir son visage transfiguré de joie et de le serrer fort dans leurs bras. Alek hurlait à pleins poumons au risque de se rompre les cordes vocales, ne s'arrêtant chaque fois qu'un instant dans l'espoir d'entendre quelque chose en retour, même un son étouffé au loin, avant de reprendre de plus belle. L'idée que Pol puisse être à jamais perdu dans la brume s'imposait avec une intensité grandissante dans son esprit, et plusieurs fois il fut sur le point d'arrêter la ligne de sillonneurs pour demander à Rolon si cela valait vraiment la peine de continuer.

Mais le vieux guerrier eut raison de persévérer. Car malgré de longues et terribles heures à errer dans le brouillard, alors que toute notion de distance avait disparu, et que le découragement écrasait leurs épaules, ils finirent par retrouver Pol, le pied de Fao butant contre lui. Roulé en boule, le sillonneur pleurait toutes les larmes de son corps.

Quand il les vit, le jeune homme crut d'abord à une nouvelle hallucination, comme il en avait déjà tant eu au cours de ces longues heures, avant que Fao le prenne dans ses bras et le réconforte de sa chaleur humaine.

— J'ai eu tellement peur… gémissait Pol, le corps secoué de violents sanglots de soulagement. J'ai cru que j'allais devenir fou et mourir là, dans cette maudite brume…

Il s'accrochait de toutes ses forces à son compagnon, redoutant qu'il s'évapore si ses bras le lâchaient.

— Ça va aller, on est tous ensemble maintenant, murmura Fao pour l'apaiser. On va juste attendre que ça passe.

Insensible à leurs malheurs, le jour se couchait tandis que la blancheur du brouillard décroissait lentement. Alors que Jona retenait toutes les montures attachées ensemble par une unique longe, les sillonneurs se dépêchèrent, en veillant à rester toujours à portée de son voisin, d'avaler un morceau de viande avant de s'installer pour la nuit, serrés les uns contre les autres pour ne pas s'égarer de nouveau.

— Demain matin ça devrait avoir disparu, estima Rolon afin de motiver le groupe.

Chacun devait transmettre le message à son voisin, car à l'intérieur du brouillard les voix ne portaient pas assez loin pour dialoguer sans hurler. Une minute plus tard, Alek glissait à l'oreille du vieux guerrier :

— Egan demande comment on va faire si ça dure plus longtemps.

— On avisera…

Le lendemain les sillonneurs étaient toujours enfermés au cœur de la brume incolore. Un vent de découragement souffla sur leur moral, tandis qu'ils se plaçaient en un cercle au maximum resserré pour prendre une décision.

— Bon, on a que deux solutions, commença Rolon, assez fort pour que tout le monde le comprenne en tendant l'oreille. Soit on reste ici et on espère que ça passe avant que nos réserves s'épuisent, soit on avance malgré tout dans le brouillard. Heureusement hier en cherchant Pol, Sara est tombée sur une flèche qu'Egan avait tracée. On a donc une direction approximative, on ne fera pas demi-tour.

— Mais on pourrait finir par tourner en rond… remarqua Seff d'une voix sombre.

— C'est le risque, oui. Pour ma part, je pense que nous ne devons pas perdre de temps, et continuer. Il n'y a aucun vent dans le Désert Blanc, ce brouillard pourrait durer des semaines. Voire plus…

— On n'a qu'à voter, proposa Sara.

Le résultat fut de six voix contre trois. Six pour rester, trois pour continuer. Egan et Jona avaient choisi de se ranger du côté de Rolon, mais les autres étaient trop effrayés par le phénomène naturel pour reprendre la traversée dans ces conditions.

— Nous referons un vote demain… souffla Rolon en se rallongeant aussitôt pour économiser le plus de forces possible.

Le temps ne parut jamais aussi long que durant cette journée.

La brume semblait déterminée à planer sur le Désert pour toujours. La journée d'attente devint un supplice pour les sillonneurs, parfaitement immobiles et toujours aussi affamés. Leurs esprits menaçaient de s'effacer, aspirés par le blanc de leur environnement.

Lors du second vote, les avis changèrent brutalement : ils étaient maintenant huit à vouloir reprendre la route. Seul Pol, traumatisé jusque dans les tréfonds de son âme par les heures passées seul dans le brouillard, refusait de repartir. Rolon dut le prendre à part, s'isolant derrière la grappe de kvals, pour lui faire entendre raison. Les sillonneurs crurent entendre des éclats de voix, mais la brume leur jouait souvent des tours, et ils attendirent en silence que les deux hommes reviennent.

Le groupe avançait à travers l'air cotonneux d'un rêve, la tête des montures se fondant à travers le blanc environnant, relié au kval suivant par la longe. La brume commençait à former dans leurs esprits exténués des silhouettes, des visages ou des créatures, tout ce que leur imagination pouvait encore produire pour combler le vide absolu, celui n'épargnant ni les formes ni les couleurs.

Rolon y découvrait les Ruines, ses tours qui s'élançaient à perte de vue dans le ciel, et avançait en ne pensant plus qu'à les atteindre, pas après pas.

Derrière, des monstres démoniaques se créaient dans l'esprit de Pol, prêts à lui bondir dessus, continuant de le terrifier même une fois ses yeux fermés. Le front trempé de sueur, il ne cessait d'être dévoré par des créatures toutes plus hideuses les unes que les autres.

Sara croyait piétiner des herbes médicinales, qu'elle s'efforçait de nommer pour rester accrochée à la réalité, et ne pas sombrer dans le rêve permanent qui l'attirait, lui promettait douceur et repos…

Puis il y avait Alek essayant d'y voir le visage de son amante, mais celui-ci s'effaçait peu à peu dans les volutes blanches qui l'entouraient, à mesure que le temps passé sans l'admirer grandissait. Il craignait de perdre son souvenir à jamais, et s'y accrochait donc avec désespoir.

Après se tenait Egan, serrant fort dans ses bras sa mère, ramenée à la vie par la puissance de son imagination, avec la complicité de la brume. L'adolescent lui murmurait tout ce qu'il n'avait pas pu lui dire de son vivant, avant de raconter ses aventures au sein des sillonneurs, qu'il avait réservées pour leurs retrouvailles, dans ce monde ou dans un autre. Moua restait silencieuse mais souriait, fière de ce que son fils était devenu.

Encore derrière Seff endurait le rêve cruel d'une forêt à la blancheur immaculée, où gambadait insouciante une quantité de gibier comme il n'en avait jamais vu. Il résistait difficilement à la tentation de faire bondir son kval à travers les fourrés pour débusquer un animal et planter sans attendre ses crocs affamés dans la chair appétissante.

Venait ensuite Fao se contemplant lui-même, dans le mur ouaté qui lui renvoyait son image avec plus de clarté qu'un miroir. Sauf que son reflet disposait encore de ses deux yeux, se tenait droit et bondissait à toute vitesse, jetait des couteaux et tirait à l'arc plus vite que n'importe qui. Fao aurait tranché la tête de cet ancien lui si la brume ne se reformait pas à chacun de ses coups, inlassablement, souvenir cruel d'un passé révolu.

Jona, caché par le brouillard, n'avait pas besoin de dissimuler le torrent de larmes qui se déversait sur ses joues. Sa femme et sa fille se tenaient juste là, à côté de son kval, lui tendant les bras dans un grand sourire pour l'inviter à les rejoindre. Elles lui parlaient de leur travail quotidien dans les champs, de la balade qu'elles prévoyaient pour le lendemain, comme si la vie n'avait jamais été aussi banale. Le colosse ne parvenait pas à leur répondre, incapable de trouver les mots exprimant les sentiments qui faisaient battre son cœur à tout rompre. Il espérait résister assez longtemps à leurs appels répétés et de plus en plus pressants, et réussir à leur glisser quelques mots d'amour avant que leurs chemins ne se séparent, leur dire qu'il n'avait pas le choix, qu'il ne pouvait pas les rejoindre tout de suite, qu'il les embrasserait une fois son tour venu.

Enfin Orelo fermait la marche. Chez lui la brume s'incarnait en une succession de contes qui se formaient et se défaisaient, sortis du fond des âges, racontant l'apogée et la chute de dynasties entières, dont les noms s'étaient depuis longtemps effacés de la mémoire des hommes. Mais le brouillard lui n'oubliait pas, et le sillonneur s'efforçait d'ingurgiter la quantité titanesque de savoir sans en laisser tomber une seule miette, jamais assez rassasié de connaissances.

Le rêve allait-il cesser un jour ? La brume finirait-elle par se dissiper pour enfin laisser les sillonneurs rejoindre un monde constitué de roches et d'arbres, de mouvements et de paroles ? Les cavaliers étaient-ils désormais les semblables des fantômes qui les assaillaient de leur souvenir, ou leur restait-il une once de vitalité capable de les ramener dans le monde auquel ils appartenaient encore ?

Ces questions ne tournaient plus depuis longtemps dans leurs esprits, maintenant dispersées parmi l'univers blanc qui les avait accueillies. Sa blancheur avait d'abord absorbé leur environnement, avant de faire disparaître leurs propres corps, et effaçait maintenant jusqu'à leur mémoire. Les sillonneurs le constataient avec impuissance, après avoir oublié jusqu'à quoi correspondait une couleur, arme qui leur aurait permis de lutter contre cette brume mortelle régnant sans partage sur son royaume, dont les habitants se composaient de silence et de blanc.

Le blanc, toujours du blanc, partout du blanc !

Le blanc était maintenant devenu pour les sillonneurs le noir, ce noir de mort, dépourvu de tout sentiment, froid, inarrêtable, inexorable…

Rolon plissa soudain des yeux, ébloui par une lumière dont il avait perdu jusqu'au souvenir. Le sol du Désert Blanc, bien qu'habituellement morne, lui apparaissait aussi lumineux que Soleï. Voir sa main puis l'encolure de son kval le laissa stupéfait, comme s'il découvrait les Ruines elles-mêmes. Au loin une irrégulière ligne verte venait scinder l'horizon, séparant la terre des nuages.

Alors que l'image traversait difficilement la brume qui occupait jusqu'à son esprit, le vieux guerrier s'écroula, inconscient.

Ses lèvres gercées formant un léger sourire.

Chapitre 35

Avant même d'ouvrir les yeux, Rolon prit conscience de sa profonde fatigue, aussi bien physique que mentale. Un instant il douta même être capable de bouger ne serait-ce que le petit doigt. De plus, il craignait de soulever ses lourdes paupières pour retrouver autour de lui le terrifiant blanc sans fin du Désert. Mais cette peur fut aussitôt balayée par la certitude d'avoir surpassé toutes ses limites jusqu'à réussir à le traverser. Le vieux guerrier ouvrit alors lentement les yeux, et plusieurs minutes s'écoulèrent avant qu'il s'habitue de nouveau aux nuances sombres l'entourant ainsi qu'aux bruits lointains qui lui parvenaient.

Tout à coup une joie profonde l'envahit, aussi puissante qu'inattendue. Il avait survécu à l'enfer de brume et enfin retrouvé un monde fait de couleurs et de sons. Ce seul constat lui réchauffait mieux le cœur qu'un brasier. Ce ne fut qu'après avoir longuement savouré l'enivrant sentiment de victoire qu'il découvrit son environnement.

L'habitation était constituée d'un torchis marron rappelant la boue et de morceaux de paille qui dépassaient grossièrement des murs. Le toit, aux planches disposées de façon irrégulière, parvenait avec difficulté à hauteur d'homme, Rolon n'aurait pas pu se redresser dessous. L'ameublement frappait par sa simplicité : à part la couche de paille sur laquelle il se trouvait et les nattes tressées posées à même la terre humide, il n'y avait que quelques ustensiles de cuisine et des couteaux suspendus à un mur, ainsi que du matériel de chasse posé dans un coin. Seule une sarbacane délicatement ouvragée, accrochée avec soin au-dessus de la porte à la manière d'un trophée, venait rompre cet environnement spartiate.

Le regard du sillonneur achevait son tour de la pièce lorsque ses yeux tombèrent sur une assiette posée juste à côté de lui. La gamelle en bois, de mauvaise facture, contenait de nombreuses larves encore vivantes, qui formaient un amas grouillant et multicolore. Rolon se tordit d'une grimace de dégoût, avant de comprendre que le plat lui était destiné. Son ventre criait famine avec autant de force qu'un nouveau-né, et il finit par saisir du bout des doigts un asticot.

L'insecte au corps annelé rayé de vert se pliait et dépliait en tous les sens dans une vaine tentative d'évasion. Après avoir observé ses gesticulations pendant quelques secondes le vieux guerrier croqua dedans, et s'étonna du léger goût sucré qu'il sentit couler le long de sa gorge. Le reste de la gamelle ne tarda pas à être englouti.

Rolon se recouchait, rassasié, lorsque l'unique porte s'ouvrit, laissant entrer une personne aux traits qui ne lui rappelaient que vaguement ceux d'un être humain. L'individu était très petit – il atteignait à peine le torse d'un homme de taille normale –, mais n'avait rien d'un enfant. Ses joues à la peau verdâtre pendaient piteusement jusqu'à son cou, ballottées par les lents mouvements de sa tête. Deux gros yeux globuleux, que des paupières n'humidifiaient presque jamais, bougeaient en permanence comme pour repérer un danger imminent. Vêtu d'une tunique en toile de jute rudimentaire, il marchait sans chaussures, les pieds maculés de terre, mais ne semblait pas s'en soucier. Lui donner un âge aurait été impossible tant son apparence surprenait, homme évoquant le poisson. Son expression fut néanmoins joyeuse lorsqu'il trouva le sillonneur réveillé, et son sourire révéla plusieurs rangées de petites dents pointues.

— Vous être réveil ! s'exclama-t-il d'une voix aiguë, quoiqu'hésitante.

Le petit homme surprit Rolon en se prosternant devant lui, le front collé au sol, avant de rester immobile, à attendre un signe de sa part. Le vieux guerrier, embarrassé, finit par se lever de sa couche et, plié en deux à cause du plafond bas, relever l'individu.

— Merci, dit Rolon avec un sourire sincère avant de l'assaillir de questions. C'est vous qui m'avez sauvé ? Mais au fait, où est-ce que je suis ? Mes amis, ils sont encore en vie ? Vous savez où ils sont ?

Le visage du petit homme fut parcouru d'un léger sourire, que le sillonneur ne parvint pas à sonder. Comprenait-il ses paroles, ou s'amusait-il de son empressement à tout savoir ? Plutôt que de répondre à sa série de questions, son hôte lui désigna simplement l'extérieur d'un doigt griffu.

Le vieux guerrier le remercia une nouvelle fois avant de sortir, ses forces ravivées par le plat de larves qu'il venait de dévorer. Les pieds enfoncés dans un sol plus proche de la boue que de la terre, Rolon découvrit un village pittoresque, composé de quelques habitations similaires à la sienne. Elles ne semblaient pas avoir été construites par la main de l'homme, mais plutôt tout droit sorties du sol, mêlant terre et branchage pour former des huttes biscornues. Quelques habitants flânaient dans les allées, en train de bavarder entre eux avec autant de gestes que d'enthousiasme, dans un dialecte complexe aux intonations gutturales. Le vieux guerrier aperçut une petite femme au ventre rondelet qui portait un bébé, plaqué contre sa poitrine au moyen d'un linge à l'hygiène douteuse. Une puissante odeur de glaise séchée remontait du village, d'apparence modeste mais accueillante.

Un frisson parcourut soudain le dos de Rolon. À sa droite s'étendait le Désert Blanc, toujours aussi calme et plat, étalé jusqu'à l'horizon. La brume avait disparu, mais son souvenir restait encore brûlant dans l'esprit du vieux guerrier. À sa gauche toutefois il découvrit un vaste marais, sa couleur verdâtre rappelant la peau de son hôte. Des arbres rabougris d'une espèce qui lui était inconnue en marquaient l'entrée. Le petit village s'insérait à la perfection entre les deux environnements, havre de paix à la croisée des mondes.

— Rolon ! Tu es réveillé ! Ça va ?

Alek l'appelait par de grands signes, assis avec les autres sillonneurs sur des bancs sommairement taillés dans un tronc. Rolon les rejoignit non sans observer avec grand plaisir qu'ils souriaient et paraissaient en forme. Leurs traits émaciés ne cachaient néanmoins pas la dure épreuve qu'ils venaient tous de traverser.

— Ça fait longtemps que vous êtes là ? s'enquit le sillonneur. J'ai dormi combien de temps ?

— Assieds-toi avant de poser toutes tes questions ! s'exclama Pol en feignant d'être agacé. Ça ne te coûtera pas plus cher !

Le groupe rit aux éclats tandis que le vieux guerrier prenait place entre Jona et Seff.

— Tu es resté inconscient pendant trois jours ! continua Pol, les doigts dressés pour accentuer son propos. Trois jours ! On peut dire que tu avais du sommeil à rattraper !

— Surtout des forces à récupérer… Mais qu'est-ce qu'il s'est passé ? Qui sont ces gens étranges ? s'empressa d'enchaîner

Rolon, incapable d'apprécier la simple présence de ses compagnons avant de les assaillir sous une pluie de questions.

— Les Hommes des Marais nous ont recueillis alors que nous étions dans un piteux état, répondit Alek, la main de Sara dans la sienne. D'après ce qu'ils m'ont dit, quelques jours de plus et on y passait tous. On n'est vraiment pas passés loin…

Il se tut un instant et laissa le groupe pensif, chacun se remémorant avec fierté les difficultés surmontées. Profondément changés par l'épreuve, les sillonneurs étaient désormais tous animés par le même feu, celui de l'exploit.

— Ils nous ont nourris et soignés, reprit Alek. C'est amusant, car ils n'avaient jamais vu d'hommes comme nous avant. Ils nous prennent pour des dieux du Désert Blanc égarés !

— J'ai vu ça, acquiesça Rolon. Mais qu'est-ce que vous avez fait pendant ces trois jours ? Ça n'a pas été trop long ?

— Au contraire ! lui lança Egan, plus heureux que jamais de le revoir debout. On aurait bien voulu rester ici encore une année de plus !

Un nouveau rire parcourut les rangs des sillonneurs. Il y avait bien longtemps qu'ils n'avaient pas été rassemblés ainsi, à savourer un moment de partage comme le voyage n'en permettait que rarement. Même Jona souriait, pourtant habitué à rester de marbre lors de ces occasions.

Une ombre traversa le temps d'un battement de cœur le visage d'Alek lorsqu'il repensa à Némï, mais il l'écarta aussitôt de son esprit avant que son souvenir ne vienne gâcher ce moment.

— Les trois jours sont passés en un claquement de doigts, reprit le jeune homme. Il faut dire qu'on a passé plus de temps allongés que debout. Seff s'est occupé des kvals. Eux aussi ont souffert, mais ils se portent bien désormais. Quant à moi j'ai essayé d'établir au mieux le contact avec nos hôtes, mais ça n'a pas été facile.

— Les Hommes des Marais ne veulent pas que nous restions ici, c'est ça ? en déduisit Rolon.

— Non, pas du tout. Au contraire, ils voudraient que l'on s'installe dans leur village. On dirait qu'ils nous vénèrent, jamais ils ne s'opposeraient au moindre de nos souhaits. Mais un des leurs nous a prévenus qu'une fois que tu serais réveillé, si nous voulons continuer à travers les marais que tu vois là-bas, il nous faudra repartir au plus vite. La saison des pluies est proche et nous resterions coincés ici pendant très longtemps. Je n'ai pas très bien compris ses histoires de cycles et de rotations, encore moins avec son dialecte incompréhensible, mais je crois qu'il voulait dire que ça allait durer au moins six mois.

— Six mois de pluie ! faillit s'étouffer le vieux guerrier. On peut pas attendre aussi longtemps !

Son esprit formait sans attendre une gigantesque arborescence de possibilités, certaines tenues et improbables, layons de gibier bientôt recouverts de végétation, d'autres, épaisses et envisageables, pistes balisées qu'emprunte l'homme. Mais toutes n'étaient tournées que dans une seule direction : droit devant.

— Ils t'ont parlé de ces marais au moins ? interrogea Rolon pour affiner les chemins qui s'offraient à lui. On peut les traverser facilement ?

— Hélas non, ils m'ont prévenu que cela n'allait pas être simple. Risqué à vrai dire. C'est là-bas qu'ils arrivent à se nourrir, mais les marais peuvent vite se révéler très dangereux, surtout pour celui qui ne les connaît pas. Un des hommes m'a mis en garde contre toute une liste de créatures et de plantes, mais même Sara n'a pas compris un seul mot de ce qu'il disait. Par contre, ils nous ont proposé un guide pour nous indiquer le chemin à travers leur territoire, avant que les pistes ne disparaissent sous la pluie.

Les voies des possibles disparaissaient une à une, progressivement effacées par les paroles d'Alek, jusqu'à n'en rester plus qu'une seule.

Rayonnante d'évidence.

Déjà les pensées de Rolon tourbillonnaient à toute vitesse, tournées droit vers la suite du voyage, réfléchissant au matériel nécessaire, à la façon de s'approvisionner, aux difficultés que le groupe pourrait rencontrer… Il réalisa soudain que tous les sillonneurs le fixaient, impatients d'entendre sa décision, et il comprit avoir oublié le plus important : leur état et leur avis.

— Mais vous pensez être capables de repartir dès maintenant ? Même après ce qu'on a vécu dans le Désert ? s'enquit Rolon en les dévisageant tour à tour.

Ils ne firent que lui sourire silencieusement en un consentement tacite, avant que Sara prenne la parole au nom du groupe entier :

— De toute façon, ça ne pourra pas être pire que le Désert, non ?

Quelques sourires s'accentuèrent, sans toutefois se transformer en rire.

— Et est-ce qu'on a vraiment le choix ? s'exclama Seff, persuadé du chemin à emprunter. Si on attend trop ici, on aura droit à la pluie au lieu de la brume.

Un à un les sillonneurs acquiescèrent. Tout le groupe était prêt à reprendre la route, profondément motivé après avoir survécu à la traversée blanche. Les cavaliers pensaient maintenant connaître ce que le monde pouvait leur donner de pire comme épreuve à relever.

Bien que Rolon ne concevait pas un seul instant d'attendre dans ce village aussi longtemps que la saison des pluies l'exigerait, il se demandait tout de même si repartir aussi vite était raisonnable. Mais les Ruines, magnétiques, attiraient de leur aura toutes ses pensées, au risque d'en devenir irrationnel. Les sillonneurs ne voulaient pas l'admettre, mais l'épreuve du Désert Blanc avait été terrible pour leurs corps, et les conséquences sur leurs organismes demeuraient présentes, visibles à la maigreur de leurs traits et aux lourds cernes qui soulignaient leurs yeux. Le vieux guerrier ne pouvait pas savoir à quel point l'environnement des marais s'avérerait hostile, mais il ne doutait pas que les cavaliers seraient de nouveau soumis à rude épreuve. Une nouvelle étape exténuante les attendait sans nul doute, l'amenant presque à regretter les steppes battues par le vent dont ils avaient auparavant l'habitude.

Absorbé par ses pensées, Rolon n'avait pas remarqué que tous les habitants du village s'étaient approchés du groupe et ne se tenaient désormais plus qu'à quelques mètres d'eux. Les Hommes des Marais les regardaient avec de grands yeux émerveillés, loin d'imaginer que les sillonneurs étaient en réalité tout sauf les dieux qu'ils se représentaient. Même les enfants et les vieillards avaient quitté leurs huttes pour les observer. Au total, un peu plus d'une cinquantaine d'individus s'était rassemblée tout autour des voyageurs.

Le vieux guerrier se leva et, ne sachant pas à qui s'adresser, retrouva celui qui l'avait recueilli sous son toit. Celui-ci, surpris que le dieu s'adresse de nouveau à lui, sautillait sur place pour tenter de contenir son embarras.

— Est-ce que je pourrais parler à votre chef ?

— Chef ? Quoi chef ? s'étonna l'Homme des Marais sans comprendre. Pas chef ici.

— Vous n'avez pas de chef ? Ou un représentant alors ?

L'homme secoua la tête comme s'il ne comprenait même pas le sens de ses paroles. Rolon continua donc, tandis qu'il commençait à cerner les difficultés qu'avait éprouvées Alek à dialoguer avec leurs hôtes :

— Mes amis m'ont dit que quelqu'un pouvait nous guider à travers les marais.

— Ça possible, acquiesça le villageois, fier de pouvoir lui venir en aide. Tam-Kaïk meilleur guide village. Lui pouvoir emmener dieux désert jusque bout marais.

— Merci beaucoup, votre aide nous est inestimable.

— Plaisir être nous, assura l'Homme des Marais d'un grand hochement de tête. Vous revenir quand vouloir, ajouta-t-il naïvement.

Le visage de Rolon s'éclaira d'un bref sourire, conscient qu'il ne remettrait jamais les pieds sur ces terres. Revenir en arrière lui était inconcevable. Il se tint toutefois d'en informer son hôte afin d'éviter de le décevoir.

— Vous pensez qu'il sera prêt quand ?

— Tam-Kaïk prêt. Partir quand dieux désert vouloir. Devoir dépêcher, pluie arriver. Quand pluie débuter, dieux désert pas pouvoir traverser marais.

— Dans ce cas, nous partirons dès demain, déclara Rolon après un bref coup d'œil résolu en direction des marais. Encore une fois, et au nom de mes compagnons, merci beaucoup pour tout ce que vous avez fait.

Le départ imminent des voyageurs fut pour les Hommes des Marais l'occasion d'une grande fête rassemblant tout le village autour d'un immense feu. Ainsi ils célébraient le passage des divinités, évènement rarissime dans la vie du village. Seul le plus ancien d'entre eux se souvenait d'avoir autrefois vu un être semblable. Il ne se privait d'ailleurs pas de cette occasion pour raconter à l'aide de gestes éloquents comment lui, alors chasseur émérite, était tombé nez à nez avec un dieu alors qu'il chassait le serr'pen dans les marais. Il n'y avait eu aucun échange entre les deux. Alors que l'Homme des Marais s'était figé et avait cligné de nombreuses fois des yeux pour s'assurer qu'il ne rêvait pas, le dieu avait continué sans hâte sa progression, posant à peine sur lui un regard vide d'émotion. Et un battement de cœur plus tard, il avait déjà disparu. Mais jamais de sa vie, le chasseur n'avait oublié son visage, en particulier l'œil unique qui l'avait dévisagé pendant une fraction de seconde, et qui hantait depuis ses nuits les plus sombres. L'ancien racontait à qui voulait bien l'écouter le choc qu'avait représenté pour lui cette rencontre, et avec quelle impatience il avait attendu le retour de ces dieux.

Le banquet consistait en un gigantesque plat à base d'une viande épaisse au goût très prononcé, agrémentée de petits légumes verts inconnus des sillonneurs. Un gobelet rempli d'une mystérieuse liqueur à la main, Egan et Alek riaient ensemble de leurs mésaventures dans le désert en revivant avec humour et ironie l'ensemble de la traversée. Cependant tous n'appréciaient pas leur désinvolture, en particulier Pol, qui bouillait intérieurement de les entendre parler avec autant de légèreté d'une épreuve aussi traumatisante. À travers le brouhaha de la fête, il n'entendit pas Sara s'approcher et poser sur sa cuisse une main réconfortante.

— Tout le monde ne vit pas les choses de la même manière, lui sourit-elle d'une voix rassurante. Ne leur en tiens pas rigueur, c'est leur façon à eux d'évacuer les mauvais souvenirs.

— Moi aussi j'aimerais bien arriver à me débarrasser des miens… marmonna sombrement Pol alors que ses yeux retournaient se perdre dans les flammes du brasier et leur danse hypnotique, chorégraphie frénétique d'un être éphémère voué à s'éteindre au petit matin.

Attendant avec patience le moment exact où l'ensemble du village serait servi et assis, Orelo se leva soudain, plus vif qu'une flèche, et en instant attira à lui l'attention générale. Il se trouvait désormais dans son élément, prêt à délivrer ses acrobaties orales. Les Hommes des Marais se figèrent, suspendus à ses lèvres bien que le sens de la plupart des paroles leur échappât. Les enfants préféraient eux suivre du doigt les cercles que dessinait la plume rouge de son chapeau, soumise aux mouvements saccadés de son propriétaire.

— Ceci est une histoire de lumière et de vent, de pluie et de brume, déclara Orelo pour entamer son récit, d'une voix de stentor parfaitement audible de tous. Fürmis acharnées, la colonne avance, file droit, têtes baissées et les sourcils froncés. L'est s'efface sur leur passage, laissant place à l'ouest. Rien ne saurait plus les arrêter. La colère des hommes ? Elles ont déjà affronté. La colère de la nature ? Elles ont déjà essuyé. La colère des dieux ? Elles ont déjà subi. De la Mort elles n'ont plus peur, et ce depuis bien longtemps déjà. Mourir de faim ? Elles ont déjà failli. De soif ? Elles ont déjà failli. Mourir dévorées ? Elles ont déjà failli. Mourir emportées ? Certaines y sont déjà passées… Mourir de froid ? Pas encore, mais ça ne saurait tarder… Onze elles ont été, neuf elles sont désormais. Un peu moins nombreuses, toujours plus motivées. Elles avancent, elles avancent… Elles fuient… Mais pour combien de temps encore ? La maison est toute proche, dit leur chef, mais qu'en sait-il vraiment ? L'a-t-il déjà vue de ses propres yeux ? Tout ceci est fait de vent et de fantasmes, ou bel et bien de roche et de réalité ? Et la joie, une fois là-bas, sera-t-elle à la hauteur de l'effort ? Et le gîte ainsi que le couvert, seront-ils de la qualité espérée ? Et ne mourront-elles pas alors d'ennui ? Car fini le sol qui défile sous leurs pieds, finis les dangers qui font palpiter le cœur à en mourir, finies les empoignades qui leur rappellent qu'elles sont bien vivantes… Mais en attendant ce moment tant rêvé, reposez-vous, demain peut encore attendre ! Et mangez, mangez, vous ne savez pas ce qui pourrait vous manger… Lombrïk comme carnassier, tout n'est que danger dans ces marais ! Gare à vos pieds !

Chapitre 36

— Pas toucher ça !

Tam-Kroïg avait crié en bondissant sur Pol. D'une détente étonnamment longue pour sa taille il l'empêcha de saisir le fruit vers lequel le jeune homme tendait le bras. À peine plus gros qu'un poing, son apparence était pourtant très appétissante, sa peau d'une couleur orangée d'où suintait un liquide odorant. Pol regarda l'Homme des Marais comme un enfant privé d'une sucrerie.

— Ça mhaadrâne ! Ça poison ! Toi manger mhaadrâne, toi mourir ! s'écria le guide sous la forme d'une remontrance.

Le jeune homme bredouilla une excuse avant de reprendre la progression.

Ce n'était pas la première fois que Tam-Kroïg sauvait un sillonneur d'une mort atroce. Tout dans ces marais s'avérait un prétexte pour mourir, du simple fruit aux flaques d'eau, en passant par les fleurs et les petits insectes qui flottaient dans les airs. La nature entière semblait refuser qu'un étranger y pénètre et survive plus de quelques heures. La présence du guide représentait donc pour les sillonneurs une aide inestimable. Il devançait la colonne de kvals, sans arme ni chaussures, et décelait des pistes visibles de ses seuls yeux experts. Sans lui, les cavaliers seraient sans doute déjà tous morts, empoisonnés, brûlés ou encore dévorés, à peine deux jours après leur départ. L'Homme des Marais, aussi petit que ses congénères, ne cherchait pas à s'intégrer au groupe. En effet, il préférait manger et dormir à l'écart plutôt que de nouer le contact. Néanmoins il se révéla entièrement dévoué à sa cause, ses yeux globuleux surveillant sans relâche le moindre geste des sillonneurs, l'endroit où ils posaient le pied et ce qu'ils mangeaient, afin de leur éviter une mort aussi soudaine que douloureuse. S'ils apparaissaient encore comme des dieux à ses yeux, les voyageurs devaient ressembler à des divinités particulièrement faibles et ignorantes, bien loin de leur prétendue demeure désertique.

Malgré la motivation acquise après le Désert Blanc, les cavaliers avaient très vite déchanté en pénétrant dans les marais. La végétation, d'une très forte densité, tendait ses épines aiguisées vers les sillonneurs, comme en signe de menace pour avoir osé s'introduire sur son territoire, et la progression devenait difficile, le sol n'étant que terre instable et boue. Ils avaient enveloppé les pattes des kvals dans de grandes feuilles, car la fange renfermait d'innombrables insectes qui n'attendaient qu'un corps vivant pour y planter leurs crocs et en pomper le maximum de sang. Le climat, déconcertant, semblait le fruit d'un esprit fou déterminé lors de la réalisation de son œuvre à doucher le moral des voyageurs, mis à rude épreuve par la logique absconse de ces marais. La robe des kvals illustrait ce phénomène : brillante le matin, alors que des gouttes de sueur perlaient sur le front des cavaliers, puis glacée le soir, tandis que les sillonneurs grelottaient sur leurs selles. Ils ne se seraient pas étonnés de se réveiller un beau matin couverts de neige. Peu à peu les voyageurs maudirent l'architecte de cette folie, ainsi que sa torture raffinée.

À côté d'arbres rachitiques d'une blancheur cadavérique poussaient des bosquets garnis de fleurs aux mille couleurs, du vert naturel au bleu marin, du jaune vif au rouge sanguin. Leurs longues lianes pendaient avec indolence, mais les sillonneurs les savaient capables de se tordre en une fraction de seconde pour attraper et engloutir une malheureuse proie. L'air tout autour d'eux vrombissait en permanence, empli de mûstiks, papïlos aux couleurs faussement attrayantes et autres créatures volantes que les cavaliers rencontraient pour la première fois, mais espéraient ne jamais revoir.

La fatigue accumulée depuis des mois, voire des années, rejaillit beaucoup trop vite au goût des voyageurs, qui ne pouvaient en aucun cas s'accorder le moindre repos dans les marais. Ils devaient au contraire les traverser au plus vite, avant que la pluie survienne et réduise leur allure comme leurs forces par deux. Le groupe dormait très peu, continuant d'avancer longtemps après que le jour s'était couché grâce à l'étonnante végétation luminescente qui prospérait la nuit et leur permettait de distinguer le chemin boueux. Se reposer une nuit entière sans être réveillé relevait de l'impossible : des hordes de mûstiks tentaient sans cesse de se faufiler sous leurs couvertures pour les piquer, ou des bruits anormalement proches retentissaient dans l'obscurité, étranges hurlements de créatures que les sillonneurs préféraient garder inconnues. L'arrivée imminente de la pluie rendait la privation de sommeil plus supportable pour les voyageurs et les encourageait à traverser ces terres aussi vite que possible.

Un soir ils découvrirent avec stupéfaction, couché sur le flanc à proximité d'un plan d'eau à l'apparence peu profonde, le cadavre d'une bête tentaculaire et colossale, chacun de sa dizaine de membres plus long que l'ensemble des kvals du groupe mis bout à bout. Des milliers de minuscules ventouses tapissaient sa peau visqueuse aux nuances orangées, sur laquelle finissait de se refléter la lumière du jour. Ses yeux globuleux de la taille d'un crâne humain, à moitié fermés, ne contenaient plus la moindre trace de vie, mais les cavaliers évitaient de les fixer trop longtemps, par peur de les voir soudain cligner. Le plus impressionnant restait toutefois l'effrayante morsure qui lui avait arraché tout le flanc gauche. De celui-ci se répandaient ses entrailles, en un tas informe de chairs blanchâtres. Les contours irréguliers de la blessure mortelle laissaient imaginer des crocs démesurément grands et une férocité dont seuls de rares carnassiers sont capables.

Les sillonneurs se demandèrent un instant comment une telle créature pouvait habiter des marais sans véritable étendue d'eau, avant de s'interroger sur la nature du monstre qui l'avait dévorée. Mais, sidérés par la scène invraisemblable face à eux, ils finirent par faire taire leur sens logique et se concentrer de nouveau sur le long voyage qui les attendait toujours, tandis qu'un frisson d'effroi finissait de leur parcourir l'échine.

— Kraaken ! scanda Orelo alors qu'ils se détournaient du spectacle macabre.

Les cavaliers bondirent de surprise et fusillèrent aussitôt le conteur du regard, mais il poursuivait tout de même :

— Autrefois empereur des océans, désormais simple poisson pourchassé, il…

Ce fut à ce moment que retentit un cri lugubre au loin, mélange de souffrance et de rage. Seule une créature gigantesque pouvait hurler avec une telle puissance. Pendant une seconde toute vie parut retenir son souffle, tel un hommage à la bête mourante. Puis elle reprit son cours, l'évènement déjà effacé de sa mémoire. Les cavaliers s'estimèrent d'abord chanceux de ne pas avoir encore croisé le chemin d'un de ces monstres marécageux, avant de se rappeler que dans cet enfer tout, jusqu'au plus petit être, pouvait se révéler fatal, même à des voyageurs aussi chevronnés qu'eux.

Orelo avait arrêté net son récit. L'heure était à la vigilance plus qu'aux histoires.

Egan repéra de succulents petits fruits violets près d'un buisson.

— Je peux les manger ceux-là ? demanda-t-il à Tam-Kroïg qui ouvrait la marche, décidant du meilleur itinéraire à emprunter pour ne pas tomber dans un cul-de-sac et perdre de précieuses heures à revenir sur leurs pas.

L'Homme des Marais remonta la colonne, s'approcha du buisson comme s'il observait une créature féroce, avant de hocher la tête.

— Ça rrül ! Ça bon énergie !

L'adolescent, ravi, s'empressa de cueillir tous les fruits visibles afin d'en offrir à tout le monde. Le groupe choisit de s'arrêter pour les déguster, accompagnés des quelques provisions accumulées dans la matinée. Sara avait notamment abattu d'une flèche une espèce de puûl inoffensive.

— C'est bien la seule dans ces marais à ne pas souhaiter notre mort… avait à ce moment soufflé Pol en se baissant pour éviter une branche recouverte d'épines effilées.

Les sillonneurs trouvèrent une petite surface herbeuse qui ne s'enfonçait pas sous leur poids, tout près d'un étang à la surface trouble. Tam-Kroïg leur avait interdit de boire dans ce genre d'eau s'ils ne désiraient pas qu'un ver se glisse jusque dans leurs estomacs pour y pondre ses œufs.

Egan poussa un profond soupir alors qu'il se laissait tomber au sol. Le sillonneur ne voulait pas l'admettre, mais il était épuisé. Exténué. Le manque de sommeil ainsi que l'humidité ambiante lui causaient des maux de tête et des courbatures désormais permanents, que ses maigres nuits peinaient à éloigner. L'adolescent se garda toutefois d'en parler à Sara, qui lui aurait administré un remède sans hésiter, conscient que tous les sillonneurs subissaient les mêmes souffrances sans en souffler un mot.

Seff profita de la pause pour enlever ses bottes et aérer ses pieds, après s'être excusé auprès du groupe pour l'odeur nauséabonde qui s'en dégageait.

— Ah non ! s'exclama Pol en se pinçant le nez. Enlève ça de là !

Seff s'empressa de se tourner vers l'extérieur du cercle, près de la mare.

Aussitôt ses pieds reposés au sol une forme allongée surgit à toute vitesse de l'étang.

Le lombrïk, long d'un mètre et épais comme un pouce, referma ses crocs sur un des doigts de pied du sillonneur avant que celui-ci n'ait le temps de réagir. Criant autant de surprise que de douleur l'homme saisit le plus vite possible son épée posée sur l'herbe et trancha en deux la créature dans une giclée de liquide blanchâtre. Mais le lombrïk ne semblait pas affecté et continuait de se cramponner au pied. Tam-Kroïg bondit, d'un geste expérimenté saisit l'extrémité de la bête, écarta les mâchoires pour la séparer du membre puis la balança de toutes ses forces à travers les arbres.

Il insulta copieusement l'animal dans son dialecte avant de se tourner vers le blessé, que Sara examinait déjà malgré ses plaintes. Le lombrïk carnivore avait, avec une force surprenante, entièrement dévoré le gros orteil, laissant apparaître l'os. Les mains maculées de sang, la guérisseuse tentait à l'aide d'un couteau de retirer la multitude de bulles blanches, semblables à des œufs minuscules, qui recouvrait la plaie. Le pied présentait déjà une inquiétante couleur rougeâtre.

— Pas bon ! Pas bon ! répétait Tam-Kroïg qui sautillait sur place d'inquiétude. Werdeït danger ! Werdeït grand danger !

— Qu'est-ce qu'on doit faire ? demanda Sara, aussi anxieuse que le guide.

Elle n'avait jamais rencontré cette créature auparavant, et ignorait l'antidote à la morsure qu'elle devinait envenimée. Ses yeux imploraient l'Homme des Marais de sauver son compagnon.

— Werdeït poison ! Couper pied ou chance survivre faible ! Très faible !

Aussitôt Seff secoua la tête de toutes ses forces.

— Non ! Jamais de la vie ! Je préfère crever plutôt qu'on me coupe le pied !

Le visage de Tam-Kroïg se tordit d'une moue contrariée.

— Chance survivre faible… répéta-t-il laconiquement, tandis que la jeune femme raclait à nouveau la plaie, arrachant des cris au blessé.

— T'inquiète pas, on va pas te couper le pied, le rassura la guérisseuse.

Une fois la plaie assez propre, elle appliqua une de ses plus fortes pommades pour éliminer les résidus de poison puis banda le pied, qu'une couleur violacée recouvrait déjà. Les sillonneurs durent porter Seff pour qu'il parvienne à se hisser sur son kval.

— Allez, quittons vite cet endroit avant qu'on se fasse tous bouffer, ordonna Rolon, dont les yeux balayaient sans relâche l'impénétrable végétation alentour.

Bien qu'il n'eût pas vraiment besoin de son pied pour guider sa monture, Seff souffrait le martyre. De violents maux de tête lui arrachaient des hurlements chaque fois que sa jambe frottait contre le flanc du kval, la douleur courant le long de sa colonne vertébrale tel un coup de fouet enflammé, et son pied ne cessait de gonfler, deux fois plus gros que la normale désormais. Sara dut poser un nouveau bandage, qu'elle fit serrer par Jona, après que l'ancien se soit déchiré lors du grossissement irrépressible.

Au moment de monter le campement pour la nuit, les remèdes de Sara demeuraient inefficaces. Pire, l'état de Seff s'était encore aggravé. La jeune femme comprit que l'amputation du pied ne présentait désormais plus aucun intérêt quand elle retira les bandages et découvrit la couleur de sa jambe, tout entière violacée. Le poison, après avoir atteint la cuisse, menaçait de se répandre dans le reste du corps. Le sillonneur perdait régulièrement connaissance, risquant durant la journée de s'effondrer du haut de son kval. Sara craignait que le poison soit déjà parvenu jusqu'au cerveau et qu'il ne puisse bientôt plus bouger du tout.

Par acquit de conscience, la guérisseuse perça l'intégralité des pustules qui parsemaient désormais son pied. Les excroissances purulentes, de plus en plus enflées à mesure que les heures passaient, éclataient en projetant un liquide noirâtre jusque sur ses joues barrées de terre et de sueur. Pour les plus gonflées, elle en incisa la base grâce à un scalpel, et laissa le sang s'écouler le temps que la pustule se rétracte. Les gouttes rouges tombées au sol attiraient une multitude d'insectes minuscules, prêts à sucer l'humus pour assouvir leur avidité de chair fraîche. Ensuite elle tripla la quantité d'herbes médicinales appliquées sur la plaie. Pendant ce temps Tam-Kroïg explorait les environs en quête d’une plante capable de sauver Seff, ou au moins de le soulager. Hélas au cœur des marais les poisons mortels pullulaient comme de la mauvaise herbe tandis que les antidotes adéquats frappaient par leur absence.

Les sillonneurs ne dormirent pas de la nuit, sans cesse réveillés par les gémissements du malade.

Au matin le moral était au plus bas. Le groupe sentait que l’état de Seff n’avait jamais été aussi mauvais.

— Qu’est-ce qu’on peut encore faire ? demanda Rolon, d’immenses cernes sous les yeux. Il doit bien exister un remède, non ?

— Je sais pas… répondit Sara en baissant les yeux. Le guide m’a dit que la fin était proche, mais le venin de cette bestiole tue d’habitude en quelques heures et Seff n’est toujours pas mort, il se bat. Peut-être qu’il y a encore une chance…

— J’ai confiance en toi, déclara le vieux guerrier en posant une main bienveillante sur son épaule, avant de se lever. Tu vas y arriver.

Les sillonneurs reprirent la route malgré les cris du blessé qui les imploraient de s’arrêter. Sara gardait encore un maigre espoir de le voir vaincre le poison, mais celui-ci disparut lorsque, durant l’après-midi, elle croisa son regard.

Des taches noires commençaient à envahir ses yeux, bientôt plus que deux boules ténébreuses sans vie.

— Laissez-moi, laissez-moi… gémissait Seff en s’agrippant à sa selle avec ses maigres forces. Je veux me reposer…

— Dis pas ça… lui murmurait Alek. Tu vas voir, tu vas t’en sortir. Bats-toi !

Mais le poison était plus fort que le sillonneur. Seff le comprit et ses lamentations misérables se muèrent en une fierté désespérée, à laquelle il s’accrochait pour ne pas abandonner le combat. À l'issue d'une journée supplémentaire passée à se battre contre la torture, physique pour l'un, mentale pour les autres, Sara pleurait toutes les larmes de son corps après avoir découvert, soulevant la tunique de Seff, des veines noires qui formaient sur son torse les ramures d'un arbre brûlé. Malgré la lutte de l'organisme contre l'infection, son pied n'était sous les bandages plus qu'un amas de chair aussi difforme que sanglant, et une puissante odeur de pourriture s'en dégageait comme une promesse de mort. Le poison introduit par le lombrïk avait créé une fine couche de bulles blanches rongeant la peau, pareille à de l'acide.

— Je… Je… Je suis désolée… balbutiait Sara, les épaules agitées de sanglots. J'ai tout essayé, mais je ne peux rien faire…

La guérisseuse voulut croiser le regard du mourant, mais ses yeux d'un noir opaque ne reflétaient plus le moindre éclat de lumière. Heureusement Seff arrivait encore à articuler sa pensée quand celle-ci restait cohérente.

— C'est pas grave… murmura le blessé en tentant de poser sa main sur celle de la jeune femme, sans succès. Tu sais, j'ai entendu Dlaah tout à l'heure, Il m'a dit que je pouvais Le rejoindre sans m'inquiéter… Vous devez me laisser, vous ne ressortirez pas des marais tant que je serai là. Je ne suis plus qu'un poids.

— Ne dis pas ça…

— Quand vous serez dans les Ruines, je veux que tu cries mon nom du haut d'une tour. Ainsi je vivrai éternellement au sein du vent…

Sans pouvoir stopper les larmes qui coulaient le long de ses joues, la jeune femme hocha la tête, avant de lui faire mâcher une feuille apaisant la douleur et de rejoindre Alek dans son couchage.

— Tu as fait ce que tu pouvais, lui glissa-t-il à l'oreille.

Mais Sara était inconsolable.

— Avoir toutes ces connaissances, toutes ces plantes, pour quoi ? Pour regarder impuissante mon ami mourir ? Minable ! Je suis minable ! répétait-elle avec force, sans doute pour s'en convaincre.

Au milieu de la nuit, lorsque la jeune femme se réveilla, elle se surprit d'abord à s'être endormie. Puis l'anormal silence la frappa de plein fouet. Mis à part le bruissement constant des marais, il n'y avait pas de bruit.

Pas de cri.

Pas de gémissement.

Elle bondit de sa couche et se précipita vers celle de Seff.

Vide.

— Seff ? cria-t-elle une première fois. Tu es où ? Seff ? Seff !

Les sillonneurs réveillés en sursaut la rejoignirent aussitôt, mais après de rapides recherches il devint évident que le blessé ne se trouvait plus dans le campement.

— Qu'est-ce… commença Pol lorsqu'un hurlement retentit à proximité, bref et définitif.

Un hurlement d'une douleur atroce.

Un hurlement humain.

Le groupe voulut se précipiter vers celui-ci, mais Tam-Kroïg leur barra le chemin.

— Pousse-toi, c'est Seff ! s'écria Pol, prêt à le frapper pour l'écarter de son chemin.

— Pas besoin vous aller voir. Seff fini. Seff tranquille, dit le guide d'une voix sans émotion qui n'était que simple constatation, au risque d'apparaître indifférent. Vous mal si voir Seff.

— Tais-toi, il a besoin d'aide !

— Pol, il a raison… le calma à grande peine Rolon en lui prenant le bras afin qu'il ne commette pas un geste malheureux envers le guide.

Mais le jeune homme se débattit brusquement et échappa à l'étreinte du vieux guerrier, avant de pousser sans ménagement Tam-Kroïg pour passer coûte que coûte.

— Je vais pas laisser mon ami mourir sans rien faire ! rugit-il, les larmes aux yeux.

Aussitôt Rolon, suivi de Jona et Alek, se jetèrent sur lui pour l'immobiliser et l'empêcher d'avancer plus loin. Malgré leurs forces cumulées Pol se débattait avec fureur, comme possédé par l'esprit de son défunt compagnon, et les trois hommes durent le plaquer au sol, le visage à moitié noyé dans la boue, pour lui faire entendre raison.

— Lâchez-moi ! Il faut que je le voie, il est peut-être encore en vie ! Lâchez-moi ! ne cessait-il de hurler.

— Il est mort ! lui répétait Rolon, assénant sans détour la cruelle vérité. Tu ne peux plus rien faire pour lui. Personne ne le peut.

Pendant de longues minutes le jeune homme fut maintenu au sol, incapable de se soustraire, tandis que les autres sillonneurs le regardaient impuissants ruer avec acharnement, un même chagrin emplissant leurs cœurs, bien qu'exprimé de manière différente. Quand il fut certain que Pol ne retenterait pas de bondir au travers des marais à la recherche de son ami, Rolon le relâcha.

Pol resta longtemps couché face au sol, ses larmes se mêlant à la fange, avant de rejoindre sa couche une fois la terrible vérité admise.

Les sillonneurs essayèrent de se rendormir mais, le souvenir de leur compagnon en pleine forme seulement trois jours auparavant encore brûlant dans leurs esprits, ils décidèrent de remonter en selle sans attendre le lever de jour. Peut-être parviendraient-ils à concentrer leur attention sur le voyage restant et de la sorte alléger leur deuil…

Fao, qui avait perdu son kval dans le Désert Blanc, adopta celui de Seff, désormais orphelin de son cavalier. Ce fut au moment de monter en selle qu'il découvrit les traces formées par Seff lorsqu'il avait rampé, pour quitter le campement et se diriger vers une mort aussi certaine que douloureuse, libérant ainsi le groupe du fardeau de sa présence.

Chapitre 37

— Il faut qu'on lui creuse une tombe, déclara Pol d'un ton qui ne souffrait aucune réponse.

— Il n'y a pas une minute à perdre, on doit continuer, répliqua pourtant Rolon.

Le jeune homme le regarda alors avec des yeux soudain remplis d'un profond mépris.

— Quoi ? rugit-il. Et tu penses à son âme ? Tu voudrais qu'il erre à jamais sans point d'attache dans ce monde ?

— Oui j'y pense. Nous en creuserons une dès que nous aurons quitté ces maudits marais, mais je n'ai pas envie de me retrouver piégé ici par la pluie. Car à la première goutte qui tombe, si nous ne sommes pas encore sortis de cet enfer, on peut dire adieu à toute chance d'en réchapper. N'imagine pas qu'on va pouvoir survivre sous une pluie battante là-dedans ! Je n'ose même pas imaginer le cauchemar que deviennent ces marais une fois sous l'eau… Et puis regarde un peu le sol, comment veux-tu creuser quelque chose dans cette boue ?

Mais Pol ne l'écoutait déjà plus. Il avait saisi une pelle à l'arrière de la selle de Jona, qui l'avait regardé sans bouger, avant de chercher un carré de terre assez grand.

— Pol, repose la pelle, on doit continuer, ordonna Rolon d'une voix de plus en plus froide. On va se retrouver piégés dans ce bourbier si la pluie commence à tomber…

Le jeune homme ne réagit même pas et enfonça d'un coup déterminé la pelle dans le sol. Le chef des sillonneurs descendit donc de selle, ses bottes s'enfonçant dans la boue, pour se rapprocher de Pol, qui lui tournait ostensiblement le dos.

— Bon, tu vas t'arrêter et m'écouter maintenant ! Tu vas…

— Non, c'est toi qui vas m'écouter ! hurla Pol en se retournant d'un bloc, la pelle toujours à la main. Et tu vas répondre à mes questions ! Pourquoi est-ce que tu m'as empêché d'aller chercher Seff hier soir ? On pouvait peut-être encore le sauver, t'es pas médecin que je sache ! Comment est-ce que tu sais qu'il était mort ? Hein, comment ?

— Pol… intervint Sara en une inutile supplication. J'ai tout essayé, Seff était condamné…

— Non ! Il était pas mort quand on s'est couché, il y avait encore un espoir !

— Femme raison, poison… voulut confirmer Tam-Kroïg.

— La ferme, le crapaud ! le coupa Pol en le pointant avec la pointe de sa pelle. Je t'ai pas demandé ton avis !

Sans cesser de le dévisager d'un regard noir Rolon s'avança d'un pas, désormais assez prêt pour le toucher.

— Va falloir que tu te calmes Pol ! annonça-t-il d'une voix cinglante. On perd du temps à cause de toi. Et lâche une bonne fois pour toutes cette putain de pelle !

Mais le jeune homme avait recommencé à creuser, ignorant de nouveau ceux qui l'entouraient.

— Viens donc me la prendre, parce que c'est pas moi qui vais la poser… souffla-t-il en guise de défi.

— C’est vraiment ce que tu veux ? Tu veux te battre pour régler ça ? Très bien !

Le vieux guerrier décrochait déjà le fourreau de son épée, tandis que Pol laissait enfin tomber la pelle au sol, mais pour placer ses poings en garde devant lui.

— Rolon ! s’exclama indignée Sara. Tu ne vas quand même pas te battre contre lui ?

— Ne nous arrêtez pas, fut sa seule réponse.

Pol avait déjà bondi, incapable de retenir plus longtemps la violence qui bouillonnait en lui. Son poing fila droit vers la tempe du vieux guerrier, qui para le coup de son avant-bras avant de riposter sans hésiter d’un puissant uppercut dans le ventre.

L’impact projeta en arrière le jeune homme, qui s’écroula dans la boue le souffle coupé. Mais loin de se s’avouer vaincu il se releva très vite, pour attaquer avec une rage identique, voire supérieure.

Feinte du gauche.

Crochet du droit.

Le poing de Pol heurte la mâchoire de Rolon.

Sa tête fut violemment balayée sur le côté, manquant de lui briser le cou, et il perdit aussitôt l’équilibre. Un genou au sol et le menton couvert de sang, Rolon accusait le choc avec difficulté, une main appuyée sur sa lèvre éclatée d’où coulait un filet rouge.

Pol profita de son ascendant pour se rapprocher et armer son bras avant un ultime coup. Mais le vieux guerrier, feignant une défaillance, attendait le moment parfait pour frapper. L’effet de surprise se devait fatal.

Soudain Rolon se redressa et porta un implacable coup de pied au ventre. La violence du heurt plia Pol en deux. Sans défense, il aperçut impuissant la jambe qui le balaya l’instant d’après.

De nouveau étendu dans la boue, le jeune homme ne put empêcher Rolon de lui sauter lourdement dessus et de l'immobiliser, écrasant de tout son poids le torse et les bras de son compagnon.

Aveuglé par la fureur du sang, le vieux guerrier lui saisit la gorge et se mit à la serrer de toutes ses forces.

Les sillonneurs spectateurs virent avec horreur le visage de Pol devenir cramoisi, la bouche grande ouverte sans qu'aucun son n'en sorte.

— Il… il sait ce qu'il fait, hein ? demanda Sara, le front perlé de sueur comme si elle-même se battait.

— Oui, répondit Alek, qu'un picotement de doute troublait. Enfin… je crois…

Mais à mesure que les secondes passaient, lentement, il devint de plus en plus évident que Rolon ne comptait pas lâcher Pol. Ivre de violence, le vieux guerrier ne se rendait pas compte qu'il était sur le point de le tuer.

Alek finit par se précipiter sur eux. D'un atémi dans les côtes il fit lâcher prise à Rolon. Inspirant subitement une énorme bouffée d'air Pol revint à la vie, alors que son cœur menaçait d'éclater sous les battements désespérés.

— Ça ne te suffit pas de perdre un compagnon ? hurla Alek, bouleversé par le geste de son chef. Tu serais prêt à en tuer un autre dès le lendemain ?

Tandis que l'obscure brume du combat se dissipait dans leurs esprits, les deux hommes couverts de boue commençaient à prendre conscience de la folie qui les avait envahis l'espace d'une minute, la violence des coups résonnant encore durement dans leurs corps. Profondément marqués par la disparition d'un nouvel ami, Pol et Rolon s'étaient emparés de la première dispute venue pour déverser sur quelqu'un la colère qui les habitait. L'échappatoire, vouée à l'échec, ne leur laissait qu'un vide d'autant plus important.

— Assez perdu de temps comme ça ! tonna Alek du haut de son kval comme s'il s'adressait à des enfants violents, en prenant momentanément le rôle de chef. En selle !

Chapitre 38

Les marais s'arrêtaient sans crier gare, tout à coup remplacés par une lande désolée d'où jaillissaient d'immenses geysers. La rupture était brutale : les sillonneurs passaient d'un monde végétal où grouillait la vie à un espace sec et vide, aussi gris que les nuages qui le surplombaient. La terre craquelée formait de profondes crevasses, parfois larges au point de ne pas pouvoir les enjamber. De puissants jets d'eau que les voyageurs devinèrent brûlants à la fumée qu'ils dégageaient perçaient sans crier gare le sol à la vitesse d'une flèche, et s'élevaient jusqu'à plusieurs dizaines de mètres dans les airs, impossibles à prédire ou esquiver. Dignes successeurs des marais, ces phénomènes naturels n'obéissaient à aucune logique, et apparaissaient en des endroits chaque fois différents sans la moindre régularité.

Et quelques heures de kval plus loin s'étendait une longue ligne de montagnes enneigées, barrière de roche coupant l'horizon, nouvel obstacle à traverser si les voyageurs souhaitaient retrouver, un jour, un environnement accueillant.

« Quand est-ce que tout cela va finir ? » pensait Alek en regrettant les plaines plates à perte de vue qu'il avait auparavant l'habitude de traverser.

— Moi laisser vous là, déclara Tam-Kroïg face à ce paysage d'apocalypse. Moi devoir rentrer maison.

— Votre aide nous a été précieuse, remercia Rolon alors qu'il descendait de kval pour le saluer. Nous n'oublierons jamais ce que votre village a fait pour nous.

— Encore désolé compagnon finir, répondit le guide dans une poignée de main scellant une indéfinissable relation. Werdeït très difficile guérir…

— Ne vous inquiétez pas, vous n'y êtes pour rien, assura le vieux guerrier d'une voix empreinte de tristesse. J'espère que vous rentrerez assez vite pour ne pas vous retrouver piégé par la pluie.

— Merci. Moi souhaiter chance. Vous attention jets eau. Si vous dessus, vous finir.

Et sur ces mots l'Homme des Marais se retourna pour s'enfoncer de nouveau dans les marais, sans accorder le moindre geste ou même regard au reste du groupe. Les cavaliers ne se formalisèrent de son comportement glacial en apparence, car après plusieurs semaines à le côtoyer ils le savaient en réalité d'un tempérament fidèle et bienveillant.

Désormais en ligne face à la lande, les sillonneurs hésitaient à s'y engager, exténués par la traversée des marais mais redoutant de rester une seule nuit supplémentaire au cœur du sinistre bourbier, sa lisière encore à quelques pas derrière eux, froide et inhospitalière. Devant toutefois, les geysers jaillissaient comme autant de menaces pour les fous qui tenteraient de franchir l'étendue.

— Que diriez-vous d'une petite course ? plaisanta Orelo, frappé par l'ironie de la situation. Le vainqueur sera proclamé champion de la Lande aux Geysers, et sa récompense, une double ration de ragoût, aura l'exquis goût de la victoire. Qui est prêt à se couvrir de prestige et de gloire pour l'éternité ?

Orelo mourut en un instant.

La seconde d'avant il était là.

Celle d'après, il avait disparu.

Le geyser apparut au moment exact où son kval franchissait la faille. L'eau bouillante le projeta en l'air à la vitesse de l'éclair. Egan, derrière lui dans la colonne, sentit le souffle brûlant du jet alors qu'il voyait le conteur disparaître en moins de temps qu'il en faut pour cligner des yeux. Déjà propulsé jusque dans le ciel, la silhouette se divisa en deux, l'homme d'un côté, la bête de l'autre, et de longues secondes s'écoulèrent avant qu'elle ne percute le sol…

Effroyable fracas des corps broyés à l'impact.

Retenant un haut-le-cœur Egan détourna aussitôt le regard du visage détruit à tout juste quelques pas de lui, défiguré, mélange de chair brûlée, de fractures ouvertes et d'os saillants. Il aperçut cependant son chapeau de paille flotter dans le ciel en dessinant de larges cercles, peu à peu rattrapés par la gravité, puis se poser non loin du corps, après avoir silencieusement formulé un ultime adieu auquel s'était jointe sa plume, dont le rouge semblait se teinter de larmes.

Rolon, sans oser regarder le cadavre, décida d'augmenter la cadence, et d'un trot soutenu le groupe accéléra en un véritable galop.

Les sillonneurs avaient déjà décidé de traverser la lande dévastée d'une traite, et le geyser fatal à Orelo les conforta dans leur décision. Vouloir éviter les crevasses relevait de l'impossible : il y en avait partout, de toutes les tailles, en long, en large, en travers, et l'eau ne jaillissait pas que des plus grosses. Seul un devin aurait pu prédire où la prochaine faille mortelle se situait.

Galopant à bride abattue, les cavaliers n'avaient progressé à cette vitesse que lorsque Soleï était apparu au-dessus d'eux. Ils s'en remettaient entièrement à Dlaah pour les épargner dans cette lande où seule la chance pouvait les sauver. La force et l'intelligence ne conféraient ici aucun atout.

Les kvals atteignirent les contreforts des montagnes trempés de sueur, rarement aussi sollicités que pour parcourir la lande. Rolon stoppa les cavaliers une fois les dernières crevasses dépassées et tout danger écarté.

La mâchoire serrée, le vieux guerrier ne parvenait pas à parler, le poids d'une mort supplémentaire sur les épaules. Combien de sillonneurs devraient mourir avant que Dlaah leur permette d'atteindre enfin les Ruines ? Combien ? Il fut soudain frappé par son incapacité à protéger ses compagnons. En quittant Niu-Jok Rolon estimait avoir la responsabilité du groupe, et donc de leur vie, mais il n'avait pas su se montrer à la hauteur depuis. Son échec était total, et en prendre conscience le frappa de plein fouet, tandis que les autres cavaliers descendaient de selle pour soulager leurs montures à bout de souffle.

Alek et Sara, enlacés tête contre tête, contemplaient la terre désolée, leurs esprits tout droit dirigés vers le souvenir d'Orelo.

— Il ne méritait pas de mourir comme ça… souffla le jeune homme, que les larmes menaçaient de submerger.

— Orelo aurait aimé pouvoir nous dire au revoir… Il l'aurait fait avec sa fougue habituelle, même sur le point de mourir, compléta la jeune femme, dont le visage était depuis longtemps submergé par les larmes.

D'autres, comme Egan et Fao, se concentraient sur la préparation du repas pour essayer d'oublier la mort brutale du conteur, mais également celle de Seff, encore fraîche dans toutes les mémoires. Au moindre geste de l'adolescent se superposaient les traits fracassés d'Orelo, vision cauchemardesque d'un ami frappé par le destin. Egan ne repoussa l'image traumatisante qu'en serrant les dents à s'en rompre la mâchoire.

Le groupe mangea dans un silence d'outre-tombe. Tout le monde se rendit alors compte que, malgré le monde hostile dans lequel ils avaient toujours vécu, à affronter le danger et la mort en permanence, personne ne pouvait s'habituer à la perte d'un être cher. Les souvenirs de Seff partant en éclaireur repérer la piste et d'Orelo racontant des histoires dont lui seul avait le secret résonnaient encore dans la mémoire des sillonneurs, qui en souffraient d'autant plus.

Une tombe fut érigée pour les deux morts, creusée par Pol à grands coups de pelle dans le dur sol bordant la lande. Egan n'eut pas la force de retenir ses larmes et les laissa couler le long de ses joues sans la moindre honte. Il aurait voulu hurler son désespoir jusqu'à ce que ses cris atteignent le ciel, se répercutent dans les nuages et atteignent les demeures célestes, mais l'adolescent savait vain d'imaginer ramener les défunts à la vie ainsi.

L'hommage de Rolon fut aussi concis que rempli d'émotion.

— Dlaah n'a pas jugé bon que vous découvriez les Ruines de vos propres yeux. Sa décision est terrible, mais nous l'acceptons. Nous le ferons à votre place, avec d'autant plus d'émerveillement. Seff, ton sens de l'honneur et ta détermination nous manqueront. Orelo, tes contes et ta bonne humeur nous manqueront. Puissent vos âmes reposer en paix auprès de Dlaah.

Les sillonneurs attendirent le lendemain matin pour s'intéresser aux montagnes qui les surplombaient. En rien comparables avec celles qu'ils avaient franchies par le passé, elles s'élevaient à travers le ciel au point de se perdre dans les nuages. Leurs flancs escarpés recouverts de neige dessinaient des visages menaçants leur interdisant le passage. Il semblait à première vue impossible d'emprunter les sentiers sinueux qui serpentaient le long des versants, si abrupts que les gravir relevait plus de l'escalade que de la marche. En outre, s'ils devaient s'y engager, les voyageurs n'avaient aucun moyen de savoir pendant combien de temps ils devraient affronter de tels dénivelés, et encore moins ce que les hauteurs cachaient derrière elles.

— On ne peut plus reculer vers les marais, mais on ne peut pas non plus avancer dans les montagnes, observa Alek, les yeux perdus parmi les cimes blanches. On est coincés.

— On devrait pouvoir longer la chaîne de montagnes à ses pieds et la contourner, proposa Sara.

Egan hocha la tête pour exprimer son assentiment, mais Rolon se tordait déjà d'une moue navrée.

— Il va falloir traverser, annonça-t-il sombrement. Vous avez vu sur quelle distance elle s'étire ? Ça nous prendrait des mois pour la dépasser et ensuite revenir sur notre axe de progression.

La jeune femme se figea. Le vieux guerrier venait de prononcer les mots qu'elle redoutait.

— Tu oublies de prendre en compte qu'on ne sait pas combien de cols, combien de vallées, ni combien de kilomètres d'ascension nous séparent de l'autre côté de cette chaîne, répliqua-t-elle, son regard quittant les hauts plateaux pour se braquer sur Rolon.

Aussitôt Alek sentit l'air devenir électrique entre les deux sillonneurs, et la conversation menacer de sombrer dans l'affrontement.

— Je ne comprends pas ! s'étonna le vieux guerrier avec une ironie certaine. C'est pourtant toi qui me disais qu'on était à bout et qu'il fallait se reposer au plus vite, que je sache. Tu penses qu'en longeant ces montagnes pendant des mois, on ne va pas être attaqués par une centaine de bêtes sauvages ? Qu'on ne va pas se prendre une bonne drache qui nous réduira en poussière ? Tu as oublié que la saison des pluies approchait, peut-être ?

— Tu parles comme si tu savais que derrière ces montagnes nous attend une plaine verte et paisible où nous pourrons nous reposer ! s'emporta Sara, le visage désormais rouge de colère. Comment est-ce que tu sais ce qu'il y a derrière ? Tu t'es transformé en oiseau cette nuit, pendant que nous dormions, pour aller voir ce qu'il y a de l'autre côté ?

— Non, mais je sais que nous ne passerons pas les six prochains mois à contourner une foutue chaîne de montagnes !

— Ah oui ? Tu m'as l'air bien sûr de toi pour quelqu'un qui ne sait même pas si les Ruines existent…

— Elles existent ! rugit Rolon, se retenant in extremis de dégainer son épée pour trancher la jeune femme en deux. Ne remets plus jamais ça en doute !

Sara laissa quelques secondes s'écouler, bien qu'elle continuât de dévisager Rolon d'un œil noir. Le reste des sillonneurs assistaient en silence à la soudaine altercation, dans la crainte que la colère d'un des deux protagonistes ne s'abatte sur eux avec la force d'un coup de tonnerre s'ils émettaient le moindre avis. Alors la guérisseuse conclut d'une voix plus tranchante que l'acier :

— Je pense sérieusement que tu commets une erreur Rolon. Une grave erreur ! Nous ne savons même pas ce qui se cache dans ces montagnes, nous courons sans doute tous au suicide ! Sache que je me retiens de ne pas t'abandonner ici et maintenant, pour partir de mon côté avec les plus sensés d'entre nous. Mais cela te condamnerait, et je m'y refuse. Alors regarde bien les sillonneurs autour de toi. Vas-y, regarde-les, regarde leurs visages. Souviens-toi de leurs traits quand l'un d'eux périra par ta faute, victime de ton obstination !

Chapitre 39

Les sillonneurs entreprirent de franchir les montagnes au pire moment de l'année : alors que l'hiver s'installait durablement au cœur des cols.

Même les premiers s'avérèrent délicats à gravir, bien qu'encore vierges de neige. Ils s'élevaient, presque aussi abrupts que des falaises, sans le moindre mètre de plat pour se reposer ou juste reprendre son souffle, et les voyageurs se retrouvaient très vite – trop vite – hors d'haleine, les dénivelés beaucoup plus importants que ce qu'ils avaient anticipé. Le corps cassé en deux pour affronter la pente, ils marchaient avec lenteur en tenant par la longe leurs kvals, qui auraient été incapables de les porter sur le sol instable tant les cailloux menaçaient de se dérober à tout instant.

Passée une certaine altitude la neige apparut, d'abord comme duvet inconsistant sous les pieds, puis en flocons tourbillonnants, et enfin sous la forme d'un blizzard hostile. Les sillonneurs regrettèrent aussitôt de s'être débarrassés d'une grande partie de leurs effets chauds avant d'entreprendre la traversée du Désert Blanc. Ils leur faisaient ici cruellement défaut. Le froid pénétrait leurs fines couches de vêtements avec la facilité du vent à emporter une feuille, et les voyageurs enduraient de terribles maux de crâne à force de claquer des dents.

Fao était celui qui souffrait le plus de cet environnement. Il sentait le froid s'infiltrer dans son corps par les cicatrices qui lui recouvraient la peau, gelant donc autant de l'extérieur que de l'intérieur. Mais il serrait les dents et ne se plaignait jamais, bien que désespéré par sa propre condition physique.

Heureusement les animaux n'avaient pas déserté la région à l'arrivée de la neige, et abattre deux ou trois oiseaux inattentifs durant la journée ne représentait pas de grandes difficultés.

Tous regrettaient de ne pas avoir longé les montagnes à leurs pieds, chemin plus long mais sans aucun doute moins rude et dangereux.

Tous, sauf Rolon.

Le chef ne remettait pas un seul instant son choix en question, de façon à se focaliser corps et âme sur l'épreuve que le groupe traversait. Il relevait de sa responsabilité de parvenir, cette fois, à en sortir l'ensemble des hommes qui l'accompagnaient. Le vieux guerrier ne supporterait pas un nouvel échec. Il avançait en tête, insensible aux températures glaciales ou aux dénivelés colossaux, espérant ainsi galvaniser le reste du groupe.

— Allez ! Tenez bon ! Je sens qu'elles approchent ! n'hésitait-il pas à clamer au détour d'une vire infime ou d'une combe encaissée.

— Je crois qu'il est en train de devenir fou… soufflaient les autres entre eux sans cesser de grelotter. Il sent les Ruines approcher ? Pfff…

— Alors, c'est ça que tu voulais ? lui avait lancé Sara au cours d'une nouvelle journée éprouvante où certaines portions du chemin s'apparentaient à de l'escalade. Tu penses qu'on va tous s'en sortir cette fois ? Regarde Fao, tu penses qu'il n'aurait pas préféré contourner les montagnes, lui ?

En effet, le pauvre Fao souffrait le martyre rien que pour mettre un pied devant l'autre, les séquelles de ses blessures aussi douloureuses que des coups de fouet perpétuels.

Rolon ne prit même pas le temps de répliquer et continua d'avancer, les yeux rivés droit devant lui.

Soudain un hurlement animal retentit. Beaucoup trop proche au goût des sillonneurs.

Ils avançaient difficilement, de la neige jusqu'aux genoux, le long d'une courte vallée encerclée de falaises menaçantes et de bois obscurs. Le groupe progressait depuis plusieurs heures dans la poudreuse, dépensant deux fois plus d'énergie qu'à l'accoutumée.

Un nouveau hurlement résonna dans la vallée. Mais depuis une direction différente. Aussitôt le même souvenir remonta à la mémoire de tous les sillonneurs.

— Des lüus… confirma Fao en tremblant. Une meute de lüus des neiges.

Les bêtes n'apparurent pas sur-le-champ. Bien que les hommes sentissent très vite leur présence, elles ne furent visibles que plusieurs heures après. Leur pelage d'un blanc absolu se fondait à la perfection dans le décor recouvert de neige. Les lüus ne se montraient jamais à plus d'un ou deux à la fois, mais les sillonneurs se savaient piégés par la horde entière.

— On continue d'avancer ou on attend qu'ils attaquent ? demanda Alek, la poignée de son épée serrée au creux de sa main.

— On avance, ordonna Rolon. On va mourir de froid si on s'arrête !

Les voyageurs dégainèrent tout de même leurs armes, autant pour se donner du courage contre le froid que pour espérer dissuader les bêtes de les attaquer. À leur grande surprise la meute garda ses distances, se contentant d'épier de loin la progression des hommes. Plusieurs fois Sara tira une flèche en direction d'un lüu qui s'approchait trop près du groupe, et cela suffit à le faire reculer.

La situation dura toute la journée. Les bêtes semblaient attendre une défaillance des hommes pour les assaillir, mais les sillonneurs étaient tenaces et continuaient d'avancer, inlassablement, malgré leurs nerfs à vif face à la menace des lüus. Lors de leur dernière rencontre l'affrontement avait tourné à l'avantage des humains, mais rien ne leur assurait de reproduire cet exploit si un combat éclatait dans de telles conditions.

— Ils ne sont pas idiots, expliqua Fao lorsque Pol maugréa pour la millième fois en voyant un lüu qui les suivait sans toutefois les attaquer. La neige vient juste de commencer à tomber, ils ne sont pas encore affamés. Toute la journée les lüus nous ont jaugés, et ont dû finir par estimer que nous représentions des proies trop coriaces.

Il avait raison, car lorsque le jour finit enfin par décliner, la meute ne les avait toujours pas attaqués et s'était éparpillée, s'évaporant dans les montagnes alentour.

Cependant débutait alors le plus dur : la nuit. Celle-ci les laissait tremblants de froid à en pleurer, leurs larmes cristallisées le long de leurs joues gelées, mais ils préféraient rester éveillés par peur de ne jamais se réveiller le lendemain matin. Serrés tout près d'un maigre feu vacillant sous les rafales de vent, les sillonneurs tentaient de conserver le peu de chaleur qui s'en dégageait, plutôt que de l'offrir aux sommets inhospitaliers en guise de dérisoire offrande pour garantir leur traversée auprès des esprits de la montagne.

— Il… fait… si… froid… murmura Egan au ralenti, comme si la glace avait pénétré son corps jusqu'au cerveau. Alek… j'ai… froid…

Ses yeux imploraient le jeune homme de l'aider, mais celui-ci se trouvait tout aussi démuni face aux éléments, aussi répondit-il sans véritable conviction :

— Courage Egan, courage. On va s'en sortir. On va s'en sortir… répéta Alek, cette fois pour lui-même.

Ses paroles n'apportèrent hélas qu'une faible chaleur intérieure et l'adolescent se blottit de nouveau dans la fine tunique qui lui servait de couverture. Il la serra de toutes ses forces contre son corps, mais le froid sournois ne lui laissa guère de répit avant de revenir pour un énième assaut.

Le groupe avait essayé de progresser dans l'obscurité pour franchir les montagnes au plus vite, pariant sur la vitesse au détriment du repos, mais il avait aussitôt cessé après que Pol a failli sombrer au fond d'une crevasse qu'il n'avait pas décelée à la lueur des torches. Alek et Jona avaient dû le hisser à l'aide d'une corde avant que ses forces ne l'abandonnent et qu'il glisse vers une mort certaine dans la faille insondable.

Au cœur des ténèbres les heures s'allongeaient donc, atrocement longues, alors que devant leurs yeux exténués les flocons dansaient en un bal de milliers d'âmes errantes.

Parfois durant la journée, face à la neige tourbillonnant devant lui jusqu'à former un mur blanc et impénétrable, Pol perdait tous ses moyens et s'arrêtait subitement de marcher. Il gémissait alors, le corps secoué par l'effroyable souvenir d'une journée qu'il croyait avoir oubliée :

— Pas la brume… Non, pas la brume…

Sara devait alors l'étreindre et le réconforter, lui montrer que la brume traumatisante n'était en réalité que de simples flocons de neige.

— Regarde, on peut voir le sommet des montagnes à travers. Tu n'es plus dans le Désert Pol. Ne t'inquiète pas, on ne te laissera pas seul.

Le jeune homme ne repartait qu'après de longues minutes passées à douter, appréhender et craindre. Durant ces haltes, ses compagnons ne rêvaient plus que d'une seule chose : qu'il cesse de pleurer pour que le groupe puisse de nouveau avancer, dans l'espoir de se réchauffer un peu…

— Qu'est-ce que c'est ? demanda Egan en pointant du doigt une forme au loin.

La journée l'adolescent parvenait à retrouver sa lucidité, toutefois très vite chancelante une fois la nuit apposant son drap de noirceur sur le monde.

Sur la crête, une gigantesque croix de fer se dressait, point culminant visible à des kilomètres à la ronde. Fière et solitaire, elle veillait de son regard froid sur la vallée depuis des centaines d'années. Encore intacte malgré le passage d'innombrables hivers, il ne faisait aucun doute qu'elle avait été érigée par les Anciens.

— Elle a été construite en l'honneur de Dlaah, expliqua Alek.

— Les Anciens croyaient déjà en Lui ? s'étonna l'adolescent.

— Bien sûr, les hommes ont toujours cru en Dlaah. Il est éternel. Il a toujours existé et existera toujours. Seul Son nom change au fil des âges.

Il y eut d'abord un léger tremblement, à peine perceptible.

Puis ce tremblement devint grondement, de plus en plus évident aux oreilles des sillonneurs, tel le cri d'un monstre souterrain sur le point de surgir du sol. Un genou à terre pour ne pas tomber sous la violence des secousses, les voyageurs se jetaient des regards effrayés en se demandant quelle forme adopterait leur châtiment, après plusieurs semaines à braver la quiétude des montagnes.

Leurs cœurs cessèrent de battre lorsqu'ils levèrent les yeux vers la falaise qui les surplombait.

Un monstre de neige dévalait ses pentes, emportant dans sa rage tout ce qui lui barrait le passage.

Chapitre 40

L'avalanche dévorait tout sur son passage.

Pas un seul arbre ou rocher ne lui résistait. Sa fureur s'abattait sur la vallée avec une violence digne de la colère de Dlaah. Les sillonneurs, pétrifiés par la vision du maelström blanc qui s'apprêtait à les engloutir, formidable être éphémère créé pour détruire, étaient incapables du moindre mouvement.

Son apparition était beaucoup trop rapide pour qu'ils aient la moindre chance de s'enfuir et quitter le rayon d'action mortel du monstre. Même Rolon en restait bouche bée, son esprit échouant à réfléchir aussi vite que la neige dévalait les pentes. Il réalisa néanmoins qu'à demeurer ainsi immobiles, tous les sillonneurs seraient bientôt emportés par l'avalanche.

Et ne verraient jamais les Ruines.

À cette dernière pensée le vieux guerrier décrocha aussitôt son regard de la déferlante blanche. Il avisa un énorme rocher quelques mètres plus loin, juste assez gros pour abriter la totalité du groupe et le protéger du plus gros danger : se retrouver entièrement enseveli sous la neige en furie sans moyen de retrouver la surface.

— Là-bas ! Le rocher ! hurla-t-il, assez fort pour couvrir le grondement monstrueux.

Les sillonneurs virent leur stupéfaction voler en éclat et réalisèrent la gravité du danger alors que celui-ci poursuivait son œuvre de destruction. Ils firent volte-face, leurs montures tout aussi terrifiées les suivant de près, et coururent à la suite de Rolon qui bondissait déjà vers l'abri.

Mais l'avalanche était rapide.

Trop rapide.

Dévalant la pente à la vitesse d'un troupeau de kvals au galop, elle atteignit les sillonneurs.

Et en emporta la moitié avec elle alors qu'ils se jetaient derrière le rocher.

Les autres ne furent que spectateurs de la furieuse neige projetée à pleine vitesse, qui les aurait arrachés au sol malgré leur abri s'ils ne s'étaient pas agrippés à la pierre froide dans un effort désespéré pour survivre.

Le monstre blanc n'eut besoin que d'un instant pour engloutir les hommes recroquevillés, pourtant ils crurent qu'une éternité entière s'écoulait. Une éternité d'angoisse et de peur face à la Mort, à craindre pour leurs vies au point de leur tordre les entrailles, le froid devenu la dernière de leurs préoccupations.

L'avalanche termina sa course plus bas dans la vallée, laissant les survivants hébétés par la brutalité et la brièveté du cataclysme, tandis que le silence reprenait ses droits sur la montagne.

Alek, Pol, Rolon et Sara s'extirpèrent aussi vite que possible de la neige qui les avait à moitié recouverts aussi vite que possible, comme si elle les brûlait de sa morsure glaciale, pendant que les kvals les imitaient et prenaient pied tant bien que mal sur la poudreuse. Les sillonneurs partirent aussitôt à la recherche de leurs compagnons ensevelis.

Egan, Jona et Fao, ainsi que la monture de ce dernier, avaient disparu, emportés sans laisser de trace. Le vieux guerrier imaginait déjà les trois hommes morts dans la neige, incapables de respirer sous le manteau blanc, la gorge débordante de gel. Les yeux remplis de larmes glacées et le cœur serré de désespoir, il hurlait le nom des sillonneurs enfouis, agenouillé dans la poudreuse en espérant découvrir un membre, un morceau de tissu, une arme, n'importe quoi qui romprait avec le blanc monotone pour indiquer leur position.

— JONA ! FAO ! EGAN !

Le bout des doigts bientôt bleu et insensibles à force de fouiller la neige à mains nues, Rolon creusait frénétiquement dans la couche de poudreuse encore meuble, alors que l'horreur de son échec commençait à résonner dans son esprit avec plus de force que d'assourdissants tambours.

Jona fut vite retrouvé.

Bien qu'ayant été emporté sur plusieurs centaines de mètres, la neige ne l'avait pas profondément enseveli et grâce à sa force ainsi qu'à sa prodigieuse résistance, le colosse parvint à percer la surface de son bras puis à s'extraire seul. Transi de froid mais frictionné par Sara, il lui fallut de longues minutes avant de retrouver l'usage complet de ses membres. Une fois d'aplomb Jona se précipita aussitôt pour aider les autres à retrouver les deux derniers disparus : Egan et Fao.

Plus les minutes passaient, plus les chances de les retrouver encore en vie diminuaient. L'avalanche avait continué sa course sur près d'un kilomètre après la position des sillonneurs, et il leur était impossible d'en fouiller l'ensemble, surface beaucoup trop vaste pour cinq paires de mains. Tandis que Sara courait en criant leurs noms dans un futile espoir d'obtenir une réponse, les quatre hommes pelletaient sans relâche la neige avec les pelles que l'avalanche n'avait pas arrachées des selles. Ils creusaient au hasard des trous aussi profonds que possible, certains montant jusqu'à leur taille selon la résistance rencontrée dans le sol, mais seul un miracle leur aurait permis de déterrer un de leurs compagnons.

Habité par une force dont il ignorait l'existence, Rolon donnait avec la rage de la culpabilité d'énormes coups de pelle pour sonder la neige le plus rapidement possible, au risque de décapiter du tranchant de la lame l'homme qu'il trouverait.

Ce risque, Alek le découvrit à ses dépens, alors qu'il pelletait comme un forcené en criant le nom des disparus et s'apprêtait à replonger sa pelle dans la neige. Il ne remarqua pas tout de suite les gouttes de sang qui vinrent tâcher le sol, pourtant d'autant plus écarlates sur le blanc de la neige. Le jeune homme n'arrêta sa lame qu'au dernier instant, quand il aperçut un de ses bords ensanglantés.

Son esprit comprit une seconde plus tard.

— Vite ! J'en ai un ! cria-t-il, la voix remplie d'un espoir qu'il savait sûrement vain.

La neige ensevelissait les disparus depuis longtemps déjà, et Alek ne s'attendait qu'à remonter un corps sans vie. Les sillonneurs accoururent aussitôt et dégagèrent leur compagnon avant de l'allonger sur la neige le plus vite possible.

C'était Fao.

Le corps tout entier violacé par la morsure du froid, il avait perdu connaissance, mais en palpant son cou Sara déclara que son cœur battait toujours, quoique très lentement. Un demi-sourire éclaira le visage des hommes. Car il restait encore Egan, enfoui quelque part sous la neige.

Fao fut aussitôt déshabillé, dévoilant un corps aux extrémités gelées, les pieds comme les mains gravement cyanosés. Alek réalisa que la souffrance endurée par son compagnon depuis l'attaque des kov'sřis était tout sauf feinte : ses cicatrices boursouflées s'entrecroisaient en un labyrinthe inextricable sur toute la peau parcheminée de son torse, pour ensuite se perdre dans son dos et sur ses cuisses. Le jeune homme ne se souvenait pas les avoir déjà vues, et comprit que Fao, honteux sans l'admettre, prenait soin de ne pas dévoiler ses blessures aux yeux du groupe. La pelle d'Alek avait tracé sur le haut de son bras une ligne de feu, négligeable à côté des dégâts causés par le froid.

Sara prit Fao dans ses bras et le frictionna avec énergie pour tenter de rétablir la circulation sanguine dans l'ensemble de son corps.

— Qu'est-ce que vous attendez ? Allez chercher Egan ! cria-t-elle alors que les autres la regardaient faire, l'esprit aussi gelé que le sol qu'ils foulaient.

Rolon secoua brusquement la tête pour briser la fatigue qui s'emparait de lui, et retourna creuser un énième trou à la recherche du dernier disparu. Il se mit à espérer… Il n'en restait qu'un seul à trouver… Un seul… L'espoir raviva sa rage, et ses puissants coups de pelle retentirent de nouveau dans la vallée.

Pendant ce temps Fao revenait lentement à la vie, comme si la Mort ne souhaitait au final plus l'emporter dans son royaume. Peu à peu son corps retrouvait sa couleur naturelle, alors que sa poitrine se soulevait avec une force grandissante. La guérisseuse redoubla d'énergie pour frictionner le miraculé, dans l'espoir de bientôt l'arracher à sa léthargie.

Rolon ne parvenait plus à s'arrêter.

Encore trois heures plus tard il continuait de creuser, les bras en feu et le souffle court, priant à chaque coup de pelle pour voir un morceau d'étoffe apparaître au cœur de la neige. Ses compagnons avaient depuis longtemps abandonné les recherches, conscients que les chances de retrouver Egan vivant étaient désormais nulles. Déterrer son cadavre n'aurait que renforcé l'horreur du drame. Seul leur chef refusait d'affronter la vérité, après s'être convaincu que le sauver restait possible. Arrêter de creuser équivalait à échouer une fois de plus à sauver l'ensemble de son groupe.

Ce à quoi il ne pouvait pas se résoudre.

— Il faut que tu ailles lui parler, souffla Sara à l'oreille d'Alek. On est en train de le perdre. Pas physiquement, mais mentalement. Si c'est moi qui y vais, il ne m'écoutera pas. Ça risquerait même de dégénérer…

Le jeune homme hocha la tête et s'approcha du vieux guerrier, jusqu'à lui poser une main chargée de tristesse sur l'épaule.

— Rolon, arrête… Ça ne sert plus à rien, on ne le retrouvera pas…

— Si ! Il est tout prêt, je le sens ! Il faut que je continue !

Il ne s'était même pas arrêté de pelleter pour regarder Alek, l'esprit tout entier concentré sur son unique tâche.

— Il va bientôt faire nuit, il faut que tu viennes te reposer…

— Allez-y, allumez le feu ! Je vais encore continuer un peu. Il est là, tout proche, je le sens…

La voix de Rolon ne contenait aucune trace de chagrin, seul un étrange aveuglement, son esprit occultant totalement la vérité pourtant évidente. Alek se détourna, et secoua la tête en direction des autres sillonneurs. Il était inutile d'insister auprès du vieux guerrier, qui devrait accepter et affronter seul la mort d'Egan. Le brusquer ne ferait que le rendre fou.

Alek, à son plus grand désarroi, ne ressentait rien, juste un terrible vide. Il n'arrivait même pas à éprouver de la tristesse après avoir perdu celui qu'il considérait à présent comme son petit frère. Les disparitions au sein du groupe s'enchaînaient avec une telle rapidité qu'en prendre pleinement la mesure s'avérait impossible. Peut-être qu'une fois sorti de cet enfer il parviendrait à relever la tête, en affronter la douleur et les accepter.

Mais aujourd'hui, Alek ne le pouvait pas.

Il vint se blottir contre Sara alors que l'obscurité grandissait, les yeux perdus dans les flocons virevoltants et le cœur vide de tout sentiment. Fao, après avoir brièvement repris connaissance une heure plus tôt, s'était très vite renfoncé dans une torpeur rassurante, vidé de son énergie mais bien vivant. Collés les uns aux autres face aux flammes hésitantes du feu, les sillonneurs s'assoupirent d'un sommeil peu réparateur, à l'intérieur duquel flottaient encore des flocons de neige.

Ils ne surent jamais quand les coups de pelle cessèrent ni quand Rolon les rejoignit, le cœur arraché par la vérité qui avait fini par le frapper de plein fouet.

Chapitre 41

Rolon ne décrochait plus un mot, comme si sa bouche avait été cousue par les fils de sa culpabilité. Mutique, il se laissait traîner par le groupe, pour la première fois en queue de colonne depuis leur départ de Niu-Jok. Jamais les sillonneurs n'avaient vu son épée accrochée à son kval et non à sa ceinture. Il ne tenait d'ailleurs plus sa monture par la longe, mais avançait sans se soucier qu'elle le suive ou non.

Tout le monde avait tenté de lui parler, de lui arracher une parole, aussi petite soit-elle, et même Jona était venu lui poser une main réconfortante sur son épaule. Mais rien n'y faisait. Emmuré dans son silence, Rolon ne réagissait plus aux sollicitations du monde extérieur, se nourrissait à peine, ne dormait plus.

Son esprit n'était plus qu'un monde chaotique, où les pensées les plus terrifiantes côtoyaient les plus affligeantes, entre rage et tristesse. Le vieux guerrier aurait voulu à la fois détruire tout ce qui l'entourait et s'écrouler, attendre la Mort pour ne plus affronter la culpabilité qui lui rongeait l'âme. Seule une petite lueur d'espoir persistait, malmenée au cœur d'un obscur océan de magma, ou des tempêtes auxquelles nul homme n'avait jamais survécu sévissaient, aussi redoutables que monstrueuses.

Une lueur sous forme de Ruines.

Sara l'avait pourtant proposé : les sillonneurs auraient très bien pu longer les montagnes à leurs pieds pour éviter de les traverser. Rolon se rendait désormais compte que le temps que cela leur aurait demandé n'avait aucune importance, quelques mois de plus sur la route ne représentaient depuis longtemps plus qu'un léger détour.

Comment avait-il pu être à ce point aveugle ?

Par conséquent Alek guidait le groupe de six, en attendant un éventuel rétablissement du vieux guerrier. Il remplissait son rôle de chef sans sourciller, positionné en tête pour choisir le bon itinéraire à travers la neige qui s'avérait souvent traître.

Fao démontrait une nouvelle fois son incroyable capacité à dépasser la douleur. Les dents serrées et les sourcils froncés, il marchait, lentement certes, mais ne s'arrêtait que le soir, mettant un point d'honneur à ce que le groupe ne fasse pas halte pour lui seul. Avancer à travers une neige aussi haute que ses genoux lui demandait une grande concentration ainsi qu'une immense force, physique comme mentale. Il peinait désormais à saisir les objets qu'on lui tendait, les nerfs de ses doigts brûlés après être restés trop longtemps enfouis sous la glace.

Les animaux se raréfièrent à mesure que les sillonneurs s'enfonçaient toujours plus profondément dans les montagnes, leurs provisions bientôt diminuées au point de devoir se priver de nourriture pendant une journée entière. Progresser avec le ventre vide devenait alors atroce. Les animaux comme les oiseaux se paraient de fourrures et plumages à la blancheur parfaite, si difficiles à repérer dans la neige que la moindre proie abattue par Sara prenait la forme d'un festin aux yeux de tous.

Les portions de haute montagne étaient particulièrement délicates à franchir. Sans savoir si les chemins sur lesquels ils s'engageaient menaient à un vallon praticable ou au bord d'un précipice, les sillonneurs longeaient les parois rocheuses sur des sentiers sinueux qui ne permettaient même pas à deux personnes d'avancer de front. La falaise d'un côté, le vide de l'autre, ils marchaient avec précaution, les kvals dans leurs dos. Alek avait rappelé de ne pas tenter de retenir les bêtes si elles paniquaient lors d'une glissade ou d'une chute de pierres, au risque d'être entraîné avec vers une mort certaine.

Les jambes flageolantes manquant de céder sous son poids et de le précipiter dans le vide, Pol éprouvait le plus grand mal à se déplacer, collé à la paroi sans oser regarder, même brièvement, le ravin sur sa gauche. Un haut-le-cœur s'emparait de lui dès qu'il pensait à la hauteur entre la corniche et le sol, plusieurs centaines de mètres plus bas. S'il s'était penché par-dessus le rebord, le sillonneur aurait aperçu en contrebas un cimetière de rochers gelés aux arrêtes acérées, qui ne laissait planer aucun doute quant à son sort en cas de chute.

Le passage le plus délicat fut le franchissement d'un gouffre, qui venait couper le sentier en deux comme si le hachoir de Dlaah s'était abattu sur la montagne. Le chemin ne reprenait que deux mètres plus loin. En temps normal les sillonneurs auraient réalisé le saut les yeux fermés, mais la neige et la roche glissante le rendaient particulièrement dangereux, alors que la paroi gelée s'enfonçait ensuite à pic jusque dans les entrailles de la terre sans offrir de seconde chance.

Alek sauta le premier. Sara voulut l'en empêcher, avant de réaliser qu'ils ne pouvaient pas revenir sur leurs pas, les kvals incapables de faire demi-tour sur le sentier trop étroit. De plus, personne d'autre que lui n'aurait trouvé la force de servir d'exemple.

Une fois de l'autre côté il tendit une corde comme ligne de vie, et les sillonneurs ainsi que leurs montures le suivirent un à un. Fao fut littéralement balancé par Jona au-dessus de la crevasse, ses faibles forces ne lui permettant pas de sauter assez loin.

Seul Rolon devait encore franchir le gouffre.

Mais le vieux guerrier fixait le vide de son regard toujours aussi absent, et les autres crurent un instant qu'il allait relever les yeux, s'imprégner une dernière fois des visages qui l'avaient accompagné pendant de si longues années, avant de se retourner pour partir se perdre à jamais dans la montagne, et emporter avec lui le boulet de culpabilité cloué à son âme.

Néanmoins, Rolon n'en fit rien.

Il franchit la crevasse d'un bond assuré, trahissant par la même occasion l'énergie latente qui l'habitait encore. Mais celle-ci s'étiolait, stagnante dans les souterrains infinis de son âme.

De nombreux cols plus tard, les sillonneurs rencontrèrent un nouveau gouffre, beaucoup plus imposant toutefois. Jeté par-dessus un vide démesuré, se tenait un vieux pont de cordes relié aux deux corniches par des nœuds moisis d'apparence. Cependant le sentier continuait également le long de la crevasse, et s'enfonçait à travers un sombre défilé dont le fond se perdait parmi les ténèbres.

La vue de ce pont les remplit de joie. Ils n'avaient pas vu le moindre signe de vie humaine, même passée, depuis très longtemps, et celui-ci semblait indiquer que le groupe retrouverait bientôt un environnement accueillant. Cette vision leur apparaissait comme la promesse d'une sortie imminente des montagnes, le pont devenu à leurs yeux une véritable échappatoire.

Pourtant Alek refusa purement et simplement de le traverser. Les autres, exténués et prêts à se jeter dessus pour regagner les basses altitudes, ne percevaient pas le danger que représentait son usage.

— Vous avez vu l'état de ces cordes ? s'exclama le jeune homme en les pointant du doigt. On dirait qu'elles datent du temps des Anciens ! Hors de question qu'on le traverse, encore moins avec le poids des kvals !

Personne n'émit d'objection car tous savaient qu'Alek avait raison, même si la tentation de s'élancer sur le pont sans qu'il puisse les en empêcher, et lui montrer que la construction tenait bien le coup, restait forte. Les sillonneurs repartirent donc sur le chemin longeant la paroi qu'ils suivaient depuis le matin.

Ce choix leur coûta une semaine de plus au cœur des hauts plateaux. La faille paraissait s'étirer sur toute la chaîne de montagnes, et les voyageurs ne trouvèrent un passage sûr que trois jours plus tard, lorsqu'ils découvrirent un éboulis l'ayant comblée sur quelques mètres, juste de quoi passer de l'autre côté. Ce fut donc les traits toujours plus tirés et le moral sérieusement mis à l'épreuve qu'ils longèrent de nouveau la faille, dans l'autre sens cette fois, et retrouvèrent le pont de cordes, dans l'état exact où ils l'avaient laissé. L'idée que, tout compte fait, le groupe aurait peut-être pu le traverser n'effleura même pas l'esprit d'Alek, qui reprit la progression sans une once de regret.

Depuis l'avalanche, la montagne était demeurée silencieuse. Épargnés, les voyageurs comprirent que d'un accord tacite elle les avait autorisés à la franchir, une fois son dû prélevé.

Et puis, un jour, après un énième lacet, le monde sembla s'ouvrir devant eux.

Plus aucun rocher, plus aucune faille, plus aucune falaise ne les séparait de l'immense forêt qui succédait à la chaîne de montagnes. À leurs pieds, un chemin de terre descendait en boucles larges pour s'y enfoncer.

Et puis, encore plus loin, ses immenses bâtiments barrant l'horizon, il y avait…

— Est-ce que… c'est… balbutia Sara.

Ses paupières papillonnaient aussi vite que possible pour tenter de repousser le rêve dont elle était victime.

— Oui, affirma Alek en croisant le regard de Rolon, dans lequel la flammèche résiduelle s'était soudain enflammée en un formidable brasier. Sans aucun doute.

— Quoi ? Où ça ? trépignait Pol. Qu'est-ce qu'il y a ?

— Les Ruines.

Gris

Chapitre 42

Les sillonneurs avaient déjà traversé de nombreuses forêts, mais celle-ci demeurerait sans aucun doute la plus impressionnante.

Tout était plus grand que d'ordinaire. Les arbres s'élevaient, colossaux, et les cavaliers ne parvenaient pas à en voir la cime. Même dix hommes se tenant la main auraient eu du mal à entourer un seul de ces troncs. Sortir du chemin qu'ils empruntaient se serait avéré impossible, sauf à grands coups de lames pour se frayer un chemin à travers des ronces aux épines si longues qu'elles auraient pu servir de couteaux. En attaquant ces murs naturels à l'épée, chaque mètre gagné face à l'incroyable densité de la végétation aurait demandé une heure d'effort.

Le chemin sur lequel les sillonneurs se trouvaient était l'exact inverse. Large et sans branchage, il semblait entretenu quotidiennement, et Alek y passerait le balai qu'il n'en ramasserait qu'un peu de poussière. Un bataillon entier de cavaliers serait passé de front sans encombre.

Mais tous sentaient que quelque chose clochait. Sur ces bois flottaient un sentiment d'irréel, une chape d'invraisemblance, un arrière-goût d'indéfinissable. Le jeune homme imagina un instant la forêt touchée par la malédiction des Anciens, avant de comprendre que cela n’avait aucun sens : le chemin aurait été envahi par une végétation aussi noire qu’impénétrable. L’atmosphère singulière régnant sur cette forêt fut renforcée quand les sillonneurs croisèrent des animaux qui ne s’enfuyaient pas à leur approche. Liévrs, rnars et bíích s restaient plantés sur leurs pattes arrière, et les regardaient simplement passer comme si c’était la chose la plus naturelle qui soit.

Alek se demanda si des Êtres de la Forêt les observaient en ce moment même. Que ces bois soient leur demeure aurait expliqué son aspect entretenu ainsi que l’étrange comportement des animaux. Par crainte de représailles, les voyageurs choisirent de ne chasser aucune des bêtes immobiles, bien que l’aubaine de remplir la gamelle du soir fut tentante.

La réalisation de leur but ultime approchait à grands pas, chacun sentait ses poils se dresser sur sa peau à la seule pensée de bientôt franchir les portes d’or maintes fois rêvées. Cependant Alek avait pris soin, une fois l’euphorie générale retombée, de rappeler au groupe que le voyage ne s’achèverait qu’une fois cette dernière forêt traversée. Les sillonneurs se devaient donc d’être une dernière fois vigilants, tel qu’ils l’avaient été pendant des années, car tout pouvait encore leur arriver. Le meilleur, mais surtout le pire.

Il n’eut pas besoin d’évoquer la mort d’Egan pour illustrer son propos.

Malgré la désagréable sensation d’être constamment épiés, les cavaliers ne rencontrèrent aucun prédateur ou groupe de pillards. Ils avaient beau s’enfoncer dans la forêt, l’environnement demeurait le même. Les mêmes troncs, les mêmes ronces, le même chemin toujours aussi droit et propre…

Alek croyait n'avoir parcouru que cent mètres, alors que le groupe avançait pourtant depuis des heures.

Soudain Sara aperçut sur sa gauche une clairière. Elle semblait tout droit sortie d'un des contes de fées d'Orelo. Une vieille chaumière trônait en son centre, tandis qu'à l'écart se dressait un petit potager, plus rempli de mauvaises herbes que de légumes. Une gigantesque citrouille avait néanmoins réussi à pousser, et ses quartiers auraient nourri tout le groupe pendant une semaine entière.

— Regardez ! s'exclama Sara avant que le groupe ne la dépasse.

Curieux, les sillonneurs quittèrent le sentier principal et s'en approchèrent sans se méfier. Ils concevaient mal que des pillards puissent habiter pareil endroit.

En effet, la bicoque était minuscule. Elle ne possédait qu'une petite porte qu'il fallait franchir en se penchant, et même pas de fenêtre. Le toit, dont les tuiles d'origine se comptaient sur les doigts d'une main, pliait sous le poids des années mais par miracle tenait encore bon. Toutefois le plus étonnant venait de ses murs penchés, leurs plans tracés par un architecte à la main vacillante. Quelques maigres volutes de fumée s'échappaient d'une cheminée.

— Il y a quelqu'un à l'intérieur ! chuchota Pol juste à côté de la porte.

Impossible toutefois que son occupant ne les ait pas entendus arriver du haut de leurs kvals. Alek s'approcha de la chaumière et s'apprêtait à pousser la porte, les doigts autour de la poignée, lorsqu'une main paternelle se posa sur la sienne. Surpris il releva les yeux et croisa ceux de Rolon, brûlants d'intensité.

« C'est à moi de le faire », lui disait son regard.

En un instant le jeune homme comprit.

Aussi il recula d'un pas pour observer le vieux guerrier toquer à la porte, et par la même occasion reprendre sa place de chef, sans que la moindre parole soit échangée. Alek n'était qu'à moitié surpris, car il le savait incapable de sombrer pour toujours dans les abysses du désespoir. Seul lui avait manqué l'étincelle qui raviverait son cœur. Celle-ci avait tardé, mais le contraste n'en devenait que plus impressionnant. Les Ruines aperçues au loin l'avaient littéralement ramené à la vie.

— Il y a quelqu'un ? demanda Rolon d'une voix forte et assurée.

Il parlait pour la première fois depuis plusieurs semaines.

— Entrez… Entrez… lui répondit quelqu'un.

Ils auraient été incapables de déterminer si la voix était celle d'un homme ou d'une femme. Le chef des sillonneurs poussa prudemment la petite porte puis entra le premier, l'épée dégainée et le bouclier devant lui. Rien n'indiquait qu'il se trouvait en danger, mais justement cela l'inquiétait. Il savait depuis longtemps que la prudence devait être permanente.

— Posez cela, jeune homme, vous n'en aurez pas besoin ici.

Rolon tourna la tête et faillit lâcher son arme de surprise.

Assise dans la pénombre sur un fauteuil qui avait dû autrefois être de couleur claire, une vieille dame l'observait en souriant. Le vieux guerrier s'arrêta net, alors que les autres essayaient tous de rentrer dans l'endroit exigu pour voir ce qui lui causait un tel choc. La femme était si ridée qu'elle semblait avoir mille ans. Elle serait tombée en poussière sous ses yeux qu'Alek n'aurait pas été surpris. Malgré son âge, ses yeux pétillaient de malice tandis que son sourire laissait apparaître une rangée de dents alignées et en parfait état. Pourtant la vieille dame portait un châle de laine rapiécé et des souliers usés jusqu'à la corde.

— Que… Qui êtes-vous ? balbutia Rolon, décontenancé par l'étonnement.

Il s'attendait à tout sauf à rencontrer une vieille dame seule en pleine forêt.

— Autrefois on m'aurait appelée sorcière, ou bien voyante. Mais maintenant je ne suis plus qu'une vieille dame qui combat les mauvaises herbes dans son potager. Vous avez dû le voir d'où vous êtes venus, n'est-il pas charmant ?

— Vous nous avez vus arriver ?

Le regard de Rolon scrutait les murs, survolait les tas d'objets disparates, effleurait le plan de travail sur lequel des tomates attendaient d'être découpées, s'arrêtait dans l'âtre où brûlait du petit bois, sans apercevoir la moindre fenêtre.

— Disons que je vous ai senti plus que je ne vous ai vu… répondit la vieille dame en se fendant d'un sourire énigmatique.

Le vieux guerrier ne comprenait pas ce qu'il voyait ni entendait. Son esprit peinait pour se raccrocher à quelque chose de rationnel. Pragmatique, il finit néanmoins par demander, après avoir estimé que la femme ne représentait aucun danger :

— Ça vous ennuie si on reste dans votre clairière cette nuit ? On ne vous dérangera pas et nous repartirons à l'aube.

— Vous pouvez rester aussi longtemps que cela vous plaira. Vous êtes en sécurité dans ces bois, il ne vous arrivera rien.

La sorcière continuait de sourire. Rolon doutait fortement d'être autant en sécurité qu'elle l'affirmait, mais la remercia avant de glisser à Fao qu'il y aurait bien entendu une garde durant la nuit.

— Et vous ne me dérangez absolument pas, ajouta la vieille dame. Ce n'est pas souvent que j'ai de la visite.

Elle se leva alors de son fauteuil avec une lenteur extrême. Les sillonneurs craignaient qu'elle s'effondre au moindre mouvement brusque. Elle se tourna ensuite vers les voyageurs dans un rire limpide de naturel, ses dents étincelantes sous les reflets vacillant du feu :

— Mais quel mauvaise hôte je fais ! Où avais-je la tête ? Voudriez-vous boire quelque chose ? Une infusion peut-être ?

Rolon déclina la proposition et sortit de la chaumière. Tout cela n'avait aucun sens. Jamais une personne aussi âgée n'aurait pu survivre seule dans une forêt infestée de bêtes féroces. Elle pouvait à peine marcher. Et elle se prenait pour une sorcière ! Une folle miraculée, sans l'ombre d'un doute.

Fao et Jona suivirent Rolon dehors puis commencèrent à desseller les montures et dresser le campement, tandis qu'Alek, Pol et Sara acceptaient l'offre de la sorcière. Une éternité s'écoula avant qu'elle revienne avec une théière ébréchée mais chaude. Elle ne possédait que deux tabourets, aussi Pol dut rester debout. Les tabourets, autant que leur propriétaire, menaçaient de s'effondrer. La vieille dame posa la théière sur une table basse, et Sara versa l'infusion dans de petits verres en bois fendus. La sorcière retourna s'asseoir sur son fauteuil, comme si elle venait d'utiliser toute l'énergie que son corps possédait encore, avant de déclarer d'une voix sibylline :

— Le Flu tourbillonne sur votre passage.

Intrigués, les sillonneurs l'écoutèrent attentivement.

— Vous allez au-devant d'un grand bonheur… ou d'un grand malheur… Mais c'est très trouble… Je n'arrive pas à démêler les fils de votre destin…

— Un grand bonheur ! s'exclama Pol. Nous allons au-devant d'un grand bonheur, celui de découvrir les Ruines !

La vieille dame le regarda sans répondre, d'un air accusateur envers sa candeur. Un instant elle sembla sur le point de se mettre à parler pendant des heures afin de leur confier tout ce qu'elle savait sur ce lieu, avant de se raviser.

— D'ailleurs, pourquoi est-ce que vous habitez ici et pas dans les Ruines ? continua le jeune homme sans tenir compte de ses remarques implicites. La vie doit être dure avec toutes les créatures sauvages qui habitent la forêt, non ?

— J'aime bien ma forêt, et je dois m'occuper de mon petit potager tous les jours, répondit la sorcière dans un nouveau sourire indéchiffrable. Sans moi, il deviendrait une véritable friche. Et puis j'ai rarement le temps de voyager.

— Mais… attendez, l'interrompit Sara en fronçant les sourcils. Vous parliez de flux qui s'agitait à notre passage. Je ne comprends pas… De quel flux parlez-vous ? Du vent ?

Tout à coup la vieille femme s'esclaffa, comme si la guérisseuse l'interrogeait sur la couleur que revêtaient les feuilles en automne.

— Voyons, jeune fille ! Qu'est-ce que le Flu ? Cela revient à me demander ce que sont les nuages ! Ce que sont les arbres et les rochers ! C'est l'essence même de la vie ! Le Flu est partout, à la fois en nous et autour de nous. Il compose chaque chose qui existe, du vivant à l'inanimé. Vous, moi, le sol, le ciel. Tout !

— Vous voulez donc dire que vous arrivez à le voir ? demanda Alek, qui hésitait encore entre croire et rejeter ce que la sorcière leur expliquait.

— Oui, mais je ne suis pas la seule, tu sais…

Sa tête se tourna avec douceur vers Sara.

— Que… Quoi ? Moi ?

— Tu n'as jamais eu l'impression de sentir la nature t'entourant couler en toi, comme si tu pouvais lui parler ? Tu n'as jamais senti un puissant flot d'énergie se déverser de tes mains, gorgées de vitalité ? Pourquoi arrives-tu aussi bien à soigner tous les blessés qui implorent désespérément ton aide, à ton avis ?

La jeune femme eut une brève pensée pour Seff, qu'elle avait échoué à sauver, mais l'écarta rapidement avant d'être submergée par l'émotion. Puis l'inexplicable phénomène qui était survenu alors qu'elle soignait Fao, au bord de la mort après l'attaque des kov'sřis, lui revint en mémoire dans un grand fracas de souvenirs. Ses mains brûlantes de vie. La miraculeuse énergie s'en déversant en un flot abrupt. L'invisible source de ce torrent en elle. Le lien impalpable qui l'unissait mystérieusement à Fao. Les sensations que la sorcière décrivait correspondaient à la perfection à ce qu'elle avait ressenti.

— Je vois très bien de quoi vous parlez, répondit Sara en hochant la tête, heureuse que ses interrogations portent désormais un nom. C'était quelque chose sur lequel je n'avais jamais réussi à mettre de mots. Mais je ne comprends pas comment je peux en être capable… C'est ma mère qui m'a appris tout ce que je connais, et elle ne m'a jamais parlé de ça !

— Tu as d'impressionnantes connaissances en matière de médecine, c'est indéniable. Toutefois, ce dont tu ne te rends pas compte, c'est ta capacité à communiquer sans détour avec l'essence même des corps. Tu fais ça inconsciemment, mais en arrivant à maîtriser ce don, tu réaliserais des merveilles !

En retrait, Alek s'aperçut alors de sa maladresse quand il se remémora le moment où Sara était venue vers lui se confier à propos de la mystérieuse guérison de Fao. Il se sentit honteux de l'avoir crue simplement trop fatiguée pour se souvenir des détails de l'éprouvante nuit.

— Et moi ? Est-ce que je peux aussi voir le Flu ? demanda soudain Pol.

À l'entendre parler, on aurait cru qu'il évoquait avec émerveillement des pouvoirs magiques.

— Tout le monde peut sentir le Flu, mais pas forcément avec la même puissance, répondit la sorcière de son éternel sourire. Chez toi, ce n'est qu'embryonnaire. Ton sillage est à peine plus large qu'une aiguille.

Pol croisa les bras, aussi déçu qu'un enfant auquel on refuse un cadeau.

— Mais cette perception peut évoluer, reprit la vieille dame après une gorgée de thé. Une personne totalement aveugle au Flu peut travailler pour parvenir à le percevoir, ou alors subir un choc si puissant qu'il lui apparaîtra d'un coup. Comme une explosion de sensations. Mais c'est exceptionnel, car l'âme humaine supporte rarement un tel traumatisme.

— Et vous pourriez m'apprendre ? s'exclama le jeune homme, chargé d'espoir.

— Ça ne marche pas comme ça mon garçon, répliqua-t-elle non sans un soupçon de condescendance. C'est un travail sur soi-même, qui s'effectue seul. Je perçois le Flu d'une façon, Sara d'une autre, et toi encore d'une autre façon. Chaque façon de voir est complètement différente des autres. T'expliquer ma vision du Flu reviendrait à enseigner les couleurs à un aveugle.

— Je crois que je comprends… souffla Pol en baissant la tête, empli d'une déception qu'il oublierait très vite.

La conversation se poursuivit pendant plusieurs heures. Les sillonneurs racontèrent leur périple et toutes les épreuves qu'ils avaient traversées pour arriver jusque-là. Puis ils remontèrent plus profondément dans leurs souvenirs, jusqu'au temps où ils habitaient encore Niu-Jok. La vieille dame ne parlait plus beaucoup mais continuait de sourire, captivée par leur récit.

Le jour déclinait et la lumière s'introduisant par la porte laissée ouverte devint pénombre. La théière était vide depuis longtemps quand les trois sillonneurs finirent par se lever pour rejoindre les autres et manger. Ils proposèrent à leur hôte de dîner avec eux, mais celle-ci déclina.

— C'est gentil, mais je vais souper dans mon coin, si je ne m'endors pas avant. Et puis vous savez, à mon âge, je ne mange plus grand-chose…

Toujours assise dans son fauteuil, la vieille dame se mit à rire pour elle-même, alors que les voyageurs la saluaient et quittaient la chaumière. Sara sortit la dernière mais, au moment de franchir le seuil, la sorcière lui tira la manche pour l'arrêter.

La jeune femme aurait pourtant juré qu'elle se trouvait dans son fauteuil un instant plus tôt…

— J'espère sincèrement qu'un jour vous pourrez vivre heureux, déclara-t-elle en souriant.

— Alek et moi ?

— Alek, toi et…

La sorcière baissa les yeux vers le ventre de Sara.

— Vous voulez dire que…

Elle hocha la tête et le visage de Sara s'illumina.

— Va, ma fille. Toutes mes forces t'accompagnent.

— Merci…

Le corps tout entier tremblant d'émotion, la jeune femme rejoignit les autres, bouleversée par la nouvelle inattendue. Néanmoins, elle ne leur en souffla pas un mot. Elle attendrait le moment parfait pour l'annoncer. Une fois les Ruines atteintes, par exemple… Sara pria pour qu'en attendant personne ne s'aperçoive de son état, alors que les gouttes de sueur qui germaient sur son front lui semblaient aussi grosses que des fleurs écloses.

Les sillonneurs mangèrent en silence. Tout le monde avait maintenant compris que la vieille dame n'était pas une personne ordinaire. Toutefois Rolon se refusait d'en chercher des explications.

— D'où est-ce qu'elle vient ? se demandait Pol en élaborant moult théories. Qui ça peut bien être ?

— Peut-être juste une vieille dame… proposa Sara avec un sourire de petite fille.

— J'aurais bien aimé savoir quel conte Orelo aurait choisi après cette rencontre… murmura Alek dans un pincement au cœur.

Le silence reprit aussitôt ses droits sur le groupe.

Fao montait le premier tour de garde quand il entendit la vieille dame sortir de sa maison. Elle marchait avec une lenteur telle que de longues minutes s'écoulèrent avant qu'elle parvienne au niveau du sillonneur.

— Va te reposer, grand guerrier. Il ne vous arrivera rien ce soir.

Il ne l'écouta pas et garda les yeux rivés sur l'obscurité des bois. Il n'était pas près d'obéir à une vieille folle, surtout aussi étrange qu'elle.

— Je t'assure, mes amis vous protègent.

Fao tourna alors la tête et croisa son regard, toujours accompagné de son sourire amical. Il se retrouva soudain perdu dans ses yeux, aussi profonds que les abysses d'un océan… Manquant de s'y noyer, il comprit que c'était là le regard d'une personne à la sagesse infinie. Elle savait tout. Elle avait tout vécu. Une seule vie n'aurait pas suffi pour accumuler tout le savoir que perçut Fao pendant le bref instant où il contempla la sorcière.

Il retrouva lentement ses esprits, puis finit par acquiescer, comme hypnotisé, avant de rejoindre son couchage.

Fao s'était allongé depuis quelques minutes quand il sentit la sorcière se pencher sur lui. Alors elle lui murmura à l'oreille :

— Soa ne t'en veux pas. Elle a compris que tu ne pouvais pas la sauver.

Fao écarquilla les yeux. Il n'en croyait pas ses oreilles. Est-ce qu'il avait bien… Il se redressa subitement et chercha la vieille dame du regard.

Mais elle avait déjà disparu.

Chapitre 43

Le groupe repartit à l'aube, tel que Rolon l'avait annoncé. Chaque cavalier prit le temps de brosser sa monture et de lui donner une poignée de grains avant de la sceller, espérant lui transmettre la joie qui les habitait tous depuis qu'ils savaient les Ruines à portée de main. La vieille dame assista au départ, ses petits signes de la main comme autant de porte-bonheurs pour la fin du voyage. Son sourire ne la quittait toujours pas quand Alek et Sara lui rendirent son salut, avant qu'elle disparaisse derrière le rideau d'arbres.

Tout le monde n'avait pas vécu l'étrange rencontre de la même manière. Pour certains, comme Rolon et Jona, ce n'était qu'une folle perdue dans la forêt depuis des décennies, miraculeusement épargnée par l'environnement hostile qui l'entourait. Mais pour d'autres, comme Sara et Fao, les quelques heures passées en sa compagnie avaient été un véritable choc. Jamais ils n'oublieraient cette rencontre.

Les sillonneurs traversèrent la forêt sans le moindre problème.

« La chance plutôt que la vieille… » songea Rolon en scrutant les sombres fourrés de part et d'autre de la piste.

Des animaux les avaient encore observés depuis le bord du sentier. Sara s'était avancée vers un rnar particulièrement beau, son pelage roux brillant à la lumière du jour. Il avait regardé avec sérénité la main de la guérisseuse s'approcher, sans fuir ni montrer les crocs, et s'était même laissé caresser, jusqu'à en ronronner.

Le groupe n'atteignit la lisière de la forêt qu'au soir. Rolon voulait à tout prix poursuivre pour monter le campement dans la petite plaine les séparant des Ruines, mais Alek et Pol parvinrent à le convaincre de profiter des arbres et de leur protection une dernière nuit.

— Vous avez cru au charabia de cette vieille folle ? leur lança Rolon, plein d'arrogance.

Cependant il finit par céder, admettant que le danger risquait plus de rôder parmi les herbes fourbes que dans la forêt, après l'avoir traversée sans voir l'ombre d'un prédateur. Tout le monde sentait l'émotion peu à peu les envahir, mais chez Rolon elle devenait palpable. Le vieux guerrier ne passait pas une minute sans jeter un coup d'œil en direction des Ruines, comme pour vérifier qu'elles n'avaient pas bougé. Il craignait de cligner des yeux et de les voir disparaître, pour s'apercevoir que les derniers jours n'avaient été qu'un cruel rêve éveillé.

Les sillonneurs se retenaient de crier victoire trop tôt, mais leurs pensées revenaient invariablement vers leur but ultime, objet de tous leurs phantasmes depuis toujours. Ils avaient longtemps cru leur voyage infini, bien décidé à les conduire jusqu'au bout du monde, or il possédait désormais une arrivée, et bientôt un visage, celui de ses immenses tours visibles sur des kilomètres à la ronde. Après un périple de plusieurs années, les heures ne se comptaient plus que sur les doigts d'une main.

La quête touchait à sa fin.

Rolon s'endormit les yeux rivés sur les Ruines, dont il distinguait les plus hauts bâtiments entre deux troncs d'arbres, l'esprit enivré par l'excitation grandissante.

Les sillonneurs repartirent aux aurores. Rolon trépignait d'impatience, et aurait marché pendant la nuit s'il avait pu convaincre les autres.

— Repose-toi, elles seront encore là demain, avait souri Alek en lui posant une main fraternelle sur l'épaule.

Par ce geste il scellait une amitié vieille de dix ans, qui les avait vus combattre dos à dos les pillards, affronter ensemble des bêtes féroces par centaines et lutter côte à côte face aux pires tempêtes. Par ce geste il remerciait un frère d'armes, pour l'avoir conduit là où personne n'était jamais allé.

Elles se découpaient désormais avec netteté sur le ciel gris, et grossissaient à vue d'œil à mesure qu'ils approchaient. Tout le groupe observait en souriant son chef, que l'allégresse rendait incapable de rester immobile sur sa selle.

Alors les sillonneurs furent face à elles.

Les Ruines.

Véritable dédale gris sans fin de rues, de maisons et de tours, toutes plus grandes les unes que les autres. Elles grimpaient à travers les airs avec impétuosité, défiant les lois de la nature sans que celles-ci les punissent. Les voyageurs n'avaient jamais vu de bâtiments pareils et se tenaient figés, ébahis par leur calme majesté. Ces tours dépassaient tous les rêves les plus fous qu'ils avaient pu formuler au cours de leur périple, pourtant riche en songes et fantasmes. De la terre jusqu'au ciel, leurs façades se composaient entièrement de verre, sur lequel se reflétaient les visages éblouis des cavaliers. Ils devaient tordre le cou pour espérer en apercevoir le sommet, perdu parmi les nuages. Il leur était impossible d'imaginer la construction de tels édifices. Quelles technologies, dont les Anciens avaient emporté le secret avec eux, pouvaient dresser des tours parfois plus hautes que des montagnes ?

Titanesques gardiens d'un patrimoine s'étiolant avec le temps, les édifices jetaient de leurs yeux insondables un regard de chrome impartial sur le monde alentour et ses habitants, réduits au rang de vulgaires sauvages voués à disparaître dans la boue et l'oubli.

Toutefois, ombre à ce tableau de maître, de sinistres traces de brûlures s'étendaient sur les murs et le sol, témoins de la terrible catastrophe qui avait dû anéantir les habitants des Ruines, comme si un dragon cracheur de feu avait soudain attaqué la ville entière. Des façades de verre complètes avaient fondu sous l'effet de la fournaise qui s'était abattue dessus. Une odeur de brûlé flottait encore dans l'air, imprégnant tant les bâtiments qu'elle n'avait jamais disparu malgré le passage du temps. Peut-être était-ce ces relents de destruction qui avaient, à travers les légendes, propagé l'idée que la Malédiction des Anciens les rendait inhabitables, et incitaient les hommes à ne pas s'en approcher.

La végétation reprenait néanmoins ses droits, combat de longue haleine face aux géants de métal et de verre. Alors que la fougère envahissait les rues et que les arbres perçaient le rugueux revêtement noir, le lichen grimpait sur la paroi des bâtiments telle une armée à la reconquête de son territoire. La flore pénétrait jusque dans les innombrables carcasses métalliques de toutes les couleurs, noires et blanches, rouges et vertes, jaunes et bleues. Les vitres brisées et les roues crevées, ces engins du passé, dont le groupe ne présumait en rien l'utilité, représentaient piteusement une civilisation autrefois florissante et désormais mythique. De temps à autre surgissait d'un coin de bâtiment un animal, liévr ou plus gros gibier, qui s'enfuyait à la vue des humains.

De nombreuses constructions en partie écroulées gisaient sur le flanc, vaincues par le temps, leurs fondations sapées par les racines grandissantes. Les gravats se répandaient au milieu de la rue, amoncellement informe de verre brisé, tiges de fer et débris de pierre. Le plus impressionnant fut une tour entière abattue en travers d'une avenue, ses derniers étages encastrés dans ceux du bâtiment d'en face, bloquant entièrement le passage de sa gigantesque masse noire hérissée d'acier.

Tout portait à croire que la ville avait été abandonnée en urgence. La catastrophe qui l'avait frappée semblait avoir en un instant réduit à l'état de poussière tous ses habitants. De nombreux objets aux fonctions aussi variées qu'inconnues jonchaient encore les trottoirs, abandonnés dans la précipitation par leurs défunts propriétaires.

Malgré tout, une profonde quiétude régnait sur les Ruines. Elles paraissaient attendre les sillonneurs depuis des années ainsi, dans l'espoir d'accueillir un jour de nouveaux rois et reines, venus des confins du monde pour réclamer leurs trônes. Les cavaliers déambulaient donc dans la ville fantôme à la façon de généraux passant avec fierté leurs troupes en revue.

Aucun monstre du bestiaire fantastique qu'ils s'étaient créé à force d'histoires sur les Ruines n'avait élu domicile dans ces tours. Pas de créature tentaculaire capables de voler, pas de kien à trois têtes crachant du feu, pas de bête informe aussi grosse que des montagnes…

Et pas la moindre trace humaine non plus.

Rien que les Ruines, la végétation, et les sillonneurs.

Rolon résista à l'envie de lancer son kval au galop et d'effectuer ainsi le tour de la ville pour crier son incommensurable bonheur d’y être enfin parvenu. Le voyage s’était révélé si long et dangereux, les obstacles si éprouvants et les pertes si douloureuses… Les corps comme les esprits avaient été soumis à rude épreuve, plus durement que tout ce qu’ils auraient pu imaginer en quittant Niu-Jok. Mais tous leurs problèmes s’évanouissaient soudain, réglés à la seule vue des immenses tours. Les sillonneurs arrêtèrent leurs montures devant le premier bâtiment intact qu’ils trouvèrent, un sourire béat tissé sur leurs visages. L’édifice aux vitres opaques surplombait de toute sa taille les cavaliers, ridicules fürmis émerveillées.

— La nuit va bientôt tomber, restons ici pour ce soir, déclara Rolon en se tournant vers ses compagnons, dans une expression de joie qu’ils ne lui connaissaient pas. C’est temporaire, dès demain nous irons explorer les Ruines pour trouver le meilleur endroit où s’installer. Et cette fois, ce ne sera pas qu’un simple campement pour la nuit…

Jamais l’émotion de Rolon n’avait autant transparu dans sa voix, aussi Pol vint lui taper amicalement l’épaule :

— Allons ! Tu ne vas pas pleurer quand même ?

Tout le groupe se mit à rire aux éclats, avant de rentrer dans le bâtiment.

De nombreuses années auparavant, juste après la chute des Anciens, le désordre le plus total avait dû y régner, mais à présent l’œuvre du temps sautait aux yeux. Tout ce qui était constitué de bois tombait en poussière au moindre contact, et la structure de la tour laissait planer le doute quant à sa solidité, au vu des sérieux trous criblant le sol jusqu’à laisser apparaître les étages inférieurs.

Après avoir placé les kvals au rez-de-chaussée, les cavaliers s’installèrent à l’un des premiers niveaux et mangèrent allègrement, dans une bonne humeur qu'ils n'avaient pas partagée depuis très longtemps. Même Jona souriait comme un enfant. Une fois les gamelles vides et les ventres tendus, Rolon se leva :

— Le voyage a été long, très long même, mais nous y sommes arrivés, déclara-t-il avec solennité.

Son regard s'assombrit et il baissa la tête en pensant aux cinq sillonneurs qui ne verraient jamais les Ruines. Néanmoins, il se ressaisit et continua avec une énergie communicative :

— Maintenant commence une nouvelle vie. Nous sommes seuls, tout danger dorénavant écarté, et demain à l'aube, les Ruines deviendront notre royaume. Je ne veux pas trop m'avancer, l'émotion risquerait de s'exprimer à ma place, mais c'est peut-être bien ici que nous pourrons faire rejaillir de terre l'espoir de Jez, et voir un jour l'humanité renaître de ses cendres…

Et il se rassit, alors que Pol amorçait des applaudissements exaltés qui devinrent bientôt collectifs. Rolon n'avait pas besoin de longs discours pour répéter ce que tout le monde savait déjà par cœur.

Les sillonneurs étaient enfin chez eux.

Alek et Sara, main dans la main, montaient jusqu'en haut de la tour. Les escaliers n'en finissaient pas. Ils atteignirent le sommet de nombreuses minutes plus tard, le front trempé de sueur, et poussèrent la porte les séparant de l'extérieur. Ils découvrirent alors un panorama à couper le souffle.

Les Ruines s'étendaient à leurs pieds sur des kilomètres et des kilomètres à la ronde en un labyrinthe inextricable de tours, maisons, avenues, rues et ruelles… Contrairement au dédale infini que les contes décrivaient, de gigantesques boulevards quadrillaient cet enchevêtrement, du cœur de la ville à sa banlieue lointaine. Le couple apercevait encore la forêt de la sorcière, minuscule point vert depuis leur perchoir alors qu'en réalité véritable océan de verdure, et derrière se profilaient les montagnes qu'ils avaient eu tant de mal à franchir.

Alek et Sara se retournèrent. De l'autre côté des Ruines s'étendait une étendue désertique recouverte d'un sable orangé et parsemée de rochers, mais plusieurs jours de marche auraient été nécessaires pour l'atteindre à travers le labyrinthe de rues et de végétation. Alek et Sara ne se trouvaient pas sur la plus haute tour. Quelques-unes autour d'eux les dépassaient largement, jusqu'à se perdre parmi les nuages gris, qui n'avaient jamais paru aussi prêts. Depuis leur position, les Ruines ressemblaient à une carapace grise et verte hérissée d'épines de toutes tailles.

Le vent soufflait très fort, mais pas au point de les emporter par-dessus le rebord, qu'une rambarde ne protégeait plus que par endroits. Alek s'approcha de la bordure du toit…

Soudain son cœur bondit et il recula aussitôt. La distance qui le séparait du sol lui donnait des frissons de vertige rien qu'à y penser.

Cela n'empêcha pas Sara de s'avancer à son tour, sans prêter la moindre attention au vide. Son amant voulut la saisir par le bras pour l'empêcher de se tenir trop près du rebord, mais elle criait déjà de toutes ses forces :

— SEEEFFFFFF !

Alek se souvint alors de la promesse qu'elle avait faite auprès de son compagnon mourant. Le nom résonna longuement, réverbéré par les milliers de façades, avant d'être emporté au loin par une puissante bourrasque.

— Ainsi il chevauchera le vent jusqu'à la fin des temps… murmura la jeune femme, l'âme apaisée.

Elle allait rejoindre les escaliers lorsque Alek s'époumona à son tour :

— EEEGGAAANN !

Sara sourit. Ainsi tous les sillonneurs disparus auraient droit à une certaine forme d'immortalité, destinés à atteindre des contrées éloignées que ceux en vie ne pouvaient même pas imaginer.

— OOORREEELLOOO ! reprit-elle.

— NÉÉÉMÏÏÏÏ ! enchaîna Alek.

— GAAAMOOOO ! conclut la jeune femme.

Puis le couple demeura immobile, le temps que les noms de leurs compagnons s'effacent dans le lointain, mêlés à jamais au vent. Après un moment de recueil, Alek s'interrogea, les yeux égarés parmi l'immense spectacle que dessinaient les Ruines :

— C'est beau, mais aussi… effrayant. Comment les Anciens ont pu disparaître alors qu'ils savaient construire de telles choses ?

— Les Anciens, les Anciens, les Anciens… Vous n'avez que ce mot à la bouche, lui sourit la jeune femme en glissant un bras autour de son torse. Pense un peu à autre chose…

Alek se tourna vers Sara qui soudain l'embrassa. Un instant surpris, il lui rendit ensuite son baiser et sans attendre lui enleva sa tunique, sous laquelle se révéla son exquise poitrine, les seins dressés de passion. Dans un frisson d'excitation, le jeune homme fit courir ses mains le long de son dos, sentant sous ses doigts les fines cicatrices récoltées tout au long du voyage, jusqu'à atteindre ses fesses. Sara jeta sa tunique au loin, mais une rafale la souleva dans les airs et le vêtement s'envola au loin, pour rapidement disparaître derrière une tour voisine.

— Il va falloir aller le chercher… souffla-t-elle, ses lèvres effleurant celles de son amant.

— Plus tard… susurra Alek avant de l'embrasser avec une ardeur décuplée. On a toute la vie devant nous…

Sans cesser de s'étreindre ils s'allongèrent, désormais nus. Puis ils s'aimèrent éperdument jusqu'à ce que la nuit tombe.

Chapitre 44

Fao et Pol venaient d'entrer dans un énorme bâtiment. De gigantesques symboles rouges en surplombaient l'entrée, mais aucun des deux hommes ne savait les déchiffrer. Depuis l'aube, le duo avait exploré au moins dix maisons, et chaque fois qu'il pénétrait dans l'une d'elles, l'espoir d'y dénicher mille trésors faisait battre leurs cœurs à tout rompre. Toutefois leurs recherches s'avéraient jusque-là infructueuses : les bâtiments se révélaient sans cesse vides et en ruines. Mais ils comprirent que celui-ci serait différent.

Les deux hommes se retrouvèrent dans un immense entrepôt au sol recouvert de carrelage noir et blanc, sur lequel des centaines d'étagères métalliques grises étaient réparties à intervalles réguliers. Beaucoup gisaient par terre, leur contenu éparpillé sur les dalles. Les deux sillonneurs s'approchèrent du rayonnage le plus proche, sans comprendre à quoi pouvait bien servir le moindre des objets sous leurs yeux. Se succédaient sur des allées entières des bibelots multicolores aux formes toutes plus étranges les unes que les autres, dans une matière inconnue, entre solidité et flexibilité.

Pol ramassa sous une des étagères un cylindre métallique de la taille d'un poing.

— Qu'est-ce que c'est ? demanda Fao, perplexe face aux montagnes d'objets que renfermait l'entrepôt.

Pol haussa les épaules, avant de secouer le cylindre. Il y avait quelque chose à l'intérieur, le jeune homme sentait son contenu remuer. Après l'avoir retourné et observé sous toutes les coutures, il en conclut que l'objet ne possédait aucune ouverture. Pol leva alors le cylindre en l'air avec la ferme intention de le briser au sol pour découvrir son contenu, mais Fao l'interrompit d'un geste, son sens des précautions beaucoup plus développé que chez son compagnon depuis que celui-ci arpentait les Ruines sans prudence, aveuglé par le bonheur de les explorer.

— Attends ! Tu veux faire quoi avec ça ?

— Voir ce qu'il y a dedans !

Et il jeta de toutes ses forces l'objet par terre. Le cylindre s'écrasa contre le carrelage dans une explosion de liquide rouge qui lui recouvrit les jambes. Pol s'agenouilla néanmoins pour inspecter le cylindre éventré, dont une odeur familière émanait. Il la renifla pendant presque une minute avant de déclarer, les sourcils froncés par l'incertitude :

— Je crois que c'est de la tomate écrasée.

— Quoi ? De la tomate ?

Pol se baissa de nouveau, trempa son doigt dans le liquide au sol et le porta à sa bouche. Il réfléchit un instant, puis son visage s'illumina de mille feux.

— Je veux bien être foudroyé par Dlaah si ça, c'est pas de la tomate ! s'exclama-t-il en regardant son compagnon avec les yeux pétillants de l'enfant qu'il était redevenu.

Fao peinait à y croire, jusqu'à ce qu'il y goûte à son tour. Les deux hommes s'empressèrent de manger la sauce restante au fond du cylindre métallique, avec l'avidité de sauvages affamés depuis plusieurs semaines. Pol aurait pu lécher le sol tant la délicieuse sauce le comblait de plaisir.

Fao fut le premier à réaliser qu'autour d'eux les attendaient des milliers de cylindres identiques.

Rolon et Jona contemplaient l'immense structure métallique au pied de laquelle ils se situaient.

Au bout d'un vaste boulevard envahi par une végétation redevenue sauvage, ils admiraient cette tour qui ne ressemblait à aucune autre. Ses quatre larges pieds se rejoignaient plusieurs dizaines de mètres plus haut en un corps central. À la place des habituelles façades de verre, cette structure ne se constituait que d'un assemblage de gigantesques poutrelles métalliques, désormais recouvertes de rouille. Déjà du temps des Anciens le monument devait être vieux, sa curieuse architecture contrastant avec celle des bâtiments alentour, beaucoup plus compacts et rectilignes. Pourtant la structure dégageait toujours une impression de solennité impressionnante : fière et droite malgré les années accumulées, elle continuait de dominer les Ruines par sa carrure intemporelle. Ce n'était ni la plus haute, ni la plus large, mais de loin la plus intrigante. Rolon avait du mal à comprendre l'utilité de cette construction, car elle ne servait à l'évidence pas de palais royal ou de château seigneurial. Elle n'aurait même pas servi d'abri en cas de pluie !

Les deux hommes trouvèrent un escalier au niveau d'un des quatre pieds et l'empruntèrent. Ils gravirent les marches jusqu'au point le plus haut possible, essayant de ne pas regarder avant d'avoir atteint le sommet l'environnement qui se dévoilait au fur et à mesure.

Désormais seulement surplombés par un grand mât métallique sur lequel ils ne pouvaient pas monter, les deux sillonneurs admiraient le même panorama que celui observé par Alek et Sara la veille.

Jona avait les jambes flageolantes et se cramponnait des deux mains à la rambarde la plus proche. L'altitude ne lui réussissait pas. Il finit par tourner le dos au spectacle grandiose qui se livrait à lui, et s'assit dans les escaliers pour ne plus voir le vide s'étendant sous ses pieds.

Rolon, lui, exultait.

Il se sentait aussi puissant que le roi du monde. Sans le moindre être humain à l'horizon, il contemplait son royaume, paisible et bientôt prospère. Fini l'interminable voyage. Finie la peur permanente de se réveiller avec un couteau sous la gorge. Fini le risque d'être réduit en poussière par une soudaine averse.

Jusqu'à la fin de sa vie il garderait en mémoire le visage des sillonneurs disparus tout au long du voyage, comme autant de flèches de culpabilité fichées en plein cœur. Beaucoup avaient péri, mais plus encore se tenaient toujours à ses côtés, et c'était à eux que l'avenir appartenait désormais. Un avenir radieux.

Dès le lendemain, Rolon réfléchirait avec les autres à la meilleure façon de s'alimenter durablement : en chassant tous les jours ? En créant un élevage et un jardin ? Les sillonneurs deviendraient très vite une petite communauté autonome.

Soudain le vieux guerrier hurla à pleins poumons, aussi longtemps que son souffle le lui permit. Le cri se répercuta sur les façades de verre, qui lui rendirent un écho tout aussi puissant. Ce cri exprimait une délivrance. Ainsi il se libérait de toute l'anxiété accumulée depuis des années. Depuis Niu-Jok, et même encore avant. Rolon hurla tous ses doutes, tous ses regrets, toutes ses souffrances, et ne se tut qu'une fois vide de tout.

Sauf de bonheur.

Et puis, qui aurait pu l'entendre, à part les autres sillonneurs ?

Alek et Sara ne cherchaient pas l'endroit idéal pour établir le camp définitif. Au lieu de cela, ils marchaient main dans la main le long des avenues gigantesques, grains de poussière perdus au milieu des immenses tours impassibles. Plusieurs fois ils crurent apercevoir des mouvements furtifs derrière des vitres ou entre des piliers de pierre, faisant d'instinct bondir la main d'Alek sur la poignée de son épée, mais ils finissaient par en rire tous les deux. Beaucoup trop habitués au danger permanent, les deux sillonneurs croyaient déceler des ennemis tapis dans l'ombre à chaque coin de rue. Ils s'arrêtèrent bientôt au centre d'un pont, et restèrent quelques minutes silencieux à regarder l'eau couler quelques mètres plus bas.

Leurs yeux s'égarèrent parmi les ondulations du paisible cours d'eau, au cœur des fines vaguelettes, qui dessinaient dans leurs esprits les innombrables étendues traversées au cours de leur périple. Les images défilaient à la vitesse de la houle : ici apparaissait une plaine, là poussait une forêt, par-ci surgissait une steppe, par-là jaillissaient des montagnes… La poésie de l'instant résonna aux oreilles d'Alek dans un bourdonnement de souvenirs, alors que Sara prenait ses deux mains au creux des siennes.

— Alek, je suis enceinte.

Le jeune homme écarquilla les yeux. Sara venait de prononcer cette phrase avec un tel naturel… Leurs regards se croisèrent mais Alek ne dit d'abord rien, le temps d'absorber jusqu'aux tréfonds de son être les conséquences de ces mots. Puis son visage se fendit d'un tendre sourire, que Sara lui rendit. Le jeune homme la prit alors délicatement dans ses bras, avant de l'embrasser avec une passion plus intense qu'un brasier.

— C'est magnifique… finit-il par souffler. Ça ne pouvait pas se produire à un meilleur moment. Que Dlaah soit loué…

Le couple demeura longtemps enlacé, front contre front, à savourer la simple présence de sa moitié, les traits de l'un se reflétant dans l'iris de l'autre.

Ils s'apprêtaient à repartir le long du pont pour discuter de leur avenir radieux quand ils perçurent une présence juste à côté d'eux. Alek sursauta.

Un tigrr les fixait.

D'un pelage brun strié de noir, il mesurait assis la taille d'Alek debout. Celui-ci ne pouvait pas encore les voir, mais les crocs de la bête dépassaient la longueur de ses mains. Elle se tenait immobile sur ses pattes arrière, et aurait pu être en train de les regarder ainsi depuis des heures. Bien que le tigrr ne semblait pas agressif, Alek dégaina son épée dans un chuintement feutré. En cas de combat, les chances de le vaincre étaient presque nulles, mais il n'allait pas le laisser les dévorer sans se battre. Il n'allait pas laisser son enfant disparaître avant même de voir le jour…

Au son de l'acier sifflant le tigrr se redressa aussitôt. Le corps ramassé sur lui-même, il se préparait à bondir d'un instant à l'autre. Les deux mains serrées sur la poignée de son épée à en tétaniser, Alek sentait la sueur froide lui couler lentement le long de l'échine. De façon presque imperceptible, la bête fléchit les pattes. Elle allait…

Sara pose une main calme sur celles de son compagnon.

— Je crois savoir ce que je dois faire, déclara-t-elle, laconique.

Dans sa voix ne transparaissait aucun doute, aucune crainte. Au contraire, ses mots étaient sereins, rassurants. Sara dépassa Alek et s'approcha du tigrr, qui se mit à grogner, les paupières plissées en deux fentes sombres, sans toutefois attaquer. Le jeune homme aurait voulu bondir pour se placer entre elle et la bête, mais sa compagne affichait une telle assurance qu'il en resta figé, le corps aussi lourd que la pierre. La jeune femme continuait d'avancer, lentement, jusqu'à pouvoir toucher le fauve. Celui-ci n'avait toujours pas bondi, et ne grognait même plus. Sans se départir de son extrême lenteur, Sara se pencha et prit la tête de la bête dans ses bras.

Le tigrr se rassoit sur ses pattes arrière.

L'image qu'Alek contemplait était irréelle. S'il l'avait voulu, le fauve n'aurait fait qu'une bouchée de Sara. En une seconde il la dévorait tout entière, et celle d'après il se trouvait déjà loin. Mais la bête ne bougeait toujours pas. La jeune femme se rapprocha alors de son oreille et lui murmura quelque chose. Alek se situait hélas trop loin pour l'entendre. Il crut rêver, car le tigrr parut hocher légèrement la tête, comme s'il acquiesçait face aux secrets qu'on lui confiait. Puis, avec l'assurance des prédateurs sûrs d'eux, la bête fit demi-tour et disparut derrière l'angle d'un bâtiment, sans jeter un seul regard aux deux proies qu'elle abandonnait.

Alors Sara se retourna vers Alek, un sourire de petite fille dessiné jusqu'aux oreilles. Le jeune homme parvint à briser la chape de plomb qui l'immobilisait et se précipita pour la prendre dans ses bras, avant de s'apercevoir qu'elle pleurait.

Mais ses larmes coulaient de joie, car elle riait en même temps.

— C'était incroyable… confia-t-elle entre deux sanglots. Je ne sais pas ce que j'ai fait, comment je l'ai fait, c'était indescriptible…

Son expérience la bouleversait tant que son corps en tremblait comme une feuille, incapable de réfréner la cataracte d'émotions qui s'abattait sur ses sens rendus vulnérables.

— C'est comme si j'avais réussi à lui parler. Pas d'homme à bête, mais d'égal à égal. Nous étions tous les deux homme et bête. En même temps. Et encore, je dis parler… Il n'y avait pas vraiment de mots. C'était plutôt un échange de sensations. J'ai découvert qu'elle avait… oui, c'était une femelle… qu'elle avait des petits qu'il lui fallait nourrir, mais en retour j'ai pu lui faire comprendre que si elle s'en prenait à nous, elle risquait d'être blessée, voire tuée, et de ne jamais les revoir.

— Mais… balbutia Alek, aussi ébahi qu'impressionné. D'où est-ce que tu tiens ça ? C'est la vieille dame qui t'a donné cette idée ?

— Oui ! s'exclama Sara en hochant vigoureusement la tête. J'ai usé de ce qu'elle appelait le Flu, j'en suis persuadée. Même encore maintenant, j'ai l'impression d'avoir pleinement conscience de l'environnement autour de nous, des racines qui poussent sous le sol, de tous ces minuscules êtres qui nous entourent et que l'on ne voit pas. Tiens par exemple, tu as deux fürmis sur le pied droit.

Alek baissa la tête et trouva en effet les deux insectes en train d'escalader sa botte. Stupéfait, il continua de serrer la jeune femme dans ses bras, le temps qu'elle reprenne son souffle et que son cœur, qu'il sentait jusque dans sa poitrine, arrête de battre la chamade.

— J'aimerais tellement que tu saches ce que j'éprouve… murmura Sara tandis qu'elle enfouissait sa tête dans l'étreinte de son compagnon.

Celui-ci déposa un baiser sur son front, avant de la prendre par l'épaule pour la ramener auprès des autres, alors qu'elle essayait une nouvelle fois d'exprimer avec le plus de justesse et de précisions possibles ce qu'elle venait de vivre.

Chapitre 45

— Tu penses qu'on s'habituera un jour à tout ce vide sous nos pieds ?

— Oui sûrement. Quand on sera vieux, édentés et la peau ridée…

— Ah… Dans ce cas, je vais continuer aussi longtemps que possible à trembler de peur chaque fois que je grimpe en haut de ces tours !

— Moi je vais avoir de plus en plus de mal à y monter pendant les prochains mois…

— La vue n'en sera que plus belle quand on reviendra ensemble, tous les trois…

— Comment est-ce qu'on va l'appeler ?

— Tu ne voudrais pas d'abord qu'on attende de savoir si c'est un garçon ou une fille ?

— Tu préférerais que ce soit un garçon ou une fille ?

— Je ne pense pas que cela ait une grande importance…

— Mais si tu pouvais choisir ?

— Je ne sais pas, ce serait horrible de pouvoir choisir. Tu aurais une réponse toi ?

— Oh oui ! Ce serait une fille bien sûr ! Je l'élèverais comme ma mère m'a élevée, avec le même amour, les mêmes valeurs. Et je pourrais lui transmettre tout ce que je connais du monde, de la médecine et des plantes. Guérisseuse de mère en fille !

— Parce qu'un garçon ne pourrait pas apprendre tout cela ?

— Un garçon n'aura pas la même sensibilité, il ne saura pas être autant à l'écoute. C'est primordial quand on soigne une personne, il faut savoir la comprendre, faire preuve d'empathie. Ça ne sert à rien de connaître toutes les plantes du monde sur le bout des doigts si tu n'es pas capable de saisir ce dont le malade a vraiment besoin. Mais tu n'as pas répondu à ma question. Comment veux-tu qu'on appelle l'enfant ?

— Je te laisse choisir.

— Si c'est une fille, tu aimerais le prénom Emila ?

— C'est très beau.

— Et Toma si c'est un garçon.

— Parfait.

— Tu aimes vraiment ?

— Bien sûr. Et puis, je n'aurai qu'à choisir le deuxième…

— Le deuxième ?

— D'autres pourraient venir ensuite, après celui-là…

— Ce serait magnifique…

— Aussi nombreux soient-ils, ils seront tous élevés dans la sécurité des Ruines, ils n'auront pas comme nous à connaître la sauvagerie du monde extérieur. Il leur faudra travailler dur bien sûr, car ce n'est pas non plus d'une vie aisée dont on parle, mais…

— Ils nous aideront dans le potager !

— Tout à fait. Mais après une honnête journée de labeur, nos enfants pourront dormir sur leurs deux oreilles. Ils nous demanderont de leur raconter à quoi ressemble le monde extérieur, peut-être même qu'ils voudront s'y rendre pour le découvrir de leurs propres yeux, mais on leur fera comprendre que rien de bon ne les attend là-bas. Leur vie sera sereine et paisible…

— J'en suis heureuse rien que d'y penser…

— Je n'arrive toujours pas à croire qu'on a réussi à atteindre les Ruines.

— J'aurais tellement aimé que tout le monde puisse les voir avant de mourir. Que Gamo et Némï aient leur propre maison, celle dont ils parlaient tout le temps, ainsi qu'un enfant, comme nous. Qu'Egan, avec sa candeur habituelle, s'émerveille devant ces bâtiments gigantesques…

— J'ai l'impression qu'il peut encore surgir à tout moment pour me poser un tas de questions sur le monde, la vie ou les sillonneurs…

— Vous vous étiez énormément rapprochés au moment où il a été emporté…

— Il était devenu comme un frère pour moi. Un petit frère… J'espère qu'il est bien, enfin qu'ils sont tous bien, là où ils se trouvent maintenant. Il faudra leur faire des funérailles dignes de ce nom dès que possible. À tous. Dresser un monument aux morts, se rappeler à sa vue ceux que nous avons perdus pour atteindre ce sanctuaire.

— Je me demande quelle épitaphe aurait choisi Orelo.

— Elle aurait contenu toute l'imagination et la malice qu'on lui connaissait si bien.

— Celle de Seff aurait été plus sobre.

— À son image. Il aura su rester discret et digne jusque dans la mort.

— Oui… Toutes ces morts ont été terribles, mais c'est la sienne qui me hante le plus. Il m'arrive encore d'en faire des cauchemars. J'avais littéralement sa vie entre les mains… et je n'ai rien su faire…

— Ça dépassait tout ce que tu connaissais, tu ne pouvais pas le sauver. Personne ne t'en tiendra jamais rigueur.

— Je sais mais… des fois, je me dis qu'il devait bien exister un remède, une plante que j'aurais pu trouver, un mélange précis de mes onguents qui aurait agi…

— Arrête de te tracasser. Pense à autre chose, pense aux Ruines, pense à nous.

— Je pense surtout au Flu en ce moment.

— Pourquoi ? Tu le perçois toujours autour de toi ?

— Bien sûr. Et je pense que ce sera à jamais le cas. Si je venais à le perdre, ce serait un sentiment horrible… Actuellement, j'ai l'impression qu'une infinité de possibilités est sur le point de s'ouvrir à moi. La première chose que je dois faire en rejoignant notre tour, c'est d'essayer de communiquer avec mon kval. Avec un lien déjà très fort entre nous après toutes les épreuves traversées, je n'ose même pas imaginer en étant capable d'échanger de véritables sensations, presque des mots…

— Mais qu'est-ce que tu veux dire par une infinité de possibilités ? Tu es capable d'autres choses que communiquer avec les animaux ?

— Je ne sais pas encore… J'ai tant de mal à te décrire ce que je ressens en ce moment. Comment expliquer les couleurs à un aveugle ? Je regrette de ne pas savoir parler aussi bien qu'Orelo, ce serait tellement plus simple… C'est comme si… comme si un univers tout entier m'était accessible, auparavant inatteignable mais… désormais juste sous mes yeux, à portée de main. Je n'ai qu'à tendre les doigts pour l'atteindre et pénétrer dans une complexité qui m'est encore inconnue. J'ai l'impression que le dialogue avec les bêtes ne représente qu'une porte d'entrée, un conduit étroit débouchant sur une vaste pièce. Je n'ai pour l'instant aucune idée de ce qu'elle contient, à moi de découvrir comment y accéder…

— Je ne comprends pas vraiment tout ce dont tu me parles, mais je vois bien que ça t'affecte énormément.

— Tu n'as même pas idée…

— Tu auras tout le temps qu'il te faut pour trouver cette mystérieuse pièce. Et pour tout m'expliquer aussi.

— Avec plaisir. Tu as vu que Pol est revenu avec les bras chargés de nourriture, soi-disant abandonnée là depuis le temps des Anciens ?

— Oui, j'ai vu. C'est incroyable comment la chance est de notre côté maintenant.

— Ce n'est qu'un juste retour des choses. On a mérité cette chance.

— Oui, tu as raison. Après l'effort, le réconfort…

— Mais qu'est-ce qu'on va faire maintenant ?

— Ce que l'on veut ! Absolument tout ce que l'on veut !

— Comme quoi ?

— Explorer les Ruines jusqu'au moindre recoin, en découvrir tous les trésors cachés, ce que les Anciens ont laissé derrière eux et n'a pas été emporté avec le temps…

— Élever des animaux et avoir un jardin pour y faire pousser des légumes ?

— Aussi ! On va pouvoir simplement souffler, respirer l'air pur du calme, redécouvrir la vie sous un toit. Plus besoin de chasser ! Je n'aurai qu'à raccrocher une bonne fois pour toutes mon arc au mur de notre maison.

— J'ai hâte, j'ai hâte…

— Et là qu'est-ce que tu voudrais faire ?

— Quand ça ? Demain ? Tout à l'heure ?

— Non, maintenant, tout de suite.

— Profiter. Je veux juste profiter. De l'instant. De la vue. De toi…

Chapitre 46

Rolon eut du mal à y croire lorsque Fao et Pol lui annoncèrent qu'ils venaient de découvrir une gigantesque quantité de nourriture, qui en plus n'attendait qu'eux. Ils avaient ramené une des boîtes métalliques, et tout le monde put constater que les deux hommes disaient vrai une fois le cylindre ouvert.

— Combien de choses comme ça tu dis qu'il y a là-bas ? demanda Rolon en léchant ses doigts couverts de tomate.

— Des centaines ! Des milliers peut-être ! Il y en a des étagères entières !

Dlaah continuait de leur sourire. Le vieux guerrier considérait cette source de denrées inattendue comme une récompense succédant au voyage semé d'embûches, et espérait que ce ne serait pas la dernière.

Alek et Sara ne mentionnèrent pas la rencontre avec le tigrr. Les réponses évasives de la jeune femme quant à leur excursion ne trompèrent pas Rolon, qui voulut savoir si quelque chose de grave s'était produit, mais Alek lui assura d'un geste sûr de la tête que tout allait bien.

Dès le lendemain Fao et Pol conduisirent le groupe jusqu'au hangar. Une fois devant les rangées interminables de boîtes métalliques, Rolon ne put retenir un sifflement admiratif.

— C'est incroyable… souffla-t-il tandis qu'il réfléchissait déjà aux possibilités que leur offrait cette découverte.

Les six remplirent leurs sacoches à ras bord avec engouement. Même après qu'elles furent pleines à craquer, les boîtes semblaient toujours aussi nombreuses sur les étagères. Le vieux guerrier se demandait combien de temps ils pourraient vivre en n'utilisant que la réserve de nourriture qui se trouvait sous leurs yeux. Des semaines ? Des mois ? En l'utilisant intelligemment pour compléter le gibier attrapé lors de la chasse, elle ne se tarirait pas avant des années, il en était persuadé. Alors si les sillonneurs dénichaient un nouveau bâtiment semblable à celui-ci…

Le sourire aux lèvres, les sillonneurs finirent par ressortir du hangar pour ramener le butin à leur campement, avant de se pencher sur le jardin que Rolon voulait cultiver.

— HALTE !

L'ordre claqua dans les airs tel un coup de fouet, sec et sans appel.

Rolon sursauta et par réflexe dégaina son épée dans le même mouvement, sans prêter attention à ses sacoches qui tombaient et se déversaient sur le sol. Plusieurs secondes s'écoulèrent avant qu'il repère l'origine du cri.

Debout sur un mur à moitié écroulé, les fixait un homme.

Il frappait d'abord par son allure soignée. Rasé de près et les cheveux d'un noir de jais coupés courts, l'homme approchait de la quarantaine. Il portait une plaque de bois matelassée en guise d'armure, d'où dépassaient des vêtements propres sans la moindre déchirure. À ses côtés pendait un fourreau de cuir lustré, la garde de l'épée qui en dépassait délicatement ouvragée. Surplombant les sillonneurs du haut de son mur, l'homme jetait sur eux un regard sévère. Le fin pli de ses sourcils lui conférait la prestance de celui qui a l'habitude de commander, mais surtout d'être obéi. De ses traits se dégageaient à la fois une sérénité absolue et une maîtrise éprouvée. Si Rolon s'était placé à ses côtés, il aurait ressemblé à un mendiant, avec sa barbe de plusieurs jours lui rongeant le visage et ses vêtements miteux maintes fois rapiécés.

Le vieux guerrier ne remarqua pas tout de suite ceux qui accompagnaient l'homme.

Une vingtaine d'individus encerclait la sortie du hangar sans laisser la moindre échappatoire aux sillonneurs. Et ils les attendaient de pied ferme, une froide détermination lisible dans leurs regards. Se tenaient des hommes comme des femmes, tous dans la fleur de l'âge, mais aucun enfant ou vieillard. Chacun possédait un équipement identique : la même armure de bois, une épée à la ceinture, ainsi qu'un bouclier et une lance dans les mains.

— Nos intentions ne sont pas mauvaises, déclara haut et fort l'homme face à Rolon. Mon nom est Wil, je suis le chef de ce groupe, et ma venue a un but très clair : quittez cet endroit, ou nous vous en ferons partir. Par la force s'il le faut. Tout ceci est notre territoire, et nous n'y autorisons aucun étranger.

D'un grand geste, il désigna l'ensemble des Ruines. Le vieux guerrier sentit soudain ses jambes vaciller sous son propre poids. Pris de panique, il dut lutter pour ne pas tomber à genoux. L'ensemble de ses membres tremblaient de façon incontrôlable, tandis qu'une sueur aigre envahissait son visage et lui coulait dans les yeux. Un autre groupe dans les Ruines ? Il venait juste d'arriver ou bien… Mais s'il se trouvait déjà là, ça voulait dire que… Tout ce que le chef des sillonneurs avait bâti dans son esprit pendant des années s'écroula en une seconde.

Ils n'étaient pas seuls dans les Ruines.

D'un éclair la portée de ce constat le frappa de plein fouet et lui coupa le souffle. Quelqu'un les avait précédés… Les implications de cette simple affirmation lui donnaient déjà le tournis alors qu'elles se formulaient à peine dans son esprit. Comment avait-il pu autant s'aveugler avec la perspective du paradis entrevu dans les Ruines ? Comment avait-il pu croire que les sillonneurs seraient forcément les premiers à les atteindre pour s'y installer, puis vivre une existence paisible et éloignée de tout danger ? Comment…

Wil descendit alors des décombres sur lesquels il était perché. Rolon tenta tant bien que mal de reprendre sa contenance de chef. D'ordinaire il aurait déjà estimé les forces en présence, repéré les différents itinéraires de repli, élaboré une stratégie pour le combat imminent… Mais là, les chiffres, les bâtiments et les armes se mélangeaient dans sa tête en un tourbillon indéchiffrable. Un chaos sans précédent s'emparait de son esprit, incapable du moindre raisonnement. Le sillonneur se força à un violent effort mental pour se ressaisir et ne pas se laisser emporter par le puissant courant d'émotions négatives qui menaçait de le submerger. Bien qu'à deux doigts de s'abandonner au désespoir, Rolon parvint à adopter un regard qu'il voulait le plus neutre et objectif possible sur la situation.

Il ignorait tout de ce groupe, si la totalité de ses membres participait à l'embuscade, si d'autres se situaient à proximité, tapis et prêts à tirer, ou encore leur habilité au combat. L'armure de bois identique sur chaque individu lui rappelait celle que portait la milice de Niu-Jok. Bien que tous ne disposaient pas d'une allure de guerrier, ces hommes et ces femmes semblaient connaître les rudiments du combat. Les sillonneurs étaient en infériorité numérique, sans aucun doute complètement dominés, et regagner leur dû en repoussant ces individus par la force s'avérait inconcevable. Si le groupe adverse rejetait le moindre étranger à l'instar de la coutume établie à Dôm, inverser la tendance deviendrait impossible. Le vieux guerrier ne perdait cependant rien à demander l'hospitalité.

Wil se trouvait maintenant à quelques pas de Rolon et portait sur lui un regard aussi appuyé que déterminé, comme s'il voulait pénétrer jusqu'au plus profond de son âme. Pourtant le vieux guerrier ne détourna pas les yeux, inspira profondément, et déclara :

— Nous venons à peine d'arriver dans les Ruines, et nous ignorions que vous y aviez déjà trouvé refuge. Toutefois, nos intentions sont également pacifiques. Notre seul but est d'y vivre en paix. Pourquoi ne pas nous unir ? Chacun gagnerait ce que l'autre peut apporter. Et je suis persuadé que nous pouvons vous être utiles. Regardez Jona, le véritable tőro que vous voyez là, sa force est surhumaine. Et à côté, Sara, notre guérisseuse. Elle peut guérir n'importe quelle blessure !

Il avait voulu sa voix la plus assurée possible, mais elle dissimulait mal son trouble devant la troupe entière qui le dévisageait d'un œil noir. Légèrement en retrait par rapport à Rolon, les sillonneurs étaient suspendus aux lèvres de Wil, les yeux rivés sur son visage qu'ils espéraient devenir soudain souriant, tel un ami de longue date que l'on retrouve après des années.

— C'est impossible, répondit-il sans même hausser le ton, son expression demeurant de marbre.

— Mais enfin, on doit bien pouvoir trouver un accord, s'indigna Rolon en levant les yeux au ciel. Mon groupe se cantonnera dans un quartier, les Ruines sont si vastes…

— Au risque de devoir me répéter, nous n'autorisons *aucun* étranger ici, répliqua l'homme, chacun de ses mots prononcé distinctement comme autant de flèches décochées avec une précision assassine. Que cela vous rassure ou non, beaucoup nous ont déjà demandé, supplié, combattu… sans que cela ne change quoi que ce soit à notre décision. Car nous avons déjà tenté chacune de vos propositions. Plusieurs fois. Et à chaque fois, invariablement, le même constat revient…

— Comment ça ? s'écria le sillonneur. Comment pouvez-vous être aussi définitif ? Nous ne sommes pas des pillards enfin !

La tension devint aussitôt palpable entre les deux groupes.

Rolon n'avait pas pu empêcher sa voix de sombrer dans l'agressivité. La situation lui rappelait trop la terrible désillusion vécue à Dom, et il ne voulait en aucun cas la revivre. Pas après tout ce que ses compagnons et lui avaient enduré pour en arriver là.

Néanmoins le regard de Wil se modifia subtilement, gagnant une once de bonté. Alek aurait juré qu'il compatissait au sort des sillonneurs.

— Je vais vous raconter une histoire. Mon histoire. Ainsi vous comprendrez…

Alors l'homme débuta son récit :

— Une fois, nous avons accepté que trois voyageurs nous rejoignent. Nous n'étions pas encore parvenus jusqu'aux Ruines à ce moment-là. Comme vous, ils faisaient preuve de la plus grande gentillesse, disaient avoir traversé les pires épreuves, nous assuraient leur plus total dévouement. C'est donc logiquement que nous les avons crus et accueillis parmi nous. Est-ce que c'était la décision la plus logique ? Peut-être pas. Mais la plus humaine, ça j'en suis persuadé. Et c'est dès le lendemain matin que leur véritable nature nous est apparue de plein fouet. Dans la nuit, ils avaient emporté toute la nourriture qu'ils étaient capables de prendre avec eux, saccageant le reste, avant de fuir sur trois de nos kvals. Une femme et deux enfants sont morts de faim à cause d'eux…

À leur souvenir, sa mâchoire se crispa. Albric, Béril, Lëa… Leurs noms restaient gravés en lettres de feu dans son esprit, et les simples réminiscences de leurs rires lui brûlaient les entrailles.

— Nous avons tout de même atteint les Ruines. Un groupe était déjà présent, mais nous sommes parvenus à trouver un accord. Tandis qu'il occupait la partie nord de la ville, nous resterions au sud. Hélas la paix ne dura qu'un temps. Rapidement, nous nous sommes aperçus que la situation était intenable. Trop de méfiance, trop de jalousie… Chacun ne représentait qu'un danger pour l'autre. Chaque mouvement dans l'ombre incarnait un espion sur le point de nous sauter dessus, chaque branche brisée la preuve de leur présence dans les alentours… Bref, les Ruines ne pouvaient accueillir qu'un seul groupe. Ce sont eux qui nous ont attaqués les premiers. De nuit, en tentant de nous éliminer tous d'un coup. Heureusement, les sentinelles veillaient de pied ferme.

Les yeux de Wil fixaient les sillonneurs, un à un, rajoutant à l'intensité de l'histoire.

— Ça a été un carnage. Dans les deux camps. Aucun n'a voulu céder, et les affrontements n'ont cessé que lorsque la tête de leur chef s'est retrouvée sur une pique. Vous comprenez mieux maintenant pourquoi il m'est impossible d'établir le moindre pacte avec vous.

L'homme s'exprimait avec calme et assurance, et ne laissait transparaître que de brèves émotions à l'évocation de ses compagnons morts. Quelques secondes s'écoulèrent, frappantes de silence. Rolon réfléchissait le plus vite possible, explorait tous les recoins de son imagination, dans l'espoir de dénicher une issue qui leur serait favorable. Rarement il s'était senti aussi désemparé, surtout après avoir goûté un bonheur aussi intense que celui d'atteindre les Ruines.

— Il est hors de question que nous partions, déclara-t-il soudain en relevant la tête, un éclat d'ardeur désespéré au fond du regard.

— Dans ce cas, nous vous en ferons partir, répliqua sans ciller Wil.

Avant d'ajouter :

— Par la force.

Son expression interdisait toute réponse. Rolon n'en avait d'ailleurs pas à lui rétorquer. Le visage pâle, il parvenait tout juste à raisonner. Chacune de ses échappatoires se refermait. Avec fracas. Sauf une. Mais celui-ci menait en dehors des Ruines… Les sillonneurs demeuraient également pétrifiés, fragiles statues de porcelaine sur le point de voler en éclats, bientôt rattrapées par la réalité. Alek aurait voulu fermer les yeux et hurler de toutes ses forces dans l'espoir de s'arracher à cet interminable cauchemar, retrouver des Ruines vides et paisibles, découvrir à ses côtés une Sara souriante et non pas figée par la peur. Mais il comprenait désormais qu'un tel espoir s'avérait futile. Les sillonneurs ne pouvaient plus échapper à la réalité. Tous percevaient le sentiment d'impuissance et l'envie de renoncer qui s'insinuaient en un lent poison dans le cœur de leur chef.

Rolon lança pourtant :

— D'où viens-tu ? De quelle direction ?

Wil s'immobilisa un bref instant. La question le prenait par surprise.

— De l'ouest, répondit-il néanmoins. Par-delà la Plaine Vorace.

Tel que le vieux guerrier s'en doutait, ce groupe ne provenait pas des mêmes contrées qu'eux. Les sillonneurs avaient beau visualiser les Ruines comme le bout du monde, l'objectif ultime, elles ne représentaient au final qu'un point au milieu de la carte.

— Et combien de temps as-tu mis pour venir ici ?

— Six mois.

— Pour combien de camarades perdus ?

Le regard de Wil s'assombrit.

— Douze…

Sa voix n'avait été qu'un murmure, mélange de souffrance et de colère. Colère contre lui-même ? Rolon hocha la tête, compréhensif. L'esquisse d'une idée se dessinait peu à peu dans son esprit.

— Je connais tout ça aussi. Moi j'ai perdu cinq amis durant le voyage. Des compagnons incroyables, vraiment. Pillards, bêtes, tempêtes, nous avons tout subi. Personne ne nous a épargnés, pas même Dlaah. Alors, en sachant très bien ce que j'ai vécu, si tu étais à ma place, est-ce que tu laisserais ton destin être dicté par le premier inconnu venu ?

— Non, admit aussitôt Wil avec un infime sourire. Je vois très bien où tu veux en venir, mais je crois que tu saisis mal la situation, ajouta-t-il en écartant les bras pour désigner tous ses soldats. Nous vous sommes supérieurs en nombre et en équipement. C'est écrasant, même un aveugle le verrait. Vous n'avez aucune chance. Partez tant que vous pouvez encore sauver votre vie. Car une fois que j'aurais donné à mes hommes l'ordre de rapporter vos têtes, il sera trop tard pour revenir en arrière et m'implorer de vous épargner.

Rolon demeura silencieux quelques instants, le temps de réfléchir à sa prochaine phrase. Il la voulait la plus tranchante possible. Dans sa tête, le dialogue avait pris la forme d'un combat. Chaque réplique acérée devenait une attaque d'estoc, chaque exclamation un large coup de taille.

— Tu serais prêt à sacrifier tes hommes dans une bataille rangée contre les miens ? décocha-t-il alors. Tu as réfléchi au nombre de vies que cela te coûterait ? Au nombre d'amis que tu perdrais à nouveau ?

Face à cette attaque sournoise l'assurance de Wil vacilla, jusqu'à bientôt s'effondrer, château de cartes balayé par une rafale de stupeur. Jamais il n'aurait imaginé que le sillonneur puisse lui résister de la sorte. Une fois le premier choc encaissé, l'intimidation ne l'affectait plus. Jusque-là, tous les groupes que Wil avait chassés étaient sidérés par la simple présence de ses hommes et tombaient à genoux en l'implorant de pouvoir rester dans les Ruines. Cet homme, pourtant, ne semblait pas vouloir éviter la confrontation.

Au contraire, il la désirait.

— Tu es certain que ça vaut la peine de perdre une personne sur deux ? reprit Rolon pour profiter de son soudain avantage. Mes deux archers tueront chacun deux de tes hommes avant même que tu aies le temps de nous atteindre, commença-t-il à énumérer sans la moindre animosité, sa voix devenue celle d'un professeur qui instruirait son élève. Ensuite, chacun d'entre nous en emportera au moins un rejoindre Dlaah. Moi deux sans doute. Et Jona en vaut au moins trois. Tu es certain que c'est vraiment ce que tu veux ?

Puis il se tut, laissant son interlocuteur sans voix. Il venait de présenter des faits imparables, avec le plus froid des calmes, comme si les vies humaines évoquées ne symbolisaient que de simples chiffres. Les paroles de Rolon témoignaient d'une insolente audace, car jamais il ne se serait engagé avec les sillonneurs dans un affrontement suicidaire où les chances de survivre étaient nulles. Mais son stratagème parut opérer, car Wil se décomposa, le visage blême, et reprit bêtement le calcul dans sa tête, à la recherche d'une erreur qui s'y serait glissée. Comment avait-il pu perdre la main aussi vite face à cet homme ? De sa carrure émanait la menace sourde de celui qui connaît parfaitement ses capacités, et estime tout aussi bien celles de son ennemi. La cicatrice courant le long de son œil semblait mettre Wil au défi de le combattre.

— Les enfants et les vieillards sont en sécurité, mais qui les protégera si à peine une dizaine d'entre vous survit ? rajouta Rolon, sur un ton beaucoup plus ironique cette fois. Qui les protégera lorsqu'un nouveau clan voudra s'établir dans les Ruines ?

Face à lui se tenaient sans doute tous les combattants du groupe, rassemblés pour impressionner les étrangers, tandis que les plus faibles devaient être cachés quelque part dans le dédale de bâtiments, attendant avec impatience leur retour. Cette nouvelle attaque fut encore plus efficace que la précédente, alors que Wil perdait tout sang-froid.

— Tu penses vraiment que je vais te laisser mes terres aussi facilement ? Que je vais soudain m'agenouiller à tes pieds et te prêter serment d'allégeance ? Te proclamer roi des Ruines ? C'est chez moi ici ! Je suis arrivé avant toi, il va falloir que tu te fasses à l'idée !

À présent la colère recouvrait son visage de cramoisi, ce qui n'empêcha toutefois pas Rolon de rire à gorge déployée.

— Je ne te pensais pas assez naïf pour croire que le premier arrivé possédait de nos jours tous les droits et tous les pouvoirs. Avant tu leur disais ça aussi, aux pillards qui t'attaquaient quand tu étais retranché dans un misérable bâtiment en ruines, caché au fond d'une grotte ou je ne sais où, priant Dlaah pour qu'ils t'épargnent ? *« Retournez d'où vous venez, j'étais là avant ! »*. Laisse-moi rire !

Tout à coup l'horreur du passé ressurgit dans l'esprit de Wil. Il fut brusquement projeté des années en arrière, par une douce nuit d'été, sur le chaleureux village de pilotis construit avec l'aide de sa communauté, face à l'immensité de l'océan.

Il revit le feu, dévorant l'œuvre de sa vie d'un appétit insatiable.

Il revit sa femme, échappant aux flammes avec son fils dans les bras.

Il revit les pillards, attendant en ligne, le sourire aux lèvres, que les villageois fuient la fournaise.

Il revit la lame, s'abattant sans pitié sur sa compagne.

Il revit son crâne, roulant par terre…

Wil secoua la tête pour repousser les atroces souvenirs aussi loin que possible. Ses mains tremblaient d'émotion, aussi s'empressa-t-il de serrer les poings afin d'étouffer les soubresauts parasites. Penser à Ganïa le bouleversait toujours autant…

Rolon, lui, continuail it de rire.

— Ne te trompe pas, aujourd'hui ce n'est plus la loi du *« premier arrivé, premier servi »*. Seule la loi du plus fort compte dorénavant.

Les yeux rivés sur le chef du groupe, il n'entendit pas Sara s'approcher de lui.

— Mais pourquoi tu le provoques ? murmura-t-elle d'une voix pleine d'angoisses. Il n'a qu'un mot à dire pour que ses hommes se jettent sur nous et en finissent. Ce ne serait même pas un combat, juste une exécution ! Je sais juste tirer à l'arc, et Fao peut à peine lever le bras plus haut que son épaule. En plus, ils sont des dizaines ! Je sais que nous sommes venus pour être seuls, mais je crois qu'il est temps de revoir nos souhaits à la baisse…

Le vieux guerrier se retourna et adressa à la jeune femme un regard bienveillant, presque paternel.

— Cet endroit vaut la peine de se battre pour lui, répondit-il, laconique. Ne t'inquiète pas, laisse-moi faire.

— Réfléchis bien… souffla-t-elle en reculant de trois pas.

Pour être bien entendu de tous, en particulier de Wil, Rolon déclara alors d'une voix de stentor :

— On connaît tous les deux la valeur de la vie humaine. Aucun de nous ne veut voir ses hommes mourir. Voilà ce que je te propose : un duel, d'homme à homme. Un contre un. Le gagnant reste ici, et le groupe du vaincu devra quitter les Ruines.

À ces mots Will chancela, le choc de la surprise plus douloureux qu'un poignard planté en plein cœur. Il régnait désormais devant le hangar un silence de mort. Les membres des deux groupes, stupéfaits par la tournure qu'empruntaient les évènements, observaient leurs chefs sans pouvoir prédire lequel des deux prévaudrait sur l'autre. Les forces, d'abord asymétriques, s'étaient étrangement équilibrées.

Un adolescent se détacha des rangs adverses et vint en courant murmurer quelques mots à l'oreille de son chef. Leurs ressemblances indiquèrent aussitôt aux sillonneurs une parenté indéniable. Cependant personne ne se trouvait assez proche du père et de son fils pour entendre leurs paroles, tandis que Wil lui répondait avec fermeté, puis d'un geste autoritaire le faisait reprendre sa place dans le demi-cercle que formaient les soldats. Avec une assurance retrouvée, leur chef répondit gravement :

— J'accepte ta proposition. La vie humaine est devenue beaucoup trop précieuse pour qu'on la sacrifie de façon bête et égoïste.

Puis il ajouta, avant de disparaître sans plus attendre avec tout son groupe derrière des gravats :

— Ici. Demain. À l'aube.

Personne ne parla durant le retour. Ce fut Sara qui, une fois arrivée, céda et finit par poser la question brûlant toutes les lèvres :

— Mais s'il te bat ? S'il te tue ? On va devenir quoi nous ?

— Ne t'inquiète pas, répéta une nouvelle fois Rolon en déposant le fourreau de son épée près de son couchage. Ne vous inquiétez pas, corrigea-t-il, à l'attention des autres. Il faut voir ce combat comme une chance inespérée. Je n'ai qu'à le battre, et les Ruines sont à nous. Le sang sera à peine versé, et nous survivrons tous.

— Oui, mais si tu échoues… commença Pol, la voix vacillante.

— Si j'échoue, je meurs demain et vous devrez quitter les Ruines, compléta le vieux guerrier sans broncher. Ces deux cas valent mieux qu'une bataille rangée entre les deux groupes. Comme Sara me l'a dit, nous n'avions aucune chance de les vaincre. Seuls quelques-uns nous auraient suivis dans la tombe, et encore…

Rolon dévisagea ses compagnons l'un après l'autre, tentant de leur transmettre toute la confiance qui l'habitait, avant de continuer :

— Je suis pleinement confiant pour demain. Regardez comment l'idée d'un duel à mort l'a troublé. Il en tremblait de la tête aux pieds. Je doute que ce soit un grand escrimeur.

— Mais tu ne peux pas jauger la force d'un homme avec un simple regard ! s'exclama Sara avec indignation. Demain il pourrait te massacrer en quelques secondes. Et après cela, qui nous dit qu'il respectera le marché et nous épargnera ? Comment est-ce que tu peux être aussi sûr de toi ?

Les larmes perlaient aux coins de ses yeux et menaçaient de submerger ses joues, la digue de ses pleurs sur le point de rompre d'une goutte à l'autre. La guérisseuse avait vu, comme tous les autres, son rêve d'une vie tranquille dans les Ruines s'écrouler en à peine une heure. Réduit en mille morceaux, il semblait déjà bien loin, emporté par le vent de la réalité. De plus, elle ressentait à la place de Rolon toute l'inquiétude qui aurait dû s'emparer de lui après s'être engagé dans un combat où l'un des deux protagonistes resterait allongé.

À jamais.

— Non je ne peux pas le jauger d'un simple regard, concéda Rolon. Mais ce n'est pas tous les jours que l'on rencontre un maître d'armes. Personne ne m'a jamais battu, seul Alek est déjà parvenu à me mettre en difficulté.

Celui-ci hocha la tête presque malgré lui.

— Je ne sais rien de son niveau l'épée à la main, mais ce qui est sûr, c'est qu'il possède de véritables qualités de meneur d'hommes, nota le vieux guerrier, à voix basse en même temps que sa réflexion progressait. Il m'a donné l'impression de quelqu'un d'intelligent. Très intelligent. Ses hommes lui étaient totalement dévoués, tout son groupe se serait aussitôt jeté sur nous s'il en avait donné l'ordre, et ce à n'importe quel moment. Comme nous il est venu avec ses compagnons trouver refuge dans les Ruines, après avoir affronté et survécu à un voyage que j'imagine aussi ardu que le nôtre. Je ne sais pas depuis combien de temps ce Wil est là, mais il semble maîtriser parfaitement son environnement. Ses hommes devaient nous filer depuis l'aube, et nous n'avons rien remarqué. Son groupe est plus important que ce qu'on en a vu aujourd'hui. Là, il n'y avait qu'une partie, tous les enfants et les vieillards étaient absents…

Quelques minutes d'un lourd silence s'écoulèrent, chaque sillonneur hésitant à le briser, avant de se raviser pour mieux se taire. Puis soudain Rolon conclut, avec la dureté du guerrier prêt à faire couler le sang :

— Demain je le tuerai, et nous resterons ici. Chez nous.

Chapitre 47

— Mais papa, tu risques de te faire tuer ! Pourquoi est-ce qu'on ne les a pas tous tués quand on en avait encore l'occasion ?

— Ne t'inquiète pas Kris, tout va bien se passer, dit Wil en serrant les sangles de son armure sur ses flancs. Je n'ai qu'à battre un homme pour que les autres se rendent. Il n'avait pas tort hier quand il disait que nous aurions perdu beaucoup de compagnons dans la bataille.

Le jour commençait tout juste à se lever et l'obscurité remplissait encore la pièce dans laquelle ils se trouvaient.

— Mais cet homme est un tueur ! Ça se voit qu'il va faire qu'une bouchée de toi !

Wil secoua la tête avec un léger sourire.

— Il va avoir une mauvaise surprise s'il pense pouvoir me dominer aussi facilement. Ça fait longtemps que je n'ai pas eu besoin de ces talents, mais plus jeune je maniais l'épée comme personne. De nombreux pillards se sont cassés les dents sur ma lame. Et je suis prêt à donner tout ce que j'ai pour conserver notre territoire. Je gagnerai quoiqu'il en coûte.

Puis il serra fort son fils dans ses bras, et lui glissa à l'oreille :

— Et même si je meurs, il faudra que tu restes fort.

— Si tu meurs, je te vengerais ! garantit Kris haut et fort.

— Non, surtout pas ! s'écria son père en levant un doigt menaçant. La vengeance ne conduirait qu'à la vengeance. C'est un cercle sans fin que nous devons à tout prix briser. L'humanité est en train de s'écraser sur elle-même à cause de ça. Je ne…

Tout à coup, un homme fit irruption dans la pièce.

— C'est l'heure, Wil. Il faut y aller.

Le chef de la communauté acquiesça avec gravité puis, après un dernier regard envers son fils, saisit son épée et sortit.

Dans la fraîcheur matinale de l'aube, les deux groupes se tenaient face à face autour d'un cercle taillé dans la végétation, le hangar d'un côté, la flore sauvage recouvrant des ruines de l'autre. Leurs chefs étaient entièrement équipés, harnachés de la tête aux pieds et prêts pour le combat qui déciderait de leur avenir respectif. Les sillonneurs n'avaient pu vu le vieux guerrier ainsi depuis très longtemps. Casque sanglé sur le crâne, armure revêtue, coudières et jambières soigneusement placées, son épée dans une main et son bouclier dans l'autre, il semblait être né pour lutter et vaincre.

— N'oublie pas ce que tu as promis ! lança Wil avec un regard sévère. Si tu perds, ton groupe devra partir !

— Ils obéiront, assura Rolon en le fixant droit dans les yeux. Et j'espère que les tiens feront de même.

Wil hocha la tête et les deux s'avancèrent jusqu'à ce que quelques foulées à peine les séparent. Puis d'un accord tacite, le duel débuta.

Rolon attaqua sur-le-champ d'un grand coup d'épée horizontal, et fut surpris de constater à quelle vitesse son adversaire parvint à reculer, juste le temps de laisser passer la lame devant lui, pour aussitôt riposter. Le vieux guerrier cherchait à lui faire mordre la poussière dès le premier assaut, mais il avait de toute évidence sous-estimé le niveau de son adversaire. Il payait cette erreur d'une large entaille sur le haut de son bras gauche, qui tenait son bouclier. Toutefois la colère qui aurait pu l'envahir ne fit que lui glisser dessus. En un instant son immense expérience lui permit de l'oublier et de regagner toute sa concentration.

Plusieurs passes d'armes s'enchaînèrent sans que l'un des deux ne parvienne à percer la défense adverse. Il devint vite évident pour tout le monde que leurs sciences du combat s'égalaient. Nul n'avait d'avantage, chacun équipé du même armement : une épée et un bouclier. Seules la tactique et l'endurance décideraient de l'issue du combat. Le premier à faiblir succomberait sous les coups du second.

Rolon exploita une faille dans la garde de Wil et l'atteint à la cuisse, mais ce dernier riposta sans attendre pour le toucher au ventre, du bout de sa lame. Sara manqua de hurler. Elle avait cru que l'épée s'était enfoncée profondément et que les entrailles du sillonneur joncheraient bientôt le sol.

Les deux hommes combattaient depuis bientôt dix minutes, mais aucun ne montrait le moindre signe de fatigue.

Soudain le vieux guerrier parvint à placer une botte qu'il conservait en réserve, après avoir attendu avec patience le moment propice. Surpris Wil fut débordé par la succession de coups que Rolon fit pleuvoir sur lui et sa garde se brisa.

La faille ne dura qu'une fraction de seconde, pourtant Rolon l'avait parfaitement anticipée. L'enchaînement avait laissé chez Wil un espace entre son épée et le bord du bouclier, juste assez large pour y plonger une lame.

Rolon bondit en une feinte aussi imparable que meurtrière.

Il prend appui pour tendre le bras.

La Mort elle-même accompagne son geste…

Mais sa botte se déroba sur une épaisse racine et il trébucha. Wil en profita pour retrouver sa garde. Le sillonneur pesta à voix basse : une occasion pareille ne se représenterait pas de sitôt.

Wil attaqua à son tour, Rolon para avec son bouclier, tenta une riposte qui fut contrée, et les deux hommes reprirent leurs distances.

Ils commençaient l'un et l'autre à fatiguer : le bras du sillonneur était engourdi à cause de l'entaille récoltée au début du combat, tandis que Wil se déplaçait de plus en plus difficilement, du sang lui recouvrant désormais la jambe entière.

Le vieux guerrier comprit qu'il n'arriverait pas à battre son adversaire s'il ne tentait pas un coup atypique pour le surprendre et percer sa garde. Wil possédait un style très défensif, qui rendait ses ripostes rapides d'autant plus imprévisibles. Rolon n'attendrait pas qu'ils se vident tous les deux de leur sang. Cela signifierait se reposer sur la chance, espérer que ce soit lui qui ait, à travers les brumes de l'épuisement, l'éclair de lucidité et de force nécessaire pour achever l'autre.

Rolon inspira une profonde bouffée d'air, puis s'élança. Au moment où Wil s'apprêtait à parer un assaut il se jeta au sol, pieds en avant, pour le tacler. Wil n'eut pas le temps de réagir face à l'attaque sournoise et celle-ci le faucha. Son crâne heurta lourdement le sol dans un bruit mat.

Tous les membres de son groupe retenaient leur souffle, immobiles mais les mains moites et le front luisant de sueur.

Rolon se relevait déjà et brandissait son épée pour enfin porter le coup fatal. L'enivrant frisson de la victoire irradia son corps tout entier. Cependant Wil l'aperçut du coin de l'œil et par réflexe lui décocha un violent coup de pied dans le mollet. Tout à coup déséquilibré le vieux guerrier s'abattit à son tour par terre.

Wil, malgré les vertiges dus au choc, se redressa tandis que Rolon, dos au sol, donnait un large coup circulaire sur le côté. Il voyait à peine sa cible. Pourtant la pointe de l'épée traça un trait de feu alors que la lame atteignait le cou, juste au-dessus de l'armure en bois.

Sans cesser de tenir son arme d'une main, Will lâcha son bouclier pour tenter d'endiguer le sang bouillonnant avec l'autre. Debout, mais sans la force de contre-attaquer, il regarda engourdi son adversaire se relever. Celui-ci écarta alors les bras sans crainte d'une riposte, l'expression de la victoire peinte sur son visage.

— C'est fini ! Je t'ai battu ! proclama le sillonneur entre deux respirations haletantes, autant à l'attention de son adversaire que des spectateurs. Dépose les armes maintenant si tu veux avoir une chance de survivre ! Je suis prêt à te faire soigner. Tu n'as qu'à t'avouer vaincu !

Sur ces mots Wil perdit tout contrôle sur son esprit et ses yeux se remplirent subitement d'une rage animale. Plutôt que de répondre – il n'aurait pas pu, sa gorge emplie de sang –, il se jeta sur Rolon, sentant sa dernière heure arriver à mesure que le liquide rouge et poisseux imprégnait sa tunique.

Toute trace de garde ou d'un quelconque sens tactique avait disparu. Il se savait condamné. Rolon feinta sur la droite, pour mieux se décaler sur la gauche, et d'un coup de taille précis éventra l'homme.

Wil tomba à genoux.

Il entendit son épée teinter contre le sol, sans avoir senti ses doigts la lâcher. Une main toujours sur son cou et l'autre plaquée contre ses viscères, qu'il ne pouvait pas totalement empêcher de se répandre au sol, l'homme fixait Rolon d'un regard vide, la frêle flamme de ses yeux chancelante sous les bourrasques de douleur.

Puis, incapable de prononcer le moindre mot, Wil s'effondra face contre terre.

L'espace d'un instant le temps sembla se figer, comme suspendu par Dlaah lui-même. Les deux camps contemplaient le corps immobile, avec bonheur pour l'un, et désespoir pour l'autre.

— Papa !

Kris se précipita sur lui et le retourna pour voir son visage, lui parler une dernière fois.

Mais il était déjà mort.

Alors que son cœur battait encore douloureusement la chamade, Rolon se tint droit face au groupe de Wil, qui s'était peu à peu rapproché du cadavre.

— Partez maintenant ! cria-t-il, son souffle retrouvé. Ce n'est plus votre territoire désormais. Je vous laisse jusqu'à demain matin pour rassembler vos affaires et vous en aller !

Kris se redressa d'un bloc et lui hurla, les larmes aux yeux et la haine déformant ses traits :

— Mon père a fait un accord avec vous, pas moi !

Rolon avança aussitôt d'un pas. Lui et l'adolescent se tenaient maintenant face à face, les yeux dans les yeux. Ils pouvaient tous les deux distinguer la soif de sang dans les pupilles de l'autre. Assez proche pour le toucher, le vieux guerrier aurait pu le tuer sur-le-champ s'il l'avait voulu. Pourtant Kris soutenait son regard. Son corps tout entier rayonnait d'un froid désir de vengeance.

— Tu veux que je te règle ton compte à toi aussi, morveux ? lança Rolon avec des mots qu'il aurait voulu d'acier.

Sans répondre l'adolescent cracha à ses pieds, avant de lui tourner lentement le dos et faire signe à son groupe de l'aider à récupérer la dépouille. Dans un silence absolu, ils l'enveloppèrent d'une couverture et disparurent avec à travers les Ruines.

Chapitre 48

Rolon ne pouvait plus s'empêcher de sourire.

Il avait réussi. Ils avaient réussi. Les sillonneurs demeureraient chez eux dans les Ruines, et plus personne ne viendrait les en déloger. Le vieux guerrier percevait cette journée précise comme l'aboutissement de plusieurs années d'une souffrance croissante, apparue au moment de quitter Niu-Jok et amplifiée à chaque attaque, chaque orage, chaque mort… Cet instant exact représentait peut-être même la consécration de toute sa vie.

Mais le chef n'était pas le seul à sourire. Tout le monde jubilait. Leur joie semblait encore plus grande que celle ressentie quelques jours plus tôt, lors de la découverte des Ruines. Même Jona riait silencieusement, les traits transcendés de bonheur. Alek se demanda s'il avait déjà vu le colosse aussi heureux.

L'opiniâtreté que Rolon n'avait cessé d'arborer tout au long du voyage prenait désormais la forme de ses rêves : un sanctuaire épargné du monde extérieur, aussi paisible que leur périple s'était avéré éprouvant. Jusqu'au bout Rolon avait su garder le cap, malgré les terribles tempêtes que les sillonneurs avaient dues traverser, et pour cela ils lui en seraient éternellement reconnaissants.

Tandis qu'ils regagnaient leur refuge, les six compagnons se replongèrent dans l'affrontement entre les deux chefs : ils racontèrent à tour de rôle leurs peurs et leurs frissons, leur euphorie et leur soulagement, quand Rolon avait trébuché sur une racine, quand il avait taclé son adversaire, quand il avait touché Wil au cou…

Sara regretta soudain l'absence d'Orelo.

« Il aurait déjà sublimé son exploit et transformé Rolon en chevalier sauvant tout un peuple... » pensa-t-elle avec mélancolie.

Toutefois elle effaça rapidement sa tristesse passagère, alors que les sillonneurs pénétraient dans leur tour. Tous mirent la main à la pâte pour cuisiner, sauf Rolon qui les observa en souriant, l'épaule encore engourdie par sa blessure tout juste recousue grâce à la guérisseuse. La douleur causée par les points de suture disparaîtrait bientôt.

Un véritable festin fut préparé. Toutes leurs provisions y passèrent : chacun trouva dans son assiette un liévr fumant, recouvert de la sauce tomate ramenée du hangar, et accompagné d'une montagne de haricots. Ils n'avaient jamais mangé autant en un repas, que ce soit au cours de leur voyage ou à l'époque de Niu-Jok. Leurs gamelles débordaient tellement que Sara ne parvint pas à finir la sienne, mais Jona se fit un plaisir de la terminer à sa place.

Rolon, après avoir croqué dans une cuisse de liévr à pleines dents, sortit une flasque d'alcool qu'il conservait pour une occasion exceptionnelle.

Et cette victoire l'était.

— Tu nous l'avais cachée celle-ci dans le Désert ! s'exclama Pol, faussement vexé.

Cependant celui-ci ignorait que dans l'esprit de Rolon la flasque était avec le temps devenue un objectif à part entière, au même titre qu'atteindre les Ruines. Il attendait avec impatience depuis plus de dix ans maintenant le jour où il pourrait enfin la sortir et la déguster. Élaboré à partir de fruits des bois fermentés, ce liquide aussi précieux que l'or lui avait été offert par un paysan que Rolon avait sauvé de brigands bien décidés à le tuer et à piller sa ferme. Symbole de persévérance et de détermination, la flasque ne devait être ouverte qu'une fois son but ultime atteint. Même au plus dur du Désert, Rolon n'avait pas cédé à la tentation de se réchauffer les entrailles et l'avait gardée précieusement fermée, attendant dans la souffrance le moment parfait pour la savourer. Et ce moment était enfin venu.

Cette fois, il n'y avait pas besoin de discours.

— Aux Ruines ! déclara-t-il simplement en levant la flasque au ciel.

— Et aux sillonneurs ! renchérit Pol.

L'alcool fit le tour du petit cercle. Sara aussi but une gorgée, mais donna aussitôt le breuvage à Alek, juste à côté d'elle, tandis que son visage se tordait d'une étrange grimace.

— C'est fort ! s'écria-t-elle en courant chercher sa gourde d'eau, la bouche en feu.

Tout le monde éclata de rire.

Le jour n'était plus qu'un lointain souvenir lorsque les sillonneurs cessèrent de festoyer. Pol, après un bruyant rot, se leva. Il commença alors à chanter. Rolon reconnut aussitôt le poème que Jez entonnait le soir autour du feu, devenu ensuite l'hymne de Niu-Jok, et les larmes vinrent d'elles-mêmes creuser des sillons de nostalgie le long de ses joues. D'abord chuchotant, la voix du jeune homme gagna peu à peu en volume. Jona se mit à taper dans ses mains pour battre la mesure, et décupler la puissance du chant.

Nous tous, humains, en vie, vaillants,
Chassant, mangeant, buvant, cherchant,
Un lieu, une cache, une grotte, un bois,
À pied, à kval, bien droit, sans voix,
Conflit, querelle, carnage, combat,
Sépara, désunit, divisa, opposa,
Mais luttant, combattant, alentour, sans détour,
Je guide, parcours, protège, secours,
Mes frères, amis, patrie, chérie,
Et vois, parents, enfants, surpris,
Unis.

À la fin du poème le groupe entier scandait les vers, car tous les connaissaient par cœur. Ces paroles, profondément ancrées dans leurs mémoires, n'avaient pas retenti autre part qu'à l'intérieur de leurs esprits depuis très longtemps. Les sillonneurs se crurent l'espace d'un instant revenus plusieurs années en arrière, à Niu-Jok en compagnie de Jez. Ils reprirent le chant une deuxième fois, puis une troisième, avant de se taire définitivement, et laisser le silence regagner son territoire.

Ils auraient voulu que cette fête ne se termine jamais, que leur hymne résonne entre les murs pour l'éternité et que leur bonheur palpable devienne de marbre, pourtant chacun dut se résoudre à quitter le cercle et se coucher, après une prière d'un optimisme peu commun à Dlaah.

Comme à son habitude Fao s'éloigna pour monter la garde, mais avant qu'il ne quitte la pièce Rolon lui glissa à l'oreille, promesse longtemps rêvée, désormais réalité :

— Une dernière fois. Demain ils seront partis et nous pourrons dormir sur nos deux oreilles.

Le jour se levait, emplissant la pièce d'une lumière matinale. Les derniers dormeurs s'étaient levés et grignotaient les restes du festin de la veille en guise de déjeuner.

— Tu es allée en donner à Fao ce matin ? s'enquit Alek auprès de Sara.

— Non, pourquoi ?

— Il doit avoir faim. Je vais lui en ramener un bout et lui dire que tout le monde est debout.

Le jeune homme se leva, prit un morceau de liévr ainsi qu'une grappe de fruits dans une des gamelles, et rejoignit Fao là où il l'avait remplacé au cours de la nuit, pendant le deuxième tour de garde. Il le retrouva avachi contre le mur, la tête penchée en avant.

— C'est l'heure de se lever ! s'exclama Alek pour le réveiller. Le repas est servi !

Fao détestait quand les autres constataient qu'il s'était endormi pendant sa garde, ce qui survenait de temps à autre après une journée très fatigante.

Ce fut en s'approchant qu'Alek découvrit ses yeux vides et sa gorge écarlate.

Chapitre 49

— ILS VONT ME LE PAYER !

Rolon avait rugi de toutes ses forces pour que les Ruines entières soient frappées par son cri. Rouge de rage il voulut saisir son épée, mais Sara lui prit fermement la main et le stoppa dans son geste.

— Calme-toi… essaya-t-elle de lui dire avant qu'il ne la repousse. Hurler ainsi ne le fera pas revenir…

— Je ne veux pas ramener Fao, je veux leur trancher la tête ! À tous ! s'exclama Rolon en écartant sa main d'un geste brusque. À commencer par cet enfoiré de morveux !

— Non Rolon… tempéra Sara avec calme, telle une mère qui tenterait de calmer un enfant hystérique. Il ne faut pas aller se venger. Cela ne mènerait à rien.

Le chef des sillonneurs la dévisagea alors comme si la jeune femme lui parlait dans un dialecte incompréhensible.

— Tu es folle ou quoi ! Tu voudrais les laisser s'en tirer après ce qu'ils viennent de faire ?

— Si on les retrouve, il y aura de nouveaux morts. Et dans les deux camps. Nous ne sommes plus que cinq, Rolon…

Mais le vieux guerrier était possédé. Chaque parcelle de son être irradiait sa volonté de vengeance, aussi sombre que les abysses dans lesquelles il s'apprêtait à plonger corps et âme. Billes de ténèbres, ses yeux ne reflétaient la lumière qu'au prisme de sa soif de sang. De violents soubresauts agitaient ses membres, qui ne contenaient qu'à grande peine les promesses de mort obscurcissant son esprit par milliers, au-dessus desquelles surgissait par intermittence le visage de son compagnon assassiné. Jamais les sillonneurs ne l'avaient vu dans cet état, pas même après l'assassinat de Jez.

Mû par une brusque pulsion Rolon dégaina son épée. Pol bondit aussitôt vers lui.

— Range ça ! gronda-t-il.

Les deux hommes ne se tenaient plus qu'à quelques centimètres l'un de l'autre, pourtant Rolon persistait dans sa folie meurtrière et serrait son arme à s'en briser les articulations.

— Je comprends ta douleur, déclara le jeune homme sans le quitter des yeux. Nous la comprenons et la partageons tous. Mais… je crois qu'elle a raison…

— Toi aussi ! rugit le vieux guerrier en levant les yeux au ciel. Mais vous êtes fous ma parole ! Et si on ne va pas se venger, vous comptez faire quoi ? Jeter vos armes, vous asseoir ici et attendre qu'ils reviennent pour vous trancher la gorge un par un ?

— Quitter les Ruines.

Rolon se fige.

La voix de Sara n'avait été qu'un souffle, mais sa portée dépassait celle d'une tornade.

En un instant le chef des sillonneurs regagna tout le sérieux qui d'ordinaire le caractérisait, mais qu'il avait abandonné sous l'emprise de la rage. Alors il dévisagea la jeune femme d'un regard qu'elle n'oublierait jamais. Ce regard, d'une noirceur absolue, était celui de l'homme qui ne possède plus rien, ni passé ni futur, ni histoire ni espoir, à peine un sinistre dessein et un cœur pour l'y conduire. Son corps ne se nourrissait plus de vie.

Mais de mort.

— Répète, que je te tranche en deux.

Sa voix, n'exprimant que dégoût et malveillance, sifflait aux oreilles des sillonneurs comme celle d'un serpent qui s'apprête à bondir sur sa proie pour y planter ses crocs.

— Il faut que l'on quitte les Ruines, plus rien de bon ne nous attend entre ces murs, affirma une nouvelle fois Sara en soutenant le regard du vieux guerrier avec hardiesse.

À ce moment Pol crut qu'il allait l'abattre sur place, sans même sourciller. Le jeune homme sentit Alek se crisper et saisir la poignée de son épée, sans toutefois la dégainer.

— Dans ce cas, barrez-vous, sales lâches, lança le sillonneur dans un rire sardonique. Je m'occuperai moi-même de ces assassins !

— Rolon… Si tu y retournes, tu mourras… essayait à nouveau de le convaincre la jeune femme.

— Et *alors* ? cracha-t-il en haussant les épaules. Quelle importance maintenant ? Ils m'ont pris les Ruines, ils m'ont pris Fao… Qu'est-ce qu'il me reste à présent ? Une bande de dégonflés, de traîtres, de déserteurs trop peureux pour suivre leur chef dans un dernier baroud d'honneur ?

— Si tu meurs, tous les espoirs de Jez s'envoleront avec toi…

Rolon s'immobilisa de stupeur. Sara venait d'appuyer sur un point qu'elle savait aussi intime que sensible, telle une flèche se fichant dans l'unique faille de son armure, dissimulée sous une couche de détermination aux formes de Ruines. Le vieux guerrier vénérait Jez, et jamais il n'aurait supporté l'idée de décevoir sa mémoire. Sara espérait ainsi le calmer, mais à l'inverse il s'exclama avec une rage ravivée :

— Ne parle pas de lui, espèce de p…

— Rolon !

Dans un rugissement Alek se plaça face à lui, à côté de Pol, la main toujours agrippée à la poignée de son épée. Pas une seule seconde Rolon ne s'en préoccupa. Il se tourna plutôt vers Jona, resté en retrait dans un coin de la pièce depuis le début de l'altercation, la tête basse et le cœur endeuillé par la perte de son compagnon.

— Et toi, mon plus vieil ami… murmura-t-il sur le ton de la confidence, pour mieux l'amadouer. Tu ne vas quand même pas me dire que tu es d'accord avec ces lâches ? Tu vas venir avec moi, hein ? On va se faire les salauds qui ont tué Fao, d'accord ?

Sa voix ressemblait plus à une supplique qu'à une véritable question. Il cherchait désespérément un soutien, une main tendue, n'importe quoi pour se raccrocher à son monde qui volait en éclats à grands coups de burin. Cependant Jona secoua la tête avec gravité, avant de désigner Sara. Sa réponse fut pour Rolon le coup fatal, assaut décisif achevant de détruire le dernier pilier qui soutenait encore sa foi en ses compagnons.

Même son plus vieil ami…

— Toi aussi… souffla Rolon avec mépris. Suis-je donc la seule personne saine d'esprit dans cette pièce ? Si je comprends bien, vous seriez tous prêts à laisser la mort de Fao à jamais dénuée de sens ? Et il n'est pas le seul à s'être sacrifié pour atteindre les Ruines ! Gamo, Némï, Seff, Orelo, Egan ! J'ai vraiment besoin de citer tous leurs noms pour que cela vous touche enfin ? Pour que vous ayez un brin de dignité face à la mémoire de vos camarades disparus ? En laissant cet assassinat impuni et en quittant lâchement les Ruines, ils seront tous morts pour rien ! Pour RIEN !

— Tu penses vraiment que c'est ce qu'ils souhaiteraient ? lança Alek avec une ironie à peine dissimulée. Que l'on court tous vers une mort certaine pour honorer leur souvenir ?

— Mais enfin, où est-ce que tu veux aller ? Tu sais très bien qu'on ne retrouvera jamais un endroit pareil ! Jamais ! Tu voudrais retourner dans le monde extérieur, recommencer à l'arpenter de long en large, après tout le mal qu'on s'est donné pour arriver jusqu'ici ? On est resté une semaine ! Tu t'en rends compte, *une* semaine ! C'est de la folie, après toutes ces années passées sur la route, à affronter épreuve après épreuve, sans jamais renoncer ! Je ne renoncerai pas maintenant !

— On va continuer à chercher, répliqua Alek, plus calmement. On finira bien par trouver, j'en suis persuadé. Ce n'était juste pas la voie qui nous était destinée…

— Dlaah peut parfois se montrer capricieux, mais Il saura prouver sa clémence une fois le moment venu… ajouta Pol à mi-voix, espérant par ces quelques paroles spirituelles faire basculer Rolon de leur côté.

Rolon ne répliqua pas.

Seul contre tous, il sembla soudain aussi épuisé qu'après son combat de la veille, tandis que sa poitrine se soulevait à un rythme frénétique. Une minute s'écoula sans le moindre mouvement, sans la moindre parole, comme si le monde lui-même avait cessé de tourner pour observer le dénouement de cette conversation. Pendus aux lèvres du vieux guerrier, les sillonneurs osaient à peine respirer, désirant le voir abandonner le combat, redoutant que sa fureur reparte de plus belle.

— C'est insensé… Pourquoi… murmura-t-il seulement.

Tout son être hurlait à la profonde injustice dont il était victime.

Puis enfin, après une éternité, son épée, soudain animée d'une vie propre, s'échappa de sa main et tomba au sol dans un grand éclat métallique. Alors, sans la ramasser, Rolon tourna le dos aux sillonneurs et disparut se perdre dans la tour.

Cette journée il pleura toutes les larmes de son corps, gardées enfouies en lui pendant toutes ces années.

Chapitre 50

Son monde s'était écroulé. Tout ce en quoi il croyait et s'accrochait depuis des années, ses visions de Ruines sûres et accueillantes, n'existait plus. N'avait même jamais existé, terrible création de son esprit pour fuir un monde trop cruel.

Les quatre autres sillonneurs lui laissèrent le temps de comprendre qu'il lui fallait tourner la page, et rayer de sa mémoire cette cruelle désillusion, sans oublier de pleurer la mort de Fao. Rolon ne réapparut pas de la journée. Les sillonneurs redoutèrent qu'il soit bel et bien parti se venger seul dans le camp adverse, mais il finit par redescendre des étages qui lui avaient servi de refuge le lendemain.

Alek, Sara, Pol et Jona se levèrent aussitôt quand il franchit le seuil de la porte, impatients mais aussi inquiets de connaître sa décision. La colère semblait l'avoir quitté, son visage désormais froid, sans la moindre expression.

— On part dans une heure, déclara-t-il avec un calme effroyable.

Il ne les avait même pas regardés, et sans s'arrêter se mit à rassembler ses affaires. Les sillonneurs ne savaient pas comment réagir. S'estimer heureux que Rolon soit revenu à la raison ? Ou s'inquiéter de son indifférence ? Lentement ils se dépêtrèrent de l'incertitude qui les clouait sur place, avant de l'imiter dans le silence, craignant de raviver sa fureur à l'évocation de la récente altercation.

Le vieux guerrier avait recouvré son rôle de chef, et comptait bien le garder à l'avenir. Jamais il ne s'était abandonné à une telle rage face à l'échec. Ce désastre demeurerait le plus terrible de toute sa vie. Plus terrible que l'assassinat de Jez. Plus terrible encore que la mort de ses compagnons. Le chef des sillonneurs les avait guidés pendant des années vers un objectif inatteignable, celui de la quiétude absolue. Ils devaient maintenant repartir par-delà les routes, à la recherche d'un nouvel abri le temps d'apaiser leurs souffrances physiques mais surtout mentales, avant de déterminer la prochaine direction à prendre.

Hélas l'humanité tout entière convoitait cet utopique abri protégé du danger. L'homme s'avérait être son plus grand danger, comme l'avait parfaitement démontré l'affrontement entre les deux camps. Un jour viendrait dans les Ruines un groupe assez puissant pour déloger l'actuel, réduisant ce lieu mythique à un simple refuge temporaire, tout aussi dangereux que les autres, car convoité.

Ce paradoxe était-il insoluble, ou l'énigme possédait-elle une solution ? Rolon la découvrirait-il avant de s'écrouler en franchissant un énième cours d'eau, terrassé par la poussière de son éternelle errance ?

Alek voulut se recueillir auprès du corps de Fao, mais il ne le trouva nulle part. Rolon l'avait sans doute enterré la veille, dans l'intimité mais avec tous les honneurs dus.

Une fois l'ensemble des affaires du groupe rangées, les cinq voyageurs décrochèrent les kvals de leur enclos de fortune. Rolon attacha celui de Fao au sien, avant de donner le signal du départ.

— Tu penses qu'il faudrait lui parler ? chuchota Sara à Alek alors que le vieux guerrier s'éloignait sans attendre. Lui demander au moins où on va ?

— Pas tout de suite. Pas tant qu'il peut encore changer d'avis et faire demi-tour…

Moins d'une heure plus tard, les cavaliers sortaient des Ruines, la tête basse. Toute trace d'émerveillement face aux gigantesques constructions avait disparu, effacée par la dure réalité qui s'y cachait. L'euphorie de leur découverte semblait déjà terriblement lointaine. Au moment de dépasser le dernier bâtiment – une petite maison sans étage, comme un avant-goût des merveilles à contempler plus loin –, alors que le sol noir et dur cédait la place à l'herbe verte et grasse, Rolon se retourna sur sa selle et rugit de toutes ses forces, ultime complainte du líion blessé dans son amour-propre d'une flèche qu'il ne délogerait jamais :

— SOYEZ MAUDITS !

Alek ne sut jamais s'il s'adressait au groupe rival ou aux Ruines elles-mêmes.

Le cri résonna longuement à travers les Ruines, répercuté par les façades de verre. Kris, allongé au sommet d'une des tours basses bordant la ville, regardait les cavaliers s'éloigner. Il ne souriait pas.

— Tu n'aurais pas dû les laisser vivre, reprocha-t-il à l'homme allongé à côté de lui. Il fallait tous les tuer. Venger mon père à sa juste valeur…

— Tu n'avais qu'à t'en occuper toi-même. En m'ordonnant cela, tu as bafoué la promesse établie entre ton père et les inconnus. Ce geste salit sa mémoire.

Kris ne releva pas l'animosité qui habitait les paroles de l'homme.

— Bon, de toute façon ça n'a plus d'importance maintenant. Ils ne sont pas près de revenir chez nous…

Plutôt que de partir à l'est vers la forêt de la sorcière, les sillonneurs choisirent le nord et ses terres que ni eux ni le groupe de Wil n'avaient traversés. Les attendaient une étendue d'herbe rase qu'une succession de collines bordait à l'horizon.

Rolon, bien qu'impassible en apparence, bouillonnait intérieurement.

« J'aurais dû tuer ce gamin quand j'en avais l'occasion... » n'arrêtait-il pas de se répéter.

Il doutait encore d'avoir pris la bonne décision en abandonnant aussi facilement les Ruines. Le vieux guerrier tentait de se persuader que Sara avait raison, et qu'au moins une autre personne dans leurs rangs serait morte au moment de venger Fao. Les violences n'auraient définitivement cessé qu'une fois l'un des deux camps exterminés. Au lieu de se laisser ronger par les remords, il préféra se tourner face à lui, vers son futur, vers le futur des sillonneurs – non sans une profonde amertume.

Ses compagnons, sans ressentir la même colère que Rolon, n'en étaient pas moins tristes et abattus de renoncer aux Ruines, la source de motivation qui les avait animés pendant de si nombreuses années, leur but suprême, leur raison d'être. Ils avaient cru trouver une zone vide de toute vie humaine, que personne n'osait approcher, mais s'étaient gravement mépris. Fao en avait payé le prix fort, mais Sara eut raison de préciser qu'ils pouvaient s'estimer heureux de ne pas s'être tous fait trancher la gorge durant leur sommeil. Plus abstrait, Alek philosophait sur leur nature de voyageurs avec une ironie mêlée de rancœur :

« Nous pouvons échapper aux bêtes, nous pouvons échapper aux tempêtes, mais nous ne pouvons pas échapper aux hommes... »

Le groupe atteignit les collines voisines alors que la mi-journée approchait.

Soudain des versants du vallon jaillit une bande entière de pillards. Une dizaine, armés d'épées et de gourdins, ils se jetèrent sur les sillonneurs dans des cris d'allégresse, pensant récolter le plus gros butin de leur vie. Ce n'était pas tous les jours que passaient des cavaliers montés sur de robustes kvals, les sacoches pleines d'armes et de matériel !

Ils furent très vite surpris, puis effrayés, quand l'homme à la tête de la colonne lança sur eux sa monture au galop en poussant un rugissement guerrier. Son épée brandie dans une main et sa lance dans l'autre, il n'avait pas peur.

Pire, ses traits exaltés exprimaient à quel point il était heureux de les affronter.

En son for intérieur, Rolon remercia Dlaah d'avoir mis ces pillards sur son passage. Il n'aurait pas pu rêver mieux pour déchaîner sa fureur latente. À l'avant du combat, sans se soucier un seul instant d'être suivi par ses compagnons, Rolon tuait, tranchait, transperçait tout ce qui tombait sous son courroux. Impuissants face à son agressivité et sa science des armes, les brigands s'écroulaient foudroyés les uns après les autres. Derrière, les sillonneurs ne s'occupaient que des miettes qu'il voulait bien leur accorder, achevant ceux qui échappaient par miracle à sa colère.

Le vieux guerrier enfonça rageusement sa lame dans le crâne d'un brigand, qui s'écroula. Il leva sa lance et s'apprêtait à transpercer un nouvel ennemi, quand il réalisa que tous les bandits avaient déjà mordu la poussière. Rolon se surprit à penser qu'il aurait aimé en voir venir d'autres, pour continuer son œuvre de mort jusqu'à ce que le flot de fureur enfoui au fond de lui se tarisse. Hélas celui-ci exigeait encore bien des victimes avant d'être rassasié…

Deux brigands dissimulés derrière des rochers s'enfuirent en courant mais Jona, son casque à cornes placé d'instinct sur son crâne dès le début de l'embuscade, les rattrapa du haut de son kval. Les sillonneurs ne pouvaient pas prendre le risque qu'ils reviennent se venger dans la nuit. Le colosse les décapita par-derrière, sans leur laisser la moindre chance de se défendre.

Le temps d'essuyer leurs lames couvertes de sang sur les vêtements des morts, et ils repartaient déjà. Fouiller les cadavres ne leur servait à rien, les cavaliers possédaient depuis longtemps tout l'armement nécessaire en cas d'attaque.

Pas un mot n'avait été prononcé à l'issue du combat, alors que l'intense flamme brûlant au fond des yeux de Rolon crépitait toujours d'une soif de sang inassouvie. Seule l'envie de tuer la prochaine personne qu'il rencontrerait l'animait.

Un peu plus loin, caché au creux des collines, se dressait le campement des pillards. Là les voyageurs prirent le temps de s'arrêter, et récupérèrent assez de provisions pour ne plus avoir besoin de chasser durant plusieurs jours. Sara trouva un kit de couture, parfait pour recompléter sa réserve de fil, tandis que Pol récupérait quelques pierres à aiguiser.

L'arrêt fut néanmoins de courte durée, alors que Rolon remontait en selle sans le moindre bruit.

Le lendemain, les sillonneurs découvraient le cratère.

Chapitre 51

Le cratère.

Si large qu'on en voyait à peine l'extrémité.

Si profond qu'il aurait pu contenir un océan tout entier.

La roche qui formait ses parois était d'un noir absolu, aux arrêtes tranchantes comme autant de menaces mortelles. Elle semblait jaillir tout droit des enfers, recrachée par le colérique centre de la terre. Chaque parcelle du cratère, hostile à toute forme de vie, dardait son regard lugubre sur les étrangers le bordant. À l'inverse des Ruines, la végétation n'y avait pas reconquis un seul pouce de terrain, effrayée à l'idée de pénétrer cet obscur territoire.

Alek était persuadé de se tenir face à un gigantesque cimetière. Ou plutôt une fosse commune démesurée. Les cris des innombrables personnes mortes à cet endroit hurlaient à ses oreilles, portés par le souffle furieux du vent tourbillonnant le long des flancs hérissés de pics. Chargées d'une souffrance atroce, les voix se mirent à vrombir autour de son crâne, et aussitôt lui causer d'effroyables maux de tête. Avant d'avoir pu regarder si les autres sillonneurs souffraient du même mal, elles s'enfoncèrent brutalement par sa bouche et ses oreilles. Il crut que les voix lui crevaient les tympans avec plus de force qu'un coup de poignard en plein cœur.

Un instant plus tard, les cris résonnaient à l'intérieur de sa boîte crânienne, rebondissant douloureusement en un écho infini de désespoir.

— À l'aide ! criait un homme, la voix brisée.

— Au secours ! semblait lui répondre une petite fille.

— Fuyez ! rugissait un autre homme.

— Elle va bientôt s'écraser ! avertissait une femme d'un cri strident.

— C'est la fin… gémissait quelqu'un.

— On va tous mourir ! sanglotait un vieillard.

Des centaines, peut-être des milliers de voix se mêlaient pour former un chaos sonore d'une rare ampleur. Malgré leur nombre considérable, toutes possédaient un point commun : la peur.

Une peur viscérale, la peur de celui qui va mourir, et qui le sait avec une profonde certitude, sans pouvoir agir, spectateur impuissant livré à sa pire crainte. Et cette peur se transmettait tel un feu de forêt, rapide et inéluctable. Elle submergea totalement le jeune homme, évinçant de son esprit ses souvenirs et sa capacité à réfléchir.

Ne restait alors que la peur.

Alek n'était plus que peur.

Peur et souffrance.

Son identité même menaçait de s'effacer sous les coups de masse infligés à son âme.

Jules, Marie, Arthur, Jeanne…

Leurs noms remplaçaient désormais le sien.

Alexandre, Édith, Christophe, Juliette…

Les souvenirs des individus morts plusieurs siècles auparavant se bousculaient pour s'implanter dans les derniers espaces inoccupés de sa mémoire.

Charles, Suzanne, Guillaume, Hélène…

Ces fantômes ne cherchaient qu'un hôte pour exister en dehors du passé.

Alors qu'il se pliait en deux, les mains enserrées autour de son crâne et hurlant pour repousser les cris intenses au-delà du supportable, ceux-là se changèrent subitement en images, brefs flashs lumineux.

… Personnes qui courent…

… La peur déformant leurs traits…

… Rues bondées de gens…

… Habitacles métalliques immobiles par milliers…

… Des doigts pointés en l'air…

… Une comète enflammée traversant le ciel…

… Foule terrifiée…

… Des cris, des cris, des cris…

… Le monde s'arrête une fraction de seconde…

… Flash de lumière.

Alek, haletant, reprenait avec difficulté ses esprits.

Les voix avaient disparu sans crier gare, ne laissant derrière elles qu'un silence de mort. Venait-il de les rêver, ou les visions étaient bel et bien réelles ? Quelle importance leur accorder ?

Imagination ? Passé ? Présent ? Futur ?

Ces questions s'entrechoquaient dans sa tête, sans un seul indice pour y répondre, alors qu'Alek réalisait que tous les autres sillonneurs avaient été victimes d'apparitions similaires.

Rolon, l'épée à la main, regardait dans tous les sens, affolé, à la recherche d'un ennemi inexistant.

Pol, à quatre pattes au sol, vomissait toutes ses tripes, l'estomac retourné par l'expérience.

Jona, le visage livide, refoulait à grande peine des souvenirs intimes remontés à la surface pour combler le vide succédant aux voix.

Et enfin se tenait Sara, les yeux rivés sur Alek à la recherche d'un infime réconfort, du moindre éclat d'espoir pour chasser la peur devenue insupportable. Le jeune homme s'empressa de lui sourire le plus sincèrement possible, mais ses traits dissimulaient mal son angoisse, encore sous le choc de la vive souffrance éprouvée.

— Que… que… qu'est-ce que c'était ? balbutia la jeune femme, les jambes chancelantes sous le contrecoup de la terreur.

— La malédiction des Anciens ! s'écria Pol, la bile encore aux lèvres. Il faut quitter cet endroit maudit au plus vite, avant qu'ils ne s'emparent de nos esprits !

— En selle, vite ! ordonna Rolon après avoir plusieurs fois échoué à ranger sa lame dans son fourreau, les mains agitées de tremblements.

Les sillonneurs s'empressèrent de monter sur leurs kvals, avant de s'éloigner le plus loin possible afin de contourner le cratère. Mais celui-ci était si grand qu'il nécessita plusieurs jours pour le dépasser et le laisser loin derrière eux.

Le groupe erra pendant plusieurs semaines, sans vraiment savoir quelle direction choisir. Devait-il traverser le moindre bois, le moindre point en hauteur, dans l'espoir qu'il renferme le lieu parfait pour s'installer ? Une impression de déjà-vu frappait les sillonneurs chaque fois qu'ils pénétraient une forêt, gravissaient une montagne, comme s'ils les avaient déjà traversées au moins cent fois chacune. En l'absence de lieu à explorer, les paysages éreintaient par leur monotonie et les plaines semblaient ne jamais finir, étendues vertes et planes à perte de vue.

Les pas des cavaliers les guidaient maintenant vers un petit bois, identique aux milliers d'autres qui ponctuaient la steppe, sur laquelle ils s'avançaient sans grand espoir, au gré du gibier et du vent.

À aucun moment les sillonneurs n'avaient pensé y découvrir un tel carnage.

Pourpre

Chapitre 52

Alors qu'ils franchissaient la lisière du bois, les cavaliers furent tout à coup assaillis par une violente odeur de brûlé. Intrigués, ils s'approchèrent. Peu à peu l'odeur se confirma.

De la chair brûlée.

Une minute plus tard, ils atteignaient une clairière. L'odeur était maintenant si forte qu'ils devaient réprimer une violente envie de vomir. Elle les saisissait à la gorge, miasme putride de supplice et de mort évoquant des atrocités indescriptibles, et ils finirent tous par se boucher le nez d'une main pour respirer difficilement par la bouche.

Dans la clairière les attendait un spectacle d'horreur. Autour d'une charrette en flammes, dont les animaux qui la tiraient avaient disparu, gisaient çà et là des cadavres, ou plutôt ce qu'il en restait. Plus d'une dizaine de corps gisaient face contre terre. Dans le brasier à l'arrière de la charrette, les sillonneurs pouvaient apercevoir deux dépouilles entassées, dont provenait l'odeur de chair brûlée. En s'approchant, Alek découvrit avec stupeur que l'une des deux têtes manquait, remplacée au sommet du tronc par une plaie béante aux contours déchiquetés. Et il retrouva le crâne quelques mètres plus loin, à moitié calciné. Le jeune homme lut sur le visage – auparavant celui d'une jeune femme – une frayeur absolue, mélange d'incompréhension totale et de peur incommensurable. De ce chef d'œuvre macabre édifié par un dément sans cœur pulsait le souffle sadique de la Mort en personne.

Les sillonneurs demeuraient immobiles face au massacre qui s'étendait sous leurs yeux rougis à cause de la fumée. Après l'odeur de chair brûlée, c'était désormais celle du sang qui flottait sur la clairière et assaillait leurs sens, tant la terre ne parvenait plus à l'absorber.

La plupart des corps tenaient encore une arme à la main, mais ce qui les avait attaqués puis massacrés s'était envolé sans laisser la moindre trace. La résistance avait été vaine. Parcouru de frissons irrépressibles, Pol fut le premier à remarquer que des morceaux de chairs, et jusqu'à des membres entiers, avaient disparu des cadavres, arrachés par une créature à l'appétit insatiable : celui près du jeune homme ne possédait plus qu'un bras, un autre une seule jambe, un peu plus loin un corps avait le ventre ouvert et ses viscères éparpillés tout autour de lui, et à quelques mètres se trouvait un visage défiguré en l'absence de nez, d'un œil et d'une oreille.

Alek se détourna de cette vision de cauchemar au moment où Sara se jetait au sol pour vomir. À genoux, son estomac se tordit deux nouvelles fois avant qu'elle n'arrive à quitter la clairière, livide. Alek s'empressa de la rejoindre, sentant l'air lui manquer alors que des haut-le-cœur l'envahissaient. Pol les suivit quand son regard tomba sur le corps d'un enfant, un petit garçon ou une petite fille, il n'aurait pu le dire. Dans les bras de sa mère décapitée, l'enfant avait la poitrine béante sur toute sa longueur, ses cotes apparentes brisées et la bouche ouverte, figée dans une expression de terreur sans nom.

Rolon, le col de sa tunique sur sa bouche pour parvenir à respirer, s'accroupit à côté d'un cadavre au biceps arraché, après avoir remarqué des traces de crocs sur les blessures. Immobile au-dessus de la plaie pendant près d'une minute, il finit par décrocher son regard du corps et faire signe à Jona de regagner le reste du groupe.

— Quelle bête a bien pu faire ça ? demandait Pol en tremblant de la tête aux pieds.

— Aucune bête ne le peut… souffla Rolon, les mâchoires crispées.

Avant de déclarer :

— Ces atrocités ont été commises par des hommes.

— Quoi ?

Tout le monde avait brusquement relevé la tête.

— Si on peut appeler ces êtres des hommes… Jamais une bête n'aurait pu faire preuve d'un tel acharnement.

Et il ajouta, réalisant tout à coup le danger qui les guettait, avant que les autres n'aient vraiment le temps d'assimiler ses paroles :

— Il faut quitter ces lieux au plus vite ! Le sang était encore frais, ils ne sont peut-être pas très loin !

Les sillonneurs bondirent sur leurs kvals et quittèrent les lieux au plus vite, la Mort toujours collée à la peau comme une poisseuse chape de plomb. Il leur fallait à tout prix éviter ces êtres capables de commettre pareilles abominations, car ils n'étaient de toute évidence pas préparés à affronter un tel degré de barbarie. De plus, ils ignoraient la taille de leur groupe, mais Rolon estimait que pour abattre une dizaine d'individus ainsi, celui-ci devait être conséquent.

Les cavaliers traversèrent le bois à la hâte et furent soulagés de ne rencontrer aucune trace humaine. Néanmoins ils ignoraient toujours la direction empruntée par les barbares une fois leurs crimes commis.

Après la forêt, le paysage se transformait en un terrain gris et rocailleux au relief accentué, où se succédaient collines et crevasses. Les sillonneurs lancèrent leurs montures au galop et ne les stoppèrent qu'une fois la nuit tombée, au fond d'une cuvette. Ils ne pouvaient pas continuer d'avancer dans le noir, le risque de chuter dans une crevasse indécelable trop important.

— C'est bon, déclara Rolon en descendant de sa selle. On a mis assez de distance entre la forêt et nous. Jamais ils ne pourront nous pister d'aussi loin.

Ils allumèrent un petit feu le temps du repas, avant de l'éteindre aussitôt après pour ne pas être décelés. Même s'il semblait improbable que quelqu'un les ait pistés, les sillonneurs ne parvenaient pas à se débarrasser de la sinistre odeur qui les suivait depuis leur entrée dans la clairière, comme un poids signalant aux auteurs du carnage leur présence.

Un pressentiment funeste mais diffus planait au-dessus du groupe, sans que personne ne parvienne à le dissiper. Les voyageurs, l'estomac encore retourné à la mémoire du spectacle horrifique, n'avalèrent que quelques bouchées de ragoût avant de se coucher.

Alek prit le premier tour de garde, l'épée déjà dégainée et tenue fermement, avec une pensée émue pour Fao. Puis apparurent des ténèbres les visages fugaces mais souriants de Gamo, Némï, Seff, Orelo, et enfin d'Egan. Tous lui murmurèrent des encouragements, avant de retourner au sein de leur monde nébuleux.

Dissimulé par l'obscurité, Alek n'essuya pas les larmes qui coulaient le long de ses joues, et les laissa se tarir d'elles-mêmes.

Chapitre 53

Une main se plaque avec violence contre sa bouche.

Alek est brutalement réveillé. Il écarquille les yeux alors que son cœur tambourine déjà la chamade. Deux grands yeux jaunes cerclés de rouge le fixent. Dans un choc qui lui coupe le souffle, le sillonneur sent l'homme se jucher sur sa poitrine, pesant de tout son poids pour l'empêcher de se débattre.

L'individu lève alors un bras au bout duquel Alek distingue un gourdin. À la faible lueur d'une torche, le jeune homme aperçoit en un éclair son visage suant de folie. Des traits déformés par la soif de sang et des traces écarlates comme peinture de guerre lui donnent l'apparence d'un démon jaillissant des enfers.

Le gourdin s'abat mais Alek arrive d'une brusque torsion du buste à dégager son bras pour parer le coup. L'arme lui heurte sauvagement la main et le sillonneur ressent autant qu'il entend le fracas de ses os qui se brisent.

La souffrance est fulgurante tandis que son cri traverse la nuit.

Le gourdin s'élève de nouveau.

L'autre bras saisit celui du jeune homme.

Le gourdin s'abat.

Le crâne d'Alek explose sous le choc et sa vue se brouille de douleur.

Tout était allé très vite.

Jona, alors de garde, entendit d'abord le bruit d'un caillou qui roulait sur le flanc de la cuvette. Puis, à peine quelques secondes plus tard, un nouveau, de l'autre côté.

Il n'eut pas eu le temps de réveiller les autres.

Plusieurs dizaines d'hommes surgirent subitement de l'ombre. Pas moins de cinq d'entre eux se jetèrent rien que sur Jona.

Dans un rugissement guerrier le colosse brandit sa hache et trancha en deux le plus proche, avant d'aussitôt comprendre que ces hommes n'étaient pas des pillards ordinaires, comme ceux que les sillonneurs avaient l'habitude d'affronter.

En effet, l'homme s'agrippa aux lames qui lui déchiraient les entrailles avec un sourire dément, afin que Jona ne puisse pas la retirer de son corps.

Aussitôt les barbares submergèrent et immobilisèrent le colosse.

Rolon fut le premier réveillé par les mouvements alentour et donna aussitôt l'alerte, hélas les assaillants se trouvaient déjà trop près et le sillonneur ne put les repousser, à peine leur opposer une réelle résistance.

Le vieux guerrier parvint à en embrocher un, mais à l'instar de Jona au même instant, l'homme se saisit de l'épée à sa garde avec une vigueur étonnante et la tint si fermement qu'il se l'enfonça encore plus dans le ventre.

Rolon eut beau tirer de toutes ses forces, jamais il ne retira sa lame de l'homme qui s'apprêtait pourtant à mourir.

Au moins trois gourdins s'abattirent alors et il perdit connaissance.

Chapitre 54

Alek sentit qu'on le secouait et se réveilla, mais ne parvint pas tout de suite à ouvrir les yeux. Reprenant tant bien que mal ses esprits, il comprit que la forte luminosité ambiante l'en empêchait. Son crâne le faisait atrocement souffrir, comme s'il vibrait encore sous le coup de gourdin. Le jeune homme pouvait deviner une énorme bosse sur son front. Lentement il souleva ses paupières, l'une après l'autre.

Les sillonneurs, tous attachés aux poignets par une épaisse et unique corde rugueuse, formaient une file indienne, encore hébétés par le choc de la capture. Tous avaient la tête basse, l'air résigné. Même Rolon, lui qui aurait d'habitude déjà analysé l'ennemi, son équipement, ses capacités et sa façon de bouger.

Leurs assaillants, une vingtaine d'individus au torse nu décoré de peintures de guerre écarlates désormais sèches, se félicitaient de leur capture par de grands gestes dans un vaste brouhaha. Entre deux élans de souffrance, Alek se demanda si le sang de leurs victimes avait servi pour peindre ces décorations tribales.

Beaucoup présentaient de légères malformations. Les épaules de celui qui attachait les prisonniers étaient recouvertes d'étranges bosses irrégulières, tandis qu'un autre quelques mètres plus loin possédait six doigts à chaque main. Un septième avait même commencé à pousser entre son pouce et son index, mais il pendait misérablement, inachevé et sans muscle.

Les barbares disposaient tous de plusieurs armes, aussi sommaires qu'hétéroclites, que ce soit un gourdin ou une épée, une hachette ou un long couteau de chasse, en passant par la sarbacane et la lance. Les lames, de mauvaise facture, ne tenaient à leurs gardes que grâce à de la cordelette. Les accompagnaient quelques kiens, énormes bêtes au poil ras capables d'arracher un bras sans le moindre effort. Ces animaux à la gueule dégoulinante de bave tournaient autour des sillonneurs et grognaient en montrant les crocs au moindre mouvement.

Les prisonniers entendirent le chef des barbares crier des ordres d'une voix rauque, dans un langage à peine compréhensible :

— Dépché-vū ! Roŕ, okup-tú dé kvals !

Le dénommé Roŕ courut chercher les montures et les amena au chef, qui monta sur l'une d'elles. Malgré le mal de crâne épouvantable lui troublant la vue, Alek reconnut avec un pincement au cœur Zef, sa robe blanche hérissée en signe de peur. Malgré la douleur il parvint à s'approcher de Rolon pour lui chuchoter :

— C'est qui ces types ? Ils savent à peine parler.

Le vieux guerrier demeura silencieux, comme s'il n'avait pas entendu la question.

— Rolon ! souffla Alek de manière plus distincte. Tu m'écoutes ?

Les yeux perdus dans le vide tandis que la colonne entamait sa progression, le chef des sillonneurs lui répondit abruptement sans même tourner la tête :

— On ne survivra pas cette fois.

Il se tourna alors avec lenteur vers Alek, et le fixa d'un regard dépourvu de toute émotion, avant de déclarer :
— Les Knibales ne sont pas des hommes. Ce sont des bêtes.

Rolon avait raison. Les Knibales rappelaient plus l'animal que l'homme. Leurs paroles, à la limite de l'intelligible, ne servaient qu'à compléter un langage constitué de cris et de grognements, le plus souvent inarticulés. Les sillonneurs comprirent très vite que seule la loi du plus fort organisait la horde, jungle de brutalité et de rivalités permanentes.

Le chef commandait ses barbares d'une main de fer afin que son autorité ne soit jamais disputée. Un soir pourtant l'un d'entre eux lui tint tête, à propos d'un sujet que les prisonniers ne comprirent pas. Le meneur se jeta sans prévenir sur l'autre avant que celui-ci ne puisse dégainer son arme.

Et d'un coup de dents rageur il lui arracha l'oreille.

Le vaincu, tentant de stopper dans des hurlements de douleur le geyser rougeâtre qui jaillissait avec fureur, demeura par terre tandis que son chef se rasseyait, le visage tout entier couvert de sang, pour finir comme si de rien n'était la cuisse de liévr qu'il venait d'entamer.

Le voyage durait depuis plusieurs jours déjà. Chaque matin les Knibales relevaient les sillonneurs pour les attacher ensemble sur la même corde, avant de les faire marcher toute la journée durant sous une chaleur étouffante. Personne ne savait où ces barbares les emmenaient.

Les prisonniers traînaient le pas, à la fois gênés par la corde qui leur cisaillait les poignets et exténués par le manque de nourriture, d'eau et de repos. Quand ils n'avançaient pas assez vite, les barbares n'hésitaient pas à les frapper d'un coup dans le ventre pour qu'ils accélèrent. En effet, ils privilégiaient le langage des poings à celui, plus exigeant, des mots.

Tous les sillonneurs avaient été mis à genoux ainsi au moins une fois, mais la colère des Knibales s'abattait le plus souvent sur Sara. Au moins dix fois un sauvage était venu lui couper le souffle et l'abattre au sol d'un violent uppercut. Elle restait alors par terre quelques instants, le temps de pouvoir à nouveau respirer, avant de se relever, les yeux embués de souffrance, mais silencieuse. Derrière ces larmes se dissimulait un regard rempli de colère, autant envers elle-même et sa propre faiblesse qu'envers ces êtres inhumains.

À l'aube les Knibales jetaient à peine un morceau de viande pour tout le groupe, avant de les asperger d'eau. Cette maigre pitance leur servait de repas pour la journée.

Le soir on attachait à un arbre les prisonniers, qui ne pouvaient que difficilement dormir en raison de la corde les empêchant de s'allonger. À chaque assoupissement sa morsure de chanvre les ramenait aussitôt à la dure réalité.

Alek souffrait le martyre à cause de sa main brisée, que la cruelle corde caressait sans cesse. Constamment au bord de l'évanouissement en sentant ses os frotter les uns contre les autres, dans de sinistres craquements qui évoquaient du petit bois, son visage blême effrayait ses compagnons, le teint plus blanc que celui d'un fantôme. Le jeune homme essayait parfois de remonter au maximum la corde le long de son bras afin de soulager son supplice, mais il ne gagnait ainsi que quelques pouces, la corde beaucoup trop serrée pour espérer y échapper plus d'un instant ou deux. La longe retombait alors sur ses poignets et le calvaire reprenait de plus belle. Dans un bref état de lucidité, il eut l'idée d'appuyer sur la corde jusqu'à la desserrer, mais le soir venu, après une journée entière consacrée à tirer dessus jusqu'au sang, un Knibale passa vérifier les nœuds et resserra le sien dans un sourire démoniaque, réduisant par conséquent tout son travail à néant.

Sara aidait son amant du mieux possible, mais elle se situait tout au bout de la corde tandis qu'Alek se trouvait devant, et ne pouvait donc pas s'approcher de lui afin d'examiner sa blessure. La jeune femme lui murmurait donc des paroles qu'elle espérait réconfortantes, si jamais elles parvenaient à l'atteindre à travers son esprit embrumé par la douleur.

Les sillonneurs ne comprenaient pas toujours le dialecte des Knibales, mais l'inverse s'avéra également vrai. Ainsi ils arrivaient parfois à parler sans qu'un de leurs geôliers les interrompe d'un coup de gourdin.

— Tu as déjà entendu parler d'eux ? demanda Pol une fois la nuit tombée.

— Je croyais qu'on me racontait des histoires à dormir debout… répondit Rolon en secouant la tête, comme pour les effacer de sa mémoire. Comment croire à ces récits d'êtres sans âme, qui massacrent sans distinction hommes et bêtes pour le seul plaisir d'infliger la mort…

Le vieux guerrier n'avait pas parlé autant en une seule fois depuis leur capture. À côté ses compagnons se figeaient de stupeur.

— Lorsque les Anciens ont disparu, ils ont laissé derrière eux des Ruines maudites, expliqua-t-il, regrettant l'absence d'Orelo pour le remplacer dans son récit. Ces Knibales sont les descendants de ceux qui ont essayé de vivre dans les Ruines juste après l'effondrement des Anciens. À ce moment la malédiction était si forte qu'ils en ont perdu l'usage de la parole, et leurs corps se sont atrophiés, ce qui a entraîné des mutations et des dégénérescences.

— Mais pourquoi est-ce qu'ils ne nous tuent pas ? Je n'ai jamais vu de pillards garder un groupe vaincu en vie.

— Il faut tout de suite arrêter de les prendre pour de simples brigands. Ils n'ont d'humain que l'apparence. Ce sont des adorateurs des dieux païens du sang et de la guerre. Ils tuent, pillent et sacrifient en leurs noms.

Puis le vieux guerrier souffla dans un profond fatalisme :

— On y passera tous cette fois…

— Tu n'as pas répondu à ma question. Pour est-ce qu'ils ne nous tuent pas ?

Une longue seconde s'écoula avant que Rolon ne murmure :

— Parce qu'ils nous conservent comme garde-manger vivant.

Chapitre 55

Un soir, après avoir de nouveau marché toute la journée, les Knibales établirent un campement en plein milieu de la plaine, sans hésiter un seul instant à allumer un feu. Leur position se voyait à des kilomètres à la ronde, mais ils n'avaient rien à craindre des prédateurs.

Les prédateurs, c'étaient eux.

Brisés, les sillonneurs regrettaient jusqu'à leur existence, exténués au-delà du concevable. L'âme autant que le corps soumis à rude épreuve, ils avaient depuis longtemps perdu toute notion du temps. Depuis quand étaient-ils prisonniers ? Depuis la veille ? Depuis l'année dernière ? Seul importait le prochain pas à fournir. Puis le prochain. Puis le prochain. Cette simple action exigeait toutes leurs forces, et leurs esprits retranchés se révélèrent incapables de penser à autre chose.

Dans leur univers réduit à deux pieds écorchés menant une course sans fin, la corde devint leur pire ennemi. Non contente d'empêcher tout repos, elle leur cisaillait également les poignets jusqu'au sang, de jour comme de nuit. Infatigable, la corde les asservissait en leur brûlant la peau à longueur de journée, et imposait sa volonté de ses mors désormais d'acier sur leur énergie et leurs pensées. Les sillonneurs avançaient donc dans la direction qu'elle leur indiquait, sans rechigner, jusqu'à ce que l'obscurité vienne les soulager et les voie tomber exsangues contre un arbre. Ils ne comptaient plus le nombre de fois où ils avaient trébuché et s'étaient écrasés par terre, la corde leur interdisant de mettre les mains devant eux pour arrêter la chute. De ce fait les blessures se multipliaient. Pol affichait maintenant une vilaine balafre au front. Hélas sa blessure guérissait mal et se rouvrait fréquemment. Le sang glissait alors jusque dans son œil et l'aveuglait à moitié.

Au lieu des deux ou trois feux de camp habituels, les Knibales avaient cette fois décidé d'en allumer un unique, beaucoup plus grand, ses flammes s'élevant à la hauteur de leur sauvagerie. Les prisonniers gisaient à l'écart, attachés par des nœuds experts autour d'un tronc sans que la chaleur du brasier leur parvienne à travers la fraîcheur de la nuit. Alek s'était aussitôt évanoui. Vu sa position, le cou tordu dans un angle improbable, on aurait pu le croire mort, la nuque brisée. Pol, à côté de lui, voulut lui placer la tête sur son épaule afin que ses muscles cessent d'être aussi sollicités, mais les liens avaient été placés trop haut dans l'arbre pour le lui permettre.

Rolon tentait d'écouter les Knibales, de comprendre leur dialecte, plus pour occuper son esprit et ne pas penser à son avenir qu'à la recherche d'un véritable moyen de s'enfuir. En effet, imaginer s'évader ne leur apporterait que désespoir et saperait les dernières onces de volonté que la captivité n'avait pas encore dévorées. Les liens leur enserraient trop durement les poignets et les barbares jetaient sans arrêt des coups d'œil dans leur direction. Si les prisonniers parvenaient malgré cela à s'échapper, leurs geôliers les auraient vite rattrapés et châtiés. Étant donnée leur condition physique pitoyable, une nuit entière d'avance n'aurait pas suffi pour les distancer assez.

Le vieux guerrier réussit à deviner que les Knibales n'avaient pas grand-chose à manger ce soir-là, après une chasse décevante. Cela ne les empêchait cependant pas de rire, et Rolon devina aux doigts qu'ils pointaient dans la direction des sillonneurs que les barbares se moquaient d'eux.

Soudain un ordre claqua dans l'air :

— K'on amen l'gro !

Plusieurs Knibales se précipitèrent aussitôt sur Jona, le détachèrent de l'arbre et l'amenèrent près du feu, au centre du cercle de sauvages surexcités, sans lui laisser le temps de se débattre ou de comprendre le sort qui l'attendait. Tous les sillonneurs y compris Alek, réveillé par la soudaine agitation ambiante, retenaient leur souffle, redoutant la tournure que prenaient les festivités. Aucun n'avait eu la présence d'esprit ou la force d'encourager Jona, même d'un simple mot, pour l'épreuve encore inconnue qu'il s'apprêtait à affronter.

Deux kiens aboyant au bout d'une laisse de fortune furent amenés. Rolon entendit les Knibales parier, sans toutefois comprendre l'enjeu exact.

D'un coup de couteau les liens de Jona tombèrent au sol et il se retrouva à genoux, seul face aux bêtes. Les molosses, chacun plus grand au garrot que ses jambes, arboraient de longs crocs d'où suintait une bave écumante. Leur poil ras plus noir que la nuit luisait à la lueur des flammes. La faim devait les tenailler autant que le colosse, car ils n'attendaient qu'une seule chose : se jeter sur lui pour le dévorer.

La peur pétrifiait les sillonneurs, incapables d'agir pour sauver leur ami. Réduits à l'état de spectateurs impuissants, ils contemplaient avec effroi la scène qui se jouait sous leurs yeux. Jona non plus ne réalisait pas pourquoi l'instant d'avant il se trouvait attaché misérablement à un arbre aux côtés de ses compagnons, et la seconde d'après il faisait face à deux kiens affamés sur le point de le déchiqueter. Néanmoins la raison balaya très vite l'incompréhension et il se mit en garde, les deux poings brandis devant lui, rempart dérisoire entre son corps et la férocité qu'affichaient les bêtes. Jamais il n'avait autant regretté l'absence de sa hache et de son casque à cornes.

Tout autour les Knibales riaient à gorge déployée, savourant avec grand plaisir la distraction de la journée. Et celle-ci commençait à peine…

Les barbares qui retenaient difficilement les kiens en furie lâchèrent d'un coup les lanières et les molosses se ruèrent aussitôt sur leur proie.

Plutôt que d'attendre la charge animale Jona bondit en avant et envoya de toutes ses forces un crochet dans la gueule du premier kien. Tel un bloc de roche son poing s'écrasa contre l'animal qui fut projeté en arrière.

En revanche le deuxième bondissait déjà et plantait ses crocs dans la cuisse du colosse. Celui-ci lâcha un cri de douleur en tentant de l'agripper avant qu'il ne lui broie la jambe.

Sans succès.

L'autre ne tarda pas à revenir à la charge avec une rage décuplée. Il lui sauta à nouveau dessus mais Jona parvint à le saisir à la gorge, le coupant net dans son élan.

L'espace d'une seconde, le temps sembla se figer en un tableau de maître, dont le pinceau exprimait avec un réalisme bouleversant la sauvagerie de l'instant. Le premier kien était maintenu en l'air par la poigne de fer du colosse, tandis que le second enfonçait toujours plus profondément ses crocs dans la cuisse. Aux yeux de tous les spectateurs, seul importait le moment présent. Rien n'aurait pu les détourner de ce combat titanesque à l'issue encore indécise.

Bandant ses muscles au maximum de ses capacités, Jona empoigna la gorge de la bête avec ses deux mains, alors qu'il sentait les canines de l'autre désormais fichées dans son fémur. Au bout d'un effort colossal, après plus d'une minute à serrer comme un damné le cou robuste du kien, il ressentit autant qu'il entendit le craquement atroce de la nuque qui se brisait entre ses doigts, réduite en morceaux. Le colosse put enfin relâcher le corps inanimé, qui s'abattit lourdement au sol dans un ultime râle.

À leur tour les Knibales retenaient leur souffle face à la tournure inattendue des évènements. Derrière eux, les sillonneurs se mirent en silence à espérer que Jona puisse être assez fort pour battre les deux kiens à lui seul.

L'adrénaline lui avait permis d'ignorer sa terrible blessure à la cuisse, mais une fois concentré dessus Jona chancela dangereusement sous la douleur devenue soudain insupportable. Il cria de nouveau, avant d'asséner de ses deux mains jointes un violent coup sur l'échine du kien.

Mais celui-ci demeura de marbre.

Jona frappa encore.

Une deuxième fois. Puis une troisième, une quatrième…

L'étau ne se desserrait toujours pas. Pire, il augmentait, et chaque frappe amplifiait son martyre. La vue peu à peu brouillée par la souffrance, le colosse risquait de perdre connaissance à tout instant.

Tout à coup le kien contracta sa gorge musculeuse et d'un féroce coup de tête sur le côté arracha la jambe dans un geyser de sang, l'os broyé sous la puissance des crocs. Jona s'effondra en hurlant tandis que son sang formait déjà une mare écarlate qui luisait sous les éclats du brasier.

Les Knibales rugirent d'allégresse face au spectacle macabre et hurlèrent des encouragements au kien pour qu'il achève sa proie.

Comme s'il les comprenait, le molosse bondit sur le sillonneur et d'un coup de patte lui lacéra profondément l'épaule. Jona tenta de se protéger avec ses avant-bras mais le kien les laboura, de ses crocs, de ses griffes, taillant de sévères entailles dans la chair. Le sang giclait de toutes parts et l'homme aussi bien que la bête en furent bientôt recouverts.

Face à la douleur intolérable, Jona finit par relâcher ses bras.

Aussitôt le molosse s'engouffra dans la faille. Avec une rare sauvagerie il enfonça ses crocs dans le visage du sillonneur.

— NOOON !

Le rugissement dégagea une telle puissance qu'il figea le combat et ses spectateurs. Les sillonneurs d'abord, qui n'avaient à l'exception de Rolon jamais entendu un seul mot sortir de la bouche du colosse. Les Knibales ensuite, qui cessèrent instantanément de rire face à ce cri de rage, empli autant de colère que de désespoir. Et le kien enfin, qui pensait avoir achevé sa proie.

Jona parvint, dans un ultime sursaut d'énergie, à ramener ses poings devant lui pour les écraser contre la tête de la bête. Ses deux mains n'étaient alors plus constituées de chair ni de tendons, mais de quartz et de granite. Projetées à pleine puissance, elles devinrent des comètes de fureur.

Le crâne fut broyé.

Pulvérisé.

La violence du choc fit trembler la terre jusqu'aux pieds des sillonneurs. Du crâne taillé pour tuer ne subsista qu'un amas dévasté d'os et de cervelle.

Puis les bras de l'homme retombèrent au sol. Quelques secondes plus tard la mâchoire finissait par relâcher sa prise et le kien s'écroulait sur le côté, révélant un visage qui n'avait d'humain que le souvenir.

Les longs crocs avaient creusé de profonds sillons dans la peau, laissant derrière eux des joues déchirées et un œil crevé. Des morceaux de peau pendaient misérablement, quand des lambeaux entiers n'avaient pas disparu. Penchée sur les traits défigurés, la Mort finissait d'inscrire de ses doigts griffus son nom en lettres de sang.

Pourtant, l'écume aux lèvres, un mince filet d'air s'écoulait encore de la bouche du sillonneur.

Au cœur d'une brume écarlate s'obscurcissant peu à peu, Jona courait.

Main dans la main, sa femme et sa fille marchaient au loin, le dos tourné.

Jona accéléra. Il devait à tout prix les rattraper avant que les ténèbres ne l'envahissent, ou il errerait seul à jamais.

Au son de ses foulées affolées, les deux femmes se retournèrent. Quand elles le reconnurent leurs visages s'illuminèrent, repoussant l'espace d'un instant la nuit qui devenait de plus en plus opaque.

Ils s'enlacèrent éperdument, alors que l'obscurité les engloutissait corps et âme.

Mais Jona souriait. Il les avait retrouvées. Pour toujours. Tout le reste n'avait plus aucune importance désormais.

Chapitre 56

Les Knibales explosèrent de rire à la vue des deux corps s'effondrant dans la poussière.

Ils frappaient des mains et tapaient du pied, alors que les cadavres fumaient dans la fraîcheur du soir. Les sillonneurs se renfoncèrent un peu plus encore dans le silence. Sara peinait à regarder la scène qui suivait, tandis qu'Alek replongeait dans une inconscience agitée, où les volutes noires de son esprit dessinaient des formes inquiétantes de bêtes aux crocs longs comme des poignards.

— Non, non, non… gémissait Pol en observant le rituel macabre.

Les barbares se jetèrent sur les corps des deux kiens et les transpercèrent d'une longue broche de métal, avant de les mettre à cuire au-dessus du brasier. Pendant ce temps, un autre groupe s'occupait de découper les habits en lambeaux de Jona. Le corps, nu et mutilé, affligeait de désespoir ceux qui l'avaient côtoyé de son vivant. Rolon se croyait enfermé dans un cauchemar sans fin en contemplant son ami, avec qui il avait vécu tant d'années à combattre et voyager, ainsi réduit à un simple morceau de chair.

Les sillonneurs virent avec horreur un Knibale armé d'une hache s'approcher du corps. Il la leva, et d'un coup précis trancha un des bras du cadavre. Sara laissa échapper un cri de surprise devant cette image, trop choquante pour se graver en une seule fois sur sa rétine. Pol se rapprocha d'elle pour que la jeune femme ne regarde pas le lugubre spectacle qui se déroulait sous leurs yeux. Il aurait aimé la prendre dans ses bras et la serrer aussi fort aussi que possible en espérant oublier jusqu'aux sons de la fête sanglante qui leur parvenaient, mais les liens l'en empêchaient.

« Pourquoi Dlaah s'évertue-t-Il à nous voir souffrir dans l'impuissance ? s'interrogeait Pol dans une intense détresse face à la perspective d'une mort atroce. *Quel plaisir sadique prend-Il en nous torturant ainsi ? Qu'avons-nous donc fait au juste ? »*

Rolon, lui, observait fixement la scène et absorbait le moindre de ses détails. Une haine sourde naissait peu à peu au creux de ses reins, envahissait son corps jusqu'à lui tordre les entrailles de douleur. S'il avait disposé d'une quelconque arme sous la main, même un bâton, il aurait sans hésiter bondi sur les barbares pour en tuer le maximum, quitte à en mourir.

Les Knibales découpèrent le corps de Jona en de vulgaires morceaux de viande humaine, séparant les bras, la jambe restante et enfin la tête du tronc. Les mains couvertes de sang, ils les placèrent ensuite sur des broches à côté des kiens. Bientôt l'odeur de chair brûlée envahit l'air et flotta jusqu'aux sillonneurs. Les prisonniers voulurent retenir leur respiration pendant les longues minutes de cuisson, mais leurs poumons criant à l'agonie les obligèrent à inspirer une pleine bouffée d'air. Celle-ci leur brûla non pas la gorge, mais l'esprit. Car l'appétissant fumet réveilla leurs ventres affamés, et les sillonneurs se maudirent de s'abaisser à leurs instincts les plus primitifs. Les barbares, eux, s'en délectaient, humant l'air avec avidité.

Quand le chef des Knibales indiqua que la viande avait suffisamment rôti, ses hommes se jetèrent sur elle de façon violente et désordonnée. Jouant des coudes et frappant leurs voisins, ils ne pensaient qu'à se ruer dessus pour n'avoir ne serait-ce qu'un petit morceau du corps. Au cœur de la bousculade l'un d'entre eux tomba dans le feu, mais parvint à se rouler dans l'herbe pour éteindre les flammes qui lui léchaient la peau.

Une fois les broches complètement vidées, que ce soit de chair humaine ou animale, les barbares se mirent à scander, dans une clameur rauque et sauvage :

— Roŕ'kien ! Roŕ'kien ! Roŕ'kien !

« Tueur de kien » déduisit Rolon.

Le vieux guerrier comprit alors, à la manière dont ils savouraient, presque vénéraient, chaque bout de viande, les yeux révulsés dans un état proche de l'extase absolue, que les Knibales croyaient s'approprier les forces de leurs victimes en les mangeant, pour ainsi devenir plus puissant. Plutôt qu'un ignoble divertissement, ce combat entre Jona et les kiens permettaient en fait au sillonneur de prouver sa valeur, avant qu'ils ne le dévorent pour l'honorer s'il s'en montrait digne. Et le colosse ne les avait pas déçus, dépassant toutes leurs espérances les plus folles. Cette croyance sauvage les poussait aux pires atrocités, comme l'avait démontré l'effroyable massacre de la clairière. Comprendre les intentions de ces monstres décupla au-delà du concevable la haine de Rolon à leur égard.

Le sillonneur expliqua la coutume des barbares à ses trois compagnons, dans l'espoir de réduire leur peine pourtant incommensurable. Toutefois cela n'eut pour seul effet que de les enfoncer un peu plus dans les profondeurs du désespoir.

Un Knibale, les mains grasses suintantes autant de graisse que de cruauté, vint alors les narguer en agitant sous leurs nez un morceau de membre, qu'ils devinèrent provenir de la jambe du colosse.

— Enfoiré !

Pol rugit de colère et voulut se jeter sur le barbare, mais la corde le rappela aussitôt à l'ordre et il s'écrasa pitoyablement conter le tronc de l'arbre. Le Knibale rit de plus belle, insensible à sa rage et ses insultes.

Avant de retourner festoyer avec les autres, en mordant à pleines dents le mollet.

Chapitre 57

Un simple cercle de huttes, rudimentaires amoncellements de bois et de paille enchevêtrés, constituait le village knibale. Coincé aux pieds des montagnes, il surplombait la vaste plaine rase que les sillonneurs venaient de traverser contre leur gré. Cette étendue verte offrait une protection naturelle à la communauté : aucun groupe ne pouvait atteindre le village sans être décelé de nombreuses heures auparavant. Quelques hommes, ainsi que les femmes, les enfants et les vieillards, étaient demeurés au village pendant la chasse des guerriers, soit tout juste une centaine d'habitants au total.

Jamais Rolon n'avait imaginé que ces démons à forme humaine puissent élever une famille et posséder une maison. Seul un désert de cendre hérissé de pics noirs, peuplé d'une immense horde de barbares sanguinaires, leur aurait convenu. Chaque fois qu'il croisait le regard d'un de ces gamins, le vieux guerrier y voyait un monstre en devenir, prêt à imiter sans sourciller les actes de son père.

Les sillonneurs furent emprisonnés dans une cage placée à l'une des extrémités de l'ovale que formaient les huttes. De ce fait tous les Knibales pouvaient les voir, et donc les surveiller, en permanence. Leur prison terrifiait par sa simplicité, qui n'avait d'égale que l'insoutenable vue du village, ses habitants fourmillant d’activité sans leur prêter plus d’attention qu’à des animaux de compagnie. Elle frappait d’horreur quiconque s’y voyait enfermé, à peine assez grande pour permettre à tous de s’allonger, à moins de se coller les uns aux autres et d’abandonner le soupçon d’intimité que les geôliers ne leur avaient pas encore arraché. Sara réprima un frisson de dégoût quand elle s’aperçut que les barreaux qu’elle tenait entre les mains étaient en réalité composés d’ossements rendus marron par la poussière et le temps. Elle n’osa pas se demander s’ils provenaient d’animaux, ou bien d’humains.

Quelques heures après l’arrivée des prisonniers, un Knibale vint les voir. Les sillonneurs ne l’avaient encore jamais vu. Plus petit que la plupart des autres, le barbare n’en arborait pas moins un corps sec et athlétique. Son torse nu laissait apparaître des muscles saillants, ciselés avec soin. L’homme gardait une longue chevelure noire attachée en arrière par un os lustré. Sans tatouage de guerre comme les chasseurs, il possédait néanmoins une oreille percée de boucles aux couleurs variées, qui s’entremêlaient en rappelant les branches enchevêtrées d’un arbre.

— Jé vous souét la bienvenū dans mo villaj dé Nagrǎži, déclara-t-il d’une voix étrangement nasillarde.

Il s’exprimait mieux que tous les Knibales rencontrés jusque-là, aussi les prisonniers en déduisirent que face à eux se tenait le chef du village.

— J’espére ké vous mé paŕdonouré pouŕ cé conditiô.

Il désigna la cage des deux bras.

— Mé né vous inkiété pas, vous né ŕestéré pa lőntemp, conclut-il d’un faux air compatissant.

Il souriait avec ironie, comme s'il voulait s'excuser, mais tout le monde comprenait les véritables intentions qui se cachaient sous ses paroles mielleuses.

Malgré les dires du chef des Knibales, leur captivité fut longue.

Très longue.

Atrocement longue.

Elle semblait éternelle. Plus les jours défilaient, et plus les sillonneurs se résignaient un peu plus dans leur désespoir, en attendant de connaître un sort identique à celui de Jona. Faute de mieux, les quatre prisonniers passaient leur temps à dormir et à prier Dlaah, parfois des heures entières, l'implorant de les soulager dans leur souffrance. Ils ne lui demandaient plus de les aider à s'évader, mais simplement que leur calvaire prenne fin, d'une façon ou d'une autre. Hélas, Dlaah demeurait silencieux à leurs supplications.

Depuis leur prison, les sillonneurs pouvaient apercevoir, plus bas dans le village, leurs kvals retenus dans un enclos. Si les Knibales abandonnaient les hommes à leur condition de prisonniers, au moins traitaient-ils les bêtes avec respect, et les entretenaient au quotidien. Certains jours leurs anciens cavaliers les enviaient, regrettant les longues cavalcades face au vent, dans ce qui leur apparaissait désormais comme une autre vie.

Ils comprirent très vite qu'il n'y avait aucun moyen de s'évader. Nul caillou ou objet capable de limer les ossements ne jonchait le sol. De plus, quitter la cage sans être vu se serait avéré impossible. En effet elle se trouvait à la vue de tous, et même un enfant n'aurait pas hésité à donner l'alerte au moindre mouvement suspect.

Une fois libérée de la corde et placée dans la cage, Sara put enfin examiner la main brisée de son compagnon. Au prix d'une concentration extrême, malgré la faim et la soif qui lui tenaillaient les entrailles, elle parvint à user du Flu pour la guérir. Les deux mains placées autour de celle d'Alek, la jeune femme commença par visualiser la multitude d'os brisés, de muscles déchirés et de veines éclatées qui la composait, avant de lentement les replacer un à un. Le gourdin y avait causé des ravages terribles, et Sara perdit très vite toute notion du temps, absorbée corps et âme par sa tâche. Une fois l'esprit égaré au cœur de la chair, parmi l'infinité de cellules errant sans but apparent, les actions, pourtant infimes, devenaient évidentes et se succédaient avec la rapidité de l'enthousiasme.

Alek sentait des fourmillements de plus en plus intenses envahir sa main, au point de devoir serrer les dents pour ne pas crier de douleur. La sensation des os qui se déplaçaient sous sa peau lui donnait envie de se rouler par terre pour atténuer ce sentiment de totale impuissance.

Sara dut s'y reprendre à plusieurs fois avant que la main ne soit entièrement restaurée, tirant au jeune homme de grosses gouttes de sueur froide. Mais aussitôt l'opération mentale achevée, Alek put à nouveau ouvrir et refermer sa main avec plaisir, geste qu'il répéta sans relâche jusqu'à s'épuiser. L'espace d'un instant, il redevint un enfant à qui l'on venait de réparer son jouet préféré. Regagner des mouvements aussi naturels lui procura un soulagement immense, tant physiquement que mentalement, car devenu l'ombre de lui-même, il avait souffert le martyre durant de nombreux jours. Il ne parvenait alors plus à formuler une seule pensée cohérente dans son esprit.

— Merci… souffla-t-il de joie, éveillant un tendre sourire chez sa moitié.

Sara avait pris soin de le guérir la nuit, afin que les Knibales ne voient ni ne comprennent ses capacités. Rolon les observait pour la première fois, et il se pencha soudain vers elle en murmurant, avec dans la voix l'éclat radieux d'une idée apparue dans un grand fracas mental :

— Avec ce que tu viens de faire, tu serais capable de t'occuper de cette cage ?

Le sourire de la guérisseuse disparut tristement, alors qu'elle répondait avec honnêteté, bien que certaine de détruire les derniers espoirs du vieux guerrier :

— J'arrive à construire, consolider ou réparer la matière, mais pas à la détruire. J'ai déjà essayé, mais ces barreaux me donnent la nausée rien qu'à me concentrer dessus. Comme s'ils contenaient toute la souffrance des prisonniers qui se sont succédé à l'intérieur…

Rolon se laissa retomber contre les barreaux dans un long soupir d'abattement.

Pendant ces longues journées d'attente, les sillonneurs furent malgré eux spectateurs de la vie quotidienne des Knibales. Les femmes demeuraient en permanence au village pour s'occuper des enfants, tandis que les hommes partaient régulièrement chasser, pendant plusieurs jours parfois. Mais jamais ils ne ramenèrent de nouveaux prisonniers. Une fois les barbares revinrent avec de nombreuses armes, dont des épées de bonne facture. Le sang de leurs anciens propriétaires couvrait encore la poignée de certaines. Les sillonneurs en déduisirent que les Knibales avaient traqué un groupe, mais que celui-ci s'était vaillamment défendu jusqu'à son dernier souffle, empêchant les barbares de le capturer. Alek eut une brève pensée pour ces gens tués sur-le-champ, sans devoir redouter la mort durant chaque minute qui s'écoulait, et ne put s'empêcher de les estimer chanceux.

Régulièrement les hommes emmenaient les adolescents en dehors du village, afin de leur transmettre toutes les connaissances ancestrales de la chasse, la pêche et le combat. Leur passage à l'âge adulte consistait en une succession d'épreuves très dangereuses, qui comprenait la mise à mort d'un des énormes büffls peuplant la plaine.

À l'aide d'un simple couteau.

Beaucoup échouaient et revenaient blessés. D'autres, plus rares, ne revenaient pas. Les prisonniers virent une fois un jeune Knibale être ramené en urgence au village avec le bras entièrement arraché. Alek y reconnut l'œuvre d'un lüu, et son visage se fendit d'un bref sourire.

Les barbares étaient adeptes d'un sport étrange, désigné sous le nom de *« Rūdki »*, qui voyait s'affronter des équipes de cinq joueurs entre deux cerceaux placés verticalement. Se passant une balle lestée de main en main ou par des lancés, ils devaient l'envoyer à travers les anneaux le plus de fois possible avant que l'obscurité n'envahisse le village et signifie la fin de la partie. Comme ces affrontements avaient lieu au centre du cercle de huttes, la balle venait souvent heurter la cage des prisonniers, qui sursautaient autant de surprise que de peur. À travers ce jeu d'une rare brutalité, les Knibales démontraient une fois de plus leur nature violente et acharnée, car ils n'hésitaient pas à bondir sur celui qui tenait la balle pour le frapper et la lui dérober. Les plus déterminés se jetaient même à pieds joints sur leurs adversaires, tandis que les plus forts et agiles recevaient les honneurs des habitants une fois la poussière du combat retombée.

Les blessures, parfois graves, étaient régulières au cœur de ce mode de vie déconcertant qui prônait en permanence l'agressivité et la supériorité individuelle. Rolon devenait presque fasciné par les liens invisibles mais indestructibles formant cette communauté étonnamment soudée et cohérente, alors que chacun de ses membres ne cherchait qu'une seule chose : écraser son voisin pour mieux s'élever dans la hiérarchie.

Le chef des sillonneurs, après une phase de désespoir total qu'ils partagèrent tous, guettait désormais la moindre faille qui s'offrirait à eux, la plus petite ouverture, aussi brève soit-elle, qui leur permettrait de fuir cette cage d'os. Il prêtait tout particulièrement attention au moment de la soirée où un Knibale leur apportait un peu de nourriture, juste de quoi survivre pour servir de repas plus tard. Rolon tentait d'estimer s'il serait capable de s'emparer du couteau qui pendait à sa ceinture pour le forcer à les délivrer. Néanmoins il savait perdre son temps à envisager une évasion, car la cage se situait au sein du village et les barbares l'auraient aussitôt repérée, avant de se lancer à la poursuite des fugitifs pour les punir, puis les tuer, et enfin les dévorer.

Le chef des Knibales prit l'habitude de venir discuter avec les sillonneurs.

— Jé conné déjã tou dé mon villaj et dé sé abitânt. J'aimeré vous connétr, savoir cé ki vous a amné dans cét kaj, avait-il dit pour justifier sa curiosité.

Seul Alek acceptait de lui parler. Sara ne voulait même pas croiser son regard, tandis que Pol et Rolon auraient préféré se trancher la langue d'un coup de dents plutôt que de lui adresser la parole. Au début Alek ne réagit que peu à sa volonté d'établir un dialogue, mais le Knibale revenait les voir sans relâche, jusqu'à plusieurs fois par jour, et le jeune homme y vit une occasion de s'évader mentalement des barreaux qui le retenaient prisonnier, l'espace de quelques instants au moins. Une conversation saine et curieuse finit alors par s'établir.

Ainsi Alek apprit qu'il s'appelait Uŭrt-Zo, ce qui dans son dialecte signifiait « *La petite Mort* ». En effet il était le plus petit des hommes du village, mais sa modeste taille ne l'avait pas empêché d'en devenir le meneur, compensant par une férocité d'autant plus grande. Il avait défié puis tué son frère aîné et futur chef, Rŭ-Aïk, au cours d'un combat rituel, après que son père a choisi le plus âgé des deux comme successeur des Knibales. Depuis Uŭrt-Zo dirigeait son village d'une main de fer et n'hésitait pas à éliminer le moindre opposant à son autorité.

Les dialogues absorbaient avec une attraction grandissante Alek, qui répondait désormais sincèrement aux questions du barbare. Peu à peu, il lui raconta toute son histoire. L'histoire des sillonneurs.

— On voyageait depuis plusieurs années. Par-delà les plaines et les montagnes, à la recherche d'un endroit sûr pour s'installer. On a longtemps cherché à rejoindre les Ruines, et un jour on y est enfin parvenu. Mais un groupe s'était déjà établi, et nous avons dû partir.

Alek sourit tristement à la mémoire de Fao. Il n'allait pas développer cette partie-là. Le visage d'Uŭrt-Zo se tordit d'un rictus de dégoût à l'évocation des Ruines.

— Ruines pas bône ! Ruines maudït !

Le barbare n'expliqua jamais ce que les Knibales avaient subi la dernière fois qu'ils s'étaient rendus aux Ruines, à plusieurs semaines de voyage du village. Le jeune homme doutait que le groupe de Wil ait pu les repousser de façon assez brutale et traumatisante pour leur enlever jusqu'à l'envie d'y remettre les pieds. Surtout en imaginant le goût des Knibales pour la vengeance.

Un jour, Alek profita de la venue du barbare pour lui poser la question qui torturait l'esprit de tous les sillonneurs :

— Qu'est-ce que vous allez faire de nous à la fin ?

— Voû mangé ! s'exclama aussitôt Uŭrt-Zo sur le ton de l'évidence. Mé pašience, nous avon enkor un bon stok dé viând…

Ses paroles vinrent se poser tel un bandeau écarlate sur les yeux du jeune homme, soudain aveuglé de fureur. En une fraction de seconde, toute la frustration accumulée pendant l'emprisonnement quitta son corps dans un déchaînement de colère.

— Sale monstre ! rugit-il en bondissant à travers la cage pour attraper le Knibale à la gorge.

Mais celui-ci n'eut qu'à reculer d'un pas pour se placer hors de portée.

— Qu'est-ce que tu attends ? cracha Alek, envahi d'une rage incontrôlable. Fais-moi sortir et bats-toi si tu as du cran !

Insensible à la douleur il se frappait le crâne contre les barreaux avec une obstination désespérée. Il semblait espérer les briser afin de se ruer sur la cible de son courroux. Pourtant Uŭrt-Zo riait aux éclats. Et plus Alek persistait, plus il se moquait allègrement, applaudissant comme s'il l'encourageait.

— Oo non, jé né té féré pas cé plésir ! Té tué séré un cadô.

À peine quelques pas après avoir commencé à regagner sa hutte, sous les insultes que le sillonneur vociférait par dizaines, Uŭrt-Zo se retourna tout à coup et ajouta, avec un sérieux à glacer le sang :

— Jé mangéré ta fémél avan toa. É sou té iieu.

Et le chef des Knibales repartit dans un rire tonitruant, tandis qu'Alek se laissait retomber dans la cage, aussi bien vidé de ses forces que de ses espoirs.

Chapitre 58

Le cauchemar débuta le soir du cinquième jour après leur arrivée au village.

La nuit régnait sur le monde et les Knibales fêtaient depuis plusieurs heures déjà le retour d'un groupe de chasseurs, parti deux jours plus tôt et revenu les bras chargés de gibier. Un alcool fort à base de lait fermenté coulait à flots et l'ambiance festive envahissait le village entier, que des torches illuminaient au rythme des danses infernales.

Les Knibales, encore plus soûls que d'habitude, devenaient peu à peu violents entre eux. Une simple goutte d'alcool renversée constituait alors une raison parfaite pour se battre avec son voisin le plus proche, à grands coups de poing dans la tête. Tandis que quelques bagarres plus ou moins amicales éclataient à travers le cercle de huttes, Uŭrt-Zo, bien que lui aussi chancelant, les stoppa d'un sifflement sec. Les barbares se figèrent, prêts à se jeter de nouveau sur l'adversaire face à eux au moindre signal. Sans prononcer un mot, leur chef pointa du doigt la cage des prisonniers, dans un lent hochement de tête ponctué d'un sourire sadique. Puis sa langue lécha le pourtour de ses lèvres avec une délicatesse outrancière.

Les Knibales comprirent aussitôt et ne se firent pas prier. Ils se jetèrent sur la cage en hurlant comme des animaux en rut, l'ouvrirent et saisirent brutalement Sara. Leur haleine alcoolisée empestait sur plusieurs mètres à la ronde. La jeune femme se débattit et hurla de toutes ses forces alors que des mains poisseuses agrippaient son corps, mais elle fut incapable d'échapper à leur sauvagerie.

Alek et Pol essayèrent de s'interposer, mais leurs maigres forces ralentirent à peine les barbares. Un coup de poing dans l'estomac d'Alek l'envoya au sol, pendant que Pol était projeté dans un coin de la cage sans plus de considération qu'un vulgaire déchet. Rolon, lui, ne tenta aucune action, et demeura roulé en boule dans un coin, réaliste. Jamais il n'aurait pu vaincre tous ces sauvages enivrés, même en pleine forme et avec une épée à la main.

Sous les coups et les cris vains de Sara, les barbares refermaient déjà la cage. Alek se jeta contre les barreaux et les secoua aussi fort que possible, hurlant le nom de sa compagne, tandis qu'un Knibale, la jeune femme sur une épaule tel un sac de sable, l'emmenait sans ménagement au centre du village. Les trois sillonneurs se trouvaient juste assez proches pour ne rater aucun détail, que ce soit les traits déments des sauvages ou les gémissements désespérés de leur victime, et assistaient impuissants à la scène, spectateurs contre leur gré.

Alek aperçut aussitôt l'éclat du couteau sur lequel les torches se reflétèrent. L'espace d'une seconde le monde tout entier disparut à ses yeux, excepté ce poignard, dont émanait une menace sourde, halo ténébreux l'entourant d'une promesse de mort.

La lame se dressa.

Voilà. Avec ce coup, tout s'achevait. Sara était morte, et le jeune homme ne pouvait pas se jeter sous la lame pour arrêter le coup fatal, à sa compagne comme à son enfant. L'espoir de la vie tant de fois rêvée s'envolait avec leurs âmes.

La lame s'abat…

Est bloquée par Uŭrt-Zo.

Le chef des Knibales venait de saisir le poignet de celui qui tenait le couteau. À cause du brouhaha de la fête, les sillonneurs n'entendirent pas ce que Uŭrt-Zo lui murmura au creux de l'oreille, et virent juste le barbare armé se mettre à hocher frénétiquement la tête, la bouche entrouverte en une expression béate. Puis le chef des Knibales se retourna et croisa le regard terrifié d'Alek. Pour lui sourire de toutes ses dents.

Sans se départir de son expression Uŭrt-Zo empoigna la tunique de Sara au niveau du col, et d'un violent coup de poignet le lui arracha, révélant tout à coup sa poitrine. Alek hurla, mais seuls des rires ivres lui répondirent. Son impuissance le frappa de plein fouet et il manqua de s'effondrer sous le choc. Un autre sauvage s'attaqua au pantalon de la jeune femme, et elle apparut alors nue, son corps frêle entouré d'une dizaine d'hommes assoiffés de sang ainsi que de chair fraîche.

Telle une proie au centre d'un cercle de lüus affamés, Sara tentait vainement de dissimuler son intimité d'une main tremblante. Alek vit deux Knibales lui agripper chacun une jambe, à peine plus épaisses que des brindilles, et les écarter d'un geste brusque. Tandis qu'un troisième la tenait par les épaules en lui léchant la joue avec avidité, un dernier s'approcha, le pantalon aux chevilles.

Soudain il la pénètre.

Pol prit aussitôt Alek dans ses bras pour l'empêcher d'en voir ne serait-ce qu'un instant de plus. Mais le jeune homme, son visage ravagé par les pleurs, entendait encore les cris de souffrance que poussait sa compagne. Ceux-ci se perdaient à jamais dans la nuit et le ciel, célestes spectateurs impassibles face aux atrocités qui se jouaient sous leurs yeux. Chaque larme qui s'écoulait le long des joues d'Alek s'enfonçait dans son cœur avec plus de force qu'un pieu.

Et le calvaire dura, une éternité selon lui, une heure en réalité.

L'heure la plus longue de toute sa vie.

Avec une lame sous la main il l'aurait sans hésiter saisie pour se trancher la gorge, et ainsi échapper au supplice. Parfois Sara s'évanouissait sous la violence subie, pendant quelques instants à chaque fois, son corps incapable d'endurer plus longtemps le déferlement de coups dont il était victime. Alek n'entendait alors plus ses cris retentir et redoutait, autant qu'il espérait, qu'elle soit morte, enfin libérée de l'abominable tourment imposé par ses geôliers. Mais la jeune femme finissait toujours par reprendre connaissance, et les hurlements repartaient de plus belle quand elle comprenait que le cauchemar éveillé se poursuivait sans relâche. La brutalité des assauts répétés l'empêchait de se soustraire, au moins mentalement, à la souffrance qui s'intensifiait crescendo dans le bas de ses reins.

Alek ne sut jamais combien de Knibales se succédèrent avant que les sévices cessent, mais ce fut si long qu'il eut l'impression que le village entier y participait. Il aurait voulu crier à Sara de tenir bon, lui montrer qu'il partageait sa douleur mentale comme physique, ses entrailles atrocement nouées depuis qu'elle lui avait été arrachée, mais Pol le gardait plaqué contre lui.

Quand les Knibales en finirent enfin avec Sara, ils la laissèrent tomber piteusement au sol. Elle demeura étendue, inerte, pendant un long moment, avant de se redresser tant bien que mal sur ses coudes, et de lancer aux sillonneurs un regard désespéré où se mêlaient terreur et souffrance, dérisoire appel à l'aide de l'être qui sent sa vie sur le point de basculer dans le néant. À la place des yeux tant désirés d'Alek, la tête encore enfouie entre les bras de son ami, la jeune femme trouva ceux de Pol, qu'un frisson d'horreur parcourut.

Pendant une seconde il douta de se tenir face à la Sara qu'il connaissait.

Violacé, son visage était méconnaissable, tuméfié sous les bleus des coups infligés sans raison par ses tortionnaires. Toute la grâce qui d'ordinaire caractérisait ses traits délicats avait disparu, désormais lointain souvenir. À sa chevelure autrefois d'or se mêlaient de la terre et du sable qui, imbibés d'alcool, formaient un amas hirsute. Écarlate à force d'être attrapée et tirée de toutes parts, sa peau trempée de sa sueur et de celle des sauvages luisait à la lueur des torches. Une entaille courait sur un de ses seins, effleurant le téton, et le sang qui en provenait coulait le long de son ventre en minces filets enchevêtrés jusqu'à son entrejambe souillé. De plus, Pol comprit, à la façon dont il pendait sur le côté, qu'un de ses bras était brisé, inanimé dans un angle improbable. Autrefois merveille de bonté et de compréhension, la jeune femme n'inspirait plus que pitié et désarroi, réduite sous les coups sauvages à l'état de vastes ruines humaines.

Cette vision cauchemardesque provoqua dans l'esprit de Pol une secousse telle qu'elle lui fit relâcher son étreinte, et Alek en profita aussitôt pour se dégager. Ses yeux tombèrent alors sur Sara. La vue de sa moitié, autant bouleversée dans son corps qu'au plus profond de son âme, le pétrifia. Ses membres refusèrent tout mouvement. Sans voix, il contemplait l'amour de sa vie, un hurlement d'épouvante coincé au fond de la gorge.

Tout à coup l'éclat du couteau réapparut. Et cette fois, Uŭrt-Zo ne l'arrêta pas. Le Knibale se jeta sur le dos de la jeune femme, la plaqua au sol et lui releva brusquement la tête en la tirant par les cheveux. Alek n'eut même pas le temps de crier.

Le poignard lui avait déjà tranché la gorge.

Le barbare maintint la tête en arrière tandis que le sang coulait à flots, créant sous elle une flaque poisseuse dans laquelle se reflétaient les regards fascinés des Knibales, désormais tous immobiles et silencieux face au spectacle macabre.

Sara, dans un dernier éclair de conscience, parvint à trouver Alek du regard. Le sillonneur crut apercevoir sur son visage un plissement de lèvres, comme un sourire.

Peut-être un remerciement.

Puis le barbare relâcha la tête qui s'écrasa au sol, dans la mare de sang.

Le corps ne bougea plus.

— SARA !

Chapitre 59

Alek hurlait et insultait les Knibales de tous les noms possibles et imaginables, encore incapable de prendre pleinement conscience du drame. De sa voix ne jaillissaient plus que haine et rage, tandis que son regard se brouillait de pleurs amers. Pol se joignit à lui avec la même énergie désespérée. Le chef de village les entendit et s'approcha, son éternel sourire narquois ornant son visage.

— Té a l'aiŕ surprï peti ! s'exclama-t-il devant Alek de sa voix nasillarde. Jé tu avé prévénü, ta fémél avan té !

Uŭrt-Zo venait d'avancer d'un pas de trop.

— Salopard ! rugit Pol en bondissant.

Mais le Knibale était vif. Il esquiva le bras qui surgissait d'entre les barreaux d'un bond sur le côté, le saisit avant que Pol le ramène vers lui et le tordit violemment, l'articulation soudain tirée dans un sens tout sauf naturel.

— Lâche-moi enfoiré ! gémit Pol entre douleur et colère.

Il se débattait, mais Uŭrt-Zo tenait son bras avec une fermeté impitoyable, appuyant dessus à lui en arracher des larmes. Le sillonneur n'arrivait pas à se soustraire à l'étau. Il lui était entièrement soumis. L'intolérable pression sur ses articulations balayait de son esprit toute volonté ou capacité à réfléchir.

Le barbare appela deux autres hommes, les premiers qu'il vit. Ravis qu'une nouvelle victime s'ajoute au menu, ils s'empressèrent de saisir les deux bras du sillonneur pour le plaquer contre la cage, la marque des barreaux bientôt gravée sur son visage. Rolon comprit que Uŭrt-Zo ne comptait pas tuer Pol, car il l'aurait déjà sorti de la prison sinon. Il en eut très vite la confirmation.

Le chef des Knibales tira de sa ceinture un long couteau affûté et s'approcha si près de Pol qu'ils pouvaient chacun sentir l'odeur de l'autre. Une odeur d'alcool et de sang pour le premier, une de souffrance et de peur pour le deuxième. Alek tenta d'intervenir, mais un puissant coup de pied à travers la cage l'atteignit en plein torse et l'envoya rouler dans un coin, le souffle coupé.

Uŭrt-Zo parvint à saisir la langue du prisonnier entre ses deux doigts, après avoir évité de justesse une morsure de Pol, aussi enragé qu'un fauve en cage. Mais un fauve qui s'apprêtait à être maté…

— Un dernié parôl ? demanda-t-il pour amuser les Knibales à ses côtés.

Il approcha sa lame de la langue, mais soudain Pol se débattit, si brusquement que ses tortionnaires faillirent lâcher prise. Hélas il manquait de force et ses deux gardiens renforcèrent très vite leur prise sur ses bras, dans un énième gémissement.

— Né bouj plü, jé vé té feer mâl sinô…

Uŭrt-Zo lui attrapa de nouveau la langue et tira dessus d'un coup sec, arrachant au sillonneur un cri de douleur inarticulé. Puis la lame s'avança vers sa langue avec une cruelle lenteur.

Pol ne sentit même pas la lame, effilée comme celle d'un rasoir, lui trancher la langue. Ce fut d'abord le goût âpre du sang qu'il reconnut, avant que ne surgisse la douleur.

Intense.

Atroce.

Définitive.

Pol hurla si fort que les Knibales le lâchèrent, les tympans soumis à rude épreuve. Il voulut jeter une nouvelle insulte à Uŭrt-Zo, mais le sang remplissait déjà sa gorge et seul un son informe en sortit, manquant de l'étouffer. Pol se pencha en avant par réflexe et cracha tout le sang contenu dans sa bouche. Quand il redressa la tête, Alek vit la lueur des torches miroiter sur sa mâchoire et son torse recouverts d'un épais sang noir, alors qu'un mince filet ne cessait de s'écouler par sa bouche entrouverte. Avec l'aide de Rolon, il déchira un morceau de ses vêtements pour lui combler la bouche, en maintenant sa tête penchée en arrière pour essayer d'endiguer l'hémorragie. Enfoncé de plus en plus profondément dans un état second, Pol sentait la brûlure de la plaie béante envahir son crâne, puis son corps tout entier, tandis que le sol tanguait sous ses pieds par saccades.

Uŭrt-Zo les narguait de son sourire démoniaque en agitant la langue découpée sous leurs yeux emplis de haine.

— Voilă ki devré lé kalmé !

Soudain il planta ses crocs dans la langue encore chaude du corps de son propriétaire, avant d'en arracher un large morceau, frémissant à la sensation du sang qui coulait le long de son cou puis de sa poitrine. Le barbare prit ensuite un malin plaisir à mâcher lentement sous les yeux de Pol, qui perdit aussitôt connaissance. Deux bouchées plus tard, il ne restait rien de sa langue.

— Délissieu…

Et Uŭrt-Zo se hâta de retourner au centre du village, dans un grand éclat de rire. Il ne voulait surtout pas rater le dépeçage.

Chapitre 60

La fête avait continué encore longtemps après qu'Uŭrt-Zo eut tranché la langue de Pol. Alek s'était concentré sur son ami pour tenter de soulager sa douleur, si bien qu'il n'avait pas vu le sort réservé au cadavre de Sara. Il ne l'aurait de toute façon pas supporté.

Les Knibales, vacillants, avaient enfin fini par regagner leurs huttes, laissant les restes du festin éparpillés au sol. Le silence avait peu à peu repris ses droits sur le village.

Malgré la douleur sourde, Pol avait finalement réussi à s'endormir, aidé par le contrecoup de la blessure, dans un sommeil toutefois agité et guère réparateur. Rolon et Alek étaient parvenus à stopper le saignement, mais ils doutaient que leur compresse de fortune tiendrait très longtemps. Ils profitèrent de l'accalmie pour se reposer également.

Alek ferma les yeux.

C'était un cauchemar. C'était forcément un cauchemar. Sara ne pouvait pas être morte. Jona ne pouvait pas être mort. Il avait rêvé tout cela. Il allait rouvrir les yeux et tout serait redevenu comme avant.

Alek rouvrit les yeux.

La cage était toujours là. Le village knibale était toujours là. Les cendres rougeoyantes du feu continuaient de répandre leurs lueurs à travers la nuit. Mais Sara n'était pas là.

Sara était morte.

Le jeune homme ferma à nouveau les yeux, retenant avec difficulté les larmes de son incommensurable tristesse. Si ses pleurs avaient jailli à ce moment précis, ils auraient pu remplir un lac entier. Mais sa colère, plus puissante, plus intense, éclipsait son chagrin. Elle se dirigeait tout entière vers un seul homme : Uŭrt-Zo, dont le sourire narquois hanterait à jamais ses nuits, gravé au fer rouge dans sa mémoire. À la seule pensée de son visage Alek serrait le poing, comme s'il tenait son crâne au creux de sa paume. Le sillonneur se jura, s'il sortait un jour de cette maudite cage, de le tuer, et de lui faire regretter ses actes, ainsi que ceux de tout son peuple.

Il aurait voulu hurler sa rage à travers la plaine et la montagne. Que ses cris résonnent haut et fort avant que les Knibales viennent le réduire au silence. Que ses cris atteignent les oreilles de quelqu'un capable de les sauver. Mais appeler à l'aide ne servait à rien, il le savait. Personne ne pouvait l'entendre. Personne ne viendrait jamais les délivrer. Les trois sillonneurs étaient seuls.

Alors que pour la première fois de sa vie le désespoir envahissait chaque parcelle de son âme, Alek sentit quelque chose apparaître en lui, du plus profond de son être. Un point lumineux, telle une tâche brillante s'extirpant des méandres obscurs de son esprit. Le jeune homme garda les yeux fermés, par peur de le perdre s'il les rouvrait. Il essaya de le situer plus précisément dans son corps, mais le point ne s'y trouvait déjà plus.

Il se situait tout autour de lui.

Partout.

Mais aussi nulle part.

Le sillonneur s'efforça de comprendre pourquoi il avait disparu, avant de réaliser qu'il s'était en fait divisé. En une multitude d'autres, qui désormais l'entouraient. Chaque point lumineux laissait imaginer une galaxie aux limites infinies.

Alek essayait de se concentrer sur un éclat en particulier parmi la myriade qu'il percevait, mais trop petits et insaisissables, il ne parvenait à les distinguer que par groupe. Les points lumineux semblaient demeurer immobiles tant que lui-même ne bougeait pas. Le jeune homme se risqua alors à ouvrir les yeux.

Et ils étaient toujours là, éblouissants en pleine nuit.

Lentement, comme s'il se réveillait et que la lumière du jour l'aveuglait, Alek se mit à percevoir l'environnement qui l'entourait. De façon simultanée il ressentait plus qu'il ne sentait les barreaux de la cage contre laquelle il était adossé, le sol sur lequel il était assis. Il ressentait même le sang qui coulait sur le menton de Pol, en un filet mince, quoique continu. Le jeune homme pouvait le voir épais et chaud, avec la même certitude que s'il lui coulait directement sur les mains.

Sans effectuer le moindre mouvement, le sillonneur tenta ensuite de percevoir son environnement éloigné. Il s'étonna de discerner un liévr caché derrière un rocher à quelques pas de lui, puis les habitations barbares les plus proches. Il sentait l'homme et la femme knibales allongés sur leur couchette, leur enfant roulé en boule à leurs pieds, tous endormis, leurs poitrines se soulevant à un rythme régulier.

Les points lumineux lui apparaissaient toujours, mais Alek ne les considérait plus comme tels. Il réussissait désormais à regarder à travers eux.

Alors il comprit.

Le Flu.

Ce dont la sorcière avait parlé et que Sara avait usé à plusieurs occasions. Il se remémora le tigre affamé des Ruines qu'elle avait repoussé, et plus récemment les os brisés de sa main qu'elle avait réparés. Sans même la toucher. Et qui sait ce qu'elle avait accompli loin du regard des autres ?

Même s'il ne comprenait pas pourquoi le Flu se révélait soudain à lui, Alek éprouvait une profonde plénitude. En conservant le douloureux souvenir de Sara écarté, son corps semblait si léger qu'il flottait, détaché de ses besoins physiques. La faim et la soif ne l'affectaient plus. Depuis combien de temps n'avait-il plus ressenti pareille sérénité ? Seule la découverte des Ruines pouvait se mesurer à cet instant exact. Il s'imaginait capable d'accomplir des miracles grâce au Flu, tandis que la rage aveugle qui lui brûlait le cœur venait troubler ce moment de paix intérieure.

Une idée ne tarda pas à germer dans son esprit, alors qu'il se tournait vers les barreaux de la cage. Il s'agenouilla face à eux, et se concentra de nouveau. Il vit l'infinité de points lumineux réapparaître, mais ne se focalisa que sur ceux qui composaient le barreau sous ses yeux. La noirceur qu'il y découvrit le troubla, manquant de briser son attention. Trace persistante de la souffrance des hommes suppliciés pour bâtir cette cage, elle ne disparaîtrait qu'avec la destruction de la prison. Mais l'ombre funeste trouva un écho dans le désir de vengeance du sillonneur, aussi celui-ci poursuivit malgré elle. Plutôt que de vouloir briser l'os d'un seul coup, il essaya d'abord de saisir quelques points lumineux pour les déplacer hors de leur enveloppe naturelle.

La première fois rien ne se produisit. Aucun n'avait bougé, à peine remué. Mais Alek ne se découragea pas. Il sentait qu'il se trouvait sur la bonne voie. Il redoubla donc de concentration et de volonté. Lentement, d'abord de façon imperceptible, puis de plus en plus évidente à l'œil nu, l'os s'agita de frémissements, à mesure qu'Alek parvenait à repousser les points lumineux, les déloger de la matière qu'ils composaient.

Le sillonneur serrait les dents. L'effort mental se propageait dans son corps, s'accaparait toutes ses ressources. Une sueur froide lui coulait le long du dos, ses muscles contractés comme s'il menait un véritable combat. Il n'avait jamais été aussi concentré. Autour de lui plus rien n'importait, plus rien n'existait.

Et il continuait de s'acharner, la liberté à portée de main. Il aurait pu l'effleurer du bout des doigts.

Si proche, encore si loin…

Rolon fut réveillé par un craquement sec. Il se redressa en sursaut, pour découvrir Alek avec entre les mains un des os de la cage, brisé en deux. Le jeune homme affichait un sourire béat, lui-même stupéfait. Rolon ne comprenait pas comment le jeune homme avait pu casser seul et sans outil un des barreaux. Cependant, au-delà de sa surprise, il voyait surtout l'espace laissé par l'os manquant, porte grande ouverte sur l'univers.

C'était juste assez grand pour qu'une personne rampe à travers.

Le vieux guerrier croisa le regard d'Alek, qui hocha lentement la tête. L'espoir renaissait en lui, geyser inespéré envahissant tout son corps d'une sensation grisante. Une foule de questions s'entrechoquaient dans son esprit. Une fois loin de cet enfer, il aurait tout le temps de les lui poser. Mais pour l'instant, seule importait leur évasion.

Rolon s'empressa de réveiller Pol, en lui intimant de rester silencieux pour ne pas alerter la sentinelle qui veillait face à la plaine, alors qu'Alek se glissait déjà à l'extérieur de la cage. Pol fut le deuxième à sortir, aidé de part et d'autre par ses amis. Encore abasourdi par le brasier de douleur qui consumait sa bouche, il croyait rêver et se laissait donc guider, tel un pantin à peine articulé, par les êtres imaginaires aux contours flous. Puis Rolon s'évada.

Ses jambes flageolaient sous son poids, autant de fatigue que par manque d'habitude. En effet, il les dépliait entièrement pour la première fois depuis le début de leur emprisonnement. En se redressant le sillonneur prit le temps d'inspirer jusqu'à se remplir les poumons, et se délecta de l'air qu'il sentit y couler.

L'air frais de la nuit.

L'air ardent de la liberté.

Il adressa une courte prière à Dlaah, le remerciant d'avoir enfin accédé à leurs supplications, avant de murmurer à ses deux compagnons :

— Dépêchons-nous, il faut qu'on mette le plus de distance entre nous et ces maudits sauvages avant l'aube !

Alek se tourna une dernière fois vers le village knibale encore endormi, en particulier vers la hutte d'Uŭrt-Zo. Rolon commençait déjà à s'enfuir, Pol sous son bras. L'idée de s'y précipiter pour tuer le chef des barbares dans son sommeil lui traversa l'esprit, mais il n'avait pas d'arme et tenait à peine debout, exténué par la captivité et l'utilisation intense du Flu.

Tiraillé en son for intérieur, Alek finit par suivre les pas hésitants de ses amis, et laissa derrière lui ce lieu de souffrance et de mort.

Chapitre 61

Chaque pas représentait pour Pol une année de souffrance.

Rolon aurait voulu partir en courant, aussi vite que ses maigres forces le lui permettaient, mais Pol n'aurait jamais pu le suivre. Il marchait penché en avant, sa langue coupée source d'un mal effroyable. Chaque déglutition lui perçait le crâne de lames chauffées à blanc, tandis que la plaie recommençait à saigner abondamment. Alek et Rolon devaient le soutenir, chacun par une épaule, pour qu'il ne s'écroule pas.

Les trois hommes s'étaient enfoncés dans le flanc de la montagne qui surplombait le village, plutôt que dans la plaine en contrebas. Les Knibales n'auraient eu aucun mal à les rattraper s'ils avaient opté pour l'étendue plate à perte de vue. Dans les hauteurs les sillonneurs pouvaient espérer leur échapper, dissimulés parmi le relief et les rochers. Néanmoins les sillonneurs couraient toujours un grave danger. Les barbares ne manqueraient pas de remarquer leur évasion dès l'aube, peut-être même avant en cas de malchance. Ils se jetteraient alors à leur poursuite avec toute la hargne qui les caractérisait, et il valait mieux pour les fugitifs être déjà loin à ce moment-là.

Ils avançaient depuis maintenant une heure. Une fois l'euphorie de la liberté évanouie, Rolon s'avéra fatigué. Extrêmement fatigué. Presque immobile dans la cage pendant cinq jours, il avait avalé en une semaine ce qu'il mangeait d'habitude en une seule journée. Son énergie lui faisait cruellement défaut au moment le plus critique, celui de sauver sa vie et celle de ses compagnons.

Le chemin qu'ils empruntaient devenait de plus en plus escarpé à mesure que la pente continuait de s'élever, jusqu'à atteindre des portions où il leur fallait presque escalader les rochers.

Désormais, chaque pas de Pol pouvait à tout moment devenir le dernier. Les jambes tremblantes, il menaçait sans cesse de tomber en entraînant ses deux compagnons avec lui, et dans de brefs éclairs de lucidité il crachait avec ses dernières forces une bouillie de mots incompréhensibles. Alek comprit qu'il pestait contre ces maudits barbares, en particulier leur chef, mais aussi contre sa propre faiblesse physique.

Au détour d'un virage le jeune homme crut entendre des bruits métalliques raisonner faiblement jusqu'à ses oreilles. Son cœur s'emballa aussitôt.

— Je crois qu'ils viennent de se rendre compte qu'on s'est échappés, annonça-t-il d'une voix plus sombre qu'une condamnation à mort.

Ses paroles tombèrent sur le petit groupe avec la puissance d'une avalanche, emportant tous leurs espoirs avec. Néanmoins l'aube n'apparaîtrait pas avant quelques heures encore, et les kvals des Knibales ne pourraient pas galoper à travers la montagne dans l'obscurité. Mais ils rattraperaient les fuyards dès le lever du jour. Rolon avait beau réfléchir, chercher, fouiller, il ne trouvait rien qui puisse les empêcher d'être à nouveau capturés. Et cette fois tués, à n'en pas douter. Uŭrt-Zo se ferait un sadique plaisir de les torturer longuement pour leur faire regretter cette évasion désespérée, avant de les dévorer. Il démontrerait sans doute une incroyable inventivité quant aux techniques de supplice employées. Si seulement les Knibales n'avaient découvert leur disparition qu'à l'aube…

« La liberté n'aura pas duré longtemps… » pensa Alek, les épaules abattues de découragement.

Les sillonneurs continuaient pourtant de marcher, aussi vite que possible, avec l'espoir fou de découvrir derrière un rocher une grotte dans laquelle ils pourraient se cacher et échapper à leurs poursuivants. Hélas ils ne découvrirent aucune caverne, tout juste de petites crevasses capables de dissimuler un enfant. Pol crachait de plus en plus de sang. Celui séché était maintenant remplacé par un nouveau, frais et plus clair. Ses forces le quittaient en même temps que son torse se couvrait d'écarlate.

Puis le jour se leva, beaucoup trop tôt au goût des fugitifs. Cependant ils apercevaient à présent la ligne de crête. Sans savoir ce qu'ils y trouveraient. Probablement rien, juste des cailloux et des nuages, ces derniers pas encore assez proches pour s'y suspendre et dériver en leur compagnie, jusque dans des contrées qu'aucun Knibale ne foulerait jamais. Rolon essayait de fixer à Pol de petits objectifs, les uns après les autres, afin qu'il garde un semblant d'espoir :

— Allez, jusqu'au gros rocher, là-bas ! C'est bien, jusqu'à ce virage-là maintenant ! Allez, jusqu'à la crête, on la voit, elle est juste là. Après on est sauvés !

Le mensonge était grossier, mais il n'avait rien imaginé de mieux pour que la motivation, même infime, ne le quitte pas. Il fallait à tout prix qu'il continue d'avancer, qu'il n'abandonne pas le combat, bien qu'inégal.

Soudain les trois hommes entendirent les sabots des kvals claquer sur la pierre, à peine une centaine de foulées derrière eux, alors qu'ils posaient à peine le pied sur la ligne de crête.

Malgré la promesse de mort imminente que ce bruit apportait, Alek ne put que s'arrêter, le souffle coupé, face au panorama qui se dévoilait à lui.

Devant eux s'étendait une immense forêt.

Elle s'étalait à perte de vue, jusqu'à l'horizon et plus loin encore. Qu'ils regardent à gauche ou à droite, les sillonneurs ne voyaient qu'un océan de verdure. Ses arbres gigantesques réduisaient au rang d'arbuste ceux que les voyageurs avaient connus lors de leur périple. Certains mesuraient sans doute plusieurs centaines de mètres de hauteur. Et au centre de cette forêt, il y en avait un, unique et majestueux, qui surplombait tous ses congénères. Cinq fois, peut-être dix fois plus grand. Étendant ses branches massives, chacune aussi épaisse qu'un tronc, par-dessus les arbres alentour, il évoquait un roi, ses sujets abrités sous un manteau protecteur.

Le roi de la forêt.

Mais les sillonneurs ne s'attardèrent pas longtemps sur ce paysage inattendu. Ils observaient plutôt la lisière en contrebas, aux pieds de la montagne tout juste gravie dans l'autre sens. Ils devaient redescendre au plus vite l'abrupt pan de roche qui les en séparait, mais cela leur demanderait encore beaucoup de temps.

Un temps qu'ils n'avaient pas.

Rolon commençaient à réfléchir et soupeser les maigres options qui s'offraient à eux lorsque les Knibales franchirent à leur tour la ligne de crête. Cinq barbares armés jusqu'aux dents jaillirent au galop du relief, une expression de détermination inscrite sur leurs visages tant que l'affront commis par leurs proies n'aurait pas été lavé dans le sang. Les sillonneurs, eux, ne disposaient pas de la moindre arme, mis à part la force du désespoir, aide dérisoire face à l'acier tranchant des lames.

Après un bref instant de doute, tout devint soudain clair aux yeux de Rolon. Plus limpide que l'eau de roche contenue sous ses pieds.

Il n'avait pas le choix.

— Courez ! Je les retiens ! déclara-t-il en direction de ses compagnons alors qu'il s'avançait de quelques pas pour s'interposer.

Alek fut tenté de répliquer, de le raisonner, de lui dire que sa décision n'était que pure folie, que jamais il n'arriverait à retenir, vidé de ses forces et sans épée, cinq cavaliers knibales, et encore moins à les vaincre. Mais face à ses traits résolus, il se tut. Le jeune homme comprit que son sacrifie ne se discutait pas. Si deux d'entre eux voulaient survivre, le troisième devait mourir…

En un dernier regard, il lui exprima un profond remerciement.

Au nom de tous les sillonneurs.

Pour les années passées à ses côtés.

Pour leur avoir indiqué le chemin quand grondait la tempête.

Pour avoir été leur chef.

Le chef des sillonneurs.

« Merci, formulaient ses yeux. *Merci beaucoup. »*

Aussitôt après le vieux guerrier ne le regardait déjà plus. Ses yeux comme son esprit étaient tout droit rivés sur leurs poursuivants. Alek savait qu'en ce moment même un plan germait dans sa tête, se développait pendant que les kvals approchaient, grossissait à mesure qu'il observait l'équipement des Knibales, leurs postures… À présent seul importait pour lui l'ultime combat qu'il s'apprêtait à mener.

Alek reprit Pol sous son bras et s'engagea dans la pente. Avec ce terrain escarpé et ses nombreuses crevasses, arriver en bas entier, sans que les Knibales ne les aient rattrapés, serait un miracle…

Chapitre 62

Rolon demeurait immobile face à la charge des cinq cavaliers. Son esprit se vidait de la moindre pensée parasite, du moindre regret. Il savait que sa décision ne pouvait qu'être la bonne. Les trois sillonneurs n'auraient pas pu tous survivre avec une horde de Knibales aux trousses, pas sans que l'un d'entre eux serve d'appât et se sacrifie pour les deux autres.

Toutefois, au fond de lui, il doutait quand même que son héroïsme serve vraiment. Les fugitifs n'avaient pas réussi à mettre assez de distance entre eux et les barbares avant que ces derniers se rendent compte de leur évasion. Rolon n'en voyait que cinq devant lui, mais il devinait qu'au moins le double les poursuivait à pied, dans l'espoir d'assouvir leur soif de sang en ramassant les miettes laissées par les cavaliers. Une fois son propre corps transpercé et piétiné, les barbares se jetteraient à la poursuite d'Alek et de Pol, qui n'avaient aucune chance d'atteindre la lisière avant leurs poursuivants, en pleine forme malgré la beuverie de la veille.

Rolon fléchit légèrement les jambes.

Il ne comptait pas se rendre sans résister. Le vieux guerrier sentait l'euphorie du combat peu à peu l'envahir, une dernière fois, dissipant la fatigue, la faim et la soif. Il lui suffisait d'honorer un dernier combat, ce dont qu'il était capable mieux que personne. Rolon n'aurait pu rêver d'une meilleure révérence à la vie.

Montés sur des kvals surplombant de toute leur taille l'être chétif, les Knibales allaient l'écraser sans lui laisser une quelconque chance de fuir, encore moins de riposter. Le plus proche tenait un sabre. Il leva son arme, et une fois au niveau de sa cible l'abattit.

À l'ultime instant Rolon bondit vers lui et surprit la monture autant que son cavalier, qui s'attendait à le voir sauter sur le côté pour esquiver le coup. Il saisit le bras du Knibale au plus bas de sa courbe mortelle et, profitant de son élan, le tira violemment vers le sol. Le mouvement, exécuté avec une grande fluidité, arracha le barbare à sa selle sans qu'il puisse y opposer la moindre résistance. Le Knibale chuta du haut de son kval et percuta la roche tête la première.

Rolon ne perdit pas une seconde et bondit aussitôt sur le sabre, à tout juste un mètre de lui, alors que le cavalier désarçonné tentait de se relever quelques pas plus loin, malgré son crâne béant et le sang qui lui recouvrait le visage. Mais il ne parvenait plus à trouver l'équilibre et s'écroula de nouveau par terre. Hélas le sillonneur ne fut pas assez rapide pour achever le guerrier sans défense. Ses compagnons et leurs montures s'étaient déjà retournés et s'interposaient maintenant devant lui.

Le vieux guerrier se tenait donc face à quatre kvals impétueux, muraille impossible à détruire sans y laisser la vie. Néanmoins son visage se tordit d'un bref rictus.

« Au moins je mourrai l'arme à la main ! » s'exclama-t-il en son for intérieur, l'esprit emporté par une tornade de témérité désespérée.

Rolon attendait cependant que les Knibales fassent le premier geste, car il n'avait aucune raison de se jeter sur eux. Son seul but restait de gagner du temps et il ne l'oubliait pas, malgré la rage du combat qui l'envahissait de la tête aux pieds.

Les barbares ne tardèrent pas à lancer une nouvelle charge. En réponse Rolon poussa un puissant cri de guerre et bondit vers eux. Aucune peur n'imprégnait ses gestes. Les surprendre apparaissait comme sa seule chance de les vaincre, car il ne serait jamais de taille dans un combat à la régulière.

Le vieux guerrier avait presque réussi à se retrouver sur le flanc du kval le plus proche, de façon à pouvoir de nouveau atteindre le cavalier, lorsque la monture se cabra brusquement. Elle donna de grands coups de sabots vers Rolon, qui se plaqua en vitesse au sol pour les éviter.

Il se situait désormais sous le kval.

D'un large mais précis coup de sabre il lui ouvrit le ventre dans un geyser d'entrailles. La bête hennit à l'agonie, tandis que ses tripes sanglantes se déversaient sur le sillonneur.

La monture mourante plongea en avant pour éviter que l'homme sous elle ne répète son geste, éjectant son cavalier dans la précipitation. Pendant ce temps,le sillonneur en profita pour se relever et essuyer d'un revers de la main le sang de kval qui lui recouvrait les yeux.

Il n'entendit pas s'approcher dans son dos le Knibale qui de sa lance le transperça.

Rolon vit tout à coup apparaître à travers son ventre le fer de l'épieu et le sommet de sa hampe. À la surprise du choc succéda la douleur, si forte qu'il en tomba à genoux.

L'homme était à terre. Il ne pouvait désormais plus opposer de résistance aux Knibales, qui descendaient de leurs montures, le sourire aux lèvres, pour l'achever. Et sûrement plus après…

Rolon se sentait sur le point de perdre connaissance. Dans un insoutenable effort mental, il serra les dents et se concentra à tout prix sur un point fixe devant lui. S'il s'évanouissait maintenant, il ne se réveillerait plus jamais. Le vieux guerrier perçut plus qu'il ne vit les Knibales l'entourer, avant de distinguer à travers les brumes de la souffrance, qui s'assombrissaient chaque seconde un peu plus, la lame d'un couteau. Les bruits alentour s'estompaient à mesure que le coutelas se rapprochait, inexorablement.

Une image se fraye alors un chemin à travers sa conscience vacillante.

Une image atroce.

Sara.

Sa gorge tranchée d'où gicle un torrent de sang.

La vision se grave au fer rouge dans son esprit et bâtit en un battement de cœur un sanctuaire de lumière au cœur des ténèbres.

L'instant d'après Rolon avait retrouvé toute sa lucidité.

Il serra le poing. Le sabre s'y trouvait toujours.

Les barbares baissaient désormais la garde face à leur ennemi immobile, une lance en travers du corps.

Soudain Rolon bondit en avant dans un rugissement animal et trancha la tête du premier venu. Celui-ci n'eut même pas le temps de réaliser que l'homme qu'il pensait agonisant, réduit à l'impuissance, possédait encore les ressources pour s'offrir une dernière passe d'armes. Sa tête roula par terre alors que le vieux guerrier, malgré sa blessure effroyable mais bien debout, dévisageait les trois Knibales autour de lui, sa poitrine se soulevant à un rythme effréné.

Ils marquèrent un temps d'arrêt avant de reculer d'un pas sous la surprise. Ils avaient de toute évidence sous-estimé leur adversaire. Les barbares reprirent leur contenance, puis l'encerclèrent et se mirent à lui tourner autour. Le vieil homme ne survivrait plus très longtemps, cela sautait aux yeux. Avec un épieu planté dans le ventre, il ne respirait qu'à grande peine et s'écroulerait bientôt, vidé de son sang. Il suffisait aux Knibales d'attendre qu'il succombe à ses blessures. Toutefois la nature sauvage qui les habitait ne leur permettait pas d'attendre calmement que leur proie meure.

Les trois bondirent en même temps dans un cri sauvage.

Rolon para l'épée du plus proche, frémit lorsqu'une hache se ficha dans sa cuisse jusqu'à presque lui trancher la jambe, et surprit le dernier en écartant sa massue à mains nues pour lui planter son sabre en plein visage.

La lame traversa le crâne en une gerbe mêlant sang et cervelle.

Conscient d'inspirer ses dernières bouffées d'air, le sillonneur refusa d'écouter la douleur qui paralysait peu à peu ses membres. Il ne se soucia ni de sa jambe à moitié sectionnée ni de sa main brisée par la massue. Rolon retira sa lame du cadavre et dans le même geste trancha la main de celui qui tenait la hache, encore plantée dans sa cuisse.

Il se retour…

L'épée lui transperce la poitrine.

Le souffle coupé et les yeux injectés de sang, il accusa durement le coup. Le sol semblait l'appeler, lui souffler de s'y allonger, d'enfin lâcher prise après une existence passée à lutter, de céder aux vagues et se laisser emporter au large…

Le Knibale, la main toujours sur la poignée de son arme, souriait de toutes ses dents sans cesser de le fixer droit dans les yeux. Il attendait que le vieil homme s'écroule, terrassé.

Rolon sentit la Mort apparaître au-dessus de son épaule, visage familier dont il avait l'habitude d'apercevoir l'ombre près de ses adversaires. Il comprit alors que son existence ne se comptait plus qu'en secondes. Mais il ne La laisserait pas repartir avec lui seul.

Le sillonneur agrippa de ses dernières forces le poignet de son adversaire, l'empêchant de se soustraire à son châtiment.

Il leva son sabre dans un effort titanesque.

— AAAAAAAH !

Rolon employa tout ce que son corps contenait encore d'énergie, et s'écroula tout en tranchant le dernier Knibale, de l'épaule jusqu'au bas de la hanche. Les deux corps s'effondrèrent ensemble.

Étendu au sol, le vieux guerrier ne pouvait désormais plus bouger. Ses forces s'écoulaient en même temps que son sang par ses nombreuses blessures mortelles, qu'il ne parvenait plus à différencier à travers le flot de souffrance qui le submergeait peu à peu. Dans un ultime éclair de conscience, son regard tomba sur les kvals des Knibales. Le sillonneur reconnut avec joie Zef, celui d'Alek. Puis le sien, juste à côté.

Il aurait tant aimé monter une dernière fois dessus, galoper dans la plaine, sentir le v…

Chapitre 63

Alek et Pol dévalaient la pente à toute vitesse.

Pol réussissait pour le moment à oublier la douleur qui lui brûlait la bouche et courait aussi vite qu'il le pouvait aux côtés de son ami. Le sang, qui dégoulinait de sa bouche laissée entrouverte pour ne pas s'étouffer, recouvrait son torse et le haut de ses cuisses.

Il leur fallait prendre tous les risques pour descendre ce terrain d'une dangerosité extrême, pentu jusqu'à parfois des parois verticales qu'ils devaient contourner. Les pierres se dérobaient en permanence sous leurs pieds et à chaque pas ils manquaient de glisser et de se briser le crâne. Au sol traître s'ajoutaient les crevasses, qu'ils ne décelaient souvent qu'au dernier moment, l'élan les y précipitant presque.

Alek se risqua à jeter un bref coup d'œil derrière lui, vers la crête. Il se retourna aussitôt pour regarder devant lui et ne pas tomber, mais pendant un instant il avait aperçu la ligne de crête.

Aucune trace de Rolon.

Mais des Knibales non plus.

Le sillonneur savait au fond de lui qu'il ne reverrait jamais Rolon. Le vieux guerrier ne permettrait pas aux cavaliers de franchir la montagne avant d'y avoir laissé la vie. Toutefois ne pas voir les barbares lancés à leur poursuite soulagea Alek.

Un peu.

Car la forêt se trouvait encore loin devant, et les Knibales avaient toujours le temps d'apparaître pour les reprendre en chasse. De plus, le jeune homme avait aussi conscience que dépasser la lisière de la forêt ne signifiait pas être sauvé. Au contraire, le danger y serait tout aussi présent. Car rien n'empêcherait les barbares de continuer à les pourchasser dedans, et les évadés devraient en plus prendre garde aux bêtes féroces. Échapper aux deux à la fois relèverait à nouveau du miracle.

Tout à coup Pol posa le pied sur une pierre instable qui se déroba aussitôt sous son poids. Déséquilibré il chuta en avant, droit dans la pente, et percuta Alek qui courait quelques pas devant lui. Il poussa un bref cri à la vue du sol se rapprochant à la vitesse de l'éclair.

Pol heurte la roche de plein fouet.

Une première fois.

Très violemment.

Il manque de perdre connaissance sous la violence du choc.

Et il continue de rouler très vite, entraîné par son élan le long de la pente sans qu'il parvienne à s'arrêter en agrippant une pierre ou une branche.

Ciel.

Sol.

Ciel.

Sol.

Craquement sinistre.

Son bras se brise sous son poids décuplé par la vitesse.

La douleur fuse à travers tout son corps.

Et il continue de rouler.

Ciel.

Sol.

Son visage heurte un rocher à l'allure d'un kval au galop.

Au moins quatre dents explosent sous l'impact.

Son front racle brutalement la pierre.

Ciel.

Sol.

Ciel…

Pas de sol.

Surpris, il a le temps de formuler une brève pensée pour Alek, qui par sa faute est tomb…

Soudain tout devient ténèbres.

Une crevasse !

Pol percute la paroi de plein fouet.

Chapitre 64

Dans la douleur Alek souleva une paupière puis, après ce qui lui parut une éternité, ouvrit l'autre œil. Il ignorait combien de temps s'était écoulé depuis que Pol et lui avaient dévalé la pente. Le jeune homme ne parvenait même pas à se rappeler de leur chute. Ils prenaient tous les risques pour courir à flanc de montagne, et l'instant d'après tout était soudain devenu noir. Le sillonneur voulut tourner la tête, mais il fut aussitôt envahi par de violentes douleurs dans l'ensemble du corps.

Alek croyait qu'un troupeau entier de kvals l'avait piétiné. Il n'osa pas se demander combien d'hématomes et de coupures recouvraient son corps. Le visage couvert de sang encore frais, le sillonneur sentait qu'un morceau d'oreille lui manquait. Le liquide coulait jusqu'à son tympan et le rendait sourd d'un côté. Du deuxième il n'entendait guère mieux, à cause du bourdonnement qui persistait à l'intérieur de son crâne. Le jeune homme tenta de toucher son oreille pour s'assurer qu'elle n'était pas entièrement arrachée, mais son bras refusa de se lever. Son épaule devait être juste déboîtée, car il n'y percevait pas la brûlure de la fracture. Par contre sa cheville l'élançait avec intensité, tordue dans un angle anormal qu'il peinait à soutenir du regard. À sa surprise cette blessure ne lui causait pas de véritable souffrance, mais il craignait de se concentrer dessus et que la douleur afflue alors en un torrent irrépressible.

La plus forte douleur provenait de derrière sa cuisse. De la main gauche Alek essaya de déterminer la nature de la blessure. Il en retira ses doigts couverts de sang. Le sol paraissait osciller sous le poids de son corps, qui accusait durement le contrecoup de sa violente chute, et le sillonneur laissa retomber sa main contre la roche.

Une fois les sources de son mal identifiées, le sillonneur porta son attention sur la crevasse dans laquelle il se trouvait, au cœur de la pénombre à plusieurs mètres de profondeur. Il remercia Dlaah de ne pas avoir chuté un peu plus loin sur la gauche, là où elle continuait de s'enfoncer dans les entrailles de la Terre, à n'en pas distinguer le fond. De la lumière lui parvenait de la surface, située juste quelques pas au-dessus de lui, à la fois très proche et beaucoup trop lointaine, mais un énorme amas de roche en bloquait l'essentiel et l'empêchait de voir le ciel.

— Al… Al…

La voix, inarticulée, semblait remonter d'outre-tombe. Alek se tourna avec lenteur sur sa droite, et découvrit Pol. Celui-ci se situait à une foulée de lui, mais l'obscurité l'enveloppait tel un linceul et ne permettait à son ami de n'en distinguer qu'une silhouette. En voulant se rapprocher de lui, une vive douleur l'électrisa de la tête aux pieds et Alek ne put retenir un gémissement. Son corps meurtri l'empêchait de se déplacer d'un pouce. Chaque fois que la souffrance paraissait le quitter et s'estomper parmi la roche, elle refluait avec une force nouvelle et le submergeait de ses flots, ses membres alors réduits à l'immobilité. Le sillonneur parvint néanmoins à se pencher sur le côté.

Ce ne fut qu'à ce moment qu'il vit le pic transperçant la poitrine de son ami.

Pol était empalé sur un énorme pieu de roche qui lui déchirait le thorax. Comment pouvait-il être encore en vie ? Comment pouvait-il trouver la force de l'appeler ? Alek chercha son regard.

De son visage ne subsistait que le souvenir dévasté de ses traits. Le sang recouvrait sa tête comme s'il venait de se plonger dans un lac pourpre. Une entaille béante lacérait sa joue, sûrement causée par une pierre pointue lors de sa chute. Sa dentition avait été pulvérisée. Il n'en restait rien.

Leurs regards se croisèrent. Alek crut y déceler un appel à l'aide. Il se devait d'y répondre. Le sillonneur serra les dents à s'en rompre la mâchoire et dans un effort insoutenable réussit à s'approcher, appuyé sur le coude de son seul bras valide. Il se trouvait maintenant assez près pour le toucher.

— Pol, je suis là… souffla-t-il dans un murmure de douleur.

Mais la lueur qui animait ses yeux s'était déjà éteinte.

La réalité se ficha alors dans le cœur du sillonneur, plus douloureuse qu'un coup de poignard. Accablé de tristesse, Alek se laissa retomber, dos à la paroi, et le désespoir profita de sa défaillance pour à son tour s'immiscer au fond de lui, jusqu'à bientôt l'envahir. Il était désormais seul, unique survivant des sillonneurs, et gravement blessé au fond d'une crevasse dont il ne s'échapperait jamais, vu la gravité de ses blessures. Il ne pouvait même pas se lever, alors comment survivre le temps que ses plaies se referment et lui permettent d'escalader la paroi qui le séparait de la surface ?

« Je vais mourir ici. »

La certitude le frappa de plein fouet.

« Je vais mourir ici. »

De nouveau, avec une intensité décuplée.

« Je vais mourir ici ! »

L'évidence s'emparait de la moindre parcelle de son esprit, pillant, ravageant, anéantissant tout sur son passage.

Un élan de douleur le coupa dans ses pensées lugubres et de violents vertiges le saisirent, sa température grimpant en flèche alors que des gouttes de sueur perlaient de son front. Alek lutta pour demeurer conscient, la crainte de ne jamais se réveiller un instant plus forte, mais ses yeux se fermaient tous seuls et il finit par s'évanouir.

Chapitre 65

Alek reprit lentement connaissance. Il estima à la luminosité ambiante que plusieurs heures venaient de s'écouler. Malgré la douleur permanente qui lui vrillait le cerveau, il se força à raisonner avec logique, et non avec ses sentiments. Quelles options s'offraient à lui ? Rester dans la crevasse assez longtemps pour se rétablir ? Impossible, son ventre criait déjà famine. Il lui fallait à tout prix rejoindre la forêt pour espérer survivre là-bas, malgré sa condition physique désespérée.

Sauf que pour rejoindre la forêt, il devait d'abord quitter la crevasse en grimpant ses parois. Il ne parvenait même pas à se relever, alors encore moins à tenir sur ses pieds et gravir le mur rocheux. Le visage du jeune homme se tordit d'un amer sourire quand il pensa que l'escalader n'aurait en temps normal représenté qu'une formalité.

Alek lâcha un profond soupir, tandis que le découragement appuyait de tout son poids sur ses deux épaules. Néanmoins émergea à la surface de sa mémoire le souvenir de Sara réparant sa main grâce au Flu, quelques jours plus tôt dans la cage des Knibales. Ce moment lui semblait remonter à plusieurs années en arrière. Le jeune homme s'empressa de repousser le visage souriant de sa compagne qui l'appelait avant que le chagrin ne le paralyse définitivement, pour se concentrer sur sa survie.

Peut-être aurait-il une chance de s'en sortir s'il réussissait à se guérir lui-même ! Mais usait-il assez bien du Flu pour cela ? La lueur de l'espoir émergea de la brume du découragement, flamme vacillante menaçant d'être engloutie à la première difficulté.

Les yeux fermés, Alek essaya en premier lieu de se relâcher du mieux possible malgré la douleur, puis respira profondément pour calmer les battements affolés de son cœur. Il recherchait l'état de concentration qui lui avait permis de briser le barreau de la cage. Mais il ne sentait pas le Flu.

Disparu.

Un instant pris de panique, il comprit que sa souffrance physique l'empêchait de le visualiser. Alors il continua de respirer aussi posément qu'il le pouvait.

Inspirer.

Expirer.

Plus rien n'existait à part sa respiration.

Inspirer.

Expirer.

Et peu à peu le Flu lui réapparut.

Un point lumineux d'abord, puis un second, et bientôt une myriade étincelante se forma tout autour de lui. L'infinité de points illuminait Alek, au point de l'aveugler pendant quelques battements de cœur, le temps qu'il s'y habitue de nouveau. Il se trouvait désormais dans un état second, un état de méditation où, détaché de son corps, il ne sentait plus la douleur, excepté un léger picotement dans le bas de la nuque qui le retenait à son enveloppe charnelle. Sans ce lien physique, il se serait sans hésiter abandonné dans les méandres mentaux qu'il découvrait par milliers, et n'aurait jamais regagné l'organisme meurtri qu'il contemplait de l'extérieur. La disparition momentanée de sa souffrance lui procura une joie immense, de même qu'être libre d'explorer son environnement proche grâce à son esprit.

Affranchi de ses limites physiques Alek parcourait le Flu, se déplaçait de point en point, tel le vent soufflant où bon lui semble. Ainsi il eut la confirmation qu'à la gauche de son corps la crevasse plongeait jusqu'au cœur de la terre, abîme impénétrable aussi bien à travers le Flu qu'avec le regard. Par contre, son exploration mentale de la faille lui indiqua que sur sa droite, après la dépouille de Pol, l'attendait une cavité assez grande pour accueillir un homme. Il crut apercevoir un reflet métallique au fond, et se promit d'y jeter un coup d'œil s'il réussissait à se rétablir.

Le sillonneur se recentra alors sur son propre corps. Une longue plaie aux bords irréguliers serpentait sous sa cuisse, du bas des fesses jusqu'à presque atteindre le genou. Dans sa chute il avait dû heurter la pointe aiguisée d'un rocher et se déchirer la jambe. Cette blessure devait être traitée de toute urgence, car une énorme quantité de sang s'écoulait de l'immense plaie. Sous lui une flaque poisseuse grossissait à vue d'œil et devenait de plus en plus inquiétante. Dans son malheur, le jeune homme pouvait s'estimer chanceux que la pierre n'ait pas sectionné un des tendons, sinon même le Flu n'aurait pu lui venir en aide.

Contrairement au barreau de la cage, où il avait repoussé les points lumineux qui le composaient le plus loin possible, il lui fallait ici les rapprocher, jusqu'à ce que les deux bords de la blessure se touchent. Cette action lui demandait une précision beaucoup plus importante. Mais plus à l'aise que la première fois, il conserva toute sa concentration et l'appliqua sur la plaie, en partant du haut de la jambe. Alek sentait pendant qu'il l'effectuait sa cuisse peu à peu se refermer, à mesure que le Flu accélérait de façon prodigieuse le phénomène naturel de régénération.

Le sillonneur maintint la pression mentale pendant de longues minutes, insensible aux ténèbres qui l'entouraient, avant de relâcher son esprit comme s'il décontractait tous ses muscles à la suite d'un effort intense, son front recouvert de sueur. Sa tête retomba contre la paroi, et la douleur revint aussitôt.

Mais bien moins forte.

Du bout des doigts il palpa le dessous de sa cuisse : une plaie demeurait encore, mais presque refermée, à peine plus grosse qu'un fil. Le sang coagulait déjà. En moins d'une heure, il avait réalisé ce que le corps seul aurait accompli en plusieurs semaines.

Puis Alek tenta de lever sa jambe, redoutant que la guérison ne soit qu'extérieure et sa chair toujours lésée. Une joie inattendue l'envahit lorsqu'il parvint à la maintenir en l'air l'espace de quelques secondes. Alors il la plia et déplia plusieurs fois, par pur plaisir. Il espérait que cela suffirait pour marcher une fois remonté à la surface. Mais avant cela, il devait s'occuper de son épaule déboîtée.

Une fois l'état de concentration nécessaire regagné, Alek usa de nouveau des facultés de son esprit. S'appuyant contre la paroi rocheuse pour exercer une pression et s'aidant du Flu pour guider avec justesse l'os dans son emplacement, il parvint aisément à le repositionner. Quelques mouvements de l'épaule sans réelle douleur lui indiquèrent qu'il pouvait désormais se consacrer à sa dernière blessure grave : sa cheville tordue.

À peine Alek la toucha qu'une douleur fulgurante le traversa jusqu'à la tête, puissante décharge électrique du nerf soumis à rude épreuve. Il reposa aussitôt sa main et réfléchit. Ça allait faire mal, atrocement mal à vrai dire, mais il n'avait pas le choix. Le Flu, qui demandait une utilisation lente et précise, ne lui serait d'aucun secours pour replacer sa cheville à la sensibilité exacerbée. Il arracha un large morceau à la tunique de Pol et la mordit de toutes ses forces.

Sans peser le pour et le contre un instant de plus il saisit sa cheville à pleines mains et dans le même mouvement la tordit violemment pour la remettre en place avant que la douleur ne l'en empêche.

Le claquement sinistre de la cheville raisonna dans toute la crevasse.

Pourtant Alek ne l'entendit pas.

Il avait déjà perdu connaissance.

Chapitre 66

Alek sentit qu'à peine quelques secondes s'étaient écoulées lorsqu'il revint à lui. Il n'ouvrit pas les yeux de suite, attendant que le monde autour de lui cesse de tanguer et que son esprit reprenne le contrôle sur l'ensemble de son corps. Sa douleur à la cheville demeurait, mais de façon beaucoup plus diffuse, et ne tarderait pas à disparaître. Son pied nécessiterait toutefois du temps pour recouvrer toutes ses capacités suite au traumatisme subi. Le jeune homme parvenait à tracer dans les airs de petits cercles du bout de sa botte, et s'estima capable de poser le pied par terre.

Chaque partie de son corps souffrait toujours d'un mal profond, ses articulations éprouvées et ses muscles écrasés, mais les innombrables plaies et hématomes qui le parsemaient ne nécessitaient pas de véritables soins.

Avec de grandes précautions, le sillonneur se releva lentement. Pour tester son équilibre il bascula son poids sur un pied, puis peu à peu sur l'autre. Il tenait debout. Alek s'apprêtait enfin à tenter d'escalader la paroi, quand il se souvint de la cavité et de l'éclat métallique aperçus un peu plus tôt.

Il enjamba avec délicatesse le corps de Pol et atteignit le renfoncement dans la roche quelques pas plus loin. Sa jambe restait douloureuse, mais le poids qu'il réussissait à placer dessus le satisfaisait.

Au fond se trouvait un squelette humain. Alek voulut l'extraire de l'alvéole et ainsi pouvoir mieux l'observer, mais son bras se détacha dès qu'il se mit à tirer dessus. Il redoubla donc d'attention et prit les ossements au niveau de la cage thoracique, avant de l'allonger devant lui.

Aucun morceau de vêtement ou de chair ne subsistait, et ses os commençaient à être piquetés, rongés par les années. Alek se demanda depuis combien de temps ce squelette patientait, seul et oublié dans l'obscurité. Au moins plusieurs siècles. La cavité l'avait conservé avec la même efficacité qu'un cercueil, lui épargnant les plus gros ravages de la dégradation. Il remarqua une fracture sur chacune de deux jambes, expliquant pourquoi l'homme n'était de son vivant pas remonté à la surface, et avait fini par périr au fond de ce trou. De plus, un trou du diamètre d'un doigt perçait son crâne à la hauteur du front, telle une troisième orbite. Puis le sillonneur découvrit la source de l'éclat métallique.

Le squelette tenait dans sa main restante un objet métallique qu'Alek n'avait jamais vu auparavant. Il se pencha et le prit dans ses mains pour l'examiner. Le jeune homme souffla dessus afin de retirer la poussière qui le recouvrait, et pouvoir admirer les détails brillants de l'objet. Entièrement constitué de métal, son raffinement dépassait celui de toutes les épées les plus ouvragées qu'Alek se remémorait. Son forgeron avait dû posséder une habileté extraordinaire pour être capable d'obtenir des pièces métalliques aussi fines, qui s'assemblaient pourtant parfaitement ensemble en une structure aussi compacte que raffinée. L'objet se composait d'une poignée pour une seule main, d'un tube aussi long que le manche, ainsi que d'une petite excroissance à la croisée des deux premières parties. Sa couleur noire n'empêchait pas la lumière de se refléter sur ses courbes taillées dans une élégance surréelle.

Alek le secoua dans l'espoir de découvrir sa nature, et entendit un cliquetis résonner à l'intérieur. L'objet semblait renfermer un mécanisme complexe. En le retournant, le jeune homme appuya par mégarde sur un dispositif qui fit glisser et tomber un compartiment caché dans la poignée. Alek le ramassa : il contenait plusieurs petits cylindres dorés, avec une extrémité plate et une autre arrondie. Le jeune homme le refit glisser dans la poignée et un nouveau clic confirma la bonne insertion du compartiment.

Le sillonneur se creusait la tête pour se rappeler l'utilité de cet objet. Il était persuadé d'en avoir déjà vu un quelque part, ou au moins d'en avoir entendu parler. Étant donné son âge, il devait dater du temps des Anciens. Orelo avait forcément dû le mentionner dans un de ses contes. Le trou dans le crâne. Les cylindres dorés…

Soudain il se souvint.

Un pstol ! L'histoire du conteur narrant une guerre d'autrefois entre deux factions rivales pénétra brusquement sa mémoire. Une arme des Anciens ! Orelo prétendait qu'elle crachait des éclairs capables de tuer un homme à plusieurs foulées de distance en l'espace d'un battement de cœur. Une chance inouïe, bien qu'Alek doutait qu'elle soit encore fonctionnelle et qu'il sache s'en servir le cas échéant. Le pstol ne l'aiderait pas non plus à quitter la crevasse et rejoindre la forêt, mais il le glissa tout de même dans la poche de son pantalon, en aussi piteux état que son propriétaire.

Alek contempla une dernière fois Pol. La crevasse serait sa tombe. Il lui referma les yeux dans un geste fraternel d'une rare intensité, puis se concentra sur le sommet de la faille avant que l'émotion ne l'envahisse.

Le sillonneur réfléchissait au meilleur itinéraire à emprunter pour escalader la paroi, employant mentalement les prises qu'il distinguait, parfois avec difficulté à cause de la pénombre. Il n'aurait qu'un seul essai. Car en cas de chute il risquait de se blesser à nouveau, peut-être de façon irrémédiable cette fois. Sans parler de tomber sur la gauche, dans les profondeurs de la crevasse.

Alek inspira une grande bouffée de courage, avant de poser le pied sur la prise la plus proche. Il lança ensuite sa main crocheter une autre au-dessus de lui.

L'ascension venait de débuter.

Chapitre 67

Rūu attendait au sommet de la crête que les Knibales qui l'accompagnaient finissent de ramasser les corps. Ses quatre défunts camarades seraient brûlés le soir même, et chaque membre du village pourrait déguster un morceau de leur chair pour obtenir une partie de leur force et de leur courage. Morts l'arme à la main, ils devenaient à jamais des héros. Tûr, avec sa main tranchée, avait déjà regagné les huttes. Pour lui, l'avenir n'était pas à la gloire, mais à la souffrance. Les risques que sa plaie soit envahie par le Mal resteraient longtemps élevés, et même s'il y survivait, il lui faudrait apprendre à vivre avec une seule main. Il pouvait dire adieu à ses prestigieux talents de chasseur.

Quoi qu'il fasse, le regard de Rūu revenait sans cesse sur le corps de l'homme aux cheveux grisonnants, autour duquel se trouvaient étendus les quatre cadavres. Leurs positions témoignaient de la violence du combat. Malgré la détention et la mort, le corps de l'étranger conservait l'allure digne des guerriers. En son for intérieur Rūu l'admirait, et espérait faire preuve d'un courage identique au moment d'affronter ses derniers instants. Il mangerait sa chair avec une fierté mêlée d'humilité.

Le Knibale se tourna de l'autre côté des montagnes, vers la forêt. Les barbares avaient cessé de pourchasser les deux fuyards quand ils les avaient vus dévaler le long de la pente et disparaître dans une crevasse. Ceux qui à ce moment-là descendaient à leur poursuite étaient depuis remontés pour aider les autres à ramener les dépouilles jusqu'au village. Nul besoin de se porter au niveau de la crevasse pour connaître leur sort. On ne survivait pas à ce genre de chute.

Et même si les fugitifs avaient par miracle survécu et parvenaient à se réfugier dans la forêt, ils n'y survivraient pas longtemps. En effet, la forêt était infestée de bêtes féroces et d'esprits maléfiques qui empêchaient quiconque d'y pénétrer. Aucun Knibale n'y avait mis les pieds depuis bien longtemps. Déjà du temps de son grand-père, on racontait que personne parmi les dix dernières générations n'avait osé s'aventurer dans la forêt.

Rūu s'apprêtait à reporter son attention sur ses compagnons quand il aperçut du coin de l'œil un mouvement bien plus bas dans la pente. Malgré la distance, il discerna un homme qui se relevait avec difficulté. Un survivant ! Quelle chance !

Aussitôt une furieuse soif de sang l'envahit. Le fuyard serait la cible parfaite pour la vengeance de tout le village, endeuillé par la perte de cinq guerriers. Le Knibale bavait à la seule pensée des supplices qu'il comptait lui faire subir…

— Gôök ! Kaoj ! Ii é lă !

Les deux barbares interpellés le rejoignirent au pas de course, avant de comprendre la situation en une fraction de seconde. Ils s'élancèrent dans la pente sans marquer la moindre hésitation, bientôt suivis par d'autres. À son tour Rūu se précipita à travers le versant. Uŭrt-Zo lui avait personnellement ordonné de ramener tous les évadés vivants. Ce ne serait pas le cas, mais au moins ne rentrerait-il pas les mains vides…

Alek, malgré la lumière aveuglante du jour, distingua avec stupeur les Knibales qui se jetaient à sa poursuite. À aucun moment il n'avait envisagé que les barbares puissent encore se trouver à proximité, sa notion du temps bouleversée par ses blessures et l'obscurité de la crevasse. Le sillonneur se maudit intérieurement pour sa négligence, mais ne s'apitoya pas plus longtemps sur son sort. Retourner se cacher dans la crevasse devenant inutile, il partit avec détermination vers la forêt une fois debout.

Toutefois elle se trouvait encore loin.

Le sillonneur avançait aussi vite que ses maigres forces le permettaient, mais boitait à cause de son pied qu'il pouvait à peine poser par terre, et de sa cuisse dont la plaie se rouvrait un peu plus à chaque pas. Il sentait le sang lui couler le long de la jambe, comme la promesse de sa lente agonie si ses poursuivants l'attrapaient vivant. Néanmoins il serrait les dents et continuait de trottiner, tant bien que mal.

Un pied devant l'autre. Sans se poser de question. Les Knibales derrière lui n'existaient plus, à peine entendait-il les chutes de pierres qui le frôlaient. Seule importait la forêt devant lui, et elle se rapprochait, peu à peu, inexorablement.

Les Knibales sautaient de rocher en rocher sans penser ne serait-ce qu'un instant au risque de se briser le cou à la moindre erreur. La soif de sang les aveuglait, affinant la frontière entre la vie et la mort. Chacun voulait à tout prix être celui qui s'emparerait du fuyard et le rouerait de coups lors du retour au village. Les barbares fondaient sur leur proie à la vitesse de kvals au galop.

Cependant Rūu comprit que le prisonnier atteindrait la lisière de la forêt avant qu'ils ne le rattrapent. En effet, malgré ses blessures, il était parti avec une avance considérable. Mais cela importait peu. Le fuyard se terrerait sûrement dans le premier trou venu, et les Knibales n'auraient qu'à vite ratisser la zone pour le retrouver, avant que les mauvais esprits s'abattent sur eux et les fassent fuir.

La finalité restait la même.

Alek y était presque.

Encore quelques pas et il quittait les rochers pour poser le pied sur l'herbe. Seule une courte étendue herbeuse, à peine plus large que la portée d'un arc, séparait la forêt de la montagne, symbole d'une frontière pourtant évidente.

Le décor changeait brutalement. Dès l'entrée des bois, les troncs d'arbre se dressaient, droits et impénétrables, tandis que des arbustes touffus empêchaient le regard de s'aventurer plus loin que la lisière. À mesure qu'il s'approchait, Alek se sentait de plus en plus écrasé par la masse des arbres gigantesques et de leurs ramures démesurées, en gardiens silencieux du monde végétal. Toutefois il ne perdit pas de temps à contempler ces monstres de la nature, que dix hommes se tenant la main ne pouvaient encercler, et continua d'avancer vers eux, la force du désespoir comme unique allié.

Alek entendait désormais le bruit des enjambées knibales distinctement, mais la sécurité toute relative de la forêt l'attendait à peine quelques foulées plus loin. Elle lui tendait les bras.

Pourtant il s'arrête net.

Quelqu'un se tenait face à lui. Une femme. Ou du moins elle en avait l'apparence, car sa peau aussi verte que le sol sous les pieds d'Alek rappelait plus le végétal que l'humain. Beaucoup plus grande que le jeune homme, ses membres fins et allongés évoquaient des branches fragiles, tandis qu'une végétation dense recouvrait son corps de la tête aux pieds. Les fleurs se mêlaient à l'herbe qui poussait sur la surface de sa peau. L'être dégageait un sentiment de sérénité, mais également une grande confiance en soi. Les bras croisés et le menton relevé dans un air de défi, elle ressemblait à une rose fière de ses pétales, s'apprêtant à piquer l'étranger qui oserait la toucher. Ses deux yeux, l'un vert clair, l'autre vert foncé, dévisageaient Alek, qui ne pouvait qu'admirer les traits de son visage, fins, harmonieux.

Naturels.

Un instant le sillonneur espéra que l'Être de la Forêt l'aiderait, agiterait le bras dans sa direction. Puis il réalisa sa propre naïveté. Elle ne se trouvait pas là pour le protéger, mais pour défendre son territoire. Elle lui barrait le chemin, et l'interdisait d'y pénétrer. Le message brillait d'une clarté douloureuse dans l'esprit du fuyard. Son avenir se résumait donc à un choix très simple.

Affronter les Knibales ou l'Être de la Forêt.

Alek dégaina le pstol tout juste découvert en un futile réflexe de survie. En l'absence d'une quelconque arme pour défendre chèrement sa vie, le vieil objet représentait le dernier espoir auquel il pouvait encore s'accrocher. Tous les autres avaient disparu, emportés par les torrents impétueux du sort. Sauf qu'il ignorait jusqu'à son fonctionnement. Le jeune homme reporta son attention sur la femme végétale. Elle semblait seule, mais il se doutait que beaucoup de ses semblables attendaient en arrière, cachés parmi les fourrés ou dans la cime des arbres.

De l'autre côté, les Knibales avaient atteint l'étendue d'herbe et couraient vers lui, l'arme levée et le regard meurtrier, l'Être de la Forêt toujours invisible à leurs yeux. Placé en tête, Rūu brandissait une hachette à la lame dentelée en vociférant contre le fuyard.

Alek cessa d'hésiter.

Il brandit le pstol devant lui, les deux mains fermement plaquées autour de la poignée, et dirigea le tube vers le meneur, tout droit pointé sur son cœur. Deux secondes et Rūu comblerait les dernières foulées qui le séparaient de lui.

D'instinct Alek pressa l'excroissance métallique d'un coup d'index.

Un éclair jaillit, assourdissant.

Surpris le sillonneur en lâcha l'arme dans un violent battement de cœur. Rūu sentit le puissant souffle chaud d'une force invisible frôler son crâne. Stupéfait il se stoppa net dans sa course et tâta sa tempe. Il saignait.

Comment… Par quelle magie…

L'évidence se ficha dans son esprit telle une flèche décochée à bout portant.

L'homme face à lui était un sorcier !

Brisant son étonnement d'un brusque mouvement de la tête le Knibale se précipita sur lui, alors qu'Alek bondissait au sol pour récupérer le pstol qui gisait tout près dans l'herbe. Le sillonneur parvint à le saisir du bout des doigts. Il tourna aussitôt la tête vers le barbare.

Rūu a lui aussi plongé.

La hache s'abat.

Alek lève le bras.

Trop tard.

La hache s'est déjà abattue.

Il ne pointait désormais plus qu'un moignon à la place de sa main. Vers le Knibale qui relevait de nouveau sa lame pour asséner le coup fatal. Le sang jaillit de son bras en un furieux torrent écarlate sans qu'Alek, abasourdi par le choc, en ressente encore la douleur.

Les pensées du sillonneur coulèrent vers ses compagnons, surtout Sara, qu'il s'apprêtait à rejoindre d'une seconde à l'autre. Les innombrables épreuves récentes s'étaient révélées trop dures, trop douloureuses, trop cruelles. Venait à présent pour lui le temps de se reposer. Aucune tristesse ou colère ne l'envahissait au moment de mourir, seulement le simple plaisir d'être enfin libéré. Libéré de la souffrance. Libéré de la vie.

Alek ferma les yeux…

Alors l'Être de la Forêt leva les deux bras en direction du Knibale. Celui-ci, qui n'avait jusque-là pas remarqué sa présence, se figea un bref instant. Se pouvait-il que ce soit un mauvais esprit de la f…

Elle ferme les poings.

Deux racines surgirent sans crier gare du sol et embrochèrent Rūu. Lui transperçant les poumons d'un côté et le cœur de l'autre, elles ressortirent en diagonale par ses épaules en un geyser de sang. Le Knibale, bien que figé et la bouche soudain remplie d'un liquide poisseux, tenta tout de même d'achever son geste. Il abattit sa hachette dans un ultime sursaut d'orgueil.

Heureusement Alek avait rouvert les yeux juste à temps pour voir la lame marquer une hésitation. Il parvint in extremis à rouler sur le côté et la lame ne fit que l'effleurer avant de se planter dans le sol.

Bien que sidérés par l'inexplicable sorcellerie dont leur chef venait d'être victime, les autres Knibales comprenaient que la menace émanait de l'être situé à la lisière de la forêt. Et ils ne comptaient pas laisser ce meurtre impuni. Ils étaient six, lancés à pleine vitesse et hurlant, le visage déformé par la rage, tandis que la femme, pourtant seule et désarmée, demeurait impassible. Elle ne bougeait pas et les regardait simplement approcher.

L'Être de la Forêt finit néanmoins par lever les deux mains devant elle, mouvement banal et dépourvu d'émotion.

Elle ferme les poings.

Deux nouvelles racines épaisses et noueuses émergèrent du sol. Juste devant les Knibales. Ceux-ci n'eurent pas le temps de réagir. Le duo de tête s'empala dessus.

Les quatre restants s'immobilisèrent brutalement et assimilèrent en un instant que la femme face à eux avait beau être seule et désarmée, elle s'apprêtait à ne faire qu'une bouchée d'eux. Ils ne l'admettaient qu'avec difficulté, mais leur instinct de survie balaya leur soif de vengeance et ils rebroussèrent chemin en courant aussi vite que possible. Les esprits maléfiques de la forêt possédaient désormais un visage, qui reviendrait les hanter chaque nuit jusqu'à leur mort. L'Être ne les empêcha pas de rejoindre l'autre versant de la montagne. En revanche, elle se tourna vers Alek.

Le sillonneur croisa son regard végétal. Il ouvrit la bouche et voulut la remercier, mais sa vision se troubla et il s'effondra.

Chapitre 68

Alek ne sut jamais combien de temps il oscilla entre le rêve et la réalité.

Entre le calme et la douleur.

Entre la lumière et les ténèbres.

Chaque fois qu'il se réveillait, le jeune homme estimait qu'une année entière venait de s'écouler. Et chaque fois la douleur revenait se répandre dans son corps pour le poursuivre jusque dans ses rêves. Au début elle se cantonnait à sa main, mais très vite le mal qui le rongeait gagna du terrain, et atteint le bras, puis le torse, avant de s'étendre au corps tout entier.

À de nombreuses reprises, il crut mourir. Son cœur s'arrêtait brutalement de battre, la souffrance telle qu'elle l'arrachait aussitôt à son inconscience brumeuse, et Alek étouffait, ses poumons abandonnés par la vie, jusqu'à ce que sa poitrine se rétablisse et se soulève à un rythme effréné, dans un profond soupir de soulagement. Face à la douleur insupportable, le jeune homme aurait préféré perdre connaissance et ne jamais se réveiller, plutôt que de l'endurer à nouveau.

Dans ces moments lui apparaissait le visage de Sara. Alek voulait tendre le bras pour l'étreindre et partager l'éternité avec elle, toutefois le souvenir de la jeune femme finissait tôt ou tard par s'éloigner avant que ses doigts aient pu l'agripper. Alors il tentait de la rejoindre, mais des chaînes plus dures que l'acier l'en empêchaient. Le jeune homme se promit que le jour où il parviendrait à rattraper sa moitié, il ne la lâcherait pour rien au monde, quitte à en perdre la raison. Comme le sillonneur ne parvenait pas à lâcher entièrement prise avec la vie, et s'abandonner à jamais dans ces yeux bleus qui avaient autrefois renversé son cœur, la douleur le ramenait tôt ou tard à sa pénible réalité.

Parfois en se réveillant, Alek réussissait à entrouvrir les yeux, ébloui par l'intense luminosité ambiante. Il ne distinguait presque rien, à peine une image floue, comme si un voile s'immisçait entre lui et le monde extérieur. Dans ces moments il discernait souvent un visage penché au-dessus de lui. Un visage mystérieusement apaisant. Ses traits harmonieux et ses tons naturels semblaient le soulager par leur simple présence. Ce visage lui parlait, les mouvements délicats de ses lèvres en persuadaient Alek, mais aucun son ne ruisselait jusqu'à ses oreilles pourtant grandes ouvertes. Il devait donc se raccrocher à ses yeux scintillants qui le contemplaient.

L'un vert clair, l'autre vert foncé.

Le jeune homme souleva lentement ses paupières. Il attendit que la douleur l'envahisse une énième fois, incapable de la repousser, mais elle n'apparut pas. Aucune goutte de sueur ne germait sur son front. Son cœur ne battait plus la chamade. Était-il guéri, ou bien mort une bonne fois pour toutes ? Le royaume de Dlaah ressemblait donc à cela ?

Alek serra les poings.

Serra le poing.

Il découvrit alors son bras estropié. Soudain affolé, le souvenir de l'affrontement avec le Knibale fit surface dans sa mémoire et il se détendit un peu. Une pâte végétale verdâtre, mêlant plantes et terre, recouvrait le moignon. Elle formait autour du membre une gangue qui l'empêchait de voir la plaie. Il croyait encore sentir ses doigts, leur chaleur, le fin contact entre eux, et pouvoir les bouger. Une vive tristesse s'empara de lui quand il réalisa qu'il en serait à jamais incapable.

Le sillonneur reposa son bras dans un soupir de dépit, avant d'observer les alentours avec attention.

Il ne comprit que plusieurs minutes plus tard qu'il se trouvait dans le tronc d'un arbre. La petite pièce, taillée à même le bois, ne contenait que la couche sur laquelle Alek reposait et des pots de mixtures inconnues aux couleurs variées, posées à même le sol. De la paroi suintait ici et là une épaisse sève ambrée, qui coulait le long des murs et s'accumulait sur le plancher en flaques chatoyantes. La lumière tamisée du jour se déversait par un large trou servant de fenêtre. Hélas Alek ne parvenait pas à voir au-dehors, mais une puissante odeur de bois, de celles qui peuplent les forêts les plus profondes, l'assaillait, agréable quoique très marquée. Il lui semblait inspirer de grandes bouffées d'air avec la tête plongée dans de l'herbe fraîchement coupée. L'odeur le relaxait, lui rappelait les journées entières passées en compagnie de Sara, tous les deux allongés dans les prés bordant Niu-Jok, à profiter de la vie. Cette vie si fragile… À présent cette époque se délitait dans son esprit, tristement lointaine, presque effacée dans les méandres de sa mémoire.

Tout à coup, une porte qui se confondait avec la paroi s'ouvrit dans un torrent de lumière. Des doigts verts de la finesse d'un rameau se posèrent sur le chambranle puis un Être de la Forêt entra, d'une démarche aussi souple que silencieuse. Alek reconnut sa sauveuse.

— Tu… es… réveillé ! sourit-elle de son expression naturelle.

La femme-plante parlait avec une lenteur extrême, comme si sa bouche n'était pas capable de prononcer les mots plus vite. Alek devinait qu'elle n'était pas habituée à parler son langage, même si la clarté de sa diction dépassait nettement celle des Knibales.

— Je… Tu… hésita le jeune homme quand les yeux verts se posèrent avec joie sur lui. Merci pour ce que tu as fait.

Sa gratitude s'exprimait spontanément à travers la première phrase qui lui avait traversé l'esprit, mais le ridicule l'envahit alors qu'un silence gênant s'installait. Sa sauveuse continuait néanmoins de lui sourire en retour. L'air sérieux et déterminé qu'elle avait affiché devant la lisière s'était désormais évanoui, emporté par la majesté des arbres l'entourant, et laissait maintenant place à un visage doux et rieur. Alek espérait qu'elle répondrait quelque chose, n'importe quoi, mais l'Être de la Forêt demeurait silencieuse, plus droite que le tronc d'un arbre devant la porte encore entrouverte. Après une minute d'un silence qui ne paraissait pas la gêner, elle finit par dire, comme si elle s'en rappelait soudain :

— Tu as failli mourir, il s'en est fallu de peu. Tu as perdu ta main, et la blessure s'est infectée. J'ai réussi à contenir le Mal et te l'arracher grâce aux pouvoirs des plantes. Il s'était pourtant accroché très profondément.

La femme-plante parlait sans se départir de son sourire, énumérant les faits d'une façon aussi naturelle que si elle évoquait la couleur des nuages. De son côté, Alek peinait à comprendre comment des végétaux l'avaient sauvé de sa terrible mutilation, mais surtout, pourquoi il se trouvait là, dans cet arbre.

— Mais… commença-t-il en fronçant les sourcils. Pourquoi est-ce que tu m'as sauvé ?

L'Être ne répondit pas tout de suite, et laissa planer le doute quant à ses intentions véritables. De longues secondes s'écoulèrent, le temps que ses pensées se formulent sous forme de mots. Alek imagina mille raisons toutes plus invraisemblables les unes que les autres, avant d'obtenir une réponse.

— Quelque chose de très mauvais émanait des hommes qui te poursuivaient. Je ne pouvais en aucun cas les laisser pénétrer dans la Forêt.

— Mais pourquoi t'occuper de moi ? Pourquoi me sauver une fois les Knibales enfuis ?

Sa seule réponse fut son sourire végétal. Avant que la femme-plante ait pu s'expliquer une vive douleur au poignet fusa soudain à travers le corps d'Alek, qui serra les dents le temps qu'elle s'évanouisse, monstre retournant se tapir dans les tréfonds de son être pour attendre un moment de faiblesse plus propice.

— J'ai réussi à retirer le Mal en toi, mais il te faut encore du repos. Je repasserai.

L'Être de la Forêt s'apprêtait à quitter la pièce, quand le jeune homme lança de but en blanc :

— Je m'appelle Alek.

Cette fois ses mots coulèrent avec la limpidité de l'eau :

— Et moi Kaïna. Bienvenue dans la Forêt.

Puis elle sortit, et le sillonneur referma les yeux avec plaisir. La douleur qui renaissait au creux de son crâne avec une force grandissante refluait désormais.

La pièce lui apparaissait comme le lieu le plus sûr dans lequel il ait pu mettre les pieds depuis des années. Il ignorait ce qui l'attendait à l'extérieur, mais le jeune homme était persuadé qu'aucun malheur ne s'abattrait sur lui tant qu'il demeurerait au cœur de cet arbre. Savoir Kaïna – Quel nom ravissant, pensa-t-il – non loin le rassurait, l'attirante herbe fine de ses lèvres pulpeuses solidement ancrée dans sa mémoire.

Alek prit alors conscience de sa couche et de la douceur avec laquelle il s'y enfonçait. Le temps de s'interroger sur les plantes qui la composaient il dormait déjà.

Chapitre 69

Alek demeura au lit encore une semaine de plus avant de pouvoir se lever. Tous les jours Kaïna lui rendait visite et ils discutaient ensemble pendant des heures. À travers elle, il apprenait à connaître le Peuple de la Forêt, sa façon de penser et de voir le monde.

Kaïna lui racontait sa vie au quotidien, partagée entre la cueillette, les plantations et la construction de nouvelles habitations, comme celle dans laquelle ils se trouvaient. En effet, chaque fois qu'un couple se formait et prononçait ses vœux sous l'Arbre, un cocon douillet lui était creusé par les habitants du village, afin qu'il puisse y cultiver et élever sa progéniture. Kaïna préférait par-dessus tout partir se perdre au plus profond de la Forêt, dans des endroits sombres et encore inexplorés, avec l'espoir d'y découvrir de nouvelles espèces animales ou végétales. Ces trouvailles ne se produisaient presque jamais, mais une fois elle était parvenue à revenir au village avec une plante qu'aucun de ses semblables n'avait vue de leur vie. Alek fut surpris quand sa sauveuse lui exhiba un spécimen sur son propre corps. Il se développait à même sa hanche au milieu de la pelouse entretenue qui composait sa peau soyeuse. Dépourvue de tige et poussant donc à la surface du sol, la fleur se parait d'une couleur bleu pâle et d'un pourtour finement dentelé.

— Si les fleurs acceptent, il nous est possible d'accueillir en notre sein nos préférées, expliqua-t-elle sans cesser de caresser la corolle de la sienne. Certains vont jusqu'à passer leur temps à apprivoiser les espèces, pour obtenir la composition la plus élégante possible. Tu verrais Freïll par exemple, et son dégradé rouge orangé sur l'ensemble du corps. C'est magnifique !

Le Peuple de la Forêt surprenait chaque jour un peu plus le sillonneur. Leur rapport à la nature était d'une force capable de retourner des montagnes. Pour eux, seul comptait le bien-être de la Forêt qui les entourait, et ils s'y consacraient corps et âme. Kaïna racontait au jeune homme le devoir qu'elle se faisait de soigner le moindre oiseau, le moindre rongeur qu'elle découvrait blessé. La honte s'emparait d'Alek quand elle lui retournait ses questions, le sillonneur n'osant pas avouer qu'il n'hésitait pas à chasser le moindre animal pour le manger. De plus, elle ajouta que les Êtres de la Forêt repoussaient les prédateurs, non pas à coups d'arc ou d'épée, mais par des ruses destinées à les effrayer. Eux aussi jouaient un rôle important dans la régulation de la vie à l'intérieur de la Forêt, et ne devaient en aucun cas être éliminés.

Alek finit par comprendre que ces êtres usaient du Flu. Le Peuple de la Forêt ne lui donnait toutefois pas de nom, car il représentait pour eux un don inné qui apparaissait dès le plus jeune âge. Leur perception, développée jusqu'à la quintessence, ridiculisait celle des humains. Le jeune homme sentait ses poils se hérisser chaque fois qu'il repensait à la façon dont Kaïna avait repoussé les Knibales.

Brutalement.

Sans leur laisser la moindre chance, aussi infime soit-elle. Jamais il ne posséderait un lien avec la nature assez puissant pour la commander à volonté et faire jaillir du sol des racines en forme de pieux au moment opportun, surtout une fois en plein cœur du combat, envahi par l'angoisse de la mort.

Une après-midi Alek demanda à Kaïna qui lui avait enseigné le langage des humains. La femme-plante fronça les sourcils de surprise et répondit en riant qu'elle le parlait depuis sa naissance. En effet le Peuple de la Forêt communiquait mentalement en cas de contact physique avec son interlocuteur, soit la plupart du temps, mais de vive voix comme les hommes une fois le lien rompu ou impossible à établir.

Kaïna avait déjà vu des humains auparavant, mais jamais d'assez près pour leur adresser la parole. De temps à autre elle en apercevait au loin, lorsqu'ils longeaient la Forêt ou trouvaient le courage de s'y aventurer. Dans ce cas ils n'y restaient pas longtemps : soit les bêtes féroces qui la peuplaient les dévoraient, soit les habitants de la Forêt les chassaient à coups d'attaques mentales, sous la forme de leurs pires cauchemars. Ces visions d'épouvante expliquaient d'ailleurs la réputation dont jouissaient les bois auprès du monde extérieur. La femme-plante ne quittait que très rarement la protection des bois, et toujours avec la lisière à portée de vue. Elle ne supportait pas l'idée d'en être éloignée, de ne plus entendre le doux bruissement de la nature, de ne plus pouvoir se cacher derrière un arbre en cas de danger.

Quand Alek parlait, il lui racontait des histoires de sillonneurs fendant le vent, de l'avènement et de la chute de cités inespérées, d'épuisants voyages jusqu'à des Ruines perdues… Kaïna ignorait tout des Ruines, et quand il les lui décrit, elle ne le crut pas.

— Arrête de me dire des bêtises, c'est impossible de construire quelque chose d'aussi haut que le ciel ! s'exclama-t-elle de son rire si singulier, entre le sifflement de l'oiseau et l'éclat de la cascade.

— Si, je te jure, certaines tours finissent dans les nuages !

— Même si c'était vrai, ça doit quand même être horrible de vivre avec aussi peu de végétation autour de soi…

Petit à petit, Alek regagnait des forces. Il parvint d'abord à se redresser, puis à se lever, avant d'esquisser quelques pas dans la pièce, sans la quitter toutefois. Le jeune homme se nourrissait d'assiettes entières de fruits et de légumes que Kaïna lui ramenait au quotidien. Sa captivité chez les Knibales semblait lui avoir à jamais ouvert l'appétit.

Son bras guérissait à vue d'œil. Les extraordinaires propriétés des plantes que sa guérisseuse lui appliquait le laissaient de jour en jour plus émerveillé. De sa blessure subsistait encore une plaie dont la cicatrisation se poursuivait, mais Kaïna se félicitait chaque jour de sa propreté, loin de l'image putréfiée qu'Alek avait imaginée au cours de sa convalescence.

Le sillonneur récupéra le pstol, que sa sauveuse avait ramassé une fois le combat terminé. Quand elle demanda à quoi cet objet lui servait, le jeune homme répondit laconiquement que c'était quelque chose auquel il tenait beaucoup. Kaïna n'insista pas face à ce mensonge pourtant évident, alors qu'elle savait très bien qu'il lui cachait une partie de la vérité après l'avoir vu jeter un éclair de feu avec. Elle préféra conserver ses questions pour plus tard, espérant au fond d'elle qu'il lui avouerait spontanément ses secrets avant de devoir revenir à la charge.

À mesure qu'Alek se liait d'amitié avec Kaïna, il lui parlait des autres sillonneurs, de leurs habitudes et de leurs caractères, de leurs rêves et de leur mort, jusqu'à atteindre sa relation avec Sara. Des larmes maintes fois refoulées obscurcirent son regard à la simple évocation de son nom, et l'Être de la Forêt cessa de l'interroger à ce sujet. Néanmoins le jeune homme continua de mentionner son souvenir, comme si celui-ci risquait de s'évanouir à tout jamais s'il ne le ramenait pas à la vie de temps à autre, malgré le profond chagrin toujours enfoui en lui. Le simple fait d'en discuter le soulageait, évacuant le sentiment de culpabilité qui l'habitait depuis que celui d'impuissance l'avait frappé lors du meurtre de Sara.

De son côté, Kaïna lui confiait les histoires de son peuple, ses légendes, ses héros du monde végétal, leur aura équivalente à celle de Jez aux yeux d'Alek. Ainsi elle lui conta les aventures de Miŋil, qui, mille ans auparavant selon les plus sages des sages, était parvenu à stopper le feu le plus meurtrier que la Forêt ait jamais connu. Alors qu'il savait tout son peuple condamné face à l'incendie titanesque, Miŋil s'était changé en eau et, une fois devenu véritable torrent, avait noyé les flammes avant qu'elles n'atteignent le village et ses habitants. Alek ria de bon cœur, imitant Kaïna après son récit sur les Ruines. Ces histoires lui apparaissaient comme des contes bons à raconter autour d'un feu après une éprouvante journée à kval, semblables à celles qu'Orelo déclamait autrefois. Néanmoins il appréciait beaucoup qu'elle lui raconte ces mythes, tombé sous le charme de ses mots prononcés avec lenteur mais application, tel un enfant qui apprendrait à parler.

Un jour l'Être de la Forêt lui posa une question très simple :

— Qu'est-ce que tu vas faire une fois que tu seras rétabli ?

Le sillonneur s'aperçut qu'il ignorait la réponse. Pire, il n'y avait jamais réfléchi. En effet les journées passées au cœur de la forêt l'avaient totalement coupé du monde extérieur, et par la même occasion de son futur. Il baissa piteusement les yeux vers son moignon, et se demanda comment il parviendrait à vivre avec une seule main.

— Je ne sais pas… Il faut que je fasse payer aux Knibales ce qu'ils m'ont fait, à mes amis et moi, mais tout seul et avec une seule main… C'est impossible…

— Si tu avais tes deux mains, tu irais te venger ?

— Oui, répondit-il sans la moindre hésitation. Je m'infiltrerais dans leur camp de nuit et les tuerais tous ! Cette espèce ne mérite pas de fouler cette terre une minute de plus !

Kaïna garda le silence, bouleversée par les paroles qui se frayaient un chemin à travers son esprit pacifique. Son expression renfermée ne manqua pas d'échapper au jeune homme.

— Ce que je dis te choque ? lui demanda-t-il en réalisant avec quelle brutalité sa haine venait de s'exprimer.

— C'est que… hésitait-elle face au flot de pensées qui l'assaillait et qu'elle se devait d'exprimer. Chaque jour tu me parles de Jez, de Niu-Jok, de la nécessité pour les hommes de s'unir s'ils ne veulent pas finir par s'éteindre… Et maintenant tu voudrais aller te venger ? Tu ne comprends donc pas que les hommes ne seront jamais capables de s'unir durablement si chacun cherche sans cesse à se venger de l'autre ? Vous vivez dans la peur. Pas la peur de mourir. Non, la peur de l'autre. Seules la survie et la vengeance vous animent. Comment voulez-vous bâtir un monde nouveau sur ces bases ? Tu dois réprimer ton instinct, Alek… En ce moment, tu ne vaux pas mieux que ces barbares. Brise ce cercle vicieux de vengeance !

Avec sa lente vitesse d'élocution, sa réponse avait duré une éternité, mais le sillonneur était demeuré de marbre, attendant qu'elle ait fini d'aligner sa pensée devant elle. Cependant il n'en pensait pas moins.

— Tu ne comprends pas, souffla-t-il avec un mépris à peine dissimulé. Ils ont tué Sara…

— C'est toi qui ne comprends rien ! s'énerva Kaïna d'une voix grondante de chêne millénaire, sa peau devenue soudain vert sombre.

Et elle quitta aussitôt la pièce en claquant la porte derrière elle.

— Mais ils ont tué Sara… murmura de nouveau Alek, pour lui seul cette fois, le poing serré sans même s'en rendre compte.

Deux jours plus tard, quand Kaïna revint le voir, le jeune homme pouvait marcher, sa démarche d'avant retrouvée. Il prenait plaisir à simplement rester debout, et exercer son poids sur une jambe, puis sur l'autre. Les douleurs liées à sa main absente avaient considérablement diminué, bien qu'il soit par moment encore tenté de saisir un objet avec. La souffrance laissait désormais place aux fantômes de ses doigts : il croyait les remuer, les presser les uns contre les autres, tandis que sous ses yeux seul le vide s'agitait.

Quand l'Être de la Forêt pénétra dans la pièce, elle affichait un air sérieux qu'Alek ne lui connaissait pas.

— J'ai beaucoup réfléchi, déclara-t-elle sans préambule. Je peux faire quelque chose pour ta main.

Elle parlait plus vite que la dernière fois, mais le sillonneur n'aurait su dire qui de l'habitude ou de la colère rémanente y jouait le plus grand rôle.

— Mais il faut que tu me promettes que tu n'iras pas te venger de ces hommes.

Le sillonneur s'apprêtait à répliquer lorsque Kaïna le coupa :

— Quoi qu'ils aient pu te faire.

— Comment ça tu peux faire quelque chose pour ma main ? demanda-t-il avant de donner sa réponse, réprimant le désir d'évoquer une nouvelle fois Sara.

— Je ne te le dirai pas avant que tu aies promis. Et il faut que tu en sois persuadé. Persuadé qu'il te faut rompre ce cercle de vengeance, t'élever au-dessus de ceux de ton espèce.

Une seule minute de silence s'écoula, mais elle parut durer plusieurs heures. Alors Alek la regarda droit dans les yeux.

— Je te le promets.

À ces mots les épaules de Kaïna se détendirent de soulagement et elle retrouva son sourire verdoyant.

— Tu fais le bon choix Alek, glissa-t-elle avant de s'expliquer d'une voix désormais apaisée. Il existe au cœur de la Forêt un arbre. L'Arbre. C'est le plus ancien et le plus vénérable de tous. Il acceptera peut-être de te guérir.

— Je… Je ne comprends pas. Un arbre tu dis ? s'étonna le jeune homme, dubitatif. Comment est-ce qu'il pourrait me guérir ?

— Tu verras. Mais je dois te prévenir, ce n'est pas sans risque. C'est un processus long et extrêmement douloureux. Tout le monde n'y survit pas. Et je parle là d'Êtres de la Forêt, pas d'humains…

— Mais… Des humains ont déjà été soignés par l'Arbre ?

— Non, pas que je sache.

— Tu veux dire que… balbutia Alek, soudain hésitant. Comment sais-tu que ça peut marcher ?

— Je ne le sais pas. Je l'espère.

Le sillonneur réfléchit quelques instants, mais il savait au fond de lui que sa décision avait été prise dès le début de la conversation. Survivre dans ce monde hostile avec deux mains représentait déjà un défi de tous les instants, alors jamais il n'y parviendrait avec une seule. En plus il avait perdu la droite, et sa dextérité à l'épée par la même occasion.

— D'accord. J'accepte.

Kaïna lui sourit avec un soupçon de tristesse, comme si elle aurait préféré qu'il décline la proposition.

— Je viendrai te chercher demain. Mais prépare-toi, car tu vas souffrir, plus que tout ce que tu as déjà pu endurer. Et quelle que soit l'issue.

— La souffrance ne m'effraie plus, répliqua Alek d'un regard déterminé.

Chapitre 70

Kaïna tint promesse et vint le chercher le lendemain, dès l'aube. Impatient, Alek arpentait déjà sa chambre de long en large. Plusieurs semaines s'étaient écoulées depuis la dernière fois qu'il avait vu la lumière du jour et senti le souffle du vent lui caresser la peau. Toutefois il s'estimait en pleine forme, prêt à vaincre n'importe quelle épreuve qui lui barrerait le chemin.

L'Être de la Forêt sortit à sa suite. Au cours de sa convalescence, Alek avait eu le temps d'imaginer mille décors comme lieu de vie de ces êtres si particuliers, mais jamais il ne s'était attendu à ce spectacle magnifique.

Le jeune homme se trouvait à plusieurs mètres de hauteur sur une plateforme de bois très clair, presque blanc. Un instant ébloui par la lumière tamisée traversant la canopée, il put ensuite contempler avec émerveillement la myriade de nuances végétales qui s'offrait à lui, du vert bientôt bleu au vert sombre presque marron. Tout autour de lui se dressaient par milliers de gigantesques arbres qui l'écrasaient de leur majesté millénaire, enfermant eux aussi des dizaines de pièces semblables à la sienne. Des passerelles de lianes permettaient de traverser le vide sans devoir poser le pied par terre. Kaïna lui avait expliqué qu'une fois la nuit tombée, rester trop longtemps au sol pouvait s'avérer risqué, notamment à cause de prédateurs telle la panterr, capable de jaillir des fourrés pour emporter l'imprudent entre ses crocs en un battement de cœur. Mais en ce début de journée, les Êtres de la Forêt déambulaient paisiblement entre les arbres. À leurs côtés se tenaient des animaux, liévrs, rnars ou oiseaux, nullement effrayés par leur présence. Au contraire, certains en profitaient même pour être caressés. Beaucoup d'êtres se recueillaient, assis dans l'herbe dans une communion physique et mentale avec la nature alentour, tandis que d'autres jouaient et riaient par petits groupes. Alek n'avait jamais vu autant de fleurs, aux couleurs et formes aussi raffinées qu'innombrables, qui recouvraient le sol jusqu'à former un véritable tapis naturel, sur lequel il n'aurait pas osé poser le pied par crainte de le souiller. Les plus téméraires d'entre elles partaient à l'assaut des troncs pour se nicher au creux des écorces. Alors que la plupart ne dépassaient pas la taille d'une main, quelques rares spécimens mesuraient plusieurs mètres de diamètre et dodelinaient tranquillement sous le souffle régulier du vent qui se glissait entre les arbres, devenant voilures végétales de navires cloués sur place.

Le cadre féerique respirait le calme et la sérénité. Personne ne haussait le ton ou courait, aucun cri ou pleur ne retentissait. Tout y était simple.

« C'est donc à ça que ressemble une véritable communauté... pensa Alek dans une triste pensée pour Jez et Rolon. *Ils auraient tellement aimé voir ça... »*

Quand il sortit du tronc de l'arbre en compagnie de Kaïna, tous les regards convergèrent vers lui. Non pas avec méchanceté, comme pour un étranger interdit d'asile, mais avec curiosité. En effet, beaucoup apercevaient un humain pour la première fois de leur vie.

Kaïna le prit par la main et le mena au bas de l'arbre par un escalier adroitement taillé dans le tronc. Très vite ils quittèrent le village et s'enfoncèrent dans les profondeurs de la Forêt. Au début, quelques Êtres de la Forêt intrigués les suivirent, mais ils finirent par les laisser continuer seuls en les voyant quitter les limites du village.

Le duo marcha pendant plusieurs heures, sans se dépêcher. Alek prenait plaisir à respirer l'air de la Forêt, à la fois pur et revigorant. L'idée du bois sombre et tortueux que l'on s'imaginait depuis la lisère s'avérait fausse. Ici la lumière pénétrait sans difficulté à travers les frondaisons des arbres immenses et espacés, baignant la Forêt d'une atmosphère sereine, sur laquelle la réalité du monde extérieur n'avait aucune emprise. Ils ne rencontrèrent pas la moindre bête sauvage, et le jeune homme comprit qu'avec Kaïna à ses côtés, il ne risquait rien. Elle devait s'être déjà approchée de créatures que seul il aurait fui comme la Mort en personne.

Puis, au détour d'une clairière, le feuillage s'écarta et Alek découvrit l'Arbre.

L'Arbre.

Immense.

Colossal.

Gigantesque.

Ces mots étaient beaucoup trop faibles pour le décrire. Rien de tout ce que le sillonneur avait pu voir durant sa vie ne pouvait se comparer au tronc de l'Arbre, monumental pilier de bois, presque une montagne, sans doute érigée par Dlaah en personne. En faire le tour aurait demandé plusieurs minutes à Alek, que ce soit en marchant ou en courant. Les premières branches, qui n'apparaissaient pas avant plusieurs centaines de mètres de hauteur, s'étendaient sur des lieux à la ronde et projetaient leur ombre protectrice sur les arbres alentour.

La majesté de l'Arbre frappait le jeune homme à lui en couper le souffle. C'était un roi qui régnait avec dignité sur son peuple, foule végétale étendue à ses pieds dans toutes les directions. Il devait être âgé de plusieurs milliers d'années, s'il n'avait pas assisté de ses propres yeux à la naissance du monde. Seule une anomalie de la nature aurait pu lui permettre d'atteindre de telles dimensions, à la frontière du divin.

Alek n'avait jamais ressenti une telle impression de minuscule, d'écrasement. Il se sentait réduit à l'état de fürmi devant une tour des Ruines. Insignifiant, simple grain de sable parmi une infinité d'autres. Même les énormes troncs qui dominaient le sillonneur ne représentaient pour l'Arbre que de misérables brindilles.

Un impressionnant réseau de racines courait se perdre dans le sous-bois derrière eux. Celle sur laquelle le duo se trouvait, pourtant éloignée du tronc, dépassait la grande taille de Kaïna. Et ne sortait du sol que la partie émergée. Les rapports d'Alek à la nature s'en retrouvaient bouleversés.

— Ses racines s'étendent sous toute la Forêt, et plus loin encore, expliqua Kaïna sans quitter l'Arbre de ses yeux empreints d'un profond respect. Pour la protéger.

Le jeune homme et l'Être de la Forêt s'approchèrent du tronc, marchant en haut d'une racine jusqu'à pouvoir le toucher. Ils se trouvaient maintenant au pied de l'immense paroi verticale.

— Pose ton bras dessus, murmura-t-elle comme si elle craignait de réveiller quelqu'un.

— Je le touche et il me guérit ? Comment ça se passe ?

— Ça ne sert à rien que je te le dise. Savoir à l'avance ne t'aidera pas. Pire, cela pourrait te handicaper. Pose juste ton bras.

Alek, bien que sceptique, finit par s'avancer et poser son moignon sur l'écorce. Il appuya légèrement dessus, mais la douleur se réveilla aussitôt. Le jeune homme redoutait que la plaie, qui cicatrisait toujours, ne se rouvre. Rien ne se produisait, et il s'apprêtait à retirer son bras pour lancer un regard interrogateur à Kaïna, quand soudain l'écorce s'écarta.

Son bras s'enfonça d'un coup dans le tronc jusqu'à l'épaule. Alek laissa échapper un cri de surprise et par réflexe voulut se dégager, mais l'écorce s'était déjà refermée.

L'Arbre emprisonnait complètement son bras sans lui offrir la moindre chance d'évasion, comme si le membre en faisait désormais partie intégrante.

— Ça a commencé… souffla Kaïna, le regard rivé avec émerveillement sur l'endroit où l'épaule joignait l'écorce. C'est la première étape : l'acceptation.

— Et après ? demanda le sillonneur en tentant de conserver son calme.

Elle ne répondit pas, et Alek réalisa que son cœur battait la chamade. La sérénité qu'il affichait depuis l'aube se fissurait lentement en fines crevasses de doute. Les minutes passaient, et de nouveau rien ne se produisait. Passée la première surprise, il perdit peu à peu patience, se demandant s'il devait réaliser une action précise pour franchir une nouvelle étape. L'espoir fou que le processus de guérison soit déjà en cours se forma dans son esprit, même si cela ne ressemblait en aucun point à l'épreuve douloureuse évoquée par Kaïna. Celle-ci s'était assise sur une racine un peu plus loin et l'observait, sans toutefois l'aider dans son ignorance.

— Il se passe quoi après ? s'énerva Alek en tapant du pied. Ton arbre n'a pas envie de me guérir ?

— L'Arbre n'est pas quelqu'un à qui l'on impose sa volonté, répliqua l'Être de la Forêt sur un ton énigmatique.

— Comment ça *« quelqu'un »* ?

À ce moment précis son bras fut comme transpercé par un millier d'aiguilles. Des aiguilles en bois, épaisses et rugueuses, qui le traversèrent de part en part. Sous la surprise et le choc, Alek hurla tout l'air de ses poumons à s'en arracher les cordes vocales. Alors que la douleur lui déchirait le bras, il implora Kaïna du regard, à la recherche d'une trace de compassion ou d'apaisement. Mais elle le dévisageait en silence, son visage de marbre, et murmura seulement :

— La communication maintenant…

Alek ne l'entendit même pas. La douleur, devenue insupportable, lui vrillait les tympans. Il ne souffrait déjà plus des aiguilles de bois, mais du poids complet de l'Arbre qui l'écrasait. Une montagne s'abattait sur lui, brisant le moindre de ses os, réduisant en charpie ses muscles, ses articulations et ses tendons. Dans un hurlement le sillonneur tira de toutes ses forces sur son épaule, sans succès. Il n'avait pas bougé d'un pouce.

— C… A… L… M… E…

Alek se figea et se retourna brusquement, parvenant à effacer la douleur de son esprit l'espace d'un bref instant. Mais personne ne se situait derrière lui. Bien que diffuse dans le tourbillon de souffrance qui ravageait son crâne, il était persuadé d'avoir entendu une voix. Qui avait parlé ?

— P… A… T… I… E… N… C… E…

Cette fois, plus aucun doute, il n'hallucinait pas. Sauf que la voix venait de résonner dans sa tête. Est-ce qu'elle pouvait provenir de l'Arbre lui-même ? Le jeune homme n'en revenait pas. Reproduisant l'effort mental réalisé au fond de la crevasse, il se concentra intensément, jusqu'à se détacher de son corps au point de ne plus ressentir la douleur. La singularité du lieu lui apparut alors dans toute sa splendeur.

Le Flu était ici plus dense que partout ailleurs. Lorsque d'habitude les points lumineux qui composaient les êtres et les choses s'espaçaient, s'éparpillaient, dans l'Arbre ils se rapprochaient au point de se confondre, et de former une immense colonne de lumière. Elle aveuglait de toute sa pureté Alek, presque incapable d'y poser son esprit. Du tronc le Flu se répandait de toutes parts, source de vie pour la Forêt entière.

Le fait que Kaïna parlait de l'Arbre comme d'une personne à part entière prenait désormais tout son sens : c'était bien un être, beaucoup plus évolué que n'importe quel végétal, humain ou Être de la Forêt.

— Ainsi tu peux m'entendre… Qu'est-ce qui t'amène jusqu'à moi, petite chose ?

Maintenant qu'Alek se concentrait sur le Flu alentour, les paroles de l'Arbre devenaient audibles et fluides. La voix, d'une profondeur abyssale, n'exprimait aucune hostilité, mais le jeune homme se savait à sa totale merci, son bras toujours retenu dans le tronc. Il répondit par la pensée à l'aide du Flu, avec prudence et déférence.

— Je suis venu vous demander votre aide, puissant Arbre. On m'a tranché la main et je viens vous implorer de me guérir.

— Et pourquoi est-ce que je ferais cela ?

À travers la voix de l'Arbre apparaissait un être d'une sagesse infinie, qui semblait avoir déjà vécu un millier de vies auparavant. Alek percevait, grâce au Flu intense, l'océan sans fond de savoir habitant son interlocuteur.

— Ma compagne a été torturée et tuée par une bande de sauvages. Je me dois de la venger, et pour cela j'ai absolument besoin de mes deux mains. Votre aide m'est vitale.

Par ces paroles, le sillonneur violait la promesse établie auprès de Kaïna. Mais celle-ci n'en saurait rien, et Alek ne s'imaginait pas mentir à l'Arbre quant à ses véritables intentions, persuadé que le géant sylvestre pouvait lire ses sentiments et la moindre de ses pensées sans aucune difficulté.

— C'est un projet bien sombre… Ne crains-tu donc pas pour ta vie ?

— Ma vie n'a plus la moindre importance sans Sara. J'ai déjà tout perdu. Peu importe si je meurs.

— Que représentait-elle donc pour toi ?

— Elle était tout pour moi, répondit Alek sans hésitation. Une lumière guidant mes pas et mon cœur. Sans elle, je suis perdu. Je ne retrouverai le repos qu'une fois ces barbares morts et sa mémoire vengée.

— Tu es déterminé au point de donner ta vie pour quelqu'un qui n'est plus… J'ai l'impression que même si je ne t'aide pas, tu iras te jeter dans la gueule du lüu pour te venger. Et tu mourras. Inévitablement.

Quelques secondes s'écoulèrent avant que l'Arbre reprenne.

— Je sens en toi que tu es quelqu'un de bien, à qui il est arrivé des choses terribles. Tu pourrais encore faire le choix de la tête et non du cœur. La vengeance ne ramènera pas Sara. Prends garde au vide qui succède à la vengeance, car tu n'en tireras ni apaisement ni satisfaction.

— Je ne pourrai pas continuer à vivre en sachant que ces barbares sont toujours en vie.

— L'amour serait donc plus important que la vie ? émit l'Arbre sur le ton du défi.

— Que connaissez-vous de l'amour ? répliqua aussitôt Alek, piqué dans sa fierté.

À peine avait-il formulé sa phrase qu'une seconde jaillissait.

— Avez-vous seulement déjà aimé ?

Une troisième suivit l'instant d'après.

— En êtes-vous seulement capable ?

Le jeune homme sentit aussitôt l'Arbre se crisper, alors qu'Alek prenait conscience de ses paroles. Emporté par l'émotion, le sillonneur avait dépassé les limites de son rang et manqué de respect au gardien de la Forêt, ses mots décochés dans son esprit à la vitesse d'une flèche. Il pouvait dire adieu à ses chances de guérison, et imaginait déjà l'écorce rugueuse se resserrer à tout instant autour de son bras, lui arrachant un ultime cri de souffrance, avant de l'absorber corps et âme en guise de représailles pour une telle audace.

Pourtant, l'Arbre se mit à rire intérieurement.

Ce n'était pas un son précis, plutôt un sentiment diffus d'amusement, qui flottait à travers la myriade d'étoiles du Flu à l'instar d'une plume emportée par la brise, virevoltant avec légèreté dans les airs.

— Ta bravoure désespérée me plaît, déclara l'Arbre avec honnêteté. Il y a bien longtemps que je n'avais pas rencontré quelqu'un d'aussi téméraire que toi. Et pour répondre à tes questions, sache que oui, je sais ce qu'est l'amour. Plus que tu ne pourras jamais le connaître. La Terre est mon âme sœur, depuis la création du Monde et jusqu'à la fin des temps. L'amour que nous éprouvons l'un pour l'autre dépasse tout ce qu'un simple humain comme toi peut ne serait-ce que concevoir. Notre amour est de la profondeur du plus profond des océans, du poids de la plus pesante des montagnes, de l'intensité du plus intense des éclairs. Alors, petit être, ne commence pas à me parler d'amour. Tu en ignores tout, de sa forme jusqu'à son essence.

Ce fut au tour d'Alek de garder le silence. Si l'arbre ne se montrait pas vraiment menaçant, il gardait toutefois le contrôle absolu de la situation. De la situation et d'Alek lui-même, soumis à la volonté de l'être végétal. Si le sillonneur voulait survivre à cette rencontre, il devait à tout prix convaincre l'Arbre de l'aider avant qu'il ne perde patience et le tue, en commençant par rattraper son erreur au plus vite.

— Je vous prie de me pardonner si je vous ai offensé, s'excusa piteusement le jeune homme, la tête basse. Les mots ont dépassé ma pensée.

— Tu ne m'as pas offensé, tu m'as amusé.

L'Arbre ne répondit rien de plus, et le silence s'allongea, de plus en plus gênant pour Alek. Est-ce qu'il lui fallait dire quelque chose ? Quels arguments devait-il avancer ? Comment pouvait-il parvenir à toucher la sensibilité de l'Arbre ?

— Comprenez-vous que m'imaginer une vie sans Sara m'est impossible ? finit-il par déclarer.

— Tu pourrais suivre les pas de Jez…

La surprise faillit rompre la concentration d'Alek. Il ne conserva le lien mental qu'in extremis. Comment l'Arbre connaissait-il Jez ? Était-il donc capable de lire en lui au point de déchiffrer dans sa mémoire ses souvenirs les plus enfouis ? Les pensées du sillonneur, perturbées, s'entrechoquaient avec force dans son esprit alors qu'un doute grandissant l'envahissait, mais il tenta de ne rien en montrer et prononça d'une voix intérieure forte :

— Ce que Jez désirait tant accomplir n'était qu'un rêve. Une utopie. L'humanité ne peut plus s'unir. Le monde est désormais rempli de bandes de pillards qui ne rêvent que de massacrer et de voler le prochain groupe qu'ils rencontreront. Je ne suis pas pessimiste, je suis réaliste. Jez, en mourant, nous a montré qu'il était vain de vouloir unir les hommes qui survivent encore. Nous sommes voués à disparaître, ce monde n'est plus fait pour nous.

Chaque nouvelle attaque de bêtes sauvages, chaque nouvelle tempête nous le montre. Je ne mourrai pas pour une cause perdue d'avance.

— Comment peux-tu être aussi sûr de toi alors tu n'as même pas essayé ? répliqua aussitôt l'Arbre. Tout comme Jez, tu as tes propres qualités ainsi que tes propres défauts. Qui sait quelle combinaison sera la bonne ? Tu n'as peut-être jamais été un meneur d'hommes, mais qui sait à quoi ressemblera le successeur de Jez ?

— Vous parlez comme si Jez allait avoir un successeur. Il n'en aura pas. Le temps où l'humanité était capable de suivre un guide est révolu. Seuls la violence, la vengeance et le meurtre ont encore leur place ici-bas, ajouta le jeune homme dans un profond pessimisme.

— Un cercle vicieux que tu t'apprêtes à perpétrer… souffla l'Arbre avec déception. Ton objectif devrait être de t'extraire de ce cercle, pas d'alimenter une énième circonvolution. Que cette roue tourne depuis trop longtemps ne signifie pas qu'il est inutile de chercher à l'arrêter.

— L'arrêter… Mais à quoi bon ? demanda pensivement Alek. Au cours de ma vie, je n'ai connu que les sillonneurs. Qu'est-ce que je peux faire sans eux désormais ? Ma vie n'a plus de sens. Je me raccroche à la seule chose qui me reste : Sara.

— Le souvenir de Sara.

— Oui, le souvenir de Sara…

— Alek, tu es maître de ton destin, déclara alors l'Arbre d'une voix solennel. Tu possèdes en toi la force de surmonter ton deuil, c'est une évidence. Accorde-toi le temps de la réflexion, tu t'apprêtes à prendre la décision la plus importante de toute ta vie. Côtoie Kaïna, découvre la Forêt à ses côtés, respire l'air pur qui t'entoure. Puisse-t-il par ses effluves te convaincre d'abandonner tes sombres desseins. Tu es encore jeune, ne gâche pas ta vie pour un combat que tu ne peux pas gagner.

Puis l'Arbre se tut, laissant à ses paroles le temps d'atteindre l'esprit du sillonneur pour s'y ancrer. Alek fut d'abord tenté de répéter une nouvelle fois son besoin de vengeance intimement lié à son amour indéfectible pour Sara, avant de parvenir à se retenir. Il comprenait les intentions de l'Arbre. Celui-ci souhaitait juste le voir regagner le chemin de la sagesse, et abandonner ses désirs meurtriers pour ainsi profiter pleinement de la nouvelle vie qui s'offrait à lui. Mais Alek pouvait-il y arriver ? Pouvait-il tourner la page des Knibales, admettre la victoire d'Uŭrt-Zo et de son sourire démoniaque ? Pouvait-il laisser la mort de ses compagnons, Jona, Rolon, Pol, et surtout Sara, impunie ? Il en doutait toujours, le douloureux souvenir de sa compagne encore brûlant dans son esprit.

Mais l'Arbre accepterait-il que le jeune homme reparte sain et sauf si celui-ci refusait l'accord proposé ? Un frisson de peur lui parcourut l'échine alors qu'il envisageait la possibilité de périr à cet endroit exact, réalisant qu'il ne pourrait pas lutter un seul instant contre le géant sylvestre.

De longues minutes s'écoulèrent dans le silence, les deux êtres tournés vers eux-mêmes et leurs pensées respectives. Acculé au crépuscule de sa vie, Alek tentait de se remémorer chaque moment partagé avec les sillonneurs, qu'il soit bon ou mauvais, d'effleurer pendant une brève seconde la plénitude de l'existence vécue sans regret, en compagnie des personnes les plus chères à son cœur. Le départ de Niu-Jok, le Désert Blanc, les montagnes, l'arrivée et le départ des Ruines, tourbillons d'émotions contradictoires… Gamo, Némï, Seff, Orelo, Egan, Fao, visages de l'amitié surpassant les frontières de la mort…

Puis l'Arbre déclara telle une sentence :

— Puisses-tu prendre la bonne décision…

Aussitôt la douleur réapparut et perça subitement la gangue de concentration du sillonneur avec l'effet d'un pieu projeté à pleine vitesse. Les aiguilles chauffées à blanc revinrent s'enfoncer dans sa peau, encore plus profondément cette fois. Très vite la souffrance devint si forte qu'Alek fut arraché à son état de méditation, qui lui permettait pourtant de s'en détacher. Il essaya de recouvrer sa perception du Flu alentour, mais un liquide brûlant se déversa soudain dans son bras et brisa le peu d'attention amassée. Alek sentit la lave en fusion envahir ses veines et se répandre dans son membre tout entier. La chaleur embrasait son bras avec une si grande intensité qu'une fournaise semblait consumer l'intérieur de son corps jusqu'à la plus petite cellule. Le sillonneur poussa un atroce hurlement de terreur, qui se répercuta à travers les frondaisons de l'Arbre pendant de longues secondes.

Même Kaïna, auparavant très calme et détachée du sort de son protégé, bondit sur ses pieds, les traits tirés d'inquiétude.

— Tiens bon Alek, tu vas y arriver… Tu peux surmonter la fusion…

L'Être de la Forêt garda cependant pour elle que de toutes les phases de la guérison, la fusion était de loin la plus délicate, la plus douloureuse, que les blessés ne supportaient le plus souvent pas.

Alek suait à grosses gouttes. Celles-ci lui glissaient le long du dos dans des frissons qui l'électrisaient jusqu'au bout des doigts. Chaque sensation éprouvante devenait exacerbée par son esprit mis à mal. Il tentait sans cesse de se détacher de la douleur grâce à son esprit, mais elle l'en empêchait en s'accroissant toujours plus.

Après que la lave s'était propagée dans l'ensemble du bras, le jeune homme craignait qu'elle s'infiltre dans le reste du corps. Il ne le supporterait sans doute pas : son cœur menaçait déjà d'éclater sous les puissantes décharges de douleur.

Un peu plus et la souffrance le rendrait fou. Au milieu de cette tempête apocalyptique où l'espace et le temps se mesuraient désormais en agonies, Alek crut sentir son bras lentement s'allonger. Il semblait retrouver les sensations de sa main tranchée, alors que la douleur la remplissait à son tour. Mais la lave le brûlait toujours de l'intérieur, sans relâche à la manière d'un feu de forêt réduisant en poussière chaque parcelle en travers de son chemin. Le jeune homme peinait à différencier ses véritables sens des ressentis cauchemardesques que son esprit créait. Le corps tout entier contracté en un effort désespéré pour éteindre le brasier ou s'arracher du maudit tronc, il s'apprêtait à s'effondrer, ses jambes incapables de supporter son propre poids une seconde de plus. Ses hurlements tourmentés restaient coincés au fond de sa gorge, par manque de force.

Après une éternité de torture, la lave se mit à redescendre le long de son bras. Alek imagina la fin du supplice proche et serra les dents, à s'en briser la mâchoire. L'épais liquide perdait du terrain, pourtant la souffrance s'intensifiait encore, le seuil du concevable depuis longtemps dépassé. Le sillonneur souffrait le martyre, au point de ne plus parvenir à émettre une seule pensée cohérente. Dans son esprit se succédaient des flashs de lumière rouge et verte, si rapides qu'ils se fondaient en un unique faisceau noir dessinant les contours indécis du visage de la Mort. Avec un couteau sous la main, il se serait sans hésiter tranché le bras pour stopper ce supplice. Jamais de sa vie il n'avait connu pire sensation. Était-ce un calvaire que chaque être devait traverser afin de basculer dans l'autre monde, et ainsi s'affranchir des entraves du vivant ?

— À… L'AI… DE ! réussit-il à articuler, le menton dégoulinant de bave mêlée de sang après s'être durement mordu les lèvres.

Il cherchait avec une frénésie animale le regard de Kaïna, seule personne capable de le soustraire à la torture. Il fallait à tout prix qu'elle vienne l'aider et l'arrache à l'étreinte de l'Arbre, quitte à ne garder qu'une seule main pour le restant de sa vie. Cela n'avait plus aucune importance. Le passé et le futur non plus. Même le souvenir de Sara ne lui apparaissait plus que sous la forme d'un détail de son existence, qui appartenait désormais à une époque révolue. Seul importait que la douleur cesse. Mais il n'apercevait pas Kaïna, la vue brouillée par la souffrance insoutenable.

Alors la lave finit par quitter son corps en s'écoulant du bout de ses doigts.

De ses doigts ?

De ses doigts !

Alek ne pouvait pas encore les voir, mais une puissante certitude l'envahit : il avait retrouvé sa main ! La douleur s'évaporait peu à peu, à mesure que ses pensées retrouvaient leur cohérence. Il reprenait son souffle avec difficulté, le cœur battant la chamade plus vite qu'après une course effrénée de plusieurs heures. Le sillonneur tenta une nouvelle fois de retirer son bras du tronc, et fut étonné de ne rencontrer aucune résistance. L'écorce se referma derrière lui sans un bruit.

Et Alek découvrit sa nouvelle main.

Recouverte d'une fine couche d'écorce pourtant très dure, sa couleur bois s'étendait jusqu'au coude, où la peau reprenait ensuite ses droits. La ligne de démarcation courait autour de son bras avec irrégularité, comme si l'Arbre avait hésité à investir plus profondément son corps. Les extrémités de ses doigts, plus effilées qu'auparavant, évoquaient des griffes, sans doute capables de lui servir d'armes en cas d'urgence. Des veines vertes et saillantes s'étendaient tout le long de son bras, et Alek se demanda ce qui coulait désormais à l'intérieur. Du sang ? De la sève ? Ou bien un mélange des deux ?

Kaïna le rattrapa alors que ses jambes cédaient sans crier gare sous son poids.

— Tu as réussi ! le félicita-t-elle avec un sourire qui s'étendait jusqu'à ses oreilles.

Sans oser se l'avouer, la femme-plante éprouvait une véritable fierté à la vue de ce petit homme qu'elle avait recueilli mourant, et qui aujourd'hui parvenait à convaincre l'Arbre de lui offrir une seconde chance, avant de surmonter sa terrible épreuve.

Elle lui laissa quelques minutes de répit, le temps qu'il retrouve assez de sensations dans ses jambes pour se tenir debout. Alek ne pouvait s'empêcher de serrer et de desserrer frénétiquement le poing de sa nouvelle main, savourant la puissance qu'il sentait y couler.

— Par contre, je dois te prévenir dès maintenant, ajouta Kaïna tandis que le sillonneur se délectait des effluves boisés qui se dégageaient de sa peau devenue écorce. Il reste une dernière étape : l'acceptation. Celle-là peut durer une nuit, comme des années entières. Mais si ton corps n'accepte pas cette partie étrangère, il tentera de la rejeter par tous les moyens. Et tu en mourras…

Chapitre 71

Le retour était interminable.

Alek n'avait pas voulu attendre, préférant regagner le village au plus vite pour s'y reposer. Après un dernier regard empli de respect et de remerciements à l'Arbre, il lui avait tourné le dos avant de s'enfoncer dans la forêt. Le jeune homme aurait aimé capter une réponse, ou au moins déceler un signe provenant du colosse végétal, mais celui-ci était demeuré muet.

Le sillonneur peinait à progresser au travers des bois, tant à cause du choc consécutif à la douleur que de son organisme qui luttait pour s'adapter à la présence du corps étranger. Kaïna l'aidait à avancer, le bras du jeune homme par-dessus son épaule. La nuit approchait dangereusement, et plusieurs fois ils aperçurent des paires d'yeux luisants qui les observaient dans la pénombre. Alek ne cessait de trébucher sur des racines, les pieds aussi lourds que des rochers, manquant d'entraîner Kaïna avec lui à chaque pas.

Après de longues heures de marche, le duo réussit enfin à regagner le village, puis la chambre du sillonneur, et celui-ci s'écroula aussitôt sur sa couche, le front trempé de sueur. Kaïna voulut lui souhaiter une bonne nuit, mais le sommeil l'avait déjà emporté.

La vie dans la Forêt se révéla très simple. Elle se tournait tout entière vers le bien-être de ses habitants, humanoïdes comme végétaux. Aucun conflit ou même dispute ne venait ternir ce havre de paix. Seules les rares attaques animales pouvaient encore rappeler l'existence de la violence. Alek ne parvenait toutefois pas à se débarrasser de toutes ses anciennes habitudes, sa vie passée toujours ancrée dans sa chair. Il n'était pas rare de le voir se retourner d'instinct au bruit d'un choc mat, cherchant son origine la main déjà portée à sa ceinture, pourtant vide de toute arme. Le jeune homme expérimentait pour la première fois la vie au sein d'un monde calme, agréable, et avant tout sûr. Entre ces arbres millénaires, aucun pillard, aucune tempête, ni aucune créature malfaisante ne lui tordait les entrailles d'angoisse. Désormais, quand Alek levait les yeux au ciel, il remarquait avec plaisir qu'à la monotone couche de nuages gris se superposaient de resplendissantes ramures vertes.

Une fois remis de sa rencontre avec l'Arbre, Alek décida d'accompagner Kaïna dans toutes ses activités du quotidien. D'abord ils consacraient la matinée à la cueillette. À peine l'aube levée le duo se dirigeait vers les portions de la Forêt qui regorgeaient d'arbres fruitiers pour les entretenir : il surveillait la croissance de chacun, récoltait leurs fruits mûrs… Ils riaient quand, pris d'une soudaine fringale, l'un d'eux en croquait à pleines dents et que le jus aux couleurs et textures imprévisibles les éclaboussait de ses riches arômes. Lorsque le sillonneur observait Kaïna se pencher sur un arbrisseau et lui murmurer des paroles aussi douces que la soie, il y voyait une mère s'occupant avec amour de son enfant chéri. En un éclair Alek se retrouvait alors violemment frappé par l'image de Sara et de leur enfant, petit Toma ou douce Emila, qui ne verrait jamais le jour.

— Quelque chose ne va pas ? demandait Kaïna de sa voix sylvestre, tandis que les larmes du jeune homme menaçaient de se déverser sur ses joues.

— Non, tout va bien, mentait-il en détournant le regard.

Ensuite, l'après-midi était dévouée à l'aménagement du village. À la force du Flu, les Êtres de la Forêt façonnaient des arbres entiers, dessinant des pièces, créant des escaliers, jetant par-dessus le vide des passerelles de lianes. Il n'y avait dans leurs gestes aucune brutalité envers les plantes, car tous ces êtres communiquaient étroitement, pour que les souhaits des uns ne soient pas imposés aux autres. Les troncs ainsi aménagés verraient un couple à peine formé l'habiter, et y vivre jusqu'à leur mort. Alek tenta plusieurs fois de réaliser la prouesse que représentait à ses yeux cette communication, hélas sa perception du Flu s'avéra beaucoup trop brouillonne comparée à celle des habitants de la Forêt, nés avec comme un second langage. Il parvenait tout juste à établir le contact mental avec les arbres, qui n'accéderaient jamais aux requêtes d'un novice. Kaïna ne cessait de lui répéter que cette pratique requérait des années d'entraînements et qu'il s'améliorerait avec le temps, mais le sillonneur en restait pourtant déçu. En effet il rêvait d'habiter au cœur d'un arbre lui appartenant, façonné à la force de son propre esprit.

À l'inverse, apprivoiser sa nouvelle main fut pour Alek un immense bonheur. Chaque jour il redécouvrait le simple plaisir de bouger les doigts, de fermer le poing. Le jeune homme ne tarda pas à se rendre compte que la guérison de l'Arbre ne lui avait pas seulement rendu sa main, mais avait aussi décuplé la force de son bras. Quand auparavant soulever une charge exigeait la puissance de ses deux bras, un seul suffisait désormais.

Un jour, subitement déséquilibré par le balancement d'un pont de lianes, Alek avait basculé par-dessus le rebord et n'avait évité une chute mortelle que grâce à sa main végétale. Parvenue à saisir in extremis une branche, elle le laissa suspendu à plus de dix mètres du sol par la seule force de son bras. Cette énergie nouvelle l'enivrait de possibilités, et il ne doutait pas de pouvoir abattre des arbres d'un seul coup de poing si l'envie lui prenait soudain.

Sans pour autant l'accueillir à bras ouverts, les Êtres de la Forêt avaient accepté le sillonneur en leur sein, et n'hésitaient pas à venir le voir pour lui demander de l'aide ou par simple curiosité. Être guéri par l'Arbre l'avait crédibilisé aux yeux du peuple entier.

Ainsi Alek fit la connaissance de Sfízl, poète sylvestre s'adressant aussi bien à ses semblables qu'aux arbres. Alors que la peau de Kaïna mêlait herbes et fleurs, un lichen aux multiples nuances de vert tapissait la sienne. Il maîtrisait beaucoup mieux le langage humain que sa semblable, ce qui rendait les conversations avec lui encore plus agréables. Sfízl rappelait beaucoup Orelo : il possédait le même regard détaché sur le monde, la même posture virevoltante dans l'espace, les mêmes intonations au théâtral éprouvé. Le jeune homme se demanda à quoi aurait bien pu ressembler la rencontre entre les deux conteurs. Il s'imagina un duel entre deux maîtres de la parole, maniant le verbe avec une adresse périlleuse, leurs mots affûtés plus tranchants que des rasoirs.

— Oyé ! aurait salué Orelo, courbé en une révérence courtoise, son chapeau de paille troué dans la main. Tu as devant toi le seul conteur humain encore assez fier pour oser se tenir debout et asséner ses coups de poésie aux malheureux qui se dressent sur son chemin ! Prends garde, de taille ou d'estoc, je tranche et j'incise, je transperce et je tue, maître escrimeur que je suis ! Et toi, décline donc ton identité avant que ma lame ne t'ait occis !

— Si vous voulez bien vous donner la peine d'ouvrir grandes vos esgourdes, je ne serai pas long, aurait alors répliqué l'Être de la Forêt avec un aplomb de roc. Sfizl est mon nom, et je ne saurai qu'être parfaitement clair avec vous : oser me défier, c'est risquer de voir son honneur entaillé, son panache détruit et sa réputation à jamais salie. Plus grave que la mort du corps, c'est la mort de l'esprit qui vous frapperait alors. De la Forêt je viens, à la Forêt je retournerai, quelle que soit l'issue de cette rencontre, même si mortelle elle doit devenir. Réfléchissez donc bien à vos mots, car une fois lancée, la guerre je ne pourrai plus arrêter.

Et le duel se serait poursuivi ainsi encore longtemps, les réparties claquant avec rage, les arguments s'écrasant dans toute leur fureur, jusqu'à ce que la nuit tombe ou peut-être après, pour ne s'arrêter qu'une fois l'aube proche et leurs colossales réserves de mots épuisées. Puis le silence aurait repris ses droits sur la Forêt et les deux conteurs se seraient donné l'accolade, désormais autant rivaux qu'amis.

Penser à ses anciens compagnons laissait Alek mélancolique. Ses pensées l'amenaient parfois à regretter son ancienne vie, pris d'une soudaine envie de retrouver Zef, de s'élancer face au vent, couché sur son encolure jusqu'à en perdre haleine. Dans la Forêt, les jours se succédaient paisiblement, identiques les uns aux autres, et le sillonneur ne pouvait s'empêcher, presque malgré lui, d'éprouver une certaine lassitude. Les Êtres de la Forêt ne semblaient pas souffrir de la vie routinière, comblés par leur communion avec la nature, qui nourrissait leurs corps comme leur spiritualité depuis des temps immémoriaux. Toutefois, selon

Alek, il leur manquait l'étincelle de vie qui caractérise les existences pleines de sens.

Le jeune homme tentait éperdument de se projeter dans la Forêt et ses habitants, de s'imaginer un avenir à leurs côtés, mais en dépit de toute leur bonté il ne parvenait pas à s'y identifier et à se sentir chez lui. Son monde se composait de feu et de sang, pas de calme et de bienveillance.

Certains jours, il réussissait presque à s'imaginer finir sa vie ici, entre les arbres millénaires et les êtres sylvains, tandis que d'autres la rage revenait à nouveau l'envahir, se contenant avec difficulté de prendre les armes pour marcher sans plus attendre sur le village knibale. Une seule chose le retenait alors : sa promesse formulée auprès de Kaïna.

Rares étaient les nuits sans cauchemar. Alek revivait sans cesse le même, tenace, où il observait, contraint, à travers les barreaux d'une cage brûlante Sara se faire poignarder par des dizaines d'individus rendus fous par la soif de sang. La vision gagnait en intensité et en réalisme chaque fois que les images du véritable meurtre venaient s'y greffer, atroces.

Le sillonneur se réveillait tout le temps dans un sursaut d'horreur, le front trempé de sueur et sa poitrine tambourinant avec fureur. Il n'aurait pas été surpris de voir le fantôme de Sara pousser lentement la porte et entrer dans la pièce sur la pointe des pieds, avant de lui adresser un de ses sourires remplis d'espoir dont elle détenait le secret. C'était au cœur de la nuit, une fois seul et perdu dans ses rêves, qu'apparaissaient les pensées les plus sombres. L'absence de sa compagne lui tordait les entrailles, un peu plus douloureusement chaque nuit, et sa raison s'éclipsait sous un puissant désir : mourir, pour la rejoindre, et ainsi passer l'éternité à ses côtés.

De sa lumière salvatrice, l'aube balayait souvent les doutes qui planaient sur son esprit, mais certains jours ils s'agrippaient trop solidement pour être emportés par une simple bourrasque de clarté. Les pensées moroses se succédaient alors sans relâche, et Kaïna ne pouvait que constater sa détresse. Un matin elle finit par lui demander, inquiète :

— Tu fais une drôle de tête… Tu es sûr que tout va bien ?

— Je ne sais pas… Je ne sais plus… Je pensais avoir définitivement tourné la page de mon ancienne vie, mais… son fantôme me poursuit toujours, jusque dans mes rêves…

— La fantôme de Sara ?

— Notamment, répondit-il, laconique.

— C'est normal de se remémorer ces choses, elles sont encore récentes. Il faut du temps à la Forêt pour absorber les maux qui te rongent.

— Je doute qu'elle y parvienne. Je n'arrive pas à trouver l'apaisement parmi ces arbres…

— Pourquoi ? La vie dans la Forêt ne te plaît pas ? Tu voudrais retourner d'où tu viens ?

Kaïna remarqua aussitôt le regard fuyant d'Alek pendant qu'elle tentait de lui arracher ses pensées les plus profondes.

— Je ne sais pas… répéta-t-il, les yeux perdus dans le vague.

— Tu ne penses quand même pas de nouveau à aller tuer ces sauvages ? Pas après la promesse que tu m'as faite j'espère !

L'inquiétude dans sa voix ne cessait de grandir à mesure qu'elle prenait conscience des troubles qui agitaient l'esprit du jeune homme.

— Pas avec la confiance que l'Arbre t'a accordée ! ajouta-t-elle en criant presque.

Alek releva alors la tête pour dévisager Kaïna. Des larmes de déception s'apprêtaient à perler de ses yeux, d'un vert nuancé qu'il appréciait toujours autant. L'espace d'un instant, les traits fins de la femme-plante se brouillèrent et malgré lui le visage de Sara vint s'y superposer. Alek voulut prendre avec délicatesse sa tête entre ses mains, puis l'embrasser tendrement, comme il aimait à le faire encore quelques moi plus tôt. Mais la réalité le rattrapa avant qu'il ne passe à l'acte et le visage redevint végétal.

— À vrai dire… commença le sillonneur tout en réfléchissant. J'ai peur…

— Peur ? s'étonna Kaïna, les sourcils froncés. De quoi ?

— Peur de moi-même. De ce que j'éprouve. De ce qu'une partie de mon esprit voudrait terriblement accomplir… J'ai l'impression qu'un être malfaisant s'est introduit dans mon crâne, et qu'avec cruauté il s'efforce d'instiller le doute en moi chaque fois que je crois avoir pour de bon tourné le dos à mon passé…

Et dans un souffle honteux Alek déclara :

— J'ai peur qu'il me faille tuer pour retrouver la paix intérieure…

Chapitre 72

Alek se réveilla.

La nuit régnait sans partage sur le monde.

Le jeune homme demeura les yeux ouverts, sans bouger, pendant de longues minutes. Il pouvait sentir la puissance que la sève coulant dans ses veines lui apportait, véritable magma d'énergie qui ne demandait qu'à jaillir. Le sillonneur n'avait plus besoin de se concentrer pour percevoir le tourbillon du Flu autour de lui, devenu un cosmos familier quoique toujours infini de possibilités, toutes plus infimes les unes que les autres. Au-delà d'une nouvelle main, l'Arbre lui avait offert des capacités propres aux Êtres de la Forêt. Par plaisir, le sillonneur serrait et desserrait lentement son poing végétal, appréciant la force qui s'en dégageait. Jamais de toute sa vie il ne s'était senti aussi vigoureux, et se croyait maintenant capable de soulever des montagnes entières.

Tandis que son esprit ordonnait les tâches qui l'attendaient dans la Forêt une fois le jour levé, le visage de Sara lui apparut brutalement, brûlant de réalisme.

— Venge-moi… semblait-elle lui souffler de ses yeux accusateurs.

Aussitôt se substitua la vision de son corps massacré, image qu'Alek pensait pourtant avoir à tout jamais enfouie dans les tréfonds de sa mémoire.

Alors son esprit bascula dans les ténèbres.

Sa décision était prise.

Son esprit avait trop longuement tergiversé, tiraillé par la moralité du choix qu'il s'apprêtait à faire et qui changerait son avenir pour toujours. Toutefois, Alek savait qu'au fond de lui cette décision flamboyait d'évidence depuis très longtemps, embrasée au cours de ce qui s'apparentait à une vie antérieure, une vie passée dans une cage d'ossements… La promesse formulée devant Kaïna ne l'empêcherait plus d'accomplir sa vengeance. Le serment formulé lors des heures les plus sombres de sa vie prévalait.

Désormais dépourvu de la moindre hésitation Alek se leva, saisit le pstol posé près de sa couche et sortit de la pièce. Ses gestes étaient précis. Son regard déterminé.

Dehors le village dormait encore. Seul le doux refrain nocturne de la Forêt lui parvenait aux oreilles. Le jeune homme quitta le village en silence et se dirigea droit vers la lisière. Il s'enfonça parmi les ombres sans un seul regard derrière lui.

Deux heures plus tard, il quittait la forêt. Les racines dressées par Kaïna pour arrêter les Knibales se trouvaient toujours là, droites face au ciel, mais les corps avaient entièrement disparu, dévorés des mois auparavant par les prédateurs des bois. Sans s'arrêter il continua vers la montagne.

— Alek !

Le cri avait retenti au moment où il posait le pied sur les premiers rochers. Le jeune homme se retourna dans un rictus contrarié et découvrit une Kaïna essoufflée, les jambes flageolantes après sa course effrénée.

— Qu'est-ce que tu fais là ? demanda-t-elle entre deux respirations hachées. Je suis passé dans ta chambre pour te voir mais tu n'y étais plus…

— Retourne te coucher Kaïna, répondit Alek d'un ton glacial.

Son regard n'exprimait aucune émotion, l'esprit tout entier dirigé vers l'autre versant de la montagne, là où l'attendait son avenir.

— Tu m'avais promis… gémit-elle, le visage crispé par la peine et le menton tremblant sous l'émotion qui lui nouait douloureusement la gorge. Tu m'avais promis…

— Il le faut. Je ne pourrai pas retrouver la sérénité avant de m'en être acquitté. Après je reviendrai, et je recommencerai une nouvelle vie. Dans la forêt.

Et il ajouta :

— Avec toi.

Il esquissa un léger sourire en insistant sur ces derniers mots, mais sa tentative pour la convaincre n'eut aucun effet et l'Être de la Forêt répliqua :

— Non Alek… Si tu commets cette erreur, tu ne pourras pas revenir. La Forêt ne t'acceptera pas. Tu t'apprêtes à plonger corps et âme dans un océan de sang. À jamais. Tu ne retrouveras jamais le chemin jusqu'à la surface. Ne trahis pas la confiance que t'a accordée l'Arbre…

Les traits du sillonneur redevinrent aussitôt de marbre.

— Je suis désolé. Mais ils ont tué Sara…

Avant d'ajouter, en la regardant une dernière fois droit dans les yeux :

— Merci pour tout.

Puis il se retourna et débuta son ascension le long du pan de montagne. Kaïna aurait encore pu, grâce aux racines du sol, le ramener dans la Forêt, mais elle savait que cela se serait avéré inutile. Plus personne ne pouvait le forcer à changer d'avis, l'aura du meurtre le protégeant de sa cape néfaste. Le Flu qui l'entourait pulsait la mort et le simple fait de l'approcher mentalement en devenait douloureux, à la limite du supportable. Alek ne se retournerait pas avant d'avoir accompli sa vengeance.

Kaïna resta immobile à le regarder, jusqu'à ce qu'il finisse par se fondre dans l'obscurité. La femme-plante le suivit quelques minutes de plus grâce au Flu, puis abandonna. Il ne reviendrait pas.

Elle ne sut jamais quand les larmes avaient commencé à couler le long de ses joues.

Chapitre 73

Une aube écarlate s'apprêtait à illuminer le monde lorsque Alek atteignit le village knibale. Le jeune homme réalisa en apercevant les premières huttes que, parti sur un coup de tête, il ne disposait même pas d'une épée à son côté. De toute façon, se procurer la moindre arme auprès du Peuple de la Forêt relevait de l'impossible. Le pstol, quant à lui, serait beaucoup trop bruyant, capable de réveiller tout le village au premier éclair, et le sillonneur ignorait combien l'arme pourrait encore en cracher, si seulement son état le permettait encore. Il continua néanmoins de s'approcher en silence des huttes, et ne tarda pas à repérer une sentinelle, assise face à la plaine, une hachette de mauvaise facture sur les genoux.

Alek s'approcha d'un pas déterminé. Il ne cherchait plus à masquer son approche. Le guetteur le repéra très vite et bondit sur ses pieds mais, surpris de voir un individu apparaître tout à coup, sans arme qui plus est, ne sonna pas l'alerte sur-le-champ.

Cet instant d'hésitation lui fut fatal.

Alek se trouvait maintenant assez près pour que d'une concentration du Flu il lui écrase la gorge, l'empêchant d'émettre guère plus qu'un couinement affolé. Son arme tomba au sol tandis qu'il se prenait la gorge à deux mains, désespérément à la recherche d'air. Son visage devenait cramoisi à mesure que le jeune homme s'approchait pour ramasser la hache, sans rien perdre de sa concentration. Puis Alek abattit la lame sur le Knibale et lui fendit le crâne jusqu'à la cervelle. Le corps s'écroula sans un bruit.

Le village était désormais à sa merci.

Sans prendre le temps de se délecter des pulsions de mort qu'il sentait l'envahir, le sillonneur, plus silencieux qu'une ombre, pénétra dans le cercle de huttes à la recherche de celle d'Uŭrt-Zo. Il se souvenait parfaitement de son emplacement : face à la cage. Alek s'approcha de celle-ci et fut soulagé de constater que personne ne s'y trouvait enfermé. Néanmoins, quelqu'un avait-il connu le cauchemar de ses barreaux après leur évasion, pour être à son tour dévoré ? Alek l'ignorait mais se rassura d'une simple pensée : une fois l'aube levée, plus aucun Knibale ne jetterait de prisonnier au fond de cette cage. Il ramassa des cordes posées avec négligence devant, avant de se diriger vers la cible de sa vengeance.

Le jeune homme entra sur la pointe des pieds dans la hutte du chef des barbares et s'arrêta, le temps que ses yeux s'habituent à la pénombre. Étendu sur sa couche, Uŭrt-Zo dormait à poings fermés, sa femme près de lui. À ses pieds reposaient ses trois enfants, leurs poitrines se soulevant paisiblement. Rien ne présageait de la sauvagerie qui approchait à grands pas pour engloutir le village sous une vague meurtrière.

La hutte ne contenait aucun meuble, seulement quelques tentures suspendues aux murs, du matériel de chasse et plusieurs armes. Une épée se dégageait des autres. Finement ouvragée, sa lame sertie de rubis complétait une poignée constituée d'or du pommeau à la garde. Pendant une minute Alek essaya d'imaginer le précédent propriétaire d'une telle arme, presque une œuvre d'art mortelle, avant que le chef des Knibales ou un de ses sbires vienne le tuer et le dépouiller de son précieux bien. Un homme puissant, à n'en pas douter. Le roi d'une obscure contrée, peut-être.

Puis le jeune homme s'approcha du barbare, avant de lui poser le tranchant effilé de sa hache sur la gorge. Ses yeux s'ouvrirent d'un coup, écarquillés et effrayés. Par réflexe Uŭrt-Zo faillit bondir de sa couche pour saisir une arme, mais réalisa in extremis qu'ainsi il se trancherait la gorge tout seul, sans que son agresseur bouge ne serait-ce que le petit doigt. Il demeura donc immobile, un mince filet de sang à la base du cou rampant sur ses muscles tendus à s'en déchirer.

— Tu fais un seul bruit, je te tranche la gorge, lui murmura le sillonneur avec fermeté. Debout maintenant !

Uŭrt-Zo se leva lentement, ses yeux qu'une rage sourde animait rivés vers ceux d'Alek. Celui-ci devinait que le barbare réfléchissait déjà au moment où il lui sauterait dessus pour le désarmer et lui briser les deux bras, aussi le jeune homme raffermit sa prise sur sa hache jusqu'à ce que le saignement à la gorge redouble et atteigne ses cuisses.

D'un claquement de la langue le sillonneur intima au chef du village de sortir en enjambant les corps de ses enfants endormis, sans les réveiller, avant de l'agenouiller au centre des huttes. Le Knibale avait désormais retrouvé son grand sourire, même si la situation s'était inversée depuis sa dernière rencontre avec Alek.

— Tŭ t'en é sortï ! Ímpŕešionnant ! Qué que tū compt fér métenanţ ? Mé tŭé ? Tŭé tŭ le mond ? Om, fém et eňfan ?

— Exactement.

La réponse cinglante avait claqué dans l'air tel un coup de fouet. Uŭrt-Zo blêmit l'espace d'une seconde. Il comprit qu'Alek ne jouait pas avec ses nerfs : son ton glacial et ses yeux emplis de la détermination de celui qui s'apprête à tuer ne trompaient pas. Le jeune homme se baissa pour ramasser les cordes posées au sol, le lâchant un instant du regard.

Le Knibale se jette aussitôt sur lui.

Il décoche un puissant crochet du droit en pleine mâchoire.

Dans son angle mort.

Invisible.

Imparable.

Alek lui attrapa le poignet au vol alors que le barbare venait à peine d'amorcer son mouvement. D'un coup de genoux en plein estomac, il le foudroya sur place. Uŭrt-Zo s'écroula sans un bruit, le souffle durement coupé.

Comment ce gamin avait pu arrêter son coup avec une seule main, sans plus de difficulté que s'il affrontait un nourrisson ? Ce fut en se posant cette question que le barbare remarqua l'apparence étrange de sa main droite, tout entière recouverte d'écorce, et son visage se tordit d'une nouvelle expression de surprise. Mais qu'était-il donc arrivé à cet homme depuis son évasion du village ? D'où puisait-il cette implacable puissance qui se dégageait du moindre de ses mouvements ?

Comme s'il ne tenait pas compte de son attaque, le sillonneur saisit les cordes et entreprit d'attacher Uŭrt-Zo. D'abord il le bâillonna, puis le ligota solidement des pieds jusqu'aux épaules. Ainsi le chef des sauvages ne pouvait ni bouger ni parler. Ensuite Alek le plaça dans la cage. De la sorte, le Knibale endurerait un calvaire identique au sien, de sa nature à son emplacement exact. Le sillonneur savait d'expérience que le prisonnier ne raterait rien du cauchemar éveillé qu'il se préparait à subir.

— Maintenant tu vas voir ce que ça fait de perdre tout ce qui t'est cher.

Les paroles d'Alek s'abattaient, définitives, plus tranchantes qu'un couperet. Commencèrent alors ses sanglantes représailles.

Il pénétra de nouveau dans la hutte du chef, et abattit sans état d'âme sa hache sur les corps toujours endormis. La femme, puis les enfants. Sans la moindre hésitation ou quelconque remords. Puis il traîna les corps sanguinolents dehors et les laissa sur le seuil, bien visibles depuis la cage.

À leur vue Uŭrt-Zo hurla de toutes ses forces, tant par haine que dans l'espoir de réveiller le village avant que le massacre se poursuive, mais le bâillon étouffait jusqu'au dernier décibel ses cris désespérés. Quelle que soit leur force, personne ne les entendrait. Et Alek continuait, hutte par hutte, froidement.

Aucune pitié.

Aucun survivant.

Après le troisième couple massacré, Uŭrt-Zo garda les yeux clos, incapable de supporter plus longtemps le spectacle macabre qui s'offrait à lui. Un torrent de larmes que son corps conservait enfoui depuis sa naissance lui recouvrait les joues. Il ne pouvait pas s'empêcher de frémir à chaque fois que retentissait le bruit sourd d'un corps désarticulé que l'on jetait par terre sans ménagement.

La moitié du village gisait, assassinée, et le jour perçait tout juste les nuages lorsqu'un Knibale, réveillé par un cauchemar de forêt maudite où des êtres maléfiques le prenaient en chasse, sortit de sa hutte. Il découvrit avec stupéfaction son chef attaché dans la cage, puis les dizaines de corps étalées au sol, d'immenses flaques écarlates étendues sous eux. Le barbare resta pétrifié, malgré les yeux implorants d'Uŭrt-Zo, jusqu'à ce que son regard croise celui d'Alek et qu'il réagisse enfin.

— KNÌBAL ! hurla-t-il avant que le sillonneur ait pu l'en empêcher.

Le sauvage voulut se retourner pour saisir une arme, mais la hachette que le sillonneur avait déjà lancée se ficha dans sa poitrine. Le jeune homme bondit pour récupérer son arme alors que le corps ne touchait pas encore le sol.

À peine quelques instants plus tard les guerriers barbares jaillirent en trombe de leurs huttes, l'arme à la main. Seule une dizaine se tenait toujours debout, survivants de l'immense massacre.

Ils marquèrent une seconde d'hésitation à la vue des corps abattus, avant de se ruer sur l'étranger dans des cris de rage, leur soif de sang aussitôt réveillée balayant le choc qui aurait dû les paralyser. Alek dégaina le pstol de sa ceinture, le pointa vers le Knibale le plus proche et avec assurance pressa la détente. Un éclair surgit du canon et le barbare s'effondra, foudroyé en plein cœur. Ses semblables se stoppèrent subitement dans leur course, effrayés à la fois par le bruit et la blessure béante apparue en un battement de cœur.

Ceux qui avaient vu l'arme des Anciens en action de l'autre côté de la montagne se ressaisirent plus vite, mais déjà un autre mordait la poussière avant d'avoir atteint leur assaillant. Les Knibales comprirent que l'étranger avait beau être seul, il représentait un danger mortel pour le village tout entier.

Nouveau coup de foudre.

Nouveau mort.

Un barbare parvint dans le dos d'Alek et s'apprêtait à le transpercer de sa lance, quand le sillonneur se retourna avec fluidité en fléchissant les jambes. Dans le même mouvement son bras fusa et la hache, dans un arc de cercle sanglant, lui tailla le ventre. La lance passa un pouce au-dessus de sa tête tandis qu'une gerbe où se mêlaient sang et tripes jaillissait du Knibale.

Alek se redressa et abattit un nouveau barbare d'un coup de foudre. Le droit de vie et de mort coulait dans la paume de ses mains avec une intensité exaltante, devenant un instant une divinité funeste dont le seul but consistait à répandre la ruine dans son sillage. Il se demanda un bref instant si l'arme pouvait tirer autant d'éclairs qu'il le voulait ou si elle possédait une capacité limitée, mais les cinq sauvages survivants se trouvaient désormais au contact et l'arme en devenait plus difficile d'utilisation. Néanmoins, elle demeurait toujours aussi létale.

Le jeune homme esquiva la lame d'une épée et riposta en collant le canon du pstol sur le front de l'attaquant. Le coup de tonnerre lui explosa le crâne. Il s'écroula, le visage réduit en une bouillie sanglante.

La hache dans une main et le pstol dans l'autre, le sillonneur exécutait une danse meurtrière d'une précision infernale, abattant chacune de ses victimes dans un tempo irrésistible, sa mesure battue par les corps qui s'écroulaient sans vie au sol. La Mort elle-même semblait avoir pris possession de son corps, son aura noire et délétère projetée tout autour de lui. La peur s'insinuait inexorablement dans l'esprit des Knibales à la façon d'un poison incurable.

Alek perçut du coin de l'œil le tranchant d'une hache. Il tendit son bras végétal en lâchant sa propre arme et reçut la lame en pleine main. Celle-ci la stoppa malgré la force du coup, qui ne laisserait qu'une simple encoche dans l'écorce de sa peau. Le sillonneur s'étonna de ne ressentir aucune douleur. D'un geste brusque du poignet il arracha l'arme des mains du barbare et frappa.

Du poing.

Sans élan.

La tête fut violemment projetée en arrière et sa nuque se brisa sous la brutalité du choc.

À présent seuls trois Knibales lui faisaient face, derniers représentants des combattants du village. Malgré la probabilité, presque la certitude, de mourir au cours du prochain assaut, ils se devaient de sauver l'honneur de leur race. Sans hésiter le trio se jeta ensemble sur l'étranger.

Celui-ci esquiva un gourdin avant de bondir planter ses doigts végétaux aussi acérés que des griffes dans les yeux du barbare. Le Knibale tomba à genoux en hurlant, à jamais aveugle.

Le jeune homme saisit la main forte du deuxième et d'une soudaine pression retourna l'épée contre son propriétaire. La lame s'enfonça dans le cœur du sauvage sans qu'il ait la moindre chance de lutter face à la puissance de son adversaire.

Le dernier guerrier se jeta désespérément sur le démon à l'apparence humaine, mais Alek braqua sur lui ses yeux animés par la vengeance avant que son coup l'atteigne. Dans un cri de fureur le sillonneur concentra toute l'énergie alentour et la projeta sur le Knibale. Plus la colère s'emparait de son être, plus sa perception du Flu en devenait aisée. À ce moment précis, le champ des possibles lui était infini.

Percuté par un invisible rocher de force brute lancé à pleine vitesse, le barbare fut catapulté dans les airs, les membres disloqués. Il s'écrasa contre une hutte tel un pantin désarticulé, plusieurs dizaines de mètres plus loin.

Les épaules d'Alek allaient se relâcher et la fureur du combat se dissiper dans son esprit, croyant avoir vaincu tous les Knibales, quand il se rendit compte qu'un dernier se cachait, tapi derrière un monticule de terre. Le sauvage s'enfuit à toute vitesse en direction de la plaine une fois son dernier compagnon tué. Ses chances de victoire s'avéraient nulles. L'étranger se tenait encore debout, recouvert de sang.

De sang knibale.

Il n'avait pas subi la moindre blessure.

Le fuyard ne courut pas très loin. La hachette d'Alek, guidée par le Flu, se ficha dans son dos avec tant de puissance que la lame ressortit par la poitrine.

Méthodique, le sillonneur acheva le barbare aux yeux percés sans la moindre émotion, les cris de celui-ci résonnant dans le village en de vains appels au secours.

Malgré l'intensité du combat, Alek ne s'arrêta pas un seul instant pour reprendre son souffle et Uŭrt-Zo, spectateur impuissant de l'affrontement entre ses guerriers et l'ancien prisonnier, le vit pénétrer dans les huttes qu'il n'avait pas encore parcourues, reprenant sa tâche macabre. Le chef des sauvages aurait préféré se donner la mort plutôt que de continuer à être témoin de l'anéantissement de son peuple, incapable de bouger jusqu'au petit doigt.

Cachés au fond des huttes, les femmes et les enfants ne résistèrent pas. Il valait mieux pour eux rejoindre leurs maris et pères plutôt que de fuir et se retrouver seuls. Alek sortait toujours les corps encore chauds devant les habitations, de la même manière que pour l'autre partie du village.

Puis il ne resta plus qu'Uŭrt-Zo.

Alors le sillonneur le rejoignit, avant de déclarer d'une voix qui n'exprimait aucune joie, juste un froid glacial :

— Est-ce que tu la sens maintenant, la douleur ? Ça fait mal, non ?

À travers les barreaux de la cage, il desserra le bâillon et le Knibale l'inonda aussitôt de tous les mots les plus affreux qu'il connaissait. Pendant de longues minutes Alek attendit, parfaitement immobile, les bras croisés sur sa poitrine, son regard méprisant posé sur lui, qu'il ait fini de l'insulter, de le menacer, puis enfin de le supplier.

— Vazi métenanţ ! Vasi ! Tŭ-mé ! Tŭ-mé !

— Qu'est-ce que tu m'avais répondu déjà ? *« Je ne te ferais pas ce plaisir, te tuer serait un cadeau. »*, c'est ça ?

— Tŭ-mé ! Tŭ-mé ! répétait Uŭrt-Zo, les larmes aux yeux.

Dans un élan de désespoir le barbare voulut se trancher la langue d'un violent coup de dents, mais la vue du massacre avait sapé ses forces et il ne fit que mordre dans le tissu.

— Non… souffla Alek, comme exaspéré par le Knibale. Imprègne-toi plutôt du spectacle. Goûte au désespoir que tu m'as infligé.

Puis le sillonneur s'assit à côté de lui, le dos contre les ossements de la cage, et contempla cette vue de fin du monde. En contrebas les bourrasques agitaient l'herbe de la plaine, tandis qu'au cœur du village, plus rien ne bougeait. Le temps semblait s'y être suspendu. Le jour naissant se reflétait sur les immenses flaques de sang, que la terre ne parvenait même plus à absorber. Un silence de mort pesait sur la scène.

Uŭrt-Zo persistait à crier, à tenter de lui cracher dessus, mais son bourreau ne réagissait pas, dédaigneuse statue de marbre, et il se résolut à abandonner cette lutte perdue d'avance et à se taire. Ses yeux se perdirent sur les corps étendus par terre, comme s'il espérait les voir se relever et reprendre leur vie habituelle. Il essayait de réprimer leurs noms, qui résonnaient dans son esprit sous la forme d'une tempête de douleur menaçant de le rendre fou, mais le barbare ne pouvait empêcher leurs visages de se superposer à leurs cadavres.

Les deux hommes demeurèrent pendant plus d'une heure silencieux face au village et ses corps massacrés. Parler ne les aurait pas soulagés. La portée des mots s'effaçait sous la puissance des images.

Enfin Alek finit par se lever.

— C'est bon, tu en as assez vu ? Ou tu veux encore savourer ton désespoir quelques instants de plus ?

— Tŭ é ûn mônstrr… siffla Uŭrt-Zo, le regard d'une noirceur insondable.

— Oui, lâcha sèchement le sillonneur en posant le canon du pstol sur le front du Knibale.

Avant d'ajouter :

— Autant que toi.

— Ta fémél avé ūn gôu d…

Alek l'abat.

Le corps retomba rejoindre les innombrables autres au sol.

Sans un regard supplémentaire le jeune homme quitta le cercle de hutte et partit s'asseoir sur un rocher à l'écart du village.

Il était vidé. Aucune once d'énergie ou pensée, aussi petite soit-elle, n'habitait encore son corps. Aucun sourire n'illuminait son visage, figé dans une expression glaciale. Aucune flamme de joie n'embrasait son regard absent. Les minutes s'écoulaient, les unes après les autres, mais le bonheur qu'il avait tant espéré ressentir une fois sa vengeance accomplie n'apparaissait pas. Au contraire, il s'éloignait, s'enfouissait dans les tréfonds de son âme.

Kaïna et l'Arbre avaient donc raison.

Jamais il ne se laverait de son crime, qui lui collait à la peau en une gangue poisseuse de culpabilité, sa conscience souillée par le massacre d'un village entier d'êtres qui, aussi sauvages soient-ils, ne cherchaient avant tout qu'à survivre. Se venger n'avait pas ramené Sara d'entre les morts, ni donné le sentiment d'avoir honoré sa mémoire.

Tandis que la lumière du jour se répandait peu à peu dans la plaine, nul regret ne l'envahissait, seul le terrible constat d'un vide qu'il ne pourrait jamais combler s'emparait de son esprit, et éclipsait les perspectives d'un futur apaisé. Pire, ce trou béant dans son avenir était peut-être plus profond désormais.

Alek pleura sur le rocher, longtemps, sa peine agitant son corps de violents soubresauts. Il pleura pour Sara. Pour Rolon. Pour Egan. Pour les sillonneurs. Pour Kaïna.

Comment avait-il pu tout perdre, en aussi peu de temps ?

Comment avait-il pu à ce point se tromper de chemin, quand encore la veille une multitude s'offrait à lui ?

Soudain un hennissement retentit au loin. Arraché à ses amères pensées, le sillonneur reprit conscience du monde qui l'entourait. Celui-ci poursuivait sa course, sans relâche, insensible au destin des hommes.

Alek s'approcha du kval et découvrit, attaché dans un enclos, Zef, sa fidèle monture. Il ne restait plus que lui des kvals ayant autrefois appartenu aux sillonneurs. La joie de le retrouver fut aussitôt engloutie dans l'océan de tristesse que son cœur renfermait.

Il voulut lui caresser l'encolure, mais au moment de la toucher la monture s'écarta brusquement pour l'éviter, comme si elle ne le reconnaissait plus.

— Doucement… Doucement… souffla-t-il en lui adressant un regard surpris.

Il crut alors lire dans les yeux du kval de graves reproches, mais le sillonneur ignorait s'ils l'accusaient de l'avoir abandonné aux Knibales, ou s'ils pointaient du doigt les horreurs perpétrées un peu plus tôt.

Le jeune homme finit par attraper la longe et monter sur la bête. Sa robe blanche n'avait rien perdu de sa superbe. D'un petit coup de talon, il la fit avancer en dehors de l'enclos.

Puis Alek s'éloigna du village, et partit se perdre dans la plaine.

Imprimé en France
Achevé d'imprimer en décembre 2021
Dépôt légal : novembre 2021

Pour

Le Lys Bleu Éditions
40, rue du Louvre
75001 Paris